한국 야담의 서사세계

이강옥李康沃

경남 김해 출신. 서울대학교 국문학과를 졸업하고 서울대학교에서 문학박사 학위를 받았다. 경남대학교 국문학과 교수로 봉직했고, 영남대학교 국어교육과 교수로 있다. 방문교수로서 예일대학교 비교문학과, 뉴욕주립 스토니브룩대학교 한국학과에서 연구했다. 한국구비문학회, 한국어문학회, 한국고전문학회, 한국문학치료학회 회장을 역임했다. 성산학술상(1999), 천마학술상(2008), 지훈국학상(2015)을 수상했다.『구운몽과 꿈 활용 우울증 수행치료』(2018),『일화의 형성 원리와 서술 미학』(2014),『구운몽의 불교적 해석과 문학치료교육』(2010),『한국 야담 연구』(2006),『조선시대 일화 연구』(1998),『보이는 세상 보이지 않는 세상』(2004),『젖병을 든 아빠, 아이와 함께 크는 이야기』(2000) 등을 저술했다.

한국 야담의 서사세계

이강옥 지음

2018년 12월 7일 초판 1쇄 발행

펴낸이 한철희 | 펴낸곳 돌베개 | 등록 1979년 8월 25일 제406-2003-000018호
주소 (10881) 경기도 파주시 회동길 77-20 (문발동)
전화 (031) 955-5020 | 팩스 (031) 955-5050
홈페이지 www.dolbegae.co.kr | 전자우편 book@dolbegae.co.kr
블로그 imdol79.blog.me | 트위터 @Dolbegae79

주간 김수한
편집 이경아
표지디자인 민진기 | 본문디자인 이은정·이연경
마케팅 심찬식·고운성·조원형 | 제작·관리 윤국중·이수민
인쇄·제본 상지사 P&B

이 저서는 2009년도 정부재원(교육부)으로 한국연구재단의 지원을 받아 연구되었음(NRF-2009-342-A00020).

돌베개 한국학 총서 20

한국 야담의 서사세계

이강옥 지음

돌베개

책머리에

대학에 입학한 것이 40여 년 전 일입니다. 식민사관의 극복과 근대문학 형성의 주체적 해명이라는 그 시대의 과제는 조선 후기 서사문학 연구에 힘을 쏟게 했습니다. 그래서 저는 야담 공부를 시작했고 정년을 몇 년 앞 둔 지금까지 지속했습니다. 이제 그 마무리를 하려 합니다. 야담은 조선 후기 사실주의적 서사문학의 중심 자리에 있으며 우리나라 근대소설의 형성에 동참했음을 입증했다고 판단합니다.

이 책은 돌베개출판사에서 2006년에 펴낸 『한국 야담 연구』 이후 수 행한 야담 공부의 결실이면서 제가 이해한 야담 전반에 대한 최종 연구서 입니다. 이 책이 해명해 제시하는 야담의 세계와 서사 기제가 독자에게 자기 삶을 성찰하며 새롭게 꾸려 가는 데 도움이 되기를 바랐습니다. 연 구자뿐 아니라 일반 대중과도 소통하고 공감하는 글이 될 수 있도록 노 력했습니다. 이와 함께 제가 회향回向의 마음으로 땀땀이 번역하여 펴낼 『청구야담』 완역본도 더 많은 대중들이 읽을 수 있기를 바랍니다. 야담 작품 읽기가 지난 세상을 이해하고 새 세상을 구상하는 데 길잡이가 되고 마음의 안식과 위로가 될 수 있기를 기대합니다.

야담 연구를 시작하면서 저는 켜켜이 어수선하게 쌓여 있는 야담 작 품들에 대해 좀 더 정연한 질서를 부여하기 위해 야담의 하위 갈래를 정립코자 했습니다. 야담의 실정을 아는 사람이라면 야담 갈래론이 얼마나 절실한 과업인가를 알 것입니다. 그러나 체계적인 갈래론을 완성해야 한다는 부담감 탓인지 야담 작품의 풍부한 지혜와 상상력을 왜곡하거나 은폐하기에 이르렀는가 봅니다. 야담을 떠올리면 암담해졌습니다. 어느 시점에서 야담 갈래론을 내려놓았습니다. 야담에서 소설로 귀결되는 도식도 허물었습니다. 선입견과 도식으로부터 제 자신과 야담을 해방시킨 것입니다. 그러니 야담의 다채롭고 역동적인 모습이 되살아났습니다. 야담에서 이상향, 운명, 꿈, 절망과 아이러니, 대안적 욕망 등을 찾아내고 그것들을 근간으로 하여 새로운 담론을 창출한 것은 그런 내려놓기의 반전이라 생각합니다.

이 책은 그간의 야담 연구에 대해 성찰하고 반성했습니다. 야담의 형식적 특징으로서 이중 언어 현상을 살폈습니다. 『청구야담』 한문 필사본 필사 오류 사례를 통해서 음사音寫와 형사形寫라는 우리 필사 문화의 독특한 현상을 발견하여 담았습니다. 다른 야담집으로부터의 전유 현상 등을 검토하여 야담 형성의 또 다른 면을 밝혔습니다. 야담의 세계 인식과 서사 기제를 분석했습니다. 기이에 대한 입장을 정리했고, 보은담의 인식적 특징을 해명했습니다. 야담에서 가장 두드러지는 이상향, 운명, 꿈, 아이러니, 여성 정욕, 아버지 찾기 등을 핵심어로 하여 섬세한 주제론과 서사 구조론을 전개했습니다. 재담을 통해서는 근대 제국주의와 로컬리티의 문제를 탐색했습니다. 마침내 야담에서 대안적 근대를 모색해 보았습니다.

이렇게 꺾이지 않고 공부를 지속할 수 있었던 것은 저에게 베풀어진 혜택 덕임을 압니다. 제가 받은 연구비가 민중의 피땀에서 비롯한 것임을 잊지 않고 있습니다. "은혜 입음은 천계千界처럼 큰데, 은혜 갚음이 실개천처럼 작음을 한탄하노라" 하셨던 청화스님의 임종게가 떠오릅니다. 세속인이 세상에 보은하는 길은 더욱 아득합니다. 소통 가능한 연구와 그 대중적 응용, 창조적 글쓰기를 더 성실하게 하면서 민중의 은혜에 보답하겠습니다.

교정지를 산성처럼 쌓아 두고도 정성 들여 편집해 주신 이경아 선생, 언제나 든든한 지지자가 되어 주시는 한철희 사장께 감사의 인사를 드립니다.

야담 연구의 길을 함께해 온 학문적 동지들의 말씀과 얼굴을 떠올리며 야담이 정당하게 대접받고 국민 서사로 읽히는 날을 기다립니다.

2018년 12월 이강옥

차례

IV 야담의 변이와 가치 445

일러두기

야담 작품의 주요 출전은 다음과 같다.

— 『계서야담』『한국문헌설화전집』 1, 태학사, 1981 영인.
— 『금계필담』 김종권 교주, 명문당, 1985.
— 『기리총화』 임형택 소장본.
— 『기문총화』『한국야담자료집성』 6, 고문헌연구회, 1987 영인.
— 『동야휘집』『原本 東野彙輯』 상, 하, 寶庫社, 1992 영인.
— 『동패락송』『동패락송』외 5종, 아세아문화사, 1990 영인.
— 『병세재언록』『18세기 조선인물지 병세재언록』, 창작과 비평사, 1997.
— 『삽교만록』『삽교집』 하, 아세아문화사, 1986 영인.
— 『양은천미』 보고사, 1999.
— 『어우야담 원문』 신익철, 이형대, 조융희, 노영미 옮김, 돌베개, 2006.
— 『일사유사』 회동서관, 1922.
— 『잡기고담』『한국야담사화집성 3』 태동, 1989 영인.
— 『차산필담』『한국야담자료집성』 8, 계명문화사, 1978 영인.
— 『천예록』『교감 역주 천예록』 정환국 역, 성균관대학교 출판부, 2005.
— 『청구야담』 상, 하, 아세아문화사, 1988 영인.
— 『청야담수』『한국야담자료집성』 4, 고문헌연구회, 1987 영인.
— 『한국재담자료집성』 1, 2, 3, 보고사, 2008.
— 『학산한언』『한국문헌설화전집』 8, 태학사, 1981 영인.
— 『해탁』『筆記小說大觀』 3, 新興書局 有限公司, 民國 67年.

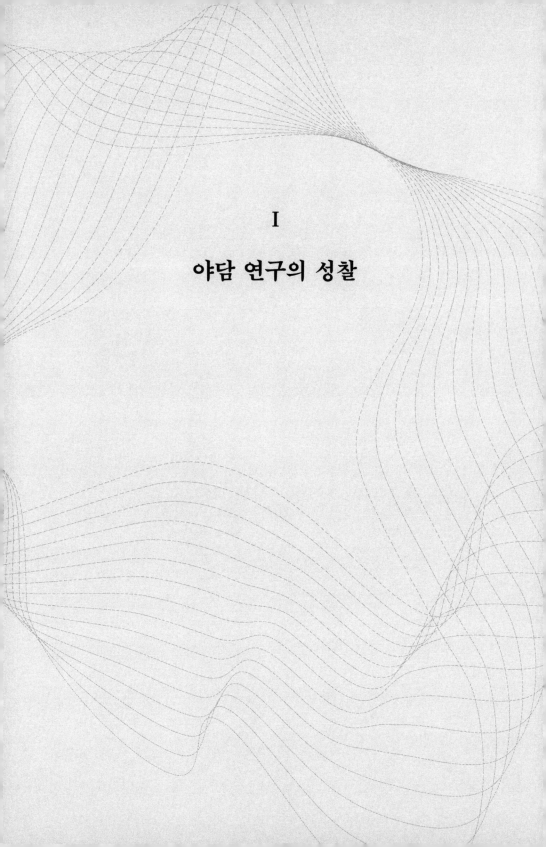

I

야담 연구의 성찰

야담에 대한 근대 학문적 연구는 1960년대 후반에 시작되었다. 그 뒤로 야담 연구는 큰 진전을 이뤘고, 새로운 여러 연구 영역도 개척했다. 특히 야담집 편찬자나 야담집 편찬 연대를 밝히는 것에서부터 야담집 이본 사이의 관계를 밝히는 것과 같은 실증적 연구, 야담 작품의 현실성과 환상성의 본질과 가치에 대한 연구, 근대 야담에 대한 연구, 야담 작품의 활용과 관련된 연구 등은 연구 수준의 비약 혹은 연구 영역의 의미 있는 확장을 이루었다고 평가할 수 있다.

문헌학적 방법론의 점검

실증적 연구의 성과와 방법론은 야담 연구가 탄탄하게 나아가며 비약할 수 있는 바탕을 마련해 주었다. 몰랐던 야담집 편찬자를 밝혀낸 것이나 새로운 야담집을 발굴한 것은 그 자체로 경이로운 일이어서 야담 연구자들로 하여금 환희심을 느끼며 다시 일어나게 했다. 야담집 이본 간 영향 관계나 선후 관계에 대한 해명도 괄목할 정도가 되었다.

　하지만, 지금까지의 실증적 연구들이 과연 엄정한 방법론을 갖춘 것인가에 대해서는 반성할 필요가 있다. 야담집 간의 영향 관계나 선후 관계를 확증하는 방법론에 대한 근본적 성찰을 한 적이 있는가? '부연'이란 속성이 '소략'이란 속성보다 후대적인 현상이라 단안할 수 있는가? 개별 작품의 수록 순서가 일치하는 것이 야담집 이본 간의 친연성을 입증하는 결정적 증거가 되는가? '오류를 답습'하는 두 이본은 친연성이 강하고, 그렇지 않은 이본은 그보다 친연성이 약할까? 오히려 오류가 있는 이본과 오류가 없는 이본 사이에도, 친연성이 인정되는 다른 요소가 있다면, 친연성이 인정되어야 하지 않을까? 왜냐하면 오류가 없는 이본은 오류가 있는 이본을 모본으로 삼아 적극적 교정 필사가 이루어진 것일 수도 있기 때문이다.

사실 구절들의 유사성을 따져서 야담집들이나 야담집 이본들 간의 선후를 따진 결과에 있어서 연구자 간 상반된 경우가 허다하다. 심지어 동일한 변별 자질을 근거로 했는데도 그 선후가 반대로 판정되고 있다는 현실은[1] 이본 비교 방법론에 대해 전반적인 점검이 필요함을 역설해 주고 있다. 고단한 노력이 수반되는 실증적 작업에 소중한 시간을 투자하는 연구자들의 학문적 성실성과 기여도를 높이 평가해 주면서도, 그런 노고가

---

1 "김준형은 『천예록』의 향유 양상을 논하면서 『동패』는 별본 『동패락송』에서, 『동패』의 추록은 『천예록』에서 전재된 것으로 보았다.(김준형, 「천예록 원형재구와 향유양상 일고」, 『한국한문학연구』 37, 한국한문학회, 2006 참조) 『천예록』의 몇몇 이야기가 『동패』 추록으로 초록된 것은 사실이지만, 본고의 검토 결과 『동패』가 별본 『동패락송』을 전재한 것이 아니라, 별본 『동패락송』이 『동패』계 자료를 전재한 것일뿐더러, 별본 『동패락송』의 직접적인 필수 대본이 『동패』도 아니기 때문이다. 김동욱은 『동패』가 『파수록』과 『천예록』을 거의 그대로 전재한 자료로 보았다.(김동욱, 「조선 후기 야담집의 流變양상과 유형」, 『비교어문연구』 6, 비교어문학회, 1995 참조) 『동패』의 추록 부분이 『천예록』의 몇몇 이야기들을 그대로 옮겼음은 분명한 사실이지만, 『동패』가 『파수록』을 전재한 것이라는 주장은 사실과는 전혀 다른 것이다. 『파수록』은 『동패』계 야담집 가운데서도 축약본에 가까운 바, 다른 이본에 어떠한 영향도 주지 못한 자료로 보이기 때문이다. 『동패』가 『파수록』을 전재했다는 김동욱의 주장과는 반대로, 오히려 『파수록』이 『동패』를 전재, 축약하는 과정에서 형성된 이본이 아닌가 생각된다."(정보라미, 「『東稗』의 변이양상 연구」, 서울대학교 석사학위논문, 2010, 3면)

허망하지 않게 해 줄 방법론을 함께 모색해야 할 것이다.

꼼꼼하게 읽기와 가치론

문헌학적 방법론에 의한 텍스트의 검증은 야담 연구에서도 기본이 되는 중요한 연구 영역이다. 이 점에 대해서는 일찍이 정명기가 내려 준 충고가 아직까지 절실하게 들리며 여전히 유효하다.[2] 이제 상당 정도 문헌 실증의 성과가 축적되었다고 할 수 있다. 그런데 이런 실증적 작업은 결국 야담 작품이나 야담집이 주는 감동의 원리를 해명하고 그 가치를 정립하기 위한 것일 테다. 간혹 문헌 자체가 가진 현상을 먼저 제시하고, 작품론이나 가치론은 그것을 정당화하기 위해 덧붙여졌다는 인상을 주는 연구를 발견한다. 그런 연구에서 야담 작품에 대한 정성이나 애정을 찾기가 쉽지 않다. 우리는 야담에 깃들어 있는 정신과 지혜, 삶의 경험과 감각을 포착하여 또 다른 감동을 창출해 주어야 할 것이고 그러기 위해서는 연구자 스스로가 야담 작품에 대해 단순한 학문적 호기심 이상의 애정을 가질 수 있어야 할 것이라 본다. 메마른 마음이 된 근대적 분별주의로 야담 작

2 정명기는 이와 관련하여 ㉮가문을 중심으로 한 계층들이 그들이 몸담고 있었던 사회에 대하여 야담집 찬술이라는 행위를 통하여 어떻게 반응하고 또 물음을 던지고 있는가 하는 문제를 적극적으로 규명할 것. ㉯해당 관련 자료의 이본들에 대한 전면적이고 철저한 조사를 통한 조속한 수집과 아울러 이본들이 지니고 있는 해당 이본군 내에서의 성격과 위치를 정리하고 분석할 것. 미발굴 자료들에 대해 광범위하게 탐색하고 분석할 것. ㉰해당 관련 자료로부터 후대에 파생되어 나온 자료들(放射資料)을 따로 묶어 정리하고 분석할 것. 라 관련 자료와 그 방증 문헌들을 통하여 이제껏 알려지지 않은 많은 야담집들의 편자를 밝히는 데 노력을 경주할 것. 마 자료집 상호간의 유전 양상을 분명하고도 객관적으로 해명할 것 등을 강조했고, 이런 일련의 과정이 제대로 축적된 후에야 야담 자료의 객관적 실상에 근거한 보다 깊이 있고도 폭넓은 논의가 가능할 것이라고 주장했다.(정명기,「야담연구를 위한 한 제언: 꼼꼼한 자료 읽기의 중요성」,『열상고전연구』10, 1997 130~140면)

품을 쪼개고 난도질하는 데 머물지 말기를 다짐해 본다.

장르론

야담집에 실린 작품들이 다양한 장르적 속성을 지니며 아직도 그에 대한 체계가 온전하게 마련되지 않았다는 이유에서 야담 장르론은 계속되어야 한다. 야담집에 실려 있는 작품들을 편의상 '야담'으로 지칭하면서도 그 것이 편의상 개념을 넘어선 좀 더 체계적이고 안정된 개념으로 정착될 수 있을지 검토를 계속해야 할 것이다. 또 야담을 더욱 섬세하게 규정하고 설명할 수 있도록 하위 장르나 유형으로 나누는 일을 계속해야 할 것이다. 이 일은 다만 야담집에 실려 있는 작품을 분류하고 설명하는 데 필요할 뿐만 아니라 우리 서사문학사에 고유한 질서와 원리를 부여함으로써 보편적 장르 이론으로 나아갈 길을 모색한다는 의의도 가진다.

야담집에 실려 있는 작품 중 일부를 야담계 소설로 보는 데도 인색하지 말아야 하겠다. 서사문학 연구 영역에서 소설로 나아가는 길을 찾는 일은 여전히 소중하기에 그 길 찾기를 못마땅하게 여길 필요는 없다. 그러나 그것만이 야담 연구의 궁극적 목표는 아니다. 중세 문학 시기에 다양하게 존재했던 단형 서사 작품들의 역사를 소설 형성의 전사前史로서만 검토하는 것은 바람직하지 않다. 근대를 대표하는 장르로서의 근대소설, 그 근대소설의 바탕이 되고 또 되어야만 했던 근대 이전의 소설은 단형 서사문학 위에 군림해 왔다. 그래서 다른 단형 서사 작품들은 언젠가 찬란한 모습으로 강림할 소설을 위해 부지런히 길과 터전을 닦아 주는 존재로 여겨졌다. 그러나 전설이나 일화, 민담, 혹은 필기와 패설을 어찌 그런 잡역을 하는 존재로만 대접할 수 있을까? 이제 이들을 소설의 굴레로부터 해방시켜 이들만의 고유한 역사와 존재 원리를 인정해야 한다. 그것들을 일상에서 향유한 계층들의 일상적 경험 세계를 포착해 주어야 하겠다. 그래서 개별 단형 서사 장르들에 대한 장르론과 작품론을 독자적으로 시도해야 할 것이다. 이런 일들은 '탈근대' 담론 속에서 근대소설의 극복 방안을 모색하는 일과 병행할 수도 있을 것이다.

설화나 야담에서 근대소설로 귀결되는 선은 소중한 것이고 또 그것을 부정할 필요는 없지만, 그 하나의 선에만 집착해서는 안 된다는 것이다. 소설과 무관하거나 소설로 나아가지 않은 단형 서사 장르 군과 그 맥락도 고유한 세계와 가치를 지니며 존재했고 또 존재하고 있다는 사실을 인정해야 한다.

그런 관점에서 단형 서사 장르들에 대한 연구가 이루어지고 그 장르의 역사도 기술되어야 하겠다. 야담집을 구성하는 단형 서사 장르들의 비중이 역사적으로 변할 뿐만 아니라 개별 장르 자체도 역사적으로 변하기 때문이다.

구연 단계와 기록 단계

야담 작품의 형성을 논할 때 구연 단계와 기록 단계를 구분해 왔다. 두 단계를 구분하되 유연함이 필요하다. 야담 작품의 끝에 붙은 평결은 기록 단계의 소산이라 분명하게 말할 수 있지만, 본 이야기에서 구연 단계와 기록 단계를 분명하게 가르기가 쉽지 않다. 또 구연 단계가 민중의 세계관만을 반영하고 기록 단계는 사대부의 세계관을 반영한다고도 보기 어렵다. 사대부 사회의 이야기판에서 형성된 사대부 일화가 그 반증의 근거가 된다.

또 많은 야담 작품들이 구연자들의 상상이나 구연의 결과를 반영하지만, 그에 못지않은 많은 야담 작품들은 '체험자의 자기 경험 진술'을 근간으로 하고 있다는 점을 고려해야 한다. 야담이 주체의 상상이나 구연 전통에 기댈 때 자유분방한 세계를 다채롭게 담는다. 또 야담이 체험자가 진술한 경험을 담을 때 조선 후기 현실의 실상을 사실적으로 반영한다. 후자에서, 체험자가 자기 경험을 망각하거나 무시하지 않고 남에게 구연하기에 이르렀다는 것은 그 행위를 통해 소통하고 어떤 보상을 받고자 했기 때문일 것이다. 그런 점에서 현실적 소망이 작품에 담겨졌다고 본다. 야담 작품이 현실성을 담았다고 주장할 수 있는 가장 분명한 근거는 이러한 체험자의 자기 경험 진술이 야담의 형성 과정에서 중요한 역할을 했다는 점이다. 앞으로의 연구는 개별 작품들에서 이런 성격을 좀 더 정교하게 추출해 내고 거기에 서사적 의미를 부여해야 할 것이다.

체험자는 민중이나 사대부일 뿐 아니라 그 신분이나 처지가 더 분화된 존재이기도 하다. '민중'이 아니라 어떤 처지에 놓인 민중의 세계관과 정서, '사대부'가 아니라 어떤 처지에 놓인 사대부의 세계관과 정서를 생각해야 한다. 야담 편찬자가 모두 사대부가 아니고, 사대부인 경우도 항상 전형적 사대부 의식을 견지하지도 않았다. 그러므로 기록 단계가 사대부의 의식만을 반영했다고 보지는 말아야 한다. '사대부적이다'라는 판단은 작품 자체를 근거로 해야 하겠지만, 한 작품에서 발견되는 유가 이념의 요소들이 반드시 민중적인 것에 대한 반동이라고 보기는 어렵다. 민중은 지배 이데올로기로부터 완전하게 자유롭지는 않으며 또 철저히 현실적일 수도 없다. 민중들은 삶을 이념적으로 왜곡하기도 할 뿐만 아니라 때로는 환상과 꿈을 통해 현실적 결핍을 보상하고자 한다. 야담 작품에 나타나는 고식성·보수성·환상성 등은 이 같은 민중 의식의 특성들과도 관련될 수 있다. 야담의 현실성·진보성은 연구자가 가진 근대적 기준에 따라 심판할 게 아니라 야담집이 편찬되었던 조선 후기 여러 계층들의 의식 수준에 따라 평가해야 한다. 또 조선 후기 다른 장르들의 경우와 비교하여 상대적으로 검토하는 것이 바람직하다. 예를 들어 야담에서 보수 반동적이라 규정되는 경우조차 국문 통속소설의 의식 성향에 비하면 오히려 더 진보적일 수 있다. 이런 관점은 우리 문화가 가진 긍정적인 면을 가능한 한 적극적으로 부각시켜 줌으로써 민족 문화에 대한 열등감이나 허무주의를 극복할 수 있다.

최근의 연구에서는 '기록화' 과정을 중시하는 경향이 발견된다. 이것은 초기 야담 연구에서 구연 단계를 과하게 강조한 데 대한 균형 잡기라는 차원에서 의의가 있다. 그러나 기록 단계 역시 지나치게 강조하면 야담을 '사士의 글쓰기' 차원에서만 국한하여 보게 된다는 점에서 또 다른 치우침 현상을 유발할 것이다. 야담의 본령은 평민 사회에서든 사대부 사회에서든 구연 단계에 있다는 것을 유념해야 한다. 또 기록 과정이 구연 단계와 전혀 다른 것도 아님을 고려해야 한다. 기록 단계에서 기록자의 머리와 가슴속에 일어나는 현상은 본질적으로 구연 단계에 근접하는 바가 있다. 소통과 감동의 요인은 두 단계에 공통적으로 생겨나기 때문이다.

현실성과 환상성

모든 작품들에 대해 근원 사실을 찾으려는 태도가 항상 옳은 것은 아니다. 사실의 근거를 갖지 않은 야담 작품들이 적지 않기 때문이다. 그런데 환상적·초현실적이라는 것도 구체적·현실적인 처지와 무관한 것이 아니다. 현실 삶에 대한 절망감이나 무료함에서 비현실적인 세계를 상상할 수 있기 때문이다. 또 '익숙하게 보아 온 것은 일상적이라 여기고 드물게 접한 것은 괴이하다 여긴다[3]는 신돈복辛敦復(1692~1779)의 논리를 적극 참작해야 하겠다. 어떤 것이 비현실적으로 보이는 것은 그것 자체가 비현실적이기 때문인가 아니면 그것은 현실적인 것인데 우리가 그것에 익숙하지 않기 때문인가에 대하여 거듭 숙고해야 한다. 반대로 우리가 현실적이라 여기는 것은 다만 우리가 습관적으로 그렇게 생각하기 때문이지 실제로는 비현실적인 것일 수도 있는 것이다.

70년대 후반~80년대 야담 연구자들이 야담의 현실성이나 역사성을 부각시키는 연구에 매진했다면, 90년대 이후 연구자들은 야담의 보편적 속성을 부각시키려 했고, 2000년대부터 야담의 비현실성 혹은 환상성에 대해 적극적 관심을 갖기 시작하여 최근에 이르러서는 야담의 비현실성이나 환상성에 대한 연구가 야담 연구를 주도한다는 인상까지 줄 정도로 활발하다. 이것은 양 극단을 조정하고 통합하는 쪽으로의 흐름이라는 점에서 바람직하다. 조선 후기의 특수성을 생각하면서도 전대부터 구연되던 설화나 조선 초기 필기류의 연장선상에서도 야담을 생각하는 사고의 유연함을 갖춘 것이다. 그것은 야담 연구를 더 다양하게 할 수 있고 또 정통 한문학 연구와도 관련을 가질 수 있게 한다는 점에서 바람직한 변화라 할 수 있다. 그러나 다른 한편 엄정한 이론을 만드는 쪽에 대한 관심과 패기가 약해졌다는 인상도 준다. 야담 연구를 통해 식민사관의 극복이라는 우리 문학사의 과제를 항상 생각했던 초기 야담 연구자들의 학문적 문제의식을 과연 지금의 연구자들이 적극적으로 계승하거나 혹은 극복하려고 노력하고 있는가? 오늘날의 야담 연구는 이런 질책과 고민으로부터 자유롭지 않을 것이다.

---

3   天地之間, 无所不有, 特其習見者爲常, 罕接者爲怪.(『학산한언』, 『한국문헌설화전집』 8, 동국대학교 한국학문헌연구소, 306~307면)

대중과의 만남

지금까지 야담은 다각도로 대중과 만나 왔다. 앞으로 연구자들은 야담이 독서나 공연의 형식으로 대중과 만나는 길도 더 넓게 개척해야 할 것이다. 야담은 어떤 이유에서 오늘날 우리들이 읽을 가치가 있는가? 야담 연구자들은 야담 작품에 대한 평가와 해설로써 대중이 야담을 즐겁게 향유할 수 있게 하는 길잡이 노릇도 해야 할 것이다. 어떤 야담 작품이 가진 정서적·이념적 미덕을 설득력 있게 해명하고 우리 시대의 독서물로 승화시키는 데 연구자들도 기꺼이 동참해야 한다. 야담 작품을 오늘날의 가치 기준으로 평가하는 것도 필요하기는 하지만 지나치면 곤란하다. 특히 오늘날의 이념적 잣대로 야담 작품을 냉혹하게 잰다면, 야담에 대한 허무감만 불러일으킬 것이다. 오늘날의 기준에 설사 미흡하고 부분적으로 문제가 있다 하더라도 역사적 원근법으로 그 시대 문화 수준과 정신사적 위상 속에서 어떤 의의를 가졌을까 겸허한 마음으로 애정을 갖고 살펴보아야 하겠다. 야담은 분명 조선 후기 문화와 정신의 어떤 영역에서는 앞선 자리에 있었다. 그런 점을 소중하게 여기고 적극적으로 의미를 부여한다면 오늘날에도 야담 독서는 충분한 의의를 가질 것이다. 나아가 근대적 편견을 내려 두고 야담을 읽으면 대안적 근대를 떠올릴 만한 요소를 만나게 된다. 이것은 우리의 상상력과 세계관의 한계를 벗어난 경이로운 세계를 암시한다.

다중적 가치 체계

김준형이 지적한 바처럼, 야담의 가치 지향은 이중적이거나 다중적이다.[4] 그래서 야담집은 바다요 광장이다. 거기에는 극단적으로 상충된 가치와 인격, 삶이 공존한다. 이를, 일관성의 결여나 무의미한 혼란의 방치로 보기보다는 당대적 삶이 일정한 변형을 거쳐 진솔하게 담겨 있다는 식으로 해석하고 이해하는 것이 바람직하다. 거기서 우리 삶의 풍경을 찾고 마침내 오늘날 우리 삶의 지혜나 반성을 이끌어 낼 수 있다. 야담의 이런 성격을 문학 교육이나 문학 치료에서 적극 활용할 수 있을 것이다.

　야담을 해석하는 데 단선적 분별 논리는 제한적으로 구사되어야 한다. 이와 관련되어 반성할 것이 역사주의의 폐단이다. 야담 연구가 막 시작되던 시절은 연구자들로 하여금 야담 해석에도 분명한 노선을 적용시켜 시급하게 단안 내리기를 요구했다. 과도한 역사주의 관점의 관철은 부분적으로 그런 여건에서 비롯했다. 그것이 아직 이어지고 있다는 점에 대한 성찰이 필요하다. 야담 작품과 야담집은 구연 전통과 기록 전통이 적층되기도 하고 더 나아가 뒤섞여 있다. 이런 데에서 질서정연한 시간적 변화를 해명하려 한다면 자료의 실상을 왜곡시킬 위험이 생겨난다. 연구자의 머릿속에 이미 존재하는 17세기, 18세기, 19세기의 형상은 환幻일 수 있다. 시간 자체가 환이기도 하다.[5] 물론 역사주의를 원천적으로 부정

4　김준형, 「『청구야담』의 상반된 가치와 문학 교육의 가능성」, 『비평문학』 33, 한국비평문학회, 2009, 93~112면.
5　"시간이 머무르는 것은 얻을 수 없고 시간이 흘러가는 것도 역시 얻을 수 없다. 만일 시간을 얻을 수 없다면 어떻게 시간의 상相을 설설說하겠는가? 사물을 인因하여 시간이 존재하니 사물을 떠나서 어떻게 시간이 존재하겠는가? 사물도 오히려 존재하지 않는데 하물며 시간이 존재하겠느냐?"(時不可得, 時去亦叵得, 時若不可得, 云何說時相? 因物故有時, 離物何有時? 物尙無所有, 何況當有時?) 용수보살龍樹菩薩 저, 김성철 역주, 『중론』中論, 경서원, 2012, 123~124면.

하는 것은 아니다. 그러나 야담의 전개와 야담집의 존재 방식을 설명하면서 역사주의적 관점을 지나치게 엄격하게 적용한다거나 시간적 선후 관계를 단선적으로 파악하려는 시도는 아무래도 대상의 성격상 무리한 결론을 도출하곤 했다. 그런 경향이 오늘까지 지속되고 있으니 문제다.

시간의 흐름에 따라 일사불란하게 달라져 가는 양상을 찾는 분별 논리는 필요악이다. 근대 학문이 이런 데서 완전히 자유로울 수 없겠지만 그럼에도 불구하고 우리는 끊임없이 역사적 선 긋기의 유혹을 내려놓기 위해 안간힘을 써야 한다. 같은 시간대 하나의 가치 체계 속이나 그 곁에 또 다른 가치 체계가 존재한다는 점을 섬세한 안목으로 찾아내어 인정해 주어야 한다. 진리가 있다면 그것은 끝없는 자기 틀의 해체 과정을 통해서만 다가갈 수 있지 않을까 한다.

조선 일상의 재구성과 새로운 일상의 꿈

야담이 조선 후기 일상의 실제와 그 시대 사람들의 소망을 다루어 준다는 점은 매우 중요한 사실이다. 풍속사의 재구성이란 평면적인 이유에서뿐만 아니라 정신사의 혁신이라는 면을 부각시킬 수 있다는 점에서도 그러하다. 이와 관련하여 조선 후기 송정訟庭의 모습에 주목한 김준형의 시각이 시사하는 바가 크다. 객관적 언술을 표방한 법과 달리 야담은 당시 민중들의 기대 지평까지 담아내고 있는 것이다.

송정은 일상을 특별하게 만든 사례이다. 그와 달리 의식주와 관련되는 일상은 야담의 서사에 광범위하게 관철된다. 조선 후기 일상을 야담처럼 구체적으로 전방위적으로 담은 갈래가 드물다고 볼 때, 일상의 재구성의 관점에서 야담을 다시 읽는 것은 의의가 큰 과제라 할 수 있다.

조선 야담과 근대 야담

초기 야담 연구자들은 자생적이고 주체적인 근대화론에 입각해 있었다. 근대의 내적 발생을 입증하는 증거를 찾아내고 거기에 적극적 의미를 부여하려 했다. 그래서 조선 후기 서사에서 근대 서사로 나아가는 길을 주체적으로 입증하려 했던 고전문학의 시각이 생성됐다. 다른 한편 근대적 작가주의와 미적 엄숙주의를 기준으로 하는 근대문학의 시각이 존재했다. 이런 두 시각의 공존이 근대 야담에 대한 정당한 연구를 방해했다고 볼 수 있다. 차혜영을 비롯한 일군의 근대 야담 연구자들이 1930년대 야담에 대한 생산자 중심의 연구 태도에 대해 이의를 제기하고 제도적 환경이 가하는 능동성과 구성의 측면에 주목한 것은 의미 있는 변화이다. 1930년대 야담에 대한 실망과 배제의 태도를 취한 연구자들, 1930년대 잡지에 실린 야담의 변개를 친일적 소인의 증거로 보려는 연구자들, 그런 변개를 '조선적인 것' 혹은 '우리 것'을 강조하는 운동과 관련시켜 해명하려는 연구자들, 잡지라는 근대적 매체와 관련하여 근대적 작동 원리를 분석하려는 연구자들이 근대 야담에 대한 담론을 풍성하게 해 주고 있다. 근대 야담에 대한 이런 연구 성과들은 조선 야담이 근대문학의 형성에 작용한 양상을 밝히고, 전통 계승론이나 전통 단절론을 재점화하며, 근대 야담의 존재 양상을 해명하는 것과 관련하여 매우 새롭고 생산적인 논쟁과 담론을 불러일으키리라 기대하게 한다.

　이런 고무적인 현상과 함께 우려되는 점은, 예외적인 연구자가 있긴 하지만, 근대 야담 연구자와 조선 야담 연구자들이 동일하지가 않다는 사실이다. 조선 야담 연구자는 근대 야담을 돌아볼 겨를을 갖지 못하고, 근대 야담 연구자는 조선 야담을 깊이 공부하지 않은 듯한 인상을 준다. 조선 야담과 근대 야담을 통일적으로 연구하는 것이야말로 명실상부 전통 단절론을 극복하는 것은 물론 근대 서사문학의 형성 과정을 해명할 매우 중요한 단서를 마련해 줄 것임에도 불구하고 연구자 집단이 동질적이지 않고 그래서 학문적 소통과 교감이 쉽지 않다는 느낌을 준다. 조선 야담 연구자와 근대 야담 연구자가 공동 연구의 장을 다양하게 만드는 시도가 필요하다.

조선 야담 연구자의 초심

야담 연구 초기 학자들의 초심을 떠올린다. 7, 80년대의 그들은 우리 문학 연구의 수많은 대상 중에서도 왜 야담을 선택했던가? 우리 근대문학, 그중에서도 우리 근대 서사의 형성 과정을 주체적으로 설명하는 근거와 이론을 찾기 위해서가 아니었는가? 그들의 문제의식과 진정성은 아직도 유효하다. 아니 식민지 근대화론이 더한 위세를 부리곤 하는 시절이니 더욱 그러하다. 다행히도 이제 조선 야담은 물론 근대 야담에 대한 연구가 탄탄한 기반을 갖추게 되었다. 둘이 상생의 결집을 이루어 진정한 연속과 단절을 따져 봐야 할 여건이 무르익었다. 야담이 가진 가치와 가능성이 그 일을 충분히 가능하게 할 것이라고 판단한다.

Ⅱ

야담의 형식과 형성

야담의 구연·기록·번역

1. 머리말

이중 언어 현상(Diglossic)은 한국보다는 외국의 한국학 연구자들에게 더 중요한 관심의 대상이 되어 왔다. 최근에 이르러 외국의 한국학 연구자들은 한국문학사의 전개 과정에서 실현된 이중 언어 현상을 대단히 독특하면서도 중요한 문화 현상으로 보고 집중적 관심을 표명해, 2004년 5월 26일에서 28일까지 이탈리아 벨라지오에서 국제 학술 대회를 열기에 이르렀다.[1] 저자는 이 학술 대회에서 야담의 이중 언어 현상에 대해 발제를 했다.

남녀 상하가 역사적으로 어문 생활을 꾸려 간 양상에 대해서는 조동일의 견해를 참고할 만하다. 상층 남성이 한자를 사용하면서 중세가 시작되었다. 상층 여성이 국문을 사용하면서 중세 후기가 시작되었다. 하층 남성이 국문을 익혀 사용하게 된 시기가 중세에서 근대로의 이행기이다. 근대는 상층 남성이 한문을 버리고 하층 여성도 국문을 사용해, 문자 생

---

1 이탈리아의 Bellagio Study and Conference Center에서 "Cosmopolitan and Vernacular: The Politics of Language in the Diglossic Culture of Korea"라는 주제로 국제 학술 대회가 열렸다.

활에서 남녀 상하의 차별이 없어진 시기다.[2] 야담은 '중세에서 근대로의 이행기'에 형성된 장르이면서도 고대부터 근대까지의 남녀 상하의 어문 생활 방식을 두루 포괄한다. 야담과 관련된 이중 언어 현상은 그만큼 복잡하다고 할 수 있다.

야담은 먼저 이야기판에서 구연口演되었다. 이야기판에는 평범한 이야기꾼뿐만 아니라, 많은 레퍼토리를 갖고 있으면서 이야기를 재미나게 구연하는 능력이 있는 전문적 이야기꾼이 참여하기도 했다. 전문적 이야기꾼에 의해 야담의 서사 세계는 흥미진진해지고 복잡해졌으며 선명한 주제도 갖추게 되었다.

이렇게 달라진 야담은 18세기 전후 사대부에 의해 한문으로 기록되었다. 한문 야담집은 사대부들의 독서물이 되었다. 그런데 야담은 원래 민중들과 여성들의 호기심을 더 끄는 서사문학이었다. 이들은 묵독默讀의 시대에 이르자 야담을 눈으로 읽기를 원했다. 한문을 해독하지 못하는 이들을 위하여 한문 야담집이 한글로 번역된 것이다.

구연되던 야담이 구어의 구조와는 매우 다른 한문으로 먼저 기록되었고 그것이 다시 한글로 번역되었다는 점에서 독특한 이중 언어 현상을 보인다. 구연 야담이 한문으로 기록된 것은 구어:문어, 한글:한문이라는 두 짝의 이중 언어 현상을 보인다. 한문 야담이 한글 야담으로 번역되는 것은 한문:한글이라는 새로운 한 짝의 이중 언어 현상을 보인다.

계층 관계 면에서 볼 때, 구전 야담을 한문으로 기록한 행위는 사대부 계층의 세계관과 평민 계층의 세계관이 관계 맺고 소통했다는 의미를 가진다. 성 관계 면에서 볼 때, 남성의 문학 행위가 여성의 문학 행위와 긴밀하게 연결되는 의미를 가진다. 거기서 상층 남성 — 하층 남성 — 상층

2 조동일, 『한국문학통사』 1, 지식산업사, 2005, 112면.

여성—하층 여성 등 계층과 성별 관계가 다양하게 포착될 수 있다.

　이 장에서는 야담 및 야담집의 이런 양상을 분석함으로써 조선 후기의 이중 언어 현상의 특징을 살펴본다.

2. 이야기판의 야담

(1) 이야기판[3]의 형성

이야기를 하고 듣는 것은 사람이 본능적으로 좋아하는 행위이다. 평민들뿐만 아니라 사대부 계층에게도 이야기판의 이야기는 오락이나 교육, 정보 교환이나 문화의 창달을 위해 아주 중요한 역할을 했다.

　사대부 계층의 이야기판은 사대부 가문의 이야기판과 사대부 사회의 이야기판으로 구성된다. 사대부 가문의 이야기판은 사대부의 가정이나 가문에서 형성되었다. 사대부 가문의 이야기판에서 구연된 이야기들은 가문 선조들의 언행을 담아 가문의 역사와 정신을 전승했다. 사대부 사회의 이야기판은 관료 생활을 하는 남성 사대부들이 가정 밖에서 만든 것이다. 사대부들은 말하기를 좋아했다. 그들은 독특한 인물에 대해 큰 관심을 가졌고, 재치 있는 말, 우스운 말, 정곡을 찌른 말 등에 대해서도 호기심을 가졌다.

　평민도 다양한 이야기판을 만들었을 것이지만 평민들만의 이야기

3　이야기판은 이야기가 생성되고 구연되고 전승되는 현장이다. 최소한 두 사람이 모이면 이야기판이 성립된다. 이야기판의 이야기꾼은 특출한 이야기하기 능력을 갖춘 경우도 있지만 그것이 이야기꾼의 필수 조건은 아니다. 누구나 이야기꾼이 될 수 있으며 또 청자도 될 수 있다. 이야기꾼과 청자는 상호 소통하기에 위치가 바뀌기도 한다.

판을 보여주는 기록은 많지 않다. 『용재총화』에서 사냥꾼 김속시金束時는 '사슴 잡는 법', '곰 잡는 법', '호랑이 잡는 법' 등을 사대부인 성현成俔(1439~1504)에게 이야기해 준다.[4] 평민인 김속시는 사대부인 성현에게 이런 이야기를 해 주었을 뿐만 아니라 그 전에 자기 계층 사회에서는 더 자주 그런 이야기를 했을 것이라 추정할 수 있다.

(2) 이야기판의 변화와 야담의 형성

조선 후기에 이르러 이야기판의 모습이 크게 달라졌다. 이야기판은 우연하게 만들어지기보다는 특별한 상황에서 진지하게 만들어졌다. 상황이 특별하다는 것은 대체로 이야기판의 공간이 낯설다는 것이다. 일상으로부터도 멀어진 공간에서 색다른 경험을 한 다양한 사람들이 모여 이야기를 구연하고 들었다. 이야기가 다양한 경험을 담았기에 듣는 사람의 호기심을 크게 자극했다.

연암 박지원은 사신을 따라 북경 여행을 시작했는데 중도 숙소에서 밤새 이야기판을 꾸렸다.[5] 「옥갑야화」玉匣夜話는 그때 여러 비장裨將들이 침상을 나란히 하고 나눈 이야기들이 어떤 것이었는가를 알려 준다. 한 사람이 이야기를 하면 그에 호응하여 다른 사람이 또 다른 이야기를 하는데, 이렇게 이어진 이야기들은 내용이나 주제 면에서 앞 이야기와 상통하는 것이었다. 그러니 이야기판에 몰입하는 정도도 대단히 컸다.

조선 후기에 들어오면서 이야기판은 개방되고 다양해졌다. 계층 간 교류와 소통이 가능해졌다. 사대부들은 하층민들로부터 더 다양한 이야

---

4 『용재총화』권5, 『대동야승』1, 민족문화추진회, 1986, 130~131면.
5 이우성·임형택 편, 『이조한문단편집』하, 일조각, 1980, 293면.

기들을 들을 수 있었고 하층민들도 사대부들로부터 이야기를 들어 상층 사회에 대한 호기심을 충족시켰다.

사대부 이야기판에 국한하여 생각해 보면, 조선 초기와 조선 중기에 는 주로 벼슬살이를 하는 사대부들이 사대부 이야기판을 이끌어 가는 주 역이 되었지만, 조선 후기에는 벼슬로부터 소외된 사대부들이 중심이 되 는 경우가 더 많이 보고되었다. 조선 후기 사대부 이야기판은 의도적으로 만들어져 뚜렷한 문제의식을 발전시키는 쪽으로 나아갔다. 가령 『삽교만 록』에 자주 등장하는 단옹丹翁과 변사행邊士行, 『열하일기』 「옥갑야화」의 윤영尹映 등은 벼슬살이를 하는 사대부의 사회에서 소외된 선비이다. 이 들은 변방에서 사대부 사회를 바라보았으며 그들의 이런 위치는 그들로 하여금 세상에 대한 객관적 시각을 가질 수 있게 했다.

『삽교만록』은 심심당深深堂이란 집에서 시골 선비들이 돌아가면서 이 야기를 나누는 장면을 생생하게 전한다.[6] '심심당'은 이야기판이 지속되 는 공간이다. 여기에 모인 선비들은 하나의 이야기를 듣고 그 이야기의 구조나 주제, 서술 의식에 부합하는 또 다른 이야기를 대응하여 구연했 다. 이야기를 듣고 이해하고 이야기를 만들고 구연하는 서사 능력의 비약 을 보여준다.

시골 선비들이 이런 이야기판을 만들었던 것 못지않게 도시 선비들 이나 여항인들도 독특한 이야기판을 만들었다. 『동패락송』東稗洛誦에 그 점이 뚜렷하다. 『동패락송』의 편찬자 노명흠盧命欽(1713~1775)은 당시 벌 열인 홍봉한洪鳳漢 가의 글 선생으로 있었다. 노명흠은 홍봉한 집안 자제 들에게 과시科詩를 가르치며 서적을 베끼고 읽는 데 몰두하다가는 이야

---

6 『삽교집』 하. 아세아문화사 영인, 9면.

기로 좌중을 압도하기도 했다.[7] 이야기판에는 노명흠뿐만 아니라 다른 야담 이야기꾼도 초대되었다. 또 책을 읽어 주는 강독사講讀師도 초빙되었다는 사실은 홍봉한의 손자 홍직영洪稷榮에 의해 증언되었다.[8]

노명흠은 『동패락송』에다 다른 문헌에 실려 있는 것을 옮겨 왔을 뿐만 아니라 이야기판에서 직접 들은 이야기, 이야기판에서 자기가 한 이야기 등도 기록했다. 『동패락송』은 이야기꾼 노명흠의 이야기 대본이 되기도 했다. 『계서잡록』의 편찬자 이희평도 이야기꾼으로서의 자질을 다분히 갖고 있었음을 확인할 수 있다.[9]

이상 『삽교만록』, 『동패락송』, 『계서야담』 등을 통하여, '구연→기록', '기록→기록', '기록→구연'이라는 야담의 이중 언어 현상이 다방향으로 이루어진 것을 확인할 수 있다.[10]

---

7 "옛날을 기억해 보면 공을 좇아 안북과 청괴 옛 골목에서, 피음정 영초헌에서 술이 익어 가고 등불이 다할 때까지 손뼉 치며 한껏 이야기꽃을 피워 잠시도 끊기지 않았다. 그때 나는 어린아이로 자리한 모퉁이에 앉아 이야기를 들었는데 어느덧 달이 지고 닭이 울어 별들도 어지러이 흩어졌다."(記昔, 從公, 安北靑槐舊巷, 披吟之亭, 穎草之軒, 酒闌燈地, 抵掌縱談, 纏纏不少休, 余時以童子, 隅坐耽聽, 輒不覺月落鷄唱, 而北斗闌干.) 「동패락송서」, 『녹은집』鹿隱集, 김영진, 「조선 후기 사대부의 야담 창작과 향유의 일양상」, 『야담문학의 현단계』 1, 보고사, 307면에서 재인용.
8 "나는 어릴 때 세속에 전하는 패설 듣는 것을 좋아했다. 객이 오면 반드시 그에게 이야기해 주기를 졸라 새 이야기의 시작을 거듭하게 하여 이야기보따리가 비게 했다. 객은 피곤하여 자고 싶어 했지만 그래도 그치지 못하게 하였다."(余兒時, 喜聽世俗所傳誦稗說, 客來, 必使之誦之, 屢見更端, 罄其所有, 客倦而思睡, 猶不欲其止.) 洪稷榮, 「東稗洛誦跋」, 『小洲集』 권49.
9 심능숙, 『계서잡록』 서문.
10 조선 시대 이야기꾼에 대해서는, 임형택, 「18~9세기 〈이야기꾼〉과 소설의 발달」, 『고전문학을 찾아서』, 문학과 지성사, 1985, 313~314면; 이강옥, 「사대부의 삶과 이야기문화」, 『한국인의 삶과 구비문학』, 집문당, 2002 등을 참고할 수 있다.

3. 한문으로 기록된 야담

(1) 한문 기록의 배경

이야기판에서 구연되던 이야기들은 한글로 기록되는 것이 더 바람직했다. 한글은 구연 이야기의 서사 구조·표현·어휘들을 그대로 재현할 수 있기 때문이다. 그러나 한글 구사자인 여성들이나 평민 남성들은 구연 야담을 직접 기록할 처지가 아니었다. 여성들은 가문 이야기판을 주도하기는 했지만 조선 후기 개방된 이야기판에는 쉽게 참여할 수 없었다. 또 그들에게 구연물을 기록한다는 행위는 낯선 것이었다. 평민 남성들은 한문은 물론 한글도 능숙하게 구사하지 못했다. 게다가 기록을 위한 종이와 문방 기구를 마련할 수 없었다. 무엇보다 평민들은 이야기를 기록할 필요를 느끼지 않았다. 이야기판에서 이야기를 하고 듣는 것으로도 그들의 기본적 서사 욕구는 충족되었기 때문이다. 야담집이란 단편들을 묶는 전집(complete collection)의 일종이라 하겠는데 평민들은 그런 전집의 개념을 갖고 있지 못했고 또 그런 책에 익숙하지 않았다.

평민들은 기록으로써 후세에 무엇을 전한다는 의식이 강하지 않았고, 말로도 후세에 전하는 것이 가능하다고 믿었다. '구전'口傳 혹은 '구비'口碑란 말은 입으로도 후세에 전하는 것이 가능하다는 믿음을 함축하고 있는 것이다. 또 이야기하기와 이야기 듣기가 그들의 일상에 녹아 있기 때문에 기록의 필요를 느끼지 못했을 것이다. 이야기판은 언제 어디서든 쉽게 만들어졌으니 따로 종이에 써진 이야기를 읽을 필요를 느끼지 못했다.

야담은 사대부에 의해 한글이 아닌 한문으로 먼저 기록되었다. 한글보다 한문에 더 익숙한 사대부들은 『태평광기』, 『수이전』, 『용재총화』, 『필원잡기』 등 한문으로 기록된 전집류에 익숙했다. 방대한 사항들을 기록하여 책으로 펴내는 것은 사대부들의 큰 관심을 불러일으켰다. 후세에 특별한 사실을 전해야 한다는 의식을 강하게 갖고 있었기 때문이다.

요컨대 기록을 중시한 사대부들은 구연 야담이 현실의 여러 문제들을 적극적으로 담은 독자적 작품 세계를 확보하고 고유한 서술 원리를 갖춘 갈래로 발전하자, 기록할 만한 가치가 있다고 판단하고 기록하기에 이른 것이다.[11]

(2) 기록의 권위

사대부는 기록된 것에 대해 권위를 부여하는 경향이 강했다. 구연되는 것과 비교하면 더욱 그렇다.[12] 가령 임방任埅(1640~1724)이 편찬한 『천예록』天倪錄의 「신학사요부강서」愼學士邀赴講書(천예록 455)를 살펴보자. 서원에서 과거 공부를 하던 최문발이라는 청년이 늦은 밤 귀신을 따라갔다가 한문 구절을 해석하지 못한다 하여 꽁꽁 묶였다가, 형제들과 친구들에 의해 구출된다는 이야기다.

그런데 비슷한 단편이 "이것은 택당澤堂이 기록한 것인데 '최생우귀록'崔生遇鬼錄이라는 제목이 이어져 있다"[13]는 설명과 함께 이어져 있다. 택당 이식李植(1584~1647)은 이 기이한 이야기를 작중 주인공인 최문발

---

11 가령 『천예록』에는 유명한 옥소선 이야기(「掃雪因窺玉簫仙」)와 일타홍 이야기(「簪桂逢重一朵紅」)가 실려 있다. 이들 작품은 다른 것들에 비해 두 배 이상 길고 소설적 수준도 탁월하다. 편찬자 임방은 평에서 이들이 "두 부인의 일이 이처럼 많은 고로 이에 오늘 모두 갖추어 기록한다"(兩姬之事, 有是多者, 故今俱備錄焉; 임방 저, 정환국 역, 『교감 역주 천예록』, 성균관대학교 출판부, 2005, 431면)

12 이런 경향은 사대부의 듣기 태도와 긴밀한 관련이 있다. 사대부는 다양한 이야기들을 적극적으로 듣는 태도를 가졌지만, 그 이야기들의 출처를 꼭 밝히려 했다. 출처가 분명치 않은 이야기를 인정하지 않았다. 이강옥, 「일상의 경험을 통한 일화의 형성과 그 활용―鄭載崙의 『公私見聞錄』을 중심으로」, 『국문학연구』15집, 국문학회, 2007, 33~36면 참조.

13 此則澤堂所記, 而題曰崔生遇鬼錄.(천예록 455)

의 아버지 최기벽崔基鐴으로부터 직접 들었다고 했다.[14] 또 이식은 최문발과 함께 공부하던 최문발의 두 친구들로부터도 같은 이야기를 들었다. 이식은 그렇게 들은 이야기를 한문으로 기록했고, 임방은 그것을 『천예록』에다 옮겨 적은 것이다. 아울러 임방은 자기가 직접 들은 이야기도 기록했다. 이극성李克城이란 사람이 들려준 것으로, 내용은 「최생우귀록」과는 조금 다르다. 그리고 임방은 두 이야기에 대하여 이렇게 나름대로 평가한다.

> 이 군(이극성)의 이야기를 기록했다. 이것은 택당이 기록한 것과 대동소이하지만, 이 군의 이야기가 조금 더 보태진 편이다. 지금 택당의 기록을 위주로 하고 나의 기록도 덧붙이니 참고하기를 기다린다.[15]

이식이 최문발의 아버지와 최문발의 친구들로부터 듣고 기록한 것이나, 임방이 이극성으로부터 듣고 기록한 것이나 직접 경험한 사람이 들려준 이야기를 한문으로 기록한 것이라는 점에서 비슷하다. 다만 이야기된 시점이 최소한 50년 정도 차이가 있다. 임방이 이극성으로부터 들은 이야기가 구연의 과정을 약간 더 거친 것이다. "이극성의 이야기에는 좀 덧붙여진 것이 있다"는 임방의 지적도 이와 관련하여 이해가 된다. 구연의 과정을 거치는 동안 부연된 것이다.

그런데 임방은 자기가 들은 이야기보다는 이식이 기록한 이야기를

---

14 余於崔方伯睍, 遇生之父基鐴於鬱岩寺, 爲余道其詳如此, 基鐴信士不妄言, 其二友所傳說亦同.(천예록 456)

15 却以李君言記, 此得擇堂所記大抵相同, 而李言略有所加, 今以澤堂爲主, 而幷錄余記, 以備參省.(천예록 458)

기준으로 삼았다. 설사 똑같은 과정을 거쳐 기록된 이야기라 할지라도, 구연의 과정을 짧게 거치고 먼저 기록된 것에 대하여 더 큰 권위를 부여 하려 한 것이다.

이처럼 사대부들은 기록 자료를 옮길 때보다는 구연되는 자료를 기 록할 때 그 신빙성을 더 신중하게 따졌다. 그런 태도는 임방에게서뿐만 아니라 임방이 그 기록의 권위를 부여했던 이식에게서도 나타난다. 이식 은 최문발의 아버지 최기벽으로부터 이야기를 듣고서 "기벽은 믿을만한 선비이기에 망령된 말을 하지 않을 것이다"[16]라는 단서를 달아야 했던 것 이다.

「맹도인휴유화시」孟道人携遊和詩(천예록 459)도 주인공이 귀신을 만나 사연을 듣고 시도 함께 짓는 기이한 이야기인데, 경험자 성완의 이야기 를 임방이 기록하는 형식이 아니라 성완이 직접 기록한 것을 임방이 옮기 는 형식을 취했다.[17] 성완이 자기의 경험을 한문으로 기록한 것은 그가 만 난 맹도인의 부탁을 들어주기 위해서였다. 맹도인은 신라 시대의 벼슬아 치인데 나랏일을 위하여 활약했지만 역사가가 자신의 공적을 역사책에 기록해 주지 않은 것을 한스럽게 여겼다. 맹도인은 자신의 사적을 세상에 알려 주도록 성완에게 부탁했다. 성완은 그 부탁을 들어주기 위해서는 말 이 아니라 기록이 필요하다 판단했다. 그래서 맹도인이 해 준 이야기와 맹도인과 자기 사이에 있었던 사연을 한문으로 기록한 것이다. 기록의 마 지막에 붙인 성완의 소감도 이런 사실을 확인하게 한다.

이제 맹공의 말이 이와 같이 간곡하니, 이승과 저승이 다르더라도

---

16 각주 14 참조.
17 曾遇孟道人事, 甚可異也. 有自記頗詳, 其記曰(천예록 459)

부탁을 저버릴 수가 없다. 누워서 남을 시켜 적게 하여 여러 사람에게 전하니 학식이 높은 군자들은 행여 비웃지 마시라.[18]

여기서 성완은 맹도인의 행적을 한문으로 기록하여 후세에 전한다는 의식을 분명하게 가졌다. 어떤 사실을 같은 시대 사람들에게 전하는 데는 말로도 충분하지만 후세에 전하는 데는 기록이 필요하다고 보았다. 물론 야담집은 구연되던 것을 기록한 것이기에 구연자나 제보자의 권위를 강조하려고도 했다.[19] 제보자가 분명한데도 불구하고 비슷한 내용을 담은 책을 인용하여 애쓴 것은 구연 자료보다는 기록 자료의 권위에 더 의존했음을 의미한다.

(3) 평결을 통한 세계관 차이의 조정

평민 이야기판과 사대부 이야기판에서 구연된 이야기, 그리고 조선 후기에 새롭게 형성된 이야기판에서 구연된 이야기는 다양한 세계관을 담았다. 사대부들은 야담을 기록하면서도 그 내용을 인정하기 어려운 경우를 발견했다. 인정하기 어려운 기이한 내용일 때 특히 그랬다. 인정할 수 없는 내용을 기록했다는 것은 자기모순일 수 있다. 이런 자기모순을 변명하기 위해서 평결評結을 활용했다.

염라왕은 어찌 그리 자주 바뀌는가? 석가모니의 설에 의하자면 천

---

18 今者孟公所言, 若此丁寧, 幽明之間, 不負顧托, 偃枕倩草, 以傳諸人, 博雅君子, 幸勿嗤點.(천예록 464)
19 西平子孫, 親聞於西平, 而傳說於人也.(천예록 415)

당은 하늘 위에 있고 지옥은 땅속에 있다고 하는데 홍내범이 본 지옥과 천당은 겨우 수백 보만 떨어져 있으니 어찌 그리 가까운가? 이 두 이야기는 내가 판단해 보건대 황당하다.[20]

지옥과 천당의 거리를 문제 삼아서 이야기 내용을 믿기 어렵다는 소감을 나타냈다. 편찬자는 이야기를 옮겼으면서도 '황당'하다며 부정적인 태도를 보였다. 편찬자는 평결을 통해 이야기 내용으로부터 거리를 둠으로써 이야기 내용을 받아들이지 않았다.[21]

이야기 속 남녀 간의 사랑을 '인욕'人慾이라며 부정하기도 한다. 가령 「소기양광부방약」少妓佯狂赴芳約(동야 하 811)의 여주인공 매화는 기생이다. 늙은 이 참판이 그녀를 총애했다. 그건 큰 은혜를 베푼 것이다. 그러나 매화는 자기 마음에 꼭 드는 젊은 곡산 사또가 나타나자 이 참판을 버리고 곡산 사또에게로 가서 절절한 사랑을 나눈다. 그 뒤 곡산 사또가 죽자 매화는 따라서 자결한다.

본 이야기는 분명 매화와 곡산 사또의 사랑을 긍정적으로 서술했다. 그런데도 평결에서는 두 사람의 생각과 행동을 과격하게 부정했다. 편찬자의 입장에서 보면, 매화는 자기를 사랑해 준 이 참판을 배반하여 신분 질서를 흩뜨렸고, 곡산 사또는 상관을 모함했기에 계층 질서를 어겼다. 편찬자는 평결을 통해 기존 질서의 파괴자인 두 사람을 비판했다.

한편 기록한 내용이 사대부로서 인정하기 어려운 아주 기이한 것이라 할지라도 편찬자가 그 내용을 인정하기도 했다.

---

20 閻羅王何其數易耶? 據釋氏之說, 則天堂在於天上, 地獄在於地下, 而洪乃範見地獄去天堂, 只是數百步, 何其近耶? 此兩說, 余總而斷之, 曰荒唐.(천예록 409)

21 評曰: "役鬼之說, 古無聞焉. 至于叔季, 而始有之, 豈不怪哉?"(천예록 417)

평하건대, 정염과 윤세평 두 분의 일은 믿을 수 있다. 신술神術이 있지 않고서야 어찌 능히 천리를 지척과 같이 볼 수 있었겠는가?[22]

정염과 윤세평이란 사람이 '신술'을 가졌다는 것을 인정함으로써 그들을 둘러싸고 일어났던 기이한 이야기조차 받아들이게 되었다. 이때 평결은 기록한 행위에 대한 변명이 아니라 기록한 내용에 대한 감탄이다. 평결을 통해 기술 내용을 찬양하거나 영탄하는 경우는 대체로 그 내용이 유교적 교훈을 말할 때다.[23] 나아가 유가 이념과 배치되는 경우를 인정하기도 한다. 가령, 『학산한언』의 「기미동」己未冬은 살아 있는 기생 분영과 죽은 사대부 권정읍 사이의 사랑 이야기다. 권정읍은 죽은 뒤에도 분영에 대한 사랑을 포기할 수 없어 귀신이 되어 돌아와 분영과 육체적인 사랑까지 나눈다. 이에 대해 편찬자 신돈복은 이런 평결을 붙였다.

무릇 사람 마음에 맺힌 부분이 있으면 비록 죽은 뒤에라도 흩어지지 않으며 생각하는 것이 지극하면 감응하는 바가 반드시 있다.[24]

본 이야기의 세계관을 부정하지 않고 그 정당성을 인정하는 데 새로운 논리를 제시했다. 비록 귀신과 사람이 사랑을 나눈다는 내용을 유가 사대부로서 전적으로 인정할 수는 없지만, '사람 마음에 맺힌 부분'이 있고 '생각하는 것이 지극'하면 그럴 수도 있다는 논리이다. 이것은 '귀신설'로 이어진다.[25]

---

22 評曰: "鄭尹兩公之事, 信矣. 非有神術, 曷能視千里如咫尺乎?"(천예록 401)
23 두정님, 「동야휘집 연구」, 서울대 석사학위논문, 1990, 21~22면.
24 夫人心有所結, 則雖死而猶不散, 思想切至, 則亦有所感召.(『학산한언』, 『한국문헌설화전집』 8, 태학사, 1981, 444면)

이처럼 야담집 편찬자는 평결을 통해 사대부의 일반적인 생각과 편찬자 자신의 개인적 생각, 본 이야기의 세계관 사이의 괴리를 조정했다. 다른 각도에서 보면, 야담에서 평결은 구연 과정의 갖가지 이야기들을 두루 기록할 자리를 마련해 주었다 할 수 있다. 편찬자는 평결에서 변명할 기회를 가지기에 본 이야기에서는 다양한 내용을 부담 없이 담을 수 있었던 것이다.

(4) '경험자의 자기 경험 진술'을 통한 소통

이야기판에서 구연되던 것이 기록되었기에 특별한 서술 방식이 형성되었다. 하나의 이야기가 다른 이야기를 포함하는 방식으로 다시 둘로 나눌 수 있다.

첫째, 시작 부분이나 끝 부분에서 이야기판에 대하여 언급하고 평결을 붙이기도 한다. 이것을 도식화하면 다음과 같다.

이야기판—본 이야기—이야기판(혹은 평)

이것은 한문 기록 야담이 이야기판의 요소들을 완전히 떨쳐 버리지 못했거나, 독자적 작품 세계를 형성하지 못한 단계를 보여준다. 이야기판에서 구연되던 야담을 직접 기록한 1차 야담집에서 주로 나타난다.

둘째, 본 이야기 속에 다른 이야기를 삽입한다. 등장인물(발화자)이 자기가 경험한 것을 상대 인물(수화자)에게 이야기해 주는 것이다. 등장

---

25 신돈복의 귀신설에 대해서는 이강옥, 「야담의 기이 인식―학산한언을 중심으로」, 『우리말글』 제37집, 우리말글학회, 2006, 266~271면 혹은 이 책의 III장 「야담의 기이 인식」을 참조할 것.

인물이 자기 경험을 상대 인물에게 이야기하는 형식은 이야기판의 '이야기꾼―청중'의 관계가 작품 속으로 들어온 형국이다. 구연 단계에서 현실에 존재하던 이야기판이 기록 단계에서 작품 구조 속으로 들어온 것이다. 기록 야담이 현실로부터 독립된 작품 세계를 이루기 위한 조치였다. 이것을 도식화하면 다음과 같다.

본 이야기〔겉 이야기―속 이야기(등장인물의 이야기하기: 상대 인물의 듣기)―겉 이야기〕

이런 서술 방식의 부각은 경험에 대한 태도의 변화와 긴밀한 관련이 있다. 조선 후기에 이르러 사람들의 경험 자체가 독특해졌고 그 경험을 회상하고 그에 대해 이야기하는 태도도 달라졌다. 사람들이 자기 경험을 소중하게 여기고 자랑스럽게 생각하게 되었다. 그래서 자기 경험을 남에게 떳떳하게 이야기하려 했고, 남의 경험 이야기에 대해서도 큰 관심을 가지게 된 것이다.[26]

자기 경험을 남에게 이야기하는 궁극적 목표는 소통과 공감이다. 경험에 대한 공감을 원동력으로 하여 마침내 그 경험이 동반하는 가치·지혜·윤리 등을 공유하고자 한다. 자기 경험을 진술하는 사람의 소망을 수화자가 받아들여 의사소통이 이루어지는 것이다.

편찬자가 야담을 기록하는 과정에서 이런 서술법을 선호했다면 여기에는 사대부 계층이 평민 계층에 대해 가졌던 소통 소망과도 관련이 있을 것이다. '평결'이 주로 이야기 내용을 둘러싼 계급적 단절을 변명한 것인

---

26 등장인물의 자기 경험 이야기하기 양상에 대한 분석은 이강옥, 「야담의 속 이야기와 등장인물의 자기 경험 진술」, 『고전문학연구』 13집, 한국고전문학회, 1998, 207~256면 참조.

데 반하여 이 서술법은 주로 계급적 소통을 지향한다고 볼 수 있다.

(5) 문체의 변화

야담을 기록한 한문은 문체도 달라졌다. 『학산한언』이나 『계서야담』, 『청구야담』 등의 문체는 간명한 반면 『천예록』과 『동야휘집』은 전고典故를 많이 활용한 문체이다. 간명한 문체는 이야기판의 단순한 서술법을 담기에 적절하고, 전고를 많이 활용한 문체는 편찬자의 현학 취향을 드러내고 야담에 대해 권위를 부여하기에 적절하다. 한문 야담에서는 구어에 가능한 한 접근하고자 하는 경향과 정통 한문의 취향을 살리려는 경향이 공존한다.

특히 『동야휘집』은 『시경』이나 『장자』, 『송서』宋書 등에 들어 있는 갖가지 구절이나 어휘들을 차용하여 인물의 형상이나 사건의 전개를 묘사하고 설명한다. 『동야휘집』의 「소설정획규고정」掃雪庭獲窺故情은 『계서야담』이나 『청구야담』에도 실려 있는데, 이들을 비교해 보면 『동야휘집』의 이런 성향을 분명하게 알 수 있다. 즉 『계서야담』이나 『청구야담』이 간략한 서술 방식과 졸박한 묘사를 하고 있는 데 비해 『동야휘집』은 장황한 서술과 화려한 묘사를 했다.[27] 이런 문체는 한문학 전통과 중국의 문화에 대한 편찬자 이원명李源命의 애착과 관련이 있다고 하겠다. 『동야휘집』이 중국 필기소설집인 『해탁』에 실린 작품들을 거의 그대로 수용했던 것도 문체 면에서 『동야휘집』이 보이는 중국적 취향 혹은 문어적 경사와 관련이 있는 것이다.[28]

---

27 이에 대한 자세한 분석은 두정님, 앞의 논문, 65~67면 참조.
28 이강옥, 『한국 야담 연구』, 돌베개, 2006, 407~469면 참조.

『동야휘집』의 문어적 경향은 난해한 부분도 생겨나게 했는데, 그것은 『동야휘집』이 한글로 번역되지 않았던 이유 중의 하나였다. 『천예록』도 문어 취향이 있었지만 한글로 번역되었던 것은 문어 취향 정도에서 『동야휘집』과 차이가 있음을 말해 준다. 반면 『학산한언』과 『청구야담』이 한글로 번역된 것은 두 야담집이 구연 야담의 모습을 비교적 충실하게 기록했기 때문일 수도 있다.

그런데 문어 취향을 강하게 드러냈던 『동야휘집』이 야담의 구연적 분위기를 살리려는 문체적 배려를 하기도 했다. '독안에 든 쥐'(甕內鼠), '아니 땐 굴뚝에 연기 나랴?'(不薪之突 豈有炊烟), '동냥은 주지 않고 쪽박 깨는 것이다'(不給糧而破瓢者也), '누울 자리 보고 발 뻗어라'(量衾伸足) 등은 조선의 속담을 그대로 한문으로 옮긴 것이다. 이것은 중국의 고사성어를 활용하는 자세와는 큰 차이가 있다. 속담뿐만 아니라 일상의 대화에 쓰이는 속어도 그대로 옮겼다. '눈까리가 없냐?'(兩眼無瞳乎), '집에 가서 엄마 젖이나 빨아라'(歸家 吮乳可也), '입이 백 개라도 할 말이 없다'(雖百喙 何可發明) 등[29]은 한문의 권위를 부정하는 표현이라고도 할 수 있다. 다른 야담집에도 '마누라'抹樓下[30] 등 우리 어휘가 등장한다.

『청구야담』이나 『동야휘집』 등의 야담집 한문 문체에 나타난 두 극단의 공존은 야담의 한문 기록이 가지는 독특한 성격과 관련이 있다. 야담은 이야기판에서 구연된 것이라는 점에서 구비문학의 성격이 강한데, 그것이 다시 문어적 성격이 강한 한문으로 기록되었다. 야담을 한문으로 기록한 사대부들은 정도의 차이는 있지만 두 성향으로부터 자유로울 수 없었다. 이것이 모순적 경향이 한문 야담집에 공존하게 된 배경이라 하겠다.

---

29 두정님, 앞의 논문, 63~64면.
30 小人幸蒙大夫人抹樓下德澤(계서야담 98)

4. 한글로 번역된 야담

(1) 한글 번역 환경

야담집 중에서 현재 한글본이 있다고 알려진 것은 구 황실 소장 『어우야
담』,[31] 최민열 소장 『천예록』,[32] 고 김동욱 소장 『동패락송』,[33] 『부담浮談』,[34]
규장각 소장 『청구야담』,[35] 『학산한언』 등이다. 그중에서 한글본 『학산한
언』은 전하지 않는다.

　한문 야담은 구연 야담의 서사의 선을 더 분명하게 하면서도 의미의
전환을 이뤄냈으며, 인물의 형상을 구체화했고 독특한 문체를 형성했다.
사대부가 구연 야담을 한문으로 기록하면서 생성한 이러한 가치들을 한
글 야담은 양도받을 수 있었다. 한글 번역자가 한문 야담을 가능한 한 직
역하고자 했던 것도 이와 같은 한문 야담의 가치를 인정하고 수용하려 했
기 때문일 것이다.

　나아가 한문 야담의 한글 번역은 한문본이 갖추지 못했던 가치를 새
롭게 생성하기도 했다. 한글 야담은 한문 야담과 달리 읽기와 듣기를 함
께 고려해야 했는데, 그것이 한글 야담으로 하여금 독특한 가치를 창출
할 수 있게 했다. 가령 이 시기에 출현한 강독사講讀師의 경우를 살펴보
자. 이업복李業福, 전기수傳奇叟 등이 직업적 강독사라 할 수 있겠는데, 그

31　국문학자료 제4집 『어우야담』 상·하, 통문관, 단기 4293.

32　임방 저, 정환국 역, 『교감역주 천예록』, 성균관대학교 출판부, 2005, 20면.

33　『동패락송』 국문본에 대해서는 임형택, 「동패락송 연구」, 『한국한문학연구』 23, 한국한문학회,
1999 참조.

34　김동욱, 『국문학사』, 민중서관, 1972, 162면.

35　김동욱·정명기 편, 『청구야담』 상·하, 교문사, 1996; 최웅 편, 『주해 청구야담』 1·2·3, 국학자료
원, 1996 등은 한글본을 저본으로 한 것이다.

들은 늦어도 18세기 초에는 출현했다고 한다.[36] 강독사 이업복은 한글 소설을 잘 읽었다. 목소리가 좋았고 소설의 장면이나 등장인물의 성격에 알맞은 표정과 몸짓을 하고 또 그에 맞게 소리를 내어 주었기에 환호를 받았다. '부자'나 '서리 부부'[37]는 이업복을 불러 주고 지원해 주는 고정 고객 혹은 패트론이었다. 또 다른 기록은 사대부가의 부인들이 강독사를 즐겨 초대했음을 증언한다. 여성성이 매우 강한 평민 남자가 여장을 하고 한글 소설이나 방물 등을 팔고 불공까지 드려 주었으니 여인들의 호응이 드높지 않을 수 없었을 것이다.[38]

　이런 예들을 통해 보면 18세기 이후에는 신분이 높든 낮든 여인들이 책을 읽어 주는 강독사에게 매료되었다고 볼 수 있다. 강독사가 읽어 주는 소설은 집안 어른들로부터 듣는 진부한 이야기의 맛과도 다른 것이었다. 책을 읽는 강독사로부터 이야기를 듣는 경험은 역으로 그 원천인 책에 대해 호기심을 갖게 했을 것이고, 그것이 직접 읽기를 부추겼을 것이다. 이렇게 하여 여성층을 중심으로 하여 한글 서사 읽기에 대한 요구가 늘어나게 되었다. 이런 요구가 소설의 상품화를 촉진했다는 것은 널리 알려진 사실이다.

　그런데 야담집에는 소설에 해당하는 작품들이 적지 않게 실려 있다. 그 작품들은 강독사가 여성들에게 읽어 준 '언문패설' 속에 포함된다. 강

36　조동일, 『한국소설의 이론』, 지식산업사, 1976, 405면.

37　李業福, 傔輩也. 自童稚時, 善讀諺書稗官, 其聲, 或如歌, 或如怨, 或如笑, 或如哀, 或豪逸而作傑士狀, 或婉媚而做美娥態, 盖隨書之境, 而各逞其態也. 一時(원문은 日이라 잘못 표기되어 있다)豪富之流, 皆招而聞之. 有一胥吏夫婦, 酷貪此技, 哺養業福, 遇如親黨.(「失佳人數歎薄倖」, 『破睡錄』, 『동패락송』, 아세아문화사 영인본, 369면)

38　一漢常, 自十餘歲, 畵眉粉面, 習學女人諺書體, 善讀稗說, 聲音如女人矣. 忽不知去處, 變爲女服, 出入士夫家, 或稱知脈, 或稱方物興商, 或以讀稗說, 且締結僧尼, 供佛祈禱, 士夫婦女之一見之者, 莫不愛之.(『二旬錄』, 『稗說』 9, 탐구당 영인, 452~453면)

독사의 읽기 대본용으로도 한문 야담이 번역되었을 가능성을 추정하게 한다.

『흠영』欽英의 편찬자 유만주俞晚柱는 1786년 11월 18일의 일기에서 조카딸이 읽어 주는 『학산한언』 10편을 듣고 그 감상을 피력했다.[39] 유만주의 조카딸은 한글 야담의 여성 독자층이다. 야담이 한글로 번역되면서 여성들의 새로운 읽을거리가 되었음을 알 수 있다. 특히 야담집에는 여성을 주인공으로 하고 또 여성이 자기 능력을 마음껏 발휘하는 이야기가 적잖이 실려 있기 때문에 여성 독자층으로부터 환영을 받았을 것이다.

한글 야담은 묵독되기도 하고 낭독되기도 했는데 그 점은 번역과 전사 과정에도 반영되었다. 최민열 소장 『천예록』에서 "老僕自重興寺"(461면)[40]를 "늙은듕이쥬흥ᄉ로브터와"로 번역했는데, '중흥사'가 '쥬흥ᄉ'로 오기되었다. 번역자가 한문 원문을 보고 직접 썼다면 이렇게 오기되지 않았을 것이다. 두 가지 가능성이 있다. 첫째, 번역자가 직접 번역하여 입으로 불러 주면 필사자가 듣고 받아썼을 수 있다. 둘째, 이미 한글로 번역된 것을 한 사람이 입으로 불러 주면 필사자가 듣고 받아썼을 수 있다. 셋째, 한글로 번역된 것을 필사자가 잘못 보고 썼을 수 있다.

이런 점은 작품 중간에 나온 한시의 음을 그대로 옮기는 부분에서 더 분명하게 확인된다. 즉, "碧桃花上雨霏霏"(461면)는 "벽동화샹우비비"로, "水滿龍池柳浴翠"(461면)는 "슈만뇽진뉴욕취"로, "羃地寒烟濕不起"(462면)는 "벽디찬연숑불귀"로, "中藏日域海無邊"(462면)은 "듕쟉일역히무변"으로, "一姓相承五寶傳"(462면)은 "일셩샹승오부젼"으로, "扶桑枝上掛靑天"(462면)은 "부샹니ᄉ패졈쳔" 등으로 잘못 옮겨졌다. 특히 '碧桃'가 '벽

---

39 初夜上聞……聽鶴山閑言內文十數段.(유만주, 『흠영』 6, 서울대학교 규장각, 1997, 420면)
40 이하 『천예록』의 면수는 정환국 역, 『교감역주 천예록』, 성균관대출판부, 2005의 면수이다.

동'으로, '中藏'이 '듕쟉'으로, '寶傳'이 '부졍'으로, '靑天'이 '졈쳔'으로 잘못 옮겨진 것은 번역자가 한자음을 정확하게 발음하지 못했거나 필사자가 정확하게 듣지 못한 데서 비롯된 것이 분명하다. 또 "後遊鮑石亭"(462면)은 "후의 됴셕뎡의 놀 식"로, "又到昌敬陵松間"(460면)은 "또 챵셩능 솔 스이예 니르러"로, "此名卽定痛珠"(490면)는 "이 일홈은 젼통쥐라"로 표기된 점을 근거로 하여 보면 이 한글본의 필사자가 다른 한글본을 보고 필사했다고도 하겠다. 그런 점에서 한문 야담의 한글 번역 과정에서는 묵독과 낭독, 보기와 듣기가 공존했음을 확인할 수 있다.

이상에서 살펴본 바와 같이 강독사와 여성 독자층을 위한 한글 야담집의 필요성이 높아졌다고 할 수 있다. 이럴 때 두 종류의 한글 야담집이 가능하다. 구연되던 야담을 한글로 기록하는 방법과 한문 야담을 한글로 번역하는 방법이다. 구연 야담을 한글로 기록할 수 있기 위해서는 한글을 능란하게 구사할 수 있으면서도 한글 독자들의 기대에 부응하는 많은 야담 작품을 확보하고 있어야 했다. 구연 야담을 직접 기록한 한글 야담집이 지금까지 발견되지 않은 것을 보면 그것이 불가능했던 것 같다. 한글 야담에 대한 독자층의 요구에 부응하기 위하여 차선책으로 한문 야담을 한글로 번역했을 것으로 보인다.

이야기판에서 야담은 계속 구연되고 있었지만, 한문 야담집이 한글로 번역되면서 한글 야담집 필사본에 대한 낭독과 묵독이 시작되었다. '이야기판에서의 야담 구연→한문 야담집 묵독→한글 야담집 낭독→한글 야담집 묵독'의 순서는 크게 보면 집단성에서 개인성이 강화되고 구연성에서 문식성(literacy)이 강화되는 순서이지만, '한문 야담집 묵독→한글 야담집 낭독'의 과정은 그 반대의 양상을 보여주는 것이기도 하다.

한글본 야담집은 이런 환경에서 독자층의 성향과 의식을 어느 정도 반영하면서도 기존 한문본의 원형을 크게 바꾸지 않는 균형을 취했다고 할 수 있다. 그중 최민열 소장『천예록』이 한문 원본을 거의 그대로 직역했다면, 한글본『청구야담』은 약간 변개하여 번역하기도 했다.[41] 한글본『청구야담』이 변개한 부분은 우선 여성 독자층에 대한 배려라는 점에서 설명할 수 있고, 다음으로 19세기 한글의 존재 방식이나 야담의 발전 단계란 면에서 설명할 수도 있을 것이다. 지금부터 한글본『청구야담』에 초점을 맞추어 한글 번역의 경향성을 살펴본다.

(2) 여성 감정의 중시와 여성 인물의 부각

한글본『청구야담』에서 가장 두드러지게 나타난 특징은 여성의 마음과 감정을 내세운다는 것이다. 그와 관련하여「수정절최효부감호」守貞節崔孝婦感虎의 일부를 살펴본다.

> 한문본: 至一嶺 有大虎 當路而蹲 不可以行 崔謂虎曰 汝是靈物 須聽吾言 仍實言其由 又曰 吾方求死不得 汝欲害我 須卽瞰我[42]

> 한글본: 한 고개를 당한 즉 큰 범이 길을 당하여 앉았거늘 최씨가 시가에 갈 마음이 바빠 조금도 두려워하지 아니하고 범더러 일러 가로

---

41 정명기는『청구야담』한글본이 번역 대본으로 삼은 한문본이 버클리본(해외수일본으로 아세아문화사에서 영인되었음)이라 추정했다(김동욱·정명기,『청구야담』(상), 교문사, 1996, 21면). 그러나「문소인삼대봉행」聞詔人三代奉行 중 "향인이 시묘터라 일큿더라"(같은 책, 128면)에 해당하는 한문본 구절을 비교해 보면 가령 국립도서관 본이 "鄕人稱侍墓基"라 되어 있는데, 버클리대본은 "鄕人稱侍墓"라고만 되어 있다. 한글본의 '시묘터'란 번역은 버클리대본을 대본으로 해서는 가능하지 않다. 그런 점에서 버클리대본이 한글본『청구야담』의 대본이라는 주장은 재고되어야 할 것이다. 그렇다고 현존하는 어떤 한문본『청구야담』을 대본이라고 분명하게 말하기도 어렵다.
42 같은 책, 26~28면.

되, "너는 본디 영물이니 내 말을 들을 짝이면 실상을 다 이를 것이요 내가 또 죽기를 두려 아니하니 네가 나를 해하려 하거든 바삐 물어 한 때 요기를 하라.[43] (밑줄 친 부분은 한글본에서 덧붙여진 것임)

최효부는 18살에 과부가 되어 앞 못 보는 시아버지를 봉양하며 살았다. 그 처지를 안타까워한 친정 부모가 그녀를 친정으로 불러 재가하기를 강요했지만 거절하고 돌아오다 호랑이를 만난다. 호랑이는 그녀를 잡아먹지 않고 오히려 도와준다. 그 뒤 함정에 빠진 호랑이를 구원해 주어 은혜를 갚는다는 내용이다.

위의 구절은 친정에서 돌아오다가 호랑이를 만나는 장면이다. 여기서 한글본은 한문본을 직역하면서도 몇 부분에서 변개를 시도했다. 한글본은 한문본의 "不可以行"을 옮기지 않고 그 대신 "시가에 갈 마음이 바빠 조금도 두려워하지 아니하고"란 부분을 덧붙였다. 전자는 주인공의 행위를 묘사하고 후자는 주인공의 마음을 설명한다. 여성의 행동을 자세하게 묘사하기보다는 여성 주인공의 마음 상태를 좀 더 섬세하게 전달하고자 한 번역자의 의중을 읽을 수 있다.

또 한문본의 "吾方求死不得"을 한글본은 "내가 또 죽기를 두려 아니하니"로 번역하였다. 한문본의 이 구절을 그대로 번역하면 '내가 바야흐로 죽고자 했는데 이루지 못했거늘'이 될 것이다. 한글본과는 매우 다른 뜻이다. 그런데 전체 이야기에서 이 구절은 "汝欲害我 須卽瞰我"와 대응된다. 그래서 한문본으로 읽으면, '그동안 죽지 못해 살아 왔는데 드디어

---

43 같은 책, 27~29면. 김동욱·정명기가 교주한 이 책은 한글본을 영인한 뒤 현대 표기로 옮겨 놓고 한문본과 비교해 놓아 큰 도움이 된다. 한글본 『청구야담』의 인용은 이 책의 현대 표기 부분이다. 별다른 언급이 없는 한 앞으로의 한글본 인용도 마찬가지다.

죽을 기회를 얻었다'는 뜻이 되겠고 한글본으로 읽으면, '살아서 할 일은 아직 남아 있지만 그렇다고 지금 내가 죽는 것을 두려워하지도 않는다'는 뜻이 된다. 한문본은 전형적인 열녀 의식을 담았다고 할 수 있다. 열녀는 죽은 남편을 따라 궁극적으로 죽어야 한다는 것을 강조하기 때문이다. 남편이 죽은 뒤 최씨가 따라서 죽지 않은 것은 눈먼 시아버지를 봉양하기 위해서였다. 그래도 죽을 기회가 와서 남편을 따라 죽으면 열녀가 된다. 이에 반해 한글본은 살아 있는 시아버지를 봉양하는 것이 남편을 따라 죽는 것 못지않게 중요한 것으로 보았다. 한글본의 최씨는 열이라는 관념에 구속되기보다는 살아 있는 시아버지를 차마 저버릴 수 없다는 마음에 충실했다. 마음과 감정에 충실하는 한글본의 이런 경향은 호랑이에게 "한때 요기를 하라"는 표현을 덧붙인 것에서도 나타난다. 허기를 느끼는 호랑이의 처지에 대해 공감과 동정을 보낸 것이다. 이런 따뜻한 마음이 호랑이를 달라지게 한 셈이다.

「걸부명동비완삼절」乞父命童婢完三節의 경우에는 여인의 속마음이 그 목소리를 통하여 좀 더 부연된다. 주인공 처녀는 아버지와 사인士人을 살리기 위하여 자기 목숨을 바친다. 처녀는 죽기 전에 자신의 마지막 마음가짐과 소망을 피력하는데, 그 대목에서 한글본은 "이후 강상綱常의 죄를 다스리실 때에 소녀의 아비를 살려 주시면 소녀가 지하에 가도 눈을 감으리니 소녀의 명은 금야今夜뿐이라 서방주는 만수무강하소서"(80면)라는 부분을 덧붙였다. 처녀의 감정이 고조된 대목에서 한글 번역자가 그 마음을 부각시킨 것이다.

이렇듯 한글본이 여성의 감정과 마음을 포착하여 부각시키려 한 경향은 더 확장되어 사건 전개에서도 감정적인 선이 또렷해지도록 만들었다. 「이상서원소결방연」李尙書元宵結芳緣에서 결혼 첫날밤에 다른 남자와 동침을 하게 된 여성은 그 기구한 운명을 극복하기 위하여 그 남자와 함께 종적을 감춘다. 세월이 흐른 뒤 남자가 과거에 급제하자 친정 부모를 찾아가는데 그 대목에서 한글본은 "여아를 잃고 주야 슬퍼하다가 이 말을 듣고 꿈인 듯 상시인 듯 황황히"(167면)라는 구절을 덧붙였다. 결혼 첫날 밤 딸이 행방불명된 상황에 대해 한문본은 담담하게 사실 자체만을 소개했지만 한글본은 친정 부모의 간절한 심정을 드러낸 것이다. 「청취우약상득자」聽驟雨藥商得子의 한글본에서는 아버지 없이 자라난 주인공이 아버지가 누군지 가르쳐 달라고 어머니에게 요구하는 대목에서 "가로되 모친이 천륜을 속여 본사本事를 이르지 아니하시니 소자가 죽고자 하나이다 하고 주야로(울며)"(183면)라는 구절을 덧붙였다. 아버지를 만나고자 하는 아들의 간절한 마음이 더 강렬하게 느껴지도록 한 것이다. 주인공은 아버지를 찾기 위하여 스님이 되는데, 이 대목에서도 "천륜을 찾으려고 오륙 년 간에 낙중洛中 양반을 만나면 혹 이런 경력사經歷事를 묻되 얻지 못하여 일야日夜 축천祝天하더니"(182면)라는 구절을 덧붙여 아버지를 찾는 아들의 간절함을 두드러지게 하였다.

또 여성의 체면을 배려하여 작품의 일부를 변개하거나 생략했다. 가령 『청구야담』의 「부남성장생표대양」赴南省張生漂大洋과 『동야휘집』의 「표만리십인전환」漂萬里十人全還은 장한철張漢喆의 『표해록』漂海錄을 변개하여 옮긴 것이다.[44]

『청구야담』의 한글본은 한문본을 대체로 직역했지만 차이를 보이기도 한다. 한문본에서 장한철 일행이 청산도에 표착했을 때, 장한철이 조가녀趙家女라는 청상과부와 하룻밤 정사를 가지는 장면이 나온다. 이 부분이 한글본 『청구야담』에서는 완전히 빠졌다.[45] 표류해 온 남자와 섬에

---

44 이에 대한 자세한 검토는 정명기, 『한국야담문학연구』, 보고사, 1996, 40~61면 참조.
45 이에 대하여 정명기는 '고난-극복'이라는 한글본의 서술 전략에 맞지 않기 때문이라 설명했다.

살고 있던 청상과부가 꿈의 계시를 빙자하여 정사를 벌인 장면을 여성들은 어떻게 보았을까? 이 장면을 부담스럽게 느낄 여성 독자가 있을 것이라 판단한 번역자가 이 장면을 생략했을 가능성이 크다. 독자층을 떠올릴 수밖에 없는 번역자의 자기 검열 결과인 것이다.

그렇다면 이 당시 널리 읽혔던 애정소설류에서는 이보다 더 노골적인 정사 장면이 나오는 현상을 어떻게 설명할까? 우선 한글 애정소설의 여성 독자층과 비교할 때, 한글 야담 여성 독자층이 노골적인 정사 장면을 향유할 정도로 개방적인 처지에 있지 않았을 것이다. 한글 야담집들이 주로 궁중 도서관에 소장되었고 그 서체가 아주 단아한 궁체라는 점이 이를 뒷받침한다. 또 국문 애정소설은 이미 개인의 묵독의 대상이 되었거나 최소한 폐쇄된 공간에서의 독서 대상이 된 데 비하여 한글본 야담은 아직도 열린 상황에서 여성들에게 읽혔을 가능성이 크다.

또 세상일에 절망하여 자살을 하려던 남자가 스스로 죽는 것이 어렵다는 것을 깨닫고서 남에게 맞아 죽으려고 남의 아내를 겁탈하려 하는 「이절도궁도우가인」李節度窮途遇佳人의 유명한 장면도 변개되었다. 한문본의 "花容月態 手梳雲鬂"라는 여성의 성적 매력을 지칭하는 부분을 한글본은 생략했다. 주인공이 여인과 수작하는 행동을 묘사하는 부분에서도 한글본은 손을 잡고 머리를 어루만지는 것까지는 옮겼지만 입을 맞추는 행동은 생략했다. 이어서 한글본은 "내 이 거조擧措하는 것이 실로 취한 것도 아니오 실성한 일도 아니오 남의 여색을 취하려 하는 일도 아니라 내 지극 통분한 정사가 있어 이 거조를 하노라"(276면) 하여 주인공이

그러나 장한철은 조가녀와 정사를 가졌기 때문에 조가녀의 죽은 남편의 친척들에 의해 더 심각한 고난에 빠질 수 있었다. 이 대목을 잘 활용하면 '고난-극복'이라는 서술을 더 선명하게 만들어 낼 수 있었을 것이다. 그럼에도 불구하고 이 대목을 생략했다. 그런 점에서 '고난-극복'이란 틀로써 이 현상을 설명하기는 어렵다.

여인에게 자행했던 충격적 성행위에 대해 변명을 한다.

한문본 「선기편활리농치쉬」善欺騙猾吏弄痴倅에는 한쪽 눈이 먼 고을 원이 송아지와 성교를 하면 눈이 밝아진다는 아전의 꼬임에 빠져 송아지와 성교를 하는 장면이 나온다.[46] 아무리 눈병을 치료하려는 간절한 소망에서 비롯되었다 하더라도 수간獸姦의 장면을 그대로 묘사하는 것은 바람직하지 않다고 번역자는 판단했을 것이다. 그래서 다만 "일장가소사一場可笑事를 행한 후에"(96면)라고만 옮겼다.[47]

요컨대 『청구야담』 한글본은 여성의 처지를 배려하여 여성이 거부감을 느끼지 않을 수준으로 서술을 완곡하게 변개시켰다고 하겠다. 그것은 당시 여성의 성의식이나 윤리의식을 짐작하게 하는 것이기도 하다. 또한 한글 야담의 여성 독자층이 아직도 작품 세계를 현실과 완전히 구분하여 받아들이지 않았음을 암시해 준다.

『청구야담』 한글본은 좀 더 적극적인 변개를 시도하기도 했다. 긍정적인 여성상을 부각시킨 것이다. 「수정절최효부감호」에서 최효부는 동네 사람들이 함정에 빠진 호랑이를 죽이려 하자 그 호랑이가 자기에게 베풀어 준 일에 대해 이야기해 주며 호랑이를 살려 주게 한다. 은혜를 입은 호랑이는 최효부의 옷자락을 물어 당기며 차마 놓지 못하듯 하다가 떠나간다. 한문본은 여기서 끝난다.[48] 한글본은 여기에다 "최씨의 출천지효出天之孝는 이물異物이 감동하는 바이더라"(30면)라는 해설을 덧붙여 이물까

---

46 "신관은 눈을 고치는 것이 다급했고 또 술기운도 올라 잠방이 끈을 풀어헤치고 양쪽 무릎을 꿇고 앉아 아전의 말대로 하였다. 몽롱한 정신으로 앞으로 나아가니 그 송아지는 울부짖고 발길질을 하고 이빨로 물기도 하였다. 간신히 일을 끝마치고 가는데"(新官急於療目, 且多酒力, 解下褲帶, 雙膝跪坐把那話, 朦朧進去, 那牛兒吼嘶踶齧, 艱辛畢事 ; 96면)

47 『어우야담』의 경우에서도 이와 유사한 사례를 발견할 수 있다. 유필선, 「어우야담 연구」, 성균관대 석사학위논문, 1988, 35~36면 참조.

48 虎嚙崔衣不忍捨, 良久而去.(30면)

지 감동시킨 최효부의 효행을 부각시켰다. 「책훈명양처명감」策勳名良妻明鑑에서는 남편을 출세시키는 기생의 활약상을 보여준다. 남편 박기축은 결국 인조반정의 3등공신이 되어 병조참판에까지 이른다. 한글본은 "차회라 궐녀가 근본 천기賤妓로 천정배필을 구하여 몸이 마치도록 일부一夫를 섬기고 장래를 미리 알아 사사事事에 기이함이 귀신같아서 필경 몸이 극귀極貴하고 지아비를 현달케 하니 궐녀는 고금에 드문 사람이로다"(252면)라는 부분을 덧붙여서 여성 주인공을 찬양했다.[49]

(3) 중심 서사 선의 부각

구연되던 야담을 한문으로 기록할 때는 구연 야담의 중심 서사 선을 따라가지만, 한문 자체의 흐름에 따라가는 경우도 있다. 특히 『동야휘집』은 등장인물과 관련되는 일화들을 나열하거나 한문 수사법을 다양하게 구사하며 구연 야담의 서사 선을 흩뜨린 경우가 있다. 한글 야담은 중심 서사 선을 한층 뚜렷이 만들었다.

「풍인객오물음선해」諷吝客吳物音善諧에는 오물음吳物音이란 이야기꾼

---

[49] 이렇게 새롭게 덧붙이지는 않지만 섬세한 변개를 통하여 여성의 긍정적인 행실이 드러나게도 하였다. 가령,
「성훈업불망조강」成勳業不忘糟糠
한문본: 親解衣袍 躬進飯卓(66면)
한글본: 의대를 친히 끄르고 손수 반탁飯卓을 나아올 제 이마에 가지런하여 극히 공손함이 옛날 맹광孟光을 본 받더라(66면)
「이무변궁협격맹수」李武弁窮峽格猛獸
한문본: 李生大異之 問汝丈夫何去 少婦曰適出 今當歸耳(38면)
한글본: 생이 깊이 탄상하고 묻되 그대 장부 어디 갔느뇨 그 여자가 아미를 숙이고 말씀을 나직이 하여 가로되 마침 나갔으니 오래지 않아 돌아오리다(38면)
위에서 밑줄 친 부분은 삽입된 것으로 주인공이 당시 통념 상 가장 여성스러운 행실을 보여주었다는 것을 강조하는 것이다.

이 주인공으로 등장한다. 그런데 그 이름이 특이한지라 한문본은 "盖物音者 熟物之方言也 吳者瓜之俗名 音相似也"(202면)라는 이름에 대한 풀이를 했는데 한글본은 그것을 생략했다. 또 한글본은 "대저 종실이 일언에 돈연히 깨달음이 쉽지 아니하고 오물음은 짐짓 잘 격동하는 자이로다"로 끝맺고 있는데 그중 "오물음은 짐짓 잘 격동하는 자이로다"는 한문본의 "吳乃滑稽之類也 使出於淳于髡優孟之世 則何渠不若耶"(204면)라는 부분을 번역한 것이다. 어떤 인물을 판단할 때 과거의 역사적 인물에 견주어 보는 것이 사대부의 일반적인 성향이었는데, 설사 그것을 인정한다 하더라도 서사의 종결 부분에서 그렇게 한 것은 사족이 될 수 있다. 한글본은 그 부분을 생략했다.

한글본이 간주間註 형식을 적극 활용한 것도 이와 관련된다. 한자 어휘에 압축된 사항들을 모두 한글로 옮긴다면 서사의 흐름을 끊을 수 있다. 어휘 설명을 하되 간주의 형식 안에 작은 글자를 써서 설명한 것은 적절한 조치였다고 할 수 있다.[50]

중심 서사 선만을 따라가려 한 한글본은 한문본에 붙어 있던 후일담이나 평결 등을 거의 다 생략했다. 물론 한문본 『청구야담』에서 외형상 평결로 보이는 경우는 거의 없지만 평결과 비슷한 역할을 하는 편찬자의 개입은 곳곳에 나타난다. 가령 「강방성문변순국」降房星文弁殉國에서 주인공 문기방文紀房이 왜적을 막다 장렬하게 전사하는데, 결말 부분에서는 전라도의 200여 선비들이 문기방에게 포상을 내려야 한다는 청원을 한다. 평결과 똑같은 역할을 하는 이 대목을 한글본은 번역하지 않았다. 『천예록』의 한글 번역에서는 이런 경향이 더 두드러진다. 『천예록』 원본

---

50 가령, "고분고분은 상처하단 말이라 지통이 없으면 어찌 농장농장은 아들 낳는다는 말이라 의 경사가 있으리요"(243면), "감니 감니는 단배라"(317면) 등에서 고딕 서체 부분이 간주로 들어가 있다.

은 매 두 작품의 끝에다 예외 없이 평결을 붙였는데, 한글본 『천예록』은 그 평결을 모두 생략했다.[51]

한문본에서는 서술자의 설명이 중간에 들어가기도 하는데 그것도 한글본은 삭제했다. 가령 「궤반탁견곤귀매」饋飯卓見困鬼魅의 "其下杳無聞知可欠"(64면)이라는 부분, 「가야산고운빙손부」伽倻山孤雲聘孫婦의 "其外金生 頗多虛浪之事 鄕中每以狂客待之"(170면)라는 부분을 한글본에서는 생략했다. 또 「선해학백사우풍」善諧謔白沙寓諷에서는 이야기의 성격상 서술자의 설명을 달지 않으면 안 되었는데 그럴 때도 반으로 줄였다.

「문유채출가벽곡」文有采出家辟穀은 문유채라는 도인의 기이한 행적을 보여준다. 한글본에는 문유채가 마하암이란 곳에서 죽는 부분까지 번역했다.[52] 한문본에는 그 뒤로도 여러 가지 삽화들이 붙어 있다. 사대부들의 특별한 교양에 해당하는 것인데 그것을 한글본 독자들이 이해할 리가 없고 또 그럴 필요도 없었기 때문에 생략한 것이다. 「성가업박노진충」成家業朴奴盡忠이 보여주는 특징도 이와 관련하여 설명할 수 있다. 이 작품은 게으르기 이를 데 없어 주인집의 밥만 축내던 남자 종 박언립이 곤경에 처한 주인집을 일으켜 주는 내용이다. 박언립은 부인과 딸만 남게 된 주인집을 위하여 갖가지 일을 도모하는데 그 마지막 일은 주인 딸의 신랑감을 구해 주는 것이다. 한글본은, "가권이 일제히 상경함을 청하니 주모主母가 그 말을 좇아 경중에 올라와 여혼女婚을 지내더라"(318면)라는 구절 다

---

51 「박취금팽년」朴醉琴彭年(동패 268)을 번역한 한글본 『동패락송』도 마지막에 붙어 있던 "묵정 신상권 군은 박씨 가문의 외손인고로 그 일을 심히 상세하게 전했다"(墨井申君商權, 是朴門外孫, 故傳其事甚詳)는 부분을 옮기지 않았다. 한문본 기록자는 이 이야기를 신상권이라는 사람으로부터 들었기 때문에 그 점을 밝혔다. 그것은 기록 내용에 권위를 불어넣기 위한 장치이기도 하다. 한글본이 그것을 옮기지 않았다는 것은 한글본 서술자가 그 어떤 권위에도 기대지 않고 오직 스토리 자체에만 몰두하게 함으로써 독자들에게 감동을 주려 했기 때문이라는 해석이 가능하다.

52 미구에 마하암으로 옮아 죽으니라(678면)

음에 박언립이 하직 인사를 하고 떠나는 것으로 끝난다.[53] 그러나 한문본은 그 사이에 아주 긴 삽화를 제시했다. 인조반정이 실패할 경우를 대비하려는 박언립이 섬 은신처를 마련하는 과정을 그린 것인데, 한글본은 이 대목을 완전히 삭제함으로써 박언립을 철저하게 주인집을 구원해 주는 존재로만 형상화했다. 이런 생략을 통해 한글본은 곤경에 처한 주인집을 구하는 충실한 종의 행적을 일관되게 그렸다.[54]

이상의 차이를 서술자의 태도와 관련시켜 이해할 수 있다. 한문본의 서술자는 이야기에 권위를 부여하고 서술 내용을 이념적으로 판단하려 했다. 반면 한글본의 서술자는 상대적으로 이야기 자체를 더 존중하며 따라가려 했다.

(4) 가사식 대구의 형성

한글본은 한문본을 직역하려 했지만, 문체를 그대로 옮길 수는 없었다. 한글본은 한문본의 문체 대신 새로운 문체를 보여주기도 했다. 그것은 가사나 민요의 율격을 연상하는 것이면서 우리 구어를 닮은 것이기도 하다. 가령 "日暮東門 山僧隨後"[55]를 "일모동문에 산승이 수후라"라고 번역했는데, 그것은 한문 원문의 대구를 살리되 뒷음보가 기준 음격보다 늘어난[56] 2음보이다. 그런데 아직도 그 뜻이 분명하게 전달되지 않았다는 판단 아

---

53 居한지 수년에 언립이 홀연 이공에게 고하여 가로되 소인이 천한 나이가 쇠로하였아오니 돌아감을 아뢰나이다.(318면)
54 그렇다고 하여 한글본 『청구야담』이 정치성을 배제하려 했다고 보아서는 안 될 것이다. 「책훈명양처명감」策勳名良妻明鑑의 여주인공은 인조반정을 예측하고 일련의 조치를 취하여 남편 박기축을 공신으로 만든다.
55 「과동교백납인부」過東郊白衲認父(180면)
56 이에 대해서는 성기옥, 『한국시가율격의 이론』, 새문사, 1986, 234~240면 참조.

래 한문 어휘까지 풀어서 "날이 동문에 저물매 승이 뒤를 따르미라"라고 번역한 간주를 달았다. 불완전하나마 4음보가 이뤄진 것이다.

4음보를 만들려는 경향을 더 적극적으로 추구할 때, 한문 원문에 없던 구절까지 만들어 넣었다. 「성훈업불망조강」의 "爾之夫子 好矣好矣"(72면)는 "너의 서방 아름답다 너의 서방 기특하다"(72면)라고 번역하여 완전한 4음보 대구를 만들었다. 이렇듯 4음보는 대체로 대구를 이루는데, 한글본 『청구야담』에서는 4음보 율격을 만들려는 경향과 대구를 만들려는 경향 중에서는 후자가 더 강하다고 할 수 있다. 가령 「풍인객오물음선해」에서 "空山落木 夜雨荒阡"(204면)을 "공산낙목에 새소리 처처悽悽하고 야우한천夜雨寒天에 귀곡鬼哭이 추추啾啾하니"(204면)라고 번역했고, 「궤반탁견곤귀매」에서는 "金穀堆積"(64면)을 "전곡錢穀이 구산丘山같이 쌓이고 금은보화는 이루 혜지 못할러라"(64면)로 번역하여 대구를 만들었다. 이것은 4음보 율격을 포기하고 대구만을 살린 사례이다.

한글본 『청구야담』이 가사나 민요의 문체를 닮으려 했어도 둘 사이에는 넘을 수 없는 경계가 있다. 산문과 운문의 경계인 것이다. 만일 한글본 『청구야담』이 대구 만들기보다 4음보 만들기에 더 치중했다면 『청구야담』이라는 새로운 시가를 만든 셈이 될 것인데, 그런 일은 일어나지 않았다. 한글본 『청구야담』은 엄연한 산문으로 남았다.

이 시기의 소설이 가사체를 활용하는 경향이 생겼음은 이미 밝혀진 바 있다.[57] 작품 내적 차원에서 보면 가사체 율문을 통하여 인물의 절실한 내면 심리나 정서를 자연스럽게 토로하게 되었다고 할 수 있고 작품 외적 차원에서 보면 율문이 '낭독'에 도움이 되었다.[58] 한글 야담은 한문본에

---

57 서인석, 「가사와 소설의 갈래 교섭에 대한 연구」, 서울대 박사학위논문, 1995. 특히 「유충렬전」이 가사체를 부분적으로 활용하는 양상에 대해서는 이 논문의 102~118면 참조.

대한 구속이 강하기 때문에 가사체 율문을 자주 구사한 것은 아니다. 그런 점에서 인물의 내면 심리나 정서를 드러내는 역할을 할 정도였다고 보기는 어렵다. 그러나 율문이 낭독에 도움이 되었다는 사실은 중요한 암시를 준다. 『청구야담』이 한글로 번역되었고 그 과정에서 율문적 속성을 미미하나마 띠었다는 현상을 통해 야담이 다시 낭독되는 한 지점을 찾아낼 수 있는 것이다.

5. 결론

이야기판에서 구연되던 야담은 18세기 전후에 한문으로 기록되고, 그것이 다시 한글로 번역되었다. 야담이란 갈래를 통해 평민과 양반 사대부, 남성과 여성은 언어와 세계관 차원에서 다채롭게 관계를 맺었다고 할 수 있다.

이야기판은 계층의 높고 낮음을 막론하고 자기 문화를 전승하는 중요한 매체 노릇을 하였다. 각 계층과 가문은 독자적인 이야기판을 만들어 일상 중에서 획득한 경험과 정신을 공유하고 전승했다. 이야기판은 조선 후기에 이르러 통합되기도 했으니, 여러 계층 구성원들이 같은 이야기판에 함께 모여 새로운 이야기들을 구연함으로써 새로운 시대 문화와 정신을 형성하고 전승했던 것이다. 그것은 문화의 통합을 가능하게 한 것이면서 계급적 경계를 넘어서서 새로운 의미 세계를 형성하게 했다. 사대부들은 하층민들로부터 더 다양한 이야기들을 들을 수 있었고 하층민들도 사대부들로부터 마찬가지의 흥미로운 이야기를 들을 수 있었다.

---

58 위의 논문, 179면 참조.

이야기판에서 구연되던 야담은 먼저 한문으로 기록되었지만, 한글로 기록되는 것이 더 바람직했다. 한글은 구연 이야기의 서사 구조·표현·어휘들을 그대로 재현할 수 있기 때문이다. 그러나 한글 구사자인 여성들이나 평민 남성들은 구연 야담을 직접 기록하지 못했다. 여성들은 가문 이야기판을 주도하기는 했지만 개방된 이야기판에 참여하는 것은 제한되었다. 또 여성들 중에는 한글 구사자가 많았지만, 여성들에게 이야기판의 이야기를 기록한다는 것은 당시로서는 낯설었다. 한편 평민 남성들은 한문은 물론 한글도 능숙하게 구사하지 못했다. 게다가 이들은 기록을 위한 종이와 문방 기구를 마련할 여유가 없었다. 무엇보다 평민들은 이야기를 기록할 필요를 느끼지 않았다. 이야기판에서 이야기를 하고 듣는 것으로도 그들의 서사적 욕구는 충족되었기 때문이다.

사대부들이 구연 야담을 한문으로 먼저 기록했다. 구연 야담의 한문 기록은 세계관의 괴리라는 현상을 자주 초래했다. 구연 집단의 세계관과 기록 집단의 세계관이 다른 경우가 많았기 때문이다. 세계관의 괴리를 해결하기 위해 평결을 활용했다. 평결은 원 이야기에 대한 비평 역할을 하면서 동시에 자기의 세계관과 다소 어긋나는 이야기를 기록한 사대부를 위한 변명 역할도 했다.

평결이 사대부 계층과 평민 계층 사이의 세계관적 단절 문제를 처리하는 소극적 서술 장치라면, 경험자의 자기 경험 진술이라는 서술 방식은 사대부 계층이 평민 계층에 대해 가졌던 소통 소망을 충족시켜 주는 적극적 서술 장치이다. 주인공이 자기 경험에 대하여 이야기하고 그것을 상대 인물이 경청한 결과, 감동한다. 그리고 그 감동이 원동력이 되어 주인공과 상대 인물이 소통하는 것이다.

구어적 속성이 강한 야담을 문어적 속성이 매우 강한 한문으로 기록했기에 독특한 문체가 나타났다. 한문이면서도 구어적 속성을 살린 한문본『청구야담』과 문어적 속성을 강화시킨 한문본『동야휘집』이 공존하게 되었다.

이야기꾼 노명흠의『동패락송』편찬은 야담의 구연 및 기록의 사정을 압축해 보여준다. 노명흠은 홍봉한이라는 당대 최고의 권력자 집안에서 조성된 이야기판의 이야기꾼이었다. 그런 그가 야담을 한문으로 기록해 야담집을 편찬했다. 노명흠은 다른 문헌에 실려 있는 한문 야담을 옮겼고, 이야기판에서 스스로 구연한 이야기, 이야기판에서 들은 이야기 등도 기록했다. 나아가 기록된 한문 야담은 노명흠이 이야기를 구연하는 데 대본의 역할도 했다. 이런 점에서『동패락송』의 편찬은 '구연→기록', '기록→기록', '기록→구연'이라는 이중 언어 현상을 다방면으로 보여주는 것이다.

야담은 한문으로 기록된 뒤 한문을 해독할 수 있었던 사대부와 중서인들의 인기 있는 독서물이 되었다. 그래서 한문 야담집은 거듭 편찬되었다. 이런 분위기가 한글 해독자들의 독서 욕망을 부추겼다. 이 시기 한글 해독자들은 한글 소설 읽기에 이미 익숙해져 있었다. 이런 분위기는 이미 16세기부터 형성되기 시작한 것이다.[59] 한글 해독자들은 야담도 눈으로 읽고자 하였다. 그런 욕망에 부응하여 한문 야담집이 한글로 번역된 것이다. 한문 야담을 한글로 번역하면서 한문 기록 과정에서 만들어 낸 긍정적인 가치들을 어느 정도 양도받을 수 있었다. 나아가 한글 번역은 한문본이 갖추지 못했던 가치를 새롭게 생성하였다. 읽기와 듣기가 결합되면서 창출된 가치이다.

18세기 이후 여인들은 책을 읽어 주는 강독사에게 매료되었다. 강독

---

59 16세기 중반 경에『전등신화』가 한글로 번역되어 여항간에 읽혔다(윤세순,「중국소설의 국내 유입과 향유 양상」,『문혀진 문학사의 복원: 16세기 소설사』, 소명출판, 2007, 108~110면).

사가 읽어 주는 것을 듣는 맛과 자신들이 직접 책을 읽는 맛이 다르다는 것을 민감하게 느낄 수 있었기 때문일 것이다. 눈이 아닌 귀를 통해서도 기록 서사물의 맛을 만끽할 수 있다는 것에 환호했다. 귀로 듣는 경험은 역으로 다시 그와 차이가 나는 눈으로의 읽기 욕망을 부추겼다. 이렇게 하여 여성층을 중심으로 하여 한글 소설에 대한 요구가 늘어나게 되었고, 그것이 소설의 상품화를 촉진했다.

강독사와 한글 야담집의 필요성은 더욱 높아졌다. 구연 야담을 한글로 기록할 수 있기 위해서는 한글을 능숙하게 구사할 수 있으면서도 한글 독자들이 기대하는 것을 정확하게 포착하고 또 많은 야담 작품을 확보하고 있는 기록자가 필요했다. 그러나 그런 한글 기록자는 존재하지 않았던 것 같다. 한문 야담을 한글로 번역한 것은 차선책이었다.

한글로 번역된 야담은 여성 독자층의 새로운 읽을거리가 되었다. 특히 야담집에는 여성을 주인공으로 하고 또 여성이 자기 능력을 마음껏 구사하는 이야기가 적잖이 실려 있기 때문에 여성 독자층으로부터 환영을 받았다. 다만 한글 야담집의 서체나 변개 양상을 살펴보면, 한글 야담집은 주로 궁중의 여인들이나 상층 사대부 여성들에 의해 읽혀졌지 하층 여성들에 의해서까지 읽혀졌을 것 같지는 않다.

그 뒤 야담은 『일사유사』나 『차산필담』, 『계압만록』 등 한문으로 전사되기도 했고, 『조선야설 청구기담』朝鮮野說 靑邱奇談(박건회朴健會 찬, 조선서관, 1911), 『청야휘편』靑野彙編(고경상高敬相 찬, 회동서관滙東書館, 1913, 상권만 존재함, 『청구야담』 발췌본임), 『죠선긔담』(1922년 출판)[60] 등 한글로 출판되기도 했으며, 『오백년기담』五百年奇譚(최동주崔東洲 찬, 개유서관皆有書館, 1913), 『동상기찬』東床記纂(백두용白斗鏞 찬, 한남서림翰南書林, 1918), 『실사총

---

60 최인학 편저, 『조선조말 구전설화집』, 박이정, 1999 참조.

담』實事叢談(최영년崔永年 찬, 신문관新文館, 1918), 『기인기사록』奇人奇事錄(송물재宋勿齋 찬, 문창사文昌社, 1921), 『조선야설 박안경기』朝鮮野說 拍案驚奇(박건회 찬, 대창서원大昌書院, 1921), 『대동기문』大東奇聞(강효석姜斅錫 찬, 한양서원漢陽書院, 1926), 『반만년간 조선야담집』半萬年間朝鮮野談集(박건회 찬, 영창서관, 1928) 등 한문 현토체로 출판되기도 했다.[61] 그것들이 1927년부터 시작된 '야담 운동'의 기본 텍스트가 되기도 하였다.

이야기판에서 야담은 계속 구연되고 있었지만, 한문 야담집이 한글로 번역되면서 한글 야담집 필사본에 대한 낭독과 묵독도 함께 이루어졌다. '이야기판 야담 구연→한문 야담집 묵독→한글 야담집 낭독→한글 야담집 묵독'의 순서는 크게 보면 집단성에서 개인성이 강화되고 구연성에서 문식성이 강화되는 순서이지만, '한문 야담집 묵독→한글 야담집 낭독'의 과정은 그 반대의 양상을 보여주는 것이기도 하다.

61 김준형, 『19세기말~20세기초 야담의 전개 양상』, 2004년 한국구비문학회 동계 학술대회 발표 요지문, 2005. 2. 18, 11면.

『청구야담』 한문본 이본의 필사 오류 양상과 의미
─ 형사形寫와 음사音寫

1. 머리말

야담집에 대한 문헌학적 고찰은 야담 연구의 내실을 확보하게 했다. 알려지지 않은 야담집을 발굴해 내어 작가를 찾아내고 전후 야담집 간의 관계와 차이를 해명하는 것 등이다. 야담집의 이본 간 차이와 관계를 해명하는 것은 야담의 변이를 해명하는 데 매우 중요한 기여를 했다.

지금까지 이본 간 관계나 차이에 대한 연구는 거듭되어 왔다. 그런데 이본 간 관계나 차이는 주로 몇몇 단어나 문장을 비교하는 수준에서 검토되었다. 검토된 사례가 충분하지 못했기 때문에 더 많은 사례가 검토될 때 결론이 달라질 가능성이 처음부터 예견되었다. 필사본 이본 분석 방법론에 대한 근본적 성찰이 절실하다.

이 장에서는 『청구야담』 필사본에 거듭 나타나는 오류 사례들을 최대한 수집하여 그것을 근거로 하여 이본 연구의 한 방법론을 개척하고자 한다. 한문본 필사본의 필사 오류는 다음과 같이 나눠질 수 있다.

① 한자의 모양이 비슷하지만 글자가 다른 경우
② 한자의 독음이 비슷하지만 글자가 다른 경우

③ 한자의 모양과 독음이 비슷하지만 글자가 다른 경우

①은 형사形寫 오류에 해당하고 ②는 음사音寫 오류에 해당하며 ③은 둘 다에 해당한다. 각각은 문맥 속에서 뜻이 통하는 경우와 전혀 통하지 않는 경우로 나눌 수 있다. 뜻이 통하는 경우는 필사자가 문맥을 고려하여 적극적 필사를 한 데서 비롯한 것이라 할 수 있다. 뜻이 통하지 않는 경우는 필사 과정에서 글자의 음과 모양에 이끌려 의미를 놓친 데서 비롯한 것이라 할 수 있다. 그 외, 글자의 자리가 바뀐 경우나 부수가 교체된 경우도 적지 않게 발견된다.

『청구야담』 한문본 이본에는 이 각각에 해당하는 사례들이 아주 풍부하게 존재한다. 이는 『청구야담』의 한문본을 필사한 필사자들이 한문에 능통치 못했거나 필사 오류를 교정하는 일에 소홀했음을 암시한다. 문맥을 정확하게 이해하거나 교정 과정에서 철저하게 따졌다면 초래되지 않았을 성싶은 오류들이 적지 않기 때문이다. 야담집 이본들에 필사 오류가 빈번한 현상은 역설적으로 필사 문화와 원리를 해명하는 귀중한 단서를 제공하며 야담집 이본 연구를 돕는다고 하겠다.

『청구야담』은 이야기의 수나 질 면에서 최고의 야담집이라 할 수 있다. 그런 만큼 이본 수도 많다. 규장각 한글본(19책), 가람문고 한글본(19책) 등은 한글본이고, 한문본으로는 가람문고본(5권 5책: 이하 '가람본'), 서울대 고도서본(5권 5책: 이하 '고도서본'), 일사문고본 갑(1책: 이하 '일사본'), 일사문고본 을(1책), 성균관대 도서관본(6권 6책), 고려대 도서관본(6권 6책: 이하 '고대본'), 영남대 도남문고본(6권 6책), 국립중앙도서관본(6권 6책: 이하 '국도본'), 동경대 도서관본(7권 7책: 이하 '동경대본'), 일본 동양문고본(서벽외사 해외수일본 갑, 8권 8책: 이하 '동양본'), 미국 버클리대학 극동도서관본(서벽외사 해외수일본 을, 10권 10책: 이하 '버클리대본') 등이 있다. 이중 버클리대본이 290화로 가장 많은 작품을 싣고 있는 한편, 다른 이본들은 화수에서 일정한 출입을 보인다. 권수도 한 책으로 된 것부터 10책으로 된 것에 이르기까지 다양하다. 이처럼『청구야담』은 야담집 중에서도 가장 많은 이본을 갖고 있는데, 각각의 이본들은 야담집의 문헌학적 연구의 귀중한 자료가 된다. 그런데 그 이본 자체의 검토나 이본 간의 관계에 대한 설명이 아직까지 명쾌하게 이루어지지 않은 실정이다.

버클리대본은『청구야담』이본 중 최선본으로 인정받는다. 저자는 버클리대본을 저본으로 하여『청구야담』을 현대어로 번역하고 그 원문을 다른 이본의 원문들과 비교하는 작업을 계속해 왔다. 그 과정에서 한문본 이본 사이에는 작품 수나 책 수에서 차이가 있을 뿐 아니라, 필사 과정에서 적지 않은 차이가 생긴 것을 발견했다. 그런 차이는 대체로 필사자의 착각이나 실수에서 비롯된 것이었으며 간혹 필사자의 적극적 읽기와 교정 의지에서 비롯된 것도 있었다.

이러한『청구야담』한문본 이본에 나타난 차이와 오류들은 문헌학적으로 매우 중요한 현상임에도 불구하고 지금까지 본격적으로 연구되지 못했다. 야담이 아닌 책의 한글본 필사 오류에 대한 연구는 몇 사례 있는데, 그 대표적인 사례는 백두현, 이미향의 논문이다.[1] 이들은 한글본 오류의 원인별 유형을, '필사자의 무의식적 실수로 인한 오기', '필사자의 주관적 인식에 따른 오기' 등으로 크게 나누고, 전자를 다시 '오표기로 인한 비의도적 오기'와 '오인식형誤認識形이 노출된 비의도적 오기'로 나누고 후자를 '주관적 오인식을 반영한 오기', '필사자의 언어 습관이나 문헌의 특성을 반영한 오기' 등으로 나누었다.[2] 오기를 필사자의 실수로 보

---

1 류탁일,『한국문헌학연구서설』, 세종문화사, 1986; 백두현, 이미향,「필사본 한글 음식조리서에 나타난 오기誤記의 유형과 발생 원인」,『어문학』107집, 한국어문학회, 2010.

고 그것이 비의도적인가 의도적인가를 중요한 유형 분류의 기준으로 삼은 것이다.『청구야담』한문본의 오류도 이에 대응되는 면이 없지는 않지만, 대체로 비의도적인 부분이 많은 반면 의도적인 부분은 많지 않다. 그런 점에서 한문본 필사 오류를 나누는 데는 비의도적인가 의도적인가라는 점을 1차 기준으로 삼는 것이 바람직하지 않다. 그보다는 한자의 음과 모양, 뜻의 관계를 중요 기준으로 삼아야 할 것이다.

우리나라 사람이 한자를 읽고 쓰는 데는 이중 언어 현상이 유발된다. 먼저 한자는 우리 입말을 그대로 정확하게 기록하지 못한다. 또 한자 한 글자는 여러 가지 뜻을 갖는다. 우리나라 사람에게 한자가 유발하는 이런 다양한 국면들이『청구야담』필사자에게 더 뚜렷하게 관철된 것을 발견할 수 있다.『청구야담』필사자들은 한자의 음과 모양과 뜻 사이에서 흔들렸다. 이 장에서는 이런 점을 유념하면서 한자의 모양과 주로 관련된 형사形寫의 측면과 한자의 독음과 주로 관련된 음사音寫의 측면에 초점을 맞추어서 필사 오류 양상을 살펴보겠다.

『청구야담』최선본인 버클리대본, 그다음으로 많은 동양본, 그리고 가장 대중적인 6책본을 대변하는 국도본 사이의 관계를 형사 오류, 음사 오류의 관점에서 살펴볼 것이다. 아울러 각 이본은 6권~12권으로 나누어져 있는데 각 권의 필사자가 다른 경우가 많다. 그런 점에서 필사 오류가 각 이본의 권별로 어떻게 나타나는지 살펴 필사 오류의 원리를 해명할 것이다.

이 장의 논의는 한문본 필사라는 우리 문화 현상의 한 국면을 해명한다는 의의와 함께『청구야담』이본 담론의 새로운 척도와 영역을 개척한다는 의의도 가진다고 본다. 지금까지『청구야담』이본 간의 관계에 대한

2 위의 논문, 29~59면.

논의가 문장의 표현과 단어의 계승 관계 등에 초점을 맞추었는바, 이 장의 논의는 이본 간 관계나 선후 문제를 좀 더 정교하게 따지는 근거를 제시해 줄 것이라고 기대한다.

2. 『청구야담』 필사 과정의 형사와 음사의 원리

한글본 필사와 달리 한문본 필사는 필사자가 모본의 문장들과 글자들을 시각적으로 응시하는 것이 출발이 될 수밖에 없다. 한글본 필사에서는 다른 사람이 모본을 읽어 주고 필사자가 그것을 듣고 그대로 필사할 수가 있다. 한글본 필사에서는 음사音寫로 필사를 마무리 할 수 있는 것이다. 그에 반해 한문본의 필사자는 아무리 한문에 능통했다 하더라도 모본을 직접 보지 않고서는 필사를 완수하기 어렵다. 다른 사람이 한문의 음을 읽어 주는 것이 별 도움이 되지 않는다는 뜻이다. 그만큼 한문본 필사에서는 음사보다 형사形寫가 더 주도적 역할을 했다고 하겠다.

그럼에도 불구하고 한문 음사의 전통은 우리 문화에서 면면히 흐르고 있었다. 향찰식 표기나 이두식 표기의 전통이 그것이다. 향찰식 표기나 이두식 표기는 우리 한문을 읽는 독자의 기대 지평에 영향을 주었을 뿐 아니라 필사자의 그것에도 영향을 주었다고 본다. 한문 필사자는 한문을 읽어 가며 필사하는 전통의 자장 속에 존재한 것이다.

그 과정을 따져 보자. 먼저 필사자는 모본의 한자들을 하나씩 보고, 다음으로 한 구절, 한 줄, 한 문장을 볼 것이다. 혹은 그 역일 가능성도 있다. 그런 뒤 필사자는 필사지로 시선을 옮겨 모본의 한문을 쓰기 시작할 것이다. 이때 시간적 간격이 발생한다. 필사자가 모본의 한자들을 정확하게 필사지에 옮기기 위해서는 이 시간적 간격에서 일어날 수 있는 망각이나 착각의 문제를 해결해야 한다. 필사자는 모본 한자의 이미지가 사라지지 않도록 생생하게 기억해야 한다. 그러나 글자의 이미지는 쉽게 희미해지거나 망실되고는 한다. 그 잔영을 붙들고 한자를 재현한다는 것이 쉽지 않았다. 모본 한자의 이미지가 망실되지 않도록 부차적 조치를 모색했을 것이다. 먼저 문장의 맥락과 의미 속에 글자의 이미지를 넣을 수 있다. 그렇게만 하면 한자의 이미지가 희미해졌다 하더라도 비교적 정확하게 그 이미지를 재현할 수 있다. 그러나 야담집 필사자들이 문장의 의미를 완벽하게 파악하여 필사했을 것 같지는 않다. 그래서 이미지는 더 빨리 망실되었다.

야담집 필사자들은 한자를 정확하게 재현하여 필사하기 위해 이미지, 문맥상 의미뿐 아니라 한자의 독음을 기억했다. 필사자는 모본의 한자를 이미지로 파악하면서 동시에 그 한자의 독음을 입으로 소리 내거나 속으로 되뇌면서 필사를 시작했을 것으로 추정된다. 그것도 구절이나 문장, 행 단위로 소리 내었을 가능성이 크다. 필사자가 한자의 독음을 실현하고 기억한 것은 한편으로는 정확한 필사를 도왔지만 다른 한편으로는 정확한 필사를 방해했다. 우리나라 사람에게 한자는 동음이의어同音異議語를 너무나 많이 갖고 있는 언어였기 때문이다.

필사자가 소리 내거나 속으로 되뇐 한자의 독음은 필사지에 해당 한자를 재현하는 데 개입한다. 문제는 이 과정이 단순하거나 정교하게 이루어지지 않는다는 점이다. 『청구야담』 한자 오류의 상당수는 이 과정의 문제에서 유발된 것으로 추정된다. 지금부터 그 구체적 양상을 살펴보기로 한다.

3. 『청구야담』 필사 과정에 개입한 형사 오류의 양상

(1) 글자 모양이 비슷하지만 뜻이 다른 한자로 잘못 필사한 경우

버클리대본이 옳고 다른 이본이 틀린 경우

필사 과정에서 한자의 모양이 비슷하지만 뜻이 다른 글자를 필사하여 문맥이 통하지 않는 경우가 가장 많다. 그 사례를 권별로 정리하면 다음과 같다.

권1[3]

何遽(버클리대본·동양본→국도본 "處")[4]歸也
「義男臨水喚兪鐵」(청구야담 권1)

吾今曉(→국도본·동양본·고대본 "晚")[5]殺人
「裹蒸豚中夜訪神交」(청구야담 권1)

有年少未(버클리대본·동양본→국도본·고대본·가람본 "朱")笄之
「義男臨水喚兪鐵」(청구야담 권1)

婢使絡續(버클리대본·국도본→동양본 "繹")奔來
「撤淫祠火燒錦緞」(청구야담 권1)

如不忘(버클리대본·국도본·동양본→고대본 "忠")今日之情
「義男臨水喚兪鐵」(청구야담 권1)

未有若行次之眞(버클리대본·동양본→국도본·고대본·가람본 "直")正大人也
「洪尙書受挺免刃」(청구야담 권1)

待日寒稍弛(버클리대본·국도본·동양본→고대본·가람본 "施")

---

3 버클리대본 권수를 지칭한다.
4 遽(버클리대본·동양본→국도본 "處"): 이 표는, 버클리대본과 동양본 필사자가 "遽"라고 옳게 필사한 반면, 국도본 필사자는 "處"라고 틀리게 필사했다는 뜻이다.
5 '→'표의 좌우에 아무 표시가 없는 것은 버클리대본을 지칭한다.

「占吉地魚遊石函」(청구야담 권1)

堅(버클리대본·국도본→동양본 "緊", 가람본 "竪")築其破土

「占吉地魚遊石函」(청구야담 권1)

委往其家而訪焉(버클리대본·국도본·동양본→고대본·가람본 "爲")

「葬三屍湖武陰德」(청구야담 권1)

只得拱(버클리대본·국도본·동양본→고대본·가람본 "招")手

「葬三屍湖武陰德」(청구야담 권1)

是豈嶺南敦厚之風耶(버클리대본·국도본→동양본·가람본 "邪")

「呂繡衣移花接木」(청구야담 권1)

豈無激勸(버클리대본·국도본·동양본→고대본·가람본 "動")之意乎

「立墓石工匠感孝婦」(청구야담 권1)

以都元帥材目(버클리대본·국도본·동양본→고대본·가람본에는 "因")

「論義理羣盜化良民」(청구야담 권1)

而(→국도본·고대본·가람본 "言")朴則先數月已死云

「過南漢預筭虜兵」(청구야담 권1)

推捉三(→고대본 "之")公兄及座首

「宰錦城杖殺金漢」(청구야담 권1)

而(버클리대본·동양본→국도본·고대본·가람본 "言")朴則先數月已死云

「過南漢預筭虜兵」(청구야담 권1)

三(버클리대본·국도본·동양본→고대본 "之")公兄及座首

「宰錦城杖殺金漢」(청구야담 권1)

愼勿(버클리대본·동양본→국도본·고대본·가람본 "出")聽之

「窮儒詭計得科宦」(청구야담 권1)

권2

俄而備飯而來(버클리대본·국도본→동양본 "米")

「楊承宣北關逢奇耦」(청구야담 권2)

則無愧於古之(버클리대본·국도본·동양본→고대본·가람본 "人")神童
「楊承宣北關逢奇耦」(청구야담 권2)

則(버클리대본·동양본→동경대본 "前")一隻之大
「大人島商客逃殘命」(청구야담 권2)

太(버클리대본·동양본→동경대본 "大")半自其母所成就
「金貢生聚子授工業」(청구야담 권2)

看檢打稻(버클리대본·동양본→동경대본 "租")
「勸痘神李生種德」(청구야담 권2)

自上聞具(버클리대본·동경대본→동양본 "其")紇之勇力
「捕獷賊具名唱權術」(청구야담 권2)

便(버클리대본·동양본·동경대본→고대본 "使")宜從事
「捕獷賊具名唱權術」(청구야담 권2)

討尼湯(버클리대본·국도본·동양본·동경대본→고대본 "陽")介
「彈琴臺忠僕收屍」(청구야담 권2)

行具(버클리대본·국도본·동양본·동경대본→고대본 "且")鮮明
「練光亭錦南應變」(청구야담 권2)

求買郊庄於東郊(→동양본·동경대본 "郭")之外
「聽良妻惠吏保令名」(청구야담 권2)

岩壑側仄(버클리대본·동양본→국도본·가람본 "反")
「林將軍山中遇綠林」(청구야담 권2)

天運所(버클리대본·국도본·동경대본→동양본 "可")關
「林將軍山中遇綠林」(청구야담 권2)

其樓上(버클리대본·국도본·동경대본→동양본 "中")笑語爛熳
「林將軍山中遇綠林」(청구야담 권2)

勿(버클리대본·국도본·동경대본→동양본 "忽")爲他移也
「李東皐爲傔擇佳郎」(청구야담 권2)

深漬則粟(→동양본 "栗")可苗茂
「田統使微時識宰相」(청구야담 권2)

見李氏婦自縊(버클리대본·동경대본→동양본 "隘")

「節婦當難辦高義」(청구야담 권2)

권3

無文(→동양본 "人")則賤矣
「得美妻居士占穴」(청구야담 권3)

以贖(→동양본 "稱")積罪
「宋班窮途遇舊僕」(청구야담 권3)

卽欲無生以償贖(→동양본 "價")此恨
「宋班窮途遇舊僕」(청구야담 권3)

厚賚而箝(→동양본 "箱")富豪之口
「宋班窮途遇舊僕」(청구야담 권3)

終鮮(→동양본 "解")兄弟
「宋班窮途遇舊僕」(청구야담 권3)

久未(→동양본 "矣")還家
「占名穴地師報德」(청구야담 권3)

因(→동양본 "固")爲過葬後
「占名穴地師報德」(청구야담 권3)

半(→동양본 "平")浮半空
「赴南省張生漂大洋」(청구야담 권3)

壬辰倭亂(→동양본 "冠")
「赴南省張生漂大洋」(청구야담 권3)

俄者所乘(→동양본 "秉")者也
「赴南省張生漂大洋」(청구야담 권3)

其少(→동양본 "步")留
「治墳墓諸星州現夢」(청구야담 권3)

吾墓在漆原某(→동양본 "其")村
「治墳墓諸星州現夢」(청구야담 권3)

貿(→동양본 "質")納細布

「拒强暴閩中貞烈」(청구야담 권3)

忿(→동양본 "忽")罵重杖

「拒强暴閩中貞烈」(청구야담 권3)

更占(→동양본 "点")一角之頭

「得美妻居士占穴」(청구야담 권3)

自內衙命府吏, 貿(→동양본 "質")納細布

「拒强暴閩中貞烈」(청구야담 권3)

권4

收拾(버클리대본·동경대본→동양본 "給")在道之物

「治牛商貪僧逢明府」(청구야담 권4)

汝其(버클리대본·동양본→동경대본 "見")廣求得汝錢者

「治牛商貪僧逢明府」(청구야담 권4)

於是生員多折(→동양본 "托")葛蔓作一索

「逢丸商窮儒免死」(청구야담 권4)

只見生員緩緩牽(→동양본 "牢")虎之行

「逢丸商窮儒免死」(청구야담 권4)

使入居子(버클리대본·동양본→동경대본 "于")舍以供文墨之戱

「聽妓語悖子登第」(청구야담 권4)

書房主前日未讀書(→동양본·동경대본 "者")何書耶

「聽妓語悖子登第」(청구야담 권4)

筆亦無欠(→동양본 "次")

「騙鄕儒朴靈城登科」(청구야담 권4)

三(→동양본 "而")十年

「被室謫露眞齋折簡」(청구야담 권4)

已約某(→동양본 "其")隣之某漢

「被室謫露眞齋折簡」(청구야담 권4)

循岸疾(→동양본 "病")走

「肆舊智熊鬪江中」(청구야담 권4)

鄕先達替人(→동양본 "入")送命

「鄕先達替人送命」(청구야담 권4)

統帥(→동양본 "師")始乃大覺

「鄕弁自隨統帥後」(청구야담 권4)

愚駭(→동양본·동경대본 "駭")之擧

「致精誠課曉拜佛像」(청구야담 권4)

以七純(버클리대본·동양본→동경대본 "絶")通登第

「致精誠課曉拜佛像」(청구야담 권4)

自是閉(버클리대본·동경대본→동양본 "開")戶謝客

「致精誠課曉拜佛像」(청구야담 권4)

吾(버클리대본·동경대본→동양본 "與")其與常漢作配

「班童倒撞藁草中」(청구야담 권4)

仍爲序陛(버클리대본·동경대본→동양본 "陸")

「憾宰相窮弁攄胸」(청구야담 권4)

忽聞有女子哭聲甚(버클리대본·동양본→동경대본 "其")悽絶

「雪神寃完山尹檢獄」(청구야담 권4)

榮光耀(버클리대본·동경대본→동양본 "躍")世

「崔崑崙登第背芳盟」(청구야담 권4)

如有深(버클리대본·동경대본→동양본 "探")情

「崔崑崙登第背芳盟」(청구야담 권4)

吾不惜(→동양본 "措")萬金

「車五山乘興題畵屛」(청구야담 권4)

此盖托辭(→동양본 "盖")也

「騙鄕儒朴靈城登科」(청구야담 권4)

意氣(→동양본 "飛")揚揚

「嘲使命李尙書爭春」(청구야담 권4)

自不覺氣縮々(→동양본 "之")然

「嘲使命李尙書爭春」(청구야담 권4)

遂(→동양본 "遠")將此妓

「嘲使命李尙書爭春」(청구야담 권4)

권5

必爲汝之歸(버클리대본·동양본→국도본·고대본 "婦")

「廉義士楓岳逢神僧」(청구야담 권5)

能與我同遊乎(버클리대본·국도본·동양본→고대본 "于")

「吳按使永湖逢薛生」(청구야담 권5)

援(버클리대본·국도본·동양본→고대본 "探")葛攀木而進

「吳按使永湖逢薛生」(청구야담 권5)

推(버클리대본·국도본→동양본 "椎")金姓

「採山蔘二藥商幷命」(청구야담 권5)

撫乳合(버클리대본·동양본→국도본·고대본 "含")口

「得二妾權上舍福緣」(청구야담 권5)

恭竢(→동양본 "竢"↔⁶국도본 俟)處分

「得二妾權上舍福緣」(청구야담 권5)

將笞妓二十臀(버클리대본·국도본→동양본 "臂")

「善戲謔一時寓居」(청구야담 권5)

奇貨可(버클리대본·국도본·동양본→고대본·가람본 "下")居

「善戲謔一時寓居」(청구야담 권5)

則不處焉(버클리대본·국도본→동양본 "爲")

「文有采出家辞穀」(청구야담 권5)

恩(버클리대본·국도본·동양본→고대본·가람본 "息")實大矣

「蔡士子發憤力學」(청구야담 권5)

果報此寃(버클리대본·국도본→동양본 "鬼")

---

6 '↔' 표시는 뜻이 통한다는 뜻이다.

「毁淫祠邪鬼乞命」(청구야담 권5)

是(버클리대본·동양본→국도본 "星")夜鬼

「毁淫祠邪鬼乞命」(청구야담 권5)

君之子葉(버클리대본·국도본→동양본 "業")

「毁淫祠邪鬼乞命」(청구야담 권5)

某甲見(버클리대본·국도본→동양본 "是")官家臨其家

「吠官庭義狗報主」(청구야담 권5)

世宗臨別(버클리대본·국도본→동양본 "則")申戒女色

「關西伯馹騎馳妓」(청구야담 권5)

使伶俐(버클리대본·국도본→동양본 "例")通引

「淸州倅權術捕盜」(청구야담 권5)

家勢赤(버클리대본·국도본·동양본→고대본·가람본 "亦")立

「乞婚需朴道令呈表」(청구야담 권5)

而實則自鳴其一已不平(버클리대본·동양본→국도본·고대본·가람본 "半")
心事也

「呈舊僚鄭司果戲墨」(청구야담 권5)

數朔貞(버클리대본·국도본·동양본→고대본·가람본 "負")疾

「投良劑病有年運」(청구야담 권5)

一日胥吏遇節日(버클리대본·국도본→동양본 "目")

「失佳人數歎薄倖」(청구야담 권5)

適聞(→동양본·국도본 "間")西王母遣使

「失佳人數歎薄倖」(청구야담 권5)

情態(버클리대본·국도본→동양본 "懸")千億

「失佳人數歎薄倖」(청구야담 권5)

托終身女俠捐(버클리대본·동양본→고대본·국도본·일사본·가람본 "損")
生

「托終身女俠捐生」(청구야담 권5)

別(버클리대본·국도본→동양본 "則")設一房

「擇夫婿慧婢識人」(청구야담 권5)

藉(→동양본·국도본 "籍")於馬背
「擇夫婿慧婢識人」(청구야담 권5)

因(버클리대본·국도본→동양본 "困")下馬
「擇夫婿慧婢識人」(청구야담 권5)

貴人躬入而詰(버클리대본·국도본→동양본 "語")之曰
「擇夫婿慧婢識人」(청구야담 권5)

萬萬銀貨(→국도본·동양본·고대본·일사본·가람본 "資")
「擇夫婿慧婢識人」(청구야담 권5)

似(버클리대본·국도본→동양본 "以")紋銀充滿一匏
「擇夫婿慧婢識人」(청구야담 권5)

連輸(버클리대본·국도본→동양본 "輌")數局
「德原令擅名棋局」(청구야담 권5)

避入永春(버클리대본·동양본→국도본 "奉")安過
「澤風堂遇僧談易理」(청구야담 권5)

磨服三(버클리대본·국도본·동양본→고대본·가람본 "之")丸
「李上舍因病悟道妙」(청구야담 권5)

鷄未鳴(버클리대본·국도본→동양본 "唱")
「車五山隔屛呼百韻」(청구야담 권5)

韓石峯乘興灑一障(버클리대본·국도본→동양본 "陣")
「韓石峯乘興灑一障」(청구야담 권5)

哭(버클리대본·동양본→국도본 "器")聲聒耳
「峽氓誤讀他人祝」(청구야담 권5)

順命曰: "唯(버클리대본·동양본→국도본 "雖")"
「得僉使兒時有約」(청구야담 권5)

父厲(버클리대본·국도본·동양본→고대본·가람본 "屬")責而入曰
「結芳緣二八娘子」(청구야담 권5)

公子之往來余(버클리대본·국도본·동양본→고대본·가람본 "金")家
「結芳緣二八娘子」(청구야담 권5)

今又虔誠邀(버클리대본·동양본→국도본·고대본·일사본·가람본 "激")我

권6

一日生晩(버클리대본·국도본→동양본 "曉")歸入室

「成勳業不忘糟糠」(청구야담 권6)

忘其歸(버클리대본·국도본→동양본 "婦")

「乞父命忠婢完三節」(청구야담 권6)

本邑立碑旌(버클리대본·국도본→동양본 "旋")焉

「乞父命忠婢完三節」(청구야담 권6)

乃蹙(버클리대본·국도본→동양본 "壓")眉而言曰

「善欺騙猾胥弄痴倅」(청구야담 권6)

女又潛買(버클리대본·국도본→동양본 "置")一犢

「占名穴童婢慧識」(청구야담 권6)

尹吏遂握(버클리대본·국도본·동양본→가람본 "掘")手爲謝

「兩驛吏各陳世閥」(청구야담 권6)

而任其責(버클리대본·국도본→동양본 "貴")

「活人病趙醫行針」(청구야담 권6)

遂仆(버클리대본·국도본→동양본 "外")不能言

「救父命洪童撞鼓」(청구야담 권6)

謀(버클리대본·국도본·동양본→고대본 "詳")者持書入藩

「張義士爲國捐生」(청구야담 권6)

권7

暮春天以雪(버클리대본·동양본→국도본 "電")風哀

「坐城樓南忠壯效節」(청구야담 권7)

皆是宅奴(버클리대본·국도본·동양본→고대본 "好")子也
「柳上舍先貧後富」(청구야담 권7)

任(버클리대본·국도본·동양본→고대본 "仕")副學也
「李副學海營省叔父」(청구야담 권7)

自此海西(버클리대본·동양본→국도본·고대본·가람본 "平")之民
「李副學海營省叔父」(청구야담 권7)

盧玉溪禛(버클리대본·국도본→동양본 "植")
「盧玉溪宣府逢佳妓」(청구야담 권7)

盖以足(버클리대본·동양본→국도본·고대본·가람본 "是")受之故也
「殲羣蛇亭上逞勇」(청구야담 권7)

其人惶蹙(버클리대본·동양본→국도본·고대본·가람본 "感")曰
「憐孀女宰相囑窮弁」(청구야담 권7)

放溺出門(버클리대본·동양본→국도본 "間")
「超屋角李兵使賈勇」(청구야담 권7)

吾於垂(버클리대본·동양본→국도본·고대본·가람본 "毛")死之年
「得佳妓沈相國成名」(청구야담 권7)

盛其(버클리대본·국도본·동양본→고대본 "具")酒食
「治産業許仲子成富」(청구야담 권7)

大金渠亦(버클리대본·동양본→국도본 "京")不知題主之法
「題神主眞書勝諺文」(청구야담 권7)

急使侍(버클리대본·동양본→국도본 "待")者
「金南谷生死皆有異」(청구야담 권7)

卮(버클리대본·동양본→국도본 "危")酒安足辭也
「憩店舍李貞翼識人」(청구야담 권7)

援琴(→국도본·고대본·가람본 "攀", 동양본 "栞")鼓之
「招神將郭生施術」(청구야담 권7)

肉(버클리대본·국도본→동양본 "內")作瘡痕
「江界妓爲李帥守節」(청구야담 권7)

惶恐無地(버클리대본·국도본·동양본→고대본·가람본 "他")
「營妓伴狂隨谷倅」(청구야담 권7)

忿(버클리대본·동양본→국도본·고대본·가람본 "忽")恨欲死
「武擧廢舍逢項羽」(청구야담 권7)

使之苦(버클리대본·국도본→고대본·가람본·동양본 "若")不堪矣
「新傔權術騙宰相」(청구야담 권7)

過去(버클리대본·동양본→국도본 "車")喪車 何必疑訝
「坐城樓南忠壯效節」(청구야담 권7)

권8

丰(버클리대본·국도본·동양본→동경대본 "年")茸有美色
「報重恩雲南致美娥」(청구야담 권8)

幾十斤(버클리대본·국도본·동양본→동경대본 "片")作餅
「得巨産濟州伯伴病」(청구야담 권8)

而刺(버클리대본·국도본·동양본→동경대본 "速")之矣
「教衙童海印寺僧爲師」(청구야담 권8)

願一辭而(버클리대본·동양본→국도본 "西")行如何
「赦窮儒柳統使受報」(청구야담 권8)

其後又討暇(버클리대본·국도본·동양본→동경대본 "睱")來見
「傳書封千里訪父親」(청구야담 권8)

而苦待端午(버클리대본·국도본·동양본→동경대본 "牛")
「問異形洛江逢圃隱」(청구야담 권8)

忽林樾(버클리대본·국도본·동양본→고대본 "越")間
「坐草堂三老禳星」(청구야담 권8)

互相推諉(버클리대본·국도본→동양본·동경대본 "諉")曰
「雪幽寃夫人識朱旂」(청구야담 권8)

一日妓以官家宴會(버클리대본·국도본·동양본→동경대본 "食")入去
「獲生金父子同宮」(청구야담 권8)

권9

皆以爲錦陽宮(버클리대본·동양본→동경대본 “官”)

「報喜信櫪馬長鳴」(청구야담 권9)

老夫厭(→동경대본 “壓”)烟火之氣

「鏡浦湖巡相認仙緣」(청구야담 권9)

同輿(→동경대본 “興”)而來

「鏡浦湖巡相認仙緣」(청구야담 권9)

仍治(버클리대본·동양본→동경대본 “洽”)其小室之靷行

「禹兵使赴防得賢女」(청구야담 권9)

本倅瓜(버클리대본·동양본→동경대본 “苽”)遞之前

「入吏籍窮儒成家業」(청구야담 권9)

接界之他(→동경대본 “地”)邑

「江陽民共立淸白祠」(청구야담 권9)

小成(버클리대본·동양본→동경대본 “或”)進士

「輸官租富民買兩班」(청구야담 권9)

권10

又得順産弄(버클리대본·동경대본→국도본·고대본 “得”)

「降大賢仙娥定産室」(청구야담 권10)

又得食數(버클리대본·국도본→동경대본 “穀”)瓜

「金丞相瓜田見異人」(청구야담 권10)

無所不覽(버클리대본·국도본→동경대본 “覺”)

「訪桃源權生尋眞」(청구야담 권10)

獨錦南以无(→국도본·고대본·동경대본·가람본·해동야서 “元”)功

「據北山錦南成大功」(청구야담 권10)

光近惑(버클리대본·국도본→동경대본 “感”)之

「感主恩奴僧占名穴」(청구야담 권10)

厥僧卽於(버클리대본·국도본·동경대본→고대본·가람본 "在")左傍鑿穴

「感主恩奴僧占名穴」(청구야담 권10)

盲(버클리대본·국도본·동경대본→고대본·가람본 "育")人巫女及近處巫盲

「還玉童宰相償債」(청구야담 권10)

今不免(버클리대본·국도본·동경대본→고대본 "克")寒乞樣

「白頭翁指教一書生」(청구야담 권10)

而賺我措(→동경대본 "揩")大

「綠林客誘致沈上舍」(청구야담 권10)

汝可撰軍徒(→동경대본 "從")之面目白晳伶俐曉事者

「綠林客誘致沈上舍」(청구야담 권10)

盡爲出(버클리대본·국도본·동경대본→고대본 "山")避圖命

「還玉童宰相償債」(청구야담 권10)

多費辭(→동경대본 "醉")說

「綠林客誘致沈上舍」(청구야담 권10)

明將士以朝鮮有舊恩(→동경대본 "意")

「貸萬金許生行貨」(청구야담 권10)

이상은 버클리대본 필사자가 정확하게 필사한 글자를 다른 이본 필
사자들이 잘못 필사한 사례를 망라한 것이다. 이들은 비교적 단순한 오류
에 해당하는데, 다른 이본 필사자들이 한문에 상대적으로 원숙하지 않아
서 초래된 것일 가능성이 크다. 그림을 모사하듯이 모본의 한자를 눈으로
보고 그대로 옮겼으니 어쩌면 한자의 독음조차 분명히 몰랐을 경우도 있
었을 것이다.

특히, 蓋以足(버클리대본·동양본→국도본·고대본·가람본 "是")受之故也
〔「殲羣蛇亭上逞勇」(청구야담 권7)〕, 放溺出門(버클리대본·동양본→국도본 "間")〔「超屋
角李兵使賈勇」(청구야담 권7)〕, 皆以爲錦陽宮(버클리대본·동양본→동경대본 "官")

〔「報喜信櫪馬長鳴」(청구야담 권9)〕, 一日妓以官家宴會(버클리대본·국도본·동양본→동경대본 "食")入去〔「獲生金父子同宮」(청구야담 권8)〕 등에서 이본의 필사자들은 '足'을 '是'라고 표기하고, '門'을 '間'이라 표기했으며, '宮'을 '官', '會'를 '食'이라 표기했다. 이는 가장 간단한 한자조차 잘못 필사한 경우이기에 필사자의 한문 실력을 짐작케 한다. 이보다 좀 더 어려운 글자로는, 互相推諉(버클리대본·국도본→동양본·동경대본 "誘")曰〔「雪幽寃夫人識朱旅」(청구야담 권8)〕, 忿(→동양본 "忽")罵重杖〔「拒强暴閨中貞烈」(청구야담 권3)〕, 光近惑(버클리대본·국도본→동경대본 "感")之〔「感主恩奴僧占名穴」(청구야담 권10)〕, 自內衙命府吏, 貿(→동양본 "質")納細布〔「拒强暴閨中貞烈」(청구야담 권3)〕 등의 사례에서 찾을 수 있다. 여기서 '諉', '忿', '惑', '貿' 등은 상대적으로 좀 더 복잡한 한자라 할 수 있다. 그래서 그것을 '誘', '忽', '感', '質'로 필기하는 것은 흔히 있을 수 있는 오류라고도 할 것이다. 더욱이 빠르게 흘려 쓰면 구분하기가 쉽지 않다.

나아가 줄이나 문장 단위에서 이루어진 형사形寫 오류도 있다.

以贖(→동양본 "稱")積罪
「宋班窮途遇舊僕」(청구야담 권3)

吾(버클리대본·동경대본→동양본 "與")其與常漢作配
「班童倒撞藁草中」(청구야담 권4)

此盖托辭(→동양본 "盖")也
「騙鄉儒朴靈城登科」(청구야담 권4)

皆積厚(←국도본·동양본·고대본·일사본·가람본은 "粟")富厚
「採山蔘二藥商幷命」(청구야담 권5)

過去(버클리대본·동양본→국도본 "車")喪車 何必疑訝
「坐城樓南忠壯效節」(청구야담 권7)

以贖(→동양본은 "稱")積罪에서 동양본 필사자가 '贖'을 '稱'으로 표기하게 된 데에는 두 가지 요인이 개입했다고 볼 수 있다. 먼저 '賣'와 '俑'의 형상의 유사성이다. 동양본 필사자는 '賣'를 보고 옮기는 과정에서 좀 더 간략한 '俑'으로 필사했다. 한편 '贖'의 획인 '貝'에 대해서는 형상이 전혀 다른 '禾'로 표기했다. 이는 '贖' 뒤에 붙어 있는 '積'과 관련이 있다고 본다. 즉, 동양본 필사자는 모본에서 '贖積'을 함께 보았다. 두 글자를 비교하면 '賣'와 '責'이 형상에서 비슷하게 보인다. 동양본 필사자에 의해 '賣'≒'責'≒'俑'이 성립하는 것이다. 그렇게 되면 '贖積'의 '贖'과 '積'이 비슷하게 보이게 되고 마침내 필사된 글자의 부수는 '貝'가 아니라 '禾'로 변형된 것이다.

이처럼 같은 문장의 다른 글자 모양에서 영향을 받거나 다른 글자를 그대로 필사하는 것은 똠(버클리대본·동경대본→동양본 "與")其與常漢作配〔「班童倒撞藥草中」(청구야담 권4)〕, 此盖托辭(→동양본 "盖")也〔「騙鄕儒朴靈城登科」(청구야담 권4)〕, 過去(버클리대본·동양본→국도본 "車")喪車 何必疑訝〔「坐城樓南忠壯效節」(청구야담 권7)〕 등에서 더 뚜렷해진다. 똠(버클리대본·동경대본→동양본 "與")其與常漢作配에서 동양본 필사자는 '똠'를 보고서 '與'로 필사했다. 이것은 명백히 같은 문장의 두 번째 뒤 글자인 '與'를 보고 착각하여 그것을 옮겼기에 생긴 오류이다. 此盖托辭(→동양본 "盖")也에서 동양본 필사자는 반대로 '辭'를 필사하려고 했지만 앞에서 본 '盖'와 혼동하여 '盖'라고 필사했다. 過去(버클리대본·동양본→국도본 "車")喪車 何必疑訝에서 국도본 필사자는 '去'를 옮겨 적으려 하다가 '車'라고 필사했는데, 두 번째 뒤 글자인 '車'를 보고 혼동했기 때문이다. 그리고 이 과정에 음사音寫 요소가 조금 개입했다. '去'와 '車'의 독음이 동일하기 때문이다.

좀 더 복잡한 과정을 거쳐 오류가 생겨난 경우가 있다.

両手接待(←동양본은 "持")
「說風情權井邑降巫」(청구야담 권3)

丰(버클리대본·국도본·동양본→동경대본 "年")茸有美色
「報重恩雲南致美娥」(청구야담 권8)

両手接待(←동양본은 "持")에서 버클리대본 필사자는 모본의 '両手接持'를 두 글자씩 보고 읽었을 것으로 추정된다. 그래서 먼저 '両手'는 정확하게 필사했다. 다음으로 '接持'를 보았다. 그러면서 동시에 독음을 소리 내어 읽었다. 그런데 '持'는 '待'와 모양이 비슷했고 필사자는 '접대'란 독음에 익숙해져 있었다. 그래서 '접대'라 읽었고 '接待'라고 필사한 것이다. 그런 점에서 '持'라는 한 글자에 대한 모양 착각이 있었고 그것이 '접대'란 독음을 구성해 내어 필사 오류를 초래했다고 하겠다. 丰(버클리대본·국도본·동양본→동경대본 "年")茸有美色에서는 버클리대본과 기타 이본들이 한 문장 속에서 오류를 주고받는 형국을 보인다. 먼저 동경대본 필사자는 예쁘다는 뜻의 '丰'을 '年'이라 필사했다. 모양이 거의 비슷했기 때문이었다. 바로 다음 글자에서는 오히려 버클리대본 필사자가 오류를 범했다. 즉 '容'을 '용'이라 읽고 같은 독음의 '茸'으로 필사한 것이다. 그런데 글자의 난이도 면에서 '容'과 '茸'을 비교해 보면 '容'이 쉽고 아주 자주 쓰이는 한자임에 비해 '茸'은 어렵고 자주 쓰이지 않는 글자이다. 그런데도 버클리대본 필사본이 '容'을 '茸'으로 잘못 필사했다는 것은 잘 납득이 되지 않는다. 필사 오류는 어렵고 복잡한 글자를 쉽고 단순한 글자로 쓰는 쪽으로 생기기 때문이다. 필사 오류가 이런 방향으로 이루어진다는 가장 두드러진 사례가 厚結女(←학산한언 "邑")人之與女家親切者「「拒强暴閨中貞烈」(청구야담 권3)]이다. 버클리대본『청구야담』은 명백하게 그 이전에 필사된 『학산한언』을 필사한 것이다. 버클리대본 필사자는 '邑'을 '女'로 잘못 필사했다. 오류가 쉽고 간단한 글자 쪽으로 이루어진다는 가장 뚜렷한 근거가 된다.

버클리대본이 틀리고 다른 이본이 옳은 경우

권1

頻(←국도본·동양본·가람본 "頗")[7]有款洽之色
「償宿恩歲送衣資」(청구야담 권1)

老婢大喜曰(←국도본·동양본·가람본 "而")去
「撤淫祠火燒錦緞」(청구야담 권1)

往尋向日新(←국도본·동양본·고대본·가람본 "親")知人
「葬三屍湖武陰德」(청구야담 권1)

惟虛實(←국도본·동양본·고대본·가람본·일사본 "寶")之是鑽
「葬三屍湖武陰德」(청구야담 권1)

勢若萬畢(←국도본·동양본·고대본·가람본·일사본 "軍")之驅來
「諭義理羣盜化良民」(청구야담 권1)

勢焰熏(버클리대본·동양본←국도본·가람본 "重", 고대본 "衝")天
「過南漢預算虜兵」(청구야담 권1)

汝是他(←국도본·동양본·고대본·가람본 "何")鄕之軍, 而何時上京耶
「呂相托辭登大闡」(청구야담 권1)

---

7 頻(←동양본·가람본·국도본 "頗"): 화살표의 왼쪽에 이본 표시를 하지 않은 것은 버클리대본을 말한다. 이 표는, 동양본·가람본·국도본 필사자가 "頗"라고 옳게 필사한 반면, 버클리대본 필사자는 "頻"이라고 틀리게 필사했다는 뜻이다.

권2

諸(←국도본·동양본·고대본·가람본 "誰")從吾出戰

「彈琴臺忠僕收屍」(청구야담 권2)

事庶手(←동양본·동경대본은 "乎")濟

「成家業朴奴盡忠」(청구야담 권2)

遂歸取五斗米麵(←동양본 "麯")子數圓

「田統使微時識宰相」(청구야담 권2)

권3

何不入(←동양본 "分")我一莖乎

「獲重寶慧婢擇夫」(청구야담 권3)

初場居嵬(←동양본 "魁")

「金生好施受後報」(청구야담 권3)

頭戴圓布(←동양본 "巾")

「赴南省張生漂大洋」(청구야담 권3)

何林遵悉(←동양본 "急")發我人船

「赴南省張生漂大洋」(청구야담 권3)

兩手接待(←동양본 "持")

「說風情權井邑降巫」(청구야담 권3)

厚結女(←학산한언 "邑")人之與女家親切者

「拒强暴閨中貞烈」(청구야담 권3)

권5

厥後僧菴(←동양본·고대본 "棄")菴移去

「廉義士楓岳逢神僧」(청구야담 권5)

時道邃與某(←국도본·동양본 "其")女及母歸京
「廉義士楓岳逢神僧」(청구야담 권5)

皆積厚(←국도본·동양본·고대본·일사본·가람본 "粟")富厚
「採山蔘二藥商幷命」(청구야담 권5)

李生邃閉(버클리대본·국도본·동양본·←고대본·가람본 "開")戶入室
「安貧窮十年讀易」(청구야담 권5)

扃鐍其(←국도본·동양본·고대본·청구야설·일사본·가람본 "甚")嚴
「失佳人數歎薄倖」(청구야담 권5)

必見(버클리대본·국도본·←동양본 "是")可意人也
「擇夫婿慧婢識人」(청구야담 권5)

권7

以恤窮濟貧, 交結英男(버클리대본·국도본·동양본·가람본·←고대본 "勇")者
「倡義使賴良妻成名」(청구야담 권7)

권8

而互相極(←국도본·동양본·고대본·가람본 "拯")出
「過錦江急難高義」(청구야담 권8)

公何不施備禦之榮(←국도본·동양본·고대본·동경대본·가람본 "策")乎
「山海關都督鏖虜兵」(청구야담 권8)

권9

而潛使李哥隱身於門扇(←동경대본 "扉")之後

「惑妖妓冊室逐知印」(청구야담 권9)

錦陽尉村(←동양본·동경대본 "朴")瀰

「報喜信櫪馬長鳴」(청구야담 권9)

권10

此(←동경대본 "叱")退將領

「綠林客誘致沈上舍」(청구야담 권10)

直至雲從衙(←동경대본 "街")

「貸萬金許生行貨」(청구야담 권10)

或者高朋(←국도본·고대본·동경대본·가람본 "明")之垂察

「送美酒沈相憐才」(청구야담 권10)

버클리대본 필사자도 글자 형상을 잘못 보아 아주 쉽고 기본적인 글
자조차 잘못 필사한 경우가 있다. 가령 錦陽尉村(←동양본·동경대본 "朴")
瀰〔「報喜信櫪馬長鳴」(청구야담 권9)〕에서 성씨인 '朴'조차 '村'으로 표기했다는
것은 버클리대본 필사자가 문맥을 전혀 고려하지 않고 필사를 하지 않았
을까 의심하게 만든다. 앞에 금양위錦陽尉라는 박미의 봉호封號가 주어 있
고 이어 '박미'朴瀰라는 이름이 붙어 있음에도 불구하고 성씨를 '村'으로
필사했다는 점에서 그러하다. 時道遂與某(←국도본·동양본 "其")女及母歸
京〔「廉義士楓岳逢神僧」(청구야담 권5)〕에서도 지시어인 '其'를 '某'라 필사한 것은
문맥을 고려하며 필사하지 않은 탓이다. 李生遂閉(버클리대본·동양본·국도

본(←고대본·가람본 "開")戶入室〔『安貧窮十年讀易』(청구야담 권5)〕에서도 '開'와 정반대인 '閉'를 쓴 것도 문맥에서 완전 이탈된 필사이다. 局鑠其(←국도본·고대본·동양본·청구야설·일사본·가람본 "甚")嚴〔『失佳人數歎薄倖』(청구야담 권5)〕나 必見(버클리대본·국도본←동양본 "是")可意人也〔『擇夫壻慧婢識人』(청구야담 권5)〕, 公何不施備禦之榮(←국도본·고대본·동양본·동경대본·가람본 "策")乎〔『山海關都督鏖虜兵』(청구야담 권8)〕, 以恤窮濟貧, 交結英男(버클리대본·동양본·국도본·가람본←고대본 "勇")者〔『倡義使賴良妻成名』(청구야담 권7)〕, 而潛使李哥隱身於門扇(←동경대본 "扉")之後〔『惑妖妓册室逐知印』(청구야담 권9)〕 등도 마찬가지 성격의 필사 오류이며 버클리대본 필사자가 보인 필사 오류의 대부분은 이런 종류의 것이다.

버클리대본 필사자의 필사 태도와 한문 실력을 알아보는 데 특히 중요한 사례가 互相極(←국도본·고대본·동양본·가람본 "拯")出〔『過錦江急難高義』(청구야담 권8)〕이다. 이 구절은 '서로 건져 준다'는 뜻으로 「과금강급난고의」過錦江急難高義(청구야담 권8)라는 한 작품 속에서 두 번 반복되었다. 그런데도 버클리대본 필사자는 '건져 주다'(拯)는 뜻이 전혀 없고 다만 '拯'과 모양만 비슷한 '極'을 두 번이나 잘못 썼다. 이는 버클리대본 필사자가 문맥상의 뜻이나 스토리의 흐름을 이해하지 않고 필사를 했거나 아예 '拯' 자를 몰랐을 가능성이 있다. 이에 비해 국도본, 고대본의 필사자들은 정확하게 필사했다.

厥後僧菴(←동양본·고대본 "棄")菴移去〔『廉義士楓岳逢神僧』(청구야담 권5)〕와 皆積厚(←국도본·고대본·동양본·일사본·가람본은 "粟")富厚〔『採山蔘二藥商幷命』(청구야담 권5)〕는 필사 오류가 한 음절의 범위를 넘어선 사례다. 전자에서 버클리대본 필사자는 '棄'를 '菴'으로 표기했다. 두 글자는 모양이 비슷하기는 하지만 꼭 비슷한 모양 때문에 오류가 생긴 것이라고 보기 어렵다. 그보다는 필사자가 모본에서 '암자를 버린다'는 뜻의 '棄菴'을 한 단위로 보고 난 뒤, 뒤 글자인 '蕎'에 동화되어 '蕎'을 두 번 썼다고 추정할 수 있다. 皆積厚(←국도본·고대본·동양본·일사본·가람본은 "粟")富厚는 거기서 한 단계 더 확장되어 주어와 서술어 관계인 두 음절 한자어 사이에서도 동화가 이뤄진 현상이다. 즉, 모본에서 '쌓인 곡식'이란 뜻으로 '積粟'이라고 표기했는데, 버클리대본 필사자는 서술어 역할을 하는 '富厚'의 '厚'에 동화되어 '積厚'라고 필사한 것이다. 이는 한 글자를 건너뛴 동화라고 할 수 있다.

(2) 글자 모양과 독음이 비슷하지만 뜻이 통하지 않는 글자로 잘못 필사한 경우

글자 모양과 독음 요인이 함께 개입하여 나타난 필사 오류를 버클리대본 권별로 정리하면 다음과 같다.

권1

> 頗有異(버클리대본·국도본·동양본→고대본 "意")之之意
> 「廉義士楓岳逢神僧」(청구야담 권5)
>
> 側(버클리대본·국도본→동양본 "厠")身於諸客之末
> 「呂繡衣移花接木」(청구야담 권1)
>
> 堅(버클리대본·국도본→고대본·동양본 "緊")築其破土
> 「占吉地魚遊石函」(청구야담 권1)
>
> 冒入塲(버클리대본·동양본→국도본·고대본·가람본 "墻")屋
> 「窮儒詭計得科宦」(청구야담 권1)
>
> 幸主人毋(버클리대본·동양본→국도본·고대본·가람본 "無")用俗套
> 「語消長傗兒說富客」(청구야담 권1)

권2

逗遛(버클리대본·국도본·동양본→고대본 "留", 가람본 "逼")此城
「練光亭錦南應變」(청구야담 권2)

一老宰慇懃(버클리대본·국도본·동양본→고대본 "殷勤")
「練光亭錦南應變」(청구야담 권2)

有非人世之所睹(버클리대본·동경대본→동양본 "賭", 해동야서 "覩")者
「施陰德南士延命」(청구야담 권2)

郡(버클리대본·동경대본→동양본 "群")有鰥夫韓必或者
「節婦當難辦高義」(청구야담 권2)

권3

"實難自死, 莫如爲人所打(→동양본 "托")死
「李節度窮途遇佳人」(청구야담 권3)

待曙(→동양본 "署")還發
「匿屍身海倅償恩」(청구야담 권3)

衣服襤(→동양본 "藍")褸
「憐窮儒神人貸櫃銀」(청구야담 권3)

仍問(→동양본 "門")曰
「擬睞邑宰相償舊恩」(청구야담 권3)

人才(→동양본 "材")蔚興
「赴南省張生漂大洋」(청구야담 권3)

然當修植以慰(→동양본 "尉")魂
「治墳墓諸星州現夢」(청구야담 권3)

便見權公官(→동양본 "冠")服儼然開戶入坐
「說風情權井邑降巫」(청구야담 권3)

譯官莫敢從(→동양본 "蹤")之
「李節度窮途遇佳人」(청구야담 권3)

권4

猝(→동양본 "卒")爲一富家

「逢丸商窮儒免死」(청구야담 권4)

其父聞(버클리대본·동경대본→동양본 "問")此言

「倡義兵賢母勗子」(청구야담 권4)

罵(버클리대본·동경대본→동양본 "買")醫却藥

「逐官長知印打頰」(청구야담 권4)

人旣忘(버클리대본·동경대본→동양본 "亡")我

「崔崑崙登第背芳盟」(청구야담 권4)

亦爲躬(버클리대본·동경대본→동양본 "窮")檢

「崔崑崙登第背芳盟」(청구야담 권4)

屏(→동양본 "幷")退左右

「啣使命李尙書爭春」(청구야담 권4)

권5

生不得已還持其剩(버클리대본·국도본→동양본 "利")錢而來

「安貧窮十年讀易」(청구야담 권5)

其子承(버클리대본·국도본·동양본→고대본 "丞")命

「投良劑病有年運」(청구야담 권5)

馬必瘦(버클리대본·국도본·동양본→고대본 "搜")

「德原令擅名棋局」(청구야담 권5)

권6

牧于(버클리대본·국도본·동양본→가람본 "牛")家中

「占名穴童婢慧識」(청구야담 권6)

松羅(버클리대본·국도본→동양본 "蘿")驛尹吏
「兩驛吏各陳世閥」(청구야담 권6)

권9

享(→동경대본 "亨", 동양본은 생략)厚祿於列邑
「禹兵使赴防得賢女」(청구야담 권9)

권10

鹿脛髡膺(버클리대본·국도본·동경대본→고대본 "鷹")
「還玉童宰相償債」(청구야담 권10)

이상에서 밝혀졌듯이 글자 모양과 독음이 함께 고려되었을 때는 대체로 버클리대본 필사자는 오류가 없었고 그 외 다른 이본 필사자들이 오류를 범하고 있다고 하겠다.

독음에서도 완전히 동일한 것도 있지만 약간의 차이가 있는 경우도 있다. 가령, 頗有異(버클리대본·국도본·동양본→고대본 "意")之之意〔「葬三屍湖武陰德」(청구야담 권1)〕에서 고대본 필사자는 모본의 '異'의 독음 〔이〕와 그 뒤에 있는 글자 '意'의 독음 〔의〕를 비슷하게 지각했다. 이중모음의 발음이 쉽지 않은 경상도 지역 방언과의 관련도 생각해 볼 수 있다. 그래서 정작 필사할 때는 '異'와 발음이 비슷하며 모본의 뒷자리에 있어 그 잔상이 더 오래 지속되었을 '意'를 필사했을 것이라고 보인다.

實難自死, 莫如爲人所打(→동양본 "托")死와 生不得已還持其剩(버클

리대본·국도본→동양본 "利")錢而來〔「安貧窮十年讀易」(청구야담 권5)〕는 비슷한 모양에다 비슷한 독음 요인이 개입하여 필사 오류가 이루어졌는데, 특히 독음의 받침이 실현되기도 하고 실현되지 않기도 하는 데서 비롯했다. 즉, '打'와 '托' 사이에는 'ㄱ' 받침 고수와 탈락이, '剩'과 '利' 사이에는 'ㅇ' 받침 고수와 탈락이 문제되었다.

한자의 모양과 독음이 비슷한 필사 오류 사례에서는 버클리대본 필사자는 언제나 맞는 편에 있고 다른 이본의 필사자들이 오류를 범하는 편에 섰다. 버클리대본 필사자가 한 사람은 아니라는 점에서 일반화하기는 어렵겠지만 전반적인 형편을 따지자면 버클리대본 필사자들이 다른 이본 필사자들보다 꼼꼼했거나 한자 실력이 상대적으로 나았다는 짐작을 하게 한다.

(3) 글자 모양이 비슷하며 뜻도 상통하는 한자로 필사한 경우

비슷한 모양의 다른 한자로 필사했지만 문맥상 뜻이 통하여 필사 오류라고 하기 어려운 경우들도 있다. 이 경우는 대체로 필사자들이 문맥을 따라가면서 매우 적극적으로 필사에 임했기에 가능했을 것이라고 판단한다.

권1

則必不免小人之刀(→국도본·동양본·고대본·가람본 "刃")矣
「洪尙書受挺免刃」(청구야담 권1)

出必醉飽而返. 或經宿不還(버클리대본·국도본↔동양본 "返")
「裹蒸豚中夜訪神交」(청구야담 권1)

主(버클리대본·동양본↔국도본·고대본·가람본 "本")倅以下

「義男臨水喚兪鐵」(청구야담 권1)

詬罵(↔국도본·동양본·가람본 "詈")

「呂繡衣移花接木」(청구야담 권1)

明日出給路資(버클리대본·국도본↔고대본·동양본·가람본 "費")

「誇丈夫西貨滿馱」(청구야담 권1)

與朝臣共議(↔국도본·동양본·고대본·가람본·일사본 "論")禦賊之策

「料倭寇麻衣明見」(청구야담 권1)

馳(↔국도본·동양본·고대본·가람본·일사본 "馳")馬習射

「復主讐忠婢托錦湖」(청구야담 권1)

回顧(버클리대본·동양본↔국도본·고대본·가람본 "觀")見錦湖

「復主讐忠婢托錦湖」(청구야담 권1)

斥賣庄(버클리대본·동양본↔국도본·고대본·가람본 "田")土

「葬三屍湖武陰德」(청구야담 권1)

권2

風馳雷(↔국도본·동양본·고대본·가람본 "電")邁

「練光亭錦南應變」(청구야담 권2)

以其家貲(버클리대본·동경대본↔동양본 "貨")奴婢田宅

「李尙書元宵結芳緣」(청구야담 권2)

新婦少不嫌(↔동양본·동경대본·해동야서 "謙")讓

「避禍亂賢婦異識」(청구야담 권2)

권3

兄年未(↔동양본 "不")滿四十

得美妻居士占穴」(청구야담 권3)

擧朝稱賞(↔동양본 "賀")

「田統使微時識宰相」(청구야담 권3)

此家後小屋(↔동양본 "室")卽吾家也

「得美妻居士占穴」(청구야담 권3)

汝誤尋到此, 必須回去(↔동양본 "出")

「趙豊原柴門訪舊友」(청구야담 권3)

一日忽逃(↔동양본 "逸")去

「宋班窮途遇舊僕」(청구야담 권3)

권4

黙黙(↔동양본 "然")無語良久

「信卜說湖儒探香」(청구야담 권4)

優給棺槨衣衾(↔동경대본 "裳", 동양본은 생략)

「崔崑崙登第背芳盟」(청구야담 권4)

環視(↔동양본 "現")其家

「信卜說湖儒探香」(청구야담 권4)

第待(↔동양본 "俟")日後

「被室謫露眞齋折簡」(청구야담 권4)

極難(↔동양본·동경대본 "艱")

「老學究借胎生男」(청구야담 권4)

賭取科官(↔동양본 "宦")之地

「被室謫露眞齋折簡」(청구야담 권4)

衆邏卒齊立(↔동양본 "出")縛之

「肆舊習熊鬪江中」(청구야담 권4)

朴也忽稱腹痛(버클리대본·동양본↔동경대본 "病")

「定名穴牛臥林間」(청구야담 권4)

見三妾(버클리대본·동경대본↔동양본 "妻")及三婦

「老學究借胎生男」(청구야담 권4)

滿庭喧聒(↔동양본 "話")

「鰥班弄計卜隣寡」(청구야담 권4)

今則勢將遜某(↔동양본 "其")友一頭

「啣使命李尙書爭春」(청구야담 권4)

暫令(↔동양본 "命")出給某妓

「啣使命李尙書爭春」(청구야담 권4)

小人以八(버클리대본·동양본↔동경대본 "一")面不知之人

「鄉弁自隨統帥後」(청구야담 권4)

終日出坐覘(↔동양본·동경대본 "觀")往來之人

「崔崑崙登第背芳盟」(청구야담 권4)

권5

而我可(버클리대본·국도본↔고대본·동양본 "何")掩

「廉義士楓岳逢神僧」(청구야담 권5)

皁隸更不打話(버클리대본·국도본↔동양본 "語")

「結芳緣二八娘子」(청구야담 권5)

故其(버클리대본·국도본↔동양본 "甚")强壯者

「投良劑病有年運」(청구야담 권5)

有一光(버클리대본·국도본↔동양본 "禿")頭僧

「安貧窮十年讀易」(청구야담 권5)

其榮耀(버클리대본·국도본↔동양본 "輝")盛滿如此

「退田野鄭知敦享福」(청구야담 권5)

妥(버클리대본·국도본·동양본↔고대본·일사본·가람본 "安")我英靈

「毁淫祠邪鬼乞命」(청구야담 권5)

未曾(버클리대본·국도본↔동양본 "甞")拜見

「廉義士楓岳逢神僧」(청구야담 권5)

家中內外病(버클리대본·국도본↔동양본 "痛")臥者

「延父命誠動天神」(청구야담 권5)

擇(버클리대본·국도본↔동양본 "掃")一間淨室

「得二妾權上舍福緣」(청구야담 권5)

亦牢拒不飮(버클리대본·국도본↔동양본 "飯")

「得二妾權上舍福緣」(청구야담 권5)

眥遇嘆(버클리대본·국도본·동양본↔가람본 "嘆", 고대본 "濮", 청구야설
"旱")董壅溝洫

「李後種力行孝義」(청구야담 권5)

俱是未妥(버클리대본·동양본↔국도본·고대본·일사본·가람본 "安")

「結芳緣二八娘子」(청구야담 권5)

권7

而與之偕往(↔국도본·동양본·고대본 "行")

「贅柳匠李學士亡命」(청구야담 권7)

事已致(↔고대본·국도본·동양본 "到")此

「投三橘空中現靈」(청구야담 권7)

無他(버클리대본·국도본↔동양본 "地")控訴

「治産業許仲子成富」(청구야담 권7)

則致(↔국도본·고대본·동양본·가람본 "到")後面而滅

「武擧廢舍逢項羽」(청구야담 권7)

권9

路斷下臨絶壁(↔동양본·동경대본 "壑")

권10

竊期一千歲(↔국도본·고대본·동경대본·가람본 "載")際會
「送美酒沈相憐才」(청구야담 권10)

遊官(↔동경대본 "宦")如唐元故事
「貸萬金許生行貨」(청구야담 권10)

細叩其平生官(버클리대본·동경대본↔국도본·고대본 "宦")跡之如何
「金丞相瓜田見異人」(청구야담 권10)

여기서 모양이 비슷하지만 뜻이 통하는 글자를 선택하여 필사했다는 것은 필사자가 적극적으로 읽고 썼다는 뜻이 된다. 詬罵(↔국도본·동양본·가람본 "誩")〔「呂繡衣移花接木」(청구야담 권1)〕에서 '罵'와 '誩'는 얼핏 보아 구분하기 어려울 정도로 비슷하다. '罵'를 보고 '誩'를 떠올려 '誩'라고 필사했거나, 혹은 '誩'를 보고 '罵'를 떠올려 '罵'라고 필사한 필사자는 ①알고 있는 한자가 많은 사람이며 ②필사 과정에서 의미를 정확하게 이해하고 있었다고 할 수 있다. 여기에 해당하는 사례로는, 明日出給路資(버클리대본·국도본↔고대본·동양본·가람본 "費")〔「誇丈夫西貨滿馱」(청구야담 권1)〕, 馱(↔국도본·동양본·고대본·가람본·일사본 "馳")馬習射〔「復主讐忠婢托錦湖」(청구야담 권1)〕, 回顧(버클리대본·동양본↔국도본·고대본·가람본 "觀")見錦湖〔「復主讐忠婢托錦湖」(청구야담 권1)〕, 以其家貲(버클리대본·동경대본↔동양본 "貨")奴婢田宅〔「李尙書元宵結芳緣」(청구야담 권2)〕, 擧朝稱賞(↔동양본 "賀")', 一日忽逃(↔동양본 "逸")去〔「宋班窮途遇舊僕」(청구야담 권3)〕, 極難(↔동양본·동경대본 "艱")〔「老學究借胎生男」(청구야담 권4)〕, 滿庭喧聒(↔동양본 "話")〔「鰥班弄計卜隣寡」(청구야담 권4)〕, 終

日出坐覘(↔동양본·동경대본 "觀")往來之人〔「崔崑崙登第背芳盟」(청구야담 권4)〕, 有一光(버클리대본·국도본↔동양본 "禿")頭僧〔「安貧窮十年讀易」(청구야담 권5)〕, 其榮耀(버클리대본·국도본↔동양본 "輝")盛滿如此〔「退田野鄭知敦享福」(청구야담 권5)〕, 擇(버클리대본·국도본↔동양본 "掃")一間淨室〔「得二妾權上舍福緣」(청구야담 권5)〕, 路斷下臨絶壁(↔동양본·동경대본 "壑"), 竊期一千歲(↔국도본·고대본·동경대본·가람본 "載")際會〔「送美酒沈相憐才」(청구야담 권10)〕 등을 들 수 있다. 모양이 비슷하면서도 문맥도 흩트리지 않는 다른 글자를 찾아내는 데서는 기발함이나 재치까지 느낄 수 있다.

이들과는 달리 出必醉飽而返. 或經宿不還(버클리대본·국도본↔동양본 "返")〔「妻蒸豚中夜訪神交」(청구야담 권1)〕, 小人以八(버클리대본·동양본↔동경대본 "一")面不知之人〔「鄕弁自隨統帥後」(청구야담 권4)〕 등은 좀 더 복잡한 과정을 거친 것이다. 전자에서 동양본 필사자가 '還' 대신 '返'으로 필사한 것은 '還'과 모양이 비슷하면서도 뜻이 통하는 더 간단한 글자를 간택한 결과이다. 아울러 그 과정에는 앞 구절에 이미 나온 '返'이 그에 못지않은 영향을 준 것으로 판단한다. 후자의 경우는 '八'의 사이 각을 완만하게 필사하고 '一'을 휘어지게 필사하면 두 글자를 구분하기가 쉽지 않다는 형상적 차원의 사례이면서 아울러 구句 단위로 나아가 '一面不知'와 '八面不知'가 비슷한 뜻이라는 의미 차원의 사례이기도 하다.

(4) 글자 모양과 독음이 비슷하며 뜻도 상통하는 다른 한자로 필사한 경우

비슷한 모양, 비슷한 소리에 뜻까지 유사한 글자를 대체하는 필사이다. 뜻이 통하기에 필사 오류라기보다는 대체 필사라 할 수 있다. 이중 언어 현상의 종합이라고도 할 수 있다.

潛爲仍(←국도본·동양본·고대본·가람본 "引")置于漢江村舍

「宰錦城杖殺金漢」(청구야담 권1)

莫訶其迹(↔동양본 "跡")

「宋班窮途遇舊僕」(청구야담 권3)

而不勝欣懽(↔동양본 "歡")

「說風情權井邑降巫」(청구야담 권3)

無所覩(↔동양본 "睹")矣

「說風情權井邑降巫」(청구야담 권3)

雖是(↔동양본·동경대본 "甚")流涎

「倡義兵賢母勗子」(청구야담 권4)

李業福儔輩也. 自童穉(버클리대본·국도본↔동양본·청구야설 "稚")時

「失佳人數歡薄倖」(청구야담 권5)

恭竢(버클리대본·동양본↔국도본 俟)處分

「得二妾權上舍福緣」(청구야담 권5)

終夜喧撓(버클리대본·국도본↔동양본 "搖")

「峽氓誤讀他人祝」(청구야담 권5)

鎭(↔국도본·동양본 "鑷")其局

「擇夫壻慧婢識人」(청구야담 권5)

乃謂棋(버클리대본·동양본↔국도본 "某")耶

「德原令擅名棋局」(청구야담 권5)

下箕都懷古五言律詩百韻於儐(버클리대본·국도본↔동양본"賓")幕

「車五山隔屛呼百韻」(청구야담 권5)

仍對(버클리대본·국도본·동양본↔고대본 "侍")坐而訓之諸般妙手

「倡義使賴良妻成名」(청구야담 권7)

晨夕勸(버클리대본·국도본↔동양본 "勤")課

「得佳妓沈相國成名」(청구야담 권7)

蠹石樓繡(버클리대본·국도본·동양본↔고대본 "綉")衣藏踪

「蠹石樓繡衣藏踪」(청구야담 권7)

減半而饋(버클리대본·국도본·동양본↔고대본 "餽")之

「贅柳匠李學士亡命」(청구야담 권7)

備饋(버클리대본·국도본·동양본↔고대본 "餽")來也
「問異形洛江逢圖隱」(청구야담 권8)

兼存(↔국도본·동양본·고대본·동경대본·가람본 "全")云
「過錦江急難高義」(청구야담 권8)

檢巖屍(버클리대본·국도본↔동경대본 "尸")匹婦解冤
「檢巖屍匹婦解冤」(청구야담 권10)

이중 莫訽其迹(↔동양본 "跡")〔「宋班窮途遇舊僕」(청구야담 권3)〕, 而不勝欣懼
(↔동양본 "歡")〔「說風情權井邑降巫」(청구야담 권3)〕, 無所覩(↔동양본 "睹")矣〔「說風
情權井邑降巫」(청구야담 권3)〕, 李業福儔輩也. 自童穉(버클리대본·국도본↔동양
본·청구야설 "稚")時〔「失佳人數歎薄倖」(청구야담 권5)〕, 終夜喧撓(버클리대본·국도
본↔동양본 "搖")〔「峽氓誤讀他人祝」(청구야담 권5)〕, 鎖(↔국도본·동양본 "鑠")其扃
〔「擇夫婿慧婢識人」(청구야담 권5)〕, 乃謂棋(버클리대본·동양본↔국도본 "基")耶〔「德
原令擅名棋局」(청구야담 권5)〕, 下箕都懷古五言律詩百韻於儐(버클리대본·국도
본↔동양본 "賓")幕〔「車五山隔屛呼百韻」(청구야담 권5)〕, 蠹石樓繡(버클리대본·국도
본·동양본↔고대본 "綉")衣藏踪〔「蠹石樓繡衣藏踪」(청구야담 권7)〕, 減半而饋(버클
리대본·국도본·동양본↔고대본 "餽")之〔「贅柳匠李學士亡命」(청구야담 권7)〕, 備饋(버
클리대본·국도본·동양본↔고대본 "餽")來也〔「問異形洛江逢圖隱」(청구야담 권8)〕, 檢
巖屍(버클리대본·국도본↔동경대본 "尸")匹婦解冤〔「檢巖屍匹婦解冤」(청구야담 권
10)〕 등은 같은 독음을 가지며 비슷한 모양을 가진 두 글자가 같은 문맥
속에서 둘 다 뜻이 통하도록 선택되었다. 필사자들은 문맥상의 뜻을 정확
하게 파악하고 있어 결정적 오류를 피했다. 혹은 독음이 같고 모양이 비
슷하면서 문맥상 뜻이 더 분명해지게끔 다른 글자를 선택했다고도 할 수
있다. 후자는 더욱 적극적인 필사 행위라고 할 수 있다. 다만 위의 사례들

을 두루 살펴보면 후자보다는 전자에 해당하는 것이 대부분이라 하겠다.

雖是(↔동양본·동경대본 "甚")流涎〔「倡義兵賢母扇子」(청구야담 권4)〕에서는 〔시〕와 〔심〕의 교체가 이루어졌다. 〔시〕에서 종성을 붙여서 〔심〕을 만들었거나 반대로 〔심〕에서 종성을 탈락시켜 〔시〕를 만들었다고도 할 수 있다.[8] 兼存(↔국도본·동양본·고대본·동경대본·가람본 "全")云〔「過錦江急難高義」(청구야담 권8)〕에서는 〔존〕과 〔전〕의 교체가 이루어졌다. 또 晨夕勸(버클리대본·국도본↔동양본 "勤")課〔「得佳妓沈相國成名」(청구야담 권7)〕에서는 〔권〕과 〔근〕의 교체가 이루어졌다. 이는 '중성의 교체' 현상이라 하겠다.[9]

이와 달리 더욱 복잡한 과정을 거쳤을 것이라 추정되는 것이 仍對(버클리대본·국도본·동양본↔고대본 "侍")坐而訓之諸般妙手〔「倡義使賴良妻成名」(청구야담 권7)〕이다. '對'와 '侍'가 대응되고 있는 바, 얼핏 뜻의 조정 이외에 연결되는 요소가 없는 것처럼 보인다. 그러나 자세히 살펴보면 중간에 한 매개 항이 설정된 것으로 파악된다. 즉, '마주 보고 앉는다'는 뜻인 '對坐'는 '모시고 앉는다'는 좀 더 공손한 표현인 '待坐'로 읽힌다. 나아가 '待坐'는 이보다 더 공손한 표현인 '侍坐'로 표기된 것이다. 그 반대의 가능성도 있다. 원래 매우 공손한 표현인 '侍坐'로 필사되었을 수 있는 것이다. 문맥은 김천일의 부인이 김천일을 모시고 앉아 장기의 수를 가르치는 것이기 때문이다. 그런데 관점에 따라 부인이 남편을 마주하여 앉은 것을 '侍坐'라 표현하는 것이 지나치게 느껴졌을 수 있다. 그래서 '待坐' 정도의 완곡한 표현을 떠올렸는데, '待'와 독음이 같으면서 좀 더 일반적인 글자인 '對'를 떠올려 '對坐'라고 필사했을 수도 있다는 것이다.

---

8 필사 과정에서의 '종성의 탈락'이나 '종성의 덧붙임' 현상에 대해서는 이강옥, 「청구야담 한문본 필사 오류 연구—음사音寫의 개입을 중심으로」, 『한국문학논총』 제68집, 한국문학회, 2014, 241~242면 참조.
9 필사 과정에서의 '중성의 교체'에 대해서는 이강옥, 위의 논문, 242~243면 참조.

이처럼 글자의 모양과 독음과 뜻을 함께 고려한 것도 사례별로 다양한 과정을 거쳤음을 짐작할 수 있다. 모양과 소리가 비슷하면서도 문맥을 흩트리지 않을 다른 글자를 찾아내는 데서는 기발함이나 재치까지도 느낄 수 있다. 이런 능력은 조선 초중기의 일화에 거듭 나타나는 '동음이의어의 활용'[10]과 연결될 수 있으며 조선 후기 희작 한시 혹은 한문의 유희 현상과 공존했다고 볼 수 있으니 우리나라 한문 문화의 응용의 한 단면을 뚜렷이 보여준다고 하겠다.

4. 『청구야담』 필사 과정에 개입한 음사 오류의 양상

(1) 한자음을 정확히 읽고 기억했지만, 뜻이 다른 글자로 필사한 경우

필사자가 필사 과정에서 모본의 해당 한자를 보고 그 독음을 정확하게 읽고 기억했지만 그 독음으로부터 한자를 필사하여 재현하는 과정에서 모양이나 뜻에서 전혀 다른 글자를 떠올리고 필사한 경우이다. 『청구야담』 필사 오류 중에서 가장 많은 경우라 할 수 있다.

우선 버클리대본이 정확하고 다른 이본이 틀린 경우를 살펴본다. 지금부터 모든 진술의 기준은 버클리대본이다.

---

10 이강옥, 『일화의 형성원리와 서술미학』, 보고사, 2015, 74~76면

버클리대본이 옳고 다른 이본이 틀린 경우

권1

文筆俱極佳(→국도본·고대본 "可")

「窮儒詭計得科宦」(청구야담 버클리대본 권1)

立墓石工(버클리대본·국도본→동양본 "共")匠感孝婦

「立墓石工匠感孝婦」(청구야담 권1)

都(버클리대본·국도본·동양본→고대본 "徒")出於威脅也

「語消長偸兒說富客」(청구야담 권1)

再不渡(버클리대본·동양본→국도본·고대본·가람본 "到")漢江

「料倭寇麻衣明見」(청구야담 권1)

其奴善步(→고대본 "報")者一人

「宰錦城杖殺金漢」(청구야담 권1)

路費(→고대본 "備")實亦難辦

「葬三屍湖武陰德」(청구야담 권1)

右手藏于袖(→고대본·가람본 "手")間

「夢黃龍至誠發窀穸」(청구야담 권1)

遂(→고대본·가람본 "手")持妓札

「呂相托辭登大闡」(청구야담 권1)

適又(→국도본·고대본·가람본 "于")來到

「呂繡衣移花接木」(청구야담 권1)

出於(→동양본·일사본 "御")南大門樓上

「料倭寇麻衣明見」(청구야담 권1)

君以向日事, 自外(→고대본 "畏")而不來乎

「現宵夢龍滿裳幅」(청구야담 권1)

受由(→국도본·고대본·가람본 "留")過限

「義男臨水喚兪鐵」(청구야담 권1)

淫(→국도본·동양본·고대본·가람본·일사본 "陰")慾發動

「誇丈夫西貨滿馱」(청구야담 권1)

譬之以(→국도본·고대본·가람본 "而")陶朱之聚散

「語消長偸兒說富客」(청구야담 권1)

年旣長(→고대본 "葬")

「定佳城地師聽痴僮」(청구야담 권1)

三男位至(→고대본 "止")大司諫

「現宵夢龍滿裳幅」(청구야담 권1)

권2

與吾同去(버클리대본·국도본→동양본 "居")鄕中

「李東皐爲傔擇佳郞」(청구야담 권2)

不拘(버클리대본·국도본→동양본 "苟")小節

「朴南海慷慨樹功」(청구야담 권2)

施以順類(→동양본 "流")

「勸痘神李生種德」(청구야담 권2)

盡買燕市名(→동양본 "明")珠寶佩奇錦異緞

「識寶氣許生取銅爐」(청구야담 권2)

宣沙(→고대본 "使")浦僉使

「練光亭錦南應變」(청구야담 권2)

到今無辭(→고대본·가람본 "事")可白

「李東皐爲傔擇佳郞」(청구야담 권2)

內無賦稅(→고대본 "勢")之繁

「朴南海慷慨樹功」(청구야담 권2)

激於義(→동양본 "意")氣也

「彈琴臺忠僕收屍」(청구야담 권2)

有刀者(→동양본·동경대본 "子")

「大人島商客逃殘命」(청구야담 권2)

即唱勸酒歌將(→고대본 "長")進酒

「捕獷賊具名唱權術」(청구야담 권2)

檻車送至(→고대본 "之")京城戮之

「捕獷賊具名唱權術」(청구야담 권2)

中軍繼之(→국도본·고대본·가람본 "至")

「朴南海慷慨樹功」(청구야담 권2)

吾不之(→고대본·가람본 "知")信焉

「練光亭錦南應變」(청구야담 권2)

三退三進(→고대본 "陣")

「彈琴臺忠僕收屍」(청구야담 권2)

권3

詳細訪(→고대본·가람본 "放")問

「擬胅邑宰相償舊恩」(청구야담 권3)

皆以絳(→동양본 "江")色畫布裹其頭

「赴南省張生漂大洋」(청구야담 권3)

興復(→동양본 "福")無期

「宋班窮途遇舊僕」(청구야담 권3)

取(→동양본 "吹")火以起烟光

「赴南省張生漂大洋」(청구야담 권3)

권4

諸子輩愕然相顧(→동경대본 "告")

「逐官長知印打頰」(청구야담 권4)

過(→동양본 "果")萬金有餘

「被室謫露眞齋折簡」(청구야담 권4)

俱非(→동경대본 "備")自京隨來者類

「鄕弁自隨統帥後」(청구야담 권4)

急使(→동양본 "舍")人追之

「倡義兵賢母勗子」(청구야담 권4)

監司(→동경대본 "使")大爺

「誦恩德每飯稱閔爺」(청구야담 권4)

未嘗(→동양본 "常")有一張

「被室謫露眞齋折簡」(청구야담 권4)

厥商手(→동양본 "遂")拔石角上一圍木

「逢丸商窮儒免死」(청구야담 권4)

與(→동양본 "如")他人語

「騙鄕儒朴靈城登科」(청구야담 권4)

非君之所自爲(→동양본 "謂")也

「致精誠課曉拜佛像」(청구야담 권4)

小生之積年遊(→동양본 "留")京

「被室謫露眞齋折簡」(청구야담 권4)

乃細述顚(→동양본 "轉")末

「訟夫冤錦城女擊鼓」(청구야담 권4)

大人此症(→동양본 "證")

「逐官長知印打頬」(청구야담 권4)

迎置(→동양본·동경대본 "致")家中

「定名穴牛臥林間」(청구야담 권4)

方纔就寢(→동양본·동경대본 "枕")

「雪伸冤完山尹檢獄」(청구야담 권4)

次婦之恩固(→고대본 "姑")大矣

「結芳緣二八娘子」(청구야담 권5)

與屋子齊高(버클리대본·국도본·동양본→고대본 "告")

「擇夫婿慧婢識人」(청구야담 권5)

僅(버클리대본·국도본·동양본→고대본 "近")庇風雨

「擇夫婿慧婢識人」(청구야담 권5)

權旣(버클리대본·국도본·동양본→고대본·가람본 "其")隣居

「得二妾權上舍福緣」(청구야담 권5)

殘山斷(버클리대본·국도본→동양본 "短")

「乞婚需朴道令呈表」(청구야담 권5)

厭數滿(버클리대본·국도본·동양본→고대본·가람본 "萬")千

「捐千金洪象胥義氣」(청구야담 권5)

村人埋其狗於墓(→동양본 "廟")前

「吠官庭義狗報主」(청구야담 권5)

嘗(→고대본 "尙")與楸灘吳公允

「吳按使永湖逢薛生」(청구야담 권5)

特爲安恕(→국도본·동양본·고대본·일사본·가람본 "徐")

「得二妾權上舍福緣」(청구야담 권5)

庶免生書(→고대본 "庶")房之終身

「乞婚需朴道令呈表」(청구야담 권5)

赤立身世(→고대본 "勢")

「呈舊僚鄭司果戲墨」(청구야담 권5)

能守(→고대본 "修")世業

「蔡士子發憤力學」(청구야담 권5)

於禹水(→고대본 "守")峴睦學究家

「結芳緣二八娘子」(청구야담 권5)

傔深猜(→동양본 "是")此婢

「擇夫婿慧婢識人」(청구야담 권5)

例有屋裂(→동양본 "列")聲

「文有采出家辟穀」(청구야담 권5)

除妖(→고대본 "要")祛害

「毀淫祠邪鬼乞命」(청구야담 권5)

金旣移(→동양본 "已")入

「得金缸兩夫人相讓」(청구야담 권5)

所望至(→동양본 "只")此

「乞婚需朴道令呈表」(청구야담 권5)

時道始陳(→고대본 "進")得銀來謁之由

「廉義士楓岳逢神僧」(청구야담 권5)

須臾而盡(→고대본 "進")

「文有采出家辟穀」(청구야담 권5)

後種每持其側(→동양본 "厠")

「李後種力行孝義」(청구야담 권5)

권6

湖丹旌先素轎(버클리대본·국도본→동양본 "驕")後

「起死人臨江哀輓」(청구야담 권6)

倘(버클리대본·국도본·동양본→고대본 "當")教我以開井之方

「守貞節崔孝婦感虎」(청구야담 권6)

某適在旁(→고대본 "方")叱曰

「鬪劍術李裨將斬僧」(청구야담 권6)

當生神(→고대본·가람본 "新")駒

「訪舊主名馬走千里」(청구야담 권6)

掌簿(→동양본 "將薄")書

「商山吏屢世忠節」(청구야담 권6)

及長(→국도본·동양본·가람본 "壯")揮淚誓曰

「張義士爲國捐生」(청구야담 권6)

君則來何遲(→고대본 "地")也

「鬪劍術李裨將斬僧」(청구야담 권6)

권7

姑未起(버클리대본·국도본·동양본→고대본 "忌")寢

「進祭需嶺吏欺李班」(청구야담 권7)

過三日後, 紅自官府(→고대본 "赴")

「得佳妓沈相國成名」(청구야담 권7)

其梳(→동양본 "搔")頭洗垢之節

「得佳妓沈相國成名」(청구야담 권7)

巡令手(→고대본·가람본 "守")斯速現身

「練光亭京校行令」(청구야담 권7)

書而(→국도본·고대본 "以")給之曰

「練光亭京校行令」(청구야담 권7)

日(→국도본·고대본 "一")寒如此哉

「蟲石樓繡衣藏踪」(청구야담 권7)

專(→국도본·동양본·고대본·가람본 "全")事豪

「得佳妓沈相國成名」(청구야담 권7)

生仍問以何許(→국도본 "虛")人

「柳上舍先貧後富」(청구야담 권7)

其人魂(→동양본 "昏")

「招神將郭生施術」(청구야담 권7)

권8

小僧自可(→고대본 "家")辦備
「敎衙童海印寺僧爲師」(청구야담 권8)

嘖嘖稱羨(→동경대본 "仙")
「遊浿營風流盛事」(청구야담 권8)

諸人依(→동경대본 "倚")欄簇立
「遊浿營風流盛事」(청구야담 권8)

益著正(→고대본 "整")色曰
「貸營錢義城倅占風」(청구야담 권8)

吾雖置(→동경대본 "治")彼
「問異形洛江逢圖隱」(청구야담 권8)

頗(→동경대본 "破")爲數斤
「獲生金父子同宮」(청구야담 권8)

권9

吾先下去(→동양본 "居")當付吏案
「入吏籍窮儒成家業」(청구야담 권9)

趁出而應於門內(→동경대본 "乃")曰
「惑妖妓冊室逐知印」(청구야담 권9)

願進賜更勿念如妾醜行之類(→동경대본 "流")
「惑妖妓冊室逐知印」(청구야담 권9)

其所(→동경대본 "小")食債及回粮亦云不足
「行胸臆尹弁背義」(청구야담 권9)

能死生相隨(→동양본 "遂")否
「孟監司東岳聞奇事」(청구야담 권9)

雖以儀(→동양본·동경대본 "衣")表見之
「樂溪村李宰逢鄕儒」(청구야담 권9)

而好誼(→동양본 "義")者也
「往南京鄭商行貨」(청구야담 권9)

沒汝蹤跡, 藏(→동양본·동경대본 "莊")汝軀
「報喜信樞馬長鳴」(청구야담 권9)

暗暗還(→동경대본 "換")送京第
「入吏籍窮儒成家業」(청구야담 권9)

권10

吾之所居(→고대본 "去")尙遠矣
「訪桃源權生尋眞」(청구야담 권10)

是老爺姑(→동경대본 "故")借將令
「綠林客誘致沈上舍」(청구야담 권10)

李相公某, 少時磊(버클리대본·국도본→고대본 "牢")落(→동경대본 "犖")
不羈
「還玉童宰相償債」(청구야담 권10)

俄者老(버클리대본·국도본→고대본 "路")人携手指路
「金丞相瓜田見異人」(청구야담 권10)

得至寶賈胡買奇病(→고대본 "兵")
「得至寶賈胡買奇病」(청구야담 권10)

或者高朋之垂(→고대본 "羞")察
「送美酒沈相憐才」(청구야담 권10)

時(→동경대본 "是")任又外於官志
「綠林客誘致沈上舍」(청구야담 권10)

弊府旣漏於版籍時(→동경대본 "是")任
「綠林客誘致沈上舍」(청구야담 권10)

懸錢(→고대본 "田")入送之意
「金丞相瓜田見異人」(청구야담 권10)

懸錢(→고대본 "田")入送之意
「金丞相瓜田見異人」(청구야담 권10)

此志士扼腕奮志(→동경대본 "智")之秋也
「貸萬金許生行貨」(청구야담 권10)

問出於何(→고대본 "下")策
「據北山錦南成大功」(청구야담 권10)

李兵使源, 唐將李提督後(→고대본 "厚")裔也
「李節度麥場逢神僧」(청구야담 권10)

　　이상 필사 오류들은 모본의 글자와 독음은 똑같지만 모양과 뜻이 완전히 다른 글자를 필사한 경우이다. 뜻이 전혀 다른 글자를 필사함으로써 문맥이 통하지 않게 되었다. 가령 文筆俱極佳(→국도본·고대본 "可")〔청구 상 129〕의 경우, 버클리대본에서는 '佳'자를 써서 '갖추어진 문필이 지극히 아름다웠다'라고 번역될 수 있는 완전한 문장을 만들었지만, 국도본·고대본은 '佳' 대신 '可'를 써서, '갖추어진 문필이 지극히 가능했다'라는 성립될 수 없는 문장을 만든 것이다. 小僧自可(→고대본 "家")辦備〔청구 하 253〕는 얼토당토않은 오기에 해당한다. "소승이 스스로 마련하는 것이 '가능하다'"는 뜻으로 '可'를 썼는데, 그 자리에 '家'를 넣었으니 고대본의 필사자가 문장의 뜻을 전혀 간파하지 못하면서 필사를 해 갔음을 알 수 있다. 日(→국도본·고대본 "一")寒如此哉〔청구 하 144〕역시 '날이 이렇게 춥구나!'라는 뜻인데, 국도본이나 고대본은 '日'을 '一'로 오기하고 있다. 설사 문장의 뜻을 해독하지 않는다 하더라도 최소한 문장 구조에 대한 이해를 가졌다면 이런 오기를 하지는 않았을 것이다.
　　버클리대본이 틀린 경우를 정리하면 다음과 같다.

버클리대본이 틀리고 다른 이본이 옳은 경우

권1

是汝倘(←국도본·고대본·가람본 "當")來物

「過南漢預算虜兵」(청구야담 권1)

未知(←국도본·동양본·고대본·가람본 "至")營少許

「驗異夢西伯識前身」(청구야담 권1)

권3

可(←동양본 "加")沉惑

「得美妻居士占穴」(청구야담 권3)

妹嘗(←학산한언 "常")面壁就燈, 此何意也

「拒强暴閨中貞烈」(청구야담 권3)

入(버클리대본·동양본←"立")於門外

「匿屍身海倅償恩」(청구야담 권3)

上典家庄(←동양본 "藏")穫

「李節度窮途遇佳人」(청구야담 권3)

권4

尤不敢(←동양본·동경대본 "堪")忿忿

「憾宰相窮弁據胸」(청구야담 권4)

多所(버클리대본·동양본←동경대본 "少")斬獲

「倡義兵賢母晶子」(청구야담 권4)

然後出給之意(버클리대본·동양본·동경대본←"矣")
「治牛商貪僧逢明府」(청구야담 권4)

권5

不敢(버클리대본·국도본·가람본←동양본 "堪")苦楚
「結芳緣二八娘子」(청구야담 권5)

請由(←국도본·동양본·고도서본·고대본·가람본 "留")也
「廉義士楓岳逢神僧」(청구야담 권5)

何以言之(←동양본 "志")
「成小會四六詩令」(청구야담 권5)

鎭(버클리대본·국도본·가람본←동양본 "盡")日紛叢
「結芳緣二八娘子」(청구야담 권5)

권6

佳哉! 魚之尾(←국도본·동양본·가람본 "味")也
「惜一扇措大吝癖」(청구야담 권6)

此皆婢之族黨所謂(버클리대본·국도본·동양본·가람본←학산한언 "爲")
「乞父命忠婢完三節」(청구야담 권6)

권7

及引(버클리대본·동양본←국도본·고대본·가람본 "因")山禮畢
「憩店肆李貞翼識人」(청구야담 권7)

권8

巡相支公(←국도본·고대본·동경대본·가람본 "供")之凡節

「會琳宮四儒問相」(청구야담 권8)

丰茸(←국도본·고대본·동경대본 "容")有美色

「報重恩雲南致美娥」(청구야담 권8)

권9

寃告(←동양본·동경대본 "苦")切酷

「種陰德尹公食報」(청구야담 권9)

文秀聞(←동양본·동경대본 "問")其姓

「矜朴童靈城主婚」(청구야담 권9)

公問(←동양본·동경대본 "聞")之召入

「還金橐强盜化良民」(청구야담 권9)

自吾束(←동양본·동경대본 "屬")纘之時

「鬧官門痘兒升堂」(청구야담 권9)

則如(버클리대본·동양본←동경대본 "與")生時無異云矣

「訴輦路忠僕鳴寃」(청구야담 권9)

屢享全(←동양본·동경대본 "專")城之奉

「逢奇緣貧士得二娘」(청구야담 권9)

彼程(←동양본·동경대본 "頂")有石窟

「伏園中舊妻授計」(청구야담 권9)

氣色極蒼荒(버클리대본·동경대본←동양본 "黃")

「還金橐强盜化良民」(청구야담 권9)

蒼荒(버클리대본·동경대본←동양본 "黃")疾驅

「還金橐强盜化良民」(청구야담 권9)

권10

實無好階(←동경대본 "計")
「綠林客誘致沈上舍」(청구야담 권10)

此常理(버클리대본·동경대본←"利")之道
「貸萬金許生行貨」(청구야담 권10)

許生謝(←동경대본 "辭")曰
「貸萬金許生行貨」(청구야담 권10)

返數(←동경대본 "輸")十倍
「貸萬金許生行貨」(청구야담 권10)

然群盜易(←동경대본 "亦")不敢出剽掠
「貸萬金許生行貨」(청구야담 권10)

皮(←동경대본 "彼")必喜其見親而許之
「貸萬金許生行貨」(청구야담 권10)

여기서 정확하게 표기한 이본과 음사 오류가 있는 이본 간의 선후 문제를 따질 수 있는 사례를 발견한다. 妹嘗(←학산한언 "常")面壁就燈, 此何意也의 사례이다. 익히 알려진 대로 『청구야담』은 『학산한언』 소재 작품을 31화 이상 옮겼는데, 이 구절이 포함되어 있는 작품인 「거강폭규중정열」拒强暴閨中貞烈(청구 상 390)도 이 사례에 해당한다. 「길정녀」吉貞女(학산 318)→「거강폭규중정열」의 방향이 명백하다. 「길정녀」에서 '常'이라고 정확하게 표기하고 있지만(학산 320) 「거강폭규중정열」에서는 '嘗'으로 오기(청구 상 393)하고 있는 것이다. 버클리대본과 함께 동양본도 똑같은 오류를 보인다. 此皆婢之族黨所謂(버클리대본·동양본·국도본·가람본←학산한언 "爲")도 같은 사례에 해당한다. 『학산한언』의 「경중사인심성자」京中士人沈姓者(학산 425)에서는 '爲'로 표기(학산 426)하고 있는데, 버클리대

124 II. 야담의 형식과 형성

본, 동양본, 국도본, 가람본『청구야담』모두가 '謂'로 오기(청구 하 50)[11]하고 있다. 이런 현상으로부터 다음과 같은 추정이 가능하다. 즉, 음사의 오류가 있는 이본은 그렇지 않은 이본보다 앞설 수 없다는 것이다. 이 원칙은『청구야담』이본 간의 선후 문제나 상호 관계를 따질 때 응용될 수 있다. 가령 버클리대본과 동양본을 비교한다면, 그 맞고 틀림의 관계를 버클리대(○):동양본(○)/버클리대본(○):동양본(×)/버클리대본(×):동양본(○)/버클리대본(×):동양본(×) 등으로 나누어 그 선후와 영향 관계를 따질 수 있다. 물론 이때 두 이본 전체를 한 단위로 생각하기 이전에 개별 작품이나 개별 권 단위로 그 점을 먼저 따져야 할 것이다. 버클리대본과 동양본은『청구야담』이본 중 가장 많은 화수를 포함한 두 이본이라 하겠는데, 둘의 선후 관계를 음사 오류의 차원에서 간략화할 필요가 있다. 버클리대본(○):동양본(×)의 경우는 42회, 버클리대본(×):동양본(○)의 경우는 19회, 버클리대본과 동양본이 똑같이 음사 오류를 범하는 경우가 6회로 나타난다. 두 이본이 함께 틀린 경우가 6회 나타난다는 것은 두 이본의 긴밀한 관계를 암시한다. 그중 버클리대본이 맞고 동양본이 틀린 경우가, 버클리대본이 틀리고 동양본이 맞는 경우보다 2배 이상 나타난다는 것은 버클리대본이 선행하고 동양본이 뒤따랐다는 것을 암시한다. 이런 결과는, 버클리대본이 10권 10책에 총 290화인 데 비해 동양본이 8권 8책에 총 266화라는 사실과 이어진다. 즉, 동양본은 버클리대본 자체나 그에 준하는 모본을 바탕으로 하여 취사 필사된 이본이라는 결론이다.

음사에 의한 오류가 한 이본 한 문장 속에서 연이어 나타나는 사례도

---

11 『청구야담』, 아세아 문화사 영인본의 버클리대본 권6은 6책본의 권2를 영인한 것이다. 영인해 온 버클리대본에서 권6이 빠져 있기 때문이다(『청구야담』하, 21면 해설 참조). 고려대 해외한국학센터에 입수되어 있는 버클리대본 영인본에는 권6이 들어 있는데, 거기에도 '謂'로 표기되어 있다.

있다. 諸人依(→동경대본 "倚")欄簇立嘖嘖稱羨(→동경대본 "仙")〔「遊淇營風流盛事」(청구야담 권8)〕, 諸子輩愕然(→동경대본 "爾")相顧(→동경대본 "告")〔「逐官長知印打頰」(청구야담 권4)〕 등이다. 한 이본의 한 문장 속에서 이 같은 음사 오기가 거듭 나타나는 현상이야말로 음사 오기의 경향성이 얼마나 강력했던가를 짐작하게 한다.

(2) 한자음을 정확히 읽고 기억하여, 문맥이 통하는 다른 글자로 필사한 경우

필사자가 모본의 한자를 보고 그 독음을 정확하게 읽었더라도 필사한 글자는 모본의 그것과 다른 경우가 있다. 독음은 정확하게 기억했지만 모본 한자의 모양이 희미해졌기 때문일 것이다. 한자의 모양을 재현하기 위해서 그 독음을 바탕으로 하여 알맞은 글자를 떠올리게 되었겠지만 모본의 글자를 정확하게 필사하지는 못했다. 이때 두 경우가 있는데 해당 글자가 문장 속에 들어가 말이 성립되게 하는 경우와 그렇지 못한 경우다. 먼저 말이 성립하는 경우를 따져 보자.

권1

其班無計逃(↔고대본·가람본 "圖")生
「老媼慮患納小室」(청구야담 권1)

其夫尋(↔국도본·고대본·가람본 "深")思良久
「誇丈夫西貨滿駄」(청구야담 권1)

洪則未悟(↔고대본 "寤")其意
「洪尙書受挺免刃」(청구야담 권1)

備夕飯而(↔국도본·동양본·고대본·가람본 "以")待之

「老媼慮患納小室」(청구야담 권1)

禦賊(↔국도본·고대본·가람본·일사본 "敵")之策

「料倭寇麻衣明見」(청구야담 권1)

心切(↔동양본 "竊")怪之

「鎖陰囊西伯弄舊友」(청구야담 권1)

心竊(↔국도본·고대본·가람본 "切")疑之

「老媼慮患納小室」(청구야담 권1)

厥弁心切(↔동양본 "竊")喜之

「葬三屍湖武陰德」(청구야담 권1)

客主就寢(↔국도본·고대본·가람본 "枕")乎

「洪尙書受挺免刃」(청구야담 권1)

其僧尋(국도본·고대본·가람본 "深")思良久曰

「占吉地魚遊石函」(청구야담 권1)

畢竟轉(↔고대본 "傳")染

「立墓石工匠感孝婦」(청구야담 권1)

且(↔고대본 "此")皆是汝知己知心之人乎

「裹蒸豚中夜訪神交」(청구야담 권1)

嬉笑誼(↔국도본·동양본·고대본·가람본 "喧")眂

「裹蒸豚中夜訪神交」(청구야담 권1)

권2

而只有一介(↔국도본·동양본·고대본·동경대본·가람본 "箇")女息(버클리
대본·국도본↔동양본·동경대본·파수편·가람본 "媳")

「李東皐爲僬擇佳郞」(청구야담 권2)

號(고대본 "呼")哭隨之

「練光亭錦南應變」(청구야담 권2)

권3

借官(↔동양본 "冠")服以來

「擬腆邑宰相償舊恩」(청구야담 권3)

官(↔동양본 "冠")服輝煥

「李節度窮途遇佳人」(청구야담 권3)

是安秀才家也(↔동양본 "耶")

「得美妻居士占穴」(청구야담 권3)

乃悟(↔동양본·파수편 "寤")甚異之

「拒强暴閨中貞烈」(청구야담 권3)

削髮於江陵五臺山月精(↔동양본 "靜")寺

「得美妻居士占穴」(청구야담 권3)

夜以定主僕以正(↔동양본 "定")名分

「宋班窮途遇舊僕」(청구야담 권3)

李耻(↔동양본 "恥")不敢歸

「李節度窮途遇佳人」(청구야담 권3)

권4

閔監司(↔동경대본 "使")大爺

「誦恩德每飯稱閔爺」(청구야담 권4)

寧有漏洩(↔동경대본 泄)之理

「捉凶僧箕城伯話舊」(청구야담 권4)

厥商手(↔동양본 "逢")拔石角上一圍木

「逢丸商窮儒免死」(청구야담 권4)

然而(↔동양본·동경대본 "以")山僧所見

「治牛商貧僧逢明府」(청구야담 권4)

故俄者人定(↔동양본 靜之)後

「責荊妻淸士化隣氓」(청구야담 권4)

執手觸(↔동양본·동경대본 "促")膝謂之曰

「捉凶僧箕城伯話舊」(청구야담 권4)

권5

平日所(↔국도본·고대본·일사본·가람본 "素")親權進士

「得二妾權上舍福緣」(청구야담 권5)

聯(↔동양본 "連")幅大華牋

「車五山隔屛呼百韻」(청구야담 권5)

則金家當謂(↔국도본·고대본·일사본·가람본 "爲")

「結芳緣二八娘子」(청구야담 권5)

金自以爲(↔국도본·동양본·고대본·일사본·가람본 "謂")必死

「採山蔘二藥商幷命」(청구야담 권5)

吾依而(↔국도본·동양본·고대본 "倚以")爲生

「廉義士楓岳逢神僧」(청구야담 권5)

因轉(↔동양본 "傳")出

「擇夫婿慧婢識人」(청구야담 권5)

此藥未必不是當劑(↔동양본 "製")

「投良劑病有年運」(청구야담 권5)

無使他人覰知(↔고대본·가람본 "之")

「擇夫婿慧婢識人」(청구야담 권5)

僧徒盡(↔동양본 "震")驚就見

「文有采出家辟穀」(청구야담 권5)

권6

某適在旁(↔국도본·가람본 "傍")叱曰

「鬪劍術李裨將斬僧」(청구야담 권6)

與儕(↔국도본·가람본 "諸")友共肄科業

「憑崔夢古塚得金」(청구야담 권6)

권7

自幼時守(↔동양본 "隨")廳

「題神主眞書勝諺文」(청구야담 권7)

嘗以巡使隨(↔고대본 "守")廳妓侍立矣

「平讓妓妍醜兩不忘」(청구야담 권7)

則錢穀從何以(↔국도본·동양본·고대본 "而")辦出乎

「倡義使賴良妻成名」(청구야담 권7)

汝喫朝(↔고대본 "早")飯乎

「待科傍李郞摘苽」(청구야담 권7)

汝可解衣同枕(↔동양본 "寢")可也

「平讓妓妍醜兩不忘」(청구야담 권7)

水陸備陳(↔국도본·고대본·가람본 "盡")

「柳上舍先貧後富」(청구야담 권7)

권9

而憤(↔동양본·동경대본 "忿")不勝

「訴輦路忠僕鳴寃」(청구야담 권9)

卽使內局入米泔水一(↔동경대본 "壹")器

「進米泔柳瑞(常)聽街語」(청구야담 9)

乍合(↔동양본·동경대본 "閤")眼
「擇孫婿申宰善相」(청구야담 권9)

권10

一日妻甚饑(↔동경대본 "飢")泣曰
「貸萬金許生行貨」(청구야담 권10)

遂聯(↔동경대본 "連")轡而行
「餽酒石良醫奏功」(청구야담 권10)

直至(↔동경대본 "之")雲從街
「貸萬金許生行貨」(청구야담 권10)

　　위에 모은 사례들은 모본과 같은 글자를 필사하지는 못했지만, 모본
의 한자와 음도 같고 뜻도 비슷하여 문장의 말이 성립하는 경우들이다.
그중에서도 某適在旁(↔국도본·가람본 "傍")叱曰, 一日妻甚饑(↔동경대
본 "飢")泣曰, 其班無計逃(↔고대본·가람본 "圖")生, 而憤(↔동양본·동경대본
"忿")不勝, 寧有漏洩(↔동경대본 "泄")之理, 是安秀才家也(↔동양본 "耶"),
則金家當謂(↔국도본·고대본·일사본·가람본 "爲"), 金自以爲(↔국도본·고대
본·동양본·일사본·가람본 "謂")必死, 則錢穀從何以(↔국도본·고대본·동양본
"而")辦出乎, 備夕飯而(↔국도본·고대본·동양본·가람본 "以")待之, 卽使內局
入米泔水一(↔동경대본 "壹")器, 執手觸(↔동양본·동경대본 "促")膝謂之曰,
李耻(↔동양본 "恥")不敢歸, 乍合(↔동양본·동경대본 "閤")眼, 嬉笑誼(↔국
도본·고대본·동양본·가람본 "喧")眤, 號(고대본 "呼")哭隨之 등은 한자에 비
일비재한 동음동의어同音同義語의 조건을 활용할 수 있었기에 가능했다.

동음동의어가 아니더라도 또 필사자들의 머릿속에서 대체 한자가 절묘하게 연상되어 뜻이 통하게 된 사례들도 있다. 借官(↔동양본 "冠")服以來, 官(↔동양본 "冠")服輝煥, 一日妻甚饑(↔동경대본 "飢")泣曰, 其班無計逃(↔고대본·가람본 "圖")生, 平日所(↔국도본·고대본·일사본·가람본 "素")親權進士, 厥商手(↔동양본 "遂")拔石角上一圍木, 汝喫朝(↔고대본 "早")飯乎, 僧徒盡(↔동양본 "震")驚就見, 直至(↔동경대본 "之")雲從衙, 水陸備陳(↔국도본·고대본·가람본 "盡"), 且(↔고대본 "此")皆是汝知己知心之人乎 등이다. 어느 쪽이든 이 경우들에서 필사자들은 문맥을 잘 읽어 가며 문장의 뜻을 완전히 해독하고 필사했다고 볼 수 있다. 그런 점에서 이 사례에서는 필사자가 한 글자씩 축자적으로 읽고 옮긴 것이 아니라 최소한 문장단위로 읽고 옮겼다고 추정된다.

권1

士人出居(버클리대본·동양본↔국도본·고대본·가람본 "去")外舍
「誇丈夫西貨滿馱」(청구야담 권1)

권4

安用固(↔동양본 "苦", 동경대본 "姑")辭爲也
「老學究借胎生男」(청구야담 권4)

권5

我若移居(버클리대본·국도본↔동양본 "去")
「結芳緣二八娘子」(청구야담 권5)

권7

其外如農商(버클리대본·국도본↔동양본 "桑")之事
「治産業許仲子成富」(청구야담 권7)

江界妓爲李帥(버클리대본·동양본↔국도본·고대본에는 "倅")守節
「江界妓爲李帥守節」(청구야담 권7)

권8

獵人臂(버클리대본·국도본↔동경대본 "飛")鷹呼狗
「遊浿營風流盛事」(청구야담 권8)

권10

無比(↔국도본·고대본·동경대본 "非")凶醜
「降大賢仙娥定産室」(청구야담 권10)

위 경우들은 모본의 한자와 음은 같지만 뜻은 다르다. 그럼에도 불구
하고 필사된 문장은 말이 성립한다. 가령 我若移居(↔동양본 "去")의 경우
를 보자. 버클리대본은 '居'로 표기하여 '만약 내가 옮겨가 살면'이란 뜻

을 만들었는데 동양본이 '居'를 '去'로 표기하면서 '만약 내가 옮겨가 버리면'이란 뜻을 만들었다. 문맥 속에서 미묘한 뉘앙스의 차이가 나타났다. 동양본이 의도적으로 그랬는지 어쩌다 그랬는지는 분명하지 않다. 無比(←국도본·고대본·동경대본 "非")凶醜의 경우에서 버클리대본은 '比'를 써서 '흉측하고 추하기가 비할 데가 없었다'는 뜻을 만들었는데 국도본·고대본·동경대본 등은 '非'를 써서 '흉측하고 추하지 않은 게 아니었다'라는 뜻을 만들었다. 후자가 좀 더 완곡하게 표현한 것이라 하겠는데 여기에 필사자의 고심이 엿보인다. 獵人臂(←동경대본 "飛")鷹呼狗에서 버클리대본은 '臂'를 써서 '사냥꾼이 매를 팔뚝에 앉히고 사냥개를 불렀다'라는 뜻을 만들었는데 동경대본은 '飛'를 써서 '사냥꾼이 매를 날려 보내고 사냥개를 불렀다'는 뜻을 만들었다. 의미상으로 볼 때 '飛鷹'과 '呼狗'가 대응되는 후자가 좀 더 매끄럽지만 전자가 오류인 것은 아니다.

이런 음절의 교체는 한 이본 안에서도 일관되지 않을 경우도 있다. 自幼時守(←동양본 "隨")廳〔「題神主眞書勝諺文」(청구야담 권7)〕과 嘗以巡使隨(←고대본 "守")廳妓侍立矣〔「平讓妓姸醜兩不忘」(청구야담 권7)〕에서 보듯이 같은 버클리대본 안에서 '守'를 쓰기도 하고 '隨'를 쓰기도 했다. 이 현상은 한 사람의 필사자가 음사 표기에서 일관적이지 못한 탓이다.

나아가 음사가 한 단어 차원에서 이뤄진 경우도 찾을 수 있다. 僧超然跳(←동양본 "躍")過無難也에서 버클리대본은 '跳'로, 동양본은 '躍'으로 표기하였는바, 이는 '도약跳躍'이라는 단어의 독음이 필사자들에게 기억되고 있었는데, 버클리대본 필사자에게는 '도'가 압도하여 필사 단계에 관철되고 동양본 필사자에게는 '약'이 압도하여 필사 단계에 관철된 결과라고 볼 수 있겠다. 平日信使與(←고대본 "可")否는 한 단계 더 확장된 경우라 하겠다. 즉, 버클리대본 필사자에게는 '가부'可否보다는 '여부'與否가, 고대본 필사자에게는 '여부'與否보다는 '가부'可否라는 단어의 독음이 압도하고 있은 결과가 필사에 관철되었다고 본다.

(3) 한자음을 부정확하게 읽었거나, 정확하게 읽었지만 잘못 기억하여 글자를 정확하게 필사하지 못한 경우

한자음을 부정확하게 기억하여 필사 오류를 초래한 경우 중 가장 많은 빈도를 보이는 것은 종성이 탈락되거나 교체되는 경우다.

권2

> 將(버클리대본·국도본·동양본→고대본 "自")移南村而居
> 「策勳名良妻明鑑」(청구야담 권2)

권4

> 使他人莫能諦視(→동양본 "識")
> 「騙鄕儒朴靈城登科」(청구야담 권4)
>
> 獨坐一室(→동경대본 "時")心誦口讀
> 「致精誠課曉拜佛像」(청구야담 권4)

권9

> 一日夜因(←동양본 "仍")棄家逃
> 「入吏籍窮儒成家業」(청구야담 권9)
>
> 家仍(←동양본 "因")蕩敗

「行胸臆尹弁背義」(청구야담 권9)

吾因(→동경대본 "仍")此
「樂溪村李宰逢鄕儒」(청구야담 권9)

권10

韓安東光近世京(←국도본·고대본·동경대본에는 "居")西郊
「感主恩奴僧占名穴」(청구야담 권10)

嚴勅(버클리대본·국도본→고대본·가람본 "治")冥王
「白頭翁指敎一書生」(청구야담 권10)

먼저 종성이 탈락되거나 변형되는 경우이다. 將(→고대본 "自")移南
村而居에서 고대본 필사자는 '將移'를 〔장이〕로 읽었는데 비모음동화[12]
에 의해 'ㅇ'을 탈락시켜 〔자이〕로 발음하여 '自'로 표기했다고 볼 수 있
다. 一日夜因(←동양본 "仍")棄家逃에서 버클리대본 필사자는 동양본(동양
본이 참고한 모본)의 '仍棄'를 〔잉기〕로 정확하게 읽었다. 그러나 그는 연구
개음화[13]에 익숙해져있었다고 볼 수 있다. 그래서 원래 〔인기〕였는데, 자
기가 〔잉기〕로 발음하고 있다고 판단하고 '과잉 교정'을 하여 '인기'로 기
억하고 '因棄'로 표기했다고 할 수 있다. 家仍(←동양본 "因")蕩敗에서 버
클리대본 필사자는 앞에서와는 반대쪽으로 오류를 범했다. 동양본의 '因'

12 어말의 'ㅇ' 또는 모음과 모음 'ㅣ' 사이에 있는 'ㅇ'이나 'ㄴ'이 탈락하면서 선행 모음을 비모음화鼻
母音化하는 음운 현상이다. 땅이〔따이〕, 아니〔아이〕.
13 연구개음화는 위치 동화의 일종인데, 여기에 해당하는 원칙은 /ㄴ/이 /ㄱ/ 앞에서 〔ㅇ〕으로 교체
되는 것을 말한다.(신승용,『국어음운론』, 역락, 175~176면)

을 [인]으로 읽고 기억하는 과정에서 종성을 분명하게 기억하지 않다가 [잉]으로 재구성하여 '仍'으로 표기하는 오류를 범했다. 그런 점에서 버클리대본 필사자는 '잉→인'과 '인→잉' 쌍방향으로 독음을 잘못 구성하는 경향이 있었다고 할 수 있다. 동경대본 필사자도 '인→잉'의 음사 오류를 범했다.[14] 吾女寄跡於成(←고대본 "宣")川境內之山寺에서도 종성의 교체가 일어났다.

고대본과 가람본의 필사자는 嚴勅(→고대본·가람본 "治")冥王에서 '勅'을 정확하게 읽어 [엄칙명왕]이라 발음했지만 중간의 [칙]음을 유지하는 것이 부담스러워 종성을 희미하게 하여 '치'로 기억함으로써 '治'라는 엉뚱한 글자를 표기했다. 동경대본 필사자는 獨坐一室(→동경대본 "時")心誦口讀에서 보듯이 '室'을 [실]로 읽었다 종성을 탈락시켜 '시'로 기억해 내어 '時'라는 엉뚱한 한자를 필사하여 문맥을 흩트렸다. 이상은 필사자가 종성의 기억을 희미하게 했거나 종성을 음가로 실현시키지 않은 데서 비롯한 오류라 하겠다.

다음으로 종성이 첨가되는 경우이다. 韓安東光近世京(←국도본·고대본·동경대본에는 "居")西郊에서 버클리대본 필사자는 '居'를 [거]로 읽었다가 'ㅇ' 종성을 덧붙였는데, 그 과정에서 '경'이 매우 불편하고 어색한 독음이고 또 그 독음에 해당하는 한자가 없기에 '경'으로 기억해 내어 '京'이라는 엉뚱한 한자를 필사했다. 使他人莫能諦視(→동양본 "識")에서 동양본의 필사자는 '視'를 [시]로 읽었다가 'ㄱ' 종성을 덧붙여 '식'으로 기억해 내어 '識'이란 엉뚱한 한자를 필사했다. 그러나 이게 어떤 음운 현상인지는 분명하지 않다.

그 나머지는 모두 필사자가 한자 독음을 잘못 읽어서 발생한 오류라

---

14 吾因(→동경대본 "仍")此

할 수 있다. 嚴君之賻[15](←일사본·국도본·고대본·가람본 '博')友鄭生에서 버클리대본 필사자는 '博'을 [박]이 아니라 [부]로 잘못 읽어 '賻'로 표기하여 문장의 의미가 통하지 않게 하였다. 西(→동양본 "小")狹樓의 경우 '西'가 '小'로 표기되었는데, 두 한자 다 필사자가 독음을 모를 정도로 어려운 한자가 아니다. 추측컨대 '西'의 독음인 [서]가 [소] 비슷하게 발음되어 기억되었을 가능성이 크다. 특히 경기 이북 평안도 지역 사람들의 'ㅓ' 발음이 'ㅗ'에 매우 가깝게 발화된다는 점을 고려할 필요가 있다. 그 지역 출신이었을 법한 필사자가 자기 발음에 착각을 일으켜 '소'로 기억하고 '小'로 필사했을 가능성도 생각할 수 있겠다. 第隨轎出城(→고대본 "送")而去에서 '城'을 [성]으로 읽었다가 '송'으로 기억하여 '送'으로 표기한 것도 같은 현상이다.

子孫(→동양본 "姓")衆多에서는 '孫'이나 '姓' 역시 누구나 읽을 수 있는 쉬운 한자다. 동양본 필사자는 '孫'을 [손]으로 읽었을 것이다. 다만 '손'이란 독음의 기억이 시간이 경과하면서 '성'으로 변환되어 마침내 '姓'으로 표기했다. 이 역시 'ㅓ'와 'ㅗ'의 교체 음운 현상과 관련이 있을 것이다. 이 교체의 결과 '자손이 많았다'는 원래 뜻이 '아들의 성姓이 많았다'는 괴상한 뜻으로 되어 버렸다. 吾今日眞得死所(→고도서본 守)矣에서 고도서본 필사자는 '所'→'소'→'수'→'守'의 과정을 거쳐서 '守'라 표기함으로써 의미가 통하지 않게 만들었다. 그 외 중성에서의 교체가 일어나는 경우들은 '사'→'세'(婢已備置紗(→동양본 "細")笠帖裡〔「獲重寶慧婢擇夫」(청구야담 권3)〕), '퇴'→'토'(積堆(→동양본 "土")之中〔「班童倒撞藥草中」(청구야담 권4)〕), '휘'→'희'(崔公方在吳將軍麾(→고대본·동양본·가람본 "戲")下〔「張義士爲國捐生」(청구야담 권6)〕), '승'→'생'(留三日, 僧(→동양본 "生")爲公推命〔「澤風堂遇

---

15 賻: 일사본·국도본·고대본·가람본은 "博"으로 잘못 필사.

僧談易理」(청구야담 권5)]) 등이다. '퇴'→'토'로의 교체는 일방적인 것이어서 '퇴堆'로 적고 있는 버클리대본이 '토土'로 적고 있는 동양본보다 앞섰다는 사실을 방증한다고 하겠다. '승'과 '생'의 교체도 예를 들어 '초승달'과 '초생달'처럼 일반적인 음운 현상을 따른 사례라고 볼 수 있겠다.

초성의 교체도 일어나는 데, '내'와 '래'(吾來(←동양본 "乃")在此), '가'와 '자'(其家(→동경대본 "子")素是貧家) 등이다. '내'와 '래'의 교체는 두음법칙을 적용하거나 두음법칙이 적용되었다는 판단에서 두음법칙 적용 전의 글자로 복귀하는 교정 과잉의 소산이라고 본다.

(4) 한자음을 비슷하게 읽었거나 기억하고, 뜻이 비슷한 글자로 필사한 경우

종성이 탈락되거나 교체되는 경우는 오직 한 사례만 발견된다. 類非間間(→동양본·동경대본 "家")賤物[「崔崑崙登第背芳盟」(청구야담 권4)]에서 '간'과 '가'의 교체가 발견된다. 종성이 탈락되었거나 덧붙여졌다. 一邑吏(버클리대본·동양본↔국도본·고대본·일사본·가람본 "人")民, 皆伏其神矣[「清州倅權術捕盜」(청구야담 권5)]에서 '이'와 '인'이 교체되고 있다. (3)에 비하면 여기에 해당하는 사례는 현저히 줄어든 셈이다. 어떤 한자를 의미상 대체할 수 있는 다른 한자를 금방 떠올려 필사할 수 있을 정도의 한문 실력과 집중력을 갖춘 필사자는 독음 생성과 기억에서도 그렇지 않은 필사자에 비해 더 정확하다는 사실을 암시한다.

반면 중성 교체에 해당하는 사례가 가장 많다. 이는 모든 필사자가 사투리와 개인적 발음 성향에서 자유로울 수 없는 점과 관련된다고 보인다. 그중에서도 '직'과 '즉'(明日直(버클리대본·국도본·동양본↔고대본·가람본 "卽")往其家[「呂繡衣移花接木」(청구야담 권1)], 直(버클리대본·국도본·동양본↔고

대본 "卽")向臺上〔「窮儒詭計得科宦」(청구야담 권1)〕, 上馬卽(버클리대본·국도본·동양본↔고대본·가람본 "直")行〔「練光亭錦南應變」(청구야담 권2)〕; 文秀卽(↔동경대본 "直")上廳〔「矜朴童靈城主婚」(청구야담 권9)〕)의 교체가 가장 빈번하다. 이 교체는 18세기 말까지 확인된 'ㅡ'ㅣ' 교체 현상의 지속 결과라 볼 수 있다. '취'와 '치'(決意就(↔동양본 "致")死〔「李節度窮途遇佳人」(청구야담 권3)〕), '관'과 '간'(急往觀(↔동양본·동경대본 "看")之〔「定名穴牛臥林間」(청구야담 권4)〕)의 사례는 이중모음의 단모음화 현상에 대응되는 것이다. 그 외 '여'와 '유'(只與(버클리대본·국도본↔동양본 "有")一幼女一童婢同居矣〔「吠官庭義狗報主」(청구야담 권5)〕), '거'와 '계'(不知其所去(↔동양본 "屆")〔「赴南省張生漂大洋」(청구야담 권3)〕), '의'와 '이'(則好矣(버클리대본·국도본·동양본↔고대본 "爾")〔「策勤名良妻明鑑」(청구야담 권2)〕)의 교체 사례도 발견된다. 이들 모두에서는 필사자가 독음이 비슷하면서도 의미가 통할 수 있는 한자를 요령 있게 떠올려 필사한 경우라 하겠다.

卽起入內(버클리대본·동양본↔국도본·고대본 "來")〔「現宵夢龍滿裳幅」(청구야담 권1)〕와 遂與同行上(↔국도본·동양본·고대본·가람본·일사본 "向")京〔「宰錦城杖殺金漢」(청구야담 권1)〕 등에서는 초성의 교체가 이루어졌다. 전자에서는 '즉시 일어나 안으로 들어왔다'와 '즉시 일어나 들어왔다'로 해석되기에 둘 다 문장이 성립되고 뜻의 차이도 없다. 후자에서는 '마침내 동행하여 서울로 올라갔다'와 '마침내 동행하여 서울로 향했다'로 해석되기에 역시 뜻에 있어서 큰 차이가 없다.

必移繫於(↔동양본 "牛")樹陰之中〔「定名穴牛臥林間」(청구야담 권4)〕은 복잡한 전환 과정을 거쳤을 것으로 판단된다. 일단 '於'↔'어'↔'우'↔'牛'의 과정을 거쳤을 것이라고 추정할 수 있다. 그런데 이런 추정의 문제점은 경기도 서울말 구사자들의 발음 성격상 '어'와 대체될 수 있는 것이 '우'가 아니라 '오'라는 점이다. 이는 (3)에서 언급된 바 있다. 그래서 다른 과정을 생각해 볼 수밖에 없다. 이는 버클리대본에서 동양본으로 나아갔다고 보고 그 사이에 다른 이본의 존재를 가정하는 것이다. 즉, 중간의 이본은 버클리대본의 '於'를 보고 그와 동의어라 할 수 있는 '于'로 표기했고, '于'를 본 동양본 필사자가 모양이 비슷한 '牛'라고 표기했는데 우연하게도 그 역시 의미가 통하게 된 것이다. 이런 추정은 한자의 소리보다 단어의 '뜻'과 '모양' 요인을 우선 생각한 것이다.

그 외 親取(→동양본 "持")斧錐之屬에서는 '취'와 '지'가 교체되었기에 초성과 중성이 함께 교체되었다. 厥(→동양본에는 "勸")農許諾而去〔『鰈班弄計卜隣寡』(청구야담 권4)〕에서는 '궐'과 '권'이 교체되기에 종성이 교체되었다고도 볼 수 있지만, '勸農'이 〔궐롱〕으로 소리 나기에 '권'이 '궐'로 교체되고 '厥'로 표기되었다는 추정이 가능하다.

5. 『청구야담』 이본 비교에서의 형사 및 음사 오류 현상의 해석

이상의 사례를 근거로 하여 형사 및 음사 오류의 회수와 빈도수를 계산하고 그것을 통해 오류 현상의 의미를 해석하고자 한다. 회수를 정확하게 계산하려 했지만 분명 빠뜨린 사례가 있을 것이다. 경향성을 알아보려는 취지에서 대략의 수치를 밝히고 통계를 활용하니 양해를 구한다.

버클리대본과 다른 이본들의 형사 오류의 양상을 비교하면 다음과 같다.

이본	이본 총 화수	형사 오류 횟수	형사 오류 횟수 / 총 화수
버클리대본	290화	31회	0.11
동양본	266화	105회	0.39
동경대본	156화	34회	0.22
국도본	182화	43회	0.24
가람본	182화	40회	0.22
고대본	182화	61회	0.34

각 이본들의 총 화수를 기준으로 하여 형사 오류의 빈도를 따져 보면 버클리대본이 가장 적은 오류를 범한 것으로 나타난다. 버클리대본은 가장 많은 작품을 담고 있어도 오류 횟수는 가장 적다. 반면 동양본은 오류 횟수가 105회로 가장 많고 '오류 횟수/총 화수'도 0.39로 가장 높다. 두 이본끼리만 비교하면 이 점이 더 분명해진다. 버클리대본이 옳고 동양본이 틀린 경우는 97회인 반면 버클리대본이 틀리고 동양본이 옳은 경우는 22회에 그친다. 버클리대본과 동양본은 서로 긴밀한 관계를 가진 유사본인 듯하지만 실제로는 그렇지 않음을 알 수 있다. 自不覺氣縮々(→동양본 "之")然[「啣使命李尙書爭春」(청구야담 권4)]에서 보는 바와 같이, 버클리대본은 '縮縮'을 '縮々'으로 필사했다. 동양본은 '縮々'을 잘못 보아 '縮之'로 필사했다. 그런 점에서 버클리대본은 동양본의 모본 급에 해당하지만 동양본이 버클리대본을 보고 필사한 것은 아니라는 추정이 가능하다.

버클리대본과 다른 이본들의 음사 오류의 양상을 비교하면 다음과 같다.

이본	이본 총 화수	음사 오류 횟수	음사 오류 횟수 / 총 화수
버클리대본	290화	34회	0.12
동양본	266화	48회	0.18
동경대본	156화	25회	0.16
국도본	182화	16회	0.09
가람본	182화	21회	0.12
고대본	182화	59회	0.32

이본 간 총 화수 대비 음사 오류 빈도수는 큰 차이가 나지 않지만 유독 고대본이 다른 이본에 비해 갑절 이상의 오류 빈도를 보인다. 이 점은 형사 오류에서도 확인되었다. 형사 오류에서 고대본은 동양본과 비슷하게 오류 빈도가 컸다. 여기서 고대본 필사자의 수준과 성향을 짐작할 수 있다. 짐작건대 고대본은 가장 후대의 이본으로서, 모본에 이미 있던 오기를 그대로 이양 받으면서 스스로 필사 과정에서 오류를 덧붙였기 때문이라고 하겠다. 가람본은 원고지에 세로로 필사된 것이어서 역시 후대본이라 할 수 있다. 가람본은 6책본인 국도본 계열의 어느 이본을 모본으로 하여 필사되었을 것인데, 국도본보다 음사 오류 횟수가 많고 오류 빈도도 높다. 형사 오류의 경우에는 양상이 다르다. 형사 오류에서 가람본은 국도본보다 오류 횟수가 적고 오류 빈도도 낮다. 그렇다면 가람본 필사자는 소리보다는 보기에서 상대적으로 더 정확했다고 하겠다. 6책본 범주에 들어가는 이본들의 관계를 검토할 때 이와 같은 형사 오류와 음사 오류 양상을 근거로 하여 선후 영향 관계를 해명할 수 있을 것이다.

이본들을 전체로 비교하면 위와 같은 결론이 도출될 수 있겠지만 서론에서 언급한 바대로 각 이본은 여러 필사자들이 권을 나누어 필사한 관계로 권별로 비교를 해야만 더 정확하게 필사 오류의 의미를 해석해 낼 수 있다. 국도본의 권1-3, 권4, 권5, 권6 등은 필체나 판형이 서로 다르게 보인다. 버클리대본 권4, 권9 등은 나머지 권들의 필체와 다르게 보인다. 어떤 권의 필사자가 문맥을 전혀 이해하지 못하고 필사하는 듯하다가도, 권이 바뀌면서 의미를 적극적으로 고려하여 어떤 한자의 동음동의어를 재구성하는 경우가 적지 않다.

버클리대본의 권별 형사 및 음사 오류는 다음과 같이 정리된다.

버클리대본 권수	형사形寫		음사音寫	
	버클리대본이 옳은 경우	버클리대본이 틀린 경우	버클리대본이 옳은 경우	버클리대본이 틀린 경우
1	18(11%)	7(23%)	16(14%)	2(5%)
2	16(9%)	3(10%)	15(13%)	0(0%)
3	16(9%)	6(19%)	4(3%)	4(11%)
4	25(15%)	1(3%)	16(14%)	3(8%)
5	39(23%)	6(19%)	21(18%)	4(11%)
6	9(5%)	0(0%)	7(6%)	3(8%)
7	19(11%)	1(3%)	9(8%)	1(3%)
8	9(5%)	2(6%)	6(5%)	2(5%)
9	7(4%)	2(6%)	10(8%)	11(30%)
10	13(8%)	3(10%)	14(12%)	7(19%)
합계	171	31	118	37

위 자료를 참작할 때, 버클리대본은 『청구야담』의 다른 이본들에 비해서 필사 오류가 매우 적기는 하지만 권별 상황이 매우 다름을 알 수 있다. 형사 오류에서는 권1이 가장 많고 그다음으로 권3과 권5가 많으며,

권4, 권6, 권7이 오류가 가장 적다고 하겠다. 음사 오류에서는 권9가 가장 많고 그다음으로 권10과 권3, 권5가 많으며 권2, 권7, 권1, 권8 등이 가장 적다고 하겠다.

양 극단이라 할 수 있는 권1과 권4를 비교해 보자. 권1과 권4는 필체가 완전히 달라 필사자가 다르다고 보아야 한다. 형사의 '정확함:오류'의 비가 권1은 '18:7'인 데 반해 권4는 '25:1'이다. 권4의 필사자는 다른 이본들의 필사자들이 형사의 오류를 범하곤 하는 글자들의 경우에서도 글자 모양을 착각하지 않고 완벽한 형사를 수행한 것이다. 이를 음사의 경우와 비교하면 양상이 반대가 된다. 즉 음사의 '정확함:오류'의 비에서 권1이 '16:2'인 반면 권4는 '16:3'이 되었다. 권1의 필사자는 형사에서 착각을 많이 했지만 음사에서 상대적으로 정확했고 권4의 필사자는 형사에서 정확했지만 음사에서는 정확성이 상대적으로 떨어졌다고 하겠다. 음사의 정확성이 떨어지는 것은 권9에서 더하다. 권9의 필사자는 음사 착오 사례 중에서 정확하게 필사한 것보다 부정확하게 필사한 것이 더많다. 반면 형사에서는 오류를 많이 범한 경우라 하기 어렵다.

다음으로 『청구야담』 이본 비교에서 많은 관심을 받아 온 버클리대본, 국도본, 동양본의 관계를 살펴본다.

버클리대본·국도본(형사)

권1

婢使絡續(버클리대본·국도본→동양본 "繹")奔來
「撤淫祠火燒錦緞」(청구야담 권1)
堅(버클리대본·국도본→동양본 "緊", 가람본 "竪")築其破土

「占吉地魚遊石函」(청구야담 권1)

是豈嶺南敦厚之風耶(버클리대본·국도본→동양본·가람본 "邪")

「呂繡衣移花接木」(청구야담 권1)

側(버클리대본·국도본→동양본 "厠")身於諸客之末

「呂繡衣移花接木」(청구야담 권1)

堅(버클리대본·국도본→고대본·동양본 "緊")築其破土

「占吉地魚遊石函」(청구야담 권1)

出必醉飽而返. 或經宿不還(버클리대본·국도본↔동양본 "返")

「裹蒸豚中夜訪神交」(청구야담 권1)

明日出給路資(버클리대본·국도본↔고대본·동양본·가람본 "費")

「誇丈夫西貨滿駄」(청구야담 권1)

권2

俄而備飯而來(버클리대본·국도본→동양본 "米")

「楊承宣北關逢奇耦」(청구야담 권2)

天運所(버클리대본·국도본·동경대본→동양본 "可")關

「林將軍山中遇綠林」(청구야담 권2)

其樓上(버클리대본·국도본·동경대본→동양본 "中")笑語爛熳

「林將軍山中遇綠林」(청구야담 권2)

勿(버클리대본·국도본·동경대본→동양본 "忽")爲他移也

「李東皐爲傔擇佳郞」(청구야담 권2)

권5

推(버클리대본·국도본→동양본 "椎")金姓

「探山蔘二藥商幷命」(청구야담 권5)

將笞妓二十臀(버클리대본·국도본→동양본 "臂")
「善戱謔一時寓居」(청구야담 권5)

則不處焉(버클리대본·국도본→동양본 "爲")
「文有采出家辟穀」(청구야담 권5)

果報此寃(버클리대본·국도본→동양본 "鬼")
「毀淫祠邪鬼乞命」(청구야담 권5)

君之子葉(버클리대본·국도본→동양본 "業")
「毀淫祠邪鬼乞命」(청구야담 권5)

某甲見(버클리대본·국도본→동양본 "是")官家臨其家
「吠官庭義狗報主」(청구야담 권5)

世宗臨別(버클리대본·국도본→동양본 "則")申戒女色
「關西伯駈騎馳妓」(청구야담 권5)

使伶俐(버클리대본·국도본→동양본 "例")通引
「淸州倅權術捕盜」(청구야담 권5)

情態(버클리대본·국도본→동양본 "懸")千億
「失佳人數歎薄倖」(청구야담 권5)

別(버클리대본·국도본→동양본 "則")設一房
「擇夫婿慧婢識人」(청구야담 권5)

因(버클리대본·국도본→동양본 "困")下馬
「擇夫婿慧婢識人」(청구야담 권5)

貴人躬入而詰(버클리대본·국도본→동양본 "語")之曰
「擇夫婿慧婢識人」(청구야담 권5)

似(버클리대본·국도본→동양본 "以")紋銀充滿一匏
「擇夫婿慧婢識人」(청구야담 권5)

連輸(버클리대본·국도본→동양본 "輒")數局
「德原令擅名棋局」(청구야담 권5)

鷄未鳴(버클리대본·국도본→동양본 "唱")
「車五山隔屛呼百韻」(청구야담 권5)

一日胥吏遇節日(버클리대본·국도본→동양본 "目")

「失佳人數歎薄倖」(청구야담 권5)

韓石峯乘興灑一障(버클리대본·국도본→동양본 "陣")

「韓石峯乘興灑一障」(청구야담 권5)

而我可(버클리대본·국도본↔고대본·동양본 "何")掩

「廉義士楓岳逢神僧」(청구야담 권5)

皀隷更不打話(버클리대본·국도본↔동양본 "語")

「結芳緣二八娘子」(청구야담 권5)

故其(버클리대본·국도본↔동양본 "甚")强壯者

「投良劑病有年運」(청구야담 권5)

有一光(버클리대본·국도본↔동양본 "禿")頭僧

「安貧窮十年讀易」(청구야담 권5)

其榮耀(버클리대본·국도본↔동양본 "輝")盛滿如此

「退田野鄭知敦享福」(청구야담 권5)

未曾(버클리대본·국도본↔동양본 "嘗")拜見

「廉義士楓岳逢神僧」(청구야담 권5)

家中內外病(버클리대본·국도본↔동양본 "痛")臥者

「延父命誠動天神」(청구야담 권5)

擇(버클리대본·국도본↔동양본 "掃")一間淨室

「得二妾權上舍福緣」(청구야담 권5)

亦牢拒不飮(버클리대본·국도본↔동양본 "飯")

「得二妾權上舍福緣」(청구야담 권5)

李業福儕輩也. 自童稺(버클리대본·국도본↔동양본·청구야설 "稚")時

「失佳人數歎薄倖」(청구야담 권5)

終夜喧撓(버클리대본·국도본↔동양본 "搖")

「峽氓誤讀他人祝」(청구야담 권5)

下箕都懷古五言律詩百韻於儐(버클리대본·국도본↔동양본 "賓")幕

「車五山隔屏呼百韻」(청구야담 권5)

必見(버클리대본·국도본←동양본 "是")可意人也

「擇夫婿慧婢識人」(청구야담 권5)

生不得已還持其剩(버클리대본·국도본→동양본 "利")錢而來
「安貧窮十年讀易」(청구야담 권5)

권6

一日生晩(버클리대본·국도본→동양본 "曉")歸入室
「成勳業不忘糟糠」(청구야담 권6)

忘其歸(버클리대본·국도본→동양본 "婦")
「乞父命忠婢完三節」(청구야담 권6)

本邑立碑㫌(버클리대본·국도본→동양본 "旋")焉
「乞父命忠婢完三節」(청구야담 권6)

乃蹙(버클리대본·국도본→동양본 "壓")眉而言曰
「善欺騙猾胥弄痴倅」(청구야담 권6)

女又潛買(버클리대본·국도본→동양본 "置")一犢
「占名穴童婢慧識」(청구야담 권6)

而任其責(버클리대본·국도본→동양본 "貴")
「活人病趙醫行針」(청구야담 권6)

遂仆(버클리대본·국도본→동양본 "外")不能言
「救父命洪童撞鼓」(청구야담 권6)

松羅(버클리대본·국도본→동양본 "蘿")驛尹吏
「兩驛吏各陳世閥」(청구야담 권6)

권7

盧玉溪禛(버클리대본·국도본→동양본 "植")
「盧玉溪宣府逢佳妓」(청구야담 권7)

肉(버클리대본·국도본→동양본 "內")作瘡痕
「江界妓爲李帥守節」(청구야담 권7)

使之苦(버클리대본·국도본→고대본·가람본·동양본 "若")不堪矣
「新傔權術騙宰相」(청구야담 권7)

無他(버클리대본·국도본↔동양본 "地")控訴
「治産業許仲子成富」(청구야담 권7)

晨夕勸(버클리대본·국도본↔동양본 "勤")課
「得佳妓沈相國成名」(청구야담 권7)

권8

互相推諉(버클리대본·국도본→동양본·동경대본 "誘")曰
「雪幽寃夫人識朱旅」(청구야담 권8)

권10

又得食數(버클리대본·국도본→동경대본 "穀")瓜
「金丞相瓜田見異人」(청구야담 권10)

無所不覽(버클리대본·국도본→동경대본 "覺")
「訪桃源權生尋眞」(청구야담 권10)

光近惑(버클리대본·국도본→동경대본 "感")之
「感主恩奴僧占名穴」(청구야담 권10)

厭僧卽於(버클리대본·국도본·동경대본→고대본·가람본 "在")左傍鑿穴
「感主恩奴僧占名穴」(청구야담 권10)

盲(버클리대본·국도본·동경대본→고대본·가람본 "育")人巫女及近處巫盲
「還玉童宰相償債」(청구야담 권10)

今不免(버클리대본·국도본·동경대본→고대본 "克")寒乞樣

「白頭翁指教一書生」(청구야담 권10)

鹿脛鳧膺(버클리대본·국도본·동경대본→고대본 "鷹")

「還玉童宰相償債」(청구야담 권10)

檢巖屍(버클리대본·국도본↔동경대본 "尸")匹婦解寃

「檢巖屍匹婦解寃」(청구야담 권10)

형사의 경우 권1, 권5, 권6, 권7, 권8에서 버클리대본과 국도본은 압도적 친연성을 보인다. 반면 권3, 권4, 권9에서는 두 이본의 친연 관계를 살필 사례가 나타나지 않는다.

버클리대본·국도본(음사)

권1

立墓石工(버클리대본·국도본→동양본 "共")匠感孝婦

「立墓石工匠感孝婦」(청구야담 권1)

권2

與吾同去(버클리대본·국도본→동양본 "居")鄕中

「李東皋爲儈擇佳郎」(청구야담 권2)

不拘(버클리대본·국도본→동양본 "苟")小節

「朴南海慷慨樹功」(청구야담 권2)

女息(버클리대본·국도본↔동양본·동경대본·파수편·가람본 "媳")

「李東皋爲儈擇佳郎」(청구야담 권2)

권5

我若移居(버클리대본·국도본↔동양본 "去")

「結芳緣二八娘子」(청구야담 권5)

只與(버클리대본·국도본↔동양본 "有")一幼女一童婢同居矣

「吠官庭義狗報主」(청구야담 권5)

殘山斷(버클리대본·국도본→동양본 "短")

「乞婚需朴道令呈表」(청구야담 권5)

不敢(버클리대본·국도본·가람본←동양본 "堪")苦楚

「結芳緣二八娘子」(청구야담 권5)

鎭(버클리대본·국도본·가람본←동양본 "盡")日紛叢

「結芳緣二八娘子」(청구야담 권5)

권6

湖丹旌先素轎(버클리대본·국도본→동양본 "驕")後

「起死人臨江哀輓」(청구야담 권6)

권7

其外如農商(버클리대본·국도본↔동양본 "桑")之事

「治産業許仲子成富」(청구야담 권7)

권8

獵人臂(버클리대본·국도본↔동경대본 "飛")鷹呼狗

「遊湞營風流盛事」(청구야담 권8)

권10

嚴勅(버클리대본·국도본→고대본·가람본 "治")冥王
「白頭翁指教一書生」(청구야담 권10)

少時磊(버클리대본·국도본→고대본 "牢")落(→동경대본 "犖")不羈
「還玉童宰相償債」(청구야담 권10)

俄者老(버클리대본·국도본→고대본 "路")人携手指路
「金丞相瓜田見異人」(청구야담 권10)

음사의 경우도 권5에서 버클리대본과 국도본이 두드러진 친연성을
보인다.

국도본이 동양본과 같고 버클리대본과 다른 사례는 다음과 같다.[16]

16 이와 관련하여 이강옥은 국보본이 동양본보다 버클리대본과 상친성이 강하다는 주장을 폈으나
(이강옥, 「청구야담 한문본 필사 오류 연구―음사흡寫의 개입을 중심으로」, 『한국문학논총』 제68집,
한국문학회, 2014, 244~245면), 근거 자료를 수집하는 과정과 결론 도출 방식에서 문제가 있어 여기
서 바로잡는다.

권1

吾今曉(→국도본·동양본·고대본 "晩")殺人

「裏蒸豚中夜訪神交」(청구야담 권1)

則必不免小人之刀(↔국도본·동양본·고대본·가람본 "刃")矣

「洪尙書受挺免刃」(청구야담 권1)

詬罵(↔국도본·동양본·가람본 "詈")

「呂繡衣移花接木」(청구야담 권1)

與朝臣共議(↔국도본·동양본·고대본·가람본·일사본 "論")禦賊(국도본·고대본·가람본·일사본 "敵")之策

「料倭寇麻衣明見」(청구야담 권1)

駟(↔국도본·동양본·고대본·가람본·일사본 "馳")馬習射

「復主讐忠婢托錦湖」(청구야담 권1)

潛爲仍(←국도본·동양본·고대본·가람본 "引")置于漢江村舍

「宰錦城杖殺金漢」(청구야담 권1)

頻(←국도본·동양본·가람본 "頗")有款洽之色

「償宿恩歲送衣資」(청구야담 권1)

老婢大喜曰(←국도본·동양본·가람본 "而")去

「撤淫祠火燒錦緞」(청구야담 권1)

往尋向日新(←국도본·동양본·고대본·가람본 "親")知人

「葬三屍湖武陰德」(청구야담 권1)

惟虛實(←국도본·동양본·고대본·가람본·일사본 "寶")之是鑽

「葬三屍湖武陰德」(청구야담 권1)

勢若萬畢(←국도본·동양본·고대본·가람본·일사본 "軍")之驅來

「諭義理羣盜化良民」(청구야담 권1)

汝是他(←국도본·동양본·고대본·가람본 "何")鄕之軍, 而何時上京耶

「呂相托辭登大闡」(청구야담 권1)

권2

諸(←국도본·동양본·고대본·가람본 "誰")從吾出戰

「彈琴臺忠僕收屍」(청구야담 권2)

風馳雷(↔국도본·동양본·고대본·가람본 "電")邁

「練光亭錦南應變」(청구야담 권2)

권5

藉(→동양본·국도본 "籍")於馬背

「擇夫壻慧婢識人」(청구야담 권5)

萬萬銀貨(→국도본·동양본·고대본·일사본·가람본 "資")

「擇夫壻慧婢識人」(청구야담 권5)

頻(←국도본·동양본·가람본 "頗")

時道遂與某(←국도본·동양본 "其")女及母歸京

「廉義士楓岳逢神僧」(청구야담 권5)

皆積厚(←국도본·동양본·고대본·일사본·가람본 "粟")富厚

「採山蔘二藥商幷命」(청구야담 권5)

局鎬其(←국도본·동양본·고대본·청구야설·일사본·가람본 "甚")嚴

「失佳人數歎薄倖」(청구야담 권5)

鎖(↔국도본·동양본 "鏁")其局

「擇夫壻慧婢識人」(청구야담 권5)

권7

而與之偕往(↔국도본·동양본·고대본 "行")

「贅柳匠李學士亡命」(청구야담 권7)

事已致(←고대본·국도본·동양본 "到")此

「投三橘空中現靈」(청구야담 권7)

則致(←국도본·고대본·동양본·가람본 "到")後面而滅

「武擧廢舍逢項羽」(청구야담 권7)

권8

而互相極(←국도본·동양본·고대본·가람본 "拯")出

「過錦江急難高義」(청구야담 권8)

公何不施備禦之榮(←국도본·동양본·고대본·동경대본·가람본 "策")乎

「山海關都督鏖虜兵」(청구야담 권8)

兼存(←국도본·동양본·고대본·동경대본·가람본 "全")云

「過錦江急難高義」(청구야담 권8)

형사의 경우 국도본과 동양본은 권1과 권5에서 친연성을 보인다.

국도본·동양본(음사)

권1

淫(→국도본·동양본·고대본·가람본·일사본 "陰")慾發動

「誇丈夫西貨滿馱」(청구야담 권1)

遂與同行上(←국도본·동양본·고대본·가람본·일사본 "向")京

「宰錦城杖殺金漢」(청구야담 권1)

未知(←국도본·동양본·고대본·가람본 "至")營少許

「驗異夢西伯識前身」(청구야담 권1)

備夕飯而(↔국도본·동양본·고대본·가람본 "以")待之
「老嫗慮患納小室」(청구야담 권1)

嬉笑誼(↔국도본·동양본·고대본·가람본 "喧")眡
「裹蒸豚中夜訪神交」(청구야담 권1)

권2

而只有一介(↔국도본·동양본·고대본·동경대본·가람본 "箇")
「練光亭錦南應變」(청구야담 권2)

권5

特爲安恕(→국도본·동양본·고대본·일사본·가람본 "徐")
「得二妾權上舍福緣」(청구야담 권5)

金自以爲(↔국도본·동양본·고대본·일사본·가람본 "謂")必死
「採山蔘二藥商幷命」(청구야담 권5)

吾依而(↔국도본·동양본·고대본 "倚以")爲生
「廉義士楓岳逢神僧」(청구야담 권5)

請由(←국도본·동양본·고도서본·고대본·가람본 "留")也
「廉義士楓岳逢神僧」(청구야담 권5)

권6

及長(→국도본·동양본·가람본 "壯")揮淚誓曰
「張義士爲國捐生」(청구야담 권6)

佳哉! 魚之尾(←국도본·동양본·가람본 "味")也
「惜一扇措大吝癖」(청구야담 권6)

권7

> 則錢穀從何以(←국도본·동양본·고대본 "而")辦出乎
> 「倡義使賴良妻成名」(청구야담 권7)
>
> 專(→국도본·동양본·고대본·가람본 "全")事豪
> 「得佳妓沈相國成名」(청구야담 권7)

음사의 경우 국도본과 동양본은 권1, 권5에서 친연성을 보인다. 버클리대본과 동양본이 글자를 공유하는 사례는 다음과 같다.

버클리대본·동양본(형사)

권1

> 何遽(버클리대본·동양본→국도본 "處")歸也
> 「義男臨水喚兪鐵」(청구야담 권1)
>
> 有年少未(버클리대본·동양본→국도본·고대본·가람본 "朱")筭之
> 「義男臨水喚兪鐵」(청구야담 권1)
>
> 未有若行次之眞(버클리대본·동양본→국도본·고대본·가람본 "直")正大人也
> 「洪尙書受挺免刃」(청구야담 권1)
>
> 而(버클리대본·동양본→국도본·고대본·가람본 "言")朴則先數月已死云
> 「過南漢預筭虜兵」(청구야담 권1)
>
> 愼勿(버클리대본·동양본→국도본·고대본·가람본 "出")聽之
> 「窮儒詭計得科宦」(청구야담 권1)
>
> 冒入場(버클리대본·동양본→국도본·고대본·가람본 "墻")屋
> 「窮儒詭計得科宦」(청구야담 권1)
>
> 幸主人毋(버클리대본·동양본→국도본·고대본·가람본 "無")用俗套

「語消長偸兒說富客」(청구야담 권1)

主(버클리대본·동양본↔국도본·고대본·가람본 "本")倅以下

「義男臨水喚兪鐵」(청구야담 권1)

回顧(버클리대본·동양본↔국도본·고대본·가람본 "觀")見錦湖

「復主讐忠婢托錦湖」(청구야담 권1)

斥賣庄(버클리대본·동양본↔국도본·고대본·가람본 "田")土

「葬三屍湖武陰德」(청구야담 권1)

勢焰熏(버클리대본·동양본←국도본·가람본 "重", 고대본 "衝")天

「過南漢預筭虜兵」(청구야담 권1)

권2

則(버클리대본·동양본→동경대본 "前")一隻之大

「大人島商客逃殘命」(청구야담 권2)

太(버클리대본·동양본→동경대본 "大")半自其母所成就

「金貢生聚子授工業」(청구야담 권2)

看檢打稻(버클리대본·동양본→동경대본 "租")

「勸痘神李生種德」(청구야담 권2)

便(버클리대본·동양본·동경대본→고대본 "使")宜從事

「捕獷賊具名唱權術」(청구야담 권2)

岩甓側仄(버클리대본·동양본→국도본·가람본 "反")

「林將軍山中遇綠林」(청구야담 권2)

권4

汝其(버클리대본·동양본→동경대본 "見")廣求得汝錢者

「治牛商貪僧逢明府」(청구야담 권4)

使入居子(버클리대본·동양본→동경대본 "于")舍以供文墨之戲

「聽妓語悖子登第」(청구야담 권4)

以七純(버클리대본·동양본→동경대본 "絶")通登第

「致精誠課曉拜佛像」(청구야담 권4)

忽聞有女子哭聲甚(버클리대본·동양본→동경대본 "其")悽絶

「雪神寃完山尹檢獄」(청구야담 권4)

朴也忽稱腹痛(버클리대본·동양본↔동경대본 "病")

「定名穴牛臥林間」(청구야담 권4)

小人以八(버클리대본·동양본↔동경대본 "一")面不知之人

「鄕弁自隨統帥後」(청구야담 권4)

권5

必爲汝之歸(버클리대본·동양본→국도본·고대본 "婦")

「廉義士楓岳逢神僧」(청구야담 권5)

撫乳合(버클리대본·동양본→국도본·고대본 "含")口

「得二妾權上舍福緣」(청구야담 권5)

是(버클리대본·동양본→국도본 "星")夜鬼

「毁淫祠邪鬼乞命」(청구야담 권5)

而實則自鳴其一已不平(버클리대본·동양본→국도본·고대본·가람본 "半")
心事也

「呈舊僚鄭司果戲墨」(청구야담 권5)

托終身女俠捐(버클리대본·동양본→고대본·국도본·일사본·가람본 "損")生

「托終身女俠捐生」(청구야담 권5)

避入永春(버클리대본·동양본→국도본 "奉")安過

「澤風堂遇僧談易理」(청구야담 권5)

哭(버클리대본·동양본→국도본 "器")聲聒耳

「峽氓誤讀他人祝」(청구야담 권5)

順命曰: "唯(버클리대본·동양본→국도본 "雖")"

「得僉使兒時有約」(청구야담 권5)

今又虔誠邀(버클리대본·동양본→국도본·고대본·일사본·가람본 "激")我

「結芳緣二八娘子」(청구야담 권5)

俱是未妥(버클리대본·동양본↔국도본·고대본·일사본·가람본 "安")

「結芳緣二八娘子」(청구야담 권5)

恭竢(버클리대본·동양본↔국도본 俟)處分

「得二妾權上舍福緣」(청구야담 권5)

乃謂棋(버클리대본·동양본↔국도본 "棊")耶

「德原令擅名棋局」(청구야담 권5)

권7

暮春天以雪(버클리대본·동양본→국도본 "電")風哀

「坐城樓南忠壯效節」(청구야담 권7)

自此海西(버클리대본·동양본→국도본·고대본·가람본 "平")之民

「李副學海營省叔父」(청구야담 권7)

盖以足(버클리대본·동양본→국도본·고대본·가람본 "是")受之故也

「殲羣蛇亭上逞勇」(청구야담 권7)

其人惶蹙(버클리대본·동양본→국도본·고대본·가람본 "感")曰

「憐孀女宰相囑窮弁」(청구야담 권7)

放溺出門(버클리대본·동양본→국도본 "間")

「超屋角李兵使賈勇」(청구야담 권7)

吾於垂(버클리대본·동양본→국도본·고대본·가람본 "毛")死之年

「得佳妓沈相國成名」(청구야담 권7)

大金渠亦(버클리대본·동양본→국도본 "京")不知題主之法

「題神主眞書勝諺文」(청구야담 권7)

急使侍(버클리대본·동양본→국도본 "待")者

「金南谷生死皆有異」(청구야담 권7)

厄(버클리대본·동양본→국도본 "危")酒安足辭也

「憩店舍李貞翼識人」(청구야담 권7)

忿(버클리대본·동양본→국도본·고대본·가람본 "忽")恨欲死

「武擧廢舍逢項羽」(청구야담 권7)

過去(버클리대본·동양본→국도본 "車")喪車 何必疑訝

「坐城樓南忠壯效節」(청구야담 권7)

권8

願一辭而(버클리대본·동양본→국도본 "西")行如何

「赦窮儒柳統使受報」(청구야담 권8)

권9

皆以爲錦陽宮(버클리대본·동양본→동경대본 "官")

「報喜信櫪馬長鳴」(청구야담 권9)

仍治(버클리대본·동양본→동경대본 "洽")其小室之靷行

「禹兵使赴防得賢女」(청구야담 권9)

本倅瓜(버클리대본·동양본→동경대본 "苽")遞之前

「入吏籍窮儒成家業」(청구야담 권9)

小成(버클리대본·동양본→동경대본 "或")進士

「輸官租富民買兩班」(청구야담 권9)

형사의 경우 버클리대본과 동양본은 권1, 권5, 권7에서 친연성을 보인다.

버클리대본·동양본(음사)

권1

再不渡(버클리대본·동양본→국도본·고대본·가람본 "到")漢江
「料倭寇麻衣明見」(청구야담 권1)

士人出居(버클리대본·동양본↔국도본·고대본·가람본 "去")外舍
「誇丈夫西貨滿駄」(청구야담 권1)

卽起入內(버클리대본·동양본↔국도본·고대본 "來")
「現宵夢龍滿裳幅」(청구야담 권1)

再不渡(버클리대본·동양본→국도본·고대본·가람본 "到")漢江
「料倭寇麻衣明見」(청구야담 권1)

권3

入(버클리대본·동양본←"立")於門外
「匿屍身海倅償恩」(청구야담 권3)

권5

一邑吏(버클리대본·동양본↔국도본·고대본·일사본·가람본 "人")民, 皆伏
其神矣
「淸州倅權術捕盜」(청구야담 권5)

권7

江界妓爲李帥(버클리대본·동양본↔국도본·고대본에는 "倅")守節
「江界妓爲李帥守節」(청구야담 권7)

及引(버클리대본·동양본←국도본·고대본·가람본 "因")山禮畢
「憩店肆李貞翼識人」(청구야담 권7)

권9

則如(버클리대본·동양본←동경대본 "與")生時無異云矣
「訴簞路忠僕鳴寃」(청구야담 권9)

음사의 경우 버클리대본과 동양본은 권1에서만 친연성을 보인다.

버클리대본, 국도본, 동양본이 함께 글자를 공유하는 사례는 다음과
같다.

버클리대본·국도본·동양본(형사)

권1

如不忘(버클리대본·국도본·동양본→고대본 "忠")今日之情
「義男臨水喚兪鐵」(청구야담 권1)

待日寒稍弛(버클리대본·국도본·동양본→고대본·가람본 "施")
「占吉地魚遊石函」(청구야담 권1)

委往其家而訪焉(버클리대본·국도본·동양본→고대본·가람본 "爲")
「葬三屍湖武陰德」(청구야담 권1)

只得拱(버클리대본·국도본·동양본→고대본·가람본 "招")手
「葬三屍湖武陰德」(청구야담 권1)

豈無激勸(버클리대본·국도본·동양본→고대본·가람본 "勤")之意乎
「立墓石工匠感孝婦」(청구야담 권1)

以都元帥材目(버클리대본·국도본·동양본→고대본·가람본에는 "因")
「論義理羣盜化良民」(청구야담 권1)

三(버클리대본·국도본·동양본→고대본 "之")公兄及座首
「宰錦城杖殺金漢」(청구야담 권1)

頗有異(버클리대본·국도본·동양본→고대본 "意")之之意
「葬三屍湖武陰德」(청구야담 권1).

권2

則無愧於古之(버클리대본·국도본·동양본→고대본·가람본 "人")神童
「楊承宣北關逢奇耦」(청구야담 권2)

討尼湯(버클리대본·국도본·동양본·동경대본→고대본 "陽")介
「彈琴臺忠僕收屍」(청구야담 권2)

行具(버클리대본·국도본·동양본·동경대본→고대본 "且")鮮明
「練光亭錦南應變」(청구야담 권2)

逗遛(버클리대본·국도본·동양본→고대본 "留", 가람본 "逼")此城
「練光亭錦南應變」(청구야담 권2)

一老宰愍懃(버클리대본·국도본·동양본→고대본 "殷勤")
「練光亭錦南應變」(청구야담 권2)

能與我同遊乎(버클리대본·국도본·동양본→고대본 "于")

「吳按使永湖逢薛生」(청구야담 권5)

援(버클리대본·국도본·동양본→고대본 "採")葛攀木而進

「吳按使永湖逢薛生」(청구야담 권5)

奇貨可(버클리대본·국도본·동양본→고대본·가람본 "下")居

「善戲謔一時寓居」(청구야담 권5)

恩(버클리대본·국도본·동양본→고대본·가람본 "息")實大矣

「蔡士子發憤力學」(청구야담 권5)

家勢赤(버클리대본·국도본·동양본→고대본·가람본 "亦")立

「乞婚需朴道令呈表」(청구야담 권5)

數朔貞(버클리대본·국도본·동양본→고대본·가람본 "負")疾

「投良劑病有年運」(청구야담 권5)

磨服三(버클리대본·국도본·동양본→고대본·가람본 "之")丸

「李上舍因病悟道妙」(청구야담 권5)

父厲(버클리대본·국도본·동양본→고대본·가람본 "屬")責而入曰

「結芳緣二八娘子」(청구야담 권5)

公子之往來余(버클리대본·국도본·동양본→고대본·가람본 "金")家

「結芳緣二八娘子」(청구야담 권5)

其子承(버클리대본·국도본·동양본→고대본 "丞")命

「投良劑病有年運」(청구야담 권5)

馬必瘦(버클리대본·국도본·동양본→고대본 "搜")

「德原令擅名棋局」(청구야담 권5)

妥(버클리대본·국도본·동양본↔고대본·일사본·가람본 "安")我英靈

「毀淫祠邪鬼乞命」(청구야담 권5)

嘗遇暵(버클리대본·국도본·동양본↔가람본 "嘆", 고대본 "濮", 청구야설 "旱")蕫甕溝洫

「李後種力行孝義」(청구야담 권5)

李生遂閉(버클리대본·국도본·동양본←고대본·가람본 "開")戶入室

「安貧窮十年讀易」(청구야담 권5)

권6

尹吏遂握(버클리대본·국도본·동양본→가람본 "掘")手爲謝

「兩驛吏各陳世閥」(청구야담 권6)

諜(버클리대본·국도본·동양본→고대본 "詳")者持書入藩

「張義士爲國捐生」(청구야담 권6)

牧于(버클리대본·국도본·동양본→가람본 "牛")家中

「占名穴童婢慧識」(청구야담 권6)

권7

皆是宅奴(버클리대본·국도본·동양본→고대본 "好")子也

「柳上舍先貧後富」(청구야담 권7)

任(버클리대본·국도본·동양본→고대본 "仕")副學也

「李副學海營省叔父」(청구야담 권7)

盛其(버클리대본·국도본·동양본→고대본 "具")酒食

「治産業許仲子成富」(청구야담 권7)

惶恐無地(버클리대본·국도본·동양본→고대본·가람본 "他")

「營妓伴狂隨谷倅」(청구야담 권7)

仍對(버클리대본·국도본·동양본↔고대본 "侍")坐而訓之諸般妙手

「倡義使賴良妻成名」(청구야담 권7)

蠹石樓繡(버클리대본·국도본·동양본↔고대본 "綉")衣藏踪

「矗石樓繡衣藏踪」(청구야담 권7)

減半而餼(버클리대본·국도본·동양본↔고대본 "餽")之

「贅柳匠李學士亡命」(청구야담 권7)

以恤窮濟貧, 交結英男(버클리대본·국도본·동양본·가람본←고대본 "勇")者

「倡義使賴良妻成名」(청구야담 권7)

권8

備餼(버클리대본·국도본·동양본↔고대본 "餽")來也

「問異形洛江逢圃隱」(청구야담 권8)

丰(버클리대본·국도본·동양본→동경대본 "年")茸有美色

「報重恩雲南致美娥」(청구야담 권8)

幾十斤(버클리대본·국도본·동양본→동경대본 "片")作餠

「得巨産濟州伯伴病」(청구야담 권8)

而刺(버클리대본·국도본·동양본→동경대본 "速")之矣

「教衙童海印寺僧爲師」(청구야담 권8)

其後又討暇(버클리대본·국도본·동양본→동경대본 "瞰")來見

「傳書封千里訪父親」(청구야담 권8)

忽林樾(버클리대본·국도본·동양본→고대본 "越")間

「坐草堂三老禳星」(청구야담 권8)

一日妓以官家宴會(버클리대본·국도본·동양본→동경대본 "食")入去

「獲生金父子同宮」(청구야담 권8)

而苦待端午(버클리대본·국도본·동양본→동경대본 "牛")

「問異形洛江逢圃隱」(청구야담 권8)

　　형사의 경우 버클리대본, 국도본, 동양본은 권5에서 가장 자주 글자
를 공유했고 권1, 권7, 권8에서 그다음으로 자주 글자를 공유했다.

버클리대본·국도본·동양본(음사)

권1

都(버클리대본·국도본·동양본→고대본 "徒")出於威脅也

「語消長偸兒說富客」(청구야담 권1)

明日直(버클리대본·동양본·국도본↔고대본·가람본 "卽")往其家

「呂繡衣移花接木」(청구야담 권1)

直(버클리대본·동양본·국도본↔고대본 "卽")向臺上

「窮儒詭計得科宦」(청구야담 권1)

都(버클리대본·동양본·국도본→고대본 "徒")出於威脅也

「語消長偸兒說富客」(청구야담 권1)

권2

上馬卽(버클리대본·동양본·국도본↔고대본·가람본 "直")行

「練光亭錦南應變」(청구야담 권2)

將(버클리대본·동양본·국도본→고대본 "自")移南村而居

「策勳名良妻明鑑」(청구야담 권2)

則好矣(버클리대본·동양본·국도본↔고대본 "爾")

「策勳名良妻明鑑」(청구야담 권2)

권5

與屋子齊高(버클리대본·동양본·국도본→고대본 "告")

「擇夫壻慧婢識人」(청구야담 권5)

僅(버클리대본·동양본·국도본→고대본 "近")庇風雨

「擇夫婿慧婢識人」(청구야담 권5)

權旣 (버클리대본·동양본·국도본→고대본·가람본 "其")隣居
「得二妾權上舍福緣」(청구야담 권5)

厭數滿(버클리대본·국도본·동양본→고대본·가람본 "萬")千
「捐千金洪象胥義氣」(청구야담 권5)

권6

倘(버클리대본·동양본·국도본→고대본 "當")敎我以開井之方
「守貞節崔孝婦感虎」(청구야담 권 6)

此皆婢之族黨所謂(버클리대본·국도본·동양본·가람본←학산한언 "爲")
「乞父命忠婢完三節」(청구야담 권6)

권7

姑未起(버클리대본·동양본·국도본→고대본 "忌")寢
「進祭需嶺吏欺李班」(청구야담 권7)

음사의 경우도 세 이본은 형상의 사례와 유사하다.

그런데 버클리대본, 국도본, 동양본이 같은 글자를 공유하는 사례는 46(14)회나 되지만, 반대쪽에 있는 이본이 고대본이나 가람본이란 점이 두드러진다. 특히 고대본은 6책본 중에서 가장 오기가 많은 이본이다. 가람본은 그런 고대본과 친연성이 큰 이본이다. 그런 점에서 버클리대본, 국도본, 동양본이 같은 글자를 공유하고 있다는 점에 대해 적극적인 의미를 부여하기 어렵다. 즉 세 이본이 상친성을 강하게 갖고 있기 때문에 해당 한자를 동일하게 표기하고 있는 것이 아니라 당연히 정확하게만 표기하고 있는데, 고대본이 그것을 오기하였기에 그 점에 두드러졌을 따름이라는 것이다.

이상 열거한 것을 다시 하나의 표로 정리하면 다음과 같다.

버클리 대본 권수	버클리대본·국도본·동양본	버클리대본·국도본↔동양본	버클리대본·국도본↔동양본 없음	국도본·동양본↔버클리대본	국도본·동양본↔버클리대본 없음	버클리대본·동양본↔국도본	버클리대본·동양본↔국도본 없음
1	8(4)	7(1)		12(5)		11(4)	
2	5(3)	4(3)		2(1)		1(0)	4(0)
3							0(1)
4							6(1)
5	14(4)	31(5)		7(4)		12(1)	
6	3(2)	8(1)		0(2)		0	
7	8(1)	5(1)		3(2)		11(2)	
8	8(0)	1(0)	0(1)	3(0)		1(0)	
9							4(1)
10			8(3)				
합계	46(14)	57(11)	8(4)	27(14)		36(7)	14(3)

형사(음사)

위 표는 형사와 음사 오류 상황에서 버클리대본, 국도본, 동양본이 결합하는 양상을 버클리대본의 권별로 정리한 것이다. 먼저 형사 오류를 살펴보자. 권1에서는 국도본과 동양본이 가장 긴밀하고 버클리대본과 동양본이 그다음이고, 버클리대본과 국도본이 상대적으로 덜 긴밀하다. 그러나 크게 차이가 나지 않는다. 권5에서는 버클리대본과 국도본이 압도

적으로 긴밀한 반면 권1에서 가장 긴밀했던 국도본과 동양본의 관계가
소원하다. 권6에서도 버클리대본과 국도본만이 긴밀성을 보인다. 권7에
서는 버클리대본과 동양본이 가장 긴밀한 것으로 나타났다. 권10에서는
버클리대본과 국도본만이 긴밀한 양상을 보였다.

버클리대본, 국도본, 동양본의 상친성에 대해서는 상반된 견해가 제
출되어 있다.[17] 형사 오류 사례를 다시 검토한 결과 버클리대본 권1에 초
점을 맞추면 국도본과 동양본이 더 긴밀하다 하겠지만 권5와 권6 등에 초
점을 맞추면 버클리대본과 국도본이 압도적으로 긴밀하다. 특히 권5의 개
별 사례를 검토하면 더욱 그렇다. 권5는 형사 오류 상황 중 연이어 네다섯
사례가 버클리대본과 국도본의 글자 공유를 보여주기 때문이다. 그리고
전체로 보면 버클리대본과 국도본이 글자 공유를 보여주는 사례가 65회
인 반면, 국도본과 동양본이 글자 공유를 보여주는 사례가 27회에 지나지
않기에 버클리대본과 국도본이 훨씬 더 긴밀한 관계라고 할 수 있다.

음사 오류를 살펴보자. 권1에서는 국도본과 동양본이 가장 긴밀한
반면 권5와 권10에서는 버클리대본과 국도본이 가장 긴밀하다. 전체로
보면 국도본, 동양본과 버클리대본, 국도본이 비슷한 긴밀도를 보인다고
할 수 있다.

아울러 특별히 음사 오류의 몇 사례는 이본 간 선후 관계를 해명하는
데 적극 활용할 수 있다. 가령, '퇴'→'토'(積堆(→동양본 "土")之中)〔「班童倒撞
藁草中」(청구야담 권4)〕로의 교체는 국어사에서 일방적인 것이어 '퇴'堆로 적고
있는 버클리대본이 '토'土로 적고 있는 동양본보다 앞섰다는 사실을 입증

---

17 임완혁은 '국립본(국도본을 지칭)이 버클리대본에 비해 동양문고본(동양본을 지칭)과 상친성을
지니고 있다'고 했고,(임완혁, 『구연 전통과 서사』, 태학사, 2008, p.148) 이강옥은 '국도본은 동양
본보다는 버클리대본과의 상친성이 더 크다'고 했다.(이강옥, 「청구야담 한문본 필사 오류 연구─음
사音寫의 개입을 중심으로」, 『한국문학논총』 제68집, 한국문학회, 2014, 246면)

해 준다 하겠다. '취'와 '치'(決意就(→동양본 "致")死)「李節度窮途遇佳人」(청구야담 권3)「李節度窮途遇佳人」(청구야담 권3)〕, '관'과 '간'(急往觀(→동양본·동경대본 "看")之)「定名穴牛臥林間」(청구야담 권4)〕의 사례도 이중모음의 단모음화 현상에 대응되는 것으로서, 버클리대본과 동양본·동경대본의 선후 관계를 비교적 뚜렷하게 추증하게 한다.

후대본으로 짐작되는 이본일수록 음사 표기의 오류가 더 많이 난다는 원칙도 세울 수 있다. 그것은 정확하게 표기한 이본과 음사 오류가 있는 이본 간의 선후 문제를 따질 수 있는 사례에 바탕을 둔 것이다. 즉, 妹嘗(←학산한언 "常")面壁就燈, 此何意也의 사례이다. 익히 알려진 대로 『청구야담』은 『학산한언』 소재 작품 31화를 옮기고 있는데, 이 구절이 포함되어 있는 작품인 「거강폭규중정열」拒强暴閨中貞烈(청구 상 390)도 이 사례에 해당한다. 「길정녀」(학산 318)→「거강폭규중정열」의 방향이 명백하다. 「길정녀」에서 '常'이라고 정확하게 표기하고 있지만[18] 「거강폭규중정열」에서는 '嘗'으로 오기[19]하고 있는 것이다. 동양본도 버클리대본과 똑같은 오류를 보이고 있다. 此皆婢之族黨所謂(버클리대본·동양본·국도본·가람본←학산한언 "爲")「乞父命忠婢完三節」(청구야담 권6)〕도 같은 사례에 해당한다. 이를 통해 음사의 오류가 있는 이본은 그렇지 않은 이본보다 앞설 수 없을 가능성이 매우 크다고 볼 수 있다.

버클리대본과 동양본의 선후 관계도 음사 오류의 차원에서 간략하게 설명할 수 있다. 버클리대본(○):동양본(×)의 경우는 42회, 버클리대본(×):동양본(○)의 경우는 19회, 버클리대본과 동양본이 똑같이 음사 오류를 범하는 경우가 6회로 나타난다. 두 이본이 같이 틀린 경우가 6회 나

18 『학산한언』, 320면.
19 『청구야담』 상, 393면.

타난다는 것은 두 이본의 긴밀한 관계를 암시한다. 그중 버클리대본이 맞고 동양본이 틀린 경우가, 버클리대본이 틀리고 동양본이 맞는 경우보다 2배 이상 나타난다는 점에서 버클리대본이 동양본에 선행한다는 결론을 도출할 수 있다. 이런 선후 관계의 추정은 버클리대본이 10권 10책에 총 290화인 데 비해 동양본이 8권 8책에 총 266화라는 사실과 이어진다. 즉, 동양본은 버클리대본 자체나 그에 준하는 모본을 바탕으로 하여 취사 필사된 이본이며, 그 점은 음사 오류의 빈도에서 비교적 분명하게 지지된다고 하겠다.

『동야휘집』의 필기소설 전유와 그 의미

1. 머리말

이원명李源命(1807~1887)은 『동야휘집』 서문에서, 『어우야담』於于野談·『기문총화』記聞叢話 등의 이야기들 중 거화鉅話 및 고실故實을 증명할 수 있는 것 등을 모아 고치고 윤색했으며, 민간에 전승되던 고담古談도 수록했다고 밝혔다.[1] 문헌 소재 야담을 옮겨 적고, 구연되던 이야기를 기록해 『동야휘집』을 저술했다는 것이다. 이와 같은 편찬 방침은 조선 시대 다른 야담집의 경우와 비교할 때 크게 다른 것은 아니다.

그런데 『동야휘집』에는 서문에서 언급하지 않거나 강조하지 않은 몇 가지 특징이 발견된다. 우선 각 이야기의 제목을 독자적으로 다르게 달고 있다. 다른 야담집으로부터 본문을 거의 그대로 옮길 때도 제목은 예외 없이 다르게 붙였다. 제목은 작품의 얼굴로서 작품 밖 세계와 작품 안 세계의 경계에 놓여 있다. 제목을 의식적으로 다르게 붙였다는 것은 작품

---

1 "偶閱於于野談, 紀聞叢話 …… 逢取兩書, 撮其篇鉅話, 長堪證故實者, 傍及他書之可資談洽者, 幷修潤載錄, 又采閭巷古談之流傳者, 綴文以間之."(鄭明基 편, 『原本 東野彙輯』 상, 寶庫社〔일본 大阪府立圖書館 소장본의 영인본임〕, 2면; 앞으로 『동야휘집』의 원문 인용은 이 책으로부터 한다.)

안 세계를 작품 밖 세계로부터 독립된 것이라고 인식했다는 증거다. 제목 붙이기는 작품의 독립성을 강조한 것이라 하겠는데, 그런 경향이 작품 서술 과정에서는 다소 약해진다. 즉 이원명은 허구적이었던 주인공을 역사적 인물로 만들거나 역사적 사건과 결부되는 것으로 바꿈으로써 작품 안 세계의 독립성을 약화시켰다. 작품 밖 역사적 현실에 대한 작품의 종속성이 다시 강화된 것이다.

또 하나 『동야휘집』의 특색은 다른 문헌의 작품을 옮겨 왔음에도 불구하고 그 사실을 분명하게 표시하지 않는다는 점이다. 서문에서 『어우야담』이나 『기문총화』 등을 참고했다고 했지만, 정작 적지 않은 작품들을 옮겨 온 『동패락송』이나 중국 필기소설집 『해탁』을 언급하지는 않았다. 『해탁』 작품을 통째로 옮겨 왔을 뿐만 아니라 "外史氏曰"로 시작하는 평결조차 그대로 베끼기도 하였다.[2]

이처럼 『동야휘집』에는 조선 후기 다른 야담집과 상통하는 점이 적지 않지만 매우 색다른 점들도 있다. 『동야휘집』이 조선 야담집에 실려 있던 작품들을 어떤 방식으로 수용했는지에 대해서는 이미 논의된 바가 있지만,[3] 단순한 수용이 아닌 독특한 방식으로의 전유에 대한 연구는 미

---

2 『동야휘집』의 편찬자 이원명이 당시 떠돌던 이야기들을 직접 채집하여 기록했다는 사실을 지나치게 과장하여 받아들여서는 안 될 것 같다. 『동야휘집』 작품 끝에는 '누구로부터 들었다', '지금도 어디 사람들이 이 이야기를 한다' 등의 문구가 있으나, 그것을 다 믿을 수는 없기 때문이다. 가령, 「반고처환혼지가」返故妻換魂持家(동야 하 699)는 『해탁』譜鐸의 「귀부지가」鬼婦持家(『해탁』 권7. 이하 『해탁』의 작품은 『필기소설대관』筆記小說大觀 3, 新興書局 有限公司, 民國 67年에 실려 있는 내용을 인용한다)를 베낀 것임에도 불구하고 평결에서 "姜(주인공 강모姜某의 후손)道此事, 甚悉"이라며 이원명 자신이 직접 들은 것인 양 기술하고 있는 것이다.
3 조희웅, 『조선 후기 문헌설화의 연구』, 형설출판사, 1980; 이강옥, 「조선 후기야담집연구」, 서울대 석사학위논문, 1982; 두정남, 「『동야휘집』 연구」, 서울대 석사학위논문, 1990; 윤세순, 「『동야휘집』의 성격 고찰—『어우야담』의 수용양상을 통해서」, 성균관대 석사학위논문, 1991; 홍성남, 「『동야휘집』 연구—『기문총화』 수용을 중심으로」, 단국대 석사학위논문, 1992; 임완혁, 「문헌전승에 의한 야담의 변모양상: 『동패락송』과 『계서야담』, 『청구야담』, 『동야휘집』의 관계를 중심으로」, 성균관대 박사학위

흡하다. 저자는『동야휘집』이 타 문헌에 실려 있는 작품을 활용하는 독특한 방식을 일종의 '전유'(Appropriation)로 본다. 전유란 단순한 차용이나 수용과는 다른 것으로서, 다소 복잡한 의도를 갖고 다른 작품을 활용하여 새로운 결과를 만들어 내는 저술 행위이다. 이런 전유 현상이『동야휘집』에 나타난 것을 매우 중요하게 본다. 특히「이와전」李娃傳이나『해탁』작품 등 중국 필기소설의 전유는 조선 야담집 편찬 과정에 나타난 새로운 현상이어서 중요하게 다루어야 할 사항이다.

지금까지『동야휘집』은 3대 야담집의 하나로는 인정되었지만 다소 부정적으로 평가되어 왔다. 이 장은『동야휘집』이 부정적 속성을 다분히 갖고 있지만, 그와 함께 존재하는 새로운 현상을 부정 일변도로만 보아서는 안 된다는 문제의식에서 출발한다. 특히 중국 필기소설 작품의 일부나 전부가『동야휘집』한 작품의 일부로 수용되거나 다시 써진 사례에 초점을 맞춤으로써 조선 야담이 당면한 어떤 상황 때문에 중국 필기소설이 수용되었고, 그렇게 수용된 중국 필기소설이 기존 조선 야담에 대해 어떤 긍정적 기여를 할 수 있었는지를 밝히는 쪽으로 논지를 이끌어 가겠다.

2.『동야휘집』의 전기소설「이와전」전유 양상

(1) 중국 고사와 중국 서사

이원명은『동야휘집』에서 중국 고사故事를 많이 차용한다. 가령「수의태

논문, 1997; 이병찬,『동야휘집 연구』, 보고사, 2005; 이강옥,『동야휘집』의『해탁』수용 양상」,『구비문학연구』, 한국구비문학회, 1995.

방다모가」繡衣給訪茶母家(동야 상 616)가 '번쾌樊噲와 설인귀薛仁貴의 고사'
를 활용한다면, 「축녹객해박논교」逐鹿客解縛論交(동야 상 145)는 '홍문연鴻門
宴 고사'를, 「장선폐동녀증약」藏扇幣童女證約은 '왕릉王陵과 범방모范滂母의
고사'를 활용했다.[4] 중국 고사는 서술자가 등장인물의 처지나 사건의 상
황을 설명할 때 활용되거나, 등장인물이 자기의 생각을 상대에게 그럴듯
하게 전하려 할 때 활용되기도 한다. 후자의 경우도 해당 인물이 고사 구
사에 어울리지 않는다. 그런 점에서 고사 활용은 등장인물을 사실적으로
형상화하기 위한 것이 아니다. 중국 고사들이 조선 사대부의 교양에 바탕
을 둔 것이라는 점을 고려하면, 이원명은 고사를 구사함으로써 조선 사대
부 독자들의 관심을 끌고자 했을 것이다. 나아가 구연 이야기를 기록한
한문 야담의 투박한 문체를 좀 '세련'된 것으로 만들려는 의도도 있었다
고 본다. 이로써 한문 야담은 단순한 기록이라는 성격을 떨쳐 내고 사대
부 글쓰기라는 성격을 더 강하게 띠게 되었다.

　『동야휘집』이 중국 서사 작품을 차용한 것도 중국 고사 차용의 연장
선에서 생각할 수 있다. 이와 관련하여 흥미로운 양상을 보여주는 것이
「점몽경망계음보」店夢驚鋌戒淫報(동야 하 204)이다. 이는 『해탁』의 「색계」色
戒(해탁 5932)를 옮긴 것이다. 주인공 백모白某가 길을 가다가 한 절색 부
인을 발견하고는 그녀를 유혹하기 위해 일부러 말채찍을 떨어뜨렸다가
천천히 주우면서 "영양생榮陽生이 채찍을 떨어뜨렸는데 견국부인汧國夫人
은 어찌 맞이해 들어가지 않을꼬?"라 말하며 유혹한다. 이 구절은 바로
「이와전」에서 주인공 남녀가 만나는 장면에서 이끌어 낸 것이다.[5] 그런

4　이 양상에 대해서는 두정님, 앞의 논문; 임완혁, 앞의 논문, 191~198면 참조.
5　"汧國夫人李娃, 長安之倡女也…… 天寶中, 有常州刺史榮陽公者…… 有一子, 始弱冠矣…… 其
父愛而器之 曰: 此吾家千里駒也. 應鄕賦秀才擧, 將行…… 生亦自負視上第如指掌, 自毘陵發, 月
餘抵長安, 居于布政里. 嘗遊東市還, 自平康東門立…… 有娃方凭一雙鬟靑衣立, 妖姿要妙, 絶代未

점에서 「이와전」의 내용이 이 작품에서 일종의 고사로 활용되었다. 아울러 「이와전」의 전반부는 『동야휘집』의 「섭남국삼상각리」涉南國蔘商榷利(동야 하 532) 속으로 바로 차용된다. 이렇듯 「이와전」이 중국 고사로도, 중국 서사로도 존재하는 것을 보면, 『동야휘집』이 중국 고사와 중국 서사를 거의 동일한 맥락에서 활용했다는 것을 알 수 있겠다.

(2) 사실적 서사 공간의 확장

이원명은 『태평광기』에 실려 있던 「이와전」을 전유했다고 할 수 있다. 『동야휘집』의 「섭남국삼상각리」는 『청구야담』 「왕남경정상행화」往南京鄭商行貨(청구 하 461)의 골격⁶에다 「이와전」의 일부를 조합했다. 『청구야담』 「왕남경정상행화」의 줄거리를 정리하면 이렇게 된다.(밑줄 저자)

> 정씨는 큰 상인이었다. 북경 무역을 하여 돈을 벌었는데 <u>호방하게 낭비를 하여</u>(豪縱浪費) 서관 순영의 빚을 못 갚아 감옥에 갇혔다. 정씨는 자기가 옥중에서 죽으면 공사에 아무 도움이 안 되니 다시 2만 냥만 더 빌려주면 3년 내 4만 냥을 갚겠다 제안했다. 안찰사가 그 뜻을 장하게 여겨 요구대로 은을 빌려주고 내보내 주었다. 정씨가 의주를 비롯한 바닷가 여러 읍의 부자들과 좋은 관계를 만들어 마침내 은 6, 7만 냥을 더 빌렸다. 정씨는 그 돈으로 인삼과 초피를 구입하

有, 生忽見之, 不覺停驂, 久之徘徊不能去, 乃詐墜鞭于地, 候其從者, 粉取之, 累眄于娃."(「이와전」 3985)

6 「왕남경정상행화」를 『동야휘집』이 직접 수용했다는 증거는 없다. 다만 「왕남경정상행화」가 『학산한언』에 실려 있던 것이 전재된 것이기에 이원명이 다른 야담집에서 이미 읽은 것 중 하나일 가능성이 크다. 「섭남국삼상각리」 후반부와 「왕남경정상행화」를 비교해 보면 직접 전재라고 보아도 무방할 것이다.

여 북경으로 갔다. 전에 알고 지내던 북경 상인이 그 물건을 남경으로 가져가면 100배의 이익을 얻으리라 하여 다시 길을 떠났다. 남경에서 물건들을 모두 고가로 팔아 수십 배의 이익을 남겼다. 도와준 사람들에게 후하게 사례하고 조선으로 돌아오니 불과 몇 달 만에 순영의 은 4만 냥을 갚고 돈을 빌려준 부자들에게도 두터이 보답했다. 안찰사를 찾아가 보고를 하고 큰 선물도 주었다. 안찰사는 정씨를 진정 큰 영웅이라 격찬하고 벼슬을 천거하였다.

상인 정씨는 '호방하게 낭비를 하여' 큰 빚을 지고 옥에 갇혔지만 절망하지 않고 다시 돈을 빌려 남경 무역으로 더 큰 돈을 벌어 돌아와 도와준 모든 사람에게 사례하고 마침내 안찰사로부터 '큰 영웅' 칭호를 받고 벼슬까지 하게 된다는 줄거리다. 그런데 『청구야담』의 「왕남경정상행화」는 많은 일화들을 담고 있지만 다른 부분에서는 압축 서술하여 결락을 초래했다. 특히 위에서 밑줄 친 '호방하게 낭비'하는 모습이나 북경 상인을 알게 된 과정 등에 대한 서술이 없어 서사적 흥미가 반감되었다.

이원명은 『청구야담』의 결락 부분을 보완하는 방법에 대해 고심을 한 듯하다. 그 결과 「섭남국삼상각리」에 덧붙인 대목을 순서대로 정리하면 다음과 같다.

① 사업에 실패하여 처자까지 팔게 된 강남 상인 오씨에게 주인공이 5천금을 희사한 일.
② 주인공이 북경 기생을 만나 재물을 다 탕진하고 버림받는 일.
③ 돈이 없어 아버지 시신을 고향으로 옮기지 못해 울부짖는 동수재 董秀才에게 주인공이 천금을 준 일.
④ 주인공이 여양역閭陽驛 점사에서 강도를 만나 남은 돈을 모두 털린 일.

①과 ③은 조선인이 중국에 가서 곤경에 처한 중국인을 조건 없이 도와주는 이야기로서 조선 야담집에서 두루 만날 수 있다. 『어우야담』의 「곽지원홍순언」郭之元洪純彦[7]이 대표적이다. 곽지원은 가산을 탕진하여 거지 생활을 하는 어느 중국 사람에게 그 이름도 묻지 않고 은 300냥을 준다. 홍순언은 패가하여 처자를 팔아야 할 위기에 처한 중국 사람에게 은 500냥을 주어 구해 준다. 이런 내용은, 비록 조선의 이야기이기는 하지만, 돈이 없어 집안 장례를 치르지 못하는 사람을 도와주는 이야기인 「강릉김씨」江陵金氏(계서야담 89), 「과금강급난고의」過錦江急難高義(청구 하 323) 등 야담을 통해서도 보완할 수 있는 것이다. ④는 아주 소략한 강도 이야기일 따름이다.

이에 반해 ②는 특별하다. 물론 사대부가 기생에게 재물을 다 털리고 버림받는 이야기가 조선 야담에도 적잖이 있다. 「허생자」許生者(계서야담 82), 「식보기허생취동로」識寶氣許生取銅爐(청구 상 187) 등이다. 그런데 그 기생들은 대부분 평양 기생들이며 또 그 사연도 이미 널리 알려졌다. 기생들이 젊은 사대부의 돈을 수탈하는 방식도 단순하다. 돈을 탕진하게 만들고는 쫓아내려 하자 사대부가 어떤 물건을 요구하고, 기생은 마지못해 그것을 주는데, 나중에 보니 그게 큰 값어치가 있는 물건임이 밝혀져 사대부가 예기치 못한 행운을 누리게 되는 정도이다. 이런 진부함을 걷어내기 위해서 이원명은 기생의 행동을 북경 기생 고유의 것이라는 인상을 줄 수 있도록 색다른 모티프를 덧붙여야 했다. 이럴 때 「연천금홍상서의기」捐千金洪象胥義氣(청구 상 550)를 먼저 떠올릴 수 있었다. 역관 홍순언이 북경에 갔다가 청루를 지날 때 '은 천 냥'이 아니면 들어올 수 없다는 글을 보고 궁금하여 들어갔다가 여인을 만난다. 그 여인은 시랑侍郎의 딸인데

---

7 유몽인, 『어우야담 원문』, 돌베개, 2007, 신익철, 이형대, 조융희, 노영미 옮김, 239면.

시랑이 공금을 횡령하여 체포되었기에 천 냥에 팔려온 신세였다. 홍순언은 그 사정을 딱하게 여겨 천 냥을 여자에게 준 뒤 쳐다보지도 않고 나와버린다. 그 뒤 여인은 석상서石尙書의 후처가 되어 홍순언과 조선에 대해 은혜를 갚는다는 이야기다. 고관의 딸이 기생으로 팔려가고 배경도 중국 청루라는 점에서 색다른 것을 찾던 『동야휘집』이 충분히 활용함직하다. 그러나 이원명은 이 이야기를 다른 작품(「보연천금수보은」報捐千金受報恩)으로 수용했지 「섭남국삼상각리」에 활용하지는 않았다. 추정컨대, 이들 조선 야담들이 묘사하는 북경의 모습과 북경에서의 주인공의 경험 내용이 구체적이지 않고 그래서 실감을 초래하지 못한다고 판단하지 않았을까한다. 그 대신 이원명은 중국 필기소설을 활용했다. 『태평광기』 484권에 실려 있는 「이와전」을 선택한 것이다.

「이와전」은 중국에서 『경세통언』警世通言의 「옥당춘락난봉부」玉堂春落難逢夫로 개작되었고 조선에서는 『왕경룡전』이란 한문소설로 번안되었다. 이 세 작품 중 이원명은 가장 앞선 「이와전」을 선택했다. 「이와전」을 선택한 것은, 『동야휘집』의 한문 문체가 백화문보다는 중국 필기소설의 문체에 더 가깝고, 「이와전」의 짧은 길이가 야담에 적당했기 때문이라 보인다.

『동야휘집』은 「이와전」의 핵심 부분을 전유함으로써 중국 북경 청루에서의 특별한 경험을 구체적으로 보여줄 수 있었다. 나아가 의미심장한 변개를 이루었다. 「이와전」에서는 만신창이가 되어 죽을 지경에 이른 생生을 이와가 구원하여 재기하게 해 주고 자기도 신분 상승을 하는 쪽으로 나아갔지만, 『동야휘집』은 이와가 생의 재산을 철저하게 빼앗고 냉혹하게 따돌리는 전반부만 가져왔다. 이로써 북경 청루의 교활하고 비정한 남자 호리기가 아주 구체적으로 서술될 수 있었다. 이런 장면은 다른 조선 야담에서는 찾아보기 어려운 것이다.

이렇듯 이원명은 「이와전」을 전유함으로써 야담의 소재를 다양화하고 공간을 사실적으로 확장시켰다. 이국 공간에서의 특별한 경험을 실감나게 서술하고 그것을 원 야담 작품과 긴밀하게 이어지도록 섬세한 수정과 변개를 한 것이다. 가령 남녀가 만나는 장면에서, "생이 꿇어앉아 절을 하고 나아가 치사하기를"(生跪拜前致詞曰)[8]을 "나아가 치사하기를"(乃前致詞曰)〔동야 하 535〕로 바꾸고, "생이 놀라서 급히 일어났지만 감히 쳐다보지 못하고 절을 다한 뒤에야 인사말을 나누었다"(生遽驚起, 莫敢仰視, 與之拜畢, 敍寒燠)〔「이와전」 3986〕를 "변卜이 놀라서 급히 일어나 예를 갖추고 인사말을 나누었다"(卜遽驚起, 爲禮敍寒燠)〔동야 하 535〕로 바꿈으로써 주인공 남자가 사기 행각을 일삼는 창녀에게 절을 하지 않게 하였다. 또 「이와전」에서 생의 아버지는 생이 가문의 명예를 실추시키고 자신의 명을 어겼다며 생의 옷을 벗기고 말채찍으로 수백 번 후려쳐서 거의 죽을 지경으로 만들고는 내팽개친다. 자식에게 잔혹한 응징을 하는 아버지의 이런 행동에 대해 『동야휘집』은 서술하지 않았다. 이러한 변개 덕분에 「이와전」에서 옮겨 온 이 이질적인 일화가 조선 야담들과 원만하게 잘 연결되어 소기의 효과를 가져왔다고 볼 수 있다. 이 점은 일화들의 조합에서 대체로 어색한 병치에 그치곤 하던 『동야휘집』의 다른 경우와 많이 다른 것이다.

『동야휘집』의 「섭남국삼상각리」가 일화의 조합 과정에서 보여준 이러한 성공적 사례는 야담사 전개에서 새로운 국면이 시작되었음을 암시한다. 그것은 조선 야담이 대부분 조선 공간을 배경으로 한다는 점과 관련시켜 생각할 필요가 있다. 조선의 야담은 조선에서의 새로운 현실 경험을 소중하게 생각하고 그것을 작품 세계 속으로 적극 담았다는 점에서 그 시대 어떤 갈래보다도 더 선도적 의의를 가졌다. 그런데 그 점은 서사적

---

8 「이와전」(李昉, 『태평광기』 5, 계명문화사영인, 1982), 3986면

경험의 세계를 조선에 한정시킬 수밖에 없다는 한계를 만드는 것이기도 했다. 가령 중국을 배경으로 한 국문소설이 보여주는 열린 서사 공간이나 다채로운 상상 세계와 비교하면, 야담의 서사 공간은 그 사실적 속성에도 불구하고 지나치게 좁다는 인상을 주어 왔다. 야담은 저승 세계를 포괄하는 방법으로 서사 공간을 확장하기는 했지만, 그런 방법은 현실 공간의 확장과는 무관하며 야담의 사실성에 흠집을 만드는 것이기도 했다. 이원명은 「이와전」이라는 중국 필기소설을 과감하게 전유함으로써 현실적 배경 공간을 구체적으로 실감나게 확장시킨 성과를 거두었다.

3. 『동야휘집』의 『해탁』 전유 양상

「이와전」 수용에서 시작된 이원명의 시도는 『해탁』의 작품들을 대거 수록하면서 더 대담하게 이뤄졌다. 중국 필기소설을 18편이나 끌어왔다는 사실은 예삿일이 아니다. 『해탁』과 『동야휘집』의 관계는 세 경우로 나타난다. 첫째 『해탁』의 한 작품 전체를 『동야휘집』 한 작품의 일부로 수용한 경우. 둘째, 『해탁』의 한 작품 전체를 『동야휘집』의 한 작품으로 수용한 경우. 셋째, 『해탁』의 두 작품을 『동야휘집』의 한 작품으로 수용한 경우 등이다.[9] 이런 방식은 『동야휘집』이 조선 야담들을 조합한 방식과 큰 차이가 없다. 이원명이 조선 야담집을 편찬하면서 조선 야담을 엮는 것과 동일한 방식으로 중국 작품들을 가져왔다는 것은, 그가 중국 작품에 대해서 이질감을 강하게 느끼지 않았음을 뜻한다. 『해탁』 소재 작품들은 조선 야담 작품들에 비해 좀 특별한 것일 따름이다.

9 이에 대한 자세한 설명은 이강옥, 『한국 야담 연구』, 돌베개, 2006, 407~474면 참조.

이원명은 야담의 기록을 사대부 글쓰기의 일환으로 보았다. '야담적 글쓰기'가 전이나 역사 기술과 마찬가지의 권위를 갖도록 하기 위해 먼저 주인공을 역사적 인물로 바꾸고 그 인물의 그럴듯한 일대기를 구성하려 했다. 서사적 흥미를 창출하기 위하여 역사적 인물이 가졌던 특징을 부각시켰다. 『해탁』 작품을 가져온 것도 야담적 글쓰기에 대한 적극적 의미 부여와 관련이 있다고 하겠다. 『동야휘집』은 『해탁』 작품을 세 가지 방식으로 수용했는데, 그중 『해탁』의 한 작품 전체를 『동야휘집』의 한 작품의 일부로 수용한 경우에 초점을 맞춰 살필 필요가 있다. 이원명이 조선 야담이 처한 어떤 문제적 상황을 포착하여 『해탁』 작품을 어떤 방식으로 전유하여 그 문제를 해결하려 했는지가 이 경우에 가장 분명히 나타나기 때문이다.

(1) 주인공의 변화를 위한 우언 삽입

『동야휘집』 권4 '기예부'技藝部의 '문장'조에 실려 있는 작품들은 모두 탁월한 글재주를 가졌던 역사적 인물에 대한 이야기다. 「진주대필진화예」陳奏大筆振華譽 — 이정구李廷龜, 「탁제기문해둔조」擢第奇文解鈍嘲 — 신흠申欽, 「하엽유시증보묵」荷葉留詩贈寶墨 — 이식李植, 「사주독과등금방」紗幬督課登金榜 — 장유張維, 「엄주석상완문사」弇州席上玩文辭 — 최립崔岦, 「주사관중화시운」朱使舘中和詩韻 — 차천로車天輅 등인데, 주인공이 어느 정도 수준에서 시작하여 어떤 방법으로 탁월한 글재주를 얻었는가에 초점을 맞추었다. 이정구, 이식, 최립, 차천로 등은 날 때부터 글재주가 뛰어나 신동이라 불렸거나 장차 탁월한 문장가가 되리라 기대를 얻었다. 특히 그 타고난 재주를 더욱 빛나게 해 줄 계기를 만나기도 했다. 이정구는 중국의 문호 왕세정王世貞과 교유했고, 이식은 선녀를 만나 벼루를 선물 받았다. 최립도

왕세정과 만나 공부를 더 하라는 격려를 받았다. 차천로는 처음부터 재주가 탁월했기에 더 이상 도움이 필요 없었다. 이들에 비해 「탁제기문해둔조」의 신흠과 「사주독과등금방」의 장유는 뛰어난 문장가의 길을 걸어가지 못할 상황에 봉착한다. 신흠은 일찍부터 과업科業을 익혔지만 공령功令에 익숙하지 못했다. 장유는 병이 많아 독서에 몰두할 수 없었다. 두 사람은 특히 자신들을 격려해 줄 중국 문인을 만나지 못했다. 이원명은 이 두 사람으로 하여금 중국 문인을 만나게 하여 글쓰기의 비약을 가져다주는 전략을 활용하는 대신, 두 사람을 '중국 서사 속의 특별한 인물'과 연결시켰다. 『해탁』 소재 「소추촌둔수재」掃帚村鈍秀才(해탁 6051)와 「도귀부인」搗鬼夫人(해탁 6067)을 끌어온 것이다. 이원명은 중국 서사 속 인물을 실제 중국 문인 왕세정만큼 특별한 인물로 인식했다. 중국 서사 속 인물을 만난 신흠과 장유는 왕세정이나 선녀를 만난 이정구나 이식 못지않게 글쓰기 실력이 향상되었다.

「금아태영증숙연」琴娥詒影證宿緣(동야 상 358)은 좀 더 포괄적인 변개 양상을 보여준다. 이 작품은 신흠의 아들 신익성과 관련된 일화들을 총괄하고 거기에 『해탁』의 「장중비희」掌中秘戲를 덧붙인 것이다. 「금아태영증숙연」은 신익성의 일생을 조명하되, 다음과 같은 일화에 초점을 맞추었다.

① 신익성이 문장 재주가 뛰어났지만 부마의 신분이었기에 높은 벼슬을 하지 못한 것을 못내 한탄한 일.
② 가까운 친척에게 금교金轎를 빌려주려 했다가 반대에 부딪히자 금교를 부수게 한 일.
③ 문형文衡이 못 되어 한스러워하는 신익성을 위해 선조가 신익성으로 하여금 문형 낙점을 받은 사람의 시를 평가하게 한 일.
④ 신익성이 강릉 기생 홍장을 다시 만난 일.

⑤ 신익성이 '장중비희'를 구경하고 여색을 삼가게 된 일.

신익성은 글재주가 뛰어났지만 공주와 결혼하게 되어 그 능력에 부합하는 높은 벼슬을 받지 못했다. 그는 이에 대해 한스러워한다. 신익성의 이런 처지와 관련된 이야기는 조선 야담집에서 두루 발견할 수 있다. ①과 ②의 내용이 그러하다. 신익성은 부마의 자리에 있으면서 친한 사람에게 금교조차 마음대로 빌려줄 수 없다면 부마의 지위는 자기 인생에 걸림돌만 될 뿐이라는 생각에서 분풀이를 했다. ③은 그런 신익성을 선조 임금이 위로하는 일화다. 높은 벼슬을 하지는 못해도 문형에 오른 사람보다 신익성이 한 수 더 높은 영예를 누리게 한 것이다. 이상 ①, ②, ③은 『기문총화』[10]의 「동양위신익성」東陽尉申翊聖(기문총화 304)에 망라된 것이다.

④는 유명한 홍장 고사다. 『동야휘집』이 언급한 바[11] 읍지를 근거로 하면 홍장 고사는 박신朴信—홍장—조운흘 사이에서 만들어진 이야기다.[12] 『청구야담』의 「경포호순상인선연」鏡浦湖巡相認仙緣(청구 하 401)에서는 박신을 순사巡使 모모某某로, 조운흘을 본쉬本倅로 바꾸었다. 『동야휘집』의 「금아태영증숙연」에서는 박신의 자리에 신익성을 넣어 이야기를 새로 꾸렸다. 신익성은 거문고를 잘 탔는데 홍장도 역시 그러했다는 것, 경포호에서 배를 타고 가던 신익성이 거문고 소리를 매개로 하여 홍장의 존재를 인지하게 되었다는 것 등에 착목하여 '기예부'技藝部 '금기'琴棋조에 넣었고 제목도 그렇게 지었다. 이로써 신익성은 낭만적 사랑의 주인공이 되었다.

10 『기문총화』, 『한국야담자료집성』 6, 고문헌연구회, 1987.
11 鏡浦之傍, 有巖名以紅嬙. 此事載於邑誌.(동야 상 363)
12 「강원도 강릉」, 『輿地圖書』 상, 국사편찬위원회, 1973, 592면.

문장과 재주가 뛰어난 신익성은 공주와 혼인하면서 두 가지 굴레에 구속되어 타고난 잠재력을 발휘하지 못하게 되었다. 첫째, 문장력을 마음껏 과시할 수 없어 문형이 못 되었다. 둘째, 공주를 의식해야 하기에 여자관계에서도 자유롭지 못하게 되었다. 「금아태영증숙연」은 신익성에게 얹어진 두 굴레를 일정하게 벗겨 주면서 신익성으로 하여금 규범의 테두리 안으로 다시 들어오게 하는 과정이다. 먼저 ③을 통해 신익성이 실제로는 당대 문형으로 낙점 받은 사람보다 한 수 위임을 추인해 주었다. ④를 통해 여색에 대해서도 어느 정도 자유롭게 만들어 주었다. 이로써 신익성은 문형보다 한 수 위임을 인정받았고 그리던 사랑도 이뤘다. 신익성으로서는 더 이상 바랄 게 없다. 그런데 이 단계에서 문제가 생겼다. 선조 임금이 기생 홍장에게 혹하여 살아가는 신익성을 못마땅하게 여기고는 홍장을 쫓아내게 한 것이다. 신익성과 홍장의 낭만적 사랑은 임금의 뜻을 어기는 행위였다. 신익성이 일단 낭만적 사랑을 경험한 것을 용납한다 하더라도 그 사랑을 지속하게 할 수는 없다. 또 신익성은 여자관계에서 도가 지나쳤다. 신익성은 도사로부터 배운 '채음보양지설'採陰補陽之說에 빠져 희첩을 널리 두고 그 기술을 시험하고자 한 것이다. 물론 다른 조선 야담집에는 신익성의 여색 탐닉과 관련된 더 충격적인 작품도 있다. 「동양위신문충익성」東陽尉申文忠翊聖(기문총화 476)이 그것이다. 이 작품에서 신익성은 자색이 뛰어난 옥玉이란 여자를 길 가다 발견하고 데려와서는 총애한다. 그 뒤 마음을 바꾸어 원주 기생을 좋아하게 되는데, 옥이 질투하여 목매어 죽는다. 신익성은 그녀를 애도하다 얼마 후 병이 든다. 병구완을 하던 자제들이 가수 상태에서 보니 옥과 신익성이 평소처럼 성관계를 맺고 있었다. 망측하여 자제들이 문을 닫고 나왔는데, 얼마 뒤 신익성이 세상을 떠났다고 한다. 이처럼 신익성은 여색에 대한 탐닉 때문에 비극적인 말년을 맞기도 했다. 그러나 『동야휘집』은 『기문총화』의 이 이야기를 수용하지 않았다. 신익성을 여색 때문에 죽게 하기가 불편했다. 잠시 여색에 탐닉했지만 어떤 계기로 행실을 바꾸어 '정상적'으로 살아가도록 만들고자 했다. 그것이 신익성이라는 역사적 인물의 일생에 가깝고 이원명의 세계관에 부합하는 것이기도 했다. 신익성과 홍장을 떼어놓는 것은 당장에는 임금의 뜻을 받아들이는 것이지만 궁극적 해결책은 못 되었다. 근본적 해결책은 여색에 대한 신익성의 태도 자체를 바꾸는 것이다.

조선 야담에서 여색을 밝히던 남자가 달라지는 경우로는 「일유생」一儒生(기문총화 56), 「홍상서수정면인」洪尙書受挺免刃(청구 상 37) 등을 들 수 있다. 「일유생」에서 주인공은 절색 여인을 겁탈하려고 엿보던 중 그녀가 중과 간통하는 장면을 목격하고는 중을 살해한다. 그리고 여인의 죽은 남편으로부터는 보은을 받아 과거에 급제하게 된다. 여기서 주인공은 바람둥이에서 성도덕의 수호자로 표변했다. 이런 이야기는 야담집에 여럿 있다.[13] 야담집을 두루 읽은 이원명은 이런 이야기들에 익숙했을 것이다. 그러나 이런 이야기들의 주인공은 부마인 신익성과 동일시하기에는 적절하지 않다. 신익성은 이미 홍장과의 낭만적 사랑의 주체로 설정되었기 때문이다. 「홍상서수정면인」의 주인공 홍상서도 처음에는 하룻밤 묵게 된 집의 며느리를 유혹한 바람둥이였다. 그러다 며느리로부터 회초리를 얻어맞고는 대오각성한다. 그는 다음 날 묵게 된 다른 집 여주인의 유혹을 뿌리침으로써 주인으로부터 큰 칭찬을 받는다. 이런 홍상서의 자리에 신익성을 놓으면 여색에 탐닉하던 신익성을 달라지게 만들 수 있다. 문제는 신익성은 사회 활동이 제한된 부마 신분이기에 민가에 묵을 상황을 설정

13　대표적인 경우로는 「남명독서성대유」南冥讀書成大儒(『청야담수』, 『한국야담자료집성』 4, 고문헌연구회, 1987, 270면), 「살일음녀ㅎ고 활일불고」殺一淫女ㅎ고活一不辜(청야담수 401) 등을 들 수 있다.

하기가 쉽지 않다는 점이다. 또 부마가 평민가 젊은 부인으로부터 회초리를 맞는다는 상황이 거북스럽기도 했을 것이다. 이런 점에서 조선 야담을 활용하여 여색에 빠진 신익성을 달라지게 하는 것이 쉽지는 않았을 것이라 추정된다.

한편 『해탁』에는 남자의 여색에 대한 집착을 경계하는 색다른 이야기가 여럿 있다. 우선 떠올릴 수 있었던 작품이 「색계」色戒(해탁 5932)이다. 「색계」는 남자가 여색에 탐닉하는 것을 경계하기 위해 충격적인 장면을 보여준다. 즉 다른 여자를 겁탈하는 남자가 거의 동시에 자기 아내가 다른 남자에게 겁탈 당하는 모습을 보게 되는 상황이다. '자기가 남의 부인에게 한 짓을 남도 자기 부인에게 똑같이 한다'는 설정을 통해 남의 여자에게 음탕한 짓을 하지 말라는 교훈을 만들어 낸 것이다. 이원명은 이 이야기를 대단히 인상적으로 읽고는 「점몽경망계음보」店夢驚鋥戒淫報(동야하 204)란 제목을 붙여 『동야휘집』에다 옮겨 놓았다. 「색계」의 교훈을 받아들이고자 했던 것이다. 그러나 「색계」의 주인공과 신익성을 동일시하기는 어렵다. 먼저 부마인 신익성이 남의 여자를 겁탈하게 만들 수는 없었다. 더욱 어려운 것은 신익성의 부인인 공주를 비록 꿈에서나마 다른 남자에게 겁탈 당하게 하는 것이었다. 이원명은 그 대신 「장중비희」掌中秘戱(해탁 6023)를 선택했다. 「장중비희」는 한 도인이 요술을 통하여, '채음보양지설'採陰補陽之說에 현혹되어 여러 희첩에 빠져 있는 송생宋生을 대오 각성하게 하는 줄거리다. 도인의 손바닥에서 벌어지는 남녀 군상들의 음탕한 행위와 악귀들에게 잡아먹히는 그들의 비참한 최후는 현실 인간들의 음욕을 경계하기 위해 설정된 우언이다. 이 우언은 '내 안의 불이 일어나지 않으면 바깥의 불도 일어나지 않으니, 물로써 물을 건너는 것이야말로 영원히 사는 길'이라는 교훈을 제시했다. 이로써 여색에 탐닉하는 것이 부질없고 위험한 짓임을 충격적으로 보여준다. 『동야휘집』은 이 일화를 신익성과 간접적으로 연결시켰다. 신익성이 이 일화의 주인공으로 들어가는 것이 아니라 도인이 보여주는 요술의 목격자가 되었다. 신익성은 도인의 손바닥 위에서 전개되는 사건과 아무 관련이 없다. 그리고 손바닥 위 장면들은 극히 비현실적이다. 신익성은 「장중비희」의 사건과 직접 연결되지 않았기에 부마로서의 품위를 지킬 수 있었고, 그러면서도 그 충격적 목격을 통하여 자신의 행동을 근본적으로 반성하여 달라진 것이다. 신익성은 욕정의 허망함을 크게 깨닫고 희첩을 멀리하고 현묘한 정문正門을 수련했다.[14]

　이원명은 「금아태영증숙연」에서 『해탁』의 「장중비희」를 전유함으로써 신익성 관련 조선 야담 작품들을 조합하는 과정에서 봉착한 난관을 극복했다. 「장중비희」의 이야기는 여색에 탐닉하던 신익성을 결정적으로 달라지게 하여, 부마로서의 품위를 유지하며 원만한 일생을 보내는 데 결정적 기여를 한 셈이다. 그로써 신익성과 선조 사이의 갈등도 해소되었다.

(2) 주인공의 속성 풍자를 위한 우언 첨가

「빈아학첨탁중빈」貧兒學諂托衆賓(동야 상 758)과 「부옹교술제오적」富翁敎術除五賊(동야 상 762)은 함께 '성행부'性行部 '권귀'權貴조에 나란히 실려 있다. 이들 작품들은 윤원형과 김안로라는 역사적 악인의 악행과 품성을 서술하는데 「빈아학첨」貧兒學諂(해탁 6063), 「비부훈세」鄙夫訓世(해탁 5986) 등 『해탁』의 작품을 중요하게 활용했다. 두 작품의 제목이 둘 다 『해탁』에서 옮겨 온 내용을 지칭하는 것을 보면 『해탁』 작품에 대한 이원명의 태도를

14　公自此摒去姬妾, 究心玄妙正門.(동야 상 366)

짐작할 수 있다. 「빈아학첨탁중빈」은 주로 윤원형의 뇌물 수수와 관련된 일화들을 조선 야담집이나 야사로부터 전재했다. 윤원형이 병조판서였을 때 한 무인이 화살집을 선물로 바치자 화를 내었다. 나중에 그 속에 비싼 담비 가죽이 들어 있다는 것을 알고서 그 무인에게 좋은 벼슬을 주었다는 일화를 먼저 실었다. 이조판서였을 때는 어떤 사람이 누에고치 100근을 주고 참봉 벼슬을 요구했는데, 벼슬을 결정하는 순간 윤원형이 졸았다. 낭관郞官이 천거할 사람의 이름을 재촉하니 윤원형이 잠결에 '고치, 고치'라 말하는 바람에 '고치'高致라는 이름을 가진 엉뚱한 시골 선비가 참봉 벼슬을 얻었다는 일화를 실었다. 이 일화들은 윤원형이 권력을 악용해서 재물 축적에만 관심이 있었음을 알려 준다. 그런데 이것들은 야담집과 야사에서 두루 알려져 있는 것이었다.

그다음에 「빈아학첨」을 실었다. 「빈아학첨」의 내용은 다음과 같다. 가정 연간 총재冢宰 엄공의 집에는 뭇 아첨꾼들이 모여 권세가 엄공에게 온갖 아첨을 다했는데, 엄공은 아부하는 말을 듣고 그 기분에 따라 벼슬을 알선해 주었다. 그러던 어느 날 천장에서 장록이라는 거지 사내가 아래로 떨어졌다. 그가 말하는 사연은 이러했다. 같은 거지 중에 전독자錢禿子가 있었는데 언제나 자기보다 많은 돈을 얻어 오는 것을 보고 비결을 묻자 전독자는 '미골'媚骨과 '영설'佞舌이 그 비결이라 대답했다. 마침 밤마다 엄공의 집에 몰려와 아첨하는 아첨꾼들의 미골과 영설이 전독자보다 열 배나 더하므로, 장록은 엄공의 집 천장에 숨어 몰래 듣고 배워 왔는데 그날 실수하여 굴러 떨어졌다는 것이다. 그 뒤 엄공 집에 모인 아첨꾼들이 장록에게 아첨을 가르쳐 주니 장록은 1년도 되기 전에 아첨법을 완전 터득하고 돌아갔고 그로부터 장록의 돈벌이가 전독자보다 훨씬 많아졌다는 내용이다. 이는 아첨과 뇌물로 벼슬을 구걸하던 명나라 사대부 사회를 통렬하게 풍자한 것이다.

『동야휘집』은 기존 야담집에서 윤원형과 관련된 부정적 일화들을 대부분 모아 열거했다. 그것은 기존 야담집의 복사에 지나지 않는다. 이원명은 그 단계를 넘어서려 했다. 「빈아학첨」은 벼슬아치들의 아첨과 타락이 극에 이르렀음을 보여주고 그것을 거지의 경우와 연결시킴으로써 그들을 신랄하게 풍자했다. 기존 이야기들을 망라하여 윤원형의 부정적 행실을 소개하는 데 머물지 않고 그 행실을 좀 더 포괄적으로 풍자하고 또 윤원형 주위 인물들의 행태까지 비판하기 위하여 「빈아학첨」을 전유한 것이라 볼 수 있다. 물론 「빈아학첨탁중빈」의 풍자적 범위가 「빈아학첨」의 그것에 비해 훨씬 축소되기는 했지만[15] 「빈아학첨탁중빈」이 「빈아학첨」을 수용함으로써 윤원형의 타락을 풍자할 수 있게 되고, 그 결과 사회적인 반향을 불러일으킨 것은 분명하다.

「부옹교술제오적」은 정치적 농간과 전횡을 일삼던 김안로의 인생에 대한 이야기다. 전반부에서는 야사나 야담집에 두루 실려 있는 김안로의 정치적 행보와 관련된 일화들을 열거했다. 귀양살이를 하다 인조의 부마였던 아들 희禧의 도움으로 풀려났다는 것, 김안로가 나라를 그르칠 소인배라는 예언, 김안로가 정광필을 귀양 보내고 나라의 목장을 차지했다는 일화, 국모를 폐위시키려 했다는 죄목으로 김안로가 귀양가게 되었다는 일화 등이다. 이를 통해 김안로는 간사하고 욕심이 많아 재산 축적에 혈안이 된 인간으로 서술되었다. 그러나 이 내용은 널리 알려진 것이었다. 이 진부한 설명법을 넘어서기 위해 『해탁』의 「비부훈세」를 활용했다.

「비부훈세」는 중개상인 노릇을 하여 거부가 된 모옹이 100전을 받고 특별한 치부 기술을 가르쳐 주었다가 봉변을 당하는 내용이다. 특별한 치부 기술로 모옹은 먼저 다섯 외적外賊을 다스리라고 충고한다. 다섯 외적

15 이강옥, 『한국 야담 연구』, 돌베개, 2006, 427면.

이란 안眼·이耳·비鼻·설舌·신身인데, 그것들이 원하는 것을 충당하는 데 돈이 많이 드니, 응당 그 요구를 묵살해야만 돈을 벌 수 있다 했다. 다음으로 다섯 내적內賊을 다스려 물리치라고 충고하는데, 인仁·의義·예禮·지智·신信이란 덕목들이 그것이다. 이 덕목들을 실천하는 데도 많은 비용이 드니 그것들 역시 몰아내야 했다. 모옹의 말을 다 들은 무리들은 사례로 지전紙錢의 재를 내놓았다. 모옹이 화를 내니 무리들은 '노인의 가르침은 정말 아름답소. 다만 인간 세상에서 그것이 행해지는 것이 걱정되오. 마땅히 귀신에게 그것을 가르쳐야 하겠소'라고 말한 뒤 모두 귀신의 모습으로 변했다. 모옹은 결국 졸도한다는 내용이다.

이 중『동야휘집』은 '외적' 부분은 제외하고 '내적' 부분만을 수용했다. 부옹富翁이 김안로에게 내적인 인·의·예·지·신을 무시해야 부자가 될 수 있다고 말해 주자 김안로가 그 말에 감사한다. 그러나 부옹이 이런 이야기를 해 준 것은 그가 '김안로의 인간 됨됨이를 꿰뚫어 알고 조롱한 것이었다.'[16] 화자와 청자 관계가 「비부훈세」와는 반대가 되었다. 이원명은 재물에 대해 욕심을 부리고 집착하는 김안로의 행태를 새롭게 서술하고 비판하기 위해『해탁』작품을 변형시켜 수용한 것이다.

(3) 형식 전유에 의한 다시 쓰기

「고란사십미수창」皋蘭寺十美酬唱(동야 하 493)은『해탁』의 「십이묘」十姨廟(해탁 6000)를 수용했는데 앞의 사례들과는 좀 다른 양상을 보인다.『해탁』「십이묘」의 줄거리는 이러하다. 상사생上舍生 모모某가 십이묘十姨廟의 열명의 여인상을 보고 와 꿈을 꾸는데 꿈속에서 그들을 만나 글재주를 겨룬

---

16 盖富翁揣安老之爲人, 故如是嘲謔耳.(동야 상 766)

다. 그들은 글짓기 규칙을 나름대로 만들어 지어 가는데 사서四書의 구절을 따와서 옛사람의 이름과 관련짓거나 남의 시구들을 모아 율시를 만드는 식이다. 모某는 그 과정에서 글을 짓지 못하여 무안을 당하고 열등감을 느낀다. 그 무렵 두보杜甫가 나타나 자기 억울함을 하소연한다. 두보는 십이묘가 있는 곳이 원래는 자기의 사당이 있던 곳인데 사람들이 '습유'拾遺[17]를 '십이'十姨로 잘못 읽어 십이묘를 만들었다고 했다. 열 명의 여인들은 그가 두보라고 모에게 가르쳐 주었지만 모는 두보를 알지 못해 무식을 드러냈다. 꿈에서 깨어난 모는 여전히 두보가 누군지 몰랐는데 그래도 꿈 이야기를 계속 하니 사람들이 실소를 금치 못했다. 뒷사람들은 여인상을 철거하고 두보를 제사지내게 되었다.

여기서 열 명의 여인들은 정체가 분명하지 않다. 다만 그들은 달 밝은 밤에도 짝이 없이 외롭게 살아가는 신세를 한탄하고 있다. 그들은 외로움과 무료함을 이기기 위해 시 짓기 놀이를 한다. 물론 율시에 그들의 외로운 심사가 농밀하게 드러나기는 하지만 대부분의 시들은 그들의 사연을 구체적으로 담아내지는 못하고 있다. 특이한 점이라면 여인들 모두가 남자보다 시작詩作 능력이 뛰어나다는 것과 그들이 다양한 글짓기 방식을 보여준다는 것 등이다.

이원명이 이 작품을 선택한 것은 우선 이 작품의 서술 형식 속에 다양한 성격의 시 작품들을 담을 수 있었기 때문일 것이다. 또 열 명의 여인이 따로 생활하고 한 남자가 그들을 만나게 되는 구성을 통해 여인들만이 간직한 심각한 사연을 드러낼 수 있었기 때문이라 보인다. 과연 이원명은 여인들을 두 부류로 나눠 6명은 낙화암에 투신한 의자왕의 궁녀로, 나머지 4명은 허난설헌, 계생桂生, 논개, 황진이 등 널리 알려진 여성 시인으

---

17 두보는 좌습유左拾遺의 벼슬을 한 적이 있다.

로 배치했다. 이들은 서로 만나 일정한 규칙을 만들어 시를 짓고 그에 대해 평을 하거나 소감을 이야기한다. 이원명은 이 대목에다 「십이묘」의 대부분 구절을 끌어오고 새로운 등장인물과 배경에 맞도록 일부를 변개하고 덧붙였다.

우선 등장하는 남자를 한 사람에서 두 사람으로 늘였다. 그중 한 사람인 호서아사湖西亞使 여呂가 백마강을 거슬러 올라가며 유람하는 데서 이야기는 시작한다. 이것은 「십이묘」에서는 없던 대목이다. 「십이묘」의 서두는 십이묘의 기둥과 벽, 여성들의 소상에 대한 소개, 그리고 지나가던 사생舍生이 십이묘에 들어가 그 소상을 구경하는 것에 대한 설명 등으로 이뤄져 있다. 「십이묘」가 외형의 특징에 초점을 맞췄다면, 「고란사십미수창」은 백마강 유람을 통해 낙화암과 고란사라는 역사적 공간을 부각시키고자 했다. 여呂는 옆에 있던 기생의 제안으로 백제 명승지에 대한 시를 짓지 않을 수 없었는데, 졸렬한 시가 주위의 비웃음을 초래한다. 또 한 명의 남자는 여呂를 동행했던 종제從弟 모某이다. 모는 형의 시가 너무나 졸렬한 것을 개탄하며 혼자 낙화암에 올라가 시 한 수를 짓고는 술잔을 거푸 기울이고 강가에서 잠이 든다. 그 뒤로 전개되는 것이 열 명의 여인과 모의 만남이다.

이원명은 6명의 백제 궁녀와 4명의 유명 여성 시인들을 등장시켜 다양한 시작詩作 놀이를 하게 한다. 물론 이런 시작 놀이 중에는 「십이묘」에 있는 것도 있지만, 새로운 시작법들을 덧붙인 것도 있다. 가령 사서四書의 구절을 인용하고 그것이 고인의 이름으로 연결되도록 하는 것은 「십이묘」에도 있지만, "以詩一句 唐詩一句 合成一藥名"(동야 하 501)의 작시법은 새롭게 덧붙인 것이다. 일종의 희작시 놀이라고 하겠는데, 조선 후기 여인들 사이에서 시 그림으로 놀이를 하는 것이 널리 유행했던 분위기와[18] 무관하지 않다고 판단된다. 이원명이 이런 희작시들을 제시하려고만 한 것은 아니다. 그보다는 열 명의 여인을 통하여 중국과 조선에서 회자되던 7언시들을 적절히 배치하면서 즐기려 했던 게 아닌가 한다. 사실 「십이묘」에서 여인들이 제시한 시들은 대부분 당시의 유명 구절을 옮긴 것이 많듯,[19] 「고란사십미수창」에 등장한 4명의 조선 여성들의 시 작품도 다 그들의 시 중에서 유명한 것들이나 아니면 다른 문인들의 시 작품 중 몇 구절을 따온 것들이다. 가령 허난설헌의 "錦帶羅衣積淚痕 一年芳草怨王孫 瑤琴彈罷江南曲 雨打梨花晝掩門"(동야 하 497)은 『서애선생별집』西厓先生別集 권4 「잡저」雜著에 허난설헌의 시로 소개된 작품이다. 계생이 읊은 것으로 제시된 "洞天如水月蒼蒼 柿葉蕭疎夜有霜 何處緗簾人獨宿 玉屛還羨畫鴛鴦"은 『지봉유설』芝峯類說 권14 「문장부」文章部 7에서 양사기楊士奇 첩의 시로 소개된 작품이다.[20] 더욱이 백마강과 관련하여 가장 널리 알려진 시 중의 하나인 홍춘경洪春卿 「백마강」의 "國破山河異昔時 獨留江月幾盈虧 落花巖上花猶在 風雨當年不盡吹"(동야 하 498~499)를 일희一姬의 목소리로 옮기고 있는데, 그것은 『송계만록』에 실려 있는 작품이다. 아예 고인의 시구를 모아 율시를 만들자는 제안을 한 데서(동야 하 504) 짐작할 수 있듯, 「고란사십미수창」은 열 명의 여인의 입을 통해 편찬자가 익히 보아 오고 외워 왔던 시들을 마음껏 과시하는 성격도 다분히 있다.

　　요컨대 『동야휘집』의 「십이묘」 전유는 색다른 양상을 보인다. 앞의

18　이종묵, 「놀이로서의 한시―버클리대학 소장 규방미담閨房美談에 대하여」, 『문헌과 해석』, 2006년 겨울, 7~9면.

19　가령 사희四姬는 스스로 집구를 하겠다 공언한 뒤, 왕발王勃의 「등왕각시」滕王閣詩로부터 "物換星移度幾秋"를, 유상劉商의 절구시로부터 "鳥啼花落水空流"를(동야 하 497) 따왔고, 이희二姬의 "香風引到大羅天 月地雲堦集洞仙"(동야 하 496)은 「우승유주진행기」牛僧孺周秦行記로부터 따온 것이다.

20　다만 일부 구절에 출입이 있다. "洞天如水月蒼蒼 樹葉蕭蕭夜有霜 十二緗簾人獨宿 玉屛還羨畫鴛鴦"

작품들이 주로 조선의 야담이나 야사를 엮어 가던 중 그 속의 일정한 자리에 『해탁』의 작품을 끌어와 전유한 반면, 「고란사십미수창」은 『해탁』의 「십이묘」를 골격으로 삼고 그 사이에 조선의 역사와 시를 실은 것이다. 이것은 형식의 전유를 통한 다시 쓰기 혹은 패러디라 할 수 있다.

4. 『동야휘집』의 중국 필기소설 전유의 의미

『동야휘집』이 기존 문헌을 수용한 경우를 따져 보면 의도적으로 변개한 부분을 제외하고는 원문과 축자적으로 대응된다. 이원명이 다른 문헌을 활용할 때 단지 자신의 기억을 되살리는 식이 아니라 문헌들을 앞에 두고 직접 보면서 옮겼음을 뜻한다. 이원명은 조선 야담집과 중국 필기소설류들을 두루 읽었고 또 그들 문헌들을 소장하고서[21] 그 문헌들을 이리저리 비교하며[22] 나름대로 새로운 작품을 만들려고 노력했다고 하겠다. 이로써 『동야휘집』은 구연 야담의 소극적 기록보다는 사대부적 글쓰기의 성격을 더 강하게 갖게 되었다.

이원명은 구연 야담을 기록하거나 다른 조선 야담집 자료들을 옮길 때와 같은 태도로 중국 필기소설들을 옮겼다. 그러고는 어떤 인용 표시도 하지 않았다. 그가 「이와전」과 『해탁』 작품들을 조선 야담 작품 속으로 끌어넣을 수 있었던 것은 조선 시대 사대부들이 중국 서적들을 조선 한문

---

21 이원명은 『동야휘집』 12권 이외, 『정사집요』正史輯要 20권, 『종산만록』鍾山漫錄 10권 등도 집필하였다.(이원명, 「묘갈명」墓碣銘) 방대한 자료를 확보하지 않고서는 이런 총서 야사류를 간행하기 어려웠을 것이다. 이원명의 저술에 대해서는 홍성남, 앞의 논문, 41~42면 참조.

22 이에 대해서는 임완혁이 상세하게 분석한 바 있다. 즉 이원명은 보다 나은 문장을 취하거나 서사적인 면을 강화하려는 의도에서 『동패락송』과 『기문총화』를 비교해 가면서 그 장점을 취했다고 분석되었다.(임완혁, 앞의 논문, 151~163면)

서적과 다를 바 없이 자유롭게 읽고 받아들인 분위기와도 관련된다. 물론 다른 시각에서 설명하면 구연 야담이 한문으로 기록되면서 중국 기록 문학과도 소통할 기반을 마련했다고도 볼 수 있다. 이원명은 사대부로서의 글쓰기 저력을 활용했을 뿐만 아니라 기록 야담의 저력을 정확히 포착하고 적절히 되살린 것이다.

이원명이 중국 필기소설을 전유한 방식은 크게 둘로 나눌 수 있다. 먼저 배경 공간을 확장하거나 주인공을 인상적으로 변화시키고 풍자하기 위해 중국 필기소설 작품의 일부 혹은 전부를 활용하는 것이다. 이를 위해서 조선의 단편 서사들 사이에 중국 필기소설 작품의 일부 혹은 전부를 끼워 넣는 방식을 활용했다. 그 과정에서 앞뒤 관계를 원만하게 만들기 위해 주인공이나 지명을 바꾸거나 인물 관계를 조정하기는 했지만, 서술 구조나 형식의 변화는 없었다.

조선 야담이 현실 경험이나 역사적 사실을 담으면서 그것을 발판 삼아 허구성을 강화시켜 갔다는 것은 서사로서의 큰 생동력을 획득했음을 뜻한다. 18세기 이후 자기 장르 고유의 서술 형식을 갖춘 야담 작품이 많이 창출된 것도 근본적으로는 이런 장르적 생동력을 전제로 한 것이다. 특히 경험에 바탕을 둔 허구는 사실주의 서사의 기본이면서 미덕이라 할 수 있다. 그런데 19세기 중반 전후로 새로운 경험을 담는 정도가 약해지고 경험이나 역사로부터 허구로 나아가는 전환 역시 원활하지 않게 되었다. 그 이유는 여러 각도에서 분석되어야 할 숙제이지만 어떻든 이렇게 되면서 이 시기에 나온 야담집은 기존 문헌에 실린 작품을 단순히 전재하는 경향이 강해졌다. 『동야휘집』도 이런 흐름 속에서 배태된 것이다.

서사가 경험이나 역사에 뿌리를 둔다는 것은 사실에 충실할 수 있는 여건을 마련한 것이지만 어느 정도 거기에 익숙해지게 되면 그 자체가 진부한 굴레가 되어 자유로운 상상력을 억제하기에 이르기도 한다. 또 함축할 수 있는 의미가 얕아질 수 있다. 서사 세계 밖에 존재하는 사실과 역사는 고정되어 있으며, 그것과 긴밀한 관계에 있는 서사 세계는 서사 세계 밖의 사실과 역사를 그럴듯하게 지시하는 것이 일차적 목표여서 다른 의미를 생성하는 데 한계를 보일 수밖에 없다. 조선 야담에는 서사적 메타포가 원천적으로 불가능했던 것이다. 이것은 사실주의적 야담이 새롭게 봉착한, 심각하게 우려되는 국면이었다. 이원명이 조선 야담집을 읽으면서 느낀 소회 중 하나도 그와 관련된 것일 가능성이 크다. 이런 국면을 타개하기 위해서는 현실적이거나 역사적인 인물을 좀 더 인상적으로 형상화하거나 그 인물을 역사적 사실에 얽매이지 않고 더 다채로운 의미를 생성해 내는 주체로 탈바꿈시키는 것이 필요했다. 이런 요구에 부응하는 차원에서 중국 필기소설을 차용했다고 본다. 이원명은 조선 야담 작품들을 열거하고 그 사이 적절한 곳에다 「이와전」이나 『해탁』 소재 작품들의 전부 혹은 일부를 끼워 넣는 방식을 시도했다. 이렇게 도입된 중국 필기소설 작품들은 기존 조선 야담의 한계를 내용적 차원에서 넘어설 수 있게 했다. 작중 인물의 특징을 인상적으로 크게 부각시켜 풍자하거나 배경 공간을 비약적으로 구체화하고 확장하였고 의미를 함축적으로 생산해 낼 수 있게 되었다. 그것은 '내용'이나 '주제'의 전유라 할 수 있겠는데, 이 전유는 일화에서 소설로 나아가게 하는 '의미 전환'을 창출하기도 했다. 서사의 서술이 시작되면 어떤 인물이나 사건의 귀추에 대한 예상이 이뤄진다. 이미 널리 알려진 기존 서사를 바탕으로 한다면 비록 새롭게 포장된다 하더라도 예상은 빗나가지 않는다. 반면 서사의 중간에 낯선 부분이 삽입되면 처음의 예상에서 벗어나는 엉뚱한 방향으로 서사가 전개될 수 있다. 그것이 소설적 의미 전환을 가능하게 하는 것인데, 『동야휘집』의 중국 필기소설의 전유는 이런 의미 전환을 가능하게 했다는 점에서도 의의를 가진다.

또 다른 전유는 형식의 전유다. 이것은 「십이묘」→「고란사십미수창」에서만 나타난 것이다. 「고란사십미수창」은 『해탁』의 「십이묘」를 골격으로 삼고 그 사이에 조선의 역사와 시를 실었다. 그것은 「십이묘」의 형식을 전유하여 조선적 감각과 문제의식을 담은 것이다. 그런 점에서 다시 쓰기 혹은 패러디라고도 할 수 있다. 형식을 패러디하여 조선적 내용을 담았다는 것은 전유의 활용 영역을 더 확장시켰다 할 수 있다. 『동야휘집』에는 그 이외의 형식적 패러디를 찾을 수 없지만, 이 한 사례만 하더라도 일정한 의의를 부여할 수 있다. 특히 「고란사십미수창」은 「십이묘」를 패러디하면서도 조선에 이미 형성되어 있던 몽유록 형식에도 다가갔다. 몽유록의 관점에서 보면, 이원명이 몽유록에 어느 정도 익숙해져 있어 「십이묘」를 패러디하는 데 도움을 받았다고 할 수 있다. 「십이묘」를 패러디하고 몽유록을 활용함으로써 이원명이 궁극적으로 확보한 것은 야담을 글쓰기 차원에서 한껏 비약시킨 것이다. 작품의 대부분을 근체시로 구성했다는 것 자체야말로 사대부적 글쓰기로서의 야담을 특징적으로 보여준다고 하겠다.

이원명이 『해탁』 작품을 수용한 것은 우언寓言 혹은 메타포에 대한 관심과 관련된다. 특히 『해탁』의 작품 전체가 『동야휘집』의 한 작품으로 수용된 경우는 대체로 우언의 서술 양식을 취한 경우가 많다. 이원명은 '가볍고' '유쾌한' 야담에다 다시 무거운 관념을 부여하려 한 것이다. 이원명이 인식한 조선 야담은 사실주의 원리에 의한 직서의 수사를 지향한 것이다. 조선 야담이 등장인물의 자기 경험에서 출발한 것이기에 이런 수사적 경향은 당연하다 하겠다. 그러나 야담 듣기나 읽기가 계속되면서 사실주의에 의한 직서의 수사는 향유자를 식상하게 만들 여지가 있었다. 그리고 경험의 과시가 때로는 윤리나 교훈에 위배되는 경우를 종종 발견하게 된다. 이에 사대부 의식이 강한 이원명이 그런 야담을 쇄신하려 했다고 볼 수 있다.

『동야휘집』의 존재는 조선 야담이 동아시아 필기소설의 전통을 적극적으로 수용함으로써 사실주의 직서에다 메타포를 가미하려 했음을 증언한다. 이로써 야담의 수사적 영역을 확장했다. 역사나 경험적 사실을 매개로 하여 교훈적 주제를 창출하던 조선 야담이 우언을 매개로 하여 새로운 주제를 창출하는 단계로 나아가려 했던 것이다. 그 결과 풍자와 비판이 야담의 중요한 수사로 떠오르게 되었다.

5. 결론

이 장은 『동야휘집』이 다른 문헌에 실려 있는 작품을 활용하는 독특한 방식을 '전유'(Appropriation)로 보고 특히 중국 필기소설인 「이와전」이나 『해탁』 소재 작품들을 수용하는 양상을 따져 보았다.

『동야휘집』은 「이와전」의 핵심 부분을 전유함으로써 중국 북경 청루에서의 특별한 경험을 구체적으로 제시할 수 있었다. 야담에서 사실적 공간을 확장하는 길을 보여준 것이다. 조선의 야담은 조선에서의 새로운 현실 경험을 소중하게 생각하고 그것을 작품 세계 속으로 적극 담았다는 점에서 그 시대 어떤 갈래보다도 더 선도적 의의를 가졌지만, 서사적 경험의 세계를 조선에 한정시킬 수밖에 없다는 한계를 만드는 것이기도 했다. 이원명은 중국 필기소설 「이와전」을 과감하게 전유함으로써 현실적 배경 공간을 구체적으로 실감나게 확장시킨 성과를 거두었다. 「이와전」 수용에서 시작된 이원명의 시도는 『해탁』의 작품들을 대거 수록하면서 더 대담하게 이뤄졌다. 이것은 이원명이 야담적 글쓰기를 사대부 글쓰기의 하나로 생각했기에 가능했다.

이원명이 중국 필기소설을 전유한 방식은 크게 둘로 나눌 수 있다. 먼저 배경 공간을 확장하고, 주제나 인물 형상을 강렬하게 만들어 풍자하는 데 중국 필기소설 작품의 일부 혹은 전부를 활용하는 것이다. 이를 위해서 이원명은 조선의 단편 서사들 사이에 중국 필기소설의 서사 작품을 끼워 넣는 방식을 활용했다. 그 과정에서 앞뒤 관계를 원만하게 만들기 위해 주인공이나 지명을 바꾸거나 인물 관계를 조정하기는 했지만, 서술 구조나 형식의 변화는 없었다. 또 다른 전유는 형식의 전유다. 중국 필기소설의 형식을 패러디하여 조선적 내용을 담은 것인데, 그것은 전유의 활용 영역을 더 확장시켰다 할 수 있다.

조선 야담은 서사적 메타포가 원천적으로 불가능했다. 이것은 사실주의적 야담이 새롭게 봉착한 한계가 되었다. 이런 국면을 타개하기 위해서는 현실적이거나 역사적인 인물을 좀 더 인상적으로 형상화하거나 그 인물을 역사적 사실에 얽매이지 않고 더 다채로운 의미를 생성해 내는 주체로 탈바꿈시키는 것이 필요했다. 이원명이 중국 필기소설을 전유한 것은 이런 맥락에서 이루어졌다고 본다.

이원명은 '가볍고' '유쾌한' 야담에다 무거운 관념을 부여하려 했다. 이원명이 인식한 조선 야담은 사실주의 원리에 의한 직서의 수사를 지향한 것이다. 조선 야담이 등장인물의 자기 경험에서 출발한 것이기에 이런 수사적 경향은 당연하다 하겠다. 그러나 야담 듣기나 읽기가 계속되면서 사실주의에 의한 직서의 수사는 향유자를 식상하게 만들 여지가 있었다. 그리고 경험의 과시가 때로는 윤리나 교훈에 위배되는 경우를 종종 발견하게 된다. 이에 사대부 의식이 강한 이원명이 그런 야담을 쇄신하려 했다고 볼 수 있다. 『동야휘집』의 존재는 조선 야담이 동아시아 필기소설의 전통을 적극적으로 수용함으로써 사실주의 직서에다 메타포를 가미하려 했음을 증언한다. 이로써 야담의 수사적 영역을 확장했다. 역사나 경험적 사실을 매개로 하여 교훈적 주제를 창출하던 조선 야담이 우언을 매개로 하여 새로운 주제를 창출하는 단계로 나아가려 했던 것이다. 그 결과 풍자와 비판이 야담의 중요한 수사로 떠오르게 되었다. 이것은 『동야휘집』이 중국 필기소설을 전유함으로써 창출해 낸 가치라 할 수 있다.

야담과 동서양 서사

1. 머리말

서구 서사문학이 『아라비안나이트』나 『데카메론』 등에서 다채로운 서사 형성의 원동력을 끌어냈다면 동양 서사문학은 『마하바라타』, 『수신기』搜神記, 『태평광기』太平廣記, 『삼언』三言·『이박』二拍, 『금고기관』今古奇觀 등을 상상력의 원천으로 삼아 왔다. 우리나라의 서사는 중국 서사와 긴밀한 관계를 유지하면서 우리 나름의 전통을 이어 왔다. 다른 갈래에 비해 서사는 문화 간 교섭이 긴밀하다 하겠지만 그럼에도 불구하고 서사의 비교에서 어느 문화 권역도 중심의 자리를 차지한다고 보기는 어려울 것이다.

　야담은 우리나라 단형 서사의 서술 형식과 모티프의 바다와 같은 존재다. 그러나 우리 스스로 야담의 가치를 정확히 알지 못하고 있다. 앞으로 야담이 세계적으로 그 가치를 인정받기 위해서는 우리가 야담만의 고유한 특색과 가치를 설명하고 보여줄 수 있어야 할 것이다. 글로컬glocal 시대는 개별 국가나 지역들이 보편성과 특수성을 함께 찾아 서로 소통해야 한다. 우리 야담이 가진 보편성과 특수성을 함께 밝히기 위해서는 이미 널리 알려진 동서양 서사와의 비교가 절실하다. 중국 서사나 인도 서사가 일방적으로 우리 서사를 형성한 것이 아닌 이상, 우리 야담과 타국 서사 작품들을 대등하게 비교하는 자세가 요청된다. 그런 점에서 먼저 서사 형성의 정황적 유사성에 초점을 맞춰 비교하는 것이 바람직하다. 우리 야담과 유사한 환경에서 형성된 동서양 서사를 야담과 비교하는 것이다. 유사한 환경에서 형성되었기에 이러저러한 점에서 비슷하다는 것을 보여 준 뒤, 그럼에도 불구하고 다른 점이 있다는 것을 아울러 제시함으로써 우리 야담의 특수성을 입증하는 것이다. 다음으로 우리 야담과 명백하게 직접적인 관계를 가진 동서양 서사 작품을 비교하는 것이 필요하다. 직접 관련을 맺었음에도 불구하고 달라진 점은 우리 야담의 특수성을 더 명백하게 입증할 수 있을 것이다.

『아라비안나이트』, 『데카메론』 등은 그 나름의 서사 문법과 서사 세계를 구축하고 있다. 먼저 서구 서사의 원천인 이들 작품들과 야담을 비교하는 것은 야담이 세계로 나아갈 연결고리를 만드는 일이기도 하기에 중요하다. 형식이나 내용 면에서 야담의 경우와 유사한 점이 많아 비교문학적 연구가 유의미한 결론을 이끌어 낼 가능성이 크다. 가령 우리 야담 중에서 편찬자가 분명하고 또 편찬자가 기록의 과정에 적극 개입한 임방의 『천예록』, 신돈복의 『학산한언』, 노명흠의 『동패락송』 등을 『데카메론』과 비교하는 경우를 생각해 보자. 이야기판의 형성과 서술자의 역할 영역에서 의미심장한 비교 작업이 가능할 것이다. 중국 필기 소설집인 『해탁』, 백화문 소설집인 『삼언』·『이박』 등도 야담의 비교 대상이 되어야 한다. 『해탁』에 실려 있는 작품 중 무려 18편이 조선 후기 야담집인 『동야휘집』에 수용되었다. 명대 백화문 소설집인 『삼언』·『이박』은 형성 환경이나 내용, 서술 방식 등에서 우리 야담과 상통하는 점이 많아 비교할 필요가 있다. 『수신기』, 『태평광기』 등은 오래 전에 우리나라에 유입되어 사대부의 중요한 독서물이 되어 왔다. 그 소재 작품들은 알게 모르게 우리 서사 속으로 들어왔다. 최소한 모티프 차원의 교류와 차용은 다문화

시대 문화 콘텐츠의 차용이나 전유의 한 모델이 될 수 있다는 점에서 주의 깊게 살필 필요가 있다. 또 흔히 기괴한 내용을 많이 담고 있다 하여 야담과는 성격이 많이 다를 것이라 판단된 『요재지이』聊齋志異 등도 야담과 일정한 성격을 공유하고 있다.[1]

특히 『데카메론』과 조선 야담집의 비교는 중세에서 근대로의 이행기 서사의 귀추를 우리 식으로 해명하는 데 도움이 될 것이다. 『데카메론』이 서구 소설 형성 과정을 설명하는 중요한 시금석이 되었듯이 조선 후기 야담도 우리 근대소설의 주체적 형성 과정을 설명하는 하나의 유용한 잣대가 될 수 있기 때문이다.

이 장에서는 이런 문제의식에 입각해 기존의 전파론적 비교문학의 한계를 넘어서기 위해 노력할 것이다. 비교문학적 작업이 지금 이곳의 문학을 더 잘 이해하고 편견 없이 평등하게 세계문학을 이해하는 데 도움이 되도록 할 것이다. 모티프나 서술 방식, 등장인물들의 발화 방식에 이르기까지 고유의 특색과 가치를 보이는 우리 야담을 체계적으로 분석하고 그 가치를 설득력 있게 해명해 알리는 것은 야담이 세계 보편 문학으로서 한자리를 차지하게 하는 길이다. 이를 통해 비로소 야담의 세계화는 내실을 갖추게 될 것이다. 이 장은 앞으로 그런 일을 하는 데 필요한 사전 탐색으로서의 성격을 가진다.

---

1 『요재지이』 소재 작품들은 특히 야담집에 실려 있는 기이한 이야기들과 상통하는 경우가 많다. 「종리」種梨(포송령, 『요재지이』 1, 민음사, 2002, 김혜경 옮김), 「협녀」俠女(『요재지이』 1), 「투도」偸桃(『요재지이』 5), 「의술」醫術(『요재지이』 6), 「의견」義犬(『요재지이』 6), 「탕공」湯公(『요재지이』 6) 등.

2. 가부장제의 해체와 지속: 『삼언』·『이박』과 조선 야담집

『삼언』과 『이박』을 지은 풍몽룡馮夢龍(1574~1645)과 능몽초陵濛初(1580~1644)는 동시대에 살면서 이지李贄로 대표되는 양명좌파의 진보적 세계관의 영향을 받았다. 『삼언』과 『이박』에는 봉건사회가 몰락해 가고 상업이 융성하는 명 중엽 이후 사회의 풍경과 새로운 인물 형상들이 나타난다. 가령 「증지마식파가형 힐초약교해진우」贈芝麻識破假形擷草藥巧諧眞偶(이각박안경기), 「여대랑환금완골육」呂大郎還金完骨肉(경세통언) 등이 상인들에 대한 새로운 인식을 근간으로 하여 상인들의 상업 활동을 보여준다면, 「숙향정장호우앵앵」宿香亭張浩遇鶯鶯(경세통언), 「장순미등소득려녀」張順美燈宵得麗女(유세명언), 「장흥가중회진주삼」蔣興哥重會珍珠衫(유세명언) 등은 반 유교적 정욕관에 따라 애욕을 추구하는 과정을 보여준다. 「정금암정호신보원」鄭棉庵鄭虎臣報冤(유세명언), 「전다처백정횡대 운퇴시자사당초」錢多處白丁橫帶運退時剌史當稍(박안경기) 등은 매관매직이 자행되는 정치 현실의 암울한 모습을 그대로 보여준다.

「증지마식파가형 힐초약교해진우」의 장생蔣生은 관료 집안의 마소경馬少卿이 사위로 삼으려고 하자, 자신의 집안은 상업에 종사하여 마씨 가문에 누가 될 것이라며 사양하려고 했다. 그러자 마소경은 "경상經商은 좋은 직업이지 천업이 아니다"라고 하였다. 「첩거기정객득조 삼구액해신현령」疊居奇程客得助三求厄海神顯靈(이각박안경기)에서도 "상업이 제일의 생업이고 과거는 오히려 그다음이다"라고 휘주의 풍속을 묘사했다. 상인의 상업 활동과 사람들과의 교제 중에 드러나는 후덕함과 정직함, 서로 도우려고 하는 정신, 신의를 지키고자 하는 인품 등을 찬양했다. 상인에 대한 인식이 바뀌니, 선비들도 직업을 바꾸어 상업에 종사하는 것을 수치로 생각하지 않았다. 「양팔로월국기봉」楊八老越國奇逢(유세명언)의 양팔로楊八老

나 「요적주피수야수 정월아장삭취착」姚滴珠避羞惹羞鄭月娥將錯就錯(초각박안경기) 중의 반갑潘甲 등은 집안이 몰락하자 공부하던 것을 집어 치우고 상업에 종사했다.[2]

조선 야담에도 상업에 대한 관심이 중심에 놓여 있다. 「섭남국삼상각리」涉南國蔘商權利(동야 하 532)나 「왕남경정상행화」往南京鄭商行貨(청구 하 461)에서 주인공은 돈을 잘 버는 능력을 갖고 있을 뿐만 아니라 어려움에 처한 사람들을 그 어떤 계층보다 더 기꺼이 도와준다. 상인의 능력과 인자함을 함께 보여줌으로써 상인의 인격적 우월성을 보여준다. 안찰사조차 상인을 '진정 큰 영웅'이라 격찬하고 벼슬까지 천거한다. 「결방연이팔낭자」結芳緣二八娘子(청구 상 642)는 외국을 오가며 돈을 번 역관 김령의 여유 있고 합리적인 삶의 태도를 몰락 양반 최생 부친과 대조하여 보여준다. 「치산업허중자성부」治産業許仲子成富(청구 하 177)의 허홍은 과거를 준비하던 선비였지만 가난을 해결하기 위해 상인의 길을 선택했다.

한편 남녀 간 정욕에 대해서도 『삼언』과 『이박』은 매우 진보적이다.[3] 전통적 도덕률이 무시되기도 한다. 가령 「장홍가중회진주삼」蔣興哥重會珍珠衫(유세명언)은 상인과 관리 가문의 혼외정사를 다룬다. 상인 장홍가의 부인인 왕삼교는 남편이 장삿길에 오른 사이 상인인 진상과 만나 외도를 하고 결국 장홍가에게 발각되어 이혼 당한다. 진상이 왕삼교의 침실로 들

---

2 이상은 함은선, 「송원명청대 화본소설」, 『중국소설사의 이해』, 학고방, 1997, 99~132면 참조.
3 진원원陳媛媛은 『청구야담』과 『삼언』의 여성 인물을 비교한 바 있다. 두 책의 여성 인물은 공통된 점이 많지만 차이도 적지 않다 했다. 가령 두 책의 여성들은 혼인에 있어 적극적이었지만 『청구야담』의 여성이 자신의 의지를 실현하는 반면, 『삼언』의 여성은 비극적이게 되는 경우가 많다. 두 책에는 정절을 지키는 여성을 긍정하고 칭송하기도 하지만 재가하거나 절개를 잃는 여인에 대해 이해하기도 한다. 『청구야담』이 주로 여성의 재가 문제에 초점을 맞춘다면 『삼언』은 여성의 실절失節 문제에 관심을 가졌다. 경제 활동에 참여하기도 하는데 『청구야담』의 여성이 남성을 통하지만 『삼언』의 여성은 스스로 장사를 하는 직업 여성 상인 노릇도 한다. 陳媛媛, 「『청구야담』과 『삼언』의 여성인물 비교연구」, 서울대 석사학위논문, 2005 참조.

어가 그녀를 마음껏 유린하게 만든 설씨 부인과 같은 존재는 조선 야담에서 쉽게 찾기는 어렵다.[4] 장흥가는 외도한 부인을 죽이지 않고 내쫓기만 하며 마침내 다시 진상의 부인을 둘째 부인으로 받아들인다. 장흥가와 진상은 부인을 맞바꾼 것이었다. 이런 설정은 풍몽룡의 진보적 정욕관을 바탕으로 한 것이라 하겠지만 조선 야담의 관점에서 보면 낯설다. 조선의 부부에 대한 정서가 그런 상황을 수용한다는 것은 불가능하다. 「장순미등소득려녀」張舜美燈宵得麗女(유세명언) 역시 장순미와 유소향이라는 남녀 간 만남과 관계, 사랑의 성취 과정을 다룬다. 그런데 여성 유소향으로 하여금 오직 사랑을 이루는 데만 몰입하게 하고 또 남녀의 이별과 재상봉에서 지나칠 정도의 우여곡절을 설정한다는 점에서 조선 야담과는 다르다. 조선 야담은 서술자나 등장인물이 경험 세계에 대한 집착이 강하기 때문에 서사의 속도가 빠르고 단순화되어 있다. 이 경우를 통해 서술 방식과 서사 구조상의 변별성을 확인할 수 있을 것이다.

이처럼 『삼언』·『이박』과 조선 야담은 금전적, 육체적 욕망을 적극적으로 추구한다는 공통성을 보인다. 특히 『어우야담』의 「남녀지간」男女之間(어우야담 420)은 「장흥가중회진주삼」에서 왕삼교를 상인 진상이 겁탈하는 장면을 그대로 재현하고 있으며, 『동야휘집』의 「환호구신구합연」還狐裘新舊合緣은 아예 이 작품 전체를 축약 번안했다고 할 수 있다.[5]

그런데 조선 야담에는 유가 이념과 생활 이념이 공존한다. 유가 이념은 기록자 사대부들의 공공연한 개입의 결과이면서도 일반 민중에게 내면화되어 있던 것이기도 하다. 생활 이념은 사대부든 민중이든 생활의

4 「환호구신구합연」還狐裘新舊合緣(동야 하 630)은 번안이기에 예외적인 경우라 할 수 있다.
5 김동욱, 「'장흥가중회진주삼'의 야담으로의 번안양상」, 『중국문학연구』 제32집, 한국중문학회, 2006, 123~132면.

변화를 경험하면서 심각한 현실 문제를 극복하는 데 활용한 삶의 지혜라 할 수 있다. 그중 생활 이념이란 체계화되거나 정돈된 것이 아니고 주어진 상황에 대해 그때그때 대응하는 행동의 길잡이 같은 것이다. 그 결과 야담집에서 양자가 공존 갈등하지만 겉으로 보기에 유가 이념만 두드러지고 생활 이념은 그것을 견제하거나 부정하는 대안 이념으로 부각되지 않는다. 그래서 조선 야담의 대부분이 유가 이념인 충과 효와 열을 강조한다는 인상을 준다. 조선 야담의 이런 점이 『삼언』, 『이박』과 대조된다. 『삼언』과 『이박』에서는 양명학이나 도교 같은 대안 이념이 등장인물의 사유와 행동 구석구석까지 강력한 영향을 끼쳤다. 조선 야담에서 생활 이념은 뚜렷한 체계나 이념적 결속성을 갖추지는 않았지만, 견고한 현실주의가 조선 야담에서 지속되는 원동력이 되었다. 그 결과 조선 야담에는 이전 시기부터 관철되어 온 유가 이념인 충·효·열과 새로운 사회에 관철되기 시작한 현실주의가 함께 작동하게 된 것이다.

이런 성향은 조선 야담에 가부장제적 가족주의가 훨씬 더 강하게 실현되게 했다. 가령 『삼언』과 『이박』에는 유부녀가 사랑을 쟁취하기 위해 가출을 한다거나 정상적 결혼 상태에 있는 유부녀가 외간 남자와 혼외정사를 벌이는 경우가 적지 않은데, 조선 야담에서 그런 경우를 찾기는 쉽지 않다. 조선 야담에서도 「영변교생곽태허」寧邊校生郭太虛(어우야담 111), 「홍상서수정면인」洪尙書受挺免刃(청구 상 37), 「살일음녀ᄒ고 활일불고」殺一淫女ᄒ고活一不辜(청야담수 401) 등 혼인 상태에 있는 여자가 외간 남자를 불러들여 정사를 벌이는 사례가 있지만, 그 경우 '음탕한' 여인은 예외 없이 다른 남자에 의해 처참하게 응징된다. 또 「남녀지간」(어우야담 420)은 남편을 둔 여인이 상인과 놀아난다는 점에서 「장흥가중회진주삼」의 영향을 받았다고 할 수 있겠지만, 시아버지가 등장해 상인과 유모, 그 딸을 몰래 죽여서 아들의 부부 관계는 그대로 유지되게 한다는 점에서 매우 다르다.

여인도 자의로 외도했다기보다는 강간을 당해 외도가 시작된 것으로 보게 한다. 「남녀지간」은 가족 밖의 세 사람을 희생양으로 만들어서 가족의 부부 관계와 부자 관계가 유지되도록 만들었다고 할 수 있다.[6]

이런 차이는 중국 백화문 소설의 국문 번역에서도 확인된다. 「등대윤귀단가사藤大尹鬼斷家私」(유세명언)는 낙선재본 「등대윤귀단ㄱ사」로 번역되었다. 「등대윤귀단가사」는 정실과 소실의 관계가 반드시 선악의 관계가 아니라는 점에서 우리의 정명正名 사상과 충돌하고, 양반 사회에 진입한 하층 인물들이 상층 인물을 압도한다는 점에서 계층 의식과 충돌하며, 이원적 세계관의 붕괴와 인간의 양면성의 인정이라는 새로운 갱생의 요인들이 출현한다.[7] 「등대윤귀단가사」는 고귀한 가문의 출신만이 영웅이 되는 일대기 영웅소설과, 소실이 정처보다 항상 악한 처첩 갈등이나 계모가 전실 자식을 박대하는 가정소설의 전통에 새로운 시각을 불어넣었을 것이다. 이것은 적통嫡統을 중시하는 우리나라 전통적 사고에 대한 반기가 될 수 있었을 것이며, 인간형을 선악의 대결과 분리하던 서사문학 전통에 하나의 도전이 될 수도 있었다.[8] 그러나 국문 번역자는 조선 가족주의에 손상을 입히는 요인들을 제거했다. 중국 백화문 소설의 번역을 통해 우리 서사의 영역을 확장하되, 근본적 차이를 유지하려 했던 것이다. 그 근본적 차이는 조선 문화가 가부장제적 가족주의가 더 강한 데서 비롯된 것으로 판단된다. 우리 서사가 가진 강력한 특징은 이런 가부장제적 가족주의와 긴밀하게 관련되어 있다. 가부장제적 가족주의가 현실에서 여러

---

6 물론 「장흥가중회진주삼」의 야담적 수용과 관련된 이런 결론은 『동야휘집』「환호구신구합연」의 경우를 들면 다소 흔들리게 된다. 그러나 「환호구신구합연」이 『동야휘집』 속에서 예외적으로 읽힌다는 사실이 일반적 조선 야담의 성향을 역으로 알려준다고 하겠다.

7 이혜순, 「飜譯作品 연구의 방향과 意義—比較文學的 시각에서—」, 『어문연구』 105권, 한국어문교육연구회, 2000, 139면.

8 위의 논문, 140면.

가지 억압 기제로 작용한 것은 분명하지만, 그것이 서사 속에 실현될 때 서사적 가치를 창출한 것이다. 우리 야담이 발하는 매력과 가치는 이런 가부장제적 제한성에도 불구하고 가족주의가 창출해 낸 미덕들, 예를 들자면 사람과 사람 사이의 두터운 인정, 낙관주의, 개인이 어떤 장애에 봉착하더라도 자기보다 더 큰 어떤 테두리에 의해 구원받고 보호받을 수 있다는 믿음과 그 실현 등이 감동을 유발한다. 이런 점을 조선 야담의 특질로 인지하고 성찰해야 할 것이다.

또 도시 공간에 만들어진 '열려진 이야기판'이 중국 백화본 소설과 우리 야담에 관철되는 양상을 비교할 수 있다. 『삼언』에는 "오늘 진주삼珍珠衫 사화詞話를 들려드릴 테니 가히 인과응보는 하나도 어긋나지 않음을 보시게 될 것이며 소년 자제들에게 좋은 귀감이 될 것입니다"[9]와 같이 작품 밖 이야기꾼이 청중에게 이야기하는 관계가 그대로 작품 속으로 들어와 있다. 이에 비해 조선 야담에서는 '작품 밖 이야기꾼—청자'의 관계가 '작품 안 주인공—상대 인물'의 관계로 전환되어 '주인공의 자기 진술'이 나타난다.[10] 작가의 창의적 개입이라는 점에서는 중국 백화문 소설이 작품의 독자성을 더 강조했다 하겠지만, 작품 밖 이야기판을 작품 내적 서술 구조로 전환했다는 점에서는 오히려 조선 야담이 작품의 독자성을 더 강조했다고 할 수 있다.

이것은 액자 구조의 성격과 관련된다. 동서양 서사에 나타나는 액자 구조는 기본적으로 현실에서의 이야기하기와 이야기 듣기가 서사 세계 속으로 전화된 것과 관련이 있는데, 그 전화의 정도에서 차이가 있는

9　今日聽我說珍珠衫這套詞話, 可見果報不爽, 好教少年子弟做箇榜樣(「장흥가중회진주삼」, 『유세명언』 상, 中華書局香港分局, 1985, 1면)
10　이강옥, 『한국 야담 연구』, 돌베개, 2006, 201~249면.

것이다. 이 문제를 더 깊이 따지는 데는 백화본 소설뿐만 아니라 중국의
『두붕한화』豆棚閒話,[11] 서구의 『아라비안나이트』, 『데카메론』 등과의 비교
연구가 필요하다.

3. 닫힌 액자 구조와 열린 액자 구조:『데카메론』과 조선 야담집

조선 야담집의 편찬자는 기존 서사들을 변형하여 전달하는 경향이 강하
다. 편찬자는 서문 등을 통해 자기가 이야기들을 어떤 매체를 통해 듣고
보았는가를 밝혔다. 그리고 그 속 각 단편에 대해서도 제보자나 이야기판
을 언급한 경우가 많다. 제보자가 편찬자에게 이야기를 들려주는 행위,
편찬자 자신이 이야기를 구연하는 행위, 편찬자가 다른 문헌을 읽는 행위
등은 이야기판의 가장 넓은 테두리이다. 그것이 야담의 가장 크고 넓은
액자를 형성한다. 독자를 생각하며 서문을 쓰는 편찬자나 그 서문을 읽는
독자가 형성하는 야담집 밖 콘텍스트는 이것과 그대로 이어지는 큰 액자
가 된다. 다음으로 개별 작품의 제보와 관련된 진술이나 개별 작품에 대
한 평결은 다음 규모의 액자이다. 마침내 작중 인물과 상대 인물이 만드
는 액자가 존재한다. 그 액자 속에 이야기가 들어가는 것이다.

　　야담의 구조를 이렇게 보면 동서양 서사에서 두드러진 액자 구조가
야담에서도 분명하다 하겠다. 액자 구조는 중국 백화문 소설집 중, 특히
『두붕한화』에서도 분명하다. 『두붕한화』는 모두 12편의 고사를 수록했는
데, 콩덩굴 정자에서 한담하는 것을 실마리로 하여 12개의 고사를 연결

11　이에 대해서는 소의평(Yi Ping Shao), 「『두붕한화』: 중국고전소설중적광가결구」中國古典小說中
的框架結構, 『중국어문학』, 영남중국어문학회, 1997을 참조할 수 있다.

해 나가는 형식을 취했다.[12] 12편의 이야기 끝에는 의론문이 붙어 있는 것도 『학산한언』이나 『동야휘집』과 유사하다. 그러나 『두붕한화』는 개자추나 백이숙제 등 역사적 인물의 행적을 삐딱하게 재구성하여 명말 청초 지식인들이나 민중들의 삶의 태도를 은유하고 있다는 점에서 조선 야담과 구분된다. 그 액자 공간은 '천하 의식' 이외에도 중국의 동남쪽 강남에 대한 강렬한 지향 의식이 나타난다.[13] 이와 비교할 때 『아라비안나이트』의 액자 공간은 궁정과 같이 닫혀 있기도 하고 시장 등으로 열려 있기도 하다. 시장 등에서 구연되는 이야기들은 당연히 상업적 분위기를 띠었다. 그러나 궁극적으로 그것이 궁정 이야기판을 통해 재구연된다는 점에서 닫혔다고 할 수 있다.

액자 구조의 서술 형식이나 구성 삽화의 조직과 변형, 인물 형상화란 점에서 조선 야담과 가장 유용하게 비교될 것은 『데카메론』이다. 야담집 중 가령 『천예록』이나 『삽교만록』, 『학산한언』, 『동패락송』 등을 염두에 두면 더 뚜렷한 비교의 상이 떠오른다. 조선 야담집과 『데카메론』을 비교할 동일한 조건을 제시하면 다음과 같다.

첫째, 이야기판에서의 이야기하기와 이야기 듣기를 내용적·형식적 출발로 삼고 있다.

둘째, 조선 후기 야담집이 17세기에서 20세기에 걸쳐 활발하게 편찬되었다면, 『데카메론』은 14세기 중반에 나왔다. 어느 쪽이나 '중세에서 근대로의 이행기'에 해당하기에 중세적 삶이 흔들리고 근대적 삶이 예비되는 상황이라는 점에서 공통된다.

---

12 위의 논문, 214면; 또 다른 해석의 가능성에 대하여는 김민호, 「두붕한화(豆棚閑話) 제7칙 『수양산숙제변절』」, 『중국어문논총』 22권, 중국어문연구회, 2002, 315면.
13 소의평, 앞의 논문, 215면.

셋째, 다양한 세계관을 가진 인물들의 이야기를 제시함으로써 세계관의 갈등을 보여준다.

(1) 이야기판에서의 이야기하기와 이야기 듣기

『데카메론』은 1348년의 페스트에 관한 기술로 첫째 날의 프롤로그가 시작된다. 난을 피하여 피렌체 교외의 별장으로 옮겨 온 숙녀 7명, 신사 3명이 10일 간 체류하며 오후의 가장 더운 시간에 나무 그늘에 모여 앉아 이야기를 한다. 한 사람이 한 가지씩, 하루에 열 가지의 이야기를 하고는 헤어지기 전에 좌장을 임명하여 다음날의 주제를 정하고 저녁 식사 후에는 노래를 부르고 잠자리에 든다. 금요일과 토요일에는 이야기를 하지 않으므로, 이야기는 12일 간에 걸쳐 100가지에 이른다. 한 이야기판에서 일정한 규칙에 따라 이야기를 구성하기에, 내용이 다채롭지만 통일성이 유지된다.

조선 야담집에는 이런 『데카메론』의 이야기판의 구성과 비교될 요소가 많다. 먼저 조선 후기 현실의 이야기판이 야담 형성의 발판이 되었다. 『데카메론』에서는 절박한 상황에서 어쩔 수 없이 모인 사람들이 규정에 따라 이야기를 구연한 반면, 조선 후기의 이야기판에서는 시장의 군중들이 적극 동참하거나 벼슬에서 소외된 사대부들이 자신의 의지와 심정을 토로하는 장이 되었다. 이야기판은 무료한 시간을 보내기 위해 안이하게 만들어지는 것이 아니라, 어떤 문제의식을 발전시키고 욕망을 구체적으로 드러내기 위해 만들어졌다. 가령 『삽교만록』에 자주 등장하는 단옹丹翁과 변사행邊士行, 『열하일기』「옥갑야화」의 윤영尹映 등은 벼슬에서 소외된 사대부이다. 이들은 사대부 사회의 변방에서 거리를 두고 사대부 사회를 바라보았고, 상대적으로 평민 사회에 가까이 갈 수 있었다. 이야기꾼의 이런 독특한 위치는 그들로 하여금 세상을 좀 더 객관적으로 바라볼 수 있는 시각을 갖게 했고, 그들은 그러한 시각을 통해 이야기의 함의를 넓혀 나갔다.

『삽교만록』에는 이런 이야기꾼들이 모인 이야기판이 생생하게 묘사되어 있다. 「상어손곡지심심당」甞於蓀谷之深深堂(삽교집 하 9면)은 신사겸申士謙의 집인 심심당에서 안석경安錫儆, 황성약黃聖若, 신사겸 등이 모여 나눈 이야기 7편을 나란히 담고 있다. 시골 선비인 이들이 주고받은 이야기들은 그 구조와 주제, 서술 의식이 동일하다. 어떤 선비를 사모하는 처녀가 선비에게 애정을 고백하고 첩이 되기를 간절하게 소망하지만, 선비의 완고한 거부로 마침내 여자가 죽게 되고 선비도 그 때문에 불행해진다. 각 이야기의 끝에 붙은 평은 주로 선비의 잘못을 지적한다. 여기서 '심심당'은 이야기판이 지속되는 공간이다. 여기에 모인 사람들은 그들이 주고받는 이야기가 모두 일정한 수준을 갖춘 것이라는 점에서 이야기꾼으로서의 자질과 경험을 갖추었다고 볼 수 있다. 그리고 무엇보다 중요한 사실은 이들이 하나의 이야기를 듣고 그 이야기의 구조나 주제, 서술 의식에 부합하는 또 다른 이야기를 대응하여 구연했다는 사실이다. 이야기판에 참석한 사람 모두가 이야기를 듣고 이해하고, 만들고 구연하는 서사 능력의 비약을 보여주고 있는 것이다.

시골 선비들이 이런 이야기판을 만들었던 것 못지않게 도시 사대부들이나 여항인들도 독특한 이야기판을 만들었다. 『동패락송』의 편찬자 노명흠盧命欽(1713~1775)과 그 아들 노긍盧兢(1738~1790)은 당시 벌열閥閱인 홍봉한洪鳳漢 가의 숙사塾師로 있으면서, 때때로 이야기꾼으로서 이야기로 좌중을 압도하기도 했다. 『계서잡록』의 편찬자 이희평도 이야기꾼으로서의 자질을 다분히 갖고 있었다. 부유한 사대부 가문이나 벌열가의 이야기판에 초빙되어 돈을 받고 이야기를 해 준 좀 더 통속화된 이야기꾼도 생겨났다.

야담의 형성과 긴밀한 관련이 있는 조선 후기의 이야기판은 『데카메론』의 전제가 된 이야기판과 비교될 요소들을 충분히 갖추고 있다. 앞으로 이 이야기판의 성격과 역할에 착안하여 비교문학적 작업을 진행해야하겠다.

(2) 중세적 삶의 동요와 근대적 삶의 부각

『데카메론』에서는 사랑 이야기가 주류를 이룬다. 100편에 등장하는 대부분의 여성은 남성과의 관계에서 성적 욕망을 노골적으로 드러내거나 추구한다.[14] 흑사병이 몰고 온 도덕적·사회적 혼란으로 우울한 분위기가 조성되지만 그런 사랑 이야기를 해피엔딩으로 끝나게 함으로써 신흥 부르주아지들의 자신감이나 낙관주의를 드러내기도 하는 것이다.

『데카메론』의 힘은 도덕과 이념, 권력, 종교 등 보편 체계를 초월하여 그동안 그냥 지나쳤던 삶의 파편들을 재현한 것이다. 그간 교회가 중심이 되어 추구했던 이상론의 굴레를 벗어 던지고 가려져 있던 주변부의 삶의 진실한 모습을 들춰낸 것이다.[15]

한편 조선 야담은 그간 일상을 지배해 왔던 유가 이념을 완전히 부정하지는 않았다. 여전히 겉과 속에 유가 이념을 근엄하게 제시하는 이야기들이 많지만, 유가 이념을 덮어 두고 욕망을 추구하는 이야기들도 많다. 사람의 욕망을 용인하고 그 욕망을 충족시키는 과정에 흥미를 보이는 것

---

14 박상진, 「『데카메론』의 모호한 여성성과 리얼리즘」, 『이탈리아어문학』, 한국이탈리아어문학회, 2005, 85면.
15 위의 논문, 96면.

이다. 『데카메론』과 비교할 때, 조선 야담은 기존 이념을 파괴하는 정도가 약하다. 기존 유가 이념을 한 극단으로 보고 그로부터의 해방을 다른 극단으로 볼 때, 대부분의 야담 작품은 그 중간 어느 단계에 놓인 것이라 볼 수 있다.

(3) 세계관의 갈등

『데카메론』의 등장인물은 왕과 왕비를 비롯한 최상층에서 최하층 천민에 이르기까지 그 계층이 다양하다. 사랑의 이야기가 중심을 이루지만, 우스개나 절망적 이야기도 있다. 운명론과 반운명론이 공존한다. 그래서 인간의 의지를 부추기다가도 운명 앞에 인간 존재가 부질없는 것이라고 주장하기도 한다.

야담 역시 총체적 민속지라 일컬을 수 있을 정도로 다양한 인물을 형상화하고 다채로운 세계관을 담고 있다. 야담에는 상이한 세계관 사이의 의미 전환이 이루어지고 그것이 소설적 원동력으로 작용하기도 했다. 그 양상은 다음처럼 정리된다.

① 삶의 단면들 간의 관계를 인지한 2차 구연자들의 의미 지향의 전환
② 계층 분화로 형성된 특정 집단의 세계관적 개입에 의한 의미 지향의 전환
③ 이야기꾼이 다양한 의미 지향을 적극 수용하여 이끌어 낸 의미 지향의 전환
④ 적극적인 편찬자가 개입하여 구연 단계의 서술 시각을 변형시킴으로써 이끌어 낸 의미 지향의 전환

⑤ 세계관의 기반이 다른 작품들의 조합에 의해 초래된 의미 지향의
　　전환[16]

　특히 이야기판에서 구연을 이끌어 가던 이야기꾼의 세계관과 한문
기록을 담당했던 편찬자의 세계관 사이의 괴리는 야담 작품 속에서 복잡
한 상황을 창출해 냈다. 이런 점이 『데카메론』과 상통한다.

　야담집 편찬자는 전래하던 이야기나 문헌 소재 이야기들을 활용하여
새로운 이야기를 만들어 냈다. 보카치오 역시 전래하던 우화들을 적극 활
용하여 새로운 이야기를 만들어 냈다. 대표적 사례가 첫째 날 세 번째 이
야기인 「세 개의 반지」[17]이다. 중심 이야기인 '세 개의 반지' 이야기는 그
이전 수많은 문헌으로 전해지던 우화다.[18] 보카치오는 이 우화에 액자를
덧붙여서 새로운 주제와 인물을 창출한 것이다. 그런 점에서 보카치오의
독창성을 인정할 수 있다.

　『학산한언』과 『삽교만록』의 편찬자 신돈복과 안석경은 기존 짧은 삽
화를 활용하여 새 이야기를 만들어 냈을 뿐만 아니라, 비록 느슨한 관계
이지만, 개별 이야기들을 일정한 순으로 엮어 감으로써 좀 더 큰 단위에
서의 새로운 이야기를 만들어 냈다고 볼 수 있다.

　보카치오는 큰 액자의 공간을 외부로부터 격리된 공간으로 설정한
뒤, 이야기판의 설정뿐만 아니라 이야기판에서의 이야기의 순서와 이야
기꾼도 정교하게 설정했기에 단단하게 닫힌 이야기판을 만들었다. 그에

16　이강옥, 『한국 야담 연구』, 돌베개, 2006, 53~64면.
17　이 이야기의 서두에 이렇게 요약되어 있다. "Melchizedek the Jew, with a story about three
rings, avoids a most dangerous trap laid for him by Saladin."(Giovanni Boccaccio, The
Decameron, New York: Penguin Books, 1995, trans. G. H. McWilliam, p.41)
18　박상진, 「복카치오의 인문주의」, 『지중해지역연구』 제3집, 부산외국어대학교 지중해연구소, 2001,
54면.

비해서 야담집의 액자 공간은 시장, 약방, 대갓집 안방, 시골 선비 집 등 다양하고 바깥 사람들이 기꺼이 동참할 수 있는 열린 공간이다. 야담 이 야기판과 액자 공간의 개방성은 조선 야담의 가장 두드러진 특징이다. 야 담의 이런 점을 동서양 서사와 비교하는 과정에서 야담의 장점으로 부각 시킬 여지는 충분하다.

4. 상상과 경험: 『아라비안나이트』와 『청구야담』

『아라비안나이트』와 『청구야담』은 서사 구조뿐만 아니라 서술 방식 면에 서 비교할 필요가 있다. 우선 하나의 사례에 주목한다. 『청구야담』의 「대 인도상객도잔명」大人島商客逃殘命(청구 상 147)과 『아라비안나이트』의 「선 원 신드바드의 세 번째 항해」(The Third Voyage of Sindbad the Sailor)[19] 이 야기다.[20]

　『청구야담』 이전 야담집으로서 이 이야기를 싣고 있는 것은 『어우야

---

19 *Tales from the Thousand and one Ninghts*, Penguin Books, 128면.
20 「대인도상객도잔명」의 줄거리는 다음과 같다.
① 한 상인이 제주도로 가는데 두 다리 없는 백발노인이 뒹굴어서 배 위로 올라왔다.
② 상인이 노인에게 두 다리를 잃은 사연을 물으니 다음과 같이 이야기해 주었다.
③ 젊어서 표류하다 어떤 섬에 닿아 어떤 집으로 들어갔는데 그 집에는 키가 스무 길이나 되는 거인이 살았다. 거인은 일행 중 한 사람을 잡아먹고 술을 마신 뒤 잠들었다.
④ 거인의 두 눈을 찌르고 도망치려 했으나 대문이 너무 커서 열 수 없었다.
⑤ 거인이 일행을 다시 잡아먹으려 했으나 사람들이 양과 돼지 무리 속에 있어서 잡을 수가 없었다. 거 인이 양과 돼지를 한 마리 씩 확인하고는 대문 밖으로 내다 보냈다.
⑥ 일행은 양이나 돼지를 한 마리씩 업고서 겨우 빠져나왔다.
⑦ 배를 탔는데 역풍을 만나 바위에 부딪혀 부서지자 노인만 살아났다. 표류하다가 악어를 만나 두 다 리를 잃었다고 했다.
⑧ 노인은 이 같이 흉한 팔자는 없으리라 한탄했다.

담』과 『흠영』欽英[21] 등이다. 그중 『어우야담』 자료는 아주 소략한 것이어서 유화라고 보기 어렵다.[22] 반면 『흠영』의 자료는 서사적으로 훨씬 발전된 것이다.[23] 『흠영』에 실려 있는 이 단편은 거인의 12명의 자식을 물리치는 대목에서 볼 수 있듯 민담 식으로 변개된 것이다. 그런 점에서 『청구야담』의 「대인도상객도잔명」이 『흠영』의 것을 대본으로 한 작품이라 보기는 어렵다.

한편 「선원 신드바드와 짐꾼 신드바드」(Sindbad the Sailor and Sindbad the Porter)[24]는 『아라비안나이트』 액자 속 이야기들 중에서도 독특한 위치에 있다. 『아라비안나이트』의 대부분 작품들은 셰라자드Shahrazad가 자기 생명을 연장하기 위하여 매일 밤 이야기를 계속해야 하는 이유를 말해 주는 큰 액자를 비롯하여 나머지 속 이야기들도 수화자의 호기심을 자극한다는 목표 아래 진술된다. 그리하여 환상적이고 기이한 내용이 많다. 「선원 신드바드와 짐꾼 신드바드」가 다른 작품들과 다른 점은 이야기꾼 신드바드가 자기 경험담이라는 것을 전제로 하여 이야기를 이끌어 간다는 점이다. 신드바드는 기이한 내용이 자기가 경험한 것이라는 인상을 주기 위하여 이야기 중간에 여러 장치들을 활용했다. 바로 그런 점이 『청구야담』에 의해 포착되었다고 볼 수 있다.

표착한 사람들이 거인의 집으로 들어가 갇힌다는 것, 거인이 사람을

21 유만주兪晚柱(1755~1788)가 편찬한 일기이다.
22 『어우야담』의 「이지봉수광위안변부사」李芝峰晬光爲安邊府使에 바다 가운데에 사는 거인에 대한 이야기가 소개되어 있다. "且見巨人腰下入水, 腰上露於水者, 長可三十仞, 其頭面肢體極雄無可比, 漁子刺船欲避而已被攀舷欲覆之, 蒼黃擧斧斫其臂, 巨人棄而上山"(어우야담 287)
23 유만주, 『흠영』6, 서울대학교 규장각 영인본, 1997, 262~264면.
24 이 이야기는 근본적으로 그리스 신화 오디세우스의 모험담 중 눈이 하나이며 거인인 폴리페모스 이야기를 바탕으로 하고 있다고 볼 수 있다. 토머스 불핀치, 박경미 옮김, 『그리스 로마 신화』, 혜원출판사, 2006, 201~205면.

잡아먹는다는 것, 사람들이 탈출하기 위해 거인의 두 눈을 찔러 앞을 못 보게 만든다는 것, 다시 배를 타지만 난파당한다는 것 등은 「대인도상객도잔명」과 「선원 신드바드와 짐꾼 신드바드」의 공통점이다. 이런 점들은 「대인도상객도잔명」과 「선원 신드바드와 짐꾼 신드바드」의 원천이 같다는 것을 암시한다. 다른 한편 「선원 신드바드와 짐꾼 신드바드」에서는 거인이 일행을 잡아먹는 모습이나 일행이 탈출하는 과정이 훨씬 상세하게 묘사되어 있다. 「대인도상객도잔명」에서는 거인이 사람을 잡는 것을 어렵게 만들기 위하여 양과 돼지를 등장시키고 또 일행이 탈출할 때 거인을 닮은 다른 거인들을 등장시킨 것, 그리고 노인이 두 다리를 잃게 만든다는 점 등이 덧붙여졌다. 이런 점들은 두 작품 사이를 매개하는 단계가 여럿 있음을 뜻한다.

특히 이야기를 진술하는 방식이 다르다. 「선원 신드바드와 짐꾼 신드바드」에서 선원 신드바드는 7번의 바다 여행에 대한 이야기를 하는 발화자이고 짐꾼 신드바드는 수화자이다. 짐꾼 신드바드는 선원 신드바드의 호화로운 저택 앞을 우연히 지나다가 초대를 받았다.

그들은 나를 선원 신드바드라 부르고 나의 이상한 이야기를 듣고는 놀라곤 합니다. 자, 나의 형제여, 이제 당신은 내가 지금과 같은 지위로 올라가고 우리가 만나고 있는 이 거대한 저택의 주인이 되기까지, 내가 겪어야 했던 행운과 고난의 이야기를 듣게 될 것입니다.[25]

---

25 Presently, my brother, you shall hear the tale of my fortunes and all the hardships that I suffered before I rose to my present state and became the lord of this mansion where we are now assembled.(*Tales from the Thousand and one Nights*, Penguin Books, p. 114)

이렇듯 선원 신드바드는 짐꾼 신드바드에게 자기 모험담을 들려준다. 그런데 짐꾼 신드바드는 거대한 저택에 대해 호기심을 가지기는 했지만 그 주인인 선원 신드바드에게 이야기를 들려달라고 요청하지 않았다. 둘 사이에서 이야기를 하고 이야기를 듣는 관계는 만들어지지만 짐꾼 신드바드는 시종 침묵하고 선원 신드바드만이 이야기를 계속 하는 것이다. 「선원 신드바드와 짐꾼 신드바드」에는 7번의 모험담이 끝날 때마다 다음과 같은 표현이 반복되어 나타난다.

저녁 축제가 끝나자 선원 신드바드는 짐꾼 신드바드에게 금 100조각을 주었다. 짐꾼 신드바드는 감사와 축복을 드리며 그것을 받았다. 모인 사람들은 방금 들은 이야기에 대해 놀라면서 그 집을 나섰다. 다음날 아침, 짐꾼 신드바드는 다시 왔다. 사람 손님들도 모두 도착하자 선원 신드바드는 이야기를 시작했다.[26]

이것은 속 이야기를 감싸는 겉 액자 이야기다. 이 액자의 역할은 선원 신드바드로 하여금 이야기를 계속 하게 만드는 것이다. 선원 신드바드는 7번의 모험으로 이야기거리를 많이 갖게 되었다. 들어주는 사람만 있으면 그는 이야기를 계속할 수 있다. 그래서 선원 신드바드의 경험은 중시되고 비상한 주목을 받지만, 그 이야기를 듣는 짐꾼 신드바드의 경험이나 반응은 전혀 주목받지 못한다. 짐꾼 신드바드는 이야기를 이끌어 내는 역할만 할 따름이다.

---

26 When the evening feast was ended, Sindbad the Sailor gave Sindbad the Porter a hundred pieces of gold, and the company departed, marvelling at all they had heard. Next morning the porter returned and, when the other guests had arrived, Sindbad the Sailor began(p. 151)

이에 반해 『청구야담』의 액자는 다른 역할을 한다. 「대인도상객도잔명」은 이렇게 시작된다.

> 청주의 한 상인이 미역을 사러 제주도에 갔을 적에 어떤 남자가 땅을 짚고 이리저리 왔다 갔다 하다가 배 앞에 와서는 손을 잡고 뛰어올랐는데 백발에 젊어 보이는 얼굴이었지만 다리가 없었다. "노인장께서는 어떻게 하여 두 발을 잃으셨소?"라 상인이 물으니 "소싯적 표류할 때 두 다리를 고기에게 먹혔기 때문이지요"라 대답했다. "상세한 이야기를 들어볼 수 있겠습니까"하니[27]

청주의 상인은 미역을 사러 제주도로 가는 배를 탔다가 두 다리가 없는 백발노인을 만난다. 상인은 충격을 받았다. 이같이 뜻밖의 경험을 하고 충격을 받는 것은 익숙한 공간에서 이루어지기 어렵다. 낯선 공간에서 그런 경험을 할 가능성이 훨씬 크다. 주인공을 상인으로 설정한 것도 낯선 공간을 확보하기 위한 것이다. 상인은 상품을 사고팔기 위하여 끊임없이 방방곡곡을 전전하게 마련이다. 이 작품의 상인도 청주에서 제주도까지 이동할 계획이었다. 그 이동 중에 백발노인을 만났다. 백발노인이 스스로 경험했다고 말하는 내용은 실제로 있었던 일이 아니다. 그리고 그 경험 내용도 황당한 것이다. 키가 수십 장이나 되는 거인이 바다 한가운데 섬에서 살고 있다는 것이나 사람을 통째로 구워 먹는다는 것이나 한 발자국이 5, 6간이 넘는다는 것 등은 현실적이라 보기 어렵다.

---

27 淸州商人以貿藿事. 入於濟州. 有一人着地盤旋而來. 當船則以手躍把船閾而跳入. 白髮韶顏無脚男子也. 商人問曰: "翁胡然而無兩股乎?" 曰: "吾少日飄風時, 兩脚爲魚所食故也." 曰: "請問其詳."(청구 상 147)

그렇다면 상인이 제주도로 가는 배에서 백발노인을 만났다는 것도 허구일 가능성이 크다. 그럼에도 불구하고 두 사람이 만난 것으로 설정함으로써 백발노인의 경험이 실제로 있는 것이라는 인상을 주게 만들었다. 상인이 적극적으로 요청하여 노인의 독특한 자기 경험 이야기를 직접 듣는 것으로 설정했기 때문일 것이다. 이런 서술법은 19세기 야담에서 유행하던 '경험자의 자기 경험 진술'이라는 서술법을 활용한 것이라고 볼 수 있다.

이상을 통해 『아라비안나이트』의 「선원 신드바드와 짐꾼 신드바드」 이야기와 『청구야담』의 「대인도상객도잔명」은 중간 단계를 여러 번 거쳐서 서로 이어진다고 하겠다. 그 귀결점으로서의 「대인도상객도잔명」의 존재는 19세기 야담에서 '경험자의 자기 경험 진술'이란 서술법을 적극 활용함으로써 새로운 분위기를 창출했다고 하겠다.

19세기 조선 야담집은 국가의 경계를 넘어서 다른 나라의 서사 작품들을 수용했다. 그것은 구연의 단계보다는 기록, 편찬의 단계에서 더 적극적으로 이루어졌다. 『아라비안나이트』의 「선원 신드바드와 짐꾼 신드바드」 이야기와 『청구야담』의 「대인도상객도잔명」은 그 내용과 서술 방식이 유사하다. 특히 서술 방식에 있어, '경험자의 자기 경험 진술'을 보여준다. 그런데 이런 서술 방식은 『아라비안나이트』에서는 특별한 경우에 해당하지만 『청구야담』에서는 일반적 경우에 해당한다. 『아라비안나이트』는 '상상의 과장하기', '꿈의 위장하기'를 그 서사 문법의 중심에 놓고 있다면, 우리 야담은 '경험의 이야기하기와 듣기', '경험의 위장하기'를 서사 문법의 핵심으로 삼은 것이다. 이것은 현실의 경험과 그 경험의 공유를 중시하는 조선 사람들의 심성의 발현이라고 볼 수 있다. 물론 이렇게 상반된 서사 문법이 한 작품에서 공존하는 사례가 더 많기는 하지만, 그런 경우도 어느 쪽의 성향으로 수렴된다는 것은 분명하다.

「선원 신드바드와 짐꾼 신드바드」는 『아라비안나이트』 속에서 거의 예외적인 경우에 해당한다. 『아라비안나이트』의 수많은 액자 속 이야기 중 오직 「선원 신드바드와 짐꾼 신드바드」만이 우리 야담집에 뿌리를 내리고, 점점 그 '경험의 이야기하기와 듣기' 쪽으로 서사 폭이 확장되었다는 사실이야말로 경험과 그 경험에 대해 이야기하기, 남의 경험에 대해 듣기 쪽에 경사된 야담의 고유한 특징을 증명해 준다고 하겠다.

5. 메타포와 직설: 『해탁』과 『동야휘집』

이원명李源命(1807~1887)은 『동야휘집』 속으로 다른 야담집 소재 작품을 전재하면서도 중국 고사故事를 많이 차용한다. 가령 「수의태방다모가」繡衣紿訪茶母家 번쾌樊噲와 설인귀薛仁貴의 고사를 활용한다면, 「축녹객해박논교」逐鹿客解縛論交는 '홍문연鴻門宴 고사'를, 「장선폐동녀증약」藏扇幣童女證約에서는 '왕릉王陵과 범방모范滂母의 고사'를 활용했다. 이들 작품들은 주로 등장인물의 말 속에 고사를 구사한다.[28] 중국 고사는 서술자가 등장인물의 처지나 사건의 상황을 설명할 때 활용되기도 하지만, 등장인물이 자기의 생각을 상대에게 그럴듯하게 전하려 할 때 활용되기도 한다. 특히 후자의 경우 고사를 알 리 없는 무식한 인물이 고사를 이해하지 못하는 상대 인물에게 고사를 구사하기에 어색하다. 그런 점에서 고사를 활용한 주체는 등장인물이 아니라 편찬자 자신이라고 할 수 있다. 편찬자

---

28 이 양상에 대해서는 두정님, 「『동야휘집』 연구」, 서울대 석사학위논문, 1990; 임완혁, 「문헌전승에 의한 야담의 변모양상: 『동패락송』과 『계서야담』, 『청구야담』, 『동야휘집』의 관계를 중심으로」, 성균관대 박사학위논문, 1997, 191~198면 참조.

이원명은 사대부로서 가지는 교양으로서 고사를 구사함으로써 그것이 독자들에게 흥미 있게 받아들여지기를 원했을 것이다. 나아가 구연 이야기를 기록한 한문 야담의 투박한 문체를 좀 '세련'된 것으로 만들려 하기도 했을 것이다. 이로써 한문 야담은 단순한 기록이라는 성격을 떨쳐 내고 사대부의 글쓰기라는 성격을 띠게 되었다.

『동야휘집』이 문체를 다듬기 위해 중국 고사를 끌어들였다는 것은 중국 문화에 대한 경도의 반영이라고도 할 수 있다. 중국 서사 작품들의 차용도 이 연장선에서 생각할 수 있다. 조선 야담집 속 일화들을 묶어서 새로운 작품으로 만드는 것이 한계에 봉착하자 중국 서사 작품을 차용하기로 한 것이다. 그것은 이미 관습화되어 널리 알려져 있는 중국 고사를 활용하는 것과는 비교되지 않는 큰 자극 효과가 있는 것이다. 문체에서의 중국 고사 활용이 중국 서사를 차용하는 것으로 나아갔다는 것은 야담집 전개에서 획기적 의의를 지니는 것이다. 이제 그 점을 좀 더 구체적으로 따져 본다.

이원명은 『동야휘집』을 편찬하면서 다른 문헌에 실려 있는 다양한 일화들을 활용하여 조합과 변이를 시도했다. 그런데 중국의 문헌들까지 끌어왔다는 점이 주의를 끈다. 청나라 심기봉沈起鳳(1740~?)이 지은 필기 소설집인 『해탁』의 작품들을 수용한 것은 이미 알려져 있다. 또 풍몽룡의 「장흥가중회진주삼」을 「환호구신구합연」還狐裘新舊合緣으로 번안하기도 했다. 그 외 『태평광기』에 실려 있던 전기소설 「이와전」李娃傳도 전유했다.[29] 『동야휘집』의 「섭남국삼상각리」涉南國蔘商権利(동야 하 532)의 경우이

---

29 『동야휘집』이 「이와전」을 전유한 구체적 양상에 대해서는 이강옥, 「『동야휘집』의 중국 필기소설 전유와 그 의미」, 『한국문학논총』 제48집, 한국문학회, 2008 4.30, 5~36면에서 상세하게 다루었다. 이 장에서는 그 대략을 제시한다.

다. 이 작품은 「왕남경정상행화」往南京鄭商行貨(청구 하 461)의 골격[30]에 「이와전」의 일부를 조합한 것이다.[31] 이원명이 「섭남국삼상각리」를 만들면서 덧붙인 내용을 순서대로 정리하면 다음과 같다.

1) 사업에 실패하여 처자까지 팔게 된 강남 상인 오씨에게 문건 없이 오천 금을 희사한 일
2) 북경 기생을 만나 남은 재물을 다 탕진하고 버림받는 일
3) 돈이 없어 아버지 시신을 고향으로 옮기지 못해 울부짖는 동수재 董秀才에게 이름도 묻지 않고 천금을 준 일
4) 여양역閭陽驛 점사에서 강도를 만나 남은 돈 모두를 털린 일

1)과 3)은 조선인이 중국에 가서 곤경에 처한 중국인을 조건 없이 도와주는 이야기로서 조선 야담집에서 두루 만날 수 있다.[32] 또 3)의 내용은 비록 공간이 조선이기는 하지만, 돈이 없어 집안 장례를 치르지 못하는 사람을 도와주는 이야기인 「강릉김씨」江陵金氏(계서야담 89), 「과금강급난고의」過錦江急難高義(청구 하 323) 등 야담을 통해 충분히 보완할 수 있는 것이다. 4)는 아주 소략한 강도 이야기일 따름이다.

이에 반해 2)는 특이한 점이 있다. 물론 사대부가 기생에게 재물을 다 털리고 버림받는 이야기가 조선 야담에도 적잖이 있다.[33] 그 기생들은

---

30 「왕남경정상행화」를 『동야휘집』이 직접 수용했다는 증거는 없다. 다만 「왕남경정상행화」가 『학산한언』에 이미 있던 것이 전재된 것이기에 이원명이 『동야휘집』을 편찬하면서 야담집들에서 익히 본 것 중 하나일 가능성이 크다. 「섭남국삼상각리」 후반부와 「왕남경정상행화」를 비교해 보면 직접 전재라고 보아도 무방할 것이다.
31 이강옥, 『한국 야담 연구』, 돌베개, 2006, 399면.
32 「곽지원홍순언」郭之元洪純彦(어우야담 239)
33 「허생자」許生者(계서야담), 「식보기허생취동로」識寶氣許生取銅爐(청구야담) 등이다.

대부분 평양 기생들로서 널리 알려져 있었다. 그리고 젊은 사대부의 돈을 수탈하는 방식이 너무 평면적이다. 그냥 돈을 탕진하게 만들고는 쫓아내려 하고 그때 사대부가 뭔가를 요구하면 마지못해 선물을 주게 되고 나중에 그게 큰 값어치가 있는 물건임이 밝혀져 사대부가 예기치 못한 행운을 누리게 되는 정도이다. 그런데『동야휘집』이 당면한 문제는 기생의 행동을 북경 기생 고유의 것으로 새롭게 제시해야 한다는 점이다. 그러는데 활용할 만한 작품이 조선 야담에도 있기는 하다.[34] 그러나 이원명은 조선 야담을 취하지 않았다.

그 이유는 이러하다고 추정된다. 먼저 조선 야담이 묘사하는 북경의 모습과 북경에서의 조선 사람들의 경험 내용이 구체적이지 않아 실감을 주지 못한다는 것이다. 그런 이유로 이원명이 새롭게 고안한 방법은 조선 야담집이 아닌 중국 문헌을 자료로 활용하는 것이었다.『태평광기』484권에 실려 있는「이와전」을 선택했다.「이와전」은 이미 중국에서『경세통언』警世通言의「옥당춘락난봉부」玉堂春落難逢夫로 개작되었고 조선에서는『왕경룡전』이란 한문소설로 번안되었다. 이 세 작품 중 이원명은 가장 앞선「이와전」을 선택했다.『동야휘집』은「이와전」의 핵심 부분을 전유함으로써 중국 북경 청루에서의 특별한 경험을 구체적으로 제시할 수 있었다. 물론 약간의 변개를 시도했다.[35]

이렇듯 이원명은「이와전」을 전유함으로써 야담의 공간을 확장시켰다. 이국 공간에서의 특별한 경험을 실감나게 기술하고 그것을 원 야담

---

34 「연천금홍상서의기」捐千金洪象胥義氣(청구야담) 등이다.
35 「이와전」원작에서는 만신창이가 되어 죽을 지경에 이른 생을 이와가 구원하여 재기하게 해 주고 자기도 신분 상승을 하는 쪽으로 나아갔지만,『동야휘집』은 이와가 생의 재산을 철저하게 빼앗고 냉혹하게 따돌리는 부분만 가져왔다. 이로써 북경 청루의 교활하고 비정한 남자 호리기가 아주 구체적으로 기술되었다. 이런 장면은 다른 조선 야담에서는 찾아보기 어려운 것이다.

작품과 긴밀하게 이어지도록 섬세한 수정과 변개를 했다.[36]

　『동야휘집』의 「섭남국삼상각리」가 일화의 조합 과정에서 보여준 이러한 성공적 사례는 야담사 전개의 새로운 국면을 암시한다. 그것은 조선 야담이 대부분 조선 공간을 배경으로 한다는 점과 관련시켜 생각할 필요가 있다. 조선의 야담은 조선에서의 새로운 현실 경험을 소중하게 생각하고 그것을 작품 세계 속으로 적극 담았다는 점에서 그 시대 어떤 갈래보다도 더 선도적 의의를 가졌다. 그런데 그 점은 서사적 경험의 세계를 조선에 한정시킬 수밖에 없다는 한계를 만드는 것이기도 했다. 가령 중국을 배경으로 한 많은 국문소설의 열린 서사 공간과 다채로운 상상 세계와 비교하면 야담의 서사 세계는 그 사실적 속성에도 불구하고 지나치게 좁다는 인상을 보여 왔던 것이다. 이원명은 「이와전」이라는 중국 전기소설을 과감하게 전유함으로써 적어도 배경 공간을 구체적으로 실감나게 확장시킨 성과를 거두었다.

　이런 이원명의 시도는 『해탁』의 작품들을 대거 수록하면서 더 대담하게 이뤄졌다. 중국 필기소설을 18편이나 집중적으로 끌어왔다는 사실은 예삿일이 아니다. 『해탁』과 『동야휘집』의 관계는 세 경우로 나타난다. 첫째 『해탁』의 한 작품 전체를 『동야휘집』 한 작품의 일부로 수용한 경우. 둘째, 『해탁』의 한 작품 전체를 『동야휘집』의 한 작품으로 수용한 경우. 셋째, 『해탁』의 두 작품을 『동야휘집』의 한 작품으로 수용한 경우 등이다.[37]

　조선 야담집을 편찬하면서 중국 작품 여럿을 가져올 수 있었던 것은

36　이에 대한 구체적 해명은 이강옥, 「『동야휘집』의 중국 필기소설 전유와 그 의미」, 『한국문학논총』 제48집, 한국문학회, 2008 혹은 이 책의 앞 장을 참조할 것.
37　그 수용의 방식과 사례는 이강옥, 앞의 책, 407~474면 참조.

중국 작품에 대한 거부감이 적었기 때문일 것이다. 이원명이 풍몽룡의 「장흥가중회진주삼」을 번안한 것도 이와 관련된다. 이 작품은 유부녀의 '패륜적' 음행을 다룬다는 점에서 충격적인 것임에도 불구하고 이원명은 그 골격을 거의 그대로 수용하였다. 이원명이 『동야휘집』으로 수용한 중국 서사 작품들이 조선야담집에서는 다소 예외적 자리에 놓인다는 사실은, 야담집 편찬자 이원명의 특별한 성향을 암시하면서 아울러 조선 야담의 특성을 짐작하게도 한다.

『동야휘집』은 스토리 라인이나 주제, 인물 형상, 배경 공간의 확장 등을 위해 『해탁』 작품들을 비롯하여 「이와전」, 「장흥가중회진주삼」 등을 가져왔다고 할 수 있다. 기존 조선 야담집 소재 작품들을 수용하는 경우는 경험적 사실이나 역사적 사실에 얽매이는 성격이 강한 반면, 중국 서사 작품들을 활용하는 경우는 역사적 사실에 대한 부담을 떨쳐 버리고, 과감한 형상화와 허구화를 시도할 수 있었다.

『동야휘집』의 중국 서사 작품 수용은 조선 사대부들이 중국 서적들을 자국의 한문 서적과 다를 바 없이 자유롭게 읽고 받아들인 분위기에서 이뤄졌다 판단한다. 이원명은 구연 야담을 기록하거나 조선의 다른 야담집 자료들을 옮기는 것과 같은 태도로 중국 필기소설들을 옮겼다. 그리고 어떤 인용 표시도 하지 않았다. 조선 야담은 일단 한문으로 기록되면서 중국 기록 문학과 소통할 기반을 마련한 것이다. 조선의 한문 야담과 중국의 필기소설은 한 제목 속으로 엮여도 그 흔적이 발견되기 어려울 정도로 근접하게 되었다. 이원명은 그 점을 적극 활용했다.

이원명이 『해탁』 작품을 수용한 것은 우언寓言 혹은 메타포에 대한 관심과 관련된다. 특히 『해탁』의 작품의 전체가 『동야휘집』의 한 작품으로 수용된 경우는 대체로 우언의 서술 양식을 취한 경우가 많다. 이원명은 '가볍고' '유쾌한' 야담에다 다시 무거운 관념을 부여하려 한 것이다.

이원명이 인식한 조선 야담은 사실주의 원리에 의한 직설의 수사를 지향한 것이다. 조선 야담이 등장인물의 자기 경험에서 출발한 것이기에 이런 수사적 경향은 당연하다 하겠다. 그러나 야담 듣기나 읽기가 계속되면서 사실주의에 의한 직설의 수사는 향유자를 식상하게 만들 여지가 있었다. 그리고 경험의 과시가 때로는 윤리나 교훈에 위배되는 경우를 종종 발견하게 된다. 이에 사대부 의식이 강한 이원명이 그런 야담을 쇄신하려 했다고 볼 수 있다. 『동야휘집』의 존재는 조선 야담이 동아시아 필기소설의 전통을 적극적으로 수용함으로써 사실주의 직설에다 메타포를 가미하려 했음을 증언한다. 야담의 수사적 영역을 확장한 것이다. 역사나 경험적 사실을 매개로 하여 교훈적 주제를 창출하던 조선 야담이 우언을 매개로 하여 새로운 주제[38]를 창출하는 단계로 나아가려 했던 것이다.

6. 결론

동서양 서사와 조선 야담을 비교할 때, 조선 야담은 보편성과 특수성을 두루 가진다고 볼 수 있다. 이전 서사의 수용과 변형, 액자 구조의 활용이라는 점에서 조선 야담은 보편성을 갖고 있다. 조선 야담은 이념 지향 면에서 조선적이고 중세에서 근대로의 이행기적 속성을 함유한다는 점에서 특수성을 갖고 있다. 후자의 특수성은 다시 『데카메론』이나 『삼언』, 『이박』 등이 가진 시대적 특수성과 소통하는 면이 강하다.

　조선 야담의 편찬자들은 구전 야담과 문헌 전승 야담들을 두루 모아 기록하는 과정에서 느슨한 개입을 하였다. 이런 태도 때문에 야담집에는

38　當然不是 "以史爲鑒", 而是以童話和寓言爲鑒(소의평, 앞의 논문, 214면)

편찬자의 세계관뿐만 아니라 그 이전 야담의 전승 집단이나 개인의 생활 이념이 두루 관철되었다. 반면, 『데카메론』이나 『삼언』, 『이박』 등에서는 작자들이 기존 서사들을 적극 수용하기는 했지만 처음부터 적극적으로 계획을 세워서 재창조한다는 의도를 강하게 갖고 있었다. 그 결과 이들 작품에는 작자의 이념이나 세계관이 강하게 관철되었다. 상대적으로 보아, 야담의 형식적 느슨함은 다양한 세계관을 담는 데 적절했다. 그 점이 야담의 특징이면서도 가치라 할 수 있겠다.

'경험자의 자기 경험 진술'이란 조선 야담 고유의 서술 형식은 말 그대로 현실 경험을 편리하게 수용할 수 있는 그릇이었고, 아울러 허구 세계를 만들어 담을 수 있는 그릇 역할도 할 수 있었다. 그렇게 되면 조선 야담은 현실 경험과 상상적 경험을 아우르는 폭이 넓은 서사 세계를 확보할 수 있었을 것이다. 그러나 그 서술 형식이 유용하게 활용되지는 않은 듯하다. 현실 경험을 전유하여 허구 세계를 만들어 내는 작자층이 적절한 시점에 형성되지 않았기 때문일 것이다. 이원명은 조선의 경험을 전유하여 허구를 창출하기 보다는 이미 허구화되어 있던 중국 서사를 전유하는 데로 나아갔다. 다양한 서사의 자유분방한 창출 앞에서 사대부가 머뭇거린 셈이다. 조선 말기의 지나친 교조적 관념적 분위기에서 현실 경험을 담을 수 있는 야담의 입지가 좁아진 탓이기도 할 것이다.

그럼에도 불구하고 동서양 서사와 조선 야담을 비교할 때, '경험자의 자기 경험 진술'이라는 서술 형식이 조선 야담만이 내세울 수 있는 특징이라는 것은 분명하다. 이를 바탕으로 하여 낙관주의나 불굴의 정신, 선린의식 등이 형성되었다. 어떤 난관에도 절망하지 않고 희망의 불씨를 살려 내는 민중의 의지 등이 야담 작품마다 관철되고 있는 바, 이 점은 부각시킬 가치가 있다. 가부장제적 가족주의가 그 틀을 제공했다는 것도 사실이다. 대부분 야담의 결말은 남자는 벼슬을 하고 여자는 벼슬을 한 남자와 결혼을 한다는 것이다. 이것은 타인으로부터 공적인 인정을 받고 가족의 한 구성원이 되어야만 온전한 일생이 된다는 의식이 야담에 지나치게 강하다는 것을 말해 준다. 가족주의는 가족 구성원 사이의 신뢰와 원조가 야담 작품에 뚜렷이 형성되게 하였다. 가령 야담에서 큰 비중을 차지하는 보은담은 가족 간 보은 정신 혹은 효孝가 사회적 단위까지 확산된 것이며 마침내 사람과 동물 사이의 관계에까지 나아간 것이다. 사람과 사람, 사람과 자연 사이의 이런 돈독한 관계가 지속되게 한 것도 가족주의다. 가족주의는 근대와 탈근대의 도정에서는 억압 기제의 혐의를 받고 있지만, 적어도 야담의 서사에서는 가족주의가 여러 가지 가치를 창출하는 터전이 되었다.

생활 이념이 소중한 것은 두말할 여지가 없지만 야담에 두루 관철되고 있는 유가 이념 역시 야담의 가치를 떨어뜨리는 것으로만 해석할 수는 없다. 이원명이 『해탁』을 『동야휘집』으로 수용하는 과정에서도 유가 이념은 개입하여 중요한 조절 작용을 했다. 「기혼」奇婚(해탁)→「타환술전해기연」墮幻術轉諧奇緣(동야휘집)의 과정을 보자. 「기혼」에서 아버지는 남의 물건을 탈취하는 일이 잘 되도록 빌기 위해 사람을 죽여 신에게 제사를 지내는데, 그때 제물로 바칠 사람을 유인하기 위해 딸을 미끼로 이용했다. 그러나 그 딸은 아버지를 배반하고 탈출한다. 이는 유가적으로 보면 쌍방으로 패륜이 자행된 셈이 된다. 이원명은 그 패륜을 용인하기 어려웠다. 그래서 아버지를 오빠로 바꾸었다. 또 「향분지옥」香粉地獄(해탁)→「우신부인몽성친」遇新婦因夢成親(동야휘집)의 과정에서도 비슷한 면을 찾을 수 있다. 아버지가 이승에서 돈을 착복했다고 그 딸을 저승으로 보내어 청루에서 몸을 팔게 하는 「향분지옥」의 내용에 대해 이원명은 "그 딸을 조사해 청루에 들게 하여 빚을 갚게 하는 것은 크게 잘못된 일이다"라고 비판했다. 부자자효父慈子孝의 유가 윤리에 어긋나기 때문이다. 이와 같이 중국의 『해탁』을 『동야휘집』으로 수용하면서 유가 이념의 입장에서 변개한 사례는 더 많이 찾을 수 있다. 그것은 편찬자가 유가 사대부이기 때문만은 아니다. 조선 야담에는 사대부의 유가 이념과 함께 민중들에게 내면화된 유가 이념도 여전히 작용하고 있음을 말해 주는 것이다. 중국의 소설에서보다 조선의 야담에서 유가 이념이 더 강하고 지속적으로 실현된다는 현상을 오늘날의 입장에서 어떻게 해석하고, 그것을 세계인에게 어떻게 설명해야 할 것인가는 우리에게 남겨진 과제일 수 있다.

야담의 세계화는 크게 둘로 나누어 생각할 수 있다. 첫째, 야담 작품을 번역하여 다른 나라에 제공함으로써 세계적 독서물로 만드는 것이다. 다양한 매체에 적절한 문화 콘텐츠로 전환할 수도 있다. 둘째, '보편적' 서사 담론의 장속에 야담 서사 담론이 들어가게 하는 것이다. 첫째와 관련하여 생각해 보면, 우리 야담 작품 자체가 이미 세계화의 길에 한 발자국 먼저 내디뎠다고 할 수 있다. 전기소설이 동아시아 문화적 관습에 힘입어 동아시아 제국과 보조를 맞출 수 있었지만, 야담은 이미 정돈되어 있던 갈래의 관습을 활용할 수 없었다. 『동야휘집』이나 『청구야담』은 이런 여건에서 나름대로 다양한 시도를 하였다. 조선 야담은 그 고유한 보편성을 간직하면서도, 경계를 넘어 외국의 서사 작품들을 전유한 것이다. 이는 역으로 조선 야담의 세계가 세계적 공감을 가져올 가능성을 암시하는 것이다. 더 많은 연구자와 번역가들이 야담의 번역과 응용에 동참해야 할 것이다. 둘째와 관련하여 생각해 보면, 글로컬 시대를 살아가는 우리 연구자들이 야담의 이런 선도적 세계화 정신을 적극 포착하여 활용하는 연구를 시도해야 한다고 하겠다. 세계 서사 담론의 생산과 유통의 장에 야담 서사를 들어가게 하는 것이다. 야담 자체에서 추출한 야담 서사 이론이 세계 서사 이론의 한자리를 차지하기까지 일정한 과정이 필요하다. 우선 생각할 수 있는 것은 서구 서사학자들에게 익숙한 서사와 서사 담론을 매개로 하여 그들과 만나는 것이다. 그러기 위해서는 그들에게 익숙한 서사와 서사 담론을 통하는 길을 우리가 먼저 개척해야 한다. 그들로 하여금 그들에게 익숙한 서사와 서사 담론 가까이에 우리 야담을 데려가 달라고 요청하기보다는, 우선 우리가 우리 야담을 그들에게 익숙한 서사 및 서사 담론과 먼저 연결시키는 것이 필요하다. 야담에 대한 우리의 비교문학적 연구는 그런 연결 고리들을 제공할 수 있을 것이다.

Ⅲ

야담의 세계 인식과
서사 기제

야담의 기이 인식 —『학산한언』을 중심으로

1. 머리말

'현실적'인 이야기와 '비현실적'인 '기이奇異한' 이야기가 야담집에 공존하는 현상은 야담이 현실 경험을 바탕으로 했을 뿐만 아니라 과거로부터 전승되던 전설이나 민담을 발전시킨 것이기도 하다는 점에서 당연하다고 하겠다. 아울러 야담집을 편찬한 사대부가 현실적인 내용에 대해서는 물론 기이한 이야기에 대해서도 긍정적인 의미를 부여했기 때문일 것이다. 그런 점에서 현실적인 이야기와 기이한 이야기를 모순 관계로만 보지 말고 그들이 공존하게 된 논리를 찾아보는 것이 더 바람직한 접근 태도일 것이다. 저자는 이런 문제의식에서 『학산한언』鶴山閑言의 현실 지향과 비현실 지향의 공존 양상과 공존 논리를 검토한 바 있다.[1]

이 장에서는 그 논리를 바탕으로 하여 『학산한언』의 편찬자 신돈복辛敦復(1692~1779)의 기이관의 기저를 살피고 그런 기이관이 어떤 의의를 지닐 수 있는지 생각해 보고자 한다. 특히 송시열宋時烈(1607~1689)의 기

---

1 이강옥,「초기 야담집 학산한언의 서사지향 연구: 현실지향과 비현실지향」,『구비문학연구』17집, 구비문학회, 2003.

이관을 신돈복이 수용한 양상을 밝히고자 한다.

『학산한언』에 실려 있는 기이한 이야기는 크게 두 성향과 연결된다. 첫째가 귀신과 관련된 것이고 다른 하나는 신선과 관련된 것이다. 귀신과 신선은 현실의 일상적 인물은 아니라는 점에서 비슷하지만 그 본질은 상당히 다르다. 이렇게 본질이 다른 두 요소가 어떤 인식적 기저에서 『학산한언』을 구성하게 되었는가를 밝히고 그것들이 어떤 역할을 하게 되었는지도 탐색해 보겠다.

2. 송시열 기이관의 『학산한언』 수용

『학산한언』에 기이한 이야기를 많이 수록한 것은 임방任埅(1640~1724)이 편찬한 『천예록』과 연관이 있다. 『천예록』 역시 기이한 이야기를 적잖이 싣고 있는데, 그중 「기신회수섭폐의」忌辰會羞攝弊衣(천예록[2] 450)는 「서약봉」徐藥峰(학산[3] 444)과 거의 같은 작품이라고 할 수 있다. 신돈복은 임방 및 그 아들 임정원任鼎元과 매우 가까운 사이였기에[4] 신돈복이 『천예록』의 「기신회수섭폐의」를 읽어 보았을 것이다.[5]

신돈복과 임방은 기이奇異에 대한 인식을 공유했을 가능성이 크다. 임방은 사계沙溪 김장생金長生(1548~1631)의 문하였는데, 김장생의 학문은 송시열에게 이어졌다. 또 임방의 부친 임의백任義伯(1605~1667) 역시

2　『교감 역주 천예록』, 정환국 역, 성균관대학교 출판부, 2005.
3　『학산한언』, 『한국문헌설화전집』 8, 태학사.
4　김영진, 「유만주의 '한문단편'에 대한 일고찰」, 『대동한문학』 13집, 대동한문학회, 2000, 30면.
5　물론 『학산한언』 말미에 "약봉의 후손 종익이 말해 주었다"(藥峰後孫宗益云)〔학산 445〕는 구절을 고려한다면 별개로 이루어졌을 가능성도 있다.

송시열과 절친한 친구 사이였다. 그래서 임방은 김장생과 송시열의 학맥을 잇게 되었다. 이들은 모두 서인-노론 가문 출신이다.[6] 더 큰 맥락에서 본다면 18세기 초『천예록』에서부터 19세기 초『계서잡록』의 편찬에 이르기까지 야담집을 편찬한 임방, 임매任邁, 신돈복, 안석경, 노명흠, 홍취영, 심윤지, 심능숙, 이희평, 유만주 등은 대부분 경화 노론계 문인들이다.[7]

『천예록』과『학산한언』의 기이에 대한 관심과 그에 대한 적극적 의미 부여는 노론계 학풍과 연결되어 결국 송시열의 생각으로 귀착된다. 과연 신돈복은『학산한언』에서 송시열의 기이 관련 학설을 거듭 인용하고 있다. 또「우암집」尤菴集(학산 433)[8]에서는 송시열의 증조부이며 을사사화 때 죽은 규암圭菴 송인수宋麟壽와 송인수의 아버지 송세량宋世良과 관련된 기이한 이야기를 그대로 옮기기도 했다.

송시열의 기이에 대한 인식은 그 문인인 최신崔愼(1642~1708)이 지은『최신록』崔愼錄에 자세하게 나타난다. 최신은 평소 기이한 현상들에 대해 관심이 많았고 그래서 기회가 있을 때마다, 기이한 현상들을 어떻게 이해하고 받아들여야 할지 스승 송시열에게 물었다. 송시열은 그때마다 자상하게 답변해 준다. 최신은 그 문답의 결과를『최신록』에다 기록한 것이다.

신돈복은『최신록』의 기록을 열람하고 일부를『학산한언』에 그대로 옮겼다.「최신화양견문록왈」崔愼華陽見聞錄曰(학산 429),[9]「최신화양견문록유왈」崔愼華陽見聞錄有曰(학산 433)[10] 등이 그 예인데, 이 단편들은『최신록』

<hr>

6 이상 정용수,「임방의 문학론 연구」,『부산한문학연구』제12집, 동양한문학회, 1998, 291~292면 참조.
7 김영진, 앞의 논문, 59면.
8 이것은『송자대전』권215, 178~179면에도 실려 있다.『학산한언』이『송자대전』으로부터 그대로 옮긴 것이다.
9 『최신록』,『宋子大全』Ⅷ,『한국문집총간』115, 민족문화추진위원회, 540~541면.

에 실려 있는 기이 관련 문답의 일부이다. 『최신록』에 실려 있는 기이 관련 문답들을 모두 신돈복이 긍정적으로 읽은 것은 분명하다.

먼저 「최신화양견문록왈」은 풍수설을 둘러싼 최신과 송시열의 문답 내용이다. 지리설을 믿을 만한가라고 최신이 묻자 송시열은 "산은 근본은 같지만 끝이 다르고, 물은 근본은 다르지만 끝은 같다"(山本同而未異, 水本異而未同)라는 주자朱子의 말을 인용하여 땅의 기운으로부터 무덤 속 관이 어떤 영향을 받는지 예를 들어 설명한다. 즉, 어떤 사람이 묘를 썼는데 묘 가운데서 딱딱이 소리가 들렸다. 얼마 뒤 그 자손들이 모두 망했는데, 묘를 파 보니 돌이 관 옆을 쳐서 관을 파손시켰더라는 것이다. 이 기이한 현상에 대해 송시열은 주자의 '지중풍'地中風 개념을 활용해 해석하고 다시 주자와 그 문인의 문답을 소개했다.

「최신화양견문록유왈」은 귀신의 실재 여부와 관련된 문답이다. 귀신이 있는가라고 최신이 묻자 송시열은 "있다"고 분명하게 대답한다. 그리고 허우許雨란 사람이 겪은 귀신 이야기를 들려준다. 허우의 집에 귀신이 지폈다. 귀신은 형체를 나타내지는 않았지만 사람 말소리를 냈다. 허우가 귀신에게 갖가지 질문을 하자 귀신은 자세히 대답하기도 한다. 귀신과 사람의 관계는 사람과 사람의 관계와 다를 바 없다는 것이다. 서로 좋아하거나 싫어하며 서로 물리치기도 한다. 끝에서 "사람이 귀신을 두려워하는 것처럼 귀신 역시 사람을 두려워한다"[11]고 요약한다.

이 두 단편은 기이의 가장 중요한 두 영역을 다루었다. 전자는 기이한 자연 현상과 산 사람의 관계를 다루었다. 후자는 귀신과 산 사람의 관

---

10 『최신화양견문록』은 『최신록』과 같은 책인데, 『송자대전』의 부록으로 실려 있는 『최신록』에서 이 글은 보이지 않는다. 아마 전재하는 과정에서 탈락되지 않았는가 한다.
11 古人云: "人畏鬼, 鬼亦畏人."(학산 434)

계를 다루였다. 『최신록』의 많은 기이 관련 문답 중 가장 핵심적인 두 단편을 선별한 데서도 신돈복의 기이 인식 수준을 짐작할 수 있다.

이 점을 염두에 두며 송시열의 귀신론을 좀 더 체계적으로 이해할 필요가 있다. 『최신록』에 이런 구절이 있다.

(내〔최신〕가 여쭈었다.) "『중용』에 '(귀신은) 만물의 본체가 되기에 버릴 수 없다' 했습니다. 이로 본다면 귀신이 깃들지 않은 사물이 없다 하겠습니다. 사람의 몸에도 귀신이 없지 않겠지요. 이런 (주장은) 사람이 죽으면 귀신이 된다는 설과는 같지 않은 듯한데 왜 그럴까요?" 선생께서 대답하셨다. "'(귀신은) 만물의 본체가 되기에 버릴 수 없다'는 (『중용』의) 구절은 천지 사이에 굽히고 펴고 가고 오는 음양의 실제 이치가 귀신 아닌 것이 없다는 뜻이지. 사람이 죽으면 귀신이 된다는 설을 살펴보자. 혼은 올라가 하늘로 돌아가고 백은 내려가 땅으로 돌아가니 이때 말하는 혼백이 귀신이다. 비단 사람에게서만 그러한 것이 아니라 금수에게서도 그러하니 이런 설은 '(귀신은) 만물의 본체가 되어 버릴 수 없다'고 하는 (『중용』의) 설과는 같지 않은 것이다.[12]

여기서 송시열은 먼저 귀신을 천지 만물이 존재하는 원리로 보았다. 이런 견해는 『중용』에서 시작된 것이다. 아울러 귀신을 사람이나 동물이

---

12 問: "中庸曰, 體物而不可遺, 以此觀之, 鬼神無物不在, 雖至於人之一身, 莫不具鬼神也. 此與人死爲鬼之說不同, 何也?" 先生曰: "體物而不可遺者, 天地間屈伸往來底陰陽之實理, 無非鬼神也. 若夫人死而爲鬼之說, 魂升而歸於天, 魄降而歸于地, 卽所謂魂魄, 卽是鬼神, 非但人爲然, 禽獸亦然, 此與體物而不可遺者不同也."(『최신록』, 『宋子大全』VIII, 『한국문집총간』115, 민족문화추진위원회, 557면)

죽어 형성되는 혼백으로 보기도 했다. 그리고 양자를 다른 것으로 이해했다. 그런데 위에서 언급된 『중용』의 구절은 다음과 같다.

① 공자께서 말씀하시기를 귀신이 덕이 되는 것이 성대하도다 했다.
② (귀신은) 보려 해도 보이지 않고 들으려 해도 들리지 않지만 만물의 본체가 되어 버릴 수가 없다.
③ 천하 사람으로 하여금 재계하고 깨끗이 하여 제사를 받들게 하니 충만한 것이 위에 있는 것 같기도 하고 좌우에 있는 것 같기도 하다.[13]

여기서 ①②가 설명한 귀신은 천지 만물의 본체가 되는 존재이다. 이에 반해 ③에서 제사를 지내는 대상은 악岳, 해海, 독瀆, 명산名山, 대천大川 등뿐만 아니라[14] 사람이 죽어서 된 귀신까지 포함할 수 있을 것 같다. 공자의 주에 '훈호처창'薰蒿悽愴이란 구절이 보이기 때문이다.[15] '훈호처창'이란 향의 향기가 올라가면서 신령의 기가 사람을 엄습한다는 뜻이니, 실체로서의 귀신을 전제하는 말이다. 그렇다면 『중용』은 귀신을 천지 만물의 본체가 되고 만물 생성의 힘이 되는 것으로 규정하고 거기에 사람이

---

13 ① 子曰: "鬼神之爲德, 其盛矣乎!" 〔(주)程子曰: "鬼神天地之功用, 而造化之迹也." 張子曰: "鬼神者, 二氣之良能也." 愚謂以二氣言, 則鬼者陰之靈也, 神者陽之靈也, 以一氣言, 則至而伸者爲神, 反而歸者爲鬼, 其實一物而已. 爲德猶言性情功效.〕
② 視之而弗見, 聽之而弗聞, 體物而不可遺.〔(集疏)...鬼神無形與聲, 然物之終始, 莫非陰陽合散之所爲, 其爲物之體, 而物所不能遺也. 其言體物, 猶易所謂幹事.〕
③ 使天下之人, 齊明盛服, 以承祭祀, 洋洋乎如在其上, 如在其左右.(『중용설』中庸說, 『한문대계』1, 富山房, 1972, 9면)
14 이에 대해서는 조동일, 『한국의 문학사와 철학사』, 지식산업사, 1996, 402~403면 및 한영우, 『조선전기사회사상연구』, 지식산업사, 1983 참조.
15 孔子曰: "其氣發揚于上, 爲昭明焄蒿悽愴."(『중용설』, 15면)

죽어 된 귀신을 배제하지 않았다고도 볼 수 있을 것이다.

그러나 송시열은 『중용』이 '천지 만물의 존재 원리로서의 귀신'만을 말했다고 이해했다. 그러면서 '사람이 죽어서 되는 귀신'의 개념을 배제하려 했다. 이같이 일단 사람이 죽어서 되는 귀신을 『중용』의 사유 대상에서 배제한 뒤, 그에 대해서는 따로 아주 특별하게 논의했다.

> (내가) 물었다. "사람이 죽으면 혼백이 각기 하늘과 땅으로 돌아가 하늘과 땅에 동화된다 합니다. 그런데 오래 되어도 소멸되지 않는 경우가 있습니까?" "오래되면 없어지니 무궁하다는 이치가 어찌 있겠는가." "옛 유학자들은 '훈호처창'이 귀신의 광경이라 했습니다. 귀신은 모양과 색깔이 없다 하는데 어찌 광경이 있을 수 있습니까?" 대답하시기를, "사람 죽은 집에는 혹 이상한 기운이 눈에 보인다. 이것이 (귀신의) 광경이라 할 수 있다."[16]

여기서 최신은 '사람이 죽어서 되는 귀신'에 초점을 맞추어 집요하게 질문을 던졌다. 귀신이 땅·하늘에 동화되는 것, 귀신의 모양과 색깔이 존재하지 않은 것 등에 대해 물었다. 이에 대한 송시열의 대답은 사람이 죽어서 되는 혼백이 곧 귀신이며 귀신은 모양과 색깔이 없지만 특별한 경우 잠시 형체를 나타낼 수도 있다고 했다. 이때 특별한 경우란, 죽음이 자연스럽지 않은 경우다. 그런 점에서 귀신 현상을 도덕적 가치 판단과 관련시켰다 할 수 있다. 그러나 혼백이 곧 하늘과 땅으로 동화되듯 귀신의 형

---

16 問: "人死而魂魄, 各歸天地, 則與天地同, 其久而無有滅盡之時否?" 曰: "久則無也, 豈有無窮之理耶?" 問: "先儒以烝蒿悽愴, 爲鬼神之光景, 鬼神無形色, 則豈有光景耶?" 曰: "今有人死之家, 或不無異氣之見於目者, 此可謂光景也."(최신록 557)

상도 사라지게 된다.

최신은 거기에다 불교의 윤회설에 대한 송시열의 교시 내용도 기억하여 전한다.

또 말씀하셨다. "불교의 윤회설은 심히 허탄한 것이지만 간혹 그럴듯할 때가 있지. 옛날에 한 사람이 태어났는데 피부에 돼지 털이 나 있었다. 주자는 그것이 돼지의 기운을 얻어 태어났기 때문이라 하셨다. 이처럼 간혹 그럴듯하지만 지극히 드문 일일 따름이다. 불교의 설명처럼 사물마다 모두 윤회하여 태어나는 것은 아닌 것이다."[17]

윤회는 일반적이라 인정될 수 없다. 사람이 죽으면 그 혼백이 흔적을 남기지 않고 하늘과 땅으로 되돌아가기 때문이다. 윤회를 아주 제한적인 특별한 경우에만 인정한 것이다. 이와 관련해서는 신돈복도 주자의 말을 인용한 바 있다. 즉, 김귀봉金貴奉의 환생담[18]을 옮긴 뒤 다음과 같이 주자의 말을 인용했다.

주자서에 이르되 혹 묻기를 "불교에는 전생 후생의 설이 있는데 어떠합니까?" 하자 주자가 대답하기를 "죽으면 기가 흩어지고 사라져 종적도 없어지는 것이 일상적이다. 탁생하는 것은 우연하게 (기가) 모여 흩어지지 않고 생기生氣에 붙어 되살아난 것이다. 그러나 그것은 일상적인 것이 아니고 간혹 그러할 뿐이다"라 하였다.[19]

---

17 又曰: "釋氏輪回之說, 甚爲虛誕, 而或有時適然者矣. 古有人生而膚有猪毛者, 朱子以爲禀得猪氣而生者也. 此或時適然而極其稀罕之事, 非如釋氏說, 物物皆輪回而生者也."(최신록 557)

18 「김귀봉」金貴奉(학산 427)

19 朱書曰: "或問, 佛有前後身說, 是如何?" 朱曰: "死而氣散泯然无跡者, 常也. 托生者, 是偶然聚

윤회와 관련하여 신돈복이 인용한 주자의 말이나 송시열이 인용한 주
자의 말은 비슷한 내용이다. 윤회는 특별한 경우만 이루어진다는 것이다.
또 「최신화양견문록」에는 염라대왕에 대한 송시열과 최신의 문답이
실려 있어 흥미롭다.

선생이 이르셨다. "나 역시 죽었다 살아난 사람을 많이 보았는데 그
들 모두가 '들어가서 염라왕을 만났'고 했다. 경상도 거사 정억이
란 사람도 역시 죽었다 다시 살아났는데 염라왕을 만났다고 스스로
말했다. 그러고는 염라왕이 시를 지어 주며 그를 배웅했다는데 그
시는 이러하다.

정억은 그 이름이요 자는 대년
표연히 자미선을 찾아왔구나
칠순칠석에 다시 만나리니
인간 세상으로 돌아가 함부로 발설치 말라

그 사람은 평소 문자를 모르는데 이 시를 능히 외워서 사람들에게
전했고 또 과연 77살에 죽었다. 세인들이 염라왕을 믿게 되는 것은
대개 이와 같은 일에서 비롯되는 것이다. 이것이 알 수 없는 이치가
아니겠는가?" "사귀邪鬼의 소행인 듯한데 어떤지 모르겠습니다." "그
렇다."[20]

得不散, 着生氣再生, 然非其常, 盖有或然者."(학산 428~429)
20 先生曰: "我亦見其死而復生者, 多矣, 而皆云入見閻羅王矣. 至於慶尙道地, 有所謂居士鄭億
者, 亦嘗死而復生, 自言, 入見閻羅王, 王作詩送之曰: '鄭億其名字大年, 飄然來訪紫微仙, 七旬七夕
重相見, 歸去人間莫浪傳.' 云. 其人素不識文字, 而能誦此詩以傳於人矣. 其人果死於七十七歲, 世

정억이란 사람이 한문을 모르는데 염라대왕이 그를 배웅하면서 지어 주었다는 한시를 정확하게 외우고 있다는 사실은 염라대왕의 실존을 뒷받침하는 근거가 될 수도 있다는 점을 송시열은 완전히 부정하지 않았다. 그 점에 대해서는 송시열이 판단을 유보하고 있는 듯한 인상을 준다.

이처럼 최신과 송시열이 '사람이 죽어서 되는 귀신'이나 '죽어서 가는 저승'에 대해 거듭 언급한 것은 제례祭禮를 정립하려는 동기와 관련된다. 예론의 대가로서 송시열은 제사에 대해 다양하게 성찰했다. 이 점은『송자대전』 전편에 나타날 뿐만 아니라『최신록』에서도 큰 비중을 차지한다. 가령 송시열은 죽은 자에 대한 예를 산 자를 받드는 예보다 더 두텁게 해야 하는 이유에 대해 "산 자는 스스로 먹을 수 있는 것이 있지만 죽은 자는 자손이 먹여 주지 않으면 먹을 게 없다"고 설명했다.[21] 또 송시열의 증조부 규암圭菴 송인수宋獜壽가 을사사화 때 살해되던 날 그 아버지 송세량宋世良의 신주가 감실 밖으로 나와 벽을 쳤다는 기이한 이야기에 대해, 송시열은 고조부의 정신 기백이 보통 사람에 비해 크게 달랐으며 또 부자간의 지정至情이 유명幽明의 사이도 넘어섰다는 해설을 덧붙였다. 마침내 "제사에 성실하지 않은 자손은 크나큰 죄인이다"[22]라는 결론을 이끌어 냈다.

송시열은 부자간 지극한 정이 기이한 유명의 현상을 일어나게 했다고 봄으로써, '사람이 죽어서 되는 귀신'을 실재하는 존재로 인정하기에 이른 것이다.

이상과 같은 귀신관은 송시열→최신→신돈복으로 수용되고 변형되

人之信閻羅者, 盖由於往往有如是之事矣. 此非不可知之理乎?" 曰: "恐其邪鬼之所爲, 未知如何?" 曰: "然."(『학암선생문집』, 경인문화사, 1996, 210면)

21 愼學近思錄, 至死事之禮, 當厚於奉生者, 疑之, 先生曰: "生者有所自喫, 死者非子孫饗之, 不可以得食故也."(『최신록』,『송자대전』 VIII, 539면)

22 子孫之不誠於祭祀者, 眞罪人也.(「우암집」尤菴集,『학산한언』, 433면). 이것은『송자대전』 권 215, 178~179면에도 실려 있다.『학산한언』이『송자대전』으로부터 그대로 옮긴 것이다.

었다. 귀신 현상이나 윤회는 일반적인 경우와 특별한 경우로 나눠졌다. 일반적인 경우만 말하자면 귀신은 형체가 없고 윤회는 이루어지지 않는다. 특별한 경우를 인정하자면 귀신은 형체를 갖고 나타날 수 있으며 또 윤회도 가끔 분명하게 이루어진다.[23] 특별한 경우에 귀신은 형체를 가지고 대낮에조차 나타나 사람과 관계를 맺을 수 있으며 또 전생의 어떤 기운을 타는가에 따라 윤회의 모양이 이루어지는 것이다. 귀신 현상과 윤회는 공히 순조롭지 못한 죽음에 대해 문제를 제기한다는 점에서 도덕적이다.

이런 생각을 바탕으로 했기에 『학산한언』에서는 사람의 다양한 존재 방식이 인정되었다. 살아 있는 사람, 죽어서 저승으로 간 사람, 죽어서 저승으로 못 가고 떠도는 특별한 귀신, 죽어서 환생한 특별한 사람 등을 현상으로 인정한 것이다.

3. 신돈복의 도교적 경향과 신선의 형상화

『학산한언』의 기이한 이야기 중 큰 비중을 차지하는 신선 이야기들은 신

---

23 김시습의 「남염부주지」南炎浮洲志에서 박생朴生과 염라왕이 나누는 다음의 대화를 이와 관련하여 살필 수도 있다. 귀신과 윤회에 대한 박생의 질문에 대하여 염라왕은 사람이 죽으면 정기가 흩어져 버리기 때문에 저승 세계도 없고 윤회도 이루어지지 않는다고(至於死, 則精氣已散, 升降還源, 那有復留於幽冥之內哉?) 전제하면서도 특별한 예외를 인정한다. 즉 원한을 가진 혼이나 요절한 귀는 쉽게 사라지지 않고 무당에 의탁하여 탄식하거나 다른 사람에 의지하여 원한을 드러낸다(寃黷之魂, 橫夭之鬼, 不得其死, 莫宣其氣, 督督於戰場黃沙之域, 啾啾於負命啁寃之家者, 間或有之, 或托巫以致款, 或依人以辨黷.). 그리고 정령이 흩어지지 않으면 윤회가 이루어지는 듯하다. 그러나 비록 정기가 그때에는 흩어지지 않고 있으나 필경에는 조짐이 없어지고(雖精散於當時, 畢竟當歸於無朕.) 또 정령도 오래되면 흩어져 소멸하니(精靈未散, 則似輪回, 然久則散而消耗矣.) 귀신도 없어지고 윤회도 이루어지지 않는다는 것이다.(박희병 표점·교석, 『한국한문소설 교합구해』, 소명출판, 2005, 140면)

돈복의 도교 취향과 관련된다. 송시열에서 비롯된 귀신에 대한 인식이 주로 사람의 죽음과 관련된 것이라면, 신선에 대한 이야기는 살아있는 사람과 관련되면서도 삶의 공간과 더 긴밀하게 관련되는 것이다. 풍수지리에 의한 명당설도 이것의 연장선에 놓인다.

도교는 유가의 대체 이념 중 하나로서, 연단술, 폐식법, 장생술 등 비법을 인정하는 경향이 강한데, 신선이나 도인의 형상은 그런 비법을 마련하고 또 그런 비법에 의해 생성된 인간형이다.

신돈복은 『단학지남』丹學指南, 『도가직지독조경』道家直指獨照鏡 등 한국 도교사에서 중요한 저서를 편찬할 정도로 도교의 수련이나 도인들에 대해 관심이 많았다.[24] 신돈복은 1715년 24세 되던 해에 진사에 합격했지만 벼슬이 봉사奉事에 머물렀다. 일찍부터 은둔 처사로 살아가게 되었다고 하겠는데, 그러면서 도교 수련 관련 문헌들을 두루 읽었고 마침내 28세 되던 해 『단학지남』을 편찬했다.

27세 때인 1718년에는 삼연三淵 김창흡金昌翕(1653~1722)을 뵙고 제자가 되었다. 신돈복은 그 전부터 김창흡을 흠모해 왔다고 하였다.[25] 김창흡은 세속 생활에 큰 의미를 부여하지 않고 고고하게 살아가던 인물로서, 특히 1692년부터 1714년까지 설악산 인제 지역에서 은둔 생활을 했다. 김창흡은 설악산 지역을 속세를 벗어난, 자연 생성의 근원이 되는 초월적인 공간으로 인식하고 이를 시로써 형상화하고자 했다.[26] 그는 유가 이념을 저버리지는 않았지만 은둔하여 신선의 세계를 추구하면서 불교의 참

---

24 자세한 사항은 김윤수, 「辛敦復의 丹學三書와 道教倫理」, 『道教의 韓國的 變容』, 아세아문화사, 1996, 281~300면 참조.
25 余曰: "平生景仰, 而雪岳遠矣, 無以進謁, 今幸承顔." 翁曰: "所處旣深勢固然矣." 時余頗懷質問之事.(「무술중하」戊戌仲夏, 학산 289)
26 김창흡의 행적에 대해서는 이경수, 「삼연 김창흡의 설악산 지역 은둔생활과 한시표현」, 『2006년 우리말글학회 전국학술발표대회 발표논문집』, 우리말글학회, 2006. 5. 20~21, 159~174면 참조.

선 수행도 병행했다고 한다. 신돈복이 평소 그런 김창흡을 얼마나 흠모했는가는 신돈복이 김창흡을 처음 알현한 모임의 모습을 회억하는 「무술중하」戊戌仲夏를 『학산한언』의 맨 처음에 배치한 것으로도 짐작할 수 있을 것이다.

이와 같은 지적 배경과 지향성을 가진 신돈복은 다양한 모습의 지상선地上仙을 『학산한언』에 형상화했다. 이들 지상선들은 원래는 대부분 현실의 인물이었다. 현실 인물에서 지상선으로 나아가는 과정을 두루 보여주는 것이다. 그런데 그 동기나 과정이 단일하지가 않다. 「운봉진사」雲峰進士(학산 351), 「김처사성침」金處士聖沈(학산 371), 「맹감사주서」孟監司胄瑞(학산 383) 등에서 지상선들은 현실 세계와 계속해서 관계를 맺는다. 또이들은 처음부터 의도적으로 벽곡법辟穀法 등 신선술을 수행하여 지상선이 된 것이 아니다. 현실의 여건에 충실하게 살다가 어느덧 특별한 경지에 이르렀다. 이에 비해 「정북창렴」鄭北窓磏(학산 339), 「문유채」文有采(학산 346), 「남주」南趎(학산 352), 「김세휴」金世庥(학산 350) 등의 주인공들은 현실로부터 좀 더 멀어져 있다.

신돈복은 이인이나 신선의 존재에 대해 관심을 많이 가졌지만, 가능한 한 그 존재를 현실과 관련시켜 이해하려 하였다. 「인묘조유일승」仁廟朝有一僧(학산 355)은 그런 관심을 바탕으로 신선의 계보를 체계화한 것으로 『해동전도록』海東傳道錄[27]이라고 부르기도 한다. 민간에 유전되던 『해동전도록』을 입수하여 거기에 미비된 정렴의 선화仙化 사적을 보충하고, 『해동전도록』에 누락된 남주南趎, 지리산 선인仙人, 『해동전도록』 이후의 신

---

27 이에 대해서는 김상조, 『학산한언 연구』, 『야담문학연구의 현단계』 2, 보고사, 2001, 118~119면 참조. 이것을 김윤수 교수는 『해동전도록』과 그것을 보완한 신선전 등을 포괄하여 『해동전도록증전』海東傳道錄證傳이라 불렀다. 김윤수, 앞의 논문, 291면 참조.

선 사적인 용문산승龍門山僧, 이광호, 문유채, 김세휴, 이계강 등을 입전하여 신선전神仙傳 9편을 지은 것이다.[28] 이것은 우리나라 신선의 역사라고도 할 수 있다.

일찍이 신선전의 저술은 최치원의 『선사』仙史 이후 명맥이 끊어졌다가 17세기에 이르러 다시 이어진다. 17세기 허균許筠과 홍만종洪萬宗에 의해 성립된 신선전이 신선에 대한 동경을 위주로 했다면, 18·19세기의 신선전은 복잡한 양상을 보인다. 신선을 동경하고 긍정하는 작품이 있는가 하면, 은일지사隱逸之士로서의 처지에 동정과 연민을 느끼게 하는 작품이 있으며, 여항의 세태를 보이기 위해 저작된 것도 있다. 특히 17세기와 비교하여 18·19세기 신선전의 두드러지는 경향성을 말한다면 "신선동경의 염念은 퇴조하고, 그 대신 기재이절奇才異節을 지닌 여항인의 불우에 대한 연민과 기이한 여항사閭閻事에의 희기 취향喜奇趣向이 작품 전면에 대두되고" 있다는 것이다.[29] 가령 노론 명문가에서 태어나 사상적으로 송시열의 노선을 추종했던 오도일吳道一(1645~1703)이 「설생전」薛生傳과 같은 신선전을 지은 것도, 그 희기 취향의 연장선에서 이해되니, 오도일은 사상적 차원에서 신선을 동경하지 않았다 하더라도 정서적 차원에서는 기문이담奇聞異談을 즐겼다고 볼 수 있기 때문이라고 이해된다.[30]

이와 비교할 때 신돈복의 신선전은 18세기 후반 자료임에도 불구하고 신선을 동경하는 경향이 대단히 강하다. 시대적 조류를 벗어날 정도로 신선에 대한 신돈복 개인의 취향이 강렬했음을 입증해 주는 사례라고 할 수 있겠다.

---

28 자세한 사항은 김윤수, 위의 논문, 290~293면 참조.
29 이상 신선전의 역사적 전개는 박희병, 「이인설화와 신선전(1)」, 『한국학보』 vol.14, no.4, 일지사, 1988, 27~28면 참조.
30 위의 논문, 46면.

이런 지상선을 비롯하여 현실로부터 멀어진 사람들이 주거하는 공간이 이상향이다.[31] 이상향은 신선 형상의 공간화라고도 할 수 있다. 현실 공간이 바람직한 생활 공간의 역할을 하지 못하는 경우는 특히 전쟁이 일어났을 때이다. 그런 까닭에 전쟁의 피해를 입지 않은 공간에 사람들의 관심이 쏠린다. 「아국비경복지」我國秘境福地에서 십승지를 소개하며 "이곳들은 모두 난리를 맞이하여 몸을 보전할 수 있는 곳이다"[32]라고 평하는 데서 이상향 추구가 전쟁의 피해에서 해방되는 것을 우선 목표로 하고 있음을 알 수 있다. 특히 「정겸재선」鄭謙齋歎이 주목된다. 「정겸재선」은 현실과 완전히 단절되면서 현실과는 정반대인 공간을 묘사한다. '살기 좋은' 저승 세계를 암시하기도 한다. 신선 세계가 귀신 세계처럼 기이하게 느껴지는 것이다.

이렇듯 이상향은 완전한 삶의 조건에 대한 보통 사람들의 동경을 바탕으로 하지만 형상화 과정에서 비약이 이루어졌다. 그래서 기이한 요소를 담게 되고 독자들에게 기이한 인상을 주기도 한다.

신돈복은 신선이나 이상향과 관련된 기이를 배제하지 않았다. 도교 문화로부터 비롯된 이런 다양한 기이 모티프들을 적극 수용하고 거기에 대해 일정한 의미를 부여했다.

---

31 「광해시」光海時(학산 333), 「홍초」洪僬(학산 337), 「정겸재선」鄭謙齋歎(학산 457), 「여지승람」輿地勝覽(학산 473), 「아국비경복지」我國秘境福地(학산 474) 등은 이상향을 형상화하거나 이상향에 대한 지식을 제공한다.
32 此皆當亂保身之地.(학산 474)

4. 기이관의 형성과 그 역할

송시열에서 비롯한 귀신관, 신돈복 자신의 도교 취향 등은 귀신 이야기와 신선 이야기가 『학산한언』에 많이 실리게 된 인식적 바탕이라 할 수 있을 것이다. 또 신돈복은 이런 바탕을 통하여 나름대로 기이에 대한 생각을 정립했다.

신돈복은 『태평광기』 등 잡기의 편찬 동기와 그 의의를 논하면서 '괴력난신을 말하지 말라'는 공자의 말씀을 새롭게 해석했다.[33] 공자도 원칙적으로는 기이한 것에 대해 성찰하는 것이 무의미하다고 보지는 않았다는 것이다.

나아가 신돈복은 '천지 사이에는 없는 것이 없다'는 명제를 부각시킴으로써 '기이한 것'도 실제로 존재하는 것이라고 보려 애썼다. 다만 그 기이한 것이 기이하게 느껴진다는 사실은 부정할 수 없는데, 그렇게 기이하게 여겨지는 이유를 심사숙고했다. 결론은 익숙하지 않은 것은 대부분 기이하게 여겨진다는 것이다. '기이한 것'은 '낯선 것'이고, '낯선 것'은 '기이한 것'이라는 생각이다.

그런데 그 낯설던 것도 낯익게 되면 더 이상 기이하게 여겨지지 않는다. 기이하게 느껴지는 것이 있다면, 섣불리 그 실재성을 부정하기보다는 기이한 것의 본질이 무엇인가를 통찰하는 태도가 바람직하다. 그런 태도야말로 사물의 이치를 꿰뚫어 보는 데 도움이 된다고 보았다.

신돈복은 이와 같은 기본 논리를 바탕으로 하여 귀신과 신선을 형상화하고 그 결과를 『학산한언』에 담았다. 먼저 귀신의 경우, 귀신을 보고도 귀신이 과연 있는가 없는가 따지는 것은 보통 사람들이 귀신을 일상적

---

33 이에 대한 자세한 분석은 이강옥, 앞의 논문, 337~338면 참조.

으로 접하지 못하여 낯이 설기 때문이다. 그러나 그런 기이한 느낌을 근거로 하여 귀신의 실재를 부정해서는 안 된다. 또 신선은 현실과 비현실의 경계에 있어 거의 환상 속 존재처럼 그 형상이 모호하다. 그렇다고 신선을 부정할 근거도 없다.[34] 신돈복은 직접 만나 보지 못한 신선의 형상들도 적극적으로 수용했다. 뿐만 아니라 직접 만나 본 은사나 일사들을 신선에 가깝게 형상화했다.

귀신이나 신선 형상을 적극적으로 받아들이기 위하여 '낯설면 기이하게 보인다'는 논리를 부각시킨 신돈복은 이 논리의 적용 범위를 더 넓혔다. 그래서 이 논리는 격동하는 시대에 등장한 새로운 인간 형상이나 뜻밖의 사건도 융통성 있게 받아들일 수 있게 하였다. 아무리 현실적인 사건이나 현상이라도 그것이 새로운 것이면 기이한 것으로 보일 수 있다는 발상은 새로운 현실 요소에 대한 거부 반응을 불식시킬 수 있는 것이다.

나아가 이 논리에 의해 기이에 대하여 더 적극적인 의의를 부여했다. 기이한 것 중 가령 귀신 이야기 등은 허무맹랑하거나 혹세무민하는 것이 아니라 오히려 세계를 더 진지하고 깊게 이해하는 데 도움을 준다는 것이다. 이런 인식은 『중용』이 전제하고 송시열이 확인한 '천지 만물의 존재 원리'로서의 귀신 개념에 배태되어 있던 것이다.

가령 「인묘조」(학산 461)를 살펴보자. 어떤 사족의 집에 깃든 귀신은 한낮인데도 사람의 뺨을 때리고 머리털을 잡아당긴다. 그런데 그 귀신은 유독 한준겸韓浚謙만을 공경하고 두려워하기까지 한다. 한준겸이 착한 사람이기 때문이었다. 귀신과 한준겸 사이에 대화가 이루어지기도 한다. 귀

---

34 박지원은 「김신선전」에서 '김홍기'로 알려진 김신선의 자취를 찾아 나섰다가 결국 찾지 못하고는 "벽곡하는 이들이 꼭 선인이 아니고 울울히 세상에 뜻을 얻지 못한 사람일 것이다"라고만 막연하게 추정하였을 따름이다.(「김신선전」, 『이조한문단편집』 하, 일조각, 1978, 287면)

신은 자기가 사족 집안 사람을 괴롭히는 것은 그 사족 집안이 '여러 대에 걸쳐 악을 행하고도 습관을 고치지 않기' 때문이라고 했다. 그러나 사족 집안은 이런 귀신의 경책을 알아차리지 못하고 계속 악행을 저지른다고 했다.

또 한준겸이 귀신 물리치는 방법을 묻자 "사악한 마음을 버리고 올바름으로써 자기를 추스르면 귀신들은 마땅히 경복하고" 물러갈 것이라 알려준다.[35] 착하고 도덕적인 사람은 다른 사람을 감화시킬 수 있듯이 귀신도 감복시켜 물리칠 수 있다는 뜻이다.

귀신이란 죽은 사람이 제 갈 곳을 못 찾아 배회하는 존재[36]일 뿐만 아니라 이승의 비도덕적 인간들을 충격적이고도 효과적으로 응징하기 위해서 저승으로부터 온 존재이기도 하다. 귀신을 후자로 이해한다면 귀신은 초월자를 대신한 도덕의 심판자가 된다.

그렇다면 귀신은 물리치거나 멀리할 존재가 아니다. 귀신을 통하여 지금 이곳 사람들의 도덕성을 되돌아보며 반성할 수 있는 것이다.

이런 귀신관은 기이한 것 전체에 대한 인식으로 확장될 수 있다. 귀신을 비롯한 어떤 기이한 현상이라도 엄연히 존재하는 것이고 그것이 현실 인간의 존재 방식과 도덕을 반성하는 데 도움을 준다면, 그것을 기꺼이 인정하고 그 기이한 현상의 본질을 이해하기 위하여 노력해야 할 것이다.

이상과 같은 신돈복의 포용적 기이 인식은 송시열의 두 입장을 묘하게 접속시킨 결과라 할 수 있다. 송시열은 귀신을 천지 만물이 존재하는 원리로 먼저 보았고, 다음으로 귀신을 사람이나 동물이 죽어 형성되는 혼

---

35 韓公曰: "然則鬼何時退耶?" 曰: "能祛邪心以正持己, 則鬼當敬服, 不暇而敢侵犯."(학산 461)
36 不得其死而爲遊魂, 則無所憑依故, 或行止於山野, 或出入於人家, 此如世間无賴子作拏村間, 見官人則避匿.(학산 461)

백으로 보기도 하였다. 그런데 그 양자를 송시열은 다른 것으로 보았다. 이런 태도는 벽력霹靂에 대한 송시열의 관점에서도 확인된다. 벽력은 당시만 해도 대단히 기이하고 두려운 자연현상이었다. 그래서 당시 사람들은 벽력을 사람의 죄악에 대한 응징으로 이해했다. 이에 반해 송시열은 벽력이 내리치는 것과 사람의 죄악과는 무관하다고 해명해 주었다.[37] 송시열이 그럴 수 있었던 것은 벽력이 기氣 덩어리들의 관계에서 비롯한 현상이라는 원리를 이해했기 때문이었다. 송시열은 풍수설에 대해서도 비슷한 입장을 나타냈다. 송시열은 조상 묘를 잘못 써서 망한 후손의 사례를 두고 주자의 '지중풍'地中風 개념을 활용하여 설명했다.[38] 송시열은 조상 묏자리와 후손의 관계를 물리적으로 설명하지 도덕적으로 설명하지 않은 것이다. 신돈복은 벽력이나 풍수 현상에 대한 송시열의 합리적 설명을 수용하면서도 그 현상의 도덕적 함의를 애써 무시하지 않았다. 이를 정리하면 다음과 같다.

당시 일반 사람들: 벽력의 본질 이해 못함+벽력은 죄악에 대한 응징이라고 봄

송시열: 벽력의 본질을 이해함+벽력은 죄악에 대한 응징이 아니라고 봄

신돈복: 벽력의 본질을 이해함+벽력은 죄악에 대한 응징일 수 있다고 봄

---

37 被震者, 未必有罪惡, 有罪惡者, 亦不必被震, 只是適然相値則震擊, 震擊者氣也, 氣相搏擊, 故雷聲甚壯.(『학암선생문집』, 경인문화사, 1996, 129면)
38 『학산한언』, 429~430면 ; 『최신록』, 540~541면

즉, 신돈복은 기이의 본질을 합리적으로 이해했을 뿐만 아니라 그 기이가 함축하는 도덕적 요소를 인정하고 나아가 그 기이를 통하여 세계 인식의 폭과 깊이를 더하려 한 것이다. 그 결과 다음과 같은 진술에 이르렀다.

천지 사이에서는 없는 것이 없다. ……오직 견문이 많고 지식이 넓어 그윽하고 오묘한 것까지 통찰하는 사람만은 사물이 현혹할 수 없다. ……천지 사이의 인정과 물리物理와 유명幽明과 변화變化를 갖추어 알게 하고자 함이라.[39]

여기서 신돈복은 천지 사이에 없는 것이 없다 하여 사람이 경험하는 모든 것을 실재한다고 인정하려는 입장을 분명히 하였다. 우리 눈앞에 전개된 어떤 대상도 그것을 무시하거나 외면함으로써 극복할 수는 없다. 그 반대로 오히려 철저하게 대상을 통찰하는 것이야말로 대상에 현혹되지 않을 수 있다는 것이다. 기이한 것을 보고 느끼는 경험이야말로 기이한 것 자체뿐만 아니라 기이한 것을 포함한 세상 만물을 이해하는 첩경이라고 보았던 것이다.

귀신은 그 기이한 것의 중심에 있다. 귀신을 배척하지 않고 귀신이 보장해 주는 세상과 인간의 존재 원리와 방식에 대한 통찰을 소중하게 받아들여야 한다는 것이다. 이런 신돈복의 기이 인식은 송시열의 가르침 중 '사람이 죽어서 되는 귀신' 론을 '천지 만물의 존재 원리로서의 귀신' 론과 긴밀하게 연결시킨 덕에 나온 것이라 할 수 있다. 또 신돈복 자신의 도교

---

39 天地之間, 无所不有 …… 惟多見博識洞觀幽奧者, 物不能眩焉. ……備知天地間人情物理幽明
變化.(학산 306~307)

취향을 바탕으로 한 것이면서 현실과 설악산 주위 공간을 오간 김창흡의 폭넓은 삶의 방식을 응용한 것이기도 하다.

5. 결론

『학산한언』에 실려 있는 기이한 이야기는 귀신담과 신선담이 주류를 이룬다. 이것은 신돈복의 인식적 기반과 관련된 현상이다. 먼저 신돈복은 귀신관에서 송시열의 그것을 수용하고 다소 변개시켰다. 일반적인 경우만 말하자면 귀신은 형체가 없고 윤회는 이루어지지 않지만 특별한 경우에는 귀신이 형체를 갖고 나타날 수 있고 또 윤회도 이루어진다고 보았다. 『학산한언』은 살아 있는 사람, 죽어서 저승으로 간 사람, 죽어서 저승으로 못 가고 떠도는 특별한 귀신, 죽어서 환생한 특별한 사람 등을 모두 실체로 인정하게 되었다.

『학산한언』의 신선 이야기는 신돈복의 도교 취향과 관련된다. 신돈복은 『단학지남』丹學指南, 『도가직지독조경』道家直指獨照鏡 등 한국 도교사에서 중요한 저서를 편찬할 정도로 도교의 수련이나 도인들에 대해 관심이 많았다. 또 설악산 지역을 인간이 속세를 벗어난, 자연 생성의 근원이 되는 초월적인 세계로 인식했던 김창흡을 추종하기도 했다.

신돈복은 『학산한언』에다 다양한 모습의 지상선地上仙을 형상화했다. 18세기 후반 다른 신선전 작자들이 희기 취향喜奇趣向을 보인 것과는 달리 신돈복은 신선을 동경하는 경향이 더 강했다.

신돈복은 '천지 사이에는 없는 것이 없다'는 명제를 부각시킴으로써 '기이한 것'이 존재하는 현상이라고 보았다. 또 '기이한 것'은 '낯선 것'이고, '낯선 것'은 '기이하게 느껴진다'고 했다. 기이하게 느껴지는 것의 실재성을 부정하기보다는 기이한 것의 본질이 무엇인가를 통찰하는 것이야 말로 사물의 이치를 꿰뚫어 보는 데 도움이 된다고 보았다. 특히 귀신의 존재는 세계를 더 깊이 이해하는 데 도움을 주는 것이라며 기이에 대해 적극적인 의미 부여를 하였다. 지금 이곳 사람들의 도덕성을 되돌아보며 반성하는 적극적 의미를 가지는 것이다.

신돈복은 천지 사이에 없는 것이 없다 하여 사람이 경험하는 모든 것을 실재한다고 인정하려는 입장을 분명히 하였다. 우리 눈앞에 전개된 어떤 대상도 그것을 무시하거나 외면함으로써 극복할 수는 없다. 기이한 것을 보고 느끼는 행위야말로 기이 자체뿐만 아니라 세상 만물을 이해하는 첩경이라고 보았다.

이런 신돈복의 기이 인식은 송시열의 가르침 중 '사람이 죽어서 되는 귀신'론을 '천지 만물의 존재 원리로서의 귀신'론과 긴밀하게 연결시킨 덕에 나온 것이라 할 수 있다. 또 신돈복 자신의 도교 취향과 김창흡의 폭넓은 삶의 방식을 응용한 것이기도 하다.

야담의 보은담 유형과 계층 관계

1. 보은담을 읽는 관점

은혜를 입은 사람이 은혜를 베풀어 준 사람에게 보답하는 이야기인 보은담報恩談은 서사의 역사에서 매우 오랜 연원을 가지면서 오늘날까지 재생산되고 있다. 특히 동아시아 서사문학에서 그러하다. 동아시아 문화에서는 '갚음'[報]이 중시되기 때문일 것이다.

낳아 주신 것에 대해서는 죽음으로써 보답하고, 베풀어 주신 것에 대해서는 힘으로써 보답하는 것이 사람의 도리이니라.[1]

이때 '낳아 주신' 분은 부모, 선생, 임금이고 '베풀어 주신' 분은 타인이다.[2] 그중 가장 강조된 것은 부모의 자애와 자식의 효이다. 효는 자애로운 부모가 베풀어 주신 것에 대한 자식의 보은인 셈이다. 베풂은 가정 안

---

1 報生以死, 報賜以力, 人之道也.(『소학집주』小學集註, 명문당, 81면)
2 (集解)眞氏曰: "報生以死, 謂君父師也. 報賜以力, 謂他人之有賜於我者, 則亦以力報之也."(위의 책, 같은 면)

에서 자애와 효를 성립시키고 가정 밖에서 시혜施惠와 보은報恩을 성립시
킨다. 보은담은 효행을 강조하는 동아시아 사회에서 자연스럽게 확장되
었다고 하겠다.

　사회적 성격을 지니게 된 보은담은 어떤 것을 은혜로 보며, 은혜는
어떤 방식으로 갚아야 하는가에 대한 다양한 관점을 담게 되었다. 어떤
행위가 은혜를 베푼 것인가 아닌가는 상식적으로 분명할 것 같지만, 시혜
란 주체와 객체 사이에서 성립되기에 주체와 객체가 취하는 입장에 따라
논란이 생긴다.

　『사기』「회음후 열전」淮陰侯列傳에서 그 논란의 한 전형을 찾을 수 있
다. 한신은 빨래하던 여인이 자기에게 밥을 주자 뒷날 그에 대해 꼭 보답
하겠다고 약속했다.[3] 그러나 여인은 대장부가 입에 풀칠도 못하는 것이
불쌍해서 밥을 주었지 보답을 바란 것은 아니었다며 도리어 화를 낸다.[4]
또 회음의 백정촌白丁村 젊은이는 한신을 겁쟁이라 모욕하며, "네가 능히
죽일 수 있다면 나를 찔러 봐라. 죽일 수 없다면 내 가랑이 아래로 기어
나가라"라고 시험했다. 한신은 그 가랑이 밑으로 기어 나가서 온 시장 사
람들의 우스개가 되었다.[5] 세월이 흐른 뒤 초왕楚王에 오른 한신이 그 두
일을 떠올리고는 여인과 젊은이를 불러서 자기에게 상반된 대접을 한 두
사람 모두에게 보은을 했다.[6] 여인은 한신으로부터 보은을 받을 자격이
충분히 있었다. 어려운 시절 한 그릇 밥을 준 은혜를 갚기 위해서는 자기
목숨까지 바친다고도 하기 때문이다. 반면 젊은이는 은혜를 베풀었기보

3　信喜謂漂母曰: "必有以重報母."(「회음후 열전」, 『사기』史記, 경인문화사 편, 2610면)
4　母怒曰: "大丈夫不能自食, 吾哀王孫而進食, 豈望報乎?"(위의 책, 같은 면)
5　淮陰屠中少年, 有侮信者曰: "若雖長大, 好帶刀劍, 中情怯耳!" 衆辱之曰: "信能死, 刺我, 不能
死, 出我袴下!" 於是信孰視之, 俛出袴下蒲伏, 一市人皆笑信, 以爲怯.(위의 책, 같은 면)
6　信至國, 召所從食漂母, 賜千金…… 召辱己之少年令出胯下者, 以爲楚中尉, 告諸將相曰: "此壯
士也. 方辱我時, 我寧不能殺之邪? 殺之無名, 故忍而就於此."(위의 책, 2626면)

다는 모멸감과 절망을 안겨 주었기에 잔인한 복수를 받아야 마땅했다. 그러나 한신은 자기를 초왕이 될 수 있게 한 일등 공신은 바로 그 젊은이라 했다. 은혜가 아닌 모욕이 그 어떤 은혜보다 자기를 더 분발하게 했다는 것이다. 한신과 여인 사이의 이야기가 상식적인 은혜에 대하여 상식적으로 보은하는 모델이라면, 한신과 젊은이 사이의 이야기는 상식에 반대되는 '은혜'에 대해 상식을 넘어서는 보은을 하는 모델이라 하겠다. 후자가 더 강조되면 '은승창렬'隱勝暢劣이라는 불교적 보은 의식으로 발전한다. '내 잘난 곳을 숨기고 내 못난 곳을 드러내는 사람을 만나는 것'은 부처님의 은혜라는 것이다.

요컨대, 가정 밖에서 만나게 된 사람들 사이에서 무엇이 '은혜'인가 하는 것은 시혜의 대상이며 보은의 주체인 사람이 생각하기 나름이다.

> 얼마 전 한국에서 '일류 엘리트론'으로 유명한 한 기업 총수가 철학 명예박사를 받으려다 학생들의 제지를 받은 사건이 있었다. 이 기업이 여러 학교에 기부금을 내고 있는 것은 분명히 칭찬받을 만한 일이다. 그러나 그 '사회 환원'은 어디까지나 '자선'의 차원이 아니라 사회로부터 진 빚에 대한 '보은'의 차원이어야 한다.[7]

이런 글은 '보은'의 개념이 사회적 차원에서 재해석될 가능성을 보여 준다. 기업이 사회 불우층을 위해 내는 돈은 '시혜'가 아니라 오히려 기업이 사회로부터 받은 은혜에 대한 '보은'이라는 것이다. 상식적인 시혜자와 보은자가 사회적 차원에서 뒤바뀌었다. 사실 가정의 부모와 자식 사이의 자애와 효를 가정 밖의 시혜와 보은으로 전환하는 것은 사회적으로 가

---

7 강인규, 「소수의 엘리트가 나머지를 먹여 살린다?」, 『오마이뉴스』, 2005. 5. 21.

진 자에게만 유리한 논리로 작용해 왔다고 할 수 있다.

　기업과 사회의 관계에 대한 이런 입장은 임금과 백성의 관계에 대한 동아시아 담론의 입장과 비교된다.

　　난공자가 말했다. "백성은 세 분으로부터 생겨났으니 하나같이 섬겨
　　야 한다. 아버지는 낳아 주시고 선생님은 가르쳐 주시며 임금은 먹
　　여 주시니 아버지가 없으면 태어날 수 없고 음식이 없으면 자랄 수
　　없으며 가르침이 없으면 지혜가 없을 것이니 모두 나를 살아가게 하
　　는 분들이니 한결같이 섬겨야 한다. 그분들이 계신 곳에서 목숨을
　　다 바쳐야 한다."[8]

　'나를 살아가게' 해 주는 아버지·선생·임금을 하나같이 섬겨야 한다는 것은 유가 이념에서 비롯한 동아시아 사회의 보편 이데올로기였다. 그중 임금과 '나'의 관계는 특별하다. '먹여 준다'는 것이 '나→임금'의 관계가 아니고 '임금→나'의 관계로 역전되어 나타나기 때문이다. 조선 시대 사대부에 의해 그 관계는 더 분명하게 설명된다.

　　여헌 장선생[9]이 말했다. "향곡의 백성들마다 어찌 조정으로 들어가
　　임금 섬기기를 기다린 연후에야 군신의 의를 다한다 하겠는가? 오
　　직 각자가 그 직책을 다하고 자기 일을 다하여 생육해 주고 길러 준
　　나라의 은혜를 저버리지 않는 것이 백성의 도리라 하겠다. 책 읽는

8　欒共子曰: "民生於三, 事之如一, 父生之, 師敎之, 君食之, 非父不生, 非食不長, 非敎不知, 生之
族也, 故一事之, 唯其所在, 則致死焉."(『소학집주』)
9　장현광張顯光(1554~1637). 자는 덕회德晦. 호는 여헌旅軒. 광해군 때 대사헌 역임.

것을 업으로 삼는 선비는 뒷날을 기다리는 데 그 뜻이 있다. 밭을 갈며 힘으로 먹고 사는 사람에게는 한 벌의 옷이나 한 그릇 밥, 한번 편하게 앉고 눕는 것이 나라의 은혜 아닌 것이 없다. 그들이 보답하는 도리는 다만 삼가 공부貢賦를 잘 바치고 요역徭役을 충실히 하는 것에 있을 따름이다."[10]

여기서 임금과 나라가 동일시되었다. 선비의 목표는 뒷날에 있기에 지금 당장 할 일은 책을 읽는 것뿐이다. 반면 일하는 백성들의 경우는 다르다. 일하는 백성들에게는 옷 한 벌 밥 한 그릇, 앉고 눕는 것 어느 하나 나라 은혜가 아닌 것이 없다. 이렇게 나라가 백성들에게 일방적으로 베푼 은혜를 강조한 것은 결국 백성들로 하여금 공부貢賦를 잘 바치게 하고 요역徭役을 충실히 하게 하는 것으로 귀결되었다. 그렇다면 일하는 백성들이 나라를 지탱하고 임금을 먹여 살린다 하지 않고 나라와 임금이 백성들을 먹여 살린다 한 것은 국가 지속의 원동력이 되는 공부와 요역을 순조롭게 확보하여 지배 질서를 튼튼히 하려는 의도와 긴밀히 관련됨을 짐작할 수 있다.

중세 시대의 임금과 백성의 관계는 오늘날 재벌과 사회의 관계를 환기시킨다. 재벌은 사회 구성원들의 노동에 힘입어 그 재력을 확보했기에 사회로부터 큰 은혜를 입은 것이다. 그럼에도 불구하고 재벌은 사회로부터 은혜를 입었다고 생각하지 않는다. 재벌은 사회에 기부금을 내면서 마치 큰 은혜를 베푼다는 태도를 보인다. 그래서 '재벌은 사회로부터 은혜

---

10 張旅軒先生曰: "鄕曲中凡民, 豈待立朝事君, 然後有以致君臣之義哉? 惟能各職其職, 各事其事, 以不負國家生養囿育之恩, 乃民之義也. 讀書業士者, 其志固有望他他日矣, 至於服田食力之人, 凡其一衣一食, 一坐臥之安, 無非國家之澤也, 其所以報效之道, 只在愼貢賦力徭役而已."(『해동속소학』, 김종권 교주, 명문당, 1987, 287면)

를 입었다. 재벌은 사회에 보답해야 한다'는 재벌 반성론이 제기된 것이다. 중세 시대의 임금과 국가는 백성들의 노동과 부역에 힘입어 그 체제를 유지했다. 임금과 국가는 백성들로부터 은혜를 입은 셈이다. 그러나 임금과 국가는 백성들로부터 은혜를 입었다 하지 않고 오히려 그 반대로 백성들에게 은혜를 베풀었다는 이데올로기를 만들어 백성들에게 주입시켰다. 백성들이 노동과 부역을 바치는 것은 자기들이 받은 은혜에 대한 당연한 보답이라고 한 것이다.

시혜자와 보은자가 뒤바뀔 수 있다는 생각은 베푸는 자의 베푸는 자세나 베풂을 받는 자의 받는 자세에 대해 성찰하게 만들었다. 이와 관련하여 칼릴 지브란Kahlil Gibran(1883~1931)은 베푸는 것과 받는 것을 단순히 구분하지 말라고 했다. 베푸는 것이 일방적인 베풂이 아니고 받는 것이 일방적인 받음도 아니다. 베풂을 기꺼이 받아들이는 것 자체가 보답하는 길이기도 하기에 떳떳하게 받으라고 충고했다. 그리고 그보다는 베푸는 자가 더 조심스럽고 자상한 태도로 베풀 것을 강조했다. 만일 받는 이의 자존심을 상하게 하거나 수치심을 불러일으킨다면 베푸는 일은 악행일 따름이다. 받는 사람도 풍요로운 삶을 허락한 대지의 사랑과 신의 자비를 본받으며 자기도 베푸는 삶을 살 수 있도록 기도해야 한다고 보았다.[11]

---

11 "따지고 보면 받는 것은 용기 있는 일이며/베푸는 자와 함께 사랑을 주고받는/것이다/그러므로 베풂을 기꺼이 받아들이는 것은/그 자체가 주는 이에게 보답하는/길이기도 하다./그런데 베푸는 그대들은 어떠한가?/베풂을 받는 사람들의 가슴에/부끄러운 못을 박고/받는 이의 자존심을/갈기갈기 찢어 버리지는 않는가?/그리하여 수치심에 떨고/찢어진 자존심에 가슴 아파하는 이들을 보며/우월감을 느끼고 있지는 않은가?/이보다 더 악행이 어디 있겠는가!
베풂을 받는 이들이여!/받는 도움에 어떻게 감사해야 할지/지나치게 마음의 부담을 갖지는 말라./그러한 부담을 갖는 것은/그대들 자신에게는 물론/진실한 마음으로/베푸는 이에게도/부질없는 멍에를 씌우는 것이다./오히려 선물을 날개 삼아/베푸는 자와 함께 일어서라./남의 도움을 빚으로 여겨/지나치게 걱정하는 것은/풍요로운 삶을/허락한/어머니이신 대지의 사랑과/아버지이신 신

이러한 칼릴 지브란의 주장은 시혜와 보은의 사회적 의미에 대한 깊은 성찰을 바탕으로 하고 있다. 사람과 사람 사이의 베풂과 받음은 사회 생활을 구성하는 가장 중요한 요소 중 하나다. 물질적으로든 정신적으로든 사람들이 가진 것이 똑같지 않을진댄 서로 주고받는 일이야말로 가장 빈번하고 중요한 사회 생활인 것은 분명하다. '잘 주고', '잘 받는 것'은 원만한 사회가 되기 위한 필수적 사항일 것이다. 보은담이 다양하게 전개된 것도 그런 이유에서 비롯되었을 것이라 판단한다.

남녀의 자리를 구분하고, 어른과 아이의 자리를 달리하며, 양반은 앞에 앉고 백성은 뒤에 앉게 했다. ……이에 죽을 나누어 주고 곡식을 분배하는 일이 엄숙하게 진행되어 시끄럽지 않았다. 양반과 백성 가운데 조금 식견이 있는 사람들은 이렇게 말했다. "구휼하는 곳이 이렇기만 하다면야 우리가 구휼 받는 데 대해 무슨 부끄러움을 느끼겠나?"[12]

박지원이 안의 현감으로 있을 때의 일을 아들 박종채가 이렇게 기록했다. 흉년이 들어 국가로부터 진휼을 받는 데에서도 양반의 체면을 고려해 주었다. 이는 칼릴 지브란이 말한 '받는 이의 자존심에 대한 섬세한 배려'와 비슷하지만 다르다. 그 방식이 '남녀'와 '장유'와 '반상'을 구분하는 것이다. 특히 양반을 앞에 앉게 하고 백성을 뒤에 앉게 함으로써 일반 백

의 자비를 의심하는 것이다./그러나 대지의 사람과 신의 자비를/의심하고 근심하기 보다는/그분들의 삶을 본으로 삼으려 노력하라./그분들처럼/베푸는 삶을 살 수 있게 해달라고/신에게 간절히 기도하도록 하라."(칼릴 지브란,『예언자』, 박철홍 역, 김영사, 2004, 39~41면)

12 男女分席, 長幼異坐, 士族置前, 庶氓居下. ……於是, 饋粥分穀, 肅然無譁, 士民之有識者以爲,: "賑庭苟如此, 則吾輩仰哺 亦何足恥哉?"(박지원,『나의 아버지 박지원』, 박희병 역, 돌베개, 2005, 311면)

성 앞에서 가난한 양반이 입을 법한 체면의 손상에 대해서는 자상한 배려를 하지만, 일반 평민·천민의 체면에 대해서는 언급하지 않았다.

보은담과 관련하여 나타나는 이상과 같은 관점들은 야담의 보은담을 판단하는 유용하고 중요한 척도가 된다. 이 장에서는 이런 관점을 유념하면서 야담의 보은담을 분석하되, 주로 계층의 문제가 보은담과 어떻게 관련되는지를 살펴보겠다. 보은담이 계층 차이를 담는 방식을 검토하는 것은 보은담의 이데올로기를 해명하는 데 필수적인 작업일 것이다. 야담의 보은담이 양반과 평민·천민 사이에서 어느 계층의 사회적 입장을 대변하며, 시혜와 보은의 주체를 누구로 설정했는가를 분석할 것이다. 보은담이 새로운 사회 윤리를 창출하기에 이르는 과정도 해명해 보겠다. 앞으로 설정하는 보은담의 유형들은 대체로 시대적 순서를 따르기는 하지만 엄격하게 시대순으로 형성되었다가 소멸되고 다른 것으로 대체된 것은 아니다. 공존하면서 선택되어 갔다고 보는 것이 온당할 것이다.

다음과 같은 작품을 대상으로 한다.

야담집[13]	대상 작품
『죽창한화』	「김남창」金南窓(66면)
『계서야담』	「강릉김씨」江陵金氏(89면)
『차산필담』	「영가김씨부부적음설」永嘉金氏夫婦積陰說(324면), 「수은식화」受恩殖貨(398면), 「구상수보」救喪受報(408면)
『일사유사』	「최순성」崔舜星(117면), 「박윤묵」朴允黙(150면), 「한순계」(『매일신보』 1916. 6. 1)

13 각 야담집이 수록된 책은 다음과 같다. 『죽창한화』, 『대동야승』 17, 민족문화추진회, 1976; 『계서야담』, 『한국문헌설화전집』 1, 태학사, 1981; 『차산필담』, 『한국야담자료집성』 8, 계명문화사, 1978; 『일사유사』, 태학사, 1982; 『청구야담』 상·하, 아세아문화사, 1985; 『동야휘집』 상·하, 보고사, 1992.

『청구야담』	「노온려환납소실」老媼慮患納小室(상, 24면), 「장삼시호무음덕」葬三屍湖武陰德(상, 76면), 「송반궁도우구복」宋班窮途遇舊僕(상, 321면), 「김생호시수후보」金生好施受後報(상, 332면), 「익시신해쉬상은」匿屍身海倅償恩(상, 336면), 「의유읍재상상구은」擬腴邑宰相償舊恩(상, 348면), 「청축어재상기왕사」聽祝語宰相記往事(상, 373면), 「택부서혜비식인」擇夫婿慧婢識人(상, 609면)
『동야휘집』	「재자낙향부저경」才子落鄕富抵京(상, 783면), 「휼삼장우녀등사」恤三葬遇女登仕(하, 14면), 「구사명점산발복」救四命占山發福(하, 20면), 「채삼전수기기화」採蔘田售其奇貨(하, 34면), 「감구은묵쉬등포」感舊恩墨倅登襃(하, 59면), 「수전은궁유서사」酬前恩窮儒筮仕(하, 67면), 「애겸축재상덕혜」愛傔畜財償德惠(하, 72면), 「퇴완죽우맹천선」退椀粥愚氓遷善(하, 176면), 「환탁은강도감의」還橐銀强盜感義(하, 180면)

2. 베푸는 정신과 갚는 물질

보은담에서 베풀고 갚은 것은 물질적인 것일 때도 있고 정신적인 것일 때도 있다. 물론 물질적인 것 속에 인仁이나 의義와 같은 정신적인 것이 깃들 수 있지만 겉으로는 변별적이다. 시혜자와 보은자가 같은 계층일 때는 물질과 정신의 변별이 크게 문제되지 않지만, 다른 계층일 때는 어느 계층이 물질 혹은 정신과 연결되는가가 중요하다.

양반 사이의 보은담은 위기 상황에 처했거나 위기에 처할 가능성이 있는 양반 간의 상호 보험의 성격이 강하다. 상호 보험을 위한 연대는 권력을 갖게 된 양반이 주도하는 권력 나누기다. 이때 권력은 사회 규범을 압도한다. 가령 「감구은묵쉬등포」感舊恩墨倅登襃(동야 하 59)에서는 보은을 위해 규범을 무시한다. 주인공 유진항柳鎭恒은 금주령을 어긴 유생을 잡아가야 했지만 가난 때문에 금주령을 어긴 유생(그 모친이 술을 빚었지만 유생이 벌을 받으려 한다)을 눈감아 준다. 세월이 흐른 뒤 두 사람의 처지는 역전된다. 유진항은 탐관오리가 되어 있었는데, 유생은 탐관오리를 색출하는 암행어사가 되었다. 암행어사는 옛날 유진항이 자신에게 베풀어 준 은혜를 떠올리며 그의 부정에 대해 눈감아 준다. 그리고 그가 선정을 베풀고 있다며 거짓 보고를 올린다. 시혜자나 보은자는 물질을 주고받지 않고 다만 각자가 어느 시기에 확보하고 있는 권력을 이용하여 상대를 도와준다. 이것은 양반만이 가능한 일이다.

「의유읍재상상구은」擬腴邑宰相償舊恩(청구 상 348)에서는 둘 다 양반인 시혜자와 보은자가 시간적 간격을 두고 서로 벼슬을 추천하는 방식으로 은혜를 베풀고 갚는다. 먹을 게 없어 빈 수박씨를 씹는 서두의 절실함이 후반부로 갈수록 약화된다. 「김생호시수후보」金生好施受後報(청구 상 332)에서 서생은 부친의 초상을 치르기 위해서 김생으로부터 돈을 얻는다. 서생은 그 뒤 김생의 아들을 만나 김생의 아들을 대신하여 과거를 치러 줌으로써 보은한다. 보은의 정도가 과장되지 않았다. 오히려 시혜자인 김생의 아들이 서생에게 약간의 돈을 주기까지 한다. 이들 두 작품을 결합한 것이 「수전혜궁유서사」酬前惠窮儒筮仕(동야 하 67)이다.

「익시신해쉬상은」匿屍身海倅償恩(청구 상 336)에서는 보은자가 양반이지만 시혜자는 상인으로 바뀌었다. 양반은 젊었을 적에 상인의 아내를 범하는 실수를 했지만 상인이 관대하게 용서해 주었다. 양반은 그 경험이 부끄러운 것이기에 은혜를 갚아야 한다는 생각을 평소에는 하지 않았다. 그 뒤 양반은 해서 땅 어느 읍의 원으로 있었는데, 살인 사건에서 살인을 저지른 사람이 자기를 용서해 준 상인임을 알게 된다. 그래서 양반은 원의 신분이지만 살해된 시신을 바꿔치기하게 하여 상인의 범죄를 덮어 준다. 이에 상인이 감동하여 역으로 보은을 생각한다. 양반은 떳떳하지 못한 보은자에서 시혜자로 탈바꿈했다.[14] 서술자가 양반의 편을 들고 있는 형국이다.

이렇듯 시혜자와 보은자가 둘 다 양반이거나 혹은 보은자가 양반인 경우, 시혜와 보은의 방식은 재물을 주고받는 것이 아니라 규범을 어기거나 속이는 것 등이다. 시혜나 보은자는 시혜나 보은으로 인하여 스스로 곤경에 몰리지 않는다. 시혜자와 보은자 어느 한쪽이 부정적 행위와 연루되기 때문에 독자의 동정이나 공감을 얻기도 어렵다. 그런 이유로 보은 과정의 감동이나 절실함이 약하다.

반면 비교적 심각한 상황을 만드는 경우도 있다. 가령 「구상수보」救喪受報(차산필담 408)는 「김생호시수후보」(청구 상 332)와 같은 계열이지만 상당히 다르다. 「구상수보」에서 주인공 한진사는 가난을 해결하기 위해 숙부의 돈을 빌려 소 장사 길을 떠난다. 도중에 아버지 초상을 치르지 못해 울부짖고 있는 이씨를 만나 가진 돈을 모두 준다. 한진사는 빈손으로 돌아와 도둑을 만났다고 거짓말을 한다. 한진사는 신을 삼아 겨우 입에 풀칠을 하며 살아간다. 더욱 가난해진 10년 뒤의 어느 날, 부자가 된 이씨가 찾아온다. 이씨는 한진사를 위해 대신 과거에 응시하여 진사로 만들어 주고 많은 재물을 주고는 아버지로 모시며 산다. 마침내 이씨는 "이것을 가히 은혜를 알고 은덕에 보답하는 도리였다고 할 수 있을까요?"[15]라고 되묻는다. 그동안 한 번도 보은을 잊은 적이 없다는 것이다. 이처럼 시혜자와 보은자는 둘 다 양반이지만, 시혜자는 남을 도와주었기 때문에 심각한 곤경에 처하고, 보은자가 재산으로써 보은한다. 보은자는 언제나 보

---

14 상인은 크게 감사하며 눈물을 흘리며 말했다. "소인 일찍이 대인의 목숨을 살렸지만 그 뒤 대인이 다시 소인의 생명을 구해 주셨사오니 이 은혜 이 은덕은 이 몸이 가루가 될지언정 잊기 어렵겠나이다." 이로부터 서신을 왕래하며 늙을 때까지 소식을 끊지 않았다 한다.(商人大感泣曰: "小人曾活大人之命, 而向來事大人還貸小人之命, 此恩此德, 糜粉難忘." 自是往來書信, 至老不絶云.)〔청구 상 343〕
15 此可爲知恩報德之一道乎?(차산필담 418)

은을 생각해 왔으며 마침내 보은을 실천한다.

시혜자와 보은자의 계층적 차이라는 요소가 개입하면서 보은담은 더 복잡해졌다. 중세 사회의 백성들은 임금이 다스리는 나라의 구성원이면서 계층적 타자로서 양반과 관계를 맺었다. 양반과 평민의 주고 갚음의 한 모델을 제시해 주는 작품이 「퇴완죽우맹천선」退椀粥愚氓遷善(동야 하 176)이다. 주인공인 양반 선비 윤 모는 굶주리면서도 책 읽기를 게을리하지 않는다. 솥 하나만 덩그러니 부엌에 남아 있을 뿐이다. 그 이웃에 손버릇 나쁜 농군이 있었는데, 그 솥을 훔치려고 부엌을 엿보았다. 그때 윤 모의 부인이 죽을 쑤어서는 방으로 들고 갔다. 남편이 쌀의 출처를 추궁한다. 남편의 성격을 잘 아는 부인은 굶어 죽을 수 없어 이웃의 벼를 몰래 베어 왔다고 고백한다. 이웃이란 솥을 훔치려 하고 있는 바로 그 농군이었다. 뒷날 바느질을 해 주면 죄를 조금이라도 갚을 수 있을 것이니 한 술 들라고 간곡히 말한다. 그러자 윤 모는 화를 내면서 아내를 꾸중하고 회초리질을 하고는 죽을 버리게 한다. 그 장면을 지켜본 농군은 대오각성한다. 자기 집으로 돌아가 죽을 쑤어서 선비의 집으로 가져가서는 자초지종을 말한다. 윤 모는 그 농군이 불량한 자이기는 하지만 개과천선했으니 만일 그 죽을 거절하면 개과천선의 길을 막게 되리라 판단하여 죽을 받아먹는다. 그 뒤 윤 모의 사랑으로 이사한 농군은 문권 없는 종이 되어 정성을 다한다. 윤 모의 사정도 서서히 나아졌다.

윤 모가 농군에게 뚜렷이 베푼 것이 없는 것 같은데 서술자는 그렇게 보지 않았다. 먼저 벼를 몰래 베어 온 부인을 꾸중할 때 윤 모가 한 말을 따져 볼 필요가 있다.

하늘이 만민을 나게 하신 것은 반드시 자기 힘으로 먹고 살라고 하신 것이니 사농공상은 각기 그 직분이 있소. 벼 알알에 배어 있는 그 사람의 수고로움이 어찌 독서하는 선비를 배부르게 하고자 함이겠소?[16]

윤 모는 각 계층에게 각자 자기 할 일이 있음을 환기시켰다. 선비는 책을 읽어야 하고 농부는 일을 해야 한다는 말은 앞에서 인용한 장현광張顯光의 생각과 다를 바 없다. 선비는 자기가 마땅히 해야 될 일을 떳떳하게 하고 있기에 굶어 죽는 것조차 심각한 일이 아니다. 그는 책을 읽는다는 자기 직분에 철저하여 당당한 존재다.

이에 반해 그를 바라보는 농군의 입장과 생각은 다르다. 아내에게 회초리질을 하는 윤 모의 행동을 보고 충격을 받는 농군에 대해 서술자는 이렇게 묘사한다.

그 사내가 일의 전말을 다 보고서는 자기도 모르게 탄복하고 양심이 그윽이 일어났다. 평생의 의롭지 못했던 생각들이 완전히 녹아 버렸다.[17]

그 장면은 농군의 생각과 행동을 완전히 달라지게 할 정도로 충격적인 것이라 했다. 서술자는 굶주린 남편을 구하기 위해 남의 벼를 훔쳐 왔지만 꾸중을 듣고 눈물 흘리는 가련한 여인의 모습에 초점을 맞추기보다는, 그 장면을 보고 회개 각성하는 농군의 모습에 초점을 맞추었다. 그래서 농군으로 하여금 직접 그 마음을 털어놓게 했다.[18] 농군은 윤 모의 행

---

16 士人作色大咤曰: "天生萬民必食其力, 士農工商, 各有其職, 彼漢之粒粒辛苦, 何關於讀書士子之飢不飢?"(동야 하 178)
17 厥漢備見首末, 不勝嘆服, 良心油然感發, 平生不美之計, 全然消磨.(동야 하 179)
18 厥漢乃跪告曰: "小人俄以穿窬之行, 到公門下, 窺視公子處事, 磊落光明, 令人感服, 小人亦具

동이 자신을 완전히 다른 인간으로 태어나게 해 주었다고 고백한다. 그리하여 윤 모는 이 세상 그 어떤 물질적 배려보다도 더 귀중한 은혜를 농군에게 베푼 사람이 되었다. 농군은 윤 모가 자신에게 베푼 은혜가 크나크다는 것을 진심으로 인정한다. 그래서 일단 자기 '몸으로' 경작한 떳떳한 곡식으로써 죽을 쑤어 와서 윤 모에게 바친다. 이 행위는 자기가 받은 은혜에 대한 1차적 보은이다. 농군의 보은 행위는 계속된다. 아예 윤 모의 집으로 이사와 문서 없는 종으로 행세하며 주인을 위하여 온갖 일을 다 함으로써 주인집을 부자로 만들어 주는 것이다.

이로 볼 때 양반 윤 모와 평민 농군과의 관계는 일방적이다. 윤 모는 시종 떳떳하게 살아가면서 자기 아내는 물론 평민인 농군까지 가르치고 그들에게 은혜를 베푸는 존재이다. 반면 농군은 스스로 경작하지만 주체적으로 떳떳하게 자기 삶을 꾸려 가지 못하기에 남의 도움이 필요한 존재이다. 결국 윤 모의 행동 자체가 그대로 농군에게 교훈으로 수용되었다.

임금이 평민에게 은혜를 베푼다는 생각은 유가 이념에 뿌리를 둔 것으로 체제 유지의 바탕이 되었다. 반면 양반과 평민의 관계는 일상생활 경험에 뿌리를 내린 것이다. 양반 윤 모는 책 읽기에 골몰하지만 심각한 가난에 직면해 있고, 평민 농군은 농사를 지어 생계를 꾸려 갈 수는 있었지만 도벽이 있다. 정신적으로 윤 모가 우위에 있고 물질적으로는 농군이 우위에 있다. 두 사람의 관계는 정신과 물질 중 어느 쪽에 초점을 맞추는가에 따라 달라진다. 서술자는 철저히 정신에 초점을 맞추었다. 윤 모는 정신적 우위에 있는 존재로서 농군에게 일방적 은혜를 베풀었다. 윤 모도, 농군도, 그리고 서술자도 이 점에 대해 회의하지 않는다. 정신적 은혜

秉彝, 安得不感化? 心性大覺前非, 不可無表此衷曲, 猥持粥物以來, 幸俯察事情, 特許少嘗焉. 且此粥所需, 卽小人躬自耕種之穀也, 豈敢以不潔之物, 奉浼於玉壺氷蘗之前乎?"(같은 면)

를 입은 농군은 보은했다. 보은의 방식은 철저히 물질적이다. 당장 죽을 쑤어 바쳤고 마침내 종노릇을 하여 자기 육신의 힘으로 윤 모를 부자로 만들어 주었다.

결과만 두고 보면 양반 윤 모는 가만히 책만 읽었는데도 죽을 먹을 수 있었고 가난도 면하게 되었다. 윤 모 스스로가 '벼 알알에 배어 있는 농민의 수고로움이 독서하는 선비를 배부르게 하고자 함이 아니라'고 강변했지만, 결국은 농민의 수고에 의해 자기 품위를 유지하며 책을 계속 읽을 수 있게 된 셈이다.

여기서 보은담이 계층 관계를 끌어가는 한 원리를 찾을 수 있다. '정신적 시혜'가 '물질적 보은'을 초래하는 모델이다. 정신적 은혜를 베푸는 쪽이 양반이라면 물질적 보은을 하는 쪽은 평민이다. 서술자는 양반의 정신적 은혜 베풂을 부각시키고, 평민의 물질적 보은을 부각시키지는 않는다. 이에 대한 평결은 이러하다.

세월이 추워진 연후에야 소나무 잣나무가 늦게 시든다는 것을 알게 된다 했듯이 온 세상이 다 혼탁해지면 맑은 선비는 선비의 지조를 보인다. 진실로 빙호옥척氷壺玉尺은 가는 먼지조차 더럽히지 못하는 것이다. 사람을 감복시켜 착하게 만드는 것도 사람이란 다 양심을 갖고 있기에 온건하게 사단을 따라 응감하여 선악을 보기 때문일 것이다. 군자가 어찌 진실되지 않을 수 있겠는가?[19]

19 歲寒然後知松栢之後彫, 擧世混濁, 淸士乃見士人介潔之操, 眞可謂氷壺玉尺, 纖塵不汚者, 而至使人感服遷善, 蓋秉彝之性, 人固有之, 藹然四端隨感, 而見一善一惡之間, 君子胡不慥慥爾.(동야하 180)

이렇듯『동야휘집』의 편찬자 이원명李源命(1807~1887)도 가난에 굴복하지 않고 꿋꿋하게 살아가는 윤 모의 행위를 '선비의 지조'를 대변하는 것으로 보았고, 그의 그런 모습이 농군을 감복시켜 '착하게' 만든 것을 강조했다.

다음과 같은 도표를 활용하여 이런 보은담의 본질을 설명할 수 있다.

서술자의 초점	양반	평민	시혜와 보은의 관계
물질	먹을 것의 수혜자	먹을 것의 생산자	평민의 시혜에 대해 양반이 보은한다.
정신	이념·윤리의 생산자	이념·윤리의 수혜자	양반의 시혜에 대해 평민이 보은한다.

서술자가 물질과 정신 중 어느 쪽에 초점을 맞추는가에 따라 보은담의 성격은 달라진다. 「퇴완죽우맹천선」의 서술자는 정신 쪽에 초점을 맞춤으로써 이념·윤리의 생산자인 양반 윤 모의 떳떳함을 부각시키고, 먹을 것의 생산자인 농군의 초라함과 개과천선을 강조했다. 이 작품의 귀결점은 농군의 개과천선과 윤 모의 재산 취득이다. 윤 모의 재산 취득은 맨 마지막에 아주 간략하게 언급되었을 뿐 부각되지 않았다. 그 결과 윤 모는 독자들이 눈치 채지 못할 정도로 은밀하게 심각한 생활 문제를 해결하게 되었다.

「환탁은강도감의」還槖銀强盜感義(동야 하 180)[20]는 이와 유사하면서도

---

20 「허찰방정」許察訪淀(학산 313)도 같은 작품이다. 다만 「환탁은강도감의」에서는 도둑이 자기를 '상천'常賤으로 소개하고 있는 반면 「허찰방정」에서는 '상민'常民으로 소개하고 있으며, 「허찰방정」에는 평결이 없지만 「환탁은강도감의」에는 평결이 붙어 있다.

다르다. 「환탁은강도감의」에서 주인공 허찰방은 은 300냥이 든 보자기를 주위 주인에게 돌려준다. 보자기의 주인이 사례금을 주려 하자 허찰방은 한 푼도 받지 않는다. 허찰방은 사부지행士夫志行을 지킨다는 점을 분명히 했다. 그런데 보자기의 주인은 강도였고, 그 보자기도 훔친 것이었다. 강도는 재물에 초연한 허찰방의 행동에 감동하여 자기의 잘못을 깨닫고 개과천선한다. 강도가 달라진 것은 허찰방이 이념을 올곧게 실천했기 때문이었다. 강도는 자기가 상천常賤이라며 허찰방의 종이 되겠다 다짐하고 솔가하여 허찰방의 집으로 온다.

이처럼 사대부로서의 이념을 당당하게 실천하는 주인공이 도벽이 있는 상대 인물을 감화시키고, 감화를 받은 상대 인물은 주인공과 함께 살면서 그에게 보답한다는 점에서 두 작품은 유사하다. 다른 점은 다음과 같이 설명할 수 있다.

	「퇴완죽우맹천선」	「환탁은강도감의」
주인공의 경제 여건	윤 모는 끼니를 잇기 어려울 정도로 가난하다.	허찰방은 그냥 검소하게 살아갈 정도다.
돈의 개입	윤 모는 올곧은 행동을 하기만 한다.	허찰방이 돈을 주위 강도에게 준다.
주인공의 경제 여건 변화 여부	윤 모는 부자가 된다.	허찰방의 경제 여건은 달라지지 않는다.

두 작품의 주인공들은 돈에 대해 철저히 초연한 양반이다. 상대 인물은 평민이나 천민인데, 양반의 그런 모습을 보고서 자기 잘못을 반성하고 개과천선한다. 여기까지가 같다. 경제 여건이 매우 어려운 윤 모는 돈과 관련된 어떤 행동도 하지 않는 데 반해, 경제 여건이 상대적으로 양호한

허찰방은 돈을 주워서 돌려주는 점이 다르다. 경제 여건이 나빴던 윤 모는 농군의 '보은'으로 부자가 되는 반면, 경제 여건이 그리 심각하지 않았던 허찰방은 강도의 '보은'을 받지만 부자가 되지는 않는다. 「퇴완죽우맹천선」의 윤 모는 돈이 지배하는 일상 현실로부터 가장 초연하면서도 결국은 돈을 얻게 된 것이다.

윤 모의 초연함을 강조하면서도 윤 모로 하여금 돈을 얻게 만드는 서술자의 태도는 은근히 계산적이다. 선비로서 올곧게 살아가는 것만 보여주려 했다면 과연 이런 설정이 가능했을까? 이와 관련하여 「청축어재상기왕사」聽祝語宰相記往事(청구 상 373)를 살펴볼 필요가 있다. 「청축어재상기왕사」에서 주인공은 길에서 비싼 금팔찌를 주워서는 그것을 잃어버린 여인에게 돌려준다. 여인은 남의 집 여종이었는데, 주인집의 혼수용으로 금팔찌를 사 오다가 잃어버렸던 것이다. 그 때문에 살아난 여종은 감격하여 금팔찌를 돌려준 주인공에게 언젠가 은혜를 갚으려고 그 신상에 대해 묻지만 주인공은 알려주지 않는다. 주인공은 그 뒤 이조판서가 되었는데, 어느 날 먼 길을 가다가 잠시 어느 이서吏胥의 집에서 쉬게 되었다. 그때 내실에서 "신령님, 옛날 이현에서 금팔찌 돌려주신 분, 부디 재상이 되고 자손 번창하고 장수하고 부자도 되게 해 주십시오"[21]라고 축원하는 소리가 들렸다. 금팔찌를 잃어버렸던 여종이 그 집 부인이 되어 있었던 것이다. 부인은 해마다 그날만 되면 떡과 술을 마련해 놓고 그렇게 빌어 왔다고 했다. 그러자 주인공은 집주인에게, "나의 부귀영달이 모두 당신 처의 정성으로 이뤄진 것이로군요"[22]라며 치하한다.

「청축어재상기왕사」는 주인공이 상대 인물에게 은혜를 베풀게 하기

---

21 昔日梨峴還金之爺爺, 神其扶佑, 使之爲公爲卿, 子孫滿堂, 壽富兼全.(청구 상 374)
22 吾之富貴榮達, 安知非由於汝妻之精誠所感也!(청구 상 375)

는 하되, 보은의 길을 막았다. 결국 두 사람이 만나기는 하지만, 그때는 이미 주인공이 영달을 누리고 있었다. 주인공이 영달하는 데 여종이 직접 개입하지 않게 한 것이다. 물론 주인공이 영달하는 데 여종의 축원이 도움이 되었다고도 볼 수 있을 것이다. 그렇다 하더라도 그것을 확인한 시점은 주인공이 영달을 거의 다 이룬 때이다. 주인공이 출세하는데 신분이 낮은 상대 인물의 보은의 역할을 최소화한 작품이 「청축어재상기왕사」이다. 이와 비교할 때, 「퇴완죽우맹천선」은 보은에 대한 의존도가 대단히 높다. 이 점이야말로 「퇴완죽우맹천선」류 보은담의 특징이라 할 수 있다.[23] 주인공 윤 모는 가난에 봉착하여 그 상황에 전혀 개의치 않고 안분지족安分知足의 마음가짐을 보여주지만, 상대 인물의 직접적인 보은의 힘에 의지하여 잘살게 되었다. 정신적인 것을 베풀어 물질적 풍요를 되받은 것이다.

3. 당당한 시혜자와 간절한 보은자

물질적 궁핍을 민감하게 받아들일 수밖에 없는 가난한 양반이 다른 계층의 인물을 만나 물질적 은혜를 베푼다. 그로 인해 양반은 더 심각한 곤궁에 처하게 되었지만 긴 시간이 흐른 뒤 보은을 받아 결국 잘되는 이야기가 또 다른 모델의 보은담이다.

---

23 물론 이 경우를 맹자의 "士, 窮不失義, 達不離道, 窮不失義, 故士得己焉. 達不離道, 故民不失望."(『맹자』, 「진심장」盡心章 상)이란 가르침에 충실한 행위라고 볼 수도 있다. 궁窮해도 의義를 잃지 않는다는 점에서 맹자의 이념을 실현하고 있다. 그러나 맹자의 이념은 '자신을 상실하지 않음'("得己言不失己也."(『맹자집주』, 명문당, 1976, 346면)라는 주자의 주를 참조할 것)으로 귀결되었다. 그러나 「퇴완죽우맹천선」에서는 그 이념의 실현에 대한 보상이 뒤따르고, 또 그 보상이 작중 문제의 해결에 결정적인 역할을 한다는 점에서 맹자의 이념이 수단화되었다고도 볼 수 있다.

① 이의녕李義寧은 소시에 무과에 급제하고 벼슬을 얻기 위해 상경했다가 사기를 당해 가산을 탕진했다.

② 다시 남은 전답을 모두 팔아 벼슬을 구하러 나섰다.

③ 충청도 어느 여관에 묵었다가, 어떤 처녀가 역질로 죽은 가족의 장사를 지내지 못하고 있는 딱한 사연을 전해 듣는다. 그녀를 위해 장사를 지내 주고 그녀가 의지할 곳도 주선해 주었다.

④ 이의녕은 상경했으나 역시 아무 벼슬도 얻지 못하고 여비만 탕진했다.

⑤ 마지막으로 전관銓官에게 사정을 하소연이나 하려고 한밤에 그 집 담을 넘어갔다. 전관의 늙은 아버지에게 들켰는데 오히려 서로 절친한 사이가 된다.

⑥ 이의녕은 그동안의 경험을 전관의 아버지에게 이야기해 주었다.

⑦ 전관의 부인이 이야기 속의 처녀라는 사실이 밝혀졌다. 이의녕은 큰 보은을 받고 벼슬길에 나서게 되었다.[24]

양반 이의녕의 경제 여건은 매우 열악하다. 벼슬을 얻지 못하고 사기까지 당했다. 남은 가산을 다 처분하여 마련한 돈은 벼슬을 구할 마지막 수단이다. 그러나 그 돈으로 그가 한 일은 곤경에 빠진 처녀를 도와주는 것이었다. 그녀는 가난한 평민보다 더 심각하게 몰락한 존재다. 또 여자다. 이 작품은 현실의 한복판으로 나와 경제적 위기를 겪는 양반 주인공이 자기보다 더 어려운 처지에 놓인 낮은 계층의 상대 인물을 도와주었다가 마침내 잘 되는 보은담의 전형을 보여준다. 「강릉김씨」江陵金氏(계서야담 89), 「구사명점산발복」救四命占山發福(동야 하 20), 「영가김씨부부적음

---

24 「휼삼장우녀등사」恤三葬遇女登仕(동야 하 14), 「장삼시호무음덕」葬三屍湖武陰德(청구 상 76)

설」永嘉金氏夫婦積陰說(차산필담 324), 「수은식화」受恩殖貨(차산필담 398) 등이
그 맥을 잇는다.

「강릉김씨」와 「구사명점산발복」에 등장하는 주인공은 가난한 선비
다. 그는 생계를 이어 가기 위해 옛 노비들을 찾아가 속량해 주고 수천 금
을 받아 오던 도중 금강에서 세 사람이 빠져 죽으려 하는 모습을 목격한
다. 세 사람은 늙은 부부와 그 며느리였다. 하나뿐인 아들이 이역吏役 노
릇을 하다 관금 수천 금을 포탈했는데, 그 돈을 갚을 길이 없어 죽으려 한
다는 것이었다. 이에 김선비는 가지고 있던 돈을 몽땅 준다.

> 세 사람은 "우리 네 명의 생명을 살려 주셨군요. 장차 어떻게 하면
> 이 은혜에 보답을 할 수 있을지요? 제발 우리 집에서 며칠 유숙하고
> 떠나시지요"라며 대성통곡했다.[25]

살아난 사람들의 이 말은 김선비의 베풂이 결국 보은으로 귀결될 것
을 은근히 암시한다. 그러나 김선비는 자신의 신상에 대해 아무것도 알려
주지 않고 떠난다. 이 장면이 어색하다. 거금을 쾌척하는 마음이 아무리
순수하다 하더라도 최소한 통성명이라도 할 터인데 그러하지 않았다. 그
것은 시간이 흐른 뒤 분명히 이루어질 보은의 순간을 극적으로 만들기 위
한 포석이다. 과연 그 뒤 김선비는 더욱 가난해지고, 가난이 극에 이르렀
을 때 어머니가 사망한다. 김선비는 어머니의 장지를 구하러 다니다가 자
신이 구해 준 그 사람들을 만나게 된다. 그들은 마을 최고의 부자가 되어
있었다. 그들의 보은에 힘입어 김선비는 어머니의 장지를 얻을 뿐 아니라

---

25 其三人又大聲哭曰: "吾輩四人之命, 因此而得生, 將何以報恩? 入吾家而留宿而去."(계서야담
90~91)

가난도 해결하게 된다. 독자들은 김선비의 베풂과 그로 인해 겪는 가난의 길을 따라가다 어느새 김선비가 부자가 되는 상황을 만난다. 김선비의 시혜가 가난으로부터의 탈출로 이어지는 것이다.

서술자는 주인공이 측은지심을 갖고서 딱한 처지에 있던 사람들을 구해 준 사실을 시종 강조한다. 그런데 주인공의 돈이 옛 종들로부터 받아 오던 것이라는 사실을 중시하지는 않았다. 추노推奴 과정에는 으레 주인과 종들 사이에 심각한 갈등과 투쟁이 있게 마련인데, 이 작품은 그 과정을 너무나 순조롭고 간략하게 처리했다.[26] 옛 주인의 후손이 옛 노비의 후손으로부터 추노전을 거둬 가는 모양새가 이상하기만 하다. 옛 주인의 후손이 어느 날 문득 나타나 돈을 요구했을 때 옛 노비의 후손이 이렇게 순순히 돈을 낸다는 것은 상식 밖이다. 그럼에도 불구하고 이렇게 순조로운 것으로 묘사한 것은 다음 서사 단락을 위한 의도적 서사 장치라고 보아야 할 것이다.

과연 주인공 김선비는 추노하여 받아 오던 돈을 아전 가족의 구명을 위해 다 쓴다. 절박한 형편에 놓인 아전 가족을 위해 거금을 쾌척하는 김선비의 행위는 감동적이지만, 그가 추노를 하러 가게 된 동기와 또 그가 옛 노비들에게 보인 비정한 행동과 비교해 보면 일관성이 부족하다.

이 작품은 '가난한 양반 김선비가 추노를 하여 잘살게 되었다'가 아니라 '가난한 양반 김선비가 절박한 형편에 처한 아전 가족을 살려 주는 훌륭한 일을 하고 마침내 보은을 받아 스스로도 부자가 되었다'라고 말하려 한 것이다. 양반은 가난해도 하층민의 도움을 받아 구차하게 부자가

---

26 其老慈語子曰: "汝家先世, 本以富稱, 奴婢之散在湖南島中者, 不知其數, 汝往推刷也." 仍出示篋中奴婢文券軸, 士人持往. 島中百餘戶村落, 自占居生, 皆奴婢子孫也. 見券羅拜, 遂欽千金贐之, 士人燒其券駄餞而還.(계서야담 89~90)

되는 것이 아니라, 하층민의 자발적인 보은에 의해 뜻하지 않게 부자가 되었다. 현실의 난관을 스스로 개척할 능력이나 의지가 없는 양반들이 여전히 품위와 권위를 지키면서도 자기 문제를 잘 해결하는 길을 보여준 셈이다.

이들 작품들을 조선 중기의 잡록집 『죽창한화』에 실려 있는 「김남창」 金南窓(『대동야승』 17, 66면)[27]과 비교해 볼 필요가 있다. 「김남창」은 이 계통 보은담의 근간이 된 초기작이다. 김언겸金彦謙은 대대로 향촌에서 살며 유학을 공부했다. 그는 가난했지만 효성이 지극했다. 벼슬을 얻기 전 어느 날 어머니가 한양에서 세상을 떠났다. 상여 수레를 끌고 고향으로 돌아가던 중 상여 바퀴가 부러지자 하는 수 없이 어머니의 시신을 길가 높은 곳에 가매장했다. 그 뒤 다시 묘를 옮겨 갈 비용이 없어 결국 그곳을 무덤으로 삼았다. 지나가던 지관이 그곳을 금방金榜에 붙을 후손이 거듭 나올 명당이라 하며 그런 명당 부근에서 상여 수레의 바퀴가 부러진 것은 효성에 감동한 하늘의 뜻이 실현된 것이라 말해 주었다. 과연 김언겸과 그 아들 김남창이 대과에 급제했다.

「김남창」은 효를 강조하면서도 가난한 주인공의 절실한 처지를 여실히 보여주었다. 그리고 설사 명당에 모친의 산소를 마련하게 된 것이 '하늘의 뜻'이었다 할지라도 그것이 김언겸 부자가 과거에 급제하는 데 실질적인 도움을 준 것은 아니다. 다만 지관의 예언이 격려가 되었을 수는 있겠다. 이와 비교하면 「구사명점산발복」의 주인공 김선비는 명당을 얻고 마침내 부자가 되는 과정에서 상대 인물의 도움에 전적으로 의존한다. 김선비가 나서서 하는 일은 거의 없다. 그래서 그가 애초에 베풀어 준 은혜와 그에 대한 보답을 아주 상세하고도 과장되게 그린 것이다.

---

27 『국역 대동야승』 17, 민족문화추진회, 1982, 66면.

「김남창」은 가난한 양반이 당면한 가난을 효라는 스스로의 미덕에 힘입어 해결하는 구조다. 양반이 절망적 현실에서 자기 문제를 해결할 수 없었을 때 이 같은 기적을 떠올렸을 것이다. 그러나 조선 후기 현실에서 양반은 그런 기적만을 바라고 가만히 있을 수 없었다. 양반이건 평민이건 각 계층은 밖으로 나가 어떤 식으로든 서로 관계를 맺지 않을 수 없게 된 것이다. 현실이 양반으로 하여금 다른 계층과 관계를 맺게 했을 때, 양반은 그들을 우월성과 정당성을 보장해 주는 이데올로기를 만들어 내었다. 이 모델의 보은담은 이런 양반의 이데올로기적 필요에 대응한 것이라 할 수 있다.

그리고 이런 경향은 시간이 흐를수록 더 강해졌다. 조선 말기의 야담집인 『차산필담』에 실려 있는 「영가김씨부부적음설」永嘉金氏夫婦積陰說(차산필담 323), 「수은식화」受恩殖貨(차산필담 398) 등에서 그런 점을 찾을 수 있다.

「영가김씨부부적음설」은 「구사명점산발복」류를 변형시켜 '적선누인' 積善累仁을 상식을 초월하는 정도까지 강조한다. 김씨 부인은 바느질로 겨우 연명하면서도 푸줏간의 고기에 독이 들어 있다는 사실을 알고는 집에 있는 돈을 모두 모아 그 고기를 사 와서 연못에 버린다. 다른 사람의 피해를 없애기 위해서였다. 그 뒤 김씨 집안은 더 가난해져 큰아이가 굶어 죽기에 이른다. 김씨는 절박한 상황을 타개하려고 관서백關西伯으로 있는 친구를 찾아가 겨우 어음을 얻는다. 돌아오던 도중 임진강에 빠져 죽으려는 사내와 그 부인을 목격하고는 그들을 구하기 위해 어음을 모두 주어 버린다.

돌아온 김씨는 임진 강가에서 빠져 죽으려던 사람이 있었다는 이야기만 해 줄 뿐 자기가 어음을 주었다는 사실은 이야기해 주지 않는다. 이에 부인은 자살을 기도한다. 숨이 끊기기 직전에 발견되어 살아난 부인은 왜 자살하려 했느냐는 남편의 물음에 이렇게 대답한다.

당신이 그렇게 부덕한 사람인 줄은 몰랐습니다. 당신은 사람을 구할 수 있을 정도의 돈을 얻었고 사람을 구할 수 있는 때를 맞이했는데도 사람을 구해 주지 않고 돌아왔습니다. 집안사람이 죽을 지경에 있는 까닭에 마음이 다른 사람에게 미치지 못한 줄은 알지만, 이같이 마음을 쓰신다면 비록 7천 관이 있더라도 보존하기 어려울 것이니, 환난으로 없어지지 않으면 반드시 도적에게 빼앗길 것입니다. 우리 부부가 늙으면 더욱 가난해지고 자손의 경사를 볼 희망도 없을 것이니, 제가 살아서 무엇 하겠습니까. 차라리 눈을 감아 버리는 게 나을 것 같았지요.[28]

부인은 죽을 지경에 빠진 사람을 자기 남편이 도와주지 않아 결국 자신들이 더 절망적인 곤란을 겪게 될 것 같았기 때문에 자살을 기도했다고 말했다. 곤경에 처한 사람을 도와주어야 한다는 윤리가 과장된 것만큼 자신의 문제를 해결하고자 하는 의지도 강했다고 하겠다.

「영가김씨부부적음설」에서는 「구사명점산발복」과는 달리, 은혜를 입은 사람이 새로운 문제에 부딪힌 시혜자에게 직접 보답하지 않는다. 대신 김씨 부부의 음덕을 높이 평가한 임금이 김씨에게 벼슬과 재물을 내린다. 간접적인 문제 해결이면서 엄밀하게 따지자면 '시혜―보은'이라는 보은담의 기본 뼈대를 벗어난 것이다.[29]

---

28 不意夫子有此不德也. 優得救人之財, 適當救人之時, 不能救人而來, 知應家人濱死之故, 心不及於他人, 如是用心, 雖七千貫, 是難繼之物, 若不禍患所費, 必爲盜賊所失, 吾夫妻老益貧窮, 而無望子孫之有緒慶, 吾生何爲? 只當溘然而已.(차산필담 329~330)

29 「영가김씨부부적음설」의 이런 성격에 대해서는 이강옥, 「19세기 말 야담의 새로움―차산필담此

「수은식화」에서 주인공 김기연金基淵은 벼슬을 얻으러 나섰는데 벼슬은 얻지 못하고 가산만 탕진한다. 벼슬을 얻을 가능성이 사라진 그 순간, 김기연은 기진맥진해 있는 여인에게 은혜를 베푼다. 이런 행동에는 분명 어려움에 처한 타인을 아무 조건 없이 도와주어야 한다는 윤리 의식이 개입되어 있다. 그것을 '인심'仁心이라 규정했다.[30] 그렇지만 이런 시혜 행위는 주인공이 스스로 어떤 현실적 행위를 할 수 없는 단계에 이루어졌다. 반면 상대 인물인 여인은 주인공이 준 돈으로 장사를 잘하여 거부가 된다. 결국 여인과 김기연이 상봉하여 결혼함으로써 모든 문제는 해결된다. 김기연은 자기 욕망을 스스로 성취하지 못하고 남을 도운 것에 대한 보답으로서만 간접적으로 부자가 된 것이다.

이상의 보은담은 자기 한 몸도 가누기 어려운 상황에서 자기보다 더 어려운 상대 인물에게 돈을 주는 양반의 헌신적 시혜를 부각시키고 그 뒤의 보은 과정은 과거 양반의 시혜를 계속 환기시키는 역할을 하게 한다. 시혜자와 보은자가 다시 만나는 데 걸리는 시간을 늘리고 그 과정을 극적으로 만든다. 또 제3의 보은자를 개입시켜 시혜자를 철저하게 포상하는 것도 이런 맥락에서 이해된다. 양반이 스스로도 절박한 상태에 있지만 가진 돈 모두를 신분이 낮은 상대 인물에게 준 것은, 양반이 돈을 돈으로 보지 않고 돈을 통해 실현하는 인仁이라는 윤리를 보았기 때문이다. 그런 점에서 주인공 양반은 정신이 깃든 물질을 주고는 엄청나게 부풀려진 물질을 받았다고 할 수 있다. 시혜자는 어려운 상황에서도 당당하게 물질을 베풀었고 보은자는 간절한 마음으로 시혜자를 만나 결국 보답했다.

山筆談을 중심으로」, 『국어국문학』 140호, 2005에서 상세하게 다루었다.
30 活人之時, 抑何仁心, 而忘人之時, 若是薄情耶?(차산필담 405)

4. 사라진 시혜자와 당당한 보은자

타인으로부터 혜택이나 배려를 받았을 때, 그것을 은혜로 여기고 꼭 갚겠다 생각하는 사람이 있는가 하면 그 반대로 생각하는 사람도 있다. 양반과 종의 관계처럼 신분의 차이가 지배와 예속의 관계를 만들 때 특히 그러하다. 종은 죽을 때까지 양반을 위해 자기 몸을 바쳐 모든 일을 다 해준다. 그런 점에서 종이 양반에게 은혜를 베푼다고 할 수 있다. 그러나 중세 사회의 이데올로기는 종들이 그렇게 생각하도록 내버려 두지 않았다. 중세 이데올로기는 '시혜―보은'의 고리를 '임금―백성'이나 '양반―평민'보다 더욱 엄격하고도 단단하게 '주인―종'의 관계에다 걸었던 것이다. 종은 일생 동안 주인을 위해서 몸을 바치지만, 여전히 주인집에서 살 수 있게 된 것을 주인으로부터 은혜를 받았다고 생각해야 했다. 그리고 주인이 조금이라도 남다른 배려를 해 주면 감동하게 되었다.

그러나 주인에 대한 노비의 일방적 헌신과 복종의 이데올로기가 불신되기도 했다. 노비들도 자기 삶을 소중하게 생각해 독립하려 했고, 일단 독립한 노비들은 어떤 종속이나 불이익을 용납하지 않으려 발버둥 쳤던 것이다.

「노온려환납소실」老媼慮患納小室(청구 상 24)과 「송반궁도우구복」宋班窮途遇舊僕(청구 상 321) 등 추노推奴를 소재로 하는 보은담에서 그런 양상이 나타난다. 추노란 도망친 노비를 잡아 오거나 노비들의 독립생활을 인정해 주는 대신 돈을 받는 행위다. 몰락하여 통제력을 상실한 주인이 노비를 잡아 온다는 것은 현실적으로 불가능하기에 대체로 일정한 돈을 받는데서 만족해야 했다. 이런 추노에 대해 노비들은 이중 반응을 보였다. 주인으로부터 은혜를 입었다고 생각하는 노비들은 주인을 만난 것을 보은의 좋은 기회로 생각했다. 반면 주인으로부터 은혜를 입었다고 생각하지 않는 노비들은 어느 날 문득 찾아온 주인이나 주인의 후손들을, 자기들이 힘들게 일궈 놓은 삶을 파괴할 존재로 인식하여 그들을 죽이거나 내몰려고 했다.

「노온려환납소실」에서 할미는 재상집의 여종이었다. 얼굴이 곱고 마음도 선량하여 재상 부인이 아꼈다. 그런데 재상이 그녀를 범하려 하니 난감했다. 계속 거부하면 재상이 죽일 것이고 재상을 받아들이면 부인에게 배은망덕을 하는 셈이었다. 어쩔 수 없어 부인에게 사실을 고백하니 부인이 약간의 돈을 주며 내보내 주었다. 여종은 나룻가에서 만난 남자와 부부가 되어 살았다. 그 뒤 재상 내외는 물론 그 아들도 죽었다. 재상의 손자는 생계를 꾸려 가기조차 어려울 정도로 가난했다. 선대 노비들이 각처에 흩어져 있다는 사실을 알고 추노의 길을 떠났다. 옛 노비들을 찾아내어서는 노비 문권을 보여주며 돈을 요구했다. 노비들은 요구를 들어주는 척하다가 밤이 되자 죽이려 했다. 재상의 손자는 담을 넘어 탈출했는데 호랑이 한 마리가 나타나 등에 실어 갔다. 호랑이는 어느 큰 마을 우물가 집 대문 앞에 재상 손자를 내려놓고는 쪼그리고 앉아 있다가 새벽에 사람들이 나타나니 사라졌다. 그 집 노모가 나와 보고는 그가 바로 자기가 모시던 재상의 손자임을 알아보았다.

늙은 여종이 한 번도 본 적 없는 재상의 손자를 만나는 데 결정적 역할을 한 존재는 호랑이다. 호랑이가 담장 아래에 기다리고 있다가 재상의 손자를 실어 간다는 설정이 이상하고, 호랑이가 재상 손자를 여종의 집 앞에 내려놓아 준다는 설정은 기이하기까지 하다. 이런 기이함은 두 사람의 만남을 아주 특별한 것으로 만든다. 서술자는 늙은 여종의 목소리를 통해 그런 만남의 의미를 풀어 준다.[31] 재상 손자가 자기 집 앞까지 와서

31 "오늘까지 이렇게 살아있는 것이 부인 마님의 은덕 아닌 것이 없습니다. 제 나이 일흔이 되었지만

결국 자기와 만난 것은 하늘이 시켰기 때문이라 했다. 하늘의 뜻이란 그녀가 옛 주인에게 보은하라는 것이다. 그녀는 재상 부인으로부터 받은 사랑과 배려를 잊지 않고 언젠가는 꼭 그에 대해 보은하려고 했다. 보은은 그녀가 일방적으로 생각하고 실천하려 했던 것이지, 재상의 부인이 고대하던 것은 아니다. 더욱이 재상은 그녀를 궁지로 몰아넣었다. 그래서 시혜보다는 보은이 훨씬 더 강렬하게 묘사된 것이다. 그녀의 보은은 하늘의 뜻을 받들 만큼 찬란하다.

한편 여종의 아들과 손자들은 보통 노비들이다. 그들은 재상의 손자를 의심한다. 재상의 손자가 추노하러 왔을 것 같아 그대로 내버려 두지 않으려 한다. 여종의 아들과 손자는 '하늘의 뜻'에 반하는 것이다. 여종은 이런 상황에서 재상의 손자를 보호하여 보은을 완수할 계획을 철저히 세운다. 여종은 자기 손녀와 재상의 손자를 혼인하게 하여 자기 아들들이 그들을 배행해 한양까지 가게 함으로써 재상의 손자를 안전하게 돌아가게 하고 또 재산도 가져가게 해 준다. 이로써 여종의 보은은 완전히 실현되었다.

여종과 그 아들·손자의 경우에서 보은에 대한 두 세대의 상반된 태도를 확인할 수 있다. 늙은 여종은 자기가 섬기던 주인을 평생의 은인으로 생각하고 보은을 끝까지 생각한다면, 그 아들과 손자들은 주인을 자기들 삶을 파괴하려는 원수로 생각하고 죽이려 한다. 서술자는 새로운 노비 세대의 존재를 의식하기는 했지만 늙은 여종의 편을 들어주었다. 그래서 작품 대부분은 보은의 과정을 그렸고 시혜는 간략하게 처리했다. 재상의

하루라도 그 은혜를 잊은 적이 없었지요. 다만 한양과 이곳의 거리가 아득히 멀어 그곳 소문을 들을 수가 없었답니다. 오늘 뜻밖에도 낭군님이 오셨으니 이는 하느님이 저에게 옛 은혜를 갚게 하신 것입니다!"(今日如此居生, 莫非夫人之德, 吾年今七十, 何日忘之? 但京鄕落落, 聲聞莫憑, 今日郞君, 意外到此, 此天使之報舊恩也!)〔청구 상 28〕

부인을 먼저 죽게 하고 시혜자의 손자를 내세운 것도 시혜자가 부각되지 않도록 하기 위한 조치이다. 재상의 손자는 보은을 요구할 존재가 아니다. 그런 점에서 보은자인 늙은 여종은 시종 당당하고 떳떳하다.

「송반궁도우구복」에서도 주인 송씨가 일찍 죽어 주인집이 몰락한다. 마지막 남은 종 막동이조차 도망쳤다. 송씨의 아들은 장성했지만 생계를 꾸려 갈 수가 없다. 그래서 관동 지방 고을 원으로 있는 친지에게 도움을 청하려고 길을 떠났다. 도중에 어느 마을에 들러 묵게 되는데 그 집 주인은 최승선이라는 사람이었다. 알고 보니 최승선은 도망친 종 막동이었다. 송씨의 아들이 의도적으로 막동을 찾아 나선 것은 아니고 또 최승선도 처음부터 송씨의 아들을 불러들인 것도 아니었다. 지극히 우연하게도 송씨 아들이 자기 집에 하룻밤을 묵게 되었는데, 최승선은 그것을 하늘의 뜻으로 받아들였다. 최승선은 자기가 종으로서 여러 가지 죄를 지었다며 회초리를 쳐서 징계해 달라 한다. 그가 말한 첫 번째 죄는 '주인의 은혜를 두터이 입었으면서도 도망친 것'[32]이었다. 그리고 주인과 종의 의리는 부자 사이나 군신 사이와 다를 바 없다며 죽음으로써 한을 씻고자 한다고 했다.[33] 그러면서 최승선은 그간 자기가 양반을 사칭하여 재산을 모으고 벼슬까지 한 사연을 상세히 진술한다. 주인의 은혜를 갚아야 한다는 생각을 항상 했지만 그런 사연이 탄로날까봐 지금까지 그러하지 못했다고도 고백했다. 결국 최승선은 송씨 아들을 부자로 만들어 줌으로써 주인에 대한 은혜를 다 갚았다고 생각한다. 여기서도 우연하게 종과 주인의 아들이 만나 종이 보은하는 과정을 부각시켰다.

---

32 厚蒙主恩, 暗地逃竄, 一罪也.(청구 상 322)
33 主僕之義, 與父子君臣不等一間, 今此恩情阻隔, 體貌掣碍, 即欲無生以償此恨.(위의 책, 같은 면)

「애겸축재상덕혜」愛傔畜財償德惠(동야 하 72)는 양반과 이속의 관계에서 보은을 부각시켰다. 시혜의 주체인 고유高裕는 엄격하게 백성을 다스리면서 자기의 이익을 챙기지는 않았다. 그런 그가 언제나 자기를 대동하고 보좌했던 이속 조 모趙某만은 부자로 만들어 주었다. 조 모는 70이 되어 아들과 손자들에게 자기가 부자가 된 것은 상관이었던 고유의 덕택이라는 점을 강조하고 '사람으로서 배은망덕하면 하늘이 반드시 재앙을 내릴 것이니' 전답과 돈을 고유의 손자에게 주겠다고 선언한다.[34] 수혜자가 보은을 강조한 것이다.

이 작품에서도 시혜자와 보은자의 자손들이 보여주는 태도는 당사자 세대에 비해 많이 달라졌다. 이속 조 모의 자손들은 조 모의 생각을 전혀 수용하지 않는다. 돈과 재산을 주기 위해 고유의 손자를 모셔 오라 했지만 거짓말을 하고 데려오지 않고 오히려 찾아온 고유의 손자를 내쫓는다. 조 모의 자식이나 손자들은 자기 삶에서 주인에 대한 보은은 있을 수 없다 생각한 것이다.

한편 고유의 손자도 달라졌다. 그는 시혜자의 후손이지만, 시혜자가 일반적으로 보였던 겸양이나 양보의 미덕을 보여주지 못한다. 그는 조 모로부터 보답을 받을 명백한 권리도 없으면서 조 모를 찾아다니며 재물을 요구한다. 이 같은 시혜자 쪽의 변화가 가장 노골적으로 드러나는 경우가 「송반궁도우구복」의 송씨 아들의 종제從弟이다. 종제는 대단히 음흉한 자로서, 송씨 아들이 최승선으로부터 돈을 받아 부자가 된 내막을 알고 '강상'綱常을 문제 삼는다. 종형이 배반한 노비로부터 뇌물을 받아 강상을 어겼으니 자기가 그 노비를 응징하여 문란해진 강상을 바로잡겠다는 것이다. 강상을 어겼다고 최승선을 협박하여 그로부터 더 많은 돈을 뜯어내겠

---

34 人而背恩忘德, 天必殃之, 吾自初留意而買置某處田畓.(동야 하 74)

다는 속셈이었다. 최승선은 이런 종제를 미친 자로 몬 뒤, 그에게도 조금
의 돈을 주어 그 뒤로 꼼짝 못하게 만들어 버린다. 여기서 종제가 보여주
는 태도는 시혜자 쪽의 태도 변화를 가장 분명하게 보여준다.

　　요컨대 시혜자와 보은자의 관계가 달라졌을 뿐만 아니라 2세대의 행
동은 더 근본적으로 달라졌음을 확인할 수 있다. 1세대의 경우 시혜자의
시혜 행위는 극소화되고 또 시혜자가 직접 보은을 받지도 않는다. 그만
큼 시혜자의 비중이 약해지고 보은자의 당당한 보은 행위가 부각되었다.
2세대들은 시혜와 보은의 윤리를 부정하고 재물욕을 충족시키려 했다.
1세대에게는 시혜와 보은의 윤리가 최고의 가치를 가졌지만, 2세대에게
는 재물이 가장 중요한 삶의 요소가 되었다. 시혜와 보은의 관계에 이해
타산이 노골적으로 개입했다. 이런 변화는 사회적으로 만연된 욕망이 보
은담 구조 속으로 침투한 결과라 할 수 있다.

5. 시혜자의 재등장과 사회 윤리의 생성

이해타산이 더욱 강하게 개입하면 민중이 시혜의 주체로 나서서 이득을
챙기는 보은담이 만들어진다. 가령 「택부서혜비식인」擇夫婿慧婢識人(청구
상 609)에서는 여종이 거지를 남편감으로 골라 주인으로부터 인정을 받는
다. 거지 남편은 주인이 준 은전으로 입다 남은 옷들을 사서 옷 없는 거지
들에게 다 나누어 준다. 다리 밑에서 벌거벗고 옷을 세탁하고 있는 늙은
부부에게 옷을 주니 이 부부가 하룻밤을 재워 준다. 거지 남편은 표주박
을 베개로 베었는데 꿈에서 그것이 은을 만들어 내는 화수분임을 알게 된
다. 이 표주박으로써 거지 남편은 부자가 되고 벼슬을 얻으며 부인도 속
량시킨다. 이와 같은 거지와 여종의 처지와 신분 변화의 계기는 표주박을

얻은 것이었고, 표주박을 얻은 것은 거지 남편이 뭇 사람들에게 옷을 나 눠 준 덕이었다. 다소 환상적으로 착색된 감이 있다.

이것이 좀 더 현실화된 것이 「채삼전수기기화」採蔘田售其奇貨(동야 하 34)이다. 여기서 재상 댁 계집종은 거리에서 신을 삼아 팔던 오석량이란 사람을 데려와 동침을 하고 남편으로 삼는다. 다음 날 계집종은 남편을 주인에게 인사시키면서 대등하게 절을 하지 하배下拜하지 말라 한다. 계집종이 주인을 시혜자로 인정하지 않는 것이다. 그러고는 남편에게 돈을 주고 마음대로 쓰고 오라 한다. 남편은 한량들과 어울려 돈의 일부를 탕진하기는 했지만, 주로 남을 도와주는 데 사용한다. 계집종이 남편 오석량에게 돈을 쓰고 오게 한 것은 일단 돈의 가치나 위력을 알게 한 뒤 본격적인 장사를 하게 만들기 위해서였다. 그러나 오석량은 그 뒤에도 떠도는 거지나 가난한 이웃을 만나서는 그냥 지나치지 못하고 가지고 있던 돈을 다 주어 버린다. 입다 남은 옷들을 구입하여 북관 땅으로 가서 인삼이나 가죽으로 바꿔 오라고 보냈지만, 옷을 입지 못하고 추위에 떠는 그곳 사람들에게 가져간 옷들을 그냥 다 준다. 또 하룻밤을 묵게 된 집의 늙은 부부에게도 옷을 주니 그들은 "이 손님이 저에게 옷을 주어 몸을 가리게 되었으니 진정 은인이시다"[35]라고 찬탄을 금치 못한다. 이제 천민인 오석량이 완벽한 시혜자가 되었다. 그런데 늙은 부부가 '길경'이라고 알고 반찬으로 먹고 있던 것은 산삼이었다. 오석량은 그 산삼을 가득 싣고 돌아와 부자가 되고 그 산삼을 재상에게 바쳐 환심을 얻어 벼슬까지 받는다. 오석량이 부자가 되고 벼슬까지 얻게 된 것은 다른 사람들에게 베푼 은혜 덕인 듯하지만, 그것조차 계집종의 계산에 포함되어 있던 것이다. 모든 정황의 변화는 계집종의 신분 상승 의지에서 비롯된 것이다. 그런 점에서

---

35 謂其子曰: "此客與我裳袴, 得以掩身, 誠恩人也."(동야 하 39)

'시혜―보은'이라는 윤리적 고리를 계집종의 욕망이 압도했다고 하겠으며 거기서 보은담의 변개를 확인할 수 있다.

천민이 다른 천민에게 재물을 베풀어 주지만, 그런 행동에는 장차 자기에게 돌아올 이득에 대한 예상이 명백하게 개입해 있는 것이다. 이런 점은 이데올로기화된 인仁을 매개로 하여 양반이 처지를 향상시키는 보은담과는 구분된다.

보은담의 변화는 양반이 주인공인 경우에서도 나타난다. 양반이 어려움에 봉착한 타인을 조건 없이 도와주어 구제해야 한다는 윤리만을 더 부각시키는 경우다. 이런 윤리는 개인적 관계를 넘어서서 사회화된 것이다. 그리고 그 결과도 행복한 것이다. 시혜자가 타인을 도울 때, 시혜자는 경제적으로 전혀 열악하지 않으며, 오직 어려움에 처한 타인을 도와야 한다는 생활 이념만을 적극적으로 실천한다. 시혜―보은의 고리 중, 보은 쪽이 매우 약화되었다 할 수 있겠다.

「재자낙향부저경」才子落鄕富抵京(동야 상 783)에서 벌열가의 후예인 최생은 과거에 계속 낙방하여 몰락한다. '사지를 게을리 하여 부모를 봉양하지 않는 것이 첫째 불효다'라는『맹자』구절을 읽고는 공부를 포기하고 비장한 마음으로 치산治産에 나선다. 관념이나 체면에 고지식하게 매달리지 않고 구체적 일상을 과감하게 개척하려 했다. 그는 지역과 시기에 따라 곡물의 가격이 다른 점을 이용하여 쉽게 돈을 모아 2천 석에 가까운 곡식을 쌓아 둔다. 그해 큰 흉년이 들었는데 곡가가 치솟았다. 종들은 모두들 그때 곡식을 팔아 이익을 남기자고 했다. 그러나 최생은 기근에 허덕이는 동리 사람들에게 곡식을 다 나누어 준다. 동리 사람들이 죽어 가는 것을 차마 보고만 있을 수 없다는 이유에서였다.[36] 최생이 죽어 가는

36　生曰: "噫盡劉矣! 我有穀若干包, 雖小可賙急, 吾不忍吾鄕里之盡劉." (동야 상 785)

동리 사람들을 구휼하고자 한 것은 자기 스스로 그런 기근의 경험을 했기 때문이다. 추상적 윤리가 아니라 자기 경험을 바탕으로 하여 가진 자의 사회적 도리를 실천하려 한 것이다. 최생의 도움으로 마을 사람들은 모두 살아난다. 그리고 은혜를 갚고자 한다.[37] 시혜자인 최생이 인仁을 생각한 것이 아니라 동네 사람들이 최생을 '천하 인인仁人이요 의사義士'로 규정했다. 그 뒤 형편이 좋아진 동네 사람들은 이자까지 계산하여 2만 석을 돌려주려 했다. 이에 대한 최생의 반응은 다음과 같다.

> 나는 묵적墨翟과 같이 박애를 주장하지도 않고 백이와 같이 청렴한 사람도 아니라오. 그렇지만 2만 석은 내가 준 곡식의 열 배도 넘는다오. 이것은 아주 작은 미끼를 던져서 임공任公(고대 전설 속 인물로 고기를 잘 낚음)의 자라를 낚는 꼴이라오.[38]

자기는 묵적이 아니라는 최생의 말은 오직 남만을 생각하며 자기의 처지는 고려하지 않는 관념적 존재가 아님을 분명히 강조한 것이다. 또 백이가 아니라고 한 것은 현실의 삶이 청렴함으로만 꾸려지는 것이 아니고 적절한 재물이 뒷받침되어야 한다는 생각을 분명하게 드러낸 것이다. 최생은 궁지에 몰린 농민들을 도와주기는 했지만, 그들로부터 전혀 되돌려 받지 않으려 한 것은 아니었다. 최생은 다만 지나치게 많이 되돌려 받는 것을 고사한 것이다. 마을의 농민들은 설득력 있는 논리로써 결국 그 곡식들을 최생이 받도록 했다. 그런데 최생과 마을 사람의 관계는 여기서

---

37 人有如此大恩而不思酬報, 則狗彘不食其餘矣.(동야 상 786)
38 吾固非墨翟之愛伯夷之廉, 以吾穀數, 較彼二萬, 則什而有餘, 是投方寸之餌, 釣任公之鱉也.(동야 상 797)

끝나지 않는다. 최생이 식화食貨를 아는 사람들에게 돈을 빌려주어 상업을 하게 해 주는 것이다. 최생은 함께 고생한 노비들까지 부자로 만들어 준다. 이처럼 최생의 달라진 생각은 시혜자와 보은자 모두가 궁지를 벗어나 행복해지는 상황을 만들어 냈다. 그런 점에서 최생은 재물과 관련된 사회 윤리의 가능성을 처음으로 보여준 야담 인물이라고 하겠다. 『동야휘집』의 편찬자도 최생의 이런 면모를 비교적 정확하게 지적했다.

> 최생은 능히 위급한 사람을 도와주고 두터운 보상을 받은 사람이다. 인의仁義를 따라서 부를 가져왔고 지혜에 기대어 이익을 얻은 사람이 아니겠는가?[39]

시혜자의 시혜 행위와 보은자의 보은 행위가 균형과 조화를 이루면서 어느 쪽에게도 손해를 입히지 않고 상생의 결과를 초래했다. 남에게 베푼다는 사회 윤리와 나의 이득을 초래한다는 욕망이 행복한 조화를 이루는 것을 바람직하게 보는 시각이 나타난 것이다.

앞에서 보은담의 변화로 지적한 바 있는 「채삼전수기기화」나 「택부서혜비식인」 등도 이런 맥락에서 읽을 여지가 있다. 「채삼전수기기화」나 「택부서혜비식인」은 양반이 아닌 천민들의 시혜를 직접 보여준다. 「채삼전수기기화」에서 오석량은 비록 아내의 지시에 따르기는 하지만 돈을 탕진하면서 서서히 돈의 소중한 소용처를 발견한다. 그는 자기의 도움이 필요한 가난한 사람들을 무수히 발견하고는 그들에게 조건 없이 베푼다. 옷이 없는 북관의 노부부에게 마지막 남은 옷을 주고는 인삼을 얻는다는 설정은 다른 천민에 대한 천민 자신의 배려가 소중하다는 것을 강조하면서

---

39 崔生, 能賙人之急, 而獲其厚償, 豈非附仁義而致富, 挾智而售利者歟?(동야 상 788~789)

도, 조건 없는 시혜는 시혜자에게도 손해는커녕 크나큰 이익을 초래한다는 믿음과 희망을 나타낸 것이라고 이해할 수 있는 것이다. 부인이, "당신이 의義로운 일을 많이 행해서 하늘이 크나큰 보물을 주셨지요. 그게 어찌 우연이겠어요?"[40]라며 남편의 행위를 의행義行으로 규정한 것도 이런 맥락에서 이해된다. 「택부서혜비식인」 역시 '거지가 다른 거지들에게 옷을 나눠 준다'는 것은 가상한 일이라는 사회 윤리적 판단이 중심을 지탱하고 있다. 신분 상승이라는 여종의 욕망에서 사건이 전개되지만 그 과정에서 민중들 사이의 베풂이 거듭 부각되고 그 결과 시혜자 쪽이나 보은자 쪽이나 낙관적인 상황을 확보한다는 점에서 시혜와 보은이 민중의 일상에서 사회 윤리로 승화된 양상을 보여준다.

생활 이념은 구체적 일상을 거듭 경험하면서 터득한 삶의 지혜라 할 수 있다. 가난의 경험으로부터 생성해 낸 생활 이념이란 가난한 사람에게는 재물을 주어야 한다는 것이다. 재물의 사회적 재분배를 생각하는 것이다. 그래서 시혜만 강조하지 보은을 곁들이지 않았다. 조건 없이 혹은 남 모르게 궁지에 몰린 남에게 재물을 베풀어 구제한다는 이야기가 만들어진다. 이런 이야기들이 특히 말기 야담집인 『일사유사』에 적지 않게 실려 있다. 생활 이념은 먼저 개인과 개인, 개인과 가족의 관계에서 구현되다가 마침내 가족이 아닌 타자에게 은혜를 베푸는 행위로 구현되었다. 가령 「박윤묵」朴允黙(일사유사 150)에서 박윤묵은 벼슬을 하면서 받은 봉록을 형제들에게 모두 나누어 주고 사사로이 쓰지 않는다. 헌종 때는 첨사가 되어 굶어 죽어 가는 백성들을 진휼해 살린다. 또 한 친구를 도와주었는데, 친구가 죽자 그 첩이 자기 몸을 바쳐 보은하려고 하자 정색을 하며 물리친다. 보은의 길을 철저히 봉쇄한 것이다. 박윤묵의 행동에는 '경재

40 君多行義, 故天予洪寶, 豈偶然哉?(동야 하 39)

호시'輕財好施라는 유가 이념의 흔적이 있기는 하지만 재물에 대한 욕망이 고조된 시대에 타인을 위해 먼저 그 재물을 베푼다는 점에서 새로운 생활 이념으로서의 성격이 더 강하다. 「한순계」(『매일신보』, 1916. 6. 1)에서 한 순계는 미천한 대장장이지만, 이익을 독차지하지 않으려고 가게 문을 일찍 닫는다. 이익이 많이 생기면 친척에게 나누어 준다. 모친이 죽자 그 장사도 그만둔다. 이 작품은 궁극적으로는 효에 귀결되지만, 신의와 이익 공유라는 시장의 생활 이념의 맹아를 보여주기도 한다. 「최순성」崔舜星(일사유사 117)은 더 적극적인 베풂의 미덕을 보여준다.[41] 최순성은 개성의 부호로서, 부친이 죽자 재산을 모을 이유가 없어졌다며 '급인전'急人錢을 마련해 가난한 사람들을 도와준다. 부친을 위해 돈을 모으고, 부친이 죽자 돈이 더 이상 필요하지 않다고 생각하는 것 등은 일상의 가치를 부모 봉양에 종속시키는 효孝에 해당한다. 그에 비해 급인전을 마련해 어려운 이웃에게 돈을 나누어 주는 것은 다른 의식에서 비롯된 것이다. 그는 "가까이는 친척 친구로부터 다른 군의 아는 사람이나 모르는 사람이나 진실로 곤궁한 사람이 있으면 돈을 내어 베풀"[42]었다. 그는 반응이나 보답의 길을 철저히 차단하고자 남을 몰래 도와주곤 하였다. 서술자는 최순성과 함께 진사 진관鎭觀과 백사일白思日이란 사람도 소개하며 이들 모두가 "곤궁한 사람을 살펴서 몰래 돈과 곡식을 베풀며 그것이 자기로부터 나왔다는 것

---

41 최순성의 묘갈명을 박지원이 지었다. 이 묘갈명의 첫 구절은 '남에게 베푸는 것이 단순한 시혜가 아니라 사회적 윤리로서 확장된 의로움'임을 포착했다. "의로운 일이라도 한갓 은혜를 베푸는 데 벗어나지 못한다면 이는 다만 한 고을이나 마을의 협객은 될망정 나아가 온 고장이 선善을 향하도록 하기는 어려운 것이다. 치암 최옹이 남의 어려움을 급히 도운 것과 같은 경우는 그 자신이 의로운 일에 성급해서였다."(박지원, 「치암최옹묘갈명」癡庵崔翁墓碣銘, 『연암집』 상, 신호열·김명호 옮김, 돌베개, 2007, 345면)(義不足以勝其惠, 則是特州里之俠, 而難繼乎一鄕之歸善也. 如癡庵崔翁之急人, 乃自急於義也.〔같은 책, 511면〕)

42 近自親戚朋友로 旁及他郡의 知與不知히 苟窮困者면 出以施之호딕(일사유사 117)

을 모르게 했다"[43]고 하여 "베풀고 흩는 것을 좋아하여 재물을 잘 활용했다"[44]고 요약했다.

이와 같이 보은의 길을 차단하고 남에게 재물을 베푸는 시혜는 유가 이념에서 비롯된 시혜와는 다른 것이다. 재물에 대한 욕망이 극대화되고 또 사회적으로 그 욕망을 충족시킨 사람들의 이야기들이 만연된 상황에서 이런 이야기들이 만들어졌다는 것은 그런 사회 풍조에 대한 반성이 이루어졌음을 암시한다. 또 그런 반성을 계기로 하여 새롭게 생성된 생활 이념이 강렬한 호소력을 가지게 되었음을 뜻한다.

이것은 '시혜—보은'이라는 야담 보은담의 기본 고리를 해체시키고 새로운 사회에 필요한 삶의 자세와 방식을 모색한 결과라 할 수 있겠다. 이런 해체와 귀결이 선행 야담 보은담을 발판으로 하여 이루어졌음은 물론이다.

6. 논점의 확인과 논의의 확장 가능성

이상 야담의 보은담을 계층 관계에 초점을 맞추어 분석했다. 시혜와 보은의 성격과 수단, 시혜자와 보은자의 의식, 시혜자와 보은자의 관계 등을 살폈다.

초기 보은담의 주류는 '정신적 시혜'가 '물질적 보은'을 초래하는 모델이다. 양반이 정신적인 것을 베푸는 시혜자라면 그 감화를 받은 평민이나 천민은 그에 대해 물질적인 것으로 갚는 보은자다. 서술자는 양반의

---

43 覘其窮者而暗施錢穀ᄒ야 不使知出於己(일사유사 119)
44 好施散, 善於用財(일사유사 119)

정신적 베풂을 부각시키고, 평민의 물질적 보은을 부수적인 것으로 서술했다. 양반 주인공은 물질에 초연하는 안분지족安分知足의 마음가짐을 보여주지만, 상대 인물의 직접적인 보은의 힘에 의지하여 잘살게 되었다. 정신적인 것을 베풀어 물질적 풍요를 되받은 것이다.

양반의 시혜가 더 열악한 현실적 여건에서 이루어지는 모델이 그다음이다. 매우 곤궁하게 살아가는 양반이 낮은 계층의 상대 인물을 만나 돈을 베풀어 주고 뒤에 보은을 받는 것이다. 자기 가족도 꾸리기 어려운 상황에서 자기보다 더 어려운 남을 위해 돈을 주는 양반의 헌신적 시혜가 중심에 있다. 그 뒤의 보은 과정은 시혜를 끊임없이 환기하는 역할을 한다. 시혜자와 보은자의 시공간적 분리를 최대화하고 그들이 다시 만나는 과정을 극적으로 만들거나 제3의 보은자를 부각시키기도 한다. 어떤 의미에서 이 모델이야말로 가장 큰 감동을 불러오는 보은담이라 할 수 있겠다. 시혜자인 양반이 스스로도 절박한 상황에서 가진 돈 모두를 신분이 낮은 상대 인물에게 줄 수 있었던 것은 그 시혜자 양반이 돈을 돈으로 보지 않고 돈을 통해 실현하는 인仁이라는 윤리를 보았기 때문이다. 여기서 양반은 정신이 깃든 돈을 주고는 그보다 훨씬 많은 돈을 받았다고 할 수 있다.

평민이나 천민이 시혜자가 되어 뭔가를 베풀었다가 이득을 챙기는 모델도 있다. 기존 보은담의 '시혜—보은'이라는 윤리적 고리에 시혜자의 욕망이 개입했다. 돌아올 것을 생각하며 은혜를 베풀었다는 점에서 보은담이 근본적으로 혁신되었다. 사회적으로 만연된 욕망이 보은담의 이야기 구조 속으로 배어든 결과라 할 수 있다.

양반이든 평민이든 천민이든 어려움에 봉착한 다른 계층을 조건 없이 도와주어 구제해야 한다는 사회 윤리를 담은 모델이 그 뒤에 형성되었다. 타인을 돕는 시혜자가 경제적으로 전혀 열악하지 않으며, 오직 어려움에 처한 타인을 도와야 한다는 생활 이념만을 적극적으로 부각하는 것이다. 이 모델에서 재물과 관련된 새로운 사회 윤리를 찾을 수 있다. 시혜자의 시혜 행위와 보은자의 보은 행위가 균형과 조화를 이루면서 어느 쪽에게도 손해를 입히지 않고 상생의 결과를 초래한다. 남에게 베푼다는 사회 윤리와 나의 이득을 초래한다는 욕망이 행복한 조화를 이루는 것을 바람직하게 보는 시각이 나타난 것이다.

생활 이념은 구체적 일상을 거듭 경험하면서 터득한 삶의 지혜라 할 수 있다. 그런 생활 이념을 바탕으로 한 보은담은 유가 이념에서 비롯된 보은담과는 다르다. 가난의 경험에서 생성해 낸 생활 이념이란 가난한 사람에게는 재물을 주어야 한다는 것이다. 재물의 사회적 분배를 생각한 셈이다. 그래서 시혜만 강조할 뿐, 그에 대한 보은의 축을 제시하지 않는다.

마침내 남모르게 조건 없이 궁지에 몰린 사람에게 재물을 베푸는 이야기가 만들어졌다. 재물에 대한 욕망이 극대화되고 또 사회적으로 그 욕망을 충족시킨 사람들의 이야기들이 만연된 상황에서 이런 이야기들이 만들어졌다는 것은 새롭게 생성된 생활 이념이 강렬한 호소력을 가지기 시작했음을 암시한다. 이것은 야담 보은담의 기본 고리를 해체시키고 새로운 사회에 필요한 삶의 자세를 모색한 결과라 할 수 있다.

이상의 논의를 통하여 보은담에서 발견되는 '시혜―보은'의 고리는 양반 의식에서 출발했을 가능성이 크다는 것을 짐작할 수 있다. 그것은 양반의 이념적 우월감이나 체면을 배려하기 위한 데서 비롯되기는 했지만, 그런 보은담이 서사적 감동을 생성하는 데서는 성공했다는 점을 부인할 수 없다. 그런 점에서 야담의 보은담 중 계층 문제와 관련된 것은 양반 의식에서 출발하기는 했으면서도 우리 민족의 보편적 심성과도 관련 있다고 말할 수 있다. 소위 계층이나 신분을 고려하지 않는 사람과 사람 사이의 '인정'을 소중하게 생각한 것이다. 사람 사이의 인정은 우리 서사에서 초월자의 개입 못지않게 서사 전개의 중요한 계기를 제공한다고 하겠다.

사람 사이의 인정이 계층 의식에서 비롯된 것인가 아니면 어떤 보편적 심성에서 발생한 것인가를 해명하고, 그것이 작품 안에서 어떤 역할을 하는가를 분석하는 것은 우리 서사의 본질을 구명하는 데 대단히 중요한 과제라 하겠다.

야담의 이상향에 나타난 생활과 풍경

1. 머리말

야담은 조선 후기에 들어와 갈래적 전성기에 이르렀다고 할 수 있다. 조선 후기 야담은 고유의 서사 원리에 따라 일도매진 스토리를 엮어 갔다. 이때는 주로 인물들의 행위를 중심으로 하여 사건의 시작과 중간, 그리고 끝의 관계를 긴밀하게 만들었다. 인물의 행위가 부각되면서 그 행위의 배경이 되는 공간은 크게 주목을 받지 못했다. 대부분의 야담 작품에서 배경으로서의 공간은 최소한으로 묘사되었다.

그러나 이 장이 주목하는 소위 '이상향理想鄕 추구'[1] 유형의 야담 작품에서는 공간과 풍경의 요소가 두드러진다. 서술자는 공간과 풍경 자체를 구체적으로 묘사하며 인물들도 새로운 공간과 풍경을 간절히 추구하기도 한다. 인물들이 추구하는 대상으로서의 공간이 풍경으로 표상되는 것이다. 공간이 객관적으로 보이는 세계라면 풍경은 객관적으로 주어진 공간에다 주체의 정서와 감성, 혹은 이념이 투영된 것이다.[2] 그런 점에서 공간

---

1 이강옥, 『한국 야담 연구』, 돌베개, 2006, 110~126면.
2 공간과 풍경의 이런 구분은 바리동의 다음과 같은 생각을 바탕으로 할 수 있다. "바리동은 풍경(또

이 객관 자체라면 풍경은 객관과 주관이 융합된 것이다.

이상향 혹은 유토피아에 대한 이야기는 동서양 문학과 철학에서 오랜 역사를 가진다. 서구 사회에서는, 플라톤Platon의 『공화국』(Republic)에서 시작하여 토마스 모어Thomas More의 『유토피아』에 이르기까지, 유토피아라는 말은 이상 사회를 건설하고자 하는 국제 커뮤니티를 지칭하기도 하고, 소설 등에서 묘사된 상상적 사회를 지칭하기도 한다. 특히 후자는 풍자적 관점을 취하기도 하면서 미래의 이상 사회보다는 당대의 문제를 폭로했다.[3] 동아시아에서는 도연명陶淵明(365~427)의 「도화원기」桃花源記에서부터 이상향을 발견한다. 도화원은 바깥세상에서 겪어야 하는 온갖 문제들로부터 자유로운 격리된 공간이다. 시간 초월성이 이 공간의 가장 지배적인 특징이니, 그런고로 이 공간은 변화하지 않고 지속된다. 도화원은 이상 사회의 상징이 되었으며 유토피아와 동의어가 되기도 했다.

이 장에서는 이상향의 풍자적 성격을 취하지 않는다. 이 장의 이상향은 세속 세상을 초월하는 이상 세계라는 의미를 가진다. 그것이 상상의 공간인가 현실의 공간인가는 중요하지 않다. 중요한 것은 작품 주인공이 그곳의 실재함을 믿는다는 사실이다.

이상향 추구 야담 작품에서는 이상향을 건설하는 사람이 있고, 건설된 이상향을 방문하는 사람이 있다. 전자를 건설자라 일컫고 후자를 방문

는 눈에 띄는 사물의 모습)과 공간을 구분하게 된다. 전자는 마치 생명체처럼 시점의 위치에 따라 변하지만, 후자는 아무런 정신성이 없는 객관적인 공간에 지나지 않기 때문이다. 그는 '풍경은 수많은 시점 가운데 하나인 시점에서 볼 때 나타나는 사물의 단편화된 모습을 응집하고 읽어 내는 방법'이라는 명제에 도달한다. 시점의 위치에 따라 사물의 배열이 변화하고, 이로써 그 형태의 도형성(게슈탈트)이 근본적으로 파괴되고 새로운 도형을 의식하게 된다. 이와 같은 의식의 흔들림이야말로 풍경의 실존이며, 시선의 이동과 빛의 변화를 계산해 디자인해야만 자연은 자신의 진실을 밝힌다."(나카무라 요시오 지음, 강영조 옮김, 『풍경의 쾌락-크리에이터, 풍경을 만들다』, 효형출판, 2007, 31~32면)

3 Sullivan, E. D. S. (editor), *The Utopian Vision: Seven Essays on the Quincentennial of Sir Thomas More*, San Diego: San Diego State University Press, 1983, pp.25~79.

자라 일컫자. 건설자는 스스로 생각하는 이상적 공간을 깊은 산속이나 바다의 섬에 건설한다. 그 공간은 매우 폐쇄적이고 배타적이다. 그런데 건설자는 방문자를 초대하여 그곳을 구경하게 한다. 혹은 방문자가 우연히 이상향에 들어간다. 건설자는 왜 특별한 사람을 자기의 공간으로 초대할까? 방문자는 그렇게 들어간 이상향에서 어떤 풍경을 보게 될까? 이런 사항들은 매우 흥미로운 담론을 생성하게 만든다.

일반적으로 말하여 조선 후기 야담의 인물들은 새로운 풍경이나 볼거리에 대해 매우 강렬한 관심을 가지며 낯선 곳으로 가서 특이한 풍경을 구경하기를 욕망한다. 이런 욕망은 조선 후기 사람들의 일반적 성향 중 하나라고도 할 수 있다.[4]

야담의 공간은 빼어난 풍경 자체, 도선道仙 혹은 신선 사상의 구현, 특별한 사람의 특별한 기운, 현실의 대안 공간 등의 성격을 가진다. 그런 점에서 천리天理의 구현체로 자연 풍경을 감지하고자 한 조선 시대 사대부들의 담론과는 적잖은 차이를 보인다. 이런 차이는 야담이 견문을 중시하고[5] 새로운 삶의 여건을 만들어 내려 했던 조선 후기의 정신에 더 충실했기 때문이라고 판단한다.

공간과 풍경을 서사의 중심에 놓고 있는 이상향 추구 야담 작품은 빼어난 풍경, 즉 승경勝景을 다채롭게 묘사하는데, 그 성격은 단일하지가 않다. 특히 생활의 흔적이 풍경 속에 녹아드는 양상을 정교하게 분석할 필요가 있다. 이 장은 먼저 이상향이 어떤 이유와 과정으로 건설되었는가를 살펴보겠다. 다음으로 일단 건설된 이상향이 어떤 풍경으로 보여지는가를 분석하겠다. 이 단계에서 풍경은 그 자체로 추구되기도 하고, 어떤

4　이강옥, 앞의 책, 284~287면 참조.
5　「부자왈사이의토」夫子曰士而依土(학산 305)

이념이나 욕망을 암시하기도 한다. 무엇보다 이상향에는 '또 다른 풍경'이 나타난다. 또 다른 풍경의 기능과 의미를 해명하는 것은 야담의 풍경의 비밀을 푸는 관건이 된다고 본다.

이런 점들을 염두에 두며 집중적으로 분석하고자 하는 이 장의 작품들은 「오안사영호봉설생」吳按使永湖逢薛生(청구 상 540), 「관동로조우등선」關東路遭雨登仙(천예록 393), 「홍사문동악유별계」洪斯文東岳遊別界(청구 하 491), 「사우」四友(삽교만록), 「지리산로미봉진」智異山路迷逢眞(천예록 391), 「박영성가장천신」朴靈城假粧天神(양은천미 281), 「이동고상지겸인」李東皐相之傔人(계서야담 150), 「식단구유랑표해」識丹邱劉郞漂海(청구 하 514), 「방도원권생심진」訪桃源權生尋眞(청구 하 522), 「상원오생중눌」祥原吳生仲訥(금계필담 204) 등이다.

2. 이상향 건설의 동기

속세의 일상적 공간은 사람이 행복하게 살 수 있는 완전한 조건을 갖추지 못한다. 그러기는커녕 끊임없이 문제가 일어난다. 사람이 일상적 공간 너머 다른 공간을 그리워하는 이유가 여기에 있다. 설령 일상적 공간이 별다른 문제가 없다 하더라도 사람들은 익숙한 공간에 식상해한다. 일상생활을 영위하는 공간에서 의미 있는 풍경을 발견하는 사람은 드물고, 대부분의 사람들은 낯선 곳에 대한 막연한 동경을 갖게 되는 법이다.

이상향 추구 야담이 애써 묘사하는 풍경은 이러한 낯선 곳 낯선 것에 대한 동경을 바탕으로 한다. 야담에는 익숙한 공간을 떠나 익숙하지 않은 공간, 특별한 공간을 만들거나 구경하고자 하는 사람이 유형화되어 등장한다. 그 사람은 어떤 이유에서든 익숙한 공간을 벗어나 색다른 공간에서 뭔가를 만들어 낸다. 특별한 공간으로 가서 특별한 풍경을 연출함으로써 스스로 만족하고 타인의 이목을 이끌어 오고자 하는 것이다. 이때 특별한 공간은 대부분 산이다. 산의 일부를 활용하여 새로운 공간을 만들어 내고, 그 공간을 다른 사람에게 탁월한 풍경으로 소개하는 것이다.

자신의 익숙한 생활공간을 벗어나 새로운 이상적 공간을 만드는 동기는 다음과 같이 요약할 수 있다.

첫째, 보통 사람이 생활하는 새로운 생활공간을 마련하기 위해서다. 「방도원권생심진」에서 이상향의 지도자인 노인은 자기 증조께서 우연히 그곳을 발견하고 일가친인척들을 데리고 와서 속세와 단절된 생활공동체를 만들었다고 소개했다. 전쟁이나 정변 등 긴급한 상황이 아닌데도 이상향을 건설한 것이다. 여기에는 논의 개간, 소금과 육장의 조달법, 혼인 방법 등에 대한 구체적 계획까지 제시되어 있다.

둘째, 신선이나 승려 등이 살아가는 공간을 만들기 위해서다. 「관동로조우등선」의 이상향에서는 신선들이 공동생활을 영위하고 있다. 「홍사문동악유별계」의 이상향에서는 스님들이 공동생활을 영위하고 있다. 이들 작품이 묘사하는 이상향은 세속 공간과 완전히 단절됨으로써 그 고유한 생활에 완벽하게 충실하며 살아갈 수 있는 곳이다.

셋째, 생업 중에 조난을 당하여 도달한 곳에서 살아남기 위해서다. 「식단구유랑표해」에서 유랑劉郎이 발견한 이상향은 자기와 비슷하게 표류한 노옹이 건설한 곳이다.

넷째, 정치적 압박감이나 절망을 모면하기 위해서다. 「오안사영호봉설생」에서 설생薛生이란 사람은 기절氣節을 숭상했는데, 광해군 때인 1613년 폐모廢母 사건이 일어나자 친구 오윤겸吳允謙에게 이렇게 말한다.

윤기倫紀가 사라졌으니 벼슬은 해 무엇 하겠나? 나와 함께 유람이나 떠나지 않겠나?[6]

설생은 가벼운 유람이라고 표현했지만, 부모 자식 사이의 윤리가 포기된 세상에 대한 절망감을 내세운 그가 서울을 떠나는 것은 은둔을 의미했다. 과연 설생은 그 뒤로 돌아오지 않았다. 20여 년이 흘러 광해군이 쫓겨나고 인조가 임금이 된 시절에 관찰사가 된 오윤겸이 강원도 간성으로 갔다가 설생을 만나게 된다.

다섯째, 가난을 극복하기 위함이다. 「사우」에서 산사에서 과거 공부를 하던 '폭소자'暴燒者는 가난에 시달리면서도 자기를 뒷바라지해 주던 아내가 죽자 갑자기 사라진다. 그는 나중에 도둑의 두목이 되어 '빈거자' 貧居者에게 자신의 환상적인 생활공간을 보여준다. 「지리산로미봉진」에서 묘사하는 지리산은 선관仙官인 장도령蔣都令이 이끄는 신선의 공간이면서 도둑들의 소굴로도 보인다. 장도령은 허균과 김려의 「장생전」에 나오는 도둑 두목 장도령과 동일 인물로 추정되기 때문이다.

여섯째, 난리를 피하기 위함이다. 「박영성가장천신」에서 박문수가 발견한 지리산 속의 이상향은 1728년 이인좌李麟佐의 난을 피해서 들어온 젊은이들이 건설한 공간이다. 「이동고상지겸인」에서 이동고의 청지기는 주인집 사람들이 임진왜란을 피해서 살 이상향을 마련해 준다.

이처럼 이상향을 건설한 동기는 다양하다. 그러나 묘사된 이상향의 모습은 비슷하다. 이상향에서의 살림살이는 큰 차이가 없고 그 풍경도 유사하다. 속세에서의 생활을 힘들게 만드는 요인은 다양하지만, 그것이 초래하는 고통은 큰 차이가 없다는 것을 암시한다. 속세 삶을 고통스럽게 하는 망상을 차단한다는 전제에서 기본적인 의식주만 해결되면 완전한

---

6 倫紀滅矣. 焉用任? 子能與我同遊乎.(청구 상 540)

세상이 된다고 본 것이다. 그럴 진대 이상향의 차별화는 방문자의 시선에 의해 결정될 수도 있다. 이상향 건설자가 방문자를 물색하여 초대해 오거나 아니면 서술자의 차원에서 방문자로 하여금 이상향을 우연히 발견하도록 만드는 것은 이런 차원에서 이해된다.

3. 방문자의 시각과 이상향의 풍경

이상향은 속세와의 관계 단절을 가장 중요한 조건으로 한다. 건설자는 속세와 단절되는 이상향을 만들었는데도 불구하고 일정한 시점에서 특별한 속세 사람에게 잠시나마 그 공간을 보여주려 한다. 상식적으로는 이야기가 성립되기 위한 포석이라 하겠지만, 건설자의 이런 경향은 결국 '보는 것'과 '보여주는 것'이야말로 존재 조건이 아무리 달라져도 사람이 포기하기 어려운 욕망이라는 사실을 암시한다. 속세 사람 역시 익숙한 일상의 모습과는 다른 어떤 곳, 소위 '무릉도원'武陵桃源에 필적할 만한 곳을 그리워하고 그곳을 한 번이라도 구경하기를 원한다. 죽기 전에 금강산을 꼭 한 번 구경하려는 소망은 우리나라 사람들은 물론 중국 사람들까지 가졌다고 한다.[7] 그런 점에서 속세 생활의 절실한 필요 못지않게, 기이하고 빼

7 "제가 듣기에 중국 사람도 '고려국에 태어나서 금강산 한번 보는 것이 소원'이라고 합니다."(「명기 황진이」, 신익철 외 옮김, 『어우야담』, 돌베개, 2006, 133면): 높은 산, 큰 강물과 빼어난 명승지를 하나하나 둘러보지 못한 게 인생의 남은 한이었다. 그래서 공이 남정북벌할 때나 왕명을 받고 변경으로 나갈 때는 매번 유의하고 눈여겨보아 중국 산천을 두루 편력하였으니, 이것 역시 공의 복이었다. 공이 일찍이 동국 조선의 금강산 일만이천봉이 푸른 하늘에 깎아 세운 연꽃처럼 맑은 경치가 절승하여 삼신산 중의 하나라는 말을 듣고, 한 번 보고자 했으니 나라가 다르고 길이 멀어 보러 갈 연인이 없음을 마음에 늘 한스러이 여겼다.…… 신공이 전생의 소원인 줄 알고 곧 허락했다. 정하가 한 마리 작은 나귀를 타고 어린 아이를 데리고 표연히 금강산으로 들어가 내금강, 외금강 일만이천봉을 두루 돌아보고 시를 많이 지어 발자취를 남겼다. 봄부터 가을까지 반년을 지나 비로소 돌아오니, 이 뒤로부

어난 풍경에 대한 호기심과 열망 역시 이상향 추구 이야기가 형성되는 원
동력이 되고 있다고 하겠다.

이상향의 방문자는 뜻하지 않게 그곳을 방문했기에 이상향 풍경을
적극적으로 보고자 하는 의지가 약한 경우가 있는가 하면, 속세와는 다른
뭔가 특별한 것을 이상향에서 구경하고자 하는 적극적 의지를 보이는 경
우도 있다. 이상향 건설자는 그런 방문자에게 자신의 진지한 노력의 흔적
을 보여주려고 한다. 이런 두 지향은 한 텍스트 안에서 조화를 이루기도
하고 상충되기도 하는데, 그 양상이 이상향 풍경의 본질을 구성한다.

(1) 보지 못하는 방문자와 볼 의욕이 없는 방문자

권진사는 「방도원권생심진」訪桃源權生尋眞의 이상향 방문자이다. 그는 팔
도 방방곡곡을 두루 다니며 유람을 일삼는 사람이다. 그런 그를 '어떤 첨
지'가 눈여겨보았다가 초대해 간다. 권진사는 유람자의 입장에서 이상향
을 보기에 이상향을 속세로부터 초연한 풍경으로만 바라볼 공산이 컸다.
그러나 이 작품은 묘하게도 권진사가 이상향에 도착하는 때를 밤으로 설
정했다. 권진사는 이상향의 풍경을 눈으로 지각할 수 없고 소리로만 지각
하게 되었다.[8] 사람이 사람을 부르는 소리, 닭과 개의 소리, 다듬이 방망

터 더욱 번거로움을 싫어하고 한가함을 좋아하여 고요히 방에 거처하며 문 밖을 보지 않았다.…… 그
다음 해에 정하가 갑자기 병 없이 죽게 되자, 그 죽음에 임하여 부친께 아뢰었다. "저의 본디 소원은
다만 한번 금강산을 보는 것인데, 금강산을 이미 보았으니 원하는 바를 이미 마쳤습니다."(양은천미
182~185)
8 해는 벌써 지고 황혼이 드리워지는데 조금 더 가니 먼 곳에서 부르는 소리가 들렸고 첨지가 그에
호응하여 외쳤다. "왔네!" 권진사가 소 등 위에서 보니 수십 명이 횃불을 들고 고개를 넘어 오고 있었
다. 모두들 젊은 촌사람들이었다. 그들이 횃불로 앞을 인도하여주어 고개를 넘어 내려가니 어둑어둑
한 가운데 큰 마을이 나타났다. 마을은 한 골짜기를 다 차지하고 있었다. 닭과 개의 소리, 다듬이 방
망이 소리 등이 사방에서 들려왔다.(日已西沒, 時向黃昏, 少焉遠遠地有人呼聲, 僉知亦應呼曰: "來

이 소리 등 어느 하나 생활과 무관한 것이 없다. 권진사는 어둠 속 이상향에서 일상생활의 소리를 먼저 들었다. 권진사가 다음 날 아침 햇살 아래서 본 모습도 200여 호 되는 마을 안 인가들이며, 앞에 펼쳐져 있는 '양전良田 미토美土'이다. 어둠 속에서 들려왔던 이상향의 소리가 권진사로 하여금 도저한 생활공간으로서 이상향을 바라보게 만든 것이다. 권진사는 무릉도원에 가까운 그곳을 구경하여 평생의 소원을 이루게 되었다고 했다. 그리고 첨지에게 사연을 묻는다. 첨지는 그곳이 철저하게 계획하여 만들어진 공동생활 공간임을 강조했다. 이 작품에서는 이상향 건설자의 생활공간에 대한 집념이 방문자의 시각까지 바꿀 정도로 강력하게 작용했다고 하겠다.

「홍사문동악유별계」洪斯文東岳遊別界에서 홍초도 어느 스님의 안내로 이상향을 방문한다. 이상향에 도달하기까지의 길에는 온갖 난관이 펼쳐진다. 길은 가팔라 다리에 힘이 없으면 올라갈 수 없을 정도다. 봉우리의 모래는 너무 고와서 발을 재빠르게 옮기지 않으면 빠져서 헤어 나올 수 없다. 스님의 도움으로만 건널 수 있는 심연도 가로놓였다. 이렇게 하여 도착한 이상향은 다음처럼 묘사되었다.

경물이 빼어나고 논밭은 기름졌다. 수십 채 집들에 사람들이 살았는데 모두 스님들이었다. 넉넉한 집들이 이어져 있고 시냇물이 휘감고 돌아가는데 골짜기 가득 배꽃나무였고 집집마다 배가 가득했다.[9]

矣!"權從牛背見之, 則有數十把火炬, 越嶺而來, 皆是少年村氓, 以炬前導, 踰嶺而下, 依微之中, 有一大村, 專占一壑, 鷄狗之聲, 砧杵之響, 起於四隣.)〔청구 하 524〕

9　景物奇絶, 田疇肥沃, 有人居數十家, 皆僧徒也. 豊屋相接, 泉石回匝, 而滿洞皆梨樹, 家家積梨.(청구 하 492)

이 장면은 홍초의 눈에 비친 그대로이다. 홍초에게는 빼어난 경물과 기름진 논밭이 동시에 지각되었다. 그 뒤로는 스님들의 공동체 생활을 묘사한다. 이에 비해 이 이상향을 건설한 사람이 누구인지 그들이 이 공간을 어떤 취지에서 건설했는지에 대해서는 설명해 주지 않는다. 다만 그곳 스님들의 공동체 생활을 구체적으로 보여주는 것을 보면 그곳의 건설 과정도 공동생활을 우선시한 것임을 짐작은 할 수 있다. 홍초를 데리고 온 스님은 홍초에게 이상향에서 영위되고 있는 스님들의 삶을 그대로 보여주고 싶었던 것이다.

「관동로조우등선」關東路遭雨登仙에서 유생은 장가도 들지 않고 향교에서 공부하는 젊은이다. 그는 어떤 일로 관동 지방으로 가는 길에 종과 망아지를 잃고서는 어쩔 줄 모르고 눈물을 흘리며 대성통곡하는데, 그런 점에서 철부지에 가깝다. 그는 자기 뜻과는 무관하게 한 노인에게 이끌려 간다. 가는 길에는 '굵직한 소나무'와 '쭉 뻗은 대나무'가 숲을 이루고 있으며, 그 너머로 큰 시내가 흐르고 있다. 장애물이 수직과 수평으로 펼쳐진 셈이다. 유생이 마침내 도착한 곳은 화려한 누각이다.

누각 위에는 달랑 돌로 만든 앉은뱅이책상 하나가 있었다. 그 위엔 『주역』 한 권이 놓여 있었다. 책상 앞에는 돌화로가 놓여 있어 한 가닥 향연기가 푸른빛을 띠며 모락모락 피어올랐다. 그밖에 다른 것은 없었다. 이곳에 들어와 보니 날은 온화하고 경치가 밝은 게 비바람이 분 적이라고는 없는 듯했다. 사방은 맑고 고요하여 속세의 근심이 절로 사그라들었다.[10]

---

10 閣上只有一石几, 几上置周易一卷 几前又有石爐, 一炷香烟, 裊裊而靑, 餘無所有. 至此, 天和景明, 未嘗有風雨, 境界淸淨, 塵慮自消.(천예록 394)

이곳은 날씨가 온화하고 경치가 밝아 비바람조차 분 흔적이 없다고 느낄 정도다. 유생은 예기치 않게 방문한 이곳에서 속세 생활의 흔적을 지우고 속세 근심을 잊어 갔다. 그곳 주인 노인은 유생을 더 깊은 곳으로 인도하는데 산천의 풍광은 들어갈수록 신기하고 하늘은 활짝 열려 바람과 햇빛은 밝게 빛난다.[11] 이상향의 풍경이 유생을 압도한 것이다. 유생에게는 그런 풍경에 대해 어떤 생활 관념이나 선입견을 개입시킬 여력이 없다. 이어서 펼쳐진 그곳 생활의 현장도 유생을 압도하기는 마찬가지다. '신선'들이 영위해 가는 신선들만의 생활은 속세 생활과 비교할 바가 아니다. 신선들이 거처하는 주궁珠宮과 패궐貝闕은 유생이 한양에 갔을 때 본 한양 궁궐을 작은 집채쯤으로 생각하게 만들 정도로 장대하다. 유생은 이상향을 바라볼 거리를 확보하지 못한 채 점점 그 속으로 빨려 들어간다.

유생의 이상향 여행은 그 주인 노인의 딸과 혼인함으로써 귀결되었다. 그런 점에서 이상향 추구 이야기 중, 방문자의 주체적 시각이 미약하면서 이상향과 방문자의 거리가 가장 좁혀진 경우에 해당한다.

「식단구유랑표해」識丹邱劉郎漂海의 유랑劉郎은 바다로 표류하다가 기진맥진한 상태에서 이상향에 표착했기에 그 풍경을 완상할 여유를 전혀 갖지 못했다.

세 사람은 일어나 동자를 따라 걸어갔다. 선생의 거처에 이르러 보니 그 선생이란 분은 머리에 아무 것도 쓰지 않았고 떨어진 솜옷을 입고 초막에 앉아 있었다. 얼굴이 숯같이 검은 한 노옹이었다.[12]

---

11 山川景物, 愈入愈奇, 天宇開朗, 風月淸明.(천예록 394)
12 三人卽起行步, 隨童子至先生處, 則所謂先生, 頭無所着, 身衣破綿, 坐一草幕, 面如黑炭, 一老翁也.(청구 하 516)

이렇게 표착한 사람들이 정신을 차리고 동자를 따라 이상향 주인인 선생을 만나기까지 풍경에 대한 묘사는 전혀 없다. 선생 역시 숯같이 검은 얼굴로 초막 안에서 떨어진 솜옷을 입고 있다. 유랑의 일행은 여러 날이 지난 후에야 섬의 풍경에 눈을 돌릴 수 있었다.

　　이 섬은 맑은 모래와 푸른 소나무가 펼쳐져 있었고 사이사이에 금사초金莎草가 자라고 있었다. 사방이 툭 트였는데 간간이 인가가 있었다. 그들은 농사를 짓지 않고 뽕나무도 기르지도 않았으며 다만 물을 마시고 풀옷을 입고 있을 뿐이었다. 두 동자가 왕래했는데 그들은 전신에 흰 깃털 옷을 입고 있었다.[13]

　　그리 특별한 풍경은 아니다. 그들이 발견한 그곳 생활의 흔적은 겉으로는 속세의 모습과 다를 바 없지만 실상은 반대이다. 이상향 사람들은 농사를 짓지 않고 뽕나무도 기르지 않는다. 이렇게 되면 속세 생활에서는 먹고 입을 것이 없어 심각한 생활고를 겪게 되지만 여기서는 아무 문제가 안 된다. 이곳에서는 물만 먹으며 살 수 있고 풀로 옷을 해 입기 때문이다. 식량과 의복의 걱정으로부터 해방된 삶이 전개되고 있는데, 그것은 생산이 아니라 소비의 혁신을 통해서다. 이런 소비의 혁신이 방문자의 상식을 뒤엎는다.

13　大抵此島晴沙碧松, 而間有金莎草, 一望平夷, 間間有人家, 而不農不桑, 只飮水衣草而已. 二童子或往或來, 而其所衣則全身乃白羽衣也. (청구 하 517)

(2) 특별한 것을 보려는 방문자

방문자는 나름대로의 굳건한 시각으로 이상향을 바라보고 자기 식으로 이상향을 재구성하기도 하는데 「오안사영호봉설생」吳按使永湖逢薛生이 가장 두드러진 사례이다. 여기서 이상향 건설자인 설생薛生과 방문자 오윤겸吳允謙은 명백하게 다른 시각으로 이상향의 풍경을 바라본다. 설생은 광해군 때의 정치에 대한 절망에서 이상향 건설에 나섰다. 오윤겸은 설생의 친구였다. 애초 설생이 속세를 떠날 때 오윤겸에게 함께 떠나자고 제안했지만 오윤겸은 부모님 봉양을 핑계로 속세에 남았다. 두 사람이 다시 만난 시점은 오윤겸이 관동 관찰사가 되었을 때다. 오윤겸은 순시 도중 잠시 영랑호에서 배를 타고 유람했는데 그때 설생은 "안개 파도와 구름 아득한 사이로 배를 저어" 온다. 안개 파도와 아득한 구름은 속세와 이상향의 경계 역할을 한다. 설생은 그 신비의 경계 지점을 통과하여 속세로 다시 모습을 드러내고는 자기가 건설한 이상향으로 오윤겸을 데려간다.

> 험한 산길 몇 리를 지나니 깎은 듯한 푸른 절벽이 우뚝 섰는데 그 기이하고 웅장한 형세가 사람의 눈을 놀라게 했다. 중간이 성문처럼 갈라져 있었고 좌우로 맑은 시냇물이 쏟아져 나왔는데 그 석문의 옆이 회룡굴이었다. 돌길이 낭떠러지 갈라진 오른쪽으로 올라가는데 굴곡이 심하고 가팔라 칡덩굴과 나뭇가지를 부여잡고 나아가니 비로소 굴이 있었다. 몸을 구부리고 매달리고 하며 들어가 보니 별천지가 있었다. 땅은 매우 넓었고 토질도 비옥하여 거주하는 사람들도 많았다. 뽕나무와 삼나무가 그늘 동산을 만들고 배와 대추나무는 숲을 이루었다. 생의 거처는 굴 한가운데 있었는데 지극히 화려하고 깊었다.

공을 마루로 인도하여 산해진미를 올렸다. 기묘한 과실들이 특히 향기롭고 달콤했다. 인삼은 팔뚝만큼 굵기도 하였다. 서로 이끌며 밖으로 나갔다. 수풀과 산봉우리, 샘물과 돌들의 기괴하고 웅장하고 화사한 모습은 이루 다 형언하기 어려웠다. 공은 마치 방호方壺(신선이 사는 곳. 방장方丈)에 들어온 듯 황홀하여 자기가 벼슬살이하고 있는 것이 더럽게 느껴졌다.[14]

이 인용문에는 이상향으로 가는 길, 이상향의 특징, 방문자의 감각의 확장, 속세와 이상향의 대조 등이 골고루 제시되었다. 가는 길에 맨 먼저 나타난 푸른 절벽은 풍경의 수직 이미지를 만들고 좌우로 쏟아지는 시냇물은 수평 이미지를 만든다. 수직 이미지와 수평 이미지는 교직되어 속세와 이상향을 단절시키고 방문자의 접근을 어렵게 만든다. 방문자는 그 난관을 뚫고 칡덩굴과 나뭇가지를 부여잡고 올라가서 드디어 회룡굴에 닿는다. 좁고 구불구불한 회룡굴은 이상향으로 가는 마지막 관문이며 이상향을 대변하는 곳이기도 하다. 오윤겸은 몸을 구부리고 매달리며 회룡굴을 통과하여 이상향에 도착한다. 이상향에 도착한 순간 방문자가 어떤 것을 먼저 포착하느냐 하는 것은 그가 평소 어떤 관점에서 세상과 풍경을 바라보았는가와 직결된 사항이다. 오윤겸의 감각에 맨 먼저 포착된 것은 넓은 땅과 비옥한 토질, 거주하는 사람, 뽕나무와 삼나무, 배와 대추나무이다. 이 모든 요소들은 이상향에서도 사람들이 일상적 생활이 꾸려질 수

---

14 崎嶇數里, 有蒼岸阧立如削, 奇形壯勢駭目, 而中坼城門, 左右, 清流瀉出, 石門之旁, 乃回龍也. 石路自崖坼處, 右折而上, 屈曲巉岩, 援葛攀木而進, 始有窟焉. 懸身傴僂而入, 旣入則別洞天也. 地甚寬平, 土田膏沃, 人居亦多, 桑麻翳薈, 梨棗成林. 生之居, 當窟內之中心, 極華邃, 引公上堂, 薦以山味珍蔬, 奇果香甘甚異, 人蔘正果, 肥大如臂. 相携出遊, 林巒泉石, 奇怪壯麗, 不可名狀. 公悅然若入方壺, 自覺軒冕之爲穢也.(청구 상 541)

있는가에 대한 관심의 소산이다. 넓은 땅과 비옥한 토질은 경작이 순조롭게 이루어지고 있다는 것을 암시한다. 많은 사람들은 공동체 생활이 이루어지고 있음을 알린다. 뽕나무는 옷이, 삼나무는 일상 노동에 필요한 재료 등이 순조롭게 보급되고 있음을 뜻한다. 즉, 오윤겸은 이상향의 풍경을 생활인의 눈으로 감상했던 것이다.

이와 비교할 때 이상향 건설자인 설생은 다소 다른 관점을 가졌다.

내 일찍이 왕래하며 노닌 곳이 이곳만은 아니라네. 내가 속세로부터 도망쳐 나온 뒤부터 내키는 대로 유람하며 구경하느라 하루도 한가한 날이 없었지. 서쪽으로 속리산으로 들어가 보았고 북쪽으로는 묘향산까지 갔으며 남쪽으로는 가야산 두류산 승지를 찾았지. 무릇 동방의 산천 중에서 절경으로 특별히 알려진 곳은 거의 다 가 보았다네. 마음에 드는 곳이 있으면 무성한 숲을 베어 내고 집을 지었고, 황무지는 개간하여 농사를 지었지. 혹은 1년을 살다가 혹은 3년을 살다가 흥이 다하면 다른 곳으로 옮겨 갔지. 이런 이유로 내가 거처한 곳 중에는 산의 기이함과 물의 절묘함 그리고 논과 집의 넓고 화려함에서 이곳보다 열 배는 더한 곳이 많다네. 다만 세상사람 중에는 아는 사람이 거의 없지.[15]

이상향 건설자 설생이 전국을 돌아다니며 선택한 곳은 '승지' 혹은 '절경'이었다. 그렇게 선정한 승지가 마음에 들 때, 비로소 숲을 베어 내

---

15 吾嘗遊處往來之地, 不獨此也. 吾自逃世以來, 恣意遊觀, 未嘗一日閑, 西入俗離, 北窮妙香, 南搜伽倻頭流之勝, 凡東方山川之以絶特聞者, 足殆遍焉. 遇適意處, 輒芟茂而築焉, 闢荒而耘焉, 居或一年, 或三年, 興盡輒移而之他, 以此吾之所居山之奇水之絶, 田廬之華曠, 十倍於此者亦多, 但世人莫有知者.(청구 상 542)

어 집을 짓고 땅을 개간하여 농사를 시작했다. 설생은 풍경 자체를 앞세우고 승경에서의 흥을 중시했다. 생활은 그다음이었다. 설생이 생활을 위한 조치를 시작했을 때 비로소 승경에서의 흥과 생활은 행복한 조화를 이루게 되었다. '산의 기이함'과 '물의 절묘함' 그리고 '논의 넓음', '집의 화려함'이 대등하게 나열되는 것도 같은 맥락에서 이해된다.

그런데 이런 조화는 더 엄밀하게 보면, 설생이 둘의 조화를 단단히 지향한 덕이라기보다는 서술자나 방문자가 그것을 바란 덕이라고 할 수도 있다. 애초 설생이 오윤겸에게 함께 떠나기를 권했을 때, 오윤겸은 부모님이 계시다는 이유로 권유를 받아들이지 않았다. 오윤겸은 어떤 이유에서든 속세를 떠날 마음이 없었고 준비도 되어 있지 않았던 것이다. 그리고 설생을 다시 만났을 때 오윤겸은 관동관찰사의 자리에 있었다. 오윤겸은 지방을 다스리는 벼슬아치로서 풍경을 풍경 자체로만 감상하는 것이 쉽지 않았던 것이다. 반면 설생은 속세에 대해 걸리는 것이 없었다. 더욱이 그는 광해군 대의 정치 현실을 철저히 혐오하여 거기서 벗어날 것만을 생각했다. 그런 소망을 관철시키기 위해서는 일단 생활로부터 멀어져야 했던 것이다. 그런 태도가 이상향을 건설하는 과정에서도 나타났다고 본다.

오윤겸이 생활인의 감각을 앞세워 이상향의 풍경을 경험했다면, 설생은 풍경 자체의 경험을 앞세우고서 생활의 조건을 포용했다는 점에서 다르다. 오윤겸은 이 차이를 명백하게 알게 되었으며 그 결과 '자기를 되돌아보며 한숨을 쉬고 흐느꼈다.' 오윤겸은 속세에서 계속하여 살아갈 수밖에 없었으며, 속세에서의 삶은 풍경과 생활이 조화되도록 만들어 주지 않는다는 것을 절감했다. 이 순간부터 오윤겸은 속세의 생활이 열등하고 초라하다는 감정에 사로잡힌다.

그 뒤로 두 개의 사건이 덧붙여졌다. 하나는 설생이 속세에 있는 오윤겸을 찾아간 사건이고 다른 하나는 오윤겸이 다시 이상향의 설생을 찾아간 사건이다. 전자에서 오윤겸은 전조銓曹에 있었기에 설생에게 벼슬을 추천해 주려 했다. 이에 설생은 수치심을 느끼고 작별 인사도 없이 떠나가 버렸다. 후자에서 오윤겸은 설생을 만나기 위해 회룡굴로 갔지만 그곳은 이미 폐허가 되었다. 전자는 세속 벼슬살이의 더러움을 부각시켰고 후자는 오윤겸 같은 세속인이 이상향에서 사는 것이 불가능한 일임을 강조했다.

요컨대, 이상향에서 풍경 자체를 즐기는가 생활의 흔적을 찾는가는 주체의 세계관이나 삶의 감각과 긴밀하게 연관되었다. 이상향에서조차 공동생활의 터전을 구축하고 이상향을 유람하면서 생활의 흔적을 찾아 낸 것은 「도화원기」에서 비롯된 것이면서 조선 후기 야담의 분위기가 더욱 강력하게 만들어 낸 것이라고 할 수 있다. 이상향 건설자가 방문자에게 궁극적으로 보여주고자 한 것은 그곳의 풍경 자체가 아니라 공동생활의 흔적이었으며, 방문자도 대부분 이상향에서 풍경을 보기보다 생활을 발견하려 했다.

이상향에서 발견하는 생활은 그 여건이나 방식 면에서 세속 생활과 차이가 많다. 방문자는 이런 차이에서 상당한 충격을 받고 스스로든 교화에 의해서든 달라진다. 결국 이상향에서 생활하기를 흠모하는 것이다. 그러나 세속 생활과 이상향 생활은 주체의 감각이 의식주에 얽매인다는 점에서 근본적인 차이는 없다. 이상향 생활은 세속 생활의 재생이기 때문이다.

4. 이상향에서 경험하는 또 다른 풍경

(1) 또 다른 풍경의 의미

이상향을 생활공간으로서만 인지하는 것은 이상향에 대한 서사적 기대를 만족시키지 못한다. 이상향에 대한 서사는 세속 생활을 초월하거나 벗어나는 것을 지향하기 때문이다. 이상향에서의 생활이 아무리 만족스럽고 신비로운 것이라 할지라도 건설자는 물론 방문자의 눈에는 생활 이상일 수 없다. 그래서 또 다른 풍경이 설정되어야 했고, 그 결과 방문자의 여정은 '속세→이상향→또 다른 풍경의 공간→속세'의 순서가 되었다.

그렇다면 주인공이 속세로 돌아오기 직전에 구경하는 '또 다른 풍경의 공간'은 방문자에게 어떤 의미를 갖는 것일까?

「오안사영호봉설생」吳按使永湖逢薛生과 「지리산로미봉진」智異山路迷逢眞, 「사우」四友 등은 이상향 방문자와 이상향 건설자가 속세에서 서로 아는 사이라는 점에서 긴밀한 관계를 가진다. 그들은 친구 사이거나 서로 도와주는 가까운 사이였는데 한쪽이 속세에 얽매여 그대로 살아가는 반면 다른 쪽은 속세를 벗어나서 새로운 세상을 건설했다. 이는 비슷한 신분이나 처지에 있던 사람들이 세상 형편에 따라 매우 다른 삶을 살아가야 했던 조선 후기 삶의 분화의 반영이라고 할 수 있다. 특히 세 작품 모두 새로운 세상을 건설한 사람이 도둑일 가능성을 암시한다. 비록 현재는 완전히 격리된 공간에서 자급자족을 추구하지만, 그 건설 과정과 유지에는 여전히 속세의 물자를 들여오는 것이 필수적이다.

이 중에서 「오안사영호봉설생」의 방문자 오윤겸은 친구 설생이 건설한 이상향에 들어와서 구경하고는 벼슬살이에 얽매인 자신을 돌아보며 한숨을 쉬고 흐느낀다. 벼슬살이에 연연해 있는 자신이 부끄럽고 한심하게 느껴졌기 때문이다. 오윤겸은 이상향의 구경과 그 속에서 며칠간의 경험에 의해서도 충분한 내적 변화의 조짐을 보인 것이다. 그리고 속세의 생활이 열등하고 초라하다는 것을 절감하며 돌아가서도 언젠가는 이상향으로 다시 돌아오리라 결심한다. 이상향은 그 자체로 방문자 오윤겸에게 충분한 충격을 주었고, 그로써 오윤겸은 근본적으로 달라졌다. 설생 역시 이상향을 생활공간으로서만 생각하지는 않았다. 그런 점에서 이들에게는 더 이상의 자극이나 가르침이 필요 없다. 그것이 이 작품에 또 다른 풍경이 덧붙여지지 않은 까닭이다.

「지리산로미봉진」과 「사우」는 「오안사영호봉선생」과 비슷하게 시작하지만, 이상향과 변별되는 또 다른 공간의 경험을 덧붙이고 있다. 「지리산로미봉진」의 방문자 벼슬아치는 장도령이 거창하게 준비해 준 연희를 즐긴다. 진기한 안주와 찬, 영롱한 그릇들은 속세에 없는 것이었고 젊고 아름다운 여인 10여 명이 울리는 풍악은 처음 듣는 것이었다. 춤과 노래도 그랬다. 그러나 그것은 속세의 성대한 잔치와 본질에 있어서 다르지 않다. 이런 대접에 의해 방문자가 정신적으로 쇄신되지 않는다. 그리하여 그와 공간적으로 완전히 격리되지는 않지만 본질이 다른 공간을 설정한 것이다.

그날 밤 벼슬아치는 한 별전에서 묵었다. 그곳의 창과 문, 그리고 처마며 살창은 모두 산호나 수정 등의 진기한 보석으로 만들어져 영롱하고 투명하여 마치 대낮처럼 환하고 밝았다. 벼슬아치는 뼛골이 시원하고 정신이 맑아져서 잠을 이룰 수 없었다.[16]

---

16 夜使寄宿於一別殿, 窓闥簷檻, 皆以珊瑚水晶等奇寶爲之, 玲瓏瑩澈, 通明若晝, 骨冷神淸, 不能成寐矣.(천예록 393)

벼슬아치는 공간적으로 완전히 격리되지 않지만 특별한 다른 공간을 경험한다. 그는 그 풍경을 시각과 촉각으로 경험한다. 그는 별전에서의 잠 못 이룬 하룻밤을 통해 '뼛골이 시원하고 정신이 맑아'졌던 것이다. 이로써 벼슬아치는 온전히 달라졌고 그래서 속세로 돌아온 뒤에도 다시 이상향을 찾아 나선 것이다.

「사우」[17]에서는 또 다른 공간이 방문자에게 자극을 주어 근본적으로 달라지게 하는 가장 뚜렷한 사례이다. 또 다른 공간은 이상향과 공간적으로 완전히 떨어져 있을 뿐 아니라 정신적 지향에서도 뚜렷이 구분된다. 「사우」에는 네 사람의 친구가 등장한다. 그들은 젊었을 적 산사에 머물며 과거 공부를 함께했다. 그러다 '폭소자'暴燒者가 사라진다. 가난한 가운데 자기를 뒷바라지하던 아내가 죽었기 때문이다. 다음으로 '부대자'負戴者가 사라진다. '호남백'湖南伯과 '빈거자'貧居者가 끝까지 남지만, 호남백만 과거에 급제하여 호남백의 벼슬을 하게 되고 빈거자는 끝내 급제하지 못해 딸의 혼인조차 시키지 못하는 가난을 경험한다. 빈거자는 경제적 도움을 받으려고 호남백을 찾아가는데 그 길에 폭소자를 만나고 다음으로 부대자를 만난다.

그런데 폭소자가 사는 공간은 이렇게 묘사되었다.

준마를 채찍질하여 산골을 달려갔다. 하루에 200리를 갔는데 100리는 사람이 없는 땅을 지났다. 한 큰 마을에 이르렀다. 기와집이 산과 나란히 서 있고 마당은 광활했다. 깃발과 고각鼓角, 보위하는 사령들은 번진藩鎭을 방불했지만 거처와 음식, 시녀와 음악은 번진보다 훨

---

17 「북사우신승논상」北寺遇神僧論相(동야 하 579), 「책실신경벌포의」責失信警罰布衣(동야 상 812)도 같은 성격의 작품이다.

씬 나았다.[18]

폭소자가 건설한 일종의 이상향인 것이다. 폭소자는 방문자인 빈거자를 극진히 대접하고 부대자의 소식을 전한다. 부대자는 묘향산에서 삼밭을 일구고 있으며 화식을 하지 않는 신선이 되어 있다며 그가 가장 잘되었다고 부러워한다. 폭소자는 부대자의 거소를 제3의 또 다른 공간으로 생각하고 빈거자에게 부대자의 거소를 구경하도록 강력히 추천한 셈이다. 폭소자가 부대자의 공간을 빈거자에게 추천한 것은 자기의 공간이 완전하지 못하고 떳떳하지 못하기 때문이다. 빈거자 역시 친구 간의 의리를 저버렸다는 점에서 떳떳하지 못하다. 그런 빈거자가 부대자의 거소를 방문한다.

빈거자는 묘향산으로 유람을 갔다가 산의 북쪽으로 깊이 들어갔다. 어떤 사람이 대나무 삿갓에 도롱옷을 입고 있는 것을 보았다. 그는 푸른 소를 타고 날 듯이 빨리 지나갔다. 온 힘을 다해 따라가니 하루에 100여 리를 갔지만 결국 그 사람은 보이지 않았다. 소똥의 자취를 따라가다 석문石門으로 들어가니 바위 언덕 위에 띳집 하나가 쓸쓸하게 서 있었다. 문을 두드리니 응답이 있었는데 부대자였다.[19]

부대자의 집이 있는 곳의 풍경은 초라하여 폭소자의 소굴과 대조된다. 부대자는 산속 깊은 곳 쓸쓸한 풍경을 창출하지만 그 정신의 깊이에

---

18 策駿馬疾馳山谷間, 一日可二百里, 而百里則經無人之地. 及一大洞府, 瓦屋齊山, 而門庭敞濶, 旗纛鼓角, 從衛使令, 擬於藩鎭, 而居處飮食, 侍女音樂, 乃非藩鎭所可比.(삽교만록)
19 貧居者, 西遊妙香山, 深入山北, 見一人蒻笠簑衣, 跨一靑牛, 其疾如飛, 竭力追之, 一日百餘里, 不見其人而跡牛糞, 入石門, 茅屋蕭然, 獨在岩阿, 扣門而有應, 乃負戴者也.(삽교만록)

서는 최고의 경지를 보인다. 그리고 그는 빈거자를 꾸짖는다. 그제야 빈거자는 자기 잘못을 통렬히 깨닫는다.

부대자의 거처는 대안적 공간이며 제3의 공간이다. 여기에는 생활의 흔적이 최소화되어 있다. 사람이 살고 있어도 그 사람은 풍경에 흔적을 남기지 않는다. 이 제3의 또 다른 공간은 생활에 찌들어 의리를 저버린 빈거자를 꾸중하여 정신적으로 쇄신시킨다.

제3의 공간은 이상향에서 완전하게 정신의 쇄신을 이루지 못한 방문자를 위하여 쇄신의 기회를 다시 만들어 준다. 그럴진대 제3의 또 다른 공간을 구경하는 사람의 자세는 진지하게 마련이다.

그런데 「홍사문동악유별계」洪斯文東岳遊別界에서는 그런 진지함을 발견하기 어렵다. 속세로 돌아가는 길에 홍초가 마지막으로 구경한 '고각'鼓角(청구 하 493)은 이상향에서의 다른 경험과 비교할 때 호기심을 조금 더 자극할 정도이지 특별하지는 않다. 이상향 건설자가 또 다른 풍경을 필요로 하지 않으며, 홍초 역시 그것을 간절히 보고자 하는 의욕이 없다. 처음부터 홍초는 이상향을 구경할 의지도 필요도 없었던 사람이다. 이상향으로 들어가서도 눈에 보이는 것을 담담하게 지각할 따름이지, 그것을 통해 속세의 자기 생활을 되돌아보거나 반성할 생각은 전혀 없다. 돌아올 때도 마찬가지다. 안내하는 스님이 이상향으로 가자 하여 따라왔듯이, 돌아가고자 하는 마음이 생겨나 스님의 안내를 받아 돌아오는 것이다. 「방도원권생심진」訪桃源權生尋眞에서도 첨지가 권진사에게 마지막으로 보여주는 풍경은 몽둥이로 목멱어木覓魚라는 물고기를 잡는 모습이다. 그리고 보여주는 마을의 선산도 특별한 풍경을 창출하는 성싶지 않다. 권진사가 이상향에서 발견한 것은 속세와 다를 바 없는 생활 모습이었다. 그곳은 속세 사람들이 존재 전환 없이도 쉽게 들어와 살 수 있는 곳이었다. 권진사도 그런 점을 확인해서인지 가족을 거느리고 오겠다고 했다. 그런 점에서 이 작품은 방문자를 달라지게 하는 데 목표를 두지 않았다고 하겠다.

(2) 또 다른 풍경의 실현과 목격

「관동로조우등선」關東路遭雨登仙과 「식단구유랑표해」識丹邱劉郎漂海는 또 다른 풍경을 특별하고도 진지하게 제시하며 방문자도 그것을 구경하고는 심각하게 달라진다. 「관동로조우등선」에서 선옹仙翁의 딸은 자기 아버지 가 평소 유람하는 곳이 있다며 그곳으로 데려간다. 그녀는 유생의 아내가 된 뒤로 아내로서 유생에게 최고의 대접을 하는 것이다.

> 붉고 푸른 절벽이 나타났고 그 사이로 맑은 샘물이 흰 물보라를 일 으키며 떨어지고 있었다. 들어가면 들어갈수록 승경勝景이라 곳곳이 기이하고 절묘했다. 아름다운 꽃과 진기한 풀이 여기저기에서 빛을 가렸다. 그리고 이따금 진기한 새와 짐승이 날거나 모여들었다. 주변을 다 구경하고 나자, 아내는 다시 유생을 데리고 후원 뒤쪽의 한 봉우리로 올라갔다. 봉우리는 그다지 험하지도 않아 꼬불꼬불 돌아 서 꼭대기까지 올라갈 수 있었다. 꼭대기에는 저절로 만들어진 듯한 몇 층이나 되는 높은 단壇이 있었다. 그곳에 올라 앞을 내려다보니 끝없이 이어진 너른 바다가 펼쳐져 있었다. 바다엔 섬 세 개가 파도 위로 보일락 말락 하고 십주十洲가 눈앞에 벌였다. 아내는 유생을 위 해서 손으로 하나하나 가리켜 보이며 설명해 주었다.
> "저곳이 바로 봉래이고, 저곳은 방장이고요, 그리고 저곳은 영주랍 니다."
> 그리고 현포玄圃, 창주滄洲, 광상廣桑, 낭원閬苑, 곤구崑丘 등의 선경 이 저마다 멀리 바라보이는 바다에 드러나 있었다. 금궐과 은대는

하늘 가운데 아스라하고 상서로운 구름과 안개는 하늘 밖에서 따스하게 비쳤다. 봉황을 탄 자, 난새를 탄 자, 학을 잡고 탄 자, 용을 탄 자, 기린을 모는 자들이며, 구름에 앉아서 뛰어오르는 자, 바람을 몰아 나는 자, 허공을 걷는 자, 파도 위를 걷는 자들이 보였다. <u>위로 올랐다가 내려가기도 하고, 아래에서 위로 올라가기도 하며, 동쪽에서 서쪽으로 남쪽에서 북쪽으로 삼삼오오 짝을 지어 왕래했다. 생황 퉁소의 흥겨운 선계 소리도 은은하게 들려왔다.</u>[20]

붉고 푸른 절벽, 그 사이로 흰 물보라를 일으키며 떨어지는 폭포수는 또 다른 승경으로 들어가는 길을 어렵게 만드는 것이면서 시각과 청각을 동시적으로 자극하여 호기심을 강렬하게 일으킨다. 후원으로 들어가서는 먼저 가까운 곳을 상세하게 묘사한다. 근경에서 원경으로 나아가는 것은 동아시아 조망법의 원칙이다.[21] 그런데 근경과 원경을 함께 포착하는 차경借景[22]의 방식을 취하지 않고 시점을 옮겨 가는 방법을 취한다. "주변을 다 구경하고 나자, 아내는 다시 유생을 데리고 후원 뒤쪽의 한 봉우리로 올라갔다"는 구절은 원경의 시야를 확보하기 위해 높은 곳으로 올라가는

---

20 見丹崖翠壁, 玉泉銀瀑, 愈入愈勝, 曲曲奇絶, 琪花瑤草, 處處掩映, 珍禽異獸, 往往翔集. 生一入其中, 樂而忘歸, 周覽旣畢, 又復引生, 登苑後一峯, 其峯不甚高峻, 逶迤而上, 及其頂, 自成數層高壇. 騁望平臨大海, 見三島出沒於波上, 十洲羅列於眼前, 其妻爲生, 指点而視之曰: "此卽蓬萊也方丈也瀛洲也." 玄圃滄洲廣桑閬苑崑丘等仙境, 一一皆在遙望中, 金闕銀臺, 縹緲於天泮, 祥雲瑞靄, 暖暐於空外. 跨鳳者, 騎鸞者, 控鶴者, 乘龍者, 駕猜者, 坐雲而騰者, 御風而飛者, 步虛者, 凌波者, 或從上而下, 或從下而上, 或自東而西, 或自南而北, 三三五五, 翺翔往來, 笙簫仙樂之音, 隱隱到耳.(천예록 396~397)
21 김종직,「유두류록」遊頭流錄,『선인들의 지리산 유람록』, 돌베개, 2000.
22 "차경의 원리를 활용하면, 전경前景인 뜰과 원경遠景인 산은 하나의 구도로 완전한 풍경을 이룬다. 사람이 잘 꾸민 정원이나 방이 멀리 있는 자연의 산과 멋지게 결합된 이 풍경은 한 폭의 그림처럼 뇌리에 새겨질 것이다."(나카무라 요시오 지음, 강영조 옮김,『풍경의 쾌락―크리에이터, 풍경을 만들다』, 효형출판, 2007, 23면)

행동을 분명하게 서술한 부분이다. 꼭대기에 몇 층의 단壇까지 만들어져 있으니 원경은 완전하게 포착된다. 끝없는 바다 저 멀리 보일락 말락 한 세 개의 섬은 봉래, 방장, 명주이다. 현포, 창주 등 선경仙境이 펼쳐져 있는데 그곳 모습을 요지경처럼 묘사한다. 봉황과 용 등 짐승을 탄 자들의 움직임이 역동적으로 보이고, 구름에 앉아서 뛰어오르는 자, 허공을 걷는 자, 파도 위를 걷는 자들의 움직임은 환상적으로 보인다.[23] "위로 올랐다가 내려가기도 하고, 아래에서 위로 올라가기도 하며, 동쪽에서 서쪽으로 남쪽에서 북쪽으로 삼삼오오 짝을 지어 왕래했다"는 구절은 작품 속 유생이 거기에 몰입하여 바라보고 있는 모습을 독자에게 선명히 떠오르게 한다. 생황 퉁소와 선악仙樂의 소리는 청각적 생동감을 불어넣어 준다.

이렇게 유생은 '또 다른 풍경'을 경험했다. 이 풍경을 경험하기 전 유생은 엉겁결에 신선의 딸과 혼인식을 올리긴 했지만 신선의 딸이 두렵기도 하고 취한 듯도 하여 어쩔 줄을 모르고 있었다. 아내가 두려워 다가가지도 못했다. 그러니 아이도 생기지 않았다. 이러다가 10여 일이 지나자 두려운 마음이 비로소 사그라지고 마침내 부부의 관계를 시작할 수 있었다. 바로 그다음에 그 아내가 자기 아버지 선군仙君이 노니는 곳을 구경하겠느냐고 유생에게 제안한 것이다. 유생이 이 풍경을 유람하고 난 뒤, 선옹仙翁은 둘 사이에 아이가 생기지 않는 것을 지적하며 그것은 유생의 진골塵骨이 바뀌지 않아서 그렇다며 환약을 준다. 환약을 복용한 유생은 몸이 가벼워지고 성정이 맑고 비게 되었는데 그 뒤로 아내가 잉태를 했다는 것이다. 그렇다면 유생의 풍경 유람은 유생이 선계에서 부부 생활을

---

23 환상적 풍경에 대한 염원은 현실 맥락에서 이뤄지기 쉽지 않은 것이었지만 조선 후기 사람들이 그냥 포기할 수 없는 간절한 것이었다. 야담에는 그런 염원을 요술을 통해서 충족시키는 사례가 있어 흥미롭다.(「상원오생중눌」祥原吳生仲訥)〔금계필담 204〕

시작하고 아이를 낳는 것과 관련이 있는 것이 된다. 즉, 유생의 풍경 유람은 속세 인간인 유생이 선계 인간들에게 다가가 선계의 떳떳한 구성원이 되게 했다고 하겠다.

「식단구유랑표해」가 보여주는 또 다른 풍경은 더 우람하고 장쾌하다. 그곳은 이상향과 공간적으로도 완전히 분리되어 있다. 섬에 표착한 유랑은 섬에서의 생활에 적응해 갔다. 그곳은 표류한 어부들이 자연스레 건설한 이상향이기에 유랑은 쉽게 그 일원이 될 수 있었다. 그러면서 점차 일출 광경에 큰 관심을 갖게 된다. 어느 날 노인에게 해 뜨는 곳을 보고 싶다고 간곡히 여러 번 부탁하여 결국 허락을 받아 낸다.

일어나 창을 열어 보니 파도가 만경이나 넓게 용솟음치는 가운데에 만 길 은산銀山이 하늘 높이 서 있었고 그 꼭대기에서 바야흐로 해가 떠오르고 있었다. 구름과 바다가 뒤섞이고 붉은 빛이 눈을 쏘니 그 광대함 그 광휘는 세속의 안목으로는 형용하기가 불가능했다. 해가 떠오를 때는 기운이 매우 차가워 벌벌 떨게 하니 가만히 있을 수가 없었다. 은산은 수정을 깎아 세운 듯 건너편을 훤히 볼 수 있었다. 동자에게 이렇게 물었다.
"저 꼭대기를 넘어가면 일출의 근원을 볼 수 있겠구나."
동자가 말하였다.
"이 산 밖은 우리 선생님도 가 보지 못하셨으니 더 이상 말하지 마셔요."[24]

24 乃起開窓視之, 則波濤萬頃, 淵泓洶湧, 中有銀山萬丈接天而立, 其顚日方上矣. 雲海相濫, 紅光射目, 其廣大也, 其光輝也, 不可以俗眼目所可盡形. 日上時, 氣甚寒凜, 令人戰慄, 殆不能定矣. 其銀山如水晶削立, 其外似可以通觀矣. 問童子曰: "越彼巓則可見日出之本矣." 童子曰: "此山之外, 吾先生亦不得往觀, 勿復說也."(청구 하 518~519)

이 일출 풍경은 속세의 먼 바닷가나 산 위에서 보는 것과는 비교될 수 없는 너무나 장엄한 것이었다. 유랑은 일출의 근원은 보지 못했지만 사람이 접근할 수 있는 가장 가까운 곳까지는 가서 그 장관을 구경할 수 있었다. 속세 인간으로서 상상할 수 없었던 풍경을 독보적으로 보고 느꼈다고 하겠다. 일출 장관을 구경하고 돌아온 직후부터 유랑은 섬 생활에 흥미를 잃는다. 그리고 속세의 고향으로 돌아온다. 유랑은 이미 나이가 많이 든 이유도 있겠지만, 돌아온 속세에서도 더 이상 정상적인 생활을 하지 못한다. 유랑이 너무나 큰 것, 너무나 위대한 것을 보아 버렸기 때문이다. 돌아온 속세에서 그는 이미 생활을 초월해 버린 셈이다. 그것은 그가 마지막으로 목격한 일출의 장관에서 예비된 것이기도 하다.

이렇듯 「관동로조우등선」과 「식단구유랑표해」는 속세 생활이든 이상향 생활이든 생활의 흔적이 완벽하게 지워진 또 다른 풍경을 보여주었다. 어떤 생활의 굴레로부터도 해방된 풍경이란 얼마나 장쾌하고 초월적인가를 보여주었다. 그 풍경은 속세에서 온 조망자로 하여금 근본적 존재 전환을 하게 했다.

(3) 또 다른 풍경에 대한 구경의 역설

이상향은 사람들이 꿈꾸는 이상적 생활공간으로 존재할 수 있고, 완상의 대상인 풍경으로도 존재할 수 있다. 이상향의 방문자와 건설자는 관점의 차이는 있어도 생활 터전으로서의 이상향을 찾으려는 쪽으로 기울었다. 이것은 조선 후기 야담의 강력한 현실 지향 정신에 닿아 있다.

이상향 건설자에게 그곳은 엄연한 생활공간이었다. 방문자에게 이상향은 낯선 공간이었다. 방문자는 의도했든 의도하지 않았든 이상향을 오게 되었고 거기서 특별한 경험을 하게 되었다. 그러나 대부분은 일정한

거리를 두고 이상향을 풍경으로서 경험하기보다는 생활이 영위되는 공간
으로서 경험하게 되었다.

어떤 공간에서라도 생활이 영위되는 한, 세속적 계산이나 집착으로
부터 자유로울 수 없다. 생활공간은 욕망이나 갈등으로부터도 해방된 완
전한 이상적 공간이 되지는 못한 것이다. 이상향은 일상적으로 익숙해지
면서 풍경 자체로서의 신선함과 매력을 잃게 된 셈이다. 그래서 이상향
건설자는 암암리에 자기만의 또 다른 공간을 발견하고 그것을 철저히 풍
경으로 감상해 왔다. 그리고 그곳을 방문자에게도 소개해 주었다.

이상향 건설자가 은밀히 향유하고 흠모한 제3의 또 다른 공간으로의
유람은 이상향 방문자에 대한 최고의 대접이었다. 이상향 방문자는 주로
음식이나 마실 것 등의 대접을 받지만 그것은 세속의 손님 대접과 차이가
없다. 이상향에서의 손님 대접은 세속의 손님 대접법과 차별화되어야 했
다. 그런 차별화의 최종적 단계가 풍경 대접인 것이다. 빼어난 풍경을 구
경하게 해 주는 것은 어떤 진기한 음식 대접보다도 더 귀한 대접이며, 신
선하고 깊은 인상을 방문자에게 줌으로써 방문자를 근본적으로 달라지게
하는 것이다. 이 제3의 풍경의 경험이야말로 방문자의 세속적 찌꺼기를
결정적으로 씻어 내고 새로운 인간으로 거듭나는 계기가 되기도 했다.

그러나 이 경험은 방문자에게는 역설적인 것이었다. 방문자가 이 풍
경을 강렬하게 경험하면 할수록 속세로 돌아간 뒤 일상생활을 계속하기
가 어려워지는 것이다. 속세로 돌아온 「관동로조우등선」의 유생은 어머
니의 강권에 속세 여자를 아내로 다시 맞이했지만 금슬의 즐거움이 없고
부부 사이가 어그러졌다. 「식단구유랑표해」의 유랑은 아예 정상적인 생
활이 불가능해졌다. 이상향을 다시 찾아가려 해도 대부분의 이상향은 속
세 사람을 다시 받아 주지 않기 때문에 성공하지 못한다. 다만 유생만은
장인이 된 선옹仙翁의 초대를 받아 선계로 돌아갈 수 있었다. 그런 점에

서 야담의 이상향 풍경 이야기는 속세와 이상향을 함께 떠올리는 사람의 역설적 운명을 암시한다고 할 수 있겠다.

5. 결론

이 장은 조선 후기 야담에서 풍경 묘사가 두드러지는 소위 '이상향理想鄕 추구' 유형의 이야기를 분석했다. 이상향 건설자는 폐쇄적이고 배타적인 이상향을 만들고는 방문자를 초대한다. 이상향 건설의 동기는 다양하지만 건설된 이상향에서의 살림살이는 큰 차이가 없다. 이상향의 차별화는 방문자의 시선에 의해 결정되었다.

이상향에서조차 공동생활의 터전을 구축하고 이상향을 유람하면서 생활의 흔적을 찾아낸 것은 「도화원기」에서 비롯된 것이면서 조선 후기 야담의 분위기가 더욱 강력하게 만들어 낸 것이라고 할 수 있다. 이상향 건설자가 방문자에게 보여주고자 한 것은 그곳의 풍경 자체가 아니라 공동생활의 흔적이었고, 대부분의 방문자도 이상향에서 생활의 모습을 발견했다. 세속 생활이나 이상향 생활이나 주체의 감각이 의식주에 얽매인다는 점에서 근본적인 차이는 없다. 이상향 생활은 세속 생활의 연장인 것이다.

이상향은 사람들이 꿈꾸는 이상적 생활공간으로 존재할 수도 있고, 완상의 대상인 풍경으로 존재할 수도 있다. 이상향의 방문자와 건설자는 관점의 차이는 있어도 생활 터전으로서의 이상향을 찾으려는 쪽으로 기울었다. 이것은 조선 후기 야담의 강력한 현실 지향 정신에 닿아 있는 것이다.

이상향 건설자에게 이상향은 엄연한 생활공간이었다. 방문자는 의도

했든 의도하지 않았든 이상향으로 가게 되었고 거기서 특별한 경험을 하게 되었다. 그러나 대부분은 일정한 거리를 둔 풍경으로서 이상향을 경험하기보다는 세속 생활이든 초월 생활이든 그 생활이 영위되는 공간으로서 이상향을 경험하게 되었다.

또 다른 풍경은 이상향 건설자 스스로가 발견하거나 추정하여 방문자에게 소개하거나 인도했다. 그 공간은 먼저 이상향 건설자에게 생활로부터 초연한 절대적 풍경이 되어 왔다. 그에게 풍경은 생활공간으로 익숙해져서는 안 되는 공간이고 조망을 위한 거리가 유지되어야 하는 공간이다. 그런데 일상의 배경이나 일상이 영위되는 공간으로 풍경을 경험하게 된 사람은, 그런 공간과 구분되는 또 다른 공간의 풍경을 원하게 되는 법이다. 건설자에게나 방문자에게나 이상향은 자기 몸을 간절히 맡기고 싶은 생활공간이 되어야 했고 실제로 그렇게 되었다. 그러나 그와 동시에 이상향을 절대적 풍경으로 경험하는 것은 불가능하게 된 것이다. 어떤 공간에서라도 생활이 영위되는 한, 세속적 계산이나 집착으로부터 자유로울 수 없다. 생활공간은 욕망이나 갈등으로부터도 해방된 이상 공간이 될 수가 없다. 이상향은 일상적으로 익숙해지면서 풍경 자체로서의 신선함과 매력을 잃게 된 것이다. 그래서 이상향 건설자는 암암리에 자기만의 또 다른 공간을 발견하고 그것을 철저히 풍경으로 감상해 왔다.

이렇게 이상향 건설자가 은밀히 향유하고 흠모한 제3의 또 다른 공간으로의 유람은 이상향 방문자에게도 최고의 대접이었다. 이상향에서의 손님 대접은 세속의 손님 대접법과 차별화되어야 했다. 그런 차별화의 최종적 단계가 풍경 대접이다. 이 제3의 풍경의 경험이야말로 방문자의 세속적 찌꺼기를 결정적으로 씻어 내고 새로운 인간으로 거듭나는 계기가 되기도 했다.

그러나 이 경험은 방문자에게는 역설적인 것이었다. 방문자가 이 풍경을 강렬하게 경험하면 할수록 돌아간 뒤의 속세 생활을 계속하기가 더 어려워지는 것이다. 그래서 이상향을 재방문하려 하지만 대부분의 이상향은 어떤 세속인도 다시는 받아 주지 않기 때문에 성공하지 못했다.

　야담의 이상향 풍경 이야기는 속세와 이상향을 함께 떠올리는 사람의 역설적 운명을 암시한다고 할 수 있겠다. 사람은 이상향을 떠올리면서도 속세를 잊지 못한다. 그 결과 어느 곳에서도 영원한 안식처를 찾지 못한다. 이상향 이야기는 이런 운명을 환상적으로 묘사하고 있다.

야담에 작동하는 운명의 서사적 기제

1. 머리말

운명이란 세상 모든 것을 지배하는 초월적 존재의 계시를 뜻한다. 또 초월적 존재에 의해 정해진 사람의 수명이나 부귀의 양상을 지칭하기도 한다. 야담이 본격적으로 생산된 조선 후기의 사람들은 달라진 세상에서 스스로의 힘으로 욕망을 성취하는 경험을 자주 했다. 그런 이유로 그들은 운명에 종속되기보다 스스로의 능력과 의지의 힘을 더 신뢰하기 시작했다고 볼 수 있다. 야담은 그러한 조선 후기 사람들의 성향을 가장 적극적으로 반영한 서사 갈래이다.[1]

그런데 야담에 운명의 표징이 여전히 강하게 남아 있는 것을 확인하게 된다. 운명이 사람의 처지가 지속되거나 변화하는 데 깊이 관여하고

---

[1] 이에 대해 필자는 서술 시각 개념을 만들어 이렇게 설명했다. 즉, "사람이 현실에서 가지는 의지를 중시하여 사건을 서술해 가는 것이 '욕망의 성취', '문제의 해결', '이상향의 추구'라면, 사람이 이념의 영역에서 가지는 의지를 중시하는 것이 '이념의 구현'이고, 사람의 의지와 힘을 인정하지 않고 초월적 존재의 위력을 부각시키려 하는 것이 '운명의 실현'이다. 욕망의 성취·문제의 해결·이상향의 추구가 조선 후기 야담의 특징을 형성하는 것이라면, 운명의 실현·이념의 구현은 전대의 설화나 일화, 전 등 단형 서사문학에서 두드러지던 것으로서 조선 후기 야담으로 양도되어 일정하게 변개된 것이다."(이강옥, 『한국 야담 연구』, 돌베개, 2006, 75면.)

있는 것이다. 이것은 야담 향유자의 내면에서 운명의 요소들이 남아 긴밀하게 작동했음을 뜻한다.

서사에서 운명론은, 등장인물의 삶이 까닭 모르게 이상하게만 꾸려지는 양상으로 관철된다. 다음으로 어떤 특별한 존재가 등장인물이나 나라의 앞날을 점치고 마침내 그대로 된다는 식으로 관철된다. 후자의 경우, 그 특별한 존재의 탁월함을 강조하거나, 사람이 운명의 위력을 모면할 수 없음을 강조한다. 그런 차이가 있지만 양쪽 다 운명 실현의 서사라 할 수 있다. 다른 한편, 운명이 사람의 욕망 성취와 교묘하게 얽히는 경우가 적지 않다. 이 경우는 다시 둘로 나눌 수 있다. 먼저 욕망이 운명 실현의 단순한 부산물일 경우다. 다음으로 주체가 욕망을 성취하기 위해 운명을 끌어들이는 경우다. 둘은 운명에 대해 매우 다른 입장을 보인다 할 수 있다.

야담과 설화의 운명론에 대해서는 이강옥과 정재민이 선행 연구를 제출한 바 있다. 이강옥은 '운명의 실현'이라는 서술 시각이 야담에 뚜렷하게 관철된다는 것을 지적했다. 그래서 운명이 그 자체로 실현되는 양상을 분석했다. 나아가 '운명의 실현'이 '문제의 해결'이나 '욕망의 실현'이라는 서술 시각과 결합하는 양상을 살폈다. '운명의 실현'이 다른 서술 시각과 결합하는 경우는 다양한데, 이강옥은 그 구체적 경우들을 제시하고 의미를 해명했다.[2]

정재민은 「조명」造命[3]을 근거로 하여 이익李瀷의 운명론을 정리했다. 이익이 천명天命, 성명星命, 조명造命 중 조명을 중시했다고 보았다. 천명이란 장수와 단명, 현명함과 어리석음, 부귀와 빈천의 출발이고, 성명이

---

2 위의 책, 126~135면 및 174~185면.
3 이익, 「조명」, 『국역 성호사설』 권1, 민족문화추진회, 1989, 89~90면.

란 길흉의 출발인 반면, 조명이란 시세時勢를 만나 인력이 관여하는 것이
다.[4] 이익은 '시세'와 '인력'을 함께 고려하면서도 사람의 자유의지적인
노력을 더 강조했다. 정재민은 이와 같은 이익의 생각을 근간으로 하여
운명에 대한 관점을 셋으로 나누었으니, 운명은 정해진 대로 이루어진다
는 관점을 '정명定命 위주의 관점'으로, 운명은 정해져 있으나 인간의 노
력으로 바꿀 수도 있다는 관점을 '정명과 조명의 비등한 관점'으로, 인간
의 노력으로 운명을 만들 수 있다는 관점을 '조명 위주의 관점'으로 명명
했다.[5] 그리고 '운명설화'를 운명 실현형과 운명 변역형으로 나누었다.[6]

정재민의 소론은 운명설화는 물론 운명을 문제 삼는 야담을 읽는 이
론적 바탕을 마련해 주었다고 할 수 있다. 그런데 이런 관점은 운명설화
유형을 나누는 데는 유익하지만, 개별 작품들을 깊이 읽는 데는 오히려
걸림돌이 되기도 한다. 특히 텍스트 자체에 나타나는 운명관과 그 텍스트
를 향유한 사람들이 내면화한 운명관이 다를 수 있다는 점을 염두에 둘
때 그러하다. 초월적 운명의 힘을 강조하는 서사를 만들어 향유한 사람들
을 통틀어 운명 결정론자로만 볼 수는 없기 때문이다.

이 장은 서사에서 운명 요소가 강조된 데에는 여러 요인이 영향을 주
었다고 본다. 야담의 운명 화소는 그 자체로만 존재하기도 하지만 다른
요인들과 뒤섞여 길항 작용을 하기도 하여 그 양상이 복잡하다. 운명은
주인공의 삶을 고통으로 몰아가기도 하고 행복을 가져다주기도 한다. 전
자의 경우 운명은 두려움이나 원망의 대상이 되고 후자의 경우 찬사나 의
존의 대상이 된다. 전자의 경우 주인공은 운명을 피하려고 몸부림치며,

---

4 정재민, 『한국 운명설화 연구』, 제이앤씨, 2009, 287~289면 참조.
5 위의 책, 288~291면.
6 위의 책, 245~246면.

후자의 경우 그 운명이 한시바삐 자기 삶에 관철되기를 바란다. 그런데 실제 서사 전개에서 운명을 대하는 서술자나 주인공의 태도는 드러나기도 하고 감춰지기도 한다. 겉으로 드러난 태도와 내면적 실상이 상반되기조차 한다. 이런 복잡한 시선과 태도가 존재하는 것은 운명적 요소가 운명적이지 않은 다른 요소들과 습합되기 때문이다. 특히 운명은 주인공의 의지를 드러내는 요소와 긴밀히 관련된다. 이럴 때 주인공은 자기 처지를 개선하는 데 유익한 쪽으로 운명을 대한다. 운명을 받아들이기도 하고 운명을 거역하기도 한다. 이익이 개념화한 '조명'이 이런 점에서 설득력을 얻는다. 그런데 운명의 길과 주인공의 의지가 관철되는 길은 엇갈리는 경우가 더 많다. 서사에서 운명 요소는 주인공의 의지라는 요소와 현실적 요인이 복잡하게 얽힌다고 하겠다.

주인공의 삶의 처지와 관련시켜 보자. 삶이 힘들기는 해도 주인공이 최소한의 희망을 가질 수 있을 때 서사는 그 의지나 노력을 부각시킨다. 반면 서사에서 운명이 다른 요소들을 압도하게 하는 경우가 있다.[7] 후자는 두 가지 삶의 태도를 바탕으로 한다. 먼저 서술자와 주인공이 삶의 원리와 운영 체제를 온전하게 파악하지 못할 때 나타난다. 전설에서 세계의 경이를 나타내는 것과 비슷하다. 두 번째는 삶에서 자신의 힘과 의지로는 도저히 난국을 극복할 가능성이 없다고 느끼며 절망할 때이다. 정해진 운명은 사람으로서는 어쩔 수 없이 따르게 된다는 식이다.

이 장은 이런 점을 염두에 두면서 야담에 운명론적 요소가 강화되거

---

7 이런 경우도 끝까지 사람의 결단과 마음을 중시하려는 경우도 있다. 가령 「피실적로진재절간」被室謫露眞齋折簡(청구 상 430), 「치정성과효배불상」致精誠課曉拜佛像(청구 상 471) 등이다. 특히 "정성스런 뜻이 쌓이면 신명도 감응하여 이런 예고의 이적을 일으키시지. 신령이 안 계실 리가 있겠나? 자네 많은 말 말게. 내년 봄 일을 일단 보게나"(「치정성과효배불상」)라는 구절에서처럼 사람이 기도로 그 뜻을 정성들여 나타내고, 그것에 대해 신명이 감응한 결과 이적이 일어난다고 보았다.

나 그것이 다른 요소들과 습합되는 양상이 서술자나 주인공의 어떤 처지나 내면 의식과 관련되는가를 살펴보고자 한다. 그것은 서술 형식 면에서 운명을 바라보는 시선을 은근히 혹은 명백하게 설정하는 방식을 통하여 포착할 수 있다. 서술자는 때로 주인공과 같은 자리에서 운명적 현상을 바라보지만 때로는 주인공과 떨어져 주인공의 처지를 바라보기도 하기에 운명에 대한 서술자의 시선이 이동하는 것이다. 주인공과 상대 인물도 그런 점에서 서술자의 경우와 마찬가지로 태도의 분화를 보인다. 이 장은 궁극적으로 이런 점들에 착목하여 운명이 야담 서사에 개입하는 서사적 기제를 해명하고자 한다.

운명야담은 이미 일단락된 사건을 재해석하는 데 운명을 이끌어 오는 경우와 사건이 시작되는 시점부터 운명을 끌어들여 주인공의 처지를 달라지게 하는 경우로 크게 나뉜다. 전자를 '운명의 소급적 작동 기제'로 규정하고 후자를 '운명의 형성적 작동 기제'로 나누어 논지를 전개한다.

주 대상 작품은 「이절도궁도우가인」李節度窮途遇佳人(청구 상 271),[8] 「전통사미시식재상」田統使微時識宰相(청구 상 265),[9] 「설별과소년고중」設別科少年高中(청구 하 283),[10] 「양장원매과필몽」養壯元每科必夢(청구 상 640),[11] 「이절도맥장봉신승」李節度麥場逢神僧(청구 하 507),[12] 「유상사선빈후부」柳上舍先貧

---

8 「인조조해서봉산지」仁祖朝海西鳳山地(학산 414)를 수용한 작품이다.
9 「전동흘」田東屹(학산 402)을 수용한 작품이다. 「용전공흘궁획보」用田功屹窮獲報(동야 하 596)가 유화類話이다.
10 「성묘시혹미행」成廟時或微行(계서야담 304);「감신몽독점외과」感宸夢獨占嵬科(동야 상 17)의 전반부가 유화이다.
11 「조석윤양장원매과필몽」趙錫胤養壯元每科必夢(대동기문 3-69)은 『청구야담』의 이 작품을 변형하여 전반부에 옮겼다.
12 「이병사원」李兵使源(계서야담 136)과 동일 인물이 등장하나 운명 관련 상황이 반대로 설정되어 있다. 이에 대해 후술한다.

後富(청구 하 120),[13] 「과남한예농로병」過南漢預篝虜兵(청구 상 118),[14] 「김남곡생사개유이」金南谷生死皆有異(청구 하 196),[15] 「염의사풍악봉신승」廉義士楓岳逢神僧(청구 상 529),[16] 「거강폭규중정열」拒强暴閨中貞烈(청구 상 390)[17] 등이다. 이들 작품들은 『청구야담』을 비롯하여 『계서야담』, 『동야휘집』, 『학산한언』 등에도 실려 있으며 큰 차이는 없다. 차이점의 의미에 대해서는 다른 기회에 살펴보기로 하고 여기서는 『청구야담』 소재 운명야담 텍스트만을 분석한다. 그래도 조선 후기 야담집이 관철시킨 운명 담론의 일반적 성격을 해명할 수 있을 것이다.

2. 운명의 소급적 작동 기제

(1) 불운한 타자에 대한 연민

조선 후기와 같은 변동의 시대에는 행운을 누리는 사람만큼 연이어 불운을 겪는 사람도 많다. 후자는 당사자는 물론 주위 사람에게도 잘 이해되지 않는 안타까운 일이 된다. 거듭되는 불행이 제발 중단되고 원하는 바가 한 번이라도 이뤄지기를 원하지만 소원대로 잘되지 않는다. 서사에서 아이러니나 우연은 그 타개책으로 끌어들인 것이다. 「이절도궁도우가인」

---

13 「유생모자」柳生某者(계서야담 370); 「심숙맹삼귀동실」尋宿盟三婦同室(동야 하 285)이 유화이다.
14 「여장영입화성상」藜杖迎入話星象(동야 상 387)이 유화이다.
15 「김감사치」金監司緻(계서야담 222); 「도기우귀명승귀」倒騎牛歸冥陞貴(동야 상 470)가 유화이다.
16 「환은포보이만복」還銀包報以晩福(동야 하 24)이 유화이다.
17 「휘도매쉬퇴륵혼」揮刀罵倅退勒婚(동야 상 261); 「길정녀」吉貞女(학산 318)가 유화이다.

李節度窮途遇佳人에서 그 전형적 양상을 발견한다. 여기서 봉산무변은 벼슬을 얻기 위해 상경했지만 그때마다 허탕을 치거나 사기를 당한다. 결국 조상 전래의 전답을 다 팔아 마지막 모험을 하지만 이번에도 사기를 당해 모든 것을 잃는다. 잘살아 보고자 한 시도가 철저히 실패로 돌아가니 죽는 수밖에 없다. 그래서 죽으려고 하는데, 이상하게도 죽으려 하면 죽어지지지 않고 자꾸만 살길을 만난다. 마지막으로 집주인에게 맞아 죽으려고 어느 부잣집으로 쳐들어가 홀로 있는 여인을 희롱한다. 그녀는 역관의 첩으로 그 큰집에 혼자 살고 있었다. 이번에도 죽는 것에 실패한다. 오히려 그녀는 그를 기꺼이 맞아 준다. 그녀는 부자였기에 넉넉하게 함께 살 수 있었다. 봉산무변에게 더 이상 죽으려는 마음이 사라질 즈음 역관이 돌아와 봉산무변을 죽이려 한다. 봉산무변이 드디어 죽을 기회를 잡았다고 반긴다. 그러나 역관은 봉산무변의 그런 행동을 가상히 여겨 그를 죽이기는커녕 집과 여인과 재산을 마음대로 가져가라며 살려 준다. 이렇게 아이러니와 우연이 중첩되었다. 이런 아이러니와 우연은 주인공의 어이없는 불운에 대해 동정의 시선을 보내던 서술자가 만들어 준 마지막 선물과 같은 것이다. 아이러니와 우연은 서술자가 현실의 맥락에서 이탈하지 않으면서 불운에 맞서려 했던 의도의 소산이기도 하다.

아이러니나 우연은 불운을 현실의 맥락 안에 들어가 있도록 하지만 그게 불가능할 때가 더 많다. 운명은 현실의 영역을 벗어나서 불운을 일으키기 때문이다.「전통사미시식재상」田統使微時識宰相에서는 불운한 주인공 이상진李尙眞을 바라보는 상대 인물 전동흘田東屹의 동정적 시선이 뚜렷하다. 이상진은 언변과 풍모가 좋았고 공부도 게을리 하지 않았다. 그럼에도 불구하고 집 안에는 서까래와 들보뿐이고 가을에도 곡식이 남지 않았다. 보다 못한 전동흘이 친구로서 재물과 곡식을 주지만 사정은 나아지지 않는다. 전동흘은 이상진의 용모가 '결국 부귀를 누릴 상'임을 강조하고 시운時運이 오지 않은 탓이라며 재기할 수 있도록 힘을 실어 준다. 농사의 이치를 터득하고 있던 전동흘은 그 기술을 이상진에게 가르쳐 주는데, 그 도움으로 이상진은 큰 수확을 거두어 가계가 넉넉해졌다. 여기까지는 '욕망의 성취 과정'을 서술 시각으로 하는 전형적 야담 서사이다.

그러나 안타까운 사건이 벌어진다. 어느 날 부엌에서 불이 일어나서 집 전체로 번진다. 때마침 거센 바람이 불어 순식간에 쌓아 둔 곡식은 재로 변해 버렸다. 이상진은 자기 운명이 기박하여 하늘이 곡식을 먹을 복조차 내려 주지 않았다고 통곡한다. 전동흘도 이상진의 불운에 대해 이렇게 절규한다.

> 천도天道는 아득하여 헤아리기가 어렵구나! 자네의 기개와 풍모를 보면 결코 굶어죽을 사람이 아닌 듯한데, 하늘이 오늘 이런 재앙을 내린 것은 너무 가혹하네. 한 톨 곡식조차 남겨 주시지 않은 건 무슨 까닭인가! 내 눈이 있어도 눈알이 없는 것이더냐![18]

이처럼 전동흘은 하늘이 이상진에게 완전 빈털터리가 되는 운명을 부여했다고 판단한다. 전동흘은 그게 부당하다고 대들지만 어쩔 수 없는 일이다. 전동흘 자신도 그 점을 알고 있었다.

그런데 후반부에 반전이 있다. 이상진이 과거에 장원급제하여 출세하게 된 것이다. 이상진이 전동흘보다 더 높은 벼슬에 올라 전동흘을 이끌어 주는 위치에 서게 된다. 특이한 현상은 전반부에서 운명을 그렇게도 원망하던 전동흘이 이 반전 과정에서는 운명을 언급하지 않는다는 점이

---

18 天道杳茫, 姑未可料也. 李措大氣宇狀貌, 決非窮死者, 而今者天災孔酷不遺粒米, 此何故也? 豈吾有眼而無珠耶?(청구 상 268)

다. 이상진도 마찬가지다. 전동흘은 자신이 이상진에 비해 더 높은 자리에 있으면서 유족한 처지를 누릴 때만 이상진의 부정적 운명을 거론했다. 이는 타인의 운명에 대한 시선이 연민을 바탕으로 하고 있다는 점을 암시한다.

가진 자가 가지지 못한 타인의 불행한 운명에 대해 연민의 시선을 던지는 것은 「설별과소년고중」設別科少年高中처럼 주인공의 운명에 반전이 없는 경우에 두드러진다. 「설별과소년고중」에서 성종은 밤늦게 미행微行을 하다가 글을 읽고 있는 선비를 발견한다. 선비는 "운수가 기박하여 과거에 여러 번 떨어"졌다고 자기 사연을 소개하며 사초私草를 보여주는데, 하나하나가 다 명작이었다. 성종은 그런 인재가 아직도 과거에 급제하지 못한 것은 유사有司의 책임이라며 안타까워한다. 반면 선비는 "기구한 운수 때문이니 어찌 유사가 불공평하다고 원망하겠습니까?"라며 자신의 과거 불운이 운수 탓이라고만 말한다. 불운한 처지에 놓인 당사자가 운명적 시선을 갖고 있는 반면 상대 인물인 성종은 운명보다는 자기의 권력과 능력을 떠올린다. 그래서 선비의 불우함을 해결해 주리라는 의지를 갖는다. 성종은 사초 중 한 편의 제목과 글을 암기한 뒤, 모레 별과別科가 있을 것이라며 선비에게 응시하라고 조언한다. 그리고 쌀 두 섬과 고기 열 근을 주었다. 궁으로 돌아온 성종은 이틀 뒤 별과를 시행하게 하고, 선비의 사초 속에 있던 제목을 어제御題로 내건다. 선비를 급제시켜 주기 위해서였다. 시권을 살피던 성종이 과연 그날 밤에 선비의 사초 속에서 읽었던 부賦를 발견한다. 성종은 선비가 자기 사초를 그대로 옮겨 썼다고 여기고 그 답안을 1등으로 뽑아 주었다. 그런데 그 답안으로 급제한 신은新恩(과거 급제자. 신래新來)을 불러 보니 늙은 선비가 아니라 소년 선비였다. 소년 선비는 늙은 스승의 사초에서 본 것을 써서 바쳤다고 실토한다. 그리고 자기 스승은 '우연히 얻은' 쌀밥과 고기를 배불리 먹고는 졸지에 관격關格

(토하면서 대소변을 못 보는 병)을 앓게 되어 응시하지 못했다고 했다. 이에 대해 서술자는 이렇게 마무리한다.

> 늙은 선비는 임금이 하사하는 쌀과 고기를 지나치게 포식하여 병을 얻었던 것이었다. 이로 보건대 그게 다 운명이 아니겠는가? 선비는 그 병으로 끝내 일어나지 못했다고 한다.[19]

서술자는 늙은 선비의 비극을 운명 탓으로 돌린다. 늙은 선비는 간절히 과거 급제를 원했고 과거 제도를 책임지고 있던 임금도 그가 확실히 급제하도록 도왔다. 일반적 상황이라면 임금의 이런 마음이 늙은 선비의 불운을 깡그리 지울 수 있었을 것이다. 그러나 성종이 그를 도와주고자 한 일은 오히려 그의 급제를 방해했을 뿐 아니라 죽게까지 했다. 이런 서사는 사람이 자기에게 주어진 운명을 바꿀 수 없다는 정명定命의 운명관을 그대로 관철시키고 있다고 하겠다.

이 서사에는 일생 동안 과거 공부를 했지만 낙방만 하여 일생을 그르친 선비의 절망감이 바탕에 깔려 있다. 일생의 실패를 자기 능력의 부족 탓으로만 돌린다면 그 서글픔을 이겨 내기가 쉽지 않았을 것이다. 그 대신 모든 실패를 운명 탓으로 돌리면 자기를 위로할 수 있다. 그런 점에서 이 작품에는 패배자의 자기 연민도 깃들어 있다.

그런데 서술자는 성종의 시선으로 늙은 선비를 바라보고 있다. 그 결과 패배자를 동정하며 바라보는 타자의 시선이 더 강렬하게 나타난다. 서술자는 성종의 시선을 자기 시선으로 설정함으로써 운명의 개입 기제를

---

[19] 盖所賜米肉, 過飽於飢腸, 而生病也. 由是觀之, 豈非命耶? 此儒生, 仍此病, 不起云矣.(청구 하 285)

독특하게 만들었다. 먼저 현실에는 아무리 노력해도 일이 풀리지 않는 사람이 있다는 것을 하나의 사례를 통해 강조했다. 그런 사람의 주위에는 상대적으로 혹은 절대적으로 행운을 누리는 사람이 있다. 행운을 누리게 된 사람은 그렇지 못한 사람을 연민하면서 그들에 대해 미안한 마음을 갖는다.

그런 점에서 운명이 압도적 소재로 등장하고 운명 실현을 서술 원리로 채택한 작품에서는 행운을 누리는 사람이 불운한 사람을 바라보는 연민의 시선이 주류를 형성한다고 하겠다. 운명의 과장적 개입은 행운을 누리는 자가 불운한 타자에게 가장 큰 위로를 보낼 수 있는 서사적 기제였던 것이다.

(2) 절망적 자기에 대한 위안

타자의 시선보다는 자기를 바라보는 시선이 더 부각되는 작품이 「양장원매과필몽」養壯元每科必夢이다. 이 야담은 조석윤趙錫胤(1606~1655)이 장원급제한 사실을 바탕으로 삼는다. 조선의 과거 제도에서 함께 급제한 사람을 동년同年이라 부르는데, 동년들은 장원급제한 사람을 찾아가서 인사를 했다. 머리와 수염이 반백인 주인공도 장원급제한 조석윤을 찾아가 만난다. 그는 조석윤의 얼굴을 뚫어지게 바라보고는 이렇게 말한다.

젊어서부터 서울로 올라와 과거에 응한 것이 부지기수라오. 매번 길을 떠나 진위振威 갈원葛院 땅에 이르면 꿈에 한 아이를 보았고 그러면 반드시 낙방했다오. 이로부터 올라갈 때마다 꿈을 꾸었는데 그 아이는 꿈속에서도 점차 자라났지요. 꿈마다 그 면목에 익숙해지니 서로 얼싸안고 웃고 하며 즐거워하다가도 깨어나서는 또 낙방한다는 걸 알게 되어 마음으로 매우 싫어하게 되었지요. 그래서 숙소를 옮겨 갈원에서 자지 않고 거기서 수십 리 떨어진 곳에서 자 보았지요. 그래도 그 꿈을 꾸었지요. 또 길을 바꾸어 안성을 거쳐서 서울로 가 보았는데도 갈원을 마주 보는 곳에 이르면 그 꿈을 꾸게 되니 끝내 어찌할 도리가 없어 다시 대로로 가게 되었지요. 아이가 장성하여 성년이 되었을 적에도 여러 번 얼굴을 보고 낯이 익어 서로 친하게 되었다오. 이번 걸음에도 그 꿈을 꾸어 필시 떨어질 거라 예상했는데 급제를 했으니 그 까닭을 알 수가 없었지요. 오늘 장원을 알현하니 완연히 꿈속 얼굴과 똑같은지라 이는 정말 기이한 일이라오. 과거의 당락은 하늘의 뜻이 아니겠소?"[20]

늙은 선비는 이렇게 과거 길 꿈에 대해 장황하게 털어놓는다. 그는 자기가 조석윤을 길러서 장원급제시키느라 이렇게 늙었다고 말한다. 그는 과거를 준비하고 과거에 응시하며 일생을 보냈지만 한 번도 과거장의 주인공이 되지 못했다. 계속 낙방하기만 했을 뿐 알맞은 시점에 급제하여 벼슬을 얻지 못했기 때문이다. 과거를 보러 상경할 때마다 그가 꾼 꿈은 조석윤이 성장하여 장원급제할 때에야 비로소 자기가 급제할 것이라는 계시를 주었지만, 그가 그 뜻을 정확하게 이해하지는 못했다. 그래서 해마다 과거에 응시했고 그러면서 일생을 다 보낸 것이다. 과거 공부를 하느라 보낸 그의 일생은 허망한 것이다. 조석윤이 장원급제한 것이 선비의

---

20 自少入京赴擧, 不知幾許, 每行到振威葛院地, 夢見一兒, 則必落科. 自是以後, 每行輒夢, 其兒漸長, 每夢已慣其面目, 孩提戲笑, 若相欣然, 旣覺已知其必落, 心甚惡之, 移其宿處, 雖不宿葛院, 前却葛院數十里而宿, 輒夢之, 又改其路, 由安城抵京, 每過葛院相對處, 輒夢之, 終無奈何, 還由大路行, 兒及年長而旣冠, 亦累見顏熟相親. 今行亦夢, 故已料其必落矣. 忽然登第, 莫知其所以, 今日來謁壯元, 宛然若夢中顏面, 此誠異事, 科第得失, 豈非天耶?(청구 상 641)

인생에 아무 도움이 되지 못했고 또 스스로가 급제한 것도 이미 늙은 뒤 이기에 아무 소용이 없다.

그런 그가 '과거의 당락은 하늘의 뜻'일 따름이라고 말한다. 선비가 이런 운명론을 끌어온 까닭은 무엇일까? 운명론은 사람의 현실적 의지나 노력을 무력화시킨다. 운명은 사람의 의지나 노력과 상관없이 사람의 처지를 이끌어 간다. 자기가 열심히 노력한 뒤 행복해진 사람이라면 으레 운명을 떠올리지 않을 것이다. 자기 덕으로 행복을 얻었다고 생각하기 때문이다. 간혹 매우 겸허한 사람은 자기 노력 덕으로 잘되어도 스스로 운이 좋았다고 남들에게 말하기도 할 것이다. 반면 자기가 열심히 노력했음에도 불구하고 불행해진 사람 역시 두 가지 태도를 보이게 된다. 먼저 자기가 노력했음에도 불구하고 능력이 모자랐기 때문에 그랬다는 식으로 자기 탓을 한다. 다음으로 자기가 온 노력을 다했지만 타고난 운명이 좋지 못해 그랬다고 해명하기도 할 것이다. 이 작품에서 선비는 노력을 다했지만 불행하게 된 경우의 극단에 해당한다. 완전히 헛된 삶을 산 것이다.

운명은 그런 그가 자기를 위로하는 좋은 방식이라 할 수 있다. 불행과 허무를 운명 탓으로 돌리면 자기를 학대하지 않을 수 있기 때문이다. 자기 불행에 대해 스스로 책임지지 않고 자기 탓을 하지 않아도 좋은 유일한 방안은 운명을 끌어오는 것이기 때문이다. 해마다 조금씩 자라나 마침내 장원급제하는 소년의 존재는 아무리 노력해도 급제가 불가능했던 선비의 자포자기와 대응된다. 운명론은 현실적 절망감의 표징임을 여기서 확인할 수 있다.

이럴 때 사람은 아무리 노력해도 그 뜻대로 되는 것은 없다. 운명이 의지와 노력을 비웃는 듯하다. 사람이 할 수 있는 일이란 계시된 운명을 이해하고 그냥 그대로 따라가는 것일 따름이다.

3. 운명의 형성적 작동 기제

(1) 자포자기 상태에서 꾼 백일몽

운명은 주체의 불행한 삶을 추인하거나 위로하는 소급적 작동 기제가 될 뿐 아니라 삶을 새롭게 꾸려 갈 동력을 주는 적극적 작동 기제가 되기도 한다. 먼저 타자가 운명을 그렇게 작동하도록 만든다.

「이절도맥장봉신승」李節度麥場逢神僧에서 이원李源이라는 사람은 당나라 장수 이제독李提督의 후예이지만 춘천 땅으로 내쳐졌다. 그는 농부들과 섞여 살며 농사를 지어 생계를 꾸려 간다. 어느 여름 보리타작을 하다가 피곤하여 타작마당 옆 수풀 그늘에서 낮잠을 자는데 누가 흔들어 깨우는 것 같아 눈을 떠 보니 승복을 입은 소년이 옆에 있었다. 소년 스님은, "서방님은 타작마당에 파묻혀 있을 때가 아닙니다. 즉시 길을 떠나 상경하십시오" "4, 5일도 안 되어 서방님은 반드시 벼슬길에 나가실 것입니다. 임금님께서도 서방님을 찾으시니 지금 속히 상경하십시오"라고 부추긴다. 이원이 병조판서 정창순鄭昌順의 집으로 가서 명함을 들이니 즉시 만나 주었다. 이원이 자기가 이제독의 후손인 점을 밝히자 정판서는, "일전 경연經筵 중에 임금께서 제독의 후손에 대해 채판서에게 물으셨다오. ……채판서를 만나시오"라고 알려 준다. 이렇게 만난 채판서 덕으로 이원은 무과에 급제하고 큰 읍 수령을 거듭 지낸다. 그 뒤 이원은 소년 스님을 두 번 더 만나는데 그때마다 소년 스님은 이원의 벼슬살이에 대해 예언해 주었고 이원은 과연 그대로 된다.

소년 스님은 이원의 생애 주기마다 찾아와서 이원의 운명을 예언해 주는데 예언된 운명은 한 치 오차도 없이 실현된다. 이원의 운명은 이미 정해져 있으며, 소년 스님은 그렇게 정해진 운명을 미리 알려 줄 따름이다.

그런데 소년 스님의 정체가 모호하다. 도대체 그가 왜 이원을 이끌어 주는지 아리송하다. 상세하게 언급되지는 않았지만, 이원이 이여송의 후예라는 점을 고려할 필요가 있다. 민간에 떠도는 설화에서 이여송은 임진왜란 때 명나라 원병으로 조선에 와서 활약하기는 했지만 그 한계를 보였고 조선에 괜한 트집을 잡은 것으로 묘사된다. 특히 그는 조선 땅의 혈을 잘라 인재를 없애려 했으며, 그러다 결국 자기 조상의 혈까지 잘라 망했다고 한다. 이여송에 대한 이런 부정적 형상화는 이여송을 비롯한 명나라 군대에 대한 민중의 곱지 않은 시선과 관련 있을 것이다. 이원이 이여송의 후예란 언급은 그가 조선 사람에게 받은 푸대접을 암시한다. 과연 그는 춘천으로 쫓겨 나가 농부로 살았다. 이런 처지에서 이원이 벼슬을 얻어 재기할 가능성은 없다. 이 무렵 소년 스님이 찾아왔다. 소년 스님은 그 뒤로 이원을 위하여 벼슬 얻는 길을 알려 주고 벼슬살이의 형편을 예언해 준다. 소년 스님은 이원에게 앞날의 운명을 알려 줌으로써 절망적 상황에 놓인 이원을 구원하는 구원자 노릇을 하는 것이다. 그런 점에서 이 작품에 개입한 운명적 요소의 서사적 기제는 절망적 상황에 놓인 이원과 같은 사람들이 마지막으로 떠올린 백일몽 같은 것이다. 현실적 대안을 전혀 갖지 못했던 이들이 마지막으로 떠올린 것이 운명일진대, 운명이 고단한 현실 논리를 압도하는 것은 당연하다.

『계서야담』의 「이병사원」李兵使源(계서야담 136)에도 이원李源이 등장하는 바, 그 대비가 의미심장하다. 「이병사원」에서는 이여송의 후손에 대한 대우 차원에서 벼슬이 내려져 이원은 이미 병사의 자리에 있다. 그는 현재의 직분에 만족하며 탁월한 힘과 용기를 가졌기에 어디 하나 부족한 데가 없다. 그래서 벼슬을 꿈꾸거나 청탁할 이유가 없다. 춘천에 사는 인물은 이원이 아니라 이원의 당숙이다. 그 당숙을 한 스님이 찾아오는 데서 사건이 본격적으로 전개된다. 당숙과 스님은 서로 죽여야만 자기가 살

수 있는 원수 사이이다. 당숙은 평소 알고 지내는 원님을 찾아가 큰 소 열 마리를 달라 하여 잡아먹고 기력을 길러서 결국 스님을 물리친다. 이처럼 현실에서 당당하게 살아가는 사람들에게는 운명의 흔적이 전혀 없다. 그들은 당당하게 조정으로부터 벼슬을 받거나 아니면 자기 힘으로 스스로 당면한 문제를 해결하는 것이다. 그런 점에서 현실이 운명을 압도한다.

「유상사선빈후부」柳上舍先貧後富에서는 그 백일몽이 더 구체적이고도 낭만적으로 채색되었다. 주인공 유상사는 어느 날 문득 찾아온 여인들 덕에 정신없이 행복해진다. 유상사의 가난한 현실, 세 명의 여인이 한날한시에 태어난 사실, 세 여인이 한 남자를 모시기로 한 약속 등이 뚜렷한 흥미소가 된다. 여인들은 한날한시에 태어나 이웃에 살면서 서로에 대한 정이 두터워졌고 그래서 장성해서도 한 남자를 모시며 함께 살기로 약속했다. 세 여인은 한날한시에 태어났기에 사주팔자가 동일하다. 그래서 같이 살아가는 것은 운명론적으로 볼 때 그럴 듯하다. 한편 유상사가 그 상대역이 되는 이유는 불분명하다. 한 여인의 아버지인 권판서는 유상사가 '좋은 팔자'를 타고났다고 했다. 그러나 그 팔자가 어떤 것인지 분명치 않다. 오히려 유상사는 여인들의 팔자에 얹히는 형국이다. 그것도 가장 가난한 시점에서다. 그렇다면 유상사는 여인들의 동일한 팔자에 기대어 가난이란 자기 문제를 해결했다고 할 수 있다. 그런 점에서 동일한 팔자라는 여인의 운명은 유상사의 가난을 해결하는 데 수단이 되었다. 그리고 그 과정이 미화되었다. 유상사는 구차한 변명이나 구걸 없이 자기 팔자를 고치는 것이다. 그것을 권재상은 '좋은 팔자'로 규정했다.

이 작품은 여인의 운명이 어떻게 동일하게 실현되는가에 서사적 관심을 갖지 않는다. 그보다는 유상사가 어떻게 가난을 벗어나고 또 잠정적으로 도래했던 정치적 덫조차 벗어나는가에 초점을 맞추었다. 그러는 데는 유상사의 첫째 부인이 결정적 역할을 한다.

하루는 유생의 처가 남편에게 말했다.

"요즘 조정 돌아가는 걸 살펴보니 남인이 득세하겠고 권판서는 남인의 우두머리로 일을 도맡아 하고 있어요. 요즘 일들이 윤리를 말살하지 않는 경우가 없으니 오래가지 않아 반드시 패망할 것입니다. 패망하면 화가 우리에게도 미칠 염려가 있습니다. 일찍 고향으로 내려가 화를 면할 계획을 세우는 게 좋겠습니다."[21]

유상사의 첫째 부인은 더 이상 운명론적으로 사유하지 않는다. 그녀는 예리한 정치적 감각을 갖추었다. 그런 그녀이기에 한시에 태어났다는 팔자를 믿고 거기에 종속되어 살았다기보다는 한 남자를 함께 섬기자는 다른 두 여인과의 약속을 더 중시하며 살아갔을 성싶다. 그녀와 달리, 유상사는 자기 삶을 개선하기 위한 어떤 대안도 갖지 못하고 서사의 전개를 그냥 따라가기만 한다. 운명이 그에게 덮어씌워졌다는 인상을 주는데, 그것은 그가 자기 삶에 안절부절 못하고 있기 때문이다. 자기 삶에서 어떤 대안도 찾지 못하고 망연자실하고 있을 때 마지막으로 기댄 것이 운명이요 팔자인 것이다. 그런 점에서 유상사의 '팔자' 혹은 '운명'은 현실에서 절망한 남자의 백일몽이 낭만적으로 서사된 것이라 볼 수 있다.

(2) 운명을 활용하는 주체의 의지

주인공이 운명에 복종하거나 끌려가기만 하는 것은 아니다. 부정적 운명을 피해 가기도 하고 운명에 대한 예언이나 암시를 새로운 삶을 만들어

---

21 一日, 柳妻謂其夫曰: "見今朝廷, 南人得時, 權判書以南魁, 而當局矣. 近日事, 無非滅倫之事, 不久必敗, 敗則恐有禍及己之慮, 不如早自下鄕, 以爲免禍之計矣."(청구 하 126)

가는 활력으로 전환시키기도 하는 것이다.

「과남한예농로병」過南漢預篝虜兵에서 선전관 박진헌朴震憲은 우연히 얻게 된 책을 탐구하여 사람의 궁달이나 일의 길흉을 미리 알아내는 능력을 갖게 되었다. 그는 타인의 장래는 물론 자기의 장래에 대해서도 예감할 수 있다. 그런 그에게 기피해야 할 인물이 있었으니 광해조 때 권력을 독점하고 있던 간흉 이이첨李爾瞻이었다. 이이첨은 박진헌의 이성異姓 오촌당숙이다. 이이첨은 언제나 박진헌에게 자기 아들들과 함께 과거 공부를 하라고 했지만, 박진헌은 끝내 거절한다. '이이첨은 간사하고 흉악하여 오래지 않아 큰 살육전에 빠질 것'을 예견했기 때문이다. 박진헌은 이이첨의 아들과 자기가 연관되어 그의 화가 자기에게 미칠 것을 걱정하여 유업儒業을 포기한다. 그리고 무과에 급제하여 선전관이 되었다. 박진헌은 스스로가 갖춘 운명 예언 능력으로써 위험한 타인을 따돌리고 자기를 궁지에 빠지지 않게 조치하는 것이다.

이와 같은 기본 서사에 또 다른 두 개의 일화가 덧붙어 있다. 먼저 이지무李枝茂와 그 친구인 참봉 윤 아무개와 관련된 일화이다. 그들은 광릉光陵 재실에서 과거 공부를 하고 있었는데, 이지무는 박진헌의 집안 조카뻘이 되었다. 박진헌은 그곳을 방문해 이지무가 지은 책策을 읽어 보고 평을 해 주었다. 그리고 세 가지 점을 알려 준다.

① 이지무가 증광시에 합격할 것이다.
② 자기의 운명은 기박하여 큰 직책을 맡을 수 없을 것이다.
③ 윤 아무개는 재주는 뛰어나지만 급제는 이지무보다 늦을 것이다.[22]

22 "너는 이번 가을 증광시增廣試에 반드시 합격할 것이다." 그러자 이지무가 대꾸했다. "우리 숙부님의 재능으로 만약 대장의 자리에 오르신다면 반드시 큰 공훈을 세울 것입니다." "그건 불가능한 일

과연 예언대로 그해 가을 이지무는 합격했지만 윤 아무개는 낙방하고 3년 뒤에야 합격했다. 박진헌도 더 이상 진급하지 못했다.

　　박진헌의 운명에 대한 예언은 나라의 장래에까지 미친다. 박진헌은 갑술 을해년 사이(1634년 인조 12~1635년 인조 13)에 남한산성에 올랐다가 병자호란의 발발을 예언했고, 인조가 항복하고 나올 것도 알려 주는[23] 것이다.

　　이렇듯 박진헌은 자기와 타인, 나라의 운명을 정확하게 알아맞히는 능력으로써 삶의 문제를 풀어 간다. 여기에는 정치적 악인에 대한 경계심과 비판 정신이 깃들어 있다. 개인은 물론 나라의 미래까지 예언의 대상이 되는 바, 그만큼 운명이 개입한 기제가 적극적이고 역동적이게 되었음을 뜻한다.

　　「김남곡생사개유이」金南谷生死皆有異의 김치金緻(1577~1625)도 운명 예견 능력을 갖는다. 김치는 김득신金得臣(1604~1684)의 아버지로서 젊어서부터 사람의 운수를 잘 알아맞혀 그와 관련하여 기이하고 신이한 일이 많이 일어나게 했다. 그가 자기의 평생 운수를 점쳐 보니, 큰 화를 입을 상이었는데 물 수水 변 성姓을 가진 사람의 힘을 얻으면 큰 화를 면할

이지! 나의 명도命道는 너무나 기박한지라 큰 직책을 맡을 수가 없지. 만약 훌륭한 장군이 있어 나를 좌막佐幕으로 삼아 계책을 돕게 한다면 아마도 성공할 수는 있을 거야." 윤 아무개가 이런 말을 듣고는 깜짝 놀라 일어나서는 공경을 표시하며 자기 잘못에 대해 용서를 빌었다. 그러고는 자신이 지은 책문을 보여드렸다. 박생이 말했다. "진실로 재주 있는 인물일세. 우리 조카가 미칠 수 없을 정도야." 그리고 그 앞날도 점쳐 주었다. "급제는 우리 조카보다 조금 늦을 걸세."("汝必捷今秋增廣科矣." 李曰: "以我叔主之才, 若任大將, 必建大勳業矣." 朴曰: "不可! 吾命道甚奇, 不可當大任. 若得一良將, 而使我爲佐幕贊劃, 則庶幾成功也." 尹聞之, 始瞿然大驚起, 而致敬謝其前過, 遂出示其策, 朴曰: "眞實才也. 非李侄所是." 又筮其命曰: "登科則稍後於李侄矣."〕〔청구 상 120~121〕

23 "이 성은 나가서 항복할 성이지. 얼마 안 있어 나라에 큰 병화가 있을 것이고, 임금이 타신 수레는 피난하여 이곳에 이를 걸세." 그러고 나서는 포위당했다가 성에서 나가게 될 일을 분명하게 말했다.("此出降城也. 未久國有大兵禍, 鑾輿必播遷到此." 仍言受圍出城事, 甚分明日.)〔청구 상 121〕

수 있었다. 어느 날 심기원沈器遠(?~1644)이 점을 치러 왔는데, 김치는 심기원이 물 수 변 성을 가졌음을 확인하고 도리어 자기의 장래를 부탁한다. 그리고 심기원 주위의 사람들이 인조반정을 계획하고 있다는 것을 알아맞히고 거사일도 잡아 주며 거사가 순조롭게 될 것을 예언해 준다. 심기원도 그 공적을 인정하며 반정이 성사되면 공신 명단에 올려 주겠다고 약속한다. 과연 인조반정은 성공했고, 사람들이 김치의 죄를 용서하기 어렵다고들 했지만 심기원이 힘을 다해 김치를 구해 주었다. 개인과 국가의 운명이 긴밀히 엮인 양상을 온전히 잘 보여준다.

여기에다 또 다른 두 개의 일화가 붙어 있는데, 김치가 중국의 술사에게 자기 사주를 물은 일화이다. 중국 술사는 "화산華山의 소 탄 나그네, 머리에 한 가지 꽃(一枝花)을 꽂았지"라는 점괘를 알려주었지만 그 뜻을 해독할 수가 없었다. 그 뒤 김치가 경상도 관찰사로 순시를 하다가 안동에 이르러 돌연 학질에 걸렸다. 어떤 사람이 검은 소를 거꾸로 타면 낫는다고 하기에 소를 타고 마당 안을 돌아다니다가 말에서 내리자마자 방 안으로 들어가 누웠다. 두통이 극심해져 한 기생에게 머리 지압을 하게 했다. 기생의 성명을 물어보니 일지화一枝花라 대답했다. 그제야 중국 술사의 점괘가 떠올라, "죽고 사는 것은 운명에 달렸도다"라며 새 옷으로 갈아입고 의관을 갖추어 조용히 숨을 거두었다.

그렇게 죽은 김치는 염라왕으로 부임한다. 박장원朴長遠(1612~1671)과 김치의 아들 김득신 사이에 일어난 일화가 거기에 덧붙여져 있다. 둘은 절친한 친구 사이였다. 박장원이 북경에 갔을 때 추수推數를 해 보니 모년 모월에 죽을 운명이었다. 박장원은 김치가 염라왕이 되었다는 것을 믿었다. 그래서 자기 수명을 조금만 연장해 달라는 내용의 편지를 염라왕 아버지에게 써 달라고 김득신에게 부탁한다. 두 사람은 태우는 방식으로 편지를 저승에 전했는데, 박장원은 그 덕인지 죽을 해를 넘기고 수십 년 뒤에 죽었다고 한다.

서술자는 이에 대해 "일이 허탄하고 망령스럽지만 어떻든 김공의 혼백은 보통 사람과는 크게 달랐다"[24]는 견해를 덧붙인다. 그리고 거기다가 김치가 염라왕이 된 뒤에도 한양 거리를 왕래하고 자기 제사 음식을 흠향하러 왔다가 제물이 불결하여 먹지 않고 돌아가기도 하며 생전에 빌린 책을 돌려주게 하기도 한다.

이상과 같은 점에서 김치는 자기 운명을 바꾸었을 뿐 아니라 남의 수명도 연장해 주었다. 그 이유와 방식은 인간 세상에서 일어나는 청탁과 다를 바 없다. 이승과 저승을 오가며 운명을 바꾸어 간 것이며, 그럴 힘은 운명을 간파하는 능력에서 나왔음을 알 수 있다. 운명을 간파하는 사람을 내세운다는 것은 사람의 능력과 의지를 부각시키는 것과 같은 의미다. 그런 능력을 활용할 때 운명은 바꿀 수 있는 것이 된다. 그런 점에서 이익의 조명造命의 사례라 할 수 있다. 이런 일련의 과정이 김치라는 한 개인에 의해 이루어졌다는 점에서 매우 특별한 사례라고 할 수 있겠다.

반면 「염의사풍악봉신승」廉義士楓岳逢神僧에서는 운명을 예언하는 사람과 운명을 따르는 사람이 분리된다. 운명은 평범한 민중의 일상에 사사건건 개입하고 작용한다. 신인神人으로까지 신뢰받는 암자 스님은 장차 염시도의 짝이 될 처녀의 운명을 미리 말해 준다. 처녀는 4, 5년 안에 큰 액을 당할 운명인데, 세상을 등지고 암자에서 살면 그 액운을 벗어날 뿐 아니라 좋은 인연도 만난다고 예언해 준다. 염시도가 암자를 방문하여 처녀를 만났으니 염시도가 처녀의 인연인 셈이다. 암자 스님은 염시도의 운명까지도 알려 준다.

---

24 事近誕妄, 而金公之精魄, 大異於人矣.(청구 하 203)

네 꼴을 보아하니 넌 출가할 사람이 아니다. 뒤 암자의 처녀는 끝내 네게로 돌아올 것이다. 다만 너는 지금 바로 떠나거라. 조금도 주저하지 말아야 하느니라. 비록 아주 작은 놀랄 일이 있다 하더라도 복록이 그로부터 시작될 것이다.[25]

이렇게 암자 스님이 염시도의 운명을 말해 주자 염시도는 그를 스승으로 받들며 자신의 장래를 맡긴다. 그리고 영남 상주로 가서 살다가 결국 처녀와 혼인을 한다. 이런 일련의 과정을 암자 스님은 정확하게 예언했고 처녀와 그 어머니, 염시도가 그것을 철저히 믿었으며 한 치의 어긋남도 없이 실현된다.

이렇게 평범한 일상을 꾸려 가던 사람들에게 운명은 사사건건 개입하여 그들의 삶을 이끌어 간다. 암자 스님은 그들의 만남과 헤어짐, 혼인과 관련된 운명을 정확히 알려 주었다. 운명을 따르는 사람과 운명을 예언하는 사람이 분리되었다. 염시도와 처녀, 그 어머니는 철저한 운명론자이지만, 암자 스님은 운명이라는 도구를 활용하여 사람의 삶을 개척해 가는 운명 극복론자라 할 수 있다. 운명을 따르는 사람보다 운명을 예언하는 사람이 한 단계 위에 있다.

「거강폭규중정열」拒強暴閨中貞烈은 영변 처녀 길정녀吉貞女와 인천 남자 신명희申命熙가 사랑을 이루는 이야기다. 길정녀는 온갖 시련에도 굴하지 않고 신명희에 대한 정절을 지킨다. 길정녀가 이렇게 사랑 실현을 위해 초인적 의지를 불태우는 것과 호응되는 것이 신명희의 꿈이다. 신명희는 소년 시절에 이상한 꿈을 꾼다. 어떤 노인이 5, 6세 가량의 여자아

---

25 觀汝狀貌, 非出家之人. 後菴之女, 終必爲汝之歸. 但從此直去, 少勿踟躕, 雖有小驚, 福祿自此始矣.(청구 상 535)

이를 데리고 왔는데 그 아이의 얼굴에 입이 열한 개나 있어 놀라고 괴이하게 여겼다. 노인이 신명희에게 말한다.

이 아이가 뒷날 그대의 배필이 될 걸세. 마땅히 죽을 때까지 해로할 걸세.[26]

신명희는 마흔 살이 지나서 부인을 잃는다. 부엌일을 할 사람이 없어여러 번 첩을 얻으려 했지만 매번 일이 이뤄지지 않는다. 때마침 친구가영변 부사로 있어 그곳으로 유람을 간다. 하루는 꿈을 꾸었는데 또 전에본 노인이 열한 개 입을 가진 여자를 데리고 와서는 아이가 이미 다 자랐으니 신명희에게 시집갈 것이라고 말해 준다. 신명희는 서출인 길정녀를첩으로 맞이했다. 그리고 꿈에 본 열한 개 입(十一口)이 길정녀의 성姓인'븜'자가 되는 것을 비로소 깨닫는다. '하늘이 정해 주신 연분에 깊이 감동'하니 정의情義가 더욱 돈독해진다.

이런 꿈의 실현 과정은 앞서 분석한 「양장원매과필몽」의 그것과 유사한 바가 있지만 꿈의 역할과 본질은 정반대다. 「양장원매과필몽」에서늙은 선비는 과거 길에 오를 때마다 꿈을 꾸어 조석윤이 조금씩 자라난모습을 보게 되고 그때마다 과거에 낙방한다. 마침내 조석윤이 장원급제할 때 늙은 선비도 급제했지만 그는 이미 다 늙어 있었다. 자기 삶에서 느꼈을 허망감을 짐작할 수 있다. 「거강폭규중정열」에서 신명희가 꾼 꿈도이와 유사한 면이 있다. 시간의 흐름과 함께 꿈은 거듭되고 꿈속 상대는그만큼 자라나 마침내 다 성장했을 때 현실에서 둘이 만나게 된다는 점에서 유사하다. 신명희가 소년 시절에 꾼 꿈에서 5, 6세의 모습이었던 여자

---

26 此他日君之配也. 當與終老.(청구 상 390)

아이가 점차 자라나 마침내 처녀가 되자 그의 첩이 되었다. 그런데 두 작품의 꿈이 결정적으로 다른 점이 있다. 「양장원매과필몽」에서 꿈은 그냥 조석윤이 자라나는 모습만 보여주다가 장원급제 뒤 꿈의 의미를 알게 하지만 「거강폭규중정열」에서 꿈은 여자아이가 자라는 모습뿐만 아니라 그에 대한 암시와 설명까지 곁들인다는 점에서 그러하다. "이 아이가 뒷날 그대의 배필이 될 걸세. 마땅히 죽을 때까지 해로할 걸세"라는 노인의 말이 그런 역할을 한다. 또 아이의 얼굴에 11〔十一〕개의 입〔口〕이라는 형상을 만들었다. 신명희가 마흔이 넘어 상처했고 길정녀가 다 자랐다는 것은 두 사람이 만날 현실적 조건이 완벽하게 갖춰진 것이다. 그제야 노인은 아이가 이미 다 자랐으니 신명희에게 시집간다고 말해 준다. 신명희도 꿈에 본 열한 개 입이 '길吉'자가 됨을 비로소 깨닫는다. 무엇보다 다른 점은 주인공이 꿈에서 암시된 인물을 현실에서 만났을 때 주인공이 보이는 반응과 그 만남의 효과이다.

> **「양장원매과필몽」**: 그는 조석윤의 얼굴을 뚫어지게 바라보고는 웃으며, 자기가 장원을 길러서 급제하느라 이렇게 늙었다고 말했다.
> **「거강폭규중정열」**: 신생은 기대에 넘쳐 크게 기뻐했다. 그리고 꿈에 본 열한 개 입(十一口)이 길吉자가 되는 것을 비로소 깨닫고 하늘이 정해 주신 연분에 깊이 감동하니 정의情義가 더욱 돈독해졌다.

「거강폭규중정열」에서 늙은 선비는 그냥 웃는다. 그 웃음은 한 사람을 장원급제시키기 위해 들러리만 서다가 한평생을 다 보낸 자기 자신에 대한 자조에 가깝다. 그리고 그 만남은 자신에게 아무런 의미도 없고 또 장차 자기 삶과도 무관하다. 늙은 선비의 삶은 장원급제한 사람이 조석윤이라는 사실을 확인하는 순간 마무리되어 버린다. 작품의 서사도 그래서 끝났다. 「거강폭규중정열」에서 신명희는 기대에 넘쳐 크게 기뻐한다. 그 기쁨은 길정녀와 자신의 만남이 하늘이 정해 준 연분에 의한 것임을 확인한 데서 배가되었다. 그리고 그 만남을 통해 신명희는 물론 길정녀의 삶도 긍정적인 쪽으로 나아간다. 요컨대 비슷한 꿈은 운명을 암시하거나 현시하지만 그것이 등장인물들의 삶에 끼치는 영향은 매우 다른 것이다.

「거강폭규중정열」은 두 사람이 연분을 맺고 앞날을 약속하는 데서 끝나지 않는다. 신명희가 인천으로 돌아가며 짧은 시일 안에 길정녀를 맞이해 가겠다고 약속했지만 돌아가자마자 많은 일들이 생기는 바람에 3년이 지나도록 약속을 지키지 못한다. 그러면서 길정녀의 고난이 시작된다. 고아였던 길정녀의 친척들은 그녀를 다른 사람에게 팔아넘기려고 흉계를 꾸민다. 특히 길정녀의 당숙은 운산 사또에게 길정녀를 팔아넘기려고 온갖 음모를 꾸미며 만행을 저지른다. 그러나 길정녀는 감옥에 갇혀서도 굴하지 않고 만행과 폭력에 대항한다. 그녀는 자기 사랑의 길을 막아서는 어떤 힘과 존재에 대해서도 온 힘과 꾀를 다하여 맞선다. 그런 점에서 그녀는 서사적 영웅을 닮았다. 그녀에는 한 톨의 회의나 절망도 없다. 그리고 당당하다. 그래서 한 고을의 사또를 꾸짖는 목소리가 당차다.[27]

길정녀가 영웅적 투쟁을 한 결과 운산 사또는 죽을 때까지 벼슬살이를 하지 못하게 되었으며 당숙 부자는 절해고도로 유배되었다. 그녀는 감영으로부터 큰 칭찬과 후한 상을 받는다. 신명희는 즉시 그녀와 함께 상경하여 잠시 살다가 몇 년 뒤 인천 옛집으로 옮겨 갔는데, 그녀는 집안일

---

27 "너는 나라의 두터운 은혜를 입어 이 고을 수령 자리를 누리고 있으니 온 힘을 다해 백성들을 도와 임금님 은혜에 보답해야 했다. 그런데도 백성에게 잔혹하게 굴고 여색만 탐하여 본 읍의 흉악한 사람과 결탁해서 사대부의 소실을 위협하고 겁탈하려 했으니 이는 금수의 소행으로 천지가 용납지 못할 짓이다! 장차 너에게 죽임을 당할 몸, 내 손으로 먼저 너를 죽이고 나도 함께 죽으리라!"(汝受國厚恩, 享此專城, 當竭力拊民, 圖酬吾君, 而今乃殘虐生靈漁色, 是急締結本邑之凶民, 威脅士大夫之小室, 是禽獸之所不爲, 天地之所不容! 我將死汝, 手必殺汝, 與之俱死!)〔청구 상 396〕

을 잘 다스려 부자가 되었다 한다.

　길정녀가 상식을 초월한 투쟁을 흔들림 없이 할 수 있었던 것은 그녀가 초월적 힘을 가진 어떤 것에 기댈 수 있었기 때문이다. 서술자나 독자의 입장에서 보면, 그녀는 신명희와 끊어질 수 없는 기이한 인연이 이미 맺어져 있다는 암시를 받고 있다. 그런 점에서 그녀의 투쟁 과정에 혼연 동참할 수 있는 것이다. 길정녀가 신명희와 만나고 그녀가 혼약을 관철시켜 마침내 행복한 혼인 생활을 하게 되는 과정과 꿈의 계시는 표리의 관계를 이루고 있다. 운명을 예언하는 꿈은 혼약과 혼인의 과정을 계시하면서 아울러 그 실현 과정에 힘을 실어 주는 것이다. 이 작품의 서사는 주인공이 부정적 운명에 이끌려 가는 것이 아니라 긍정적 운명이 주인공의 의지를 더 강화시켜 주고 마침내 목표를 이루게 해 주는 형국이다. 그런 점에서 운명이 실현되는 과정은 역설적으로 자기 삶을 당차게 만들어 가려는 주인공의 의지가 실현되는 과정이라 할 수 있다.

4. 야담에 작동하는 운명의 서사적 기제와 의미

이상에서 살펴본 바와 같이 텍스트의 서사적 전개 과정을 통해 보여지는 운명관과 그 텍스트를 향유한 사람들이 내면화한 운명관은 다르다. 주인공의 삶에 운명적 요소가 강하게 나타난다 하더라도 주인공 자신과 텍스트를 향유한 사람들이 똑같이 운명적 세계관에 함몰되었다고 볼 수 없다.

　야담에 운명론적 요소가 강화되거나 그것이 다른 요소들과 습합되는 양상은 작중의 인물이 어떤 처지에서 가지는 내면 의식과 관련된다. 그리고 그것은 서술 형식 면에서 운명을 바라보는 시선으로 전환된다. 서술자는 때로 주인공과 같은 자리에서 운명적 현상을 바라보지만 때로는 주인공과 떨어져 주인공의 처지를 바라보기도 하기에 운명에 대한 서술자의 시선이 이동하는 것이다.

서술자나 상대 인물이 불운한 주인공에 대해 보내는 연민의 시선은 운명을 서사적 작동 기제의 중심에 놓이게 한 가장 강력한 요인이었다. 세상에는 아무리 발버둥을 쳐도 잘되지 않는 사람이 있으며, 그런 사람의 주위에는 행운을 누리거나 불운으로부터 자유로운 존재가 있다는 것을 강조한다. 행운을 누리게 된 사람은 그렇지 못한 사람을 연민하면서 그에 대해 미안한 마음을 갖게 되는 것이다. 이렇게 미안한 마음을 가진 존재가 불운의 주인공을 위로하기 위하여 운명을 끌어온다. 그러고는 그 운명의 주재자인 하늘에 대해 이의를 제기하기도 한다.[28]

반면 운명은 절망에 빠진 주인공이 스스로를 위로하는 서사적 기제로도 개입한다. 이때는 타자의 시선보다는 자기를 응시하는 자기 시선이

---

28 불운한 타자에 대한 연민은 양심적 사대부가 전란기 민중의 처지를 바라볼 때 가장 두드러진다. 대표적인 사례를 이기李墍의 『송와잡설』松窩雜說에서 찾을 수 있다.
"물物이 성한 다음에 쇠해지는 것은 천도天道의 상례이다. ……아! 인간을 사랑하여 살리고자 하는 것은 하늘의 본심인데, 어찌하여 진노하기를 그만두지 않는가? 왜노를 불러들여 폭행을 하게 하고 악귀가 행흉行凶하도록 맡겨 두어 죽이고 또 죽여서, 지금 와서는 더욱 심하게 하니, 인仁으로 덮어 주고 하민下民을 불쌍하게 여기는 지극한 덕이 과연 이와 같은가? 옛사람이 말하는 죽을 운수가 끝나지 않아서 그런 것인가? 온 세상 사람을 다 죽여 버리고 별도로 하나의 마땅한 사람을 낳게 하려고 그러는 것인가? 청구 수천 리 지역에 사람이 없어지고 원귀의 터로 변하게 하려고 그러는 것인가? 아니면 어지러움이 심하고 비운否運이 극도에 이르게 하여 인심이 허물을 후회하고 다스림을 생각하도록 한 다음에 다시 태화泰和한 운수를 열어 주려고 그러는 것인가? 하늘의 뜻한 바는 진실로 알 수 없다."(物盛而衰, 天道之常…嗚呼, 愛人而欲生之者, 天之本心也. 胡爲震怒不已? 召倭肆暴, 任鬼行兇, 殺之又殺, 至今彌甚, 仁覆閔下之至德, 果如是乎? 無乃古人所謂殺運未訖而然耶? 將盡殺一世之人, 別生一副當人而然耶? 使靑丘數千里之地, 無復人理, 變爲寃鬼之場而然耶? 抑將亂甚否極使人心悔過思治然後, 復開泰和之運而然耶? 天意之所在, 固未可知也.)〔김려, 『한고관외사』, 한국정신문화연구원, 2002, 776면.〕 여기서 이기는 운명을 결정하는 존재로 하늘을 설정하고 하늘이 나라의 운명을 정한 것에 대해 문제를 제기한다. 그럴진대 운명은 정치적 격변을 경험하게 된 사대부들이 가진 불안감이나 위기의식과 관련된다. 운명은 그냥 따를 게 아니라 왜 그러한가 질문하는 대상이 되는 것이다. 이런 질문은 한 나라의 운명에 대해서뿐 아니라 개인의 운명에 대해서도 마찬가지로 제기된다.

더 부각된다. 스스로 열심히 노력하여 행복해진 사람은 노력의 과정에서는 물론 결실이 맺어진 시점에서도 운명을 떠올리지 않는다. 행복의 결실이 자기 덕임을 절감하기 때문이다. 간혹 겸허한 사람은 자기 노력 덕으로 잘되어도 '운이 좋았다'고 남에게 말하지만 진심에서 우러난 말은 아니다. 반면 최선의 노력을 다했지만 불행을 겪게 된 사람은 불행의 원인을 가능한 한 자신으로부터 먼 곳에서 찾을 필요가 있다. 가령 「양장원매과필몽」에서 늙은 선비가 자신의 불행과 관련하여 자기 능력 탓도 하지 않고 운명 탓도 하지 않을 수는 없다. 그렇게 되면 현실의 엄연한 불행을 설명할 방법이 없고 그래서 주인공의 허망감은 더해질 수밖에 없다. 결국 탓할 것은 운명이다. 운명은 자기 처지에 절망한 주인공이 자기를 위로하고 자학에 빠지지 않게 하는 알맞은 기제를 만들어 주는 것이다. 운명은 서사가 끝난 지점에서 주인공을 위로하는 서사적 장치로 작동할 수 있다.

다른 한편 운명은 주인공이 서사적 현재로부터 시작하여 더 긍정적인 처지를 창출하는 계기나 발판이 되기도 한다. 그래서 운명이 적극적으로 작동하는 서사적 기제가 관철된다. 이 경우야말로 사람의 의지와 힘이 부각되던 조선 후기 야담에서 가장 유용하게 활용되었다. 이것도 두 가지 방법이다.

하나는 행위로 실현되지 않고 상상적으로 경험하게 하는 기제이다. 주인공이 현실에서 구체적인 행위를 통하여 자기 처지를 개선할 여건이 아닐 때 상상의 세계를 추구하게 되는 바, 운명적 요소가 이런 여건에 개입하는 것이다. 그것은 주인공이 자포자기 상태에서 꾸는 백일몽과 다르지 않다. 주인공이 절망적 자기 처지를 개선할 수 있는 행위를 하기 어렵기 때문에 '운명을 꿰뚫어 보는 탁월한 존재'를 우호적 타자로 내세운 것이다. 그 존재에 대한 기대치가 크기 때문에 그의 형상이나 능력은 신비화되기까지 한다.

다음으로 주인공이 운명에 끌려가거나 행운을 꿈꾸기보다는 행운의 어떤 요소를 일상적 삶의 과정에서 활용하기도 한다. 이 경우 주인공은 운명을 따르면서도 운명을 활용하여 자기 의지를 관철시킨다. 운명의 길과 의지의 길은 상충되지 않고 나란히 함께 간다. 이럴 때 운명은 주인공이 삶을 개척해 나가는 데 도움이 되는 활력을 제공한다. 운명이 적극적이고 형성적인 작동 기제의 핵심이 된다. 운명이 작동하는 서사 기제에서 역설적으로 주인공의 굴하지 않는 생의 의지를 읽어 낼 수 있다.

이상과 같이 야담에서 운명은 서사체를 구성하는 서사적 요소로 존재하기도 하지만, 그보다는 서사적 기제로서 서사 과정에 작동한다는 것을 알 수 있다. 주인공이나 서술자는 운명에 대한 일정한 입장을 견지하기는 하지만 단지 운명 자체에 대해 어떤 관점을 취하는 데 멈추지 않는다. 주인공과 상대 인물, 서술자는 운명을 서사적 기제로 내면화하면서 타자와 자기에 대한 연민을 드러내기도 하고 타자나 자기의 삶을 새롭게 꾸려 가는 활력으로 활용하기도 한다고 하겠다.

5. 결론

이 장은 사람의 힘과 의지를 부각시키는 조선 후기 야담에 운명적 요소가 그에 못지않게 나타나는 현상을 해명했다. 야담에 운명론적 요소가 강화되거나 그것이 다른 요소들과 습합되는 양상은 서술자나 주인공의 처지나 내면 의식과 관련되었다.

텍스트의 서사적 전개 과정을 통해 보여지는 운명관과 그 텍스트를 향유한 사람들이 내면화한 운명관은 다르다. 서술자는 때로 주인공과 같은 자리에서 운명적 현상을 바라보지만 때로는 주인공과 떨어져 주인공의 처지를 바라보기도 한다. 운명에 대한 서술자의 시선이 이동하는 것이다.

서술자나 상대 인물이 불운한 주인공에게 보내는 연민의 시선은 운명을 서사적 기제의 중심에 놓이게 했다. 반면 운명은 자기 처지에 절망한 주인공이 스스로를 위로하는 서사적 기제로도 작용한다. 이런 서사적 기제에 의해 주인공은 자기를 학대하지 않게 된다.

다른 한편 운명은 주인공이 서사적 현재로부터 시작하여 더 긍정적인 처지를 창출하는 계기나 발판이 되기도 한다. 이것도 두 가지로 나뉜다. 하나는 행위로 실현되지 않고 상상적으로 경험하게 하는 기제이다. 주인공이 현실에서 구체적인 행위를 통하여 자기 처지를 개선할 여건이 아닐 때 상상의 세계를 추구하게 된다. 그것은 주인공이 자포자기 상태에서 꾸는 백일몽과 다르지 않다. 주인공이 영향력 있는 행위를 하기 어렵기 때문에 다른 인물을 내세우니, 그 운명을 꿰뚫어 보는 탁월한 존재가 그 인물이다. 다음으로 주인공이 운명에 끌려가거나 행운을 꿈꾸기보다는 행운의 어떤 요소를 일상적 삶의 과정에서 활용하는 경우도 적지 않다. 주인공의 부정적 운명은 그것을 사전에 간파함으로써 주인공이 스스로 피해 가게 되고, 긍정적 운명은 주인공이 어떤 난관에 빠지더라도 그것으로부터 헤쳐 나오는 원동력을 제공한다. 운명이 작동하는 서사 기제에서 역설적으로 주인공의 굴하지 않는 생의 의지를 읽어 낼 수 있다.

운명은 서사체를 구성하는 서사적 요소로 존재하기도 하지만, 서사적 기제로서 서사 과정에 작동한다. 주인공이나 서술자는 운명에 대한 일정한 입장을 견지하기는 하지만 단지 운명 자체에 대해 어떤 관점을 취하는 데서 멈추지 않는다. 주인공과 상대 인물, 서술자는 운명을 서사적 기제로 내면화하면서 타자와 자기에 대한 연민을 드러내기도 하고 타자나 자기의 삶을 새롭게 꾸려 가는 활력으로 활용하기도 한다고 하겠다.

야담의 꿈에 나타난 욕망의 실현과 반조

1. 머리말

야담 작품에는 꿈 모티프가 적잖이 나타난다. 조선 후기 현실을 사실적으로 담는 데 충실했던 야담 작품이 꿈 모티프를 그냥 삽입하거나 꿈을 매개로 하여 사건을 전개시켜 나갔다는 사실은 다소 뜻밖의 현상이라 생각될 수 있다. 그러나 꿈의 경험도 현실의 경험만큼 사람의 기억에 영향을 주고 흔적을 남긴다는 점을[1] 환기해 보면 꿈 모티프가 야담 서사의 곳곳에 포진하여 일정한 기능을 하고 있다는 것은 당연한 현상이라고도 할 수 있겠다. 더구나 서사에서의 꿈은 욕망의 문제와 긴밀히 연결되어 있기에, 욕망 충족에 대한 관심이 고조된 조선 후기 야담에 꿈 모티프가 두루 나타난다는 현상은 자연스럽기도 하다. 꿈 모티프의 기능과 본질에 대한 이해는 야담 작품들의 주제를 해독하는 데도 매우 중요한 과업이라고 할 것이다.

현실 반영 양상에 초점을 맞추던 야담 연구가 최근 들어 기이나 환상

---

1 이강옥, 「꿈 수행과 문학치료 프로그램」, 『문학치료연구』 제27집, 한국문학치료학회, 2013, 47~50면; 이강옥, 『구운몽과 꿈 활용 우울증 수행치료』, 소명출판, 2018, 182~197면.

에 대한 연구에까지 영역을 확장하긴 했지만[2] 구체적으로 꿈과 관련된 현상에 대한 검토는 미흡하다고 할 수 있다. 야담에 대한 현실주의적 시선이 너무 강하다 보니 이런 영역에까지 관심이 미치지 못한 것이다. 야담에 대한 균형 잡힌 이해를 위해서 꿈과 같은 기이한 모티프의 야담 내적 존재 양상에 대한 검토가 시급하다.

이 장은 이런 문제의식에 따라 야담에 자주 나타나는 꿈 모티프들을 찾아내고, 그것들이 서사적 맥락 속에서 어떤 의미를 함축하며 어떤 기능을 하는지를 살펴보고자 한다. 우선 꿈이 모티프로든 서사 장치로든 야담에 나타나는 사례들을 두루 살펴본 뒤, 그중 가장 두드러진 두 사례를 통하여 꿈이 주인공의 욕망 실현을 이끄는 모티프로서, 혹은 시간과 공간을 초월하는 서사 장치로서 어떻게 활용되는가를 살피고자 한다.

이 작업은 본격적인 야담 꿈 해석학의 단초로 시도하는 것이다. 이 작업이 좀 더 체계적이고 포괄적으로 이루어질 때 야담 꿈 해석학은 학문적으로 본격적인 궤도에 오를 것이다. 야담 작품을 대상으로 하여 확인한 꿈 모티프의 의미와 기능은 고전소설을 비롯한 다른 서사에 나타나는 꿈 모티프를 이해하고 해석하는 작업 틀이 될 수 있다고 본다.

2. 야담에서 꿈이 관철되는 양상

(1) 등장인물 차원의 꿈

서사문학에서 꿈이 중요한 모티프로나 유용한 서사 장치로서 빈번하게

---

2 정솔미, 「『청구야담』의 환상성 연구」, 서울대학교 석사학위논문, 서울대학교 대학원, 2012

활용되는 것은 일상적 삶에서 꿈이 차지하는 비중이 크기 때문일 것이다. 일상의 경험과 상상을 담은 설화에서 특히 꿈 모티프를 요긴하게 활용하는데, 야담에서도 그러하다. 야담이 이전 설화 작품을 리모델링하는 과정에서 꿈 모티프도 변용했으며, 또 현실에서 경험한 꿈도 반영했으니 꿈을 활용하는 기법이나 정도는 야담에서 더 진척되었다.

꿈은 꿈 자체로 보아야 하기도 하고, 나아가 서사 장치로서 서사 세계 속에서 하는 역할도 따져보아야 한다. 물론 둘은 양분법적으로 나눠지는 것이 아니라 통합된다. 먼저 꿈은 그것이 개인의 욕망이나 의지를 담은 것인가 아니면 탁월한 초월적 존재의 뜻을 담은 것인가로 나뉠 수 있다. 꿈이 개인의 욕망을 담은 것이라는 사실은 프로이트에 의해 강조되면서 더 주목을 받아 왔다.[3] 꿈에는 본능적 욕망과 함께 의지적 바람도 담긴다. 꿈속에서 주체는 자기 욕망을 실현하거나 의지를 관철시키는 것이다. 혹은 꿈을 빙자해 자기 욕망을 충족하려 한다. 이와 반대로 꿈은 초월적 존재의 힘이나 운명과도 관련된다. 꿈이 예시 혹은 예언의 기능을 할 때다. 이때 주체는 자기 의지를 관철시키기보다는 자기에게 주어진 운명을 알아내고 받아들인다.[4] 예언이나 예시는 조선 후기 사람들의 경험에서 우러난 것이다. 하층민들은 자기 삶의 불투명함에서 으레 초월적 힘을 믿는

---

3 지그문트 프로이트,『정신분석입문』, 육문사, 2012, 205~212면.
4 그런데 이 경우도 과연 문자 그대로 예시의 성격만 있는가는 따져 보아야 한다. 왜냐하면 꿈은 기본적으로 주체의 의지, 욕망의 투영이라는 사실을 우선 고려해야 하기 때문이다. 가령, 정효준 이야기인「현초몽용만상폭」現宵夢龍滿裳幅(청구 상 51)에서 이준경의 꿈에 나타나는 단종, 이준경의 딸 꿈에 나타나는 용의 존재가 과연 단종이라는 강력한 혼이 일방적으로 개입하여 가능했던 꿈인가? 아니면 단종과 그 왕후들에 대한 제사의 지속을 염원하는 왕족과 정효준 가문의 소망이 투영된 결과이기만 할 것인가? 반면 정효준의 어려운 부탁을 외면한 이준경의 내면 의식 속에 존재해 왔던 미안함, 불안감, 당혹감의 현현인가? 후자 쪽으로 생각해 볼 필요가 있다. 프로이트가 강조했듯이, 어떤 꿈 현상도 1차적으로는 먼저 꿈을 꾼 주체의 의식이나 욕망 차원에서 먼저 해석해야 하는 것이다. 즉, 우리는 꿈을 가능한 한 주체의 의식이나 욕망과 관련시켜 해석해야 한다. 특히 서사에서 그러하다.

경향이 강했고, 사대부들은 사화와 당쟁, 전쟁을 거듭 경험하는 과정에서 초월적 힘 혹은 운명을 거듭 떠올렸다. 또 태몽은 현실에서 보통 사람들이 가장 빈번하게 일상적으로 경험하는 꿈의 예언에 해당한다.[5]

야담의 꿈은 현실에서는 용납되기 어려운 상황조차 용납되는 이유를 제공한다. 그래서 현실에서 용납되기 어려운 상황에 직면한 인물이 꿈을 빙자하여 곤경을 극복한다. 또 혼령과 직접 교섭하는 것과 같이 보통 사람이 인정하기 어려운 경험을 한 사람이 다른 사람으로 하여금 그것을 믿게 만들기 위해 꿈을 끌어들이기도 한다. 가령 「최봉조하규서」崔奉朝賀奎瑞(학산 448)에서 최규서는 고려조 벼슬아치의 혼을 만나 그의 유택이 아침저녁으로 불타고 있으니 고충을 해결해 달라는 부탁을 받는다. 최규서는 그 집 주인을 찾아가 "내가 이상한 꿈을 꾸었는데"라는 전제를 달고 혼의 부탁을 전한다. 꿈을 빙자하지 않으면 그 집 주인이 믿지 않을 것 같았기 때문이다. 「동악이공신취후」東岳李公新娶後(계서야담 77)에서 신부는 혼례를 치른 3일째 되는 날 다른 신랑과 동침하게 된다. 신부는 여자의 도리를 떠올리고서 자결해야 마땅했지만 집안의 무남독녀로서 부모를 모셔야 할 형편이었다. 이때 신부는 "몽조夢兆와 부합함이 있"[6]다며 꿈을 끌어들인다. 이 대목의 앞뒤 어디에 신부가 꿈을 꾸었다는 내용이 없는 걸 보면, 신부가 실제로 꿈을 꾸었다기보다 궁지를 벗어나기 위해 꿈을 빙자했다고 보아야 할 것이다. 이처럼 꿈은 현실의 인물이 상식을 벗어난 난관을 맞닥뜨렸을 때 그것을 헤쳐 나가게 해 주는 돌파구 역할을 한다.

예언 혹은 예시에 해당하는 꿈은 사건의 전개에도 중요한 역할을 한

---

5 이런 점들에 대해서 프로이트는 해석해 주지 못한다. 지그문트 프로이트, 『꿈의 해석』, 이환 편역, 돋을새김, 2011, 24면; 지그문트 프로이트, 『프로이트 꿈의 심리학』, 도서출판 부글북스, 2009, 111면.
6 朕有夢兆之符合(계서야담 78)

다.[7] 즉 예시는 등장인물에게 그 미래를 알려 줄 뿐 아니라, 독자에게도 스토리의 전개를 미리 짐작하게 해 준다. 꿈은 예시적 작용을 통하여 등장인물에게 절망을 주기도[8] 희망이나 자신감을 갖게 하기도 한다.[9]

예언이나 예시는 명시되기도 하고 암시되기도 한다. 먼저 명시되는 경우를 살펴보자.

지난달부터 제 꿈속에 노인이 찾아와 말하기를,
"나는 백운산 산신령이니라. 너의 천생연분은 백운산 아래 사는 안아무개다. 그 사람은 형제가 함께 살면서 아직 배필을 얻지 못하였다. 네가 안씨와 부부가 된다면 평생을 해로하고 복록이 헤아릴 수 없을 것이다."[10]

여기서 초월적 존재인 노인은 주인공 장취성의 꿈에 나타나 혼인과 관련된 그의 미래를 또렷하게 알려준다. 노인의 예시는 장취성이 그 뒤

---

7 고대 서구인들도 꿈을 주로 이런 쪽으로 이해했다고 한다. "아리스토텔레스 이전의 고대인들은 꿈을 신의 계시로 여겼다. 인간이 정신 활동과 무관한 신의 계시가 꿈이라는 이러한 인식은, 그것을 해석하는 데 상반된 경향을 낳았다. 미래를 점치게 해 주는 예시적 기능으로서의 꿈, 그래서 진실하고 귀중하다고 여긴 꿈과 미혹과 파멸로 이끄는 공허하고 헛된 꿈으로 구분했다. 꿈에 대한 이런 식의 견해엔 '인간의 정신 활동으로서의 꿈'이라는 해석이 끼어들 여지가 없다." (지그문트 프로이트, 『꿈의 해석』, 이환 편역, 돋을새김, 2011, 24면)
8 「고인유몽」古人有夢(어우야담 112); 「정랑유동립」正郎柳東立(어우야담 111)
9 곤룡포를 입은 어떤 임금이 환관들에게 둘러싸인 채 전각에 임해 있는데, 차식을 오라 하여 절을 하도록 했다. 절을 마치고 탑전에 올라 엎드리니, 왕이 말하였다. "이전의 제사는 대부분 정성이 없고 또 청결하지도 못해 내가 이를 흠향하지 않았다. 지금 네가 예와 정성을 다해 제수를 차려 모두 먹을 만하였으니, 내 이를 가상히 여기노라. 듣건대 너희 집에 병자가 있다 하니 내 장차 너에게 좋은 약을 내려주어 쓰도록 하겠노라." 차식이 절을 하고 물러나오는 순간, 홀연히 깨어나 보니 곧 꿈인지라 마음속으로 기이하게 여겼다.(어우야담 28~29)
10 「성거사는 가산인야」星居士는嘉山人也(청야담수 180); 그 외 「유대수」兪大修(어우야담 112)에서는 할아버지가 현몽하여 손자로 하여금 거꾸로 눕게 하여 자객으로부터 손자의 목숨을 구해 준다.

삶을 꾸려 가는 데 결정적인 길잡이 노릇을 한다. 이런 사례는 고전소설을 비롯한 우리 고전 서사 일반에서 '초월적 존재의 개입' 현상으로 명명될 정도로 편재한다.

야담의 서사에서는 예시가 암시적으로 이루어지는 경우가 더 잦다. 이때는 알쏭달쏭한 암시를 알아들을 수 있게 풀이해 주는 '해몽'解夢의 방식과 그것을 받아들이는 사람들의 자세가 주목을 끈다. 주로 비관을 낙관으로 전환하는 해몽 관련 이야기가 회자되었다. 가령「태조ㅣ 득이몽ᄒᆞ고」太祖ㅣ 得異夢ᄒᆞ고(청야담수 257)에서 태조의 독특한 꿈을 소개한다. 어느 날 꿈에 온 동네 닭들이 일시에 울고 집집마다 절구질하는 소리가 들리는데 태조 자신은 다 허물어진 집안에서 서까래 세 개를 지고 있었다. 얼핏 기괴한 느낌이 들면서 음침한 미래를 떠올리게 된다. 그러나 이에 대해 무학대사는 태조가 장차 여러 신하를 거느릴 임금이 되는 꿈이라고 해몽해 준다. 이런 해몽은 태조에게 큰 힘이 되었고, 태조는 무학의 조언대로 큰 절을 세우는 등 사람으로서 최선의 정성을 다 들였다. 그래서 해몽대로 실현되었다.「노인」魯認(어우야담 55)은 임진왜란 때 일본에 포로로 잡혀간 일곱 명의 사람들이 돌아오는 이야기다. 일본에 억류되어 있을 때 유여굉柳汝宏이란 사람이 가락지 하나를 얻어 일곱 사람이 서로 다투는 꿈을 꾸었다. 이에 대해 스스로 풀이하기를 "가락지는 둥글게 돌아가는 물건이니 혹 고향으로 돌아갈 조짐인가?"라 하였다. 이런 해몽은 귀환의 의욕을 잃지 않게 하였다. 이 꿈은 탈출 방법을 예시한 것이기도 했다. 유여굉을 비롯한 나머지 사람들은 다 대마도를 통해 부산으로 돌아오는 길을 선택했지만, 노인魯認 혼자 남번으로 들어갔다 중국 복건을 거쳐 귀환하는 우회의 길을 선택했다. 노인이 가락지를 가지게 된 것이었다. 그런 점에서 이 꿈은 이중적 함의를 지닌다. 크게는 귀환의 희망을 가지도록 해몽된 꿈이고 작게는 남번, 중국을 거쳐 가는 거창한 스케일의 귀환 방법을 예시한 것이기도 했다. 「조고사간휘충관」祖考司諫諱忠寬(어우야담 110)에서는 해몽자가 꿈을 꾼 사람으로부터 음식 대접을 잘 받은 뒤 비관적 꿈에 대해 낙관적 해몽을 해 주며 부분적으로 그렇게 실현된다. 「고인유몽」古人有夢(어우야담 112)에서는 자기 꿈을 근거 없이 낙관적으로 해석했다가 낭패를 당하는 과정을 보여준다.

이렇듯 암시적 꿈과 해몽의 과정은 첫 단계의 상식적이고 비관적인 해석을 재조정하고 재해석하여 반전을 이뤄 내고 궁극적으로 부정적 상황을 낙관적 상황으로 바꾸는 역동적 경험을 하게 한다.

(2) 서술자 차원의 꿈

스토리의 전개를 미리 알려 주는 예시적 꿈은 『삼국유사』 소재 설화로부터 구비설화 전반에 걸쳐 거듭 나타났다. 조선 후기 야담에 이르러 새롭게 나타난 꿈의 서사적 기능은 시간과 공간을 초월할 수 있게 하고 시간과 공간을 초월하는 경험을 가능하게 하는 것이다. 이런 변용은 조선 후기 사람들의 경험에 대한 다양한 요구에 부응하는 것이다. 견문의 확충은 익숙한 시간관념을 파괴하고 공간적 한계를 넘어설 때 가능한 것이기 때문이다.

먼저 야담에서의 꿈은 서술자로 하여금 시간을 초월하거나 역전시키는 것을 가능하게 해 준다. 꿈은 과거를 보여준다. 이 경우 '회상'과는 구분된다. 꿈은 회상이 담지 못하는 과거의 영역까지 담아 준다. 또 꿈은 미래를 보여준다. 미래의 어떤 장면을 앞당겨 보여주는 방식이라는 점"에

---

11 "번들러 들어간 사람이 무슨 일로 나오셨소?" "조금 전에 꿈을 꾸었는데 집안에 불이 나서 몽땅 다 타더구려. 꿈에서 깬 뒤 어찌나 놀랐던지 가슴이 벌떡거려 궁궐 담을 넘어 왔지 뭐요." 그녀는 거짓 꿈

서 미래를 말해 주는 계시와는 구분된다. 이처럼 꿈이 보통 사람으로 하여금 시간적 질서를 초월하는 경험을 하게 해 준다는 점은 매우 특별하면서도 소중한 가치이다.

꿈이 공간적 한계를 초월하게 해 주는 양상은 더 다채롭다. 먼저 꿈은 동떨어진 두 공간의 모습을 동시적으로 보여준다.[12] 일종의 다원 생중계와 같은 기능을 하는 것이다. 동시적이지는 않다 하더라도 꿈은 다른 공간을 보여줄 수 있다. 그리하여 꿈에서는 현실에서 찾아가기 어려운 공간도 쉽게 찾아가서 색다른 경험을 할 수 있게 한다.

보통 사람이 혼령의 세계를 경험하거나 혼령을 만나는 것도 꿈이 새로운 공간을 경험하게 해 주기에 가능한 일이다. 꿈은 산 사람과 죽은 사람의 혼령이 소통하는 공간과 기회를 마련해 준다. 물론 죽은 자의 혼령중에서는 강력한 힘을 구사하며 역시 담력이 강한 산 사람과 직접 교섭하기도 한다지만, 평범한 혼령과 사람은 그러하지 못한다. 꿈은 평범한 혼령과 평범한 산 사람이 공간적 경계를 넘어서서 만나고 교섭하는 것을 가능하게 한다고 하겠다.

서사에서 꿈이 제 노릇을 하지 못하면 혼령이 귀신의 형체로 산 사람

짝 놀란 체하다가 다시 정색을 하고 크게 꾸짖는 것이었다. "꿈의 조짐이 비록 좋지는 않았다고 하나 엄중한 궁궐에서 숙직을 하면서 어찌 감히 이렇듯 망령된 짓거리를 한단 말이요? 빨리 돌아가 숙직을 하세요."(「살일음녀ㅎ고 활일불고」殺一淫女ㅎ고活一不幸, 청야담수 401)

12 "강정대왕(성종)이 성균관에서 선비들에게 시험을 보이는데, 밤중에 꿈을 꾸니 한 마리의 용이 성균관 서쪽 뜰에 있는 잣나무에 구불구불 서려 있었다. 꿈에서 깨어나 이상하게 여기고 궁노를 시켜 몰래 가서 보게 했더니, 한 선비가 잣나무 아래에서 전대를 베고 발을 잣나무에 걸쳐 놓은 채 잠을 자고 있었다. 그의 용모를 자세히 파악하여 기억해 두었다. 선비를 뽑고 보니 장원에 오른 사람이 최항이었는데, 그의 모습을 보니 바로 그 사람이었다. 이로부터 그 잣나무를 칭하여 '장원백'이라 하였다. 최항은 후에 관직이 상국에 이르렀다."(康靖大王試士于成均館, 夜夢一龍盤屈於成均館西庭栢樹, 覺而異之, 使官奴密遹視之, 有一士枕囊於栢樹下, 加足栢樹而睡, 諦其貌而記, 及取士, 其登壯元者, 卽崔恒眞其貌, 卽其人也. 自此, 稱其栢爲壯元栢, 恒官至相國.) 「강정대왕시사우성균관」康靖大王試士于成均館(어우야담 222) 이 경우는 꿈이 예시적 기능도 함께 한 경우이다.

을 직접 만나야 한다. 「아랑전설」, 「조현명」趙顯命(기문총화 344) 등에서 그러한데, 이런 경우 물론 서사적 흥미와 긴장을 돋우기는 하겠지만, 서로에게 그리고 독자에게 어색하고 부담스런 상황을 만들게 마련이다. 꿈은 시간과 공간, 그리고 의식의 차원에서 일종의 해방구를 제공해 주기 때문에 어느 쪽이든 그 상황을 인정하고 느긋하게 경험하도록 만들어 주는 것이다. 그런 점에서 꿈은 유명幽明의 관계를 원만하고 손쉽게 성립되게 함으로써 서사 세계 속에서 다채로운 경험을 가능하게 만든다. 이를 다른 관점에서 해석하자면, 꿈은 서사 속에서 시간성과 공간성의 굴레를 최소화하는 역할을 해 준다고 하겠다. 서술자는 시간적 혹은 공간적 차원에서의 합리성이 위배된다고 판단하는 시점과 지점에 서사 장치로서의 꿈을 도입하는 것이다.

나아가 꿈은 저승 세계와 귀신 세계를 그대로 보여주기도 한다. 이는 현실적 인간이 봉착한 공간의 한계를 완전하게 넘어서게 한 것이다. 꿈속에서 사람은 이승과 저승의 공간적 괴리와 생사生死의 구분을 넘어서게 된다.

꿈은 주체의 욕망이 창출되고 실현되어 가는 과정에 결정적 기여를 한다. 이때 욕망은 프로이트의 관점에 의하자면 성적인 것이지만, 실제 야담 서사에서는 생각이나 염력도 중요하게 개입한다. 그 결과 야담의 꿈은 정보가 전달되거나 욕망이 실현되는 장치로서만 역할을 할 뿐 아니라 어떤 시공간적 단계에서의 실상을 주체에게 보여주는 매우 중요한 기능도 하는 것이다.

요컨대 야담의 꿈은 다양한 성격을 가지면서도 서사 장치로서도 중요한 역할을 한다. 이 점을 염두에 두면서, 구체적으로 욕망이 실현되는 과정과 실현된 욕망이 반조返照되는 양상을 대조적으로 살핌으로써 야담 속 꿈의 두 가지 전형성을 해명해 본다.

3. 욕망의 실현 현장으로서의 꿈

야담 작품 속에서 꿈이 가장 왕성하게 작동하고 있는 대표적인 사례가 「현초몽용만상폭」現宵夢龍滿裳幅(청구 상 59)이다.

① 해풍군海豊君 정효준鄭孝俊은 세 번 장가들었으나 모두 상처하고 마흔이 넘었는데 아들이 없었고 또 가난했다. 그는 영양위寧陽尉[13]의 증손으로[14] 본가 선조들을 받드는 것 외, 노릉魯陵[15]과 현덕왕후 권씨,[16] 노릉왕후 송씨[17] 등 삼위를 모시는데 제수조차 마련할 수 없었다.

② 정효준은 이웃에 사는 이진경李進慶(실존 인물 이진경李眞卿을 지칭함)의 집으로 자주 가서 지냈는데 하루는 이진경의 딸과 혼인하고 싶다고 하자 이진경이 크게 화를 내었다.

③ 이진경의 꿈에 어린 임금이 나타나 딸을 정효준에게 시집보내라 했다. 이진경의 처도 똑같은 꿈을 꾸었다. 그 말을 따르지 않자 또 꿈에 나타나 다그쳤다.

④ 이진경의 처가 계속 반대하자 어린 임금은 처의 꿈에 나타나 회초리로 쳤다. 깨어나 보니 회초리 흔적이 남아 있었다.

---

13 정종鄭悰(?~1461). 문종의 딸 경혜공주敬惠公主의 남편. 세조 즉위 뒤 1461년 모반을 꾀했다는 이유로 능지처참되었다.

14 정확한 계보는 '영양위 정종鄭悰 ― 정미수鄭眉壽 ― 정승휴鄭承休 ― 정원희鄭元禧 ― 정흠鄭欽 ― 정효준'이다.

15 단종. 1455년 수양대군에게 왕위를 물려준 뒤 1457년 노산군魯山君으로 강등되었다.

16 문종의 비이며 단종의 어머니. 화산부원군花山府院君 권전權專(?~1441)의 딸.

17 단종의 비 정순왕후定順王后. 판돈령부사判敦寧府事 송현수宋玹壽(?~1547)의 딸. 그녀의 능은 사릉思陵이다. 남양주군 진건면眞乾面 사릉리思陵里에 있다. 숙종 24년(1698) 단종의 복위가 이루어지면서 같이 추복追復되어 능으로 승격되었다.

⑤ 다음 날 이진경은 정효준을 찾아가 딸을 주겠다고 했다.

⑥ 이진경의 딸도 꿈을 꾸었는데 정효준이 용으로 변해 새끼 다섯 마리를 치마폭에 던져 주었다. 가장 작은 용은 떨어져 죽었다.

⑦ 혼인 후 정효준 부부는 다섯 아들을 낳았는데 모두 벼슬길에 올랐지만 막내는 먼저 죽었다.

⑧ 정효준이 한 술사를 만났는데, 그가 정효준의 앞날을 예언해 주었다. 정효준은 처음에는 궁하지만 나중에 복을 누릴 것이라고 했다.

⑨ 정효준은 혼인날 전날 밤이면 언제나 꿈을 꾸었다. 첫 번째 혼인 전날 밤 꿈에 내실에 들어갔지만 신부는 없었고, 두 번째 혼인 전날 밤 꿈에는 신부가 강보에 싸여 있었다. 세 번째 혼인 때의 꿈에는 10여 세의 아이가 앉아 있었는데, 그 아이가 바로 이진경의 딸이었다.

⑩ 평을 붙였다. "무릇 일들이 모두 이미 정해져 있어서 그랬던 것이다. 이진경의 꿈속에서 하교를 내리시던 임금은 단종이었다 한다."

이 작품은 해주 정씨의 가문 내력담을 바탕으로 한다. 해주 정씨는 단종 폐위 후 단종과 정순왕후 등을 위해서 외손봉사를 지속하여 세인의 찬탄을 받았다. 단종의 혼령도 현몽하여 고마움을 표시하는 이적을 보여 주었다. 정광연鄭光淵이 쓴 「정미수鄭眉壽 공께서 단종 임금 내외분의 제사를 받든 일」[18]은 해주 정씨 가문에서 전승되던 가문의 공적 기록이라 할 수 있다. 그중 단종이 꿈에 나타난 대목은 이렇다.

---

18 정광연鄭光淵, 「정미수鄭眉壽 공께서 단종 임금 내외분의 제사를 받든 일」(해주정씨종친회 사이트 http://www.hjjeong.org/)

제사 지내는 날 새벽에는 늘 이상하고 기이한 일들이 많았는데 하루는 현령공縣令公 흠欽[19]의 꿈에 빛나는 구름이 대청에 가득 차며 붉은 기를 앞세우고 젊은 임금이 나타나 말하기를, "너의 집이 4대로 제사를 정성껏 받들었는데도 그 은혜를 갚지 못한지라 구슬 다섯 개를 준다. 잘 심어 가꾸고 기르라" 했다. 공이 묻기를 "이 구슬이 무슨 구슬입니까?" 하니 임금이 말하기를 "이것이 계수나무 열매니라" 했다. 공이 받아 품속에 넣고 문득 깨니 방안에 아직 향기가 남아 있었다. 그 뒤 지돈녕공知敦寧公 효준孝俊 때에 이르러 다섯 아들이 다 문과에 급제하니 과연 옛날 꿈이 맞은 것이었다.

이처럼 단종의 혼령은 정효준의 아버지 정흠鄭欽의 꿈에 나타났다. 단종은 해주 정씨의 봉사奉祀에 대한 감사의 인사를 직설적으로 표현하고는 구슬 다섯 개를 직접 준다. 구슬 다섯 개의 효험은 정흠의 손자 대에서 나타났다. 다섯 손자들이 다 문과에 급제한 것이다. 그런데 단종이 정흠의 꿈에 나타난 것은 단종의 일방적 결단의 결과이지 정흠이 그것을 원했다거나 정흠의 처지가 그 현몽을 필요로 했기 때문은 아니다. 적어도 그런 부분에 대한 언급은 없다.

이와 비교할 때, 『청구야담』의 「현초몽용만상폭」에서는 꿈과 현몽이, '가난'과 '대 이음', '혼인'과 '봉사'라는 좀 더 실제적인 문제들과 긴밀히 연결되었다. 무엇보다 꿈은 주인공 정효준의 절박한 처지와 긴밀하게 관련되어 있다. 작품은 초반부에 정효준이 처를 잃고 가난하게 산다는 것, 대가 끊길 위기에 봉착했다는 사실 등을 절실하게 묘사한다. 거기에다 이

---

19 초명은 득몽得懜, 자는 흠재欽哉, 호는 송천松泉이다. 해림군海林君 정승휴鄭承休의 손자이고 해녕군海寧君 정원희鄭元禧의 아들이다.

진경 부부의 딸에 대한 집착과 사랑을 덧붙인다. 이진경은 정효준과 절친하기는 했지만, 자기 딸을 서른 살 이상 차이가 나는 늙은 정효준에게 줄 수는 없었다. 이진경의 딸에게 늙고 가난한 정효준과의 혼인은 불행의 출발일 수 있었다.

이 무렵 단종이 현몽한다. 단종은 구슬을 주어 자손이 현달할 것이라는 암시를 주는 대신 직접 말을 한다. 단종은 이진경 부부를 윽박질러 그들의 딸을 정효준에게 시집보내게 하려 한다. 이런 강요를 이진경 부부는 받아들일 수 없었다. 그래서 이진경 부부와 단종 사이의 대결이 시작된다. 이것이 이 작품의 주된 갈등인 셈이다. 단종은 자기 말을 듣지 않고 버티는 이진경 부인에게 곤장까지 때린다. 이진경 부인은 꿈속에서 맞은 흔적을 깨어나서 발견한다. 꿈속의 일이 현실에까지 이어졌다. 그것은 현몽이 현실적 욕망의 문제와 얼마나 강렬하게 연결되었나를 보여주는 증거가 되기도 한다.[20] 또 꿈에서 맞은 흔적이 현실에 그대로 남아 있게 한 설정은 서술자가 꿈속에서의 강요를 그만큼 강조하려 한 증거이기도 하다. 결국 이진경 부부는 단종의 강요에 굴복해 자기 딸을 정효준에게 시집보낸다.

이 작품은 거기다 딸의 꿈을 덧붙인다. 딸의 꿈에서는 정효준이 직접 등장하여 새끼 용 다섯 마리를 던져 주는데 그중 한 마리는 땅에 떨어져 죽는다. 이 대목이 위에 언급한 「정미수 공께서 단종 임금 내외분의 제사를 받든 일」에서 단종이 대추를 던져 주는 장면과 비교된다. 던져 주는

---

20 단종이 이진경 부부에게 이유도 제시하지 않고 강요만 한 것은 아니다. 단종은, 정효준과 이진경의 딸이 혼인하는 것은 '하늘이 정해 준 인연'이면서 정효준이 '큰 복을 가져다 줄' 사람이라는 이유를 제시했다. "접때 너에게 하교한 것은 하늘이 정해 준 인연이었기 때문만은 아니다. 그 사람은 큰 복을 가져다 줄 것이니 너에게 해는 끼치지 않고 오직 이로움만 줄 사람인 것이다. 내가 누차 하교했음에도 불구하고 끝내 거역했으니 이게 무슨 도리인고! 장차 큰 화를 내리겠노라!" 이는 단종 현몽에 사람의 욕망이 깊이 관여되었음을 보여주는 대목이다.

주체가 단종에서 정효준으로 바뀌었고 던져 주는 대상이 계수나무 열매에서 탁월한 인재를 상징하는 용으로 바뀌었다. 이와 같은 야담식 변용은 야담에 이르러 욕망의 대상이 더 뚜렷하게 구체화되었고 욕망이 실현되는 시간이 단축되었다고 할 수 있다. 그만큼 욕망이 꿈속으로 반영된 정도가 강하다고 할 수 있다.

또 정효준이 혼인한 날 밤마다 꿈에서 본 신부의 모습이 인상적 모티프다. 초혼 때는 신부가 없었고, 재혼 때는 신부가 강보에 싸여 있었고, 삼혼 때는 10살쯤으로 자라났고, 사혼 때에야 비로소 그 신부가 이진경의 딸임을 확인한다는 것이다. 정효준의 세 번의 혼인은 결국 이진경의 딸과의 만남을 위한 예비적 만남이었던 것이다. 여기서 꿈의 예시적 역할이 절정에 이르렀다. 거기다 술사의 예언까지 덧붙여진다.[21]

요컨대 이 작품에서는 꿈과 예언의 장치가 겹겹이 설정되었다고 할 수 있다. 그 모두는 '늙고 가난한 정효준의 네 번째 혼인', '단종을 비롯한 지존의 봉사奉祀 지속', '지극한 봉사를 한 해주 정씨 가문에 대한 보은'으로 귀결된다.

이런 일련의 구도는 맨 마지막 두 문장을 통해 요약된다.

무릇 일들이 모두 이미 정해져 있어서 그랬던 것이다. 이진경의 꿈속에서 하교를 내리시던 임금은 단종이었다 한다.[22]

---

21 海豊窮時, 適於知舊之家, 逢一術士, 諸人皆問前程, 海豊獨不言. 主人曰: "此人相法神異, 何不一問?" 海豊曰: "貧窮之人, 相之何益?" 術士熟視曰: "這位是誰? 今雖如是困窮, 其福祿無窮, 先窮後通, 五福俱全之人, 座上之人, 皆不及"云矣. 其後果符其言. 海豊初娶時, 醮禮之夕, 夢入一人之家, 則堂上排設, 一如婚娶之儀, 但無新婦, 覺而訝之, 喪妻而再娶之夜, 夢又入其家, 則又如前夢, 而所謂新婦, 未免襁褓, 又喪妻, 三娶之夕, 又夢入其家, 則一如前夢, 而稱以新婦襁褓之兒, 年近十餘歲而稍長矣. 又喪妻, 及四娶李氏門, 見新婦, 則向來夢見之兒也.(청구 상 65~66)
22 凡事皆有前定而然也. 李兵使夢中下敎之君上, 乃是端廟云.(청구 상 66)

운명은 이미 정해져 있다는 것이다. 이미 정해져 있는 운명을 단종은 꿈을 통해 알려 주는 역할만 한 셈이다. 이 작품에서 꿈은 단지 시간적 초월만을 가능하게 하여 앞날의 일을 미리 알려 준 것이다. 그러나 실질적으로 보아 꿈이 한 일은 다른 것이다. 이 작품의 서사적 전개 과정에는 정효준이 이진경 딸과 혼인을 할 수 있게 하는 여러 장치가 있다. 이 혼인에 대한 이진경 부부의 저항이 너무나 강하기에 그걸 극복하려면 다양하고 강력한 조치가 필요하기 때문이다. 그중 가장 강력한 것이 단종의 현몽이다. 단종은 이진경 부부의 꿈에 나타나서 현실에서 쉽게 용납되기 어려운 노인과 처녀의 혼인을 강요한 것이다. 이런 차원에서 보면, '정해진 운명'이라는 것도 그냥 끌어온 말일 수 있다. 노인과 처녀의 혼인의 과정이 지난했고 또 어색한 면이 분명히 있다면, 그런 어려움과 어색함을 극복하는 데 유용하게 활용할 수 있는 것이 '정해진 운명'이었기 때문이다. 이렇게 해석할 수밖에 없는 것은, 작품의 전반부에 서술된 정효준의 가난과 문제 상황이 너무나 절실하게 느껴진다는 점이다. 정효준은 '봉사'奉祀라는 매우 중대한 현실 문제를 안게 되었다. 봉사를 하기 위해 일정한 돈이 필요하고 부인이 있어야 하는데, 정효준은 가난하고 처도 죽었다. '봉사'는 '성의'나 '마음'의 문제가 아니라, 돈이 없으면 안 되는 일상적인 일로 포착된 것이다. 정효준이 느낀 이런 생활의 절박함이 꿈속 단종의 행위에 투사되었다고 하겠다.

꿈은 주인공의 욕망과 바람이 아주 농후하게 투영된 것임에도 불구하고 그것은 사건이 진행될수록 숨겨지고 꿈의 예시적 성격이 부각되었다. 그렇지만 그 속에서도 주인공의 다급함이 읽힌다. 그 점은 「정미수 공께서 단종 임금 내외분의 제사를 받든 일」의 내용을 「현초몽용만상폭」이 어떻게 변개했는가를 살펴보면 더 뚜렷하게 나타난다. 반복의 서사 기법이 거듭 활용되었다. 먼저 이진경 부부의 꿈, 다음으로 이진경 딸의 꿈,

다음으로 술사의 예언, 정효준의 꿈 등의 순서로 반복되었다. 이 반복은 정효준과 이진경 딸의 혼인과 다섯 아들의 생산 및 영달로 귀결된다. 그런 점에서 4개의 예언 혹은 계시 모티프는 같은 역할을 하는 동일 모티프의 반복이라 할 수 있다. 왜 이런 반복이 서사 원리로 선택되었을까? 맨 처음에 단종이 꿈에 나타나 정효준과 그 아들들의 미래를 예언하는데, 그 뒤의 모티프들은 단종의 그런 개입이, 다만 단종이 자기 봉사를 지속하게 하려는 욕망에서 비롯된 것이 아님을 강조하고, 정효준의 아들들의 영달은 이미 전정前定된 것임을 강조하기 위한 것이라 할 수 있다. 즉, 반복은 욕망을 은폐하고 전정을 정당한 것으로 부각시키기 위한 것이다. 그만큼 꿈속에 개입한 욕망이 강렬하다.

4. 공간을 초월한 보여주기의 꿈

꿈이 서술 상의 필요에 의해 어떤 장면을 보여주는 서사 장치로 활용되는 경우가 있다. 이 경우는 야담에 나타나는 꿈 현상 중에서 또 다른 특별한 맥락을 형성한다. 꿈은 다만 다른 공간에서 일어나고 있는 장면을 중계하는 역할을 한다. 이것은 꿈의 예시적 기능에서 보이는 시간적 초월과는 그 본질이 다른 '공간적 초월'이다.「험이몽서백식전신」驗異夢西伯識前身에서 그 전형적 사례를 찾을 수 있다.

> ① 평안 감사가 어릴 적에 자기 생일날 밤만 되면 꿈을 꾸었다. 꿈에 어떤 집으로 갔는데 백발 부부가 상 위에 음식을 차려 놓고 상 아래서 통곡을 하는데 자기는 의자에 앉아서 음식을 배불리 먹었다. 꿈속 일이지만 모든 장면과 풍경을 생생하게 다 기억할 수 있

었다.

② 평안 감사가 되어 부임해 가는데 감영에 조금 못 미친 곳 어느 마을을 지나면서 보니 꿈속에서 간 곳이었다. 재상이 그 마을 그 집으로 가니 늙은 부부가 맞이해 주었는데 꿈속에서 통곡하던 부부였다.

③ 늙은 부부에게 자식이 있느냐 물으니 어릴 적 요절했다며 사연을 이야기해 주었다. 아이는 나면서부터 영특 총명했다. 서당에 가서 공부를 하게 되었는데 일취월장하여 모두들 놀라게 했다. 하루는 평안 감사 도임 행렬을 보고 '사나이 대장부라면 평안 감사는 해야지!' 하며 탄식하며 시름시름 앓다가 죽었다. 그날로 제사를 지낸다고 했다.

④ 평안 감사가 그 이야기를 듣고 계산해 보니 아이가 죽은 날이 자기가 태어난 날이었다.

⑤ 평안 감사는 감영에 도착한 지 3일 후 늙은 부부를 불러 후하게 대접하고 자기 꿈속 일들에 대해 이야기해 주었다. 그리고 영문 근처에 집 한 채와 논을 마련해 주었다. 늙은 부부에게 아들이 없기에 제위답祭位畓을 마련하여 부부가 죽은 뒤 제사 지낼 비용으로 삼게 했다.

⑥ 평안 감사는 그 뒤로 더 이상 그 꿈을 꾸지 않았다.

천민의 아이는 평안 감사 되기를 간절히 원하다가 자기 신분으로는 평안 감사 못 되는 걸 알고 스스로 목숨을 단축하여 일찍 죽는다. 그리고 양반 집안에 환생한다. 양반 집안에 환생한 아이는 결국 평안 감사가 된다. 평안 감사 벼슬은 전생과 후생에 걸쳐 아이의 욕망의 대상이다.

그런데 이 작품은 환생한 아이가 평안 감사가 되는 과정은 보여주지 않는다. 아이가 평안 감사가 되는 데는 신분만이 문제된다고 본 것이다. 천민인 아이는 아무리 능력이 빼어나도 과거에 급제하여 평안 감사가 될 수 없다. 환생한 아이는 양반의 신분으로 태어났기에 자연스럽게 과거에 급제하고 그래서 누구나 흠모하는 평안 감사가 될 수 있다고 본 것이다. 환생에 의한 양반 신분의 획득이 아이가 평안 감사가 되는 유일한 조건이다. 그러기에 이 과정에는 꿈이 개입할 필요가 없고 아이는 다만 환생만 하면 되는 것으로 설정되었다.

이야기는 아이가 평안 감사가 된 시점에서 시작된다. 중간 부분에서는 전생 아이의 서당 공부 장면, 평안 감사의 행차를 보고 낙담하는 장면, 시름시름 앓기 시작하여 죽는 것 등이 서술된다. 이 지점에서 시간의 역전이 이루어졌다. 이런 시간의 역전 혹은 시간의 초월이 꿈이 아니라 늙은 노인의 진술에 의해 이루어졌다.

그런데 전반부에는 또 다른 시간의 역전이 있다. 평안 감사가 어릴 적부터 꾼 꿈 내용에 대하여 서술하는 부분이다. 여기서 평안 감사 스스로 진술하지 않고 서술자가 평안 감사의 꿈 내용을 대신 서술해 준다. 평안 감사는 어릴 적부터 자기 생일날 밤마다 꿈을 꾸었다. 꿈의 장면은 해마다 비슷했는데, 누군가가 제사를 지내는 모습이었다. 알고 보니 그 장면은 바로 늙은 부부가 일찍 죽은 아이를 위해 지낸 제사의 장면이었다. 즉, 위 서사단락 중 ②와 ③이 연결되는 것이다.

②와 ③의 연결을 가능하게 한 것은 노인의 자기 진술과 평안 감사의 꿈 회상이다. 여기서 결정적으로 중요한 조건은 평안 감사가 자기 생일날 꾼 꿈의 장면이 전생 부모의 제사 장면과 동일한 것이 되는 것이다. 그런데 전생 부모는 제사를 지내면서 아이의 요절을 애달파하고 그렇게 죽은 아이의 명복을 빌었지, 아이로 하여금 평안 감사가 되어 달라고 염원하지는 않았다. 제사의 장면에는 전생 부모의 간절한 애모와 추모의 마음만

이 깃들어 있다. 전생 부모의 그런 간절함이 평안 감사로 하여금 꿈을 꾸게 하고 그 꿈의 장면을 만들어 냈다. 전생 부모가 아이를 간절히 그리워했기에 그 제사상 앞에 평안 감사가 앉게 된 것이다. 전생 부모의 간절한 추념이 아이의 후생인 평안 감사의 '잠재 꿈'[23]을 생성하고 마침내 꿈으로 현현하게 한 것이다. 아이에 대한 부모의 추념은 그렇게 강렬하고 형성력이 큰 것이었다.

부모의 간절한 추념이 제사의 장면을 서울과 평양이라는 공간적 한계를 넘어서서 현현되게 했다. 이것이야말로 이 작품에 꿈이 생성된 궁극의 원동력인 것이다. 꿈은 동떨어진 공간 사이의 단절을 극복하고 서로 이어 주는 역할을 한다. 꿈이 없었다면 평안 감사와 전생 부모는 만날 수 없었다. 만나도 서로의 관계를 짐작조차 할 수 없었을 것이다. 그런 점에서 여기의 꿈은 전생과 현생, 평민과 상층 양반 사이의 관계 맺기와 소통을 가능하게 한다. 이 말은, 현실에서는 그런 계기를 찾기 불가능하다는 것이다. 꿈은 불가능한 일을 가능하게 해 주어 서사의 비약을 이루어 냈다.

아이의 입장에서 보면, 두 생에 걸쳐서 '평양감사 되기'라는 욕망을 성취했다. 환생과 꿈이 그 과정에 개입했는데 둘 중 주도한 쪽은 환생이지 꿈은 아니다. 아이는 평양감사가 될 수 있는 양반의 신분을 환생을 통해 획득했다. 그 과정에서 꿈은 아무런 역할도 하지 못했다. 아이는 다음 생에서 평양감사가 되었지만, 이 사실은 이생에서는 결코 평안 감사가 될 수 없다는 엄연한 현실을 역설적으로 웅변하는 것이다. '환생'은 그만큼 이생에서의 철저한 계급적 차별을 전제하는 것이다. 죽어서 다시 태어나

---

23 '잠재 꿈'을 '현현顯現 꿈'으로 대치하는 작업이 꿈의 작용이다.(지그문트 프로이트, 이규환 옮김, 『정신분석입문』, 육문사, 2012, 259~275면 참조) 야담에서 이런 작용이 나타나는 양상은 별고를 통해 밝힐 것이다.

지 않으면 신분 상승은 불가능하다는 냉혹한 이생의 질서를 명백하게 보여준다. 현실 질서의 벽은 한정된 시간 동안의 꿈으로써는 어쩔 수 없을 정도로 강고한 것이다.[24]

이런 환생과 대비할 때, 여기서의 꿈은 훨씬 인간적이다. 꿈은 현실에서 불가능한 것을 가능하게 해 주는 경우가 많다. 그 점은 환생이 현실을 벗어나서 불가능한 일을 가능하게 해 주는 것과 결정적으로 다르다. 꿈은 이곳에서의 제사 장면을 저곳에 사는 사람에게 보여줌으로써 이곳의 천민과 저곳의 양반이 만나서 서로를 알아보고 마침내 부모 자식 관계를 인정하게 만든 것이다. 환생보다 꿈은 현세적 소통의 정신을 더 잘 담는 서사 장치인 것이다.

평안 감사라는 권력자가 이름 없는 하층민 늙은 부부의 뒷바라지를 하게 되었다는 장면에서는, 계급 간 상호 배려의 정신을 찾을 수 있다. 현실에서 평안 감사는 한 고을의 최고 어른으로서 백성들로부터 봉양을 받는다. 이야기의 세계에서는 그 관계가 역전되었다. 평안 감사는 늙은 부부의 전생 아들이며, 현생에서의 삶을 꾸려 가고 사후 제사를 봉행할 방도를 마련해 준다는 점에서 계급 관계의 역전을 읽을 수 있다.

전생 부모는 생계를 꾸리는 데 어려움을 겪고 있고 또 죽은 뒤에는 제사를 받들어 줄 자식이 없다는 심각한 문제를 안고 있었다. 그러나 그 형편을 스스로 내세우거나 그런 문제를 해결하려고 발버둥치지도 않았다. 오직 죽은 자식을 안타깝게 추념하는 제사만을 지냈을 뿐이다. 그리

---

24 이 작품은 일상에서 상하층 계급이 겪게 되는 일상적 감정을 절실하게 잘 포착하고 있다. 양반은 환생에 대해 새롭게 생각할 계기를 가졌다. 『금계필담』의 끝에, "佛家所謂輪回與還生之說, 信不誣矣"(금계필담 196)라 한 것만 보아도 그 충격을 짐작할 수 있다. 하층민의 경우, 자기 현실의 한계에 대해 일상적으로 생각하고, 그 한계를 넘어서는 방법이나 기회에 대해 지속적으로 사유했음을 짐작하게 한다. 제사가 과연 필요한가 회의도 했겠지만, 이런 이야기를 통해 제사에 대해 긍정적인 생각을 하게 되었을 것이다.

고 그것이 꿈의 장면으로 나타났다. 어떤 욕망이나 계산도 개입되지 않은 꿈의 장면 덕에 전생 부모는 평안 감사를 만났고, 평안 감사는 전생 부모의 제사 문제를 해결해 주기에 이르렀다. 이것이 이 작품의 귀결점이다. 꿈이 욕망 개입 없는 만남, 욕망 개입 없는 문제 해결을 가능하게 했다고 하겠다.

이런 점을 더 분명히 하기 위해 「피실적로진재절간」被室謫露眞齋折簡(청구 상 430)을 대비적으로 살펴볼 필요가 있다. 광주廣州의 어느 조대措大는 지체가 낮고 가난했다. 아내가 생계를 꾸려 그 도움으로 한양에 30여 년 간 출입을 했지만 어떤 관인과도 안면을 트지 못했다. 조대는 부질없이 돈만 축냈다는 아내의 추궁에 견디다 못해 거짓말을 한다. 사실은 절친한 친구 하나가 있는데 그가 평안 감사가 되면 한 밑천 주겠다고 약속했다고 둘러댔다. 그 말에 아내는 매달 초하루와 보름에 시루떡을 차려 놓고 "아무개를 평안 감사가 되게 해 주사이다"라며 하늘에 간절히 축원했다. 축원은 두 가지 방법으로 기능을 할 수 있다. 먼저 시간적 차이를 두고 점진적으로 그 축원의 내용이 실현되어 가도록 하는 것이다. 이것이 일반적이고 상식적이다. 다음으로 동시적으로 그 축원의 장면이 축원의 대상에게 보여지게 한다. 후자가 평안 감사의 꿈으로 나타났다.

평안 감사는 옥당玉堂 시절 이후로 매달 초하루와 보름이면 꿈속에서 어느 집으로 갔다. 양반집 같은데 부인이 정결하게 목욕을 하고 맑은 물로 시루떡을 쪄서 두 손 모아 하늘을 향해 이렇게 축원을 하는 것이었다.
"아무개가 꼭 평안 감사가 되게 하여 주옵소서."
아무개는 바로 자기의 이름이었다.[25]

어떤 인물의 축원은 강력한 형성력을 가지기에 동시적으로 그 광경이 축원의 대상에게 전해지는데, 꿈은 그 매개 역할을 하는 가장 알맞은 장치가 된다. 이 작품의 꿈에는 축원자인 부인의 욕망이 은근히 개입되었다고 보아야 한다. 남편의 친구가 평안 감사가 되기를 간절히 축원한 것은 남편의 영달을 염두에 둔 것이기 때문이다. 이처럼 꿈에 부인의 욕망이 개입되었다는 점에서 「험이몽서백식전신」驗異夢西伯識前身과 구분되지만 적어도 그런 욕망이 겉으로 드러나지 않는 점에서 본질적으로 다르지 않다. 부인이 축원한 것은 자기 남편이 벼슬을 얻도록 해 달라거나 부자가 되게 해 달라거나가 아니라, 남편 친구가 평안 감사가 되게 해 달라는 것이다. 이와 같이 공간을 초월한 꿈의 보여주기는 이기적 욕망이 언표되지 않는 축원이나 염원과 관련된다고 할 수 있다.

5. 욕망의 실현과 실현 욕망의 반조

이상의 논증에 의하자면, 야담에서 꿈의 성격은 다양하고 그 기능도 단일하지가 않음을 알 수 있다. 우선 꿈 형성의 출발점을 따져서 양분하면, 초월자의 뜻이 관철되는 계기로서의 꿈과, 사람의 뜻이 관철되는 모티프로서의 꿈으로 나눌 수 있다. 초월자는 시간과 공간에 구속되지 않고 그것들을 초월할 수 있는 존재이다. 그러나 초월자가 현실에 그대로 나타나서 그 뜻을 관철시키는 것은 여러모로 어색하고 불편하다. 사실주의를 지향하는 야담의 경우는 더욱 그러하다. 현몽의 방식은 초월자가 서사에 개입

---

25 盖西伯自玉堂之後, 每以朔望, 夢至一家, 見一班家, 夫人精潔沐浴, 淸水甁餠, 合手祝天曰: "使某人爲平安監司."云. 某人卽自家姓名也.(청구 상 435)

하는 편하고 적절한 방식이다.

사람은 초월자와는 달리 시간과 공간의 한계를 넘어설 수 없다. 시간과 공간은 사람의 삶을 규정하고 구성하는 핵심 요소이다. 시간과 공간이 사람을 규제하지, 사람이 시간과 공간을 규제할 수는 없다. 그래서 사람의 삶은 매우 제한적이고 사람이 할 수 있는 일 역시 한계가 있다.

꿈은 사람으로 하여금 시간과 공간의 한계를 넘어설 수 있게 한다. 사람에게 꿈은 시간과 공간으로부터 해방된 일종의 해방구인 것이다. 허구적 상상의 세계를 지향하는 서사에서 꿈이 모티프로나 서사적 장치로 널리 활용되는 것도 이런 까닭에서이다. 꿈은 예시적 기능을 함으로써 사람으로 하여금 시간적 한계를 초월하는 경험을 하게 한다. 꿈은 이질적 공간의 장면을 동시적으로 보여줌으로써 사람으로 하여금 공간적 한계도 초월하게 한다.

프로이트가 꿈이 개인의 욕망에서 비롯된다고 말했듯, 야담의 꿈도 주체가 가진 욕망의 충족과 긴밀한 관련이 있다. 이때의 꿈은 등장인물이 자기 욕망을 투영시킨 사유화된 것일 때도 있지만, 서사의 전개에 중요한 역할을 하는 서사 장치가 되기도 한다. 후자의 경우는 등장인물이 아니라 서술자와 관련된다. 서술자는 원활한 서사 전개를 위해 꿈을 활용하는 것이다.

야담 서사에서 꿈은 욕망 충족 및 반조返照와 관련하여 두 개의 상충된 길을 보여준다. 첫째, 정효준 이야기인 「현초몽용만상폭」現宵夢龍滿裳幅에서 확인할 수 있는 욕망 실현을 위한 장치이다. 꿈은 현실적 욕망을 실현하는 원동력을 제공하면서 욕망 실현의 과정에서도 가장 중요한 자리를 차지한다. 꿈이라는 모티프가 없다면 욕망 실현의 과정도 결과도 불가능할 정도다. 꿈은 현실에서 불가능한 욕망을 성취시켜 줌으로써 서사에 활력을 불어넣어 준다. 이때 꿈은 현실 세계에서 자신감을 가진 사람들이 자기 욕망을 성취하기 위해 구사하는 힘이나 의지와 다르지 않다. 꿈은 없던 욕망의 대상을 있게 만들어 꿈을 꾼 사람의 행복을 증대시켜 주는 '형성적' 기능을 가지는 것이다. 이것은 욕망을 가진 사람의 마음을 읽어 그 욕망의 충족에 힘을 실어 주는 초월자의 개입으로 가능해진다. 그리고 꿈은 시간을 초월하는 것을 가능하게 해 준다. 특히 미래의 일을 현재로 끌어와서 예시해 주는 역할을 한다. 이 예시적 역할을 하는 꿈은 대체로 욕망 충족을 이끄는 꿈과 겹쳐진다.

이와는 달리 「험이몽서백식전신」에서 볼 수 있듯, 꿈은 주인공을 비롯한 등장인물들이 욕망이 충족된 과정과 방법에 대한 비밀을 알게 해 주는 역할을 한다. 등장인물이 그간 지내 오면서 잘 이해가 되지는 않았지만 어쩔 수 없이 스쳐 지내 온 삶의 대목에 대한 뒤늦은 깨달음을 가능하게 한 것이다. 그런 점에서 꿈은 '반조적'이며 '성찰적'이다. 이때 꿈에는 사람의 욕망이나 계산이 개입되지 않은 축원이나 염원이 깃들어 있다.

조선 후기 야담에서 꿈은 그 서사적 기능 면에서 이렇게 양분되어 갔다. 물론 둘 중 어디에도 해당하지 않는 사례를 발견할 수 있을 것이다. 그렇지만 이 두 지향이 가장 뚜렷하게 나타났다는 것은 욕망과 관련하여 주체가 상이한 자리에 서 있었기 때문으로 보인다. 즉, 주체가 욕망을 성취하는 것을 여전히 간절한 소망으로 간직하고 있는 경우에는 형성적 꿈이, 주체가 욕망을 이미 성취한 지점에서 그 과정을 되돌아볼 여유를 가지게 된 경우에는 반조적 꿈이 선택된다고 할 수 있다. 이렇듯 꿈이란 모티프 안에서도 조선 후기 정신세계의 분화가 반영되어 갔다고 하겠다.

6. 결론

이 장은 야담에 자주 나타나는 꿈 모티프들을 찾아내고, 그것들이 서사적 맥락 속에서 어떤 의미를 함축하며 기능을 하는지를 살폈다.

꿈은 개인의 욕망이나 의지를 담는다. 꿈속에서 주체는 자기 욕망을 실현하거나 의지를 관철시킨다. 이와 반대로 꿈은 초월적 존재의 힘이나 운명과도 관련된다. 꿈은 현실에서는 용납되기 어려운 상황조차 용납되도록 변명해 준다. 그래서 현실에서 용납되기 어려운 상황에 직면한 인물이 꿈을 빙자해 곤경을 극복한다. 예언 혹은 예시에 해당하는 꿈은 사건의 전개에도 중요한 역할을 한다. 암시적 꿈과 해몽의 과정은 첫 단계의 상식적이고 비관적인 해석을 재조정하고 재해석하여 반전을 이뤄 내고 궁극적으로 부정적 상황을 낙관적 상황으로 바꾸는 역동적 경험을 하게 한다.

야담에서의 꿈은 서술자로 하여금 시간을 초월하거나 역전시키는 것을 가능하게 해 준다. 꿈이 보통 사람으로 하여금 시간적 질서를 초월하는 경험을 하게 해 준다는 점은 매우 특별하면서도 소중한 가치이다. 꿈이 공간적 한계를 초월하게 해 주는 양상은 더 다채롭다. 먼저 꿈은 동떨어진 두 공간의 모습을 동시적으로 보여준다. 꿈에서는 현실에서 찾아가기 어려운 공간도 쉽게 찾아가서 색다른 경험을 할 수 있게 한다. 보통 사람이 혼령의 세계를 경험하거나 혼령을 만나는 것도 꿈이 새로운 공간을 경험하게 해 주기에 가능한 일이다. 꿈은 죽은 사람의 혼령과 산 사람이 소통하는 공간과 기회를 마련해 준다.

야담 서사에서 꿈은 욕망 및 반조와 관련하여 두 개의 상충된 길을 보여준다. 정효준 이야기인 「현초몽용만상폭」에서 꿈은 욕망 실현을 위한 장치이다. 꿈은 현실적 욕망을 실현하는 원동력을 제공하면서 욕망 실현의 과정에서도 가장 중요한 자리를 차지한다. 꿈은 현실에서 불가능한 욕망을 성취시켜 줌으로써 서사에 활력을 불어넣어 준다. 꿈은 없던 욕망의 대상을 존재하게 만들어 꿈을 꾼 사람의 행복을 증대시켜 주는 '형성적' 기능을 가지는 것이다. 꿈은 미래의 일을 현재로 끌어와서 예시해 주는 역할을 한다. 이 예시적 역할을 하는 꿈은 대체로 욕망 충족을 이끄는 꿈과 겹쳐진다.

이와는 달리 「험이몽서백식전신」에서 볼 수 있듯, 꿈은 주인공을 비롯한 등장인물들이 욕망이 충족된 과정과 방법에 대한 비밀을 알게 해 주는 역할을 한다. 등장인물이 그간 지내 오면서 잘 이해가 되지는 않았지만 어쩔 수 없이 스쳐 지내 온 삶의 대목에 대한 뒤늦은 깨달음을 가능하게 한다. 그런 점에서 꿈은 '반조적'이며 '성찰적'이다. 이때 꿈에는 사람의 욕망이나 계산이 개입되지 않은 축원이나 염원이 깃들어 있다.

조선 후기 야담에서 꿈은 그 서사적 기능 면에서 이렇게 양분되어 갔다. 물론 둘 중 어디에도 해당하지 않는 사례를 발견할 수 있다. 그렇지만 이 두 지향이 가장 뚜렷하게 나타났다는 것은 욕망과 관련하여 주체가 상이한 자리에 서 있었기 때문으로 보인다. 즉, 주체가 욕망을 성취하는 것을 여전히 간절한 소망으로 간직하고 있는 경우에는 형성적 꿈이, 주체가 욕망을 이미 성취한 지점에서 그 과정을 되돌아볼 여유를 가지게 된 경우에는 반조적 꿈이 선택된다고 할 수 있다. 이렇듯 꿈이란 모티프 안에서도 조선 후기 정신세계의 분화가 반영되어 갔다고 하겠다.

절망의 경험과 아이러니의 서사 기제

1. 머리말

초기 야담 연구는 조선 후기 현실과 그 사람들의 경험이 반영되는 양상을 주로 해명하려 했는 데 반해 최근의 연구는 초현실과 기이 모티프의 존재 양상에 유난한 관심을 보인다. 이 둘은 매우 다른 학문 세계를 지향한다는 인상을 줄 정도인데 그만큼 야담 연구가 다채로워졌다 하겠다. 이렇게 다양하게 연구가 이루어졌지만 야담 서사의 중요한 영역을 차지한다고 보이는 아이러니에 대한 본격적 연구가 시도되지 않았다는 점은 의외이다. 야담은 조선 후기 사람들의 확고한 신념이나 자랑스러운 경험을 드러내고자 하기에 일도매진의 서술을 추구한다. 그러기에 삶의 굴곡을 보여주고 뜻밖의 반전을 초래하기도 하는 아이러니 서사는 야담의 주 흐름에서 벗어난 것이라는 인상을 주었을 것이다. 그런 점에서 야담 연구자들도 야담에 대한 선입견을 허물지 못했다고 할 수 있다.

야담집에 실린 작품들을 그 자체로 두루 살펴보는 여유와 유연함이 필요하다. 지금까지의 야담 연구를 성찰해 보면' 여전히 야담 서사의 중요한 부분들을 홀대하거나 아예 연구 대상에서 제외하는 경향이 뜻밖에도 크게 보인다. 이 장은 아이러니의 개념 틀로써 지금까지 외면되어 온

야담 서사의 일부를 연구 영역 속으로 수용하여 그 가치를 정립하고자 한다.

고전문학 분야에서 아이러니를 가장 잘 보여주는 작품으로는 「된동어미화전가」와 「홍부전」이 지명된 바 있다. 고정희는 「된동어미화전가」의 반전을 아이러니로 해석했다.[2] 된동어미가 고통스럽고 불완전한 현실을 초월하지 않은 채, 비극으로부터 자유로울 수 있었던 것은 아이러니적 반전을 되풀이할 수 있었기 때문이라는 것이다. 그런 점에서 '아이러니 자체에는 이미 쓰라린 진실을 무디게 하는'[3] 치료적 요소가 잠재해 있다는 베렐 랭Berel Lang의 이론을 「된동어미화전가」를 통해서 확인한 셈이다.

정충권은 「홍부전」의 주조를 이루는 것을 '상황의 아이러니'로 보고 아이러니의 차원에서 「홍부전」의 웃음의 의미를 해명했다.[4] 「홍부전」에서 아이러니는 이질적 정서들을 복합적으로 담아내어 정서의 질을 높이는 데 적합한 미적 장치였다. 아이러니는 현상을 보는 입체적이고 총체적인 시각을 제공함으로써 현실 인식의 성숙한 눈을 갖게 해 주었다고 보았고, 그곳이야말로 판소리의 상황적 진실 추구의 한 방향이 현실 인식과 맞물리는 지점이라고 결론 내렸다.

「된동어미화전가」에 대한 고정희의 논의는 주인공의 관점을 아이러니로 해석했고, 「홍부전」에 대한 정충권의 논의는 작품의 서술자나 작자

---

1 야담 연구에 대한 전반적 성찰은 이강옥, 「야담 연구에 대한 반성과 모색」, 『한국문학연구』 제49집, 한국문학연구소, 2015; 신해진, 「야담 연구의 현황과 그 과제」, 『古小說研究』 Vol.2 No.1, 한국고소설학회,1996; 김준형, 「야담 연구사」, 『야담문학연구의 현단계』 3, 2001, 보고사 등을 참조할 것.
2 고정희, 「〈된동어미화전가〉의 미적 특징과 아이러니」, 『국어교육』 111, 국어교육학회, 2003, 333~335면.
3 Berel Lang, "the Limits of Irony", *New Literary History*, Vol 27, No.3, Summer, 1966, p.585.
4 정충권, 「〈홍부전〉의 아이러니와 웃음」, 『판소리연구』 29, 판소리학회, 2010, 311~323면.

차원의 서술 미학적 장치를 아이러니로 해석했다. 이와 비교할 때 야담 서사는 훨씬 더 다양한 관점에서 아이러니를 활용했음을 알 수 있다. 야담 서사는 아이러니의 사례들을 집성하고 있다는 점에서 우리나라 문학 아이러니의 특징을 포괄적으로 해명하는 데 중요한 자리를 차지한다고 하겠다. 역으로 아이러니가 야담집에서 실현되어 분화되는 양상을 살핌으로써 야담 서사 세계의 새 국면을 밝히고 그 의미를 찾아낼 수도 있을 것이다. 이 장은 일단 후자에 초점을 맞추어 야담에서 아이러니가 형성되고 분화되는 양상을 통해 야담이 새롭게 개척한 서사 세계를 드러내어 보이고자 한다. 조선 후기 야담의 아이러니는 서구 문학에서 전개된 아이러니와 비슷한 면이 있지만 근본적인 차이도 보인다. 16세기부터 시작된 서구 아이러니의 혁신이 우리 야담사에서도 이루어졌지만, 우리 야담은 서구 아이러니와 다른 독특한 아이러니를 창출했다고 보는 것이다.

이 장은 야담이 우리 문학사에서 가장 많고도 다양한 아이러니를 창출했다고 본다. 그래서 그것의 형성과 분화 과정을 분석하고 마침내 그 독특함이 갖는 현실적 함의를 해명하고자 한다. 이 일은 우리 서사문학 연구에서 아이러니 영역의 개척과 확장이라는 의의도 가질 것이라 판단한다.

이 장에서 주된 대상으로 삼은 야담 작품은 다음과 같다.

작품명	소재 야담집 면수	유화
「柳西厓成龍居安東」	계서야담 238	「㤼倭僧柳居士明識」(청구 하 353); 「茅菴喝僧現神鑒」(동야 상 586); 「郊居一宰相癡叔」(동패락송 250)
「宣廟壬辰之亂」	계서야담 249	「老翁騎牛犯提督」(청구 하 277); 「烏牛老翁嚇天帥」(동야 상 108); 「明將李如松」(동패락송 252)

「倡義使金千鎰之妻」	계서야담 252	「倡義使賴良妻成名」(청구 하 223);「義兵肩掛柒匏竿」(동야 상 179)
「黃判書仁儉」	계서잡록[5] 558	「捉凶僧箕城伯話舊」(청구 상 495);「戲衲友發奸置法」(동야 하 653); 기문총화 341; 금계필담 308)
「得巨産濟州伯佯病」	청구 하 248	「古有武弁」(기문총화 353);「古有武弁」(계서야담 300)
「入吏籍窮儒成家業」	청구 하 431	「古有一宰相」(계서야담 293);「安東倅三載名得神異ᄒ고 都書員一窠足過平生이라」(청야담수 621);「古有一宰相」(기문총화 348)
「鄉弁自隨統帥後」	청구 하 480	「暗酬惠謀帥歸老」(동야 하 131)
「善欺騙猾胥弄痴倅」	청구 하 53	「弄愚倅猾胥騙財」(동야 하 119)
「逐官長知印打頰」	청구 상 487	
「南原有梁生者」	어우야담 83	
「京城武士」	어우야담 73	
「成廟夜行過一洞」	계서야담 306	
「成廟夢見黃龍」	계서야담 307	「感宸夢獨占魁科」(동야 상 17)
「設別科少年高中」	청구 하 283	「成廟時或微行」(계서야담 304);「成廟欲科老儒反得少年」(동패락송 295);
「光海遷濟州」	계서야담 451	
「癸亥李延平諸人」	계서야담 319	
「治産業許仲子成富」	청구 하 177	「驪州地古有許姓儒生」(계서야담 242);「士人治産樂壎篪」(동야 상 776);「驪州許珙治産業」(동패락송 270)
「天報」	잡기고담 688	
「讀書生抱兒獻叔母」	양은천미 105	
「憾宰相窮弁據胸」	청구 상 491	「劫病宰窮弁膴仕」(동야 하 126)

「老媼慮患納小室」	청구 상 24	
「獲重寶慧婢擇夫」	청구 상 296	「採蔘田售其奇貨」(동야 하 34)
「李節度窮途遇佳人」	청구 상 271	「仁祖朝海西鳳山」(학산 414)

2. 야담 서사 분석 틀로서의 아이러니

아이러니는 표현된 겉의 모습이나 진술이 표현되지 않은 속의 모습이나
의미와 다르거나, 모순되거나 대조되는 경우를 지칭한다. 아이러니는 크
게 언어의 아이러니와 상황의 아이러니로 나누어진다.[6] 언어의 아이러니
가 작중 인물이 말을 통하여 아이러니의 상태를 야기하는 것이라면, 상황
의 아이러니는 작가나 서술자가 어떤 일의 상태나 사건이 아이러니컬하
다고 보여지게 만드는 것이다. 상황의 아이러니는 다시 극적 아이러니와
사건의 아이러니로 나눌 수 있다. 극적 아이러니는 사태를 잘 파악하지
못하는 극 속 등장인물을 지켜보는 관객이 느끼는 아이러니다. 이때 작자
와 관객 혹은 독자는 마치 신神과 같은 위치에서 지적知的 약점을 지닌 아
이러니 희생자를 거리를 두고 바라보며 그 과정에서 즐거움이나 쾌감을
느낀다.[7] 사건의 아이러니는 예견치 못한 변전이나 반전을 일어나게 하여

---

5 『계서잡록』, 『한국야담자료집성』 5, 고문헌연구회, 1980.
6 "말의 아이러니는 수사학, 문체론, 서술과 풍자 형식, 풍자적 책략 등의 범주에 속하는 문제들을 제
기한다. 상황의 아이러니는 형식상의 논점은 별로 제기하지 않는 반면 역사적인 그리고 관념적인 문
제들을 제기한다. ……우리들은 말의 아이러니를 아이러니스트의 관점에서 보지만 상황의 아이러니
는 아이러닉한 관찰자의 관점에서 본다. 말의 아이러니는 풍자적이 되기 쉽고 상황의 아이러니는 더
욱 순수하게 희극적이거나 비극적이거나 또는 '철학적'으로 되기 쉽다."(D.C.Muecke, 『아이러니』
Irony, 문상득 역, 서울대학교 출판부, 1980, 83~84면)

희생자나 관찰자의 예측이나 기대를 어그러지게 하는 것이다.[8]

그런 점에서 아이러니를 구성하는 중요한 요소들을 열거하면 다음과 같다.

① 외관과 진실[9]과의 대조
② 외관은 단지 외관에 지나지 않는다는 자신에 찬 부지不知
③ 외관과 진실의 대조에 대한 무지의 희극적인 효과
④ 아이러니스트나 관찰자의 거리감[10]

이런 요소들은 아이러니를 관찰하거나 경험하는 사람들로 하여금 '행복 또는 불행, 선 또는 악, 죽음 또는 삶' 등의 이분법을 초월하게 한다. 그 결과 아이러니는 사람으로 하여금 진지하게 만들거나 혹은 자유롭게 해 준다.[11]

---

7 "아이러닉한 관찰자가…… 아이러니의 희생자의 부지不知를 알고 있다는 것은 그가 자유롭다고 생각하는 것에 있어서 희생자가 묶여 있거나 덫에 걸려 있는 것으로 생각하게 한다...아이러닉한 관찰자는 그 희생자의 세계를 환상적이거나 부조리하다고 생각할 것이다. ……이러한 관점에서는 순수한 원형적인 아이러니스트는 신神인 것이다. ……이에 반해서 아이러니의 전형적인 희생자는 시간과 사물에 사로잡히고 잠겨 있으며, 맹목적이고 우발적이며 제한되고 구속되어 있으며, 그리하여 이것이 그가 처해 있는 궁경窮境이라는 것을 전연 모르고 자신감에 사로잡혀 있는 것으로 보이는 인간인 것이다."(D.C.Muecke, 앞의 책, 68~69면.)

8 이상 아이러니에 대한 정의와 구분은 Northrop Frye, 임철규 역, 『비평의 해부』, 한길사, 1982, 5면; 고정희, 「〈된동어미화전가〉의 미적 특징과 아이러니」, 『국어교육』 111, 국어교육학회, 2003, 320면; Berel Lang, "the Limits of Irony", *New Literary History*, Vol 27. No.3. Summer, 1966, p.573; 이장욱, 「소설, 아이러니, 리얼리즘—바흐친의 소설미학을 중심으로」, 『비평문학』, 한국비평문학회, 2016, 174면; 오택근, 「아이러니 연구」, 『인문과학연구』 13, 안양대학교, 2005 8~30면; 정충권, 『판소리연구』 29집, 307~319면 등을 참조하여 저자가 정리했다.

9 이 단어는 'reality'의 번역어이다. 문상득은 '현실'로 번역했지만 '진실'의 의미로 파악하는 것이 바람직하다.(D.C.Muecke, 앞의 책, 60면; Berel Lang, 앞의 책, p.573 참조)

10 D.C.Muecke, 앞의 책, 60면.

11 위의 책, 63면.

이상과 같은 아이러니의 특징과 효과를 염두에 두며 야담 작품들을 읽어 보면 아이러니가 야담에서 독특하게 분화되어 나타난다는 사실을 알 수 있다. 사실 야담집에는 아이러니라 할 수 없는 서사가 더 많고 그 사이에 아이러니적 상황이나 사건을 보여주는 서사들이 끼어 있는 형국이다.

야담 작품 중에서 아이러니라 할 수 없는 작품은 전통 단형 서사의 면면한 전통에 이어져 있다. 전통 단형 서사는 유가 이념에 바탕을 두거나 두지 않거나 간에 사필귀정의 원칙을 따른다. 충신이나 효자, 열녀의 이야기가 대표적 사례이다. 착하거나 능력 있거나 부지런한 사람은 결국 잘되고, 억울한 사람은 억울함을 풀고 해방된다. 이런 이야기들은 '사람의 이념이나 의지, 능력에 대한 신뢰'를 전제한다. 사실 조선 후기에는 자기 뜻대로 뭔가를 이룬 인간 군상들이 많이 생겨났다. 요동치는 현실의 틈을 잘 포착하고 기지와 의지를 살려 자기 뜻을 이룬 사람들이다. 이들은 욕망을 성취하고 문제를 해결했는가 하면, 상상한 바 이상향을 건설하기도 했다. 세상이 근본적인 동요를 경험할 때도 여전히 윤기를 고수하며 그를 위해 자신의 모든 것을 다 바쳐 한 삶을 마무리하는 인간형도 있었다.[12] 이런 야담의 서사는 현실에서 그런 성취를 이룬 사람들의 실제 경험을 담은 결과일 수 있다. 아울러 세상일이 명분과 이념, 선악에 부합하도록 꾸려져야 한다는 희망과 당위감을 피력한 것일 수도 있다. 혹은 세상이 그렇게 되지 못하는 것에 대한 불만을 역으로 표출한 것일 수도 있다. 어느 쪽이든 현실에서 이런 일이 이루어지거나 이루어져야 한다는 기대를 저버리지 않았을 때 나타난 것이다.

---

12 저자는 이것을 '욕망의 성취', '문제의 해결', '이상향의 추구', '이념의 구현' 등의 서술 시각으로 압축하여 제시했다.(이강옥, 『한국 야담 연구』, 돌베개, 2006, 69~192면)

그러나 이런 '성공적'인 범주에 들어가는 것에 실패했거나 아예 성공 담론이 불가능했던 인간 군상도 적지 않았다. 뜻이 이루어지리라는 기대가 거듭 좌절되어 인내의 한계를 넘어서거나 세상에 대해 어떤 희망도 갖지 못할 지경에 이르렀을 때, 그 절망과 암담함은 어떤 서사 기제에 담길 수 있을까? 아이러니 야담은 이런 지경에 대응한 서사 기제라 볼 수 있다. 아이러니 야담의 등장인물은 어느 시점에서 사필귀정의 기본 전제를 부정하거나 그것이 관철되는 영역을 벗어나 버리는 경향이 있다.[13] 어떤 이념도 인정하지 않고 일의 귀추를 우연에 맡겨 버리는 것이다.

야담의 이런 분화는 서구 문학에서 아이러니가 유행한 사례와 견주어 보는 것이 유용하다. 서구 문학에서 아이러니는 기독교 관념론의 폐쇄적 세계가 그 설득력을 상실할 때까지는 나타나지 않았다고 한다. 그러다 16세기 이후 사람들이 인생에서 근본적인 모순을 심각하게 지각하기 시작하고, 현세적인 존재의 악을 보상하기 위해 천국의 즐거움을 기다리고만 있는 것이 부당하다는 생각이 만연되면서 서구 문학의 영역에서 일반적인 아이러니가 급증하게 되었다는 것이다.[14] 이를 작가의 입장에서 이해하면, 작가는 이제 맹목적인 열광과 영감에 의해서만 작품을 만들지는 않게 되었다. 작가는 단순한 순진과 무반성의 태도가 아니라 상반된 가치가 존립하는 본질을 의식하고 그 상황을 제시한다는 태도로 글을 쓰기 시작하였다.[15] 이런 '상반된 가치의 존립' 상황을 제시하고 그에 대해 작가

---

13 "아이러니스트는 자신의 현실관은 유효하며 다른, 그것과는 반대의 현실관은 유효하지 못하다는 것을 확신하기만 하면 되는 것이다. 이 경우에 반대되는 현실관이란 "신께서 하늘에 계시고 이 세상의 만사는 다 잘되어 간다"고 확신하거나, 또는 적어도 이 세상의 일은 뜻을 지녀야 한다. 이 세상은 이성과 정의의 원리에 따라 조직되어야 한다. 죽음은 사실 종말이 아니다. 우리들은 실제로 자유의지를 지니고 있다. 사회와 개인의 권리는 조화시킬 수 있다. 인간은 생물학적인 종점이 아니다. 인생은 화학적인 우연이 아니다라는 뿌리 깊은 느낌인 것이다."(D.C.Muecke, 앞의 책, 109면)
14 위의 책, 112면.

차원의 입장을 드러내는 데에는 아이러니만큼 적절한 방법이 없다고 하겠다.

아이러니가 서구 문학에 등장하는 것을 역사적으로 작가론의 입장에서 해석할 수 있다면, 야담의 경우는 작가론을 고려하되 시야를 좀 더 넓힐 필요가 있다. 먼저 야담의 이야기꾼이나 편찬자를 '작가'로 상정하여 그가 서사에 적극적으로 개입한 양상을 포착할 수 있다. 그와 함께 야담이 경험자의 자기 경험 진술을 바탕으로 하여 형성되었다는 점[16]을 고려해야 할 것이다. 그러므로 야담 아이러니는 경험자의 현실 경험과 소회가 어떻게 포착되고 있고 또 그에 대해 서술자나 관찰자가 어떤 태도를 보이는가를 살피는 것이 중요하다. 서구 문학의 아이러니가 삶과 사람에 대해 다소 추상적이고 관념적인 성찰을 담고 있다면 야담 아이러니는 현실 경험과 그와 관련된 다각도의 소회를 담고 있다는 점을 유의해야 할 것이다.

아이러니의 구성 요소 중 외관과 진실의 괴리나 대조가 두드러진다 할 때 야담에는 여기에 해당하는 사례가 특히 많다. 어떤 사람이 겉으로 초라하고 열등하게 보이지만 진실은 탁월한 혜안을 갖추었거나 미래를 꿰뚫어 보는 통찰력을 갖추고 있다는 것을 알린다. 이는 온달, 서동, 그리고 『삼국유사』가 거듭 묘파하는 미천한 모습의 고승 이야기 등에서 찾을 수 있듯이 우리 서사문학사에서 오랜 전통으로 이어지는 것이다. 그것이 야담에 이르러서 「유서애성룡거안동」柳西厓成龍居安東(계서야담 238),[17] 「선

---

15 위의 책, 122면.
16 이강옥, 앞의 책, 201~252면.
17 「겹왜승유거사사명식」㤼倭僧柳居士明識(청구 하 353);「모암갈승현신감」茅菴喝僧現神鑑(동야 상 586);「교거일재상치숙」郊居一宰相癡叔(동패락송 250)

400 Ⅲ. 야담의 세계 인식과 서사 기제

묘임진지란」宣廟壬辰之亂(계서야담 249),[18] 「창의사김천일지처」倡義使金千鎰之妻(계서야담 252)[19] 등으로 귀결되었다. 이런 아이러니는 세상과 사람을 겉모양으로 판단하지 마라는 메시지를 담고 있으며, 세상과 사람을 겉으로만 판단하고 함부로 단정하는 세상인심에 대해 경종을 울린다. 그런 점에서 아이러니를 만들어 낸 주체가 뚜렷하다. 작자는 세상의 진면목을 성찰한 결과, 독자들에게 세상은 겉보기처럼 그렇게 단순하지 않다는 사실을 알려주려 했기에 '작자가 아이러니를 도구'[20]로 사용했다고 볼 수 있다.

중심이 작가 혹은 서술자에서 주인공으로 옮겨진 야담 아이러니가 더 많다. 어떤 뜻을 가진 주인공이 그 말과 행동을 통하여 자기 뜻을 이루느냐 이루지 못하느냐를 보여주는 사건담과 관련된다. 주인공의 뜻과 귀결의 양상에 따라 다음처럼 삼분될 수 있다.

① 주인공의 뜻대로 되는 이야기
② 주인공의 뜻과 다르게 되는 이야기
③ 주인공의 뜻과 다르게 되었다가 결국 뜻대로 되는 이야기

이중 ②와 ③은 아이러니의 서사 기제로 설명되어야 한다. 특히 ③의 경우에는 결국 주인공의 뜻대로 되기는 하지만, 중간 단계에서 뜻대로 안 되고 뜻과 반대로 되는 단계를 보여준다는 점이 중요하다. 아울러 주인공의 뜻이 말로 표현되기도 하고 행동으로 실천된다는 점에서 아이러니는

---

18 「노옹기우범제독」老翁騎牛犯提督(청구 하 277);「오우노옹혁천수」烏牛老翁嚇天帥(동야 상 108);「명장이여송」明將李如松(동패락송 252)

19 「창의사뢰양처성명」倡義使賴良妻成名(청구 하 223);「의병견괘칠포간」義兵肩掛柒匏竿(동야 상 179)

20 D. C. Muecke, *The Compass of Irony*, London : Methuen & Co.,1969, pp.232~233.

아래처럼 둘로 나눌 수 있다.

① 말이 화자의 뜻과 반대의 결과를 초래하는 것
② 행동이 행위자의 뜻과 반대의 결과를 초래하는 것

①과 관련하여, 주인공이 신뢰하는 상대에게 자기 비밀을 토로했다가 자신의 치명적 피해를 초래하는 야담 서사가 적지 않다. 이런 야담 주인공의 말은 오이디푸스나 그 아버지 라이오스 왕의 말이 초래하는 아이러니보다 더 위력적 결과를 초래한다. 오이디푸스나 라이오스 왕의 경우에는 그들의 말이 다만 아이러니한 운명을 예시할 따름이지만, 야담 주인공의 말은 스스로를 죽게 만드는 결과까지 초래하기 때문이다. 가령 「황판서인검」黃判書仁儉(계서잡록 558)[21]에서 중은 남편의 무덤을 지키고 있던 청상과부를 강간하고 자결하게 만든다. 중은 그 죄책감으로 출가한다. 중은 자기 절에서 공부하던 황인검을 극진히 대우하게 된다. 그 뒤 황인검은 급제하여 영남 관찰사가 되는데 중에게 은혜를 보답하기 위해 중에게 환속을 권유한다. 하지만 중은 자기가 환속할 수 없는 사연이 있다며 자기가 청상과부를 강간해서 죽게 한 비밀을 털어놓는다. 그러자 황인검은 고민한다. 받은 은혜를 생각하면 중의 비밀을 지켜 주어야 하고, 관찰사로서 제 노릇을 다하기 위해서는 중을 법에 따라 처단해야 한다. 황인검은 결국 후자 쪽으로 결단을 내렸다.

황인검은 자기에게 은혜를 베푼 중에게 보답을 하려고 했다가 오히려 그 중을 죽였다. 이것이 황인검의 아이러니다. 중은 황인검을 믿고 자

---

21 「착흉승기성백화구」捉凶僧箕城伯話舊(청구 상 495); 「희납우발간치법」戲衲友發奸置法(동야 하 653); 기문총화 341; 금계필담 308

기 비밀을 털어놓았는데 결국 그런 자기 폭로가 자기의 죽음을 초래했다. 중은 자기 폭로로 진실을 드러내려 했지만 이런 자기 폭로가 스스로 예상 했던 방향과 정반대의 결과를 초래했던 것이다.[22] 이처럼 자기 폭로가 가 져오는 결과가 스스로 의도한 바나 예측한 바와 어그러질 때 소위 '자기 폭로의 아이러니'가 만들어진다. 자기 폭로의 아이러니에서 아이러니의 희생자는 진실을 밝히지만 바로 그것 때문에 스스로는 치명적 피해를 입 는다.

　말의 아이러니가 주로 자기 폭로의 아이러니로 귀결되는 반면, ②와 관련된 행동의 아이러니는 더 다양한 과정을 거쳐 귀결점이 도출된다. 이 행동은 주인공의 생각과 긴밀히 연동되어 있다. 생각은 행동으로 관철되 었다가 서사적 시간이 흐르면서 달라진다. 그에 따라 행동도 달라진다. 달라진 생각과 행동은 주인공의 처지를 달라지게 한다. 달라지기 전의 생 각과 행동이 상투적이고 관행적인 것이라면, 달라진 생각과 행동은 그 반 대의 자리에 놓인다. 달라지기 전의 생각과 행동이 뜻한 바를 이루게 할 것이라는 것이 상식이고, 이 상식에 바탕한 야담 작품들이 야담집의 주류 를 이룬다고도 할 수 있다. 반면 달라진 뒤의 생각과 행동은 엉뚱하다. 그 러나 이 엉뚱하게 달라진 생각과 행동이 오히려 긍정적인 결과를 가져오 기도 한다. 실망과 절망이 낙관과 희망을 가져온 것이다. 이처럼 생각 및 행동과 결과의 관계에서 전형적인 야담의 아이러니가 창출된다. 다음 장 에서 이 점을 집중적으로 살펴본다.

---

22 「회납우발간치법」(동야 하 653)에서 주인공 중은 자기 출가의 비밀을 토로함으로써 오히려 맹감 사의 존경과 찬사를 이끌어 낸다. 상기 작품과 자기 폭로의 상황은 비슷하지만 그 결과는 정반대이다. 시종 이념을 신뢰하고 이념을 부각시키려 했던 『동야휘집』의 편찬자 이원명에게 아이러니가 불편했음 을 암시하는 대목이다. 이원명의 세계관에 대해서는 이강옥, 앞의 책, 373~405면 참조.

3. 야담 아이러니의 형성과 분화

주인공이 좀 더 적극적 행동을 시도한 결과 다양한 아이러니 상황이 창출된다. 야담의 아이러니는 이런 경우가 가장 많아 상황의 형성과 분화를 역동적으로 보여준다.

(1) 재주의 민담식 과시

주인공이 재치와 기지로써 뭐든 다 할 수 있게 하는 아이러니다. 조선 후기 성공담과 유사한 면이 있지만 현실 경험의 맥락을 고려하지 않고 주인공의 능력을 일방적으로 과시한다는 점에서 민담의 서사 전통과 이어진다. 가령 「득거산제주백양병」得巨産濟州伯佯病(청구 하 248)[23]에서 주인공 무변은 선전관으로 임금을 호위하다가 뜬금없이 "내가 만약 제주 목사가 된다면 만고에 제일가는 통치자가 되고 천하에 가장 큰 탐욕가가 될 텐데"[24]라고 중얼댄다. 그러자 동료들은 그를 비웃었지만 임금은 "만고의 제일 통치자가 어찌 큰 탐욕가가 될 수 있단 말이냐? 천하의 큰 탐욕가가 어찌 만고 제일의 통치자가 될 수 있단 말이냐?"[25]라며 큰 관심을 보이며 무변이 과연 그럴 수 있을지 확인한 뒤, 무변을 제주 목사에 초배超拜하며, "네가 가서 만고 제일 통치자가 되고 천하제일의 큰 탐욕가가 되어라. 그렇지 못하면 망언을 한 죄로 너의 목을 벨 것이다"[26]라고 말했다.

여기서 무변이 왜 그런 말을 했는지, 임금은 무변의 그 말에 왜 그렇

---

23 「고유무변」古有武弁(계서야담 300); 「고유무변」古有武弁(기문총화 353)
24 吾若得濟牧, 則豈不爲萬古第一治, 天下大貪乎?(청구 하 248)
25 萬古第一治, 豈有大貪之理? 天下大貪, 何可爲萬古第一治耶?(같은 면)
26 汝第往爲萬古第一治, 天下大貪, 不然則汝伏妄言之誅矣.(청구 하 249)

게 큰 관심을 가지고 무변을 제주 목사에 초배하는지, 그리고 그게 뭐 그리 중요한 일이라고 무변이 그렇게 하지 못하면 목을 베겠다고 엄포를 놓는지 이해되지 않는다. 과장과 희화화라는 점에서 민담적이다. '만고 제일의 통치자가 되는 것'과 '천하제일의 탐욕가가 되는 것'은 서로 모순되는 것이다. 더욱이 같은 사람이 같은 통치 행위를 통해서 그렇게 되는 것은 불가능한 일일 것 같다. 그러나 무변은 결국 제주 목사로 부임해 가서 두 가지를 한꺼번에 해내고 부자가 되어 돌아온다. 제주 목사라는 통치자가 제주도민을 위해 통치를 잘하면서도 제주도민을 속였다는 점에서 아이러니다. 무변은 아이러니스트가 되었고 그에 의해 아이러니한 사건이 수행되었다. 이 작품의 귀결점은 무변의 탁월한 재주 과시일 따름이다.

「입이적궁유성가업」入吏籍窮儒成家業(청구 하 431)[27], 「향변자수통수후」鄕弁自隨統帥後(청구 하 480)[28] 등도 주인공의 재주를 과시한다는 점에서 민담적이지만 현실 맥락이 형성되는 변화를 보인다. 「입이적궁유성가업」에서 안동 원으로 부임한 재상과 그 친구는 지배 질서와 이념을 수호해야 할 양반이다. 그러나 그 친구는 재상이 안동 원으로 가게 되었다는 소문을 듣고, "영감令監이 안동 원으로 가게 되었으니 내 이제야 의지하고 살아갈 밑천을 얻었네. 의지할 정도가 아니라 족히 평생을 편히 보낼 수 있을 걸세"[29]라며 음모를 제안한다. 안동 도서원都書員이 되어 재물을 착복하는 음모이다. 도서원이란 세금을 계산하고 거두는 아전인데, 양반이 스스로 아전이 되겠다고 결심한 데서 충격적 전환을 찾을 수 있다. 양반 친구는 문필 능력을 탁월하게 발휘하여 아전으로서 발군의 능력을 인정받

---

27 「고유일재상」古有一宰相(계서야담 293); 「안동쉬삼재명득신이ᄒᆞ고 도서원일과족과평생이라」安東倅三載名得神異ᄒᆞ고都書員一窠足過平生이라(청야담수 621)
28 「암수혜모수귀로」暗酬惠謀帥歸老(동야 하 131)
29 令監今爲安東倅, 今則吾可以得聊賴之資, 非但聊賴, 可以足過平生矣.(청구 하 432)

앉았으며 그 과정에서 만여 금에 이르는 재산을 모았다. 그리고 안동 원의 임기가 끝나는 전날에 도망쳤다.

이 작품의 결말은, "그 사람은 집으로 돌아와 집과 땅을 샀고 가계가 매우 부요해졌다. 뒤에 등과하여 여러 주와 읍의 원을 여러 번 지냈다고 한다"[30]로 간략히 제시되었다. 그의 뜻대로 평생을 편히 보낼 수 있는 재물을 갈취한 결과다. 그러고도 '등과하여 여러 주와 읍의 원을 여러 번 지냈'다. 양반이 과거와 학문을 위해 다듬은 문필력으로 아전 행세를 한다는 것, 친구가 원으로 있는 고을에서 재물을 갈취한다는 것, 그리고 그런 부정을 저지르고도 버젓이 과거에 급제하고 여러 고을 원을 지낸다는 것 등이 모두 예상한 바와 결말이 어긋난 아이러니다. 아이러니가 정의와 윤리에서 자유로운 사정을 명백히 보여준다. 그리고 이런 아이러니 상황은 지배 집단과 지배 질서의 균열이라는 현실 맥락을 약하게나마 반영한 것이라 할 수 있다.

「향변자수통수후」에서는 중앙 무인이 지방 아전 직인 방임房任을 맡는다는 점에서 신분 질서의 동요라는 현실 맥락을 반영한다. 무변은 통영 통제사의 전폭적 신임을 바탕으로 하여 환차換差 이익을 챙긴다. 그는 통제사의 임기가 끝날 무렵 말도 없이 사라진다. 통영 창고가 텅 빌 정도로 재물을 횡령하고 사라진 것이다. 이 작품은 여기서 끝나지 않고 통제사가 새로운 문제에 봉착하게 만들어 그 해결 과정까지 보여준다. 통제사는 남인이었는데 1680년 경신대출척庚申大黜陟 때 배척되고 몰락한다. 친한 비장들도 다 떠나고 빈한하게 살던 어느 날 그 무변이 나타나 그간의 사연을 알려준다. 무변은 뭇 사람들이 다 자기를 비웃고 배척하는데도 신임해 준 통제사에 대한 보은을 생각했다고 한다. 다음으로 통제사의 앞날을 예측

---

30 其人還家, 買宅買土, 家計甚饒, 後登科, 累典州邑云云.(청구 하 435~436)

했다고 한다. 무변이 보기에 통제사는 곧 몰락하여 생계 꾸리는 것조차 어려울 것 같았다. 그래서 통제사의 노년을 위한 계획을 세웠는데, 그걸 미리 말하면 필시 통제사가 허락하지 않을 것 같아 몰래 사라졌다는 것이다.

때마침 몰락해 있던 통제사인지라 어쩔 수 없이 무변을 따라 자기를 위해 조성되어 있는 마을로 간다. 전답과 기와집들, 종들까지 다 갖춰져 있었다. 이때부터 두 사람은 함께 살며 즐거워하는 마음에 격의가 없어진다. 하루는 무변이 평교平交를 제안했고, 통제사도 흔쾌히 받아들여 종신토록 잘살았다는 것이다.

「향변자수통수후」에서는 '양반의 포흠'이나 '가장 믿던 사람의 종적 감춤'이라는 아이러니에 '보은' 요소가 개입했다. 그것은 양반의 노후 보장이라는 매우 현실적 소망이 개입했기 때문이라 하겠다. 「입이적궁유성가업」에서는 아이러니 상황에 지배 집단과 지배 질서의 균열이라는 현실 맥락을 반영했다. 이런 점에서 민담에서 출발한 아이러니에서 작은 변화가 이루어졌다. 그렇지만 일종의 범법 행위에 대한 죄의식이나 응징의 자세가 나타나기는커녕 오히려 그로써 더 행복한 삶을 꾸려 간다는 점에서 철저한 아이러니다. 양반이 지배 질서의 근간인 신분 질서를 따르지 않는다는 점에서도 그러하다.

(2) 망가진 현실의 포착과 풍자

풍자는 현실 반영이 좀 더 진행되었을 때 가능하다. 「선기편활서농치쉬」善欺騙猾胥弄痴倅(청구 하 53)[31]는 민담의 속성을 지니면서 현실에 대한 풍자적 성격을 강화시킨 결과라고 하겠다. 여기에는 신분 질서의 동요에서 더

---

31 「농우쉬활서편재」弄愚倅猾胥騙財(동야 하 119)

나아간 신분 갈등이 뚜렷이 나타난다. 작품의 전반부에서는 아전의 일방적 기지와 술수가 돋보이고 상층 벼슬아치가 그것을 따른다. 그 점에서 매우 문제적이다. 그리고 아이러니가 중첩되어 나타난다.

산골 마을 원이 된 아무개는 고을을 잘 다스리기는 하지만 청렴하여 임기를 마치고 돌아가려는데 행랑이 비어 행장조차 꾸릴 수 없었다. 아무개 아전은 평소 자기를 신임해 준 원에게 보답하고자 한다. 그 방법은 고을 부자의 재산을 빼앗아 원에게 주는 것이다.

고을 원의 행장을 꾸리려고 고을 부자의 재산을 빼앗는다는 것 자체가 고을 원의 입장에서 보면 아이러니다. 그리고 부자의 재물을 훔치러 들어간 원과 아전이 술 창고에 들어가 술을 마시고 취해 노래를 부른다는 것도 아이러니다. 초청받지 못한 도둑이 초청받은 손님 행세를 하고 있다는 점에서 그러하고 도둑이 스스로 소리를 내어 스스로 발각되게 만든다는 점에서도 그러하다. 부자의 종들이 원을 잡아서 가죽 자루에 넣어 버드나무 가지에 매달고는 다음날 관가에 고발하고자 한다. 가죽 자루에 든 '원'을 관가의 '원'에게 고발하려는 데서 우스꽝스러운 상황의 아이러니가 만들어졌다.

원을 구하기 위해 아전은 부자의 집에 불을 지른다. 부자의 집 사람들이 불난 곳으로 몰려가자 아전은 가죽 부대에서 원을 꺼내 주고 대신 아흔아홉 살 된 부자의 아버지를 집어넣는다. 다음날 부자는 가죽 부대를 관가로 들고 가서 고발한다. 자기 아버지를 도둑으로 고발한 것 자체가 아이러니이며, 겉만 보고 속을 정확히 알지 못했다는 점에서도 아이러니다. 부자는 곤장 20여 대를 맞고 투옥되었다가 원과 가장 가깝다는 아전에게 뇌물을 주어 풀려난다. 자기를 궁지로 몰아넣은 아전에게 오히려 거금을 주고도 고마워하는 것이 또 다른 아이러니다.

아전은 부자로부터 받은 뇌물을 '한 푼도 남기지 않고' 원에게 보내

준다. 그 돈은 원이 행장을 꾸리는 데 충분하여 한동안 생활비로도 활용할 수 있을 것이다. 그러나 원은 부자의 재물을 빼앗은 일이 언젠가 탄로되어 문제가 될까봐 후임 원에게 아전을 잡아 죽이라고 신신당부하고 떠나 버린다.

이상의 서사를 가장 높은 차원에서 정리하면, 한 고을의 원이 고을 부자의 재물을 빼앗는다는 것과 아전이 자기를 신임해 준 원을 위해 충성을 바치고자 했다가 오히려 죽을 위기를 맞이한다는 것이다. 전자의 경우 처지와 행위 사이에서 아이러니가 생성되었다면 후자의 경우는 행위와 결과 사이에서 아이러니가 생성되었다고 할 수 있다.

이 작품의 후반부는 전반부에서 거듭 설정된 아이러니 상황을 발판 삼아 서사의 또 다른 비약을 보인다. 전반부에서 아이러니스트로 종횡무진했던 아전은 아이러니 서사의 요건인 서사적 거리를 확보할 여유를 상실했다. 자신이 죽느냐 살아남느냐라는 기로에 서서 안간힘을 다 써야 하기 때문이다.

아전은 속으로 이렇게 생각한다.

내가 신관에게 죄를 짓지 않았는데 신관이 이렇게 하는 건 필시 그 일이 발각될 걸 두려워한 구관이 나를 죽여 입을 막고자 했기 때문이겠지. 그렇다면 나도 포기할 순 없지. 내 목숨 지키는 완전한 꾀를 생각해야지.[32]

이것은 야담 서사에서 일반적으로 구사된 '문제의 해결' 서사 기제[33]

---

32 吾無得罪於新官者. 此必是舊官恐事之發, 欲殺我而滅口者也. 一不做, 二不休, 當思所以自全計.(청구 하 60)

가 다시 작동된 것이다. 아전은 수단 방법을 가리지 않고 문제적 처지에서 탈출하고자 한다. 아전은 한쪽 눈이 먼 신관이 정상 눈에 집착하는 것을 이용해 계략을 세운다. 암송아지를 끌고 와서 그것과 교접을 하면 눈이 금방 낫는다고 속인 것이다. 아전은 고을 원으로 하여금 수간獸姦을 자행하게 한 뒤 다음날 아침 암송아지에게 비단옷을 입혀서 관가로 몰고 가서 "사또 나리 안방마님 행차시다!"라고 외친다. 추악한 소문이 퍼지자 신관은 결국 서울로 도망친다.

물론 이 후반부에서도 아이러니를 찾을 수는 있다. 신관이 눈을 고치려다 오히려 수간으로 봉욕을 당했다는 것, 신관이 아전을 죽이려다가 오히려 자기가 쫓겨나게 되었다는 것 등에서 아이러니를 발견한다. 그러나 사건을 이끄는 아전이나 사건을 서술하는 서술자는 아이러니 상황을 성숙되게 해 주는 서사적 거리를 확보하지 못한다. 특히 아전이 그러하다. 위기에 봉착한 아전은 자기가 살아남으려면 신관을 몰아내야 한다. 아전은 절박하기는 했지만 포기하지 않는다. 거침없이 위기 탈출 시도를 하고 결국 성공하여 승리한다. 이 과정에서는 서사적 거리를 확보한 아이러니보다는 욕심 많고 어리석은 신관에 대한 일방적 풍자와 조롱이 더 강하게 창출되었다. 그런 점에서 아이러니가 현실 풍자와 긴밀히 연결되었다.

「선기편활서농치쉬」에서는 전반부의 아이러니 제시와 후반부의 풍자 조롱이 나누어져 있다면, 「축관장지인타협」逐官長知印打頰(청구 상 487)의 경우 양자가 겹쳐져 있다 볼 수 있다. 「축관장지인타협」의 사건은 한 통인이 아침 공무를 끝내고 편안히 책을 보고 있는 원에게 다가가 그 뺨을 때리는 충격적인 장면에서 시작된다. 관아의 정상적인 관계에서 있을 수 없는 일이 벌어진 것이다. 물론 그것은 엄한 명령만 내리고 형벌을 지

---

33 이강옥, 앞의 책, 90~110면.

나치게 적용하는 가혹한 원을 몰아내기 위한 계교의 시작이다. 가장 가혹한 원의 뺨을 통인이 때리는 상황이야말로 양극단이 공존하는 아이러니다. 그 순간을 목격하지 않은 사람이라면 통인이 원의 뺨을 때렸다는 것을 사실로 받아들이지 못할 것이다. 그런데 당사자 이외에 그 사건의 목격자는 없다. 원은 자기가 통인으로부터 뺨을 맞았다며 어이없음을 주장하고 억울함을 호소한다. 그러나 그 말을 듣는 사람마다 모두, "안전주案前主께서 실성하셨나요? 통인이 안전주의 뺨을 때릴 리가 있겠소?"[34]라며 원의 말을 믿어주지 않고 오히려 원이 이상하다고 반응한다. 통인들은 책실冊室에게 달려가 원이 발광했다고 보고하기까지 한다.[35]

아랫사람들의 이런 반응을 보고 원은 극도로 흥분한다. 일어났다 앉았다 혹 손으로 궤안을 치고 혹은 발로 창문을 차며 미친 듯 소리쳤다. 원은 책방이 올라오자 드디어 자기의 말을 들어줄 사람이 생겼다고 반기며 통인이 뺨을 때린 일이며 관속들이 명을 어긴 일을 이야기하는데 분기를 못 이겨 말에 두서가 없고 눈동자가 모두 충혈되었고 온 몸에 땀을 흘리며 입에는 거품을 물었다. 책실은 이런 원의 모습을 보고 원이 진짜 미쳤다고 확신했다.

이처럼 원은 자신의 억울함을 해명하면 할수록 해명은커녕 오히려 자기가 미쳤다는 소문을 입증하는 결과를 초래했다. 의도와 결과의 이런 모순이야말로 전형적인 행위의 아이러니다.

요컨대「축관장지인타협」에서 형성된 상황의 아이러니와 사건의 아이러니는 우스꽝스럽고 광적인 고을 원을 풍자하는 데 효과적으로 활용되었다. 이로써 아전과 통인 등 아랫사람들은 자신들을 못살게 구는 고을

---

34 案前主失性乎? 豈有通引手打案前主頰之理乎?(청구 상 488)
35 案前主忽生病患, 不能安靜, 大發狂譫, 見方大段.(같은 면)

원을 몰아내는 데 성공한다.

아이러니적 상황에 처한 원은 독자나 청자로부터도 동정이나 연민을 얻지 못한다. 독자나 청자도 풍자와 조롱의 태도를 가짐으로써 원을 배척하고 아전과 통인에게 공감하는 것이다. 이들 작품의 아이러니는 다소 조작된 성격이 강하기는 하지만 사대부와 아전의 현실 경험과 일정한 관계를 갖고 있다고 할 수 있다. 사대부의 입장에서 보면, 하급자인 아전이 아이러니 상황을 주도적으로 만들어 간다는 점에서 아이러니의 간접화 현상이라고 볼 수 있다. 아이러니를 주도하는 아전은 처음에는 스스로의 이익을 도모하거나 자기 문제를 해결한다는 진지한 의식이 희박하기에 민담적 인물이라 할 수 있다. 그러나 뒤로 갈수록 스스로 위기에 얽혀들게 되고 그 위기에서 탈출하기 위해 발버둥을 친다. 아이러니가 점차 절실한 현실 문제와 연루되는 양상을 아전의 입장 변화를 통해 선명히 보여준다고 하겠다.

남녀 치정의 일은 신분 사이의 일 못지않게 겉과 속이 상반되는 경우가 많다. 그래서 남녀 치정의 일과 관련하여 아이러니 상황이 많이 만들어졌다. 남녀가 애정 관계를 맺을 때 중세 이념은 여자에게만 정절을 요구했다. 이때 여자 쪽이 그 이념적 요구를 진지하게 따른다면 문제는 발생하지 않으며 찬사와 보상으로 귀결되기도 했다. 반면 여자가 정절을 지키지 않을 때 최소한 두 가지 조치가 행해졌다. 첫째 아이러니를 통해 풍자되었다. 둘째 불륜을 저지르는 여자나 그 상대 남자가 응징되거나 사회적으로 매장되었다.

「남원유양생자」南原有梁生者(어우야담 83)에서는 같은 기생을 같은 시간대에 사랑하다가 헤어져 떠나가던 두 남자가 만나 각자 애절한 마음을 이야기하고 서로를 위로해 주다가 상대가 같은 기생임을 알고는 민망해하고 그 뒤로 다시는 그 기생을 마음에 두지 않게 된다. 기생이 두 남자와 동시에 관계를 맺었던 것은 더 많은 재물을 뜯어낼 작정을 했기 때문일 것이다. 반면 두 남자는 각각 자기가 기생의 유일한 애인이라 믿고 순정을 다 바쳤던 것이다. 두 남자가 기생에게 보인 태도와 기생이 두 남자에게 보인 태도는 상반된다. 이런 대조적 태도가 아이러니 상황을 만들었다. 또 한 기생을 동시에 사랑했던 두 남자가 만나 각기 다른 사랑인 것처럼 자기 사랑에 대해 이야기하다 결국 같은 여자를 사랑한 줄 알게 되어 민망해하는 상황 역시 아이러니다. 이렇게 중첩된 아이러니는 기생의 이중적 애정 행각을 풍자한다. 그렇지만 기생을 풍자하는 주체가 기생에게 정절을 요구하는 것도 아니다. 여전히 정절 의식에 얽매여 있는 두 남자 역시 풍자하고 있기 때문이다.

「경성무사」京城武士(어우야담 73)에서는 불륜의 상대였던 중이 살해당한다. 여자는 자기의 불륜 행각을 숨기고 오히려 자기가 죽은 중에게 겁탈당할 뻔했는데 중을 죽이고 살아났다고 거짓말을 한다. 그리고 자결하려는 시늉을 한다. 여자는 그 정절을 인정받아 나라로부터 정려문을 받는다. 여자의 그런 행실과 귀추를 관찰하는 관찰자가 있다. 대상으로부터 일정한 거리를 유지할 수 있었던 관찰자의 시선에 의해 여인의 위선적인 행실과 정려문이 세워진 광경이 포착되었다. 관찰자의 관찰은 여인을 둘러싼 일련의 사건과 결말이 위선과 아이러니가 되게끔 한다. 특히 스스로 불륜행각을 한 여자의 행위가 국가에 의해 정절의 행위라고 인정받는 것에 초점이 맞춰지면서 아이러니를 성립하게 했다.

남성 중심의 가부장 의식은 여자의 정절과 관련된 아이러니 상황을 그냥 관찰하는 단계에 머물지 못한다. 관찰자가 더 적극적으로 이념적 개입을 하여 당사자 여성을 직접 응징하는 것이다.[36] 그러나 「남원유양생

---

36 이강옥, 「야담에 나타나는 여성 정욕의 실현과 서술 방식」, 『한국고전여성문학연구』 16집, 한국

자」와 「경성무사」에서는 여자의 정절을 부정하는 여자의 행위가 그 여자로 하여금 완전한 파멸로 나아가게 만들지 않는다. 아이러니스트는 이념과 규범으로부터 거리를 유지하기에 직접적 응징과 파국적 결말까지에는 이르지 않게 한다. 그런 점에서 아이러니는 정절 부정이나 패륜 행위에 대한 일종의 심리적 완충장치 노릇도 했다고 본다.

(3) 현실 경험의 반영과 비관적 반전

비관은 일상적으로 존재하며 누구에게든 비관적 운명을 맞이할 가능성은 있지만 상식적으로 낙관적 결말이 예상되는 상황에 비관적 결말이 생긴다면 반전이라 할 수 있다. 이 반전은 비극이 사람의 의지나 바람과 무관하게 생겨나는 상황의 반복 경험에서 비롯한 것이다. 소위 '지지리도 재수 없는 사람', '엎어져도 코를 다치는 사람'의 발견이라 하겠는데 야담에서는 '미행에 나선 임금이 과거 공부하는 선비를 만나는 이야기군'이 이와 관련하여 중요한 단서를 제공한다. 이 이야기군은 두 계열로 존재한다. ①「성묘야행과일동」成廟夜行過一洞(계서야담 306), 「성묘몽견황룡」成廟夢見黃龍(계서야담 307)[37] 계열과 ②「설별과소년고중」設別科少年高中(청구 하 283)[38] 계열이다. ①계열은 임금의 미행을 계기로 어려운 여건에서 공부하던 선비가 잘되지만, ②계열은 ①계열과 달리 결말이 비관적이다.

「설별과소년고중」에서 미행을 하던 성종은 남산골에 이르러 밤늦게 공부하는 늙은 선비를 만나 그가 『역경』 등의 경전에 통달하고 써 놓

고전여성문학회, 2008, 175~217면.

37 「감신몽독점괴과」感宸夢獨占魁科(동야 상 17)

38 「성묘시혹미행」成廟時或微行(계서야담 304);「성묘욕과노유반득소년」成廟欲科老儒反得少年 (동패락송 295)

은 사초私草도 뛰어난 것을 알게 된다. 성종은 늙은 선비에게 쌀과 고기를 내려 주고, 그를 합격시키려고 다음 날 별과를 열고 늙은 유생의 사초에 들어 있던 내용 중 하나를 어제御題로 내건다. 임금은 유생의 사초 내용과 같은 시권試券을 장원으로 뽑는다. 그런데 그 시권으로 뽑힌 사람은 늙은 선비가 아니라 소년 유생이었다. 소년 유생은 늙은 선비의 제자였다. 제자의 말로, 자기 스승은 누가 준 쌀밥과 고기를 급히 먹었다가 관격이 들어 과거에 자기를 대신 보냈다는 것이다. 여기서 늙은 선비가 오랜 동안 과거에 급제하지 못하거나 또 임금이 급제시켜 주려 해도 결국 급제하지 못한 것은 다 '운수'運數 탓이라고 한다. 늙은 선비 자신이 그렇게 생각했고,[39] 서술자도 그렇게 생각한 것이다.[40]

이처럼 임금이 늙은 선비를 도와주어 잘되게 하려 한 행위가 오히려 그를 아프게 만들고 과거에도 응시하지 못하는 결과를 가져오는 것은 사건의 아이러니다. 그런데 이런 아이러니를 등장인물과 서술자는 운수와 연결시켰다. 반전은 이유가 없는 것이 아니라 이미 운수에 의해 그렇게 정해져 있다고 본 것이다.

①계열과 ②계열은 낙관적이고 비관적이란 면에서 나뉘지만 전형과 변형이란 면에서도 나뉜다. ①계열이 선행하는 전형이요 바탕이라 한다면[41] ②계열은 그 변형이다. 임금의 미행에 의해 궁지에 몰렸던 늙은 유생이 잘되는 서사가 '여전히 못'되거나 '더 못'되는 서사로 변형된 것이다. 그 변형이 아이러니에 의해 이루어졌다. ①계열이 소극적으로 기존 서사

---

39 曰: "數奇之故, 屢屈科場矣."(청구 하 283); 對曰: "窮奇之數, 何可致怨於有司之不公乎?"(계서야담 304)

40 皆係天定, 此儒終始蹇屯云爾.(계서야담 414)

41 구비설화에서 소위 '상주는 노래하고 여승은 춤추며 노인은 울다'로 요약되는 낙관적 결말의 작품군이 구비문학에서 두루 발견된다는 것도 그 근거가 된다. 「상가승무노인곡」喪歌僧舞老人哭(양은천미 171)은 그 구비설화의 야담적 정착이다.

를 따르는 것이라면 ②계열은 기존 서사를 어떤 이유에서 적극적으로 바꾼 것이다. ②계열의 변형은 세상의 귀추가 그리 만만하게 진행되지 않는다는 경험과 상상의 축적에서 비롯되었을 것으로 추정한다. 수십 년이나 낙방을 거듭하던 늙은 유생이 어느 날 갑자기 급제하여 벼슬을 얻는다는 것은 민담적 환상에서나 가능한 일이지 냉엄한 현실에서 신산한 절망을 경험한 사람이 공감하기는 어려운 것이며 개연성도 없는 서사이기 때문이다. 비관적 아이러니에는 이처럼 결코 넘을 수 없는 현실 장애의 경험이 깃들어 있다고 본다.

이런 반전을 초래한 새로운 경험은 정치적 맥락에서 더 강하게 이루어진다. 「광해천제주」光海遷濟州(계서야담 451)에서 쫓겨난 광해군은 유배지를 옮겨 제주도로 갔는데 제주 목사가 올린 음식이 전과는 다르게 좋았다. 광해군은 분명 제주 목사가 자기로부터 은혜를 받았기에 그러려니 하니 시중들던 궁인이 이렇게 대답한다.

나리께서 신료를 내쫓고 등용함에 한결같이 후궁이 헐뜯고 칭찬하는 대로 하셨습니다. 이 수령이 만약 일찍이 부정하게 은혜를 받았던 자라면 반드시 옛 주인을 박대하여 전날의 은밀한 자취를 감추려고 하지 어찌 감히 이처럼 정성을 바치겠습니까?[42]

이 말 속에 기막힌 아이러니가 포함되어 있다. 광해군이 임금이었을 때 은혜를 받은 신하들은 광해군이 축출되었을 때 그 관계를 은폐하기 위해 광해군을 철저히 박대했다. 반면 광해군으로부터 박해를 받았거나 아

---

[42] 爺爺之黜陟臣僚, 一從後宮毁譽. 此倅若曾曲逕受恩者, 則必將薄待故主, 擬掩前日陰祕之跡, 豈敢致誠如此哉?(계서야담 451)

무런 은혜를 입지 않은 신하들 중에는 축출된 광해군을 연민하여 따뜻하게 대접한다는 것이다. 광해군은 이 말에 머리를 숙이고 눈물을 떨구었다고 한다. 광해군의 축출이라는 정치적 격동에서 창출된 아이러니는 '시혜―보은'의 고리[43]를 파괴하고 전도함으로써 만들어진 것이다.

「계해이연평제인」癸亥李延平諸人(계서야담 319)도 인조반정 전후 정치적 소용돌이에서 두드러진 사람 사이의 아이러니한 관계를 보여준다. 주인공 구인후具仁垕는 박엽朴曄의 막하에 있던 인물이었다. 구인후가 인조반정 때 공을 세워 공신이 된 반면, 박엽은 인조반정의 공신들에 의해 학정虐政의 죄를 쓰고 사형 당했다. 일찍이 구인후가 박엽에게 하직 인사를 하고 떠나려 하자 박엽은 붉은 모직물 30바리를 선물로 준다. 구인후가 사양하자 박엽은 "뒷날 소용이 있을 것이니, 명심해 주게"라며 기어코 받아 가게 한다. 과연 인조반정 때 인조를 지지하는 군대는 붉은 모직으로 전립氈笠을 만들어 썼다. 박엽은 인조반정을 예감했을 뿐 아니라 인조를 지지하는 군대가 홍전립을 쓸 것까지 알았던 셈이다. 인조 군대에 의해 살해된 박엽이 인조 군대를 식별하는 방안을 예시하고 그 인조 군대에 가담할 구인후에게 붉은 모직물을 제공했다는 데서 아이러니를 찾을 수 있다.

박엽과 구인후는 상호관계의 전개를 통해 더 근본적인 아이러니를 만든다. 박엽이 소싯적에 점을 쳐 보았는데, '천인을 죽이지 않으면 천인이 너를 죽이리라'는 점괘가 나왔다. 박엽은 점괘의 '천인'千人을 '천 명의 사람들'로 이해하여 천 명에 가까운 사람들을 죽였다. 그러나 점괘의 '천인'은 어릴 적 이름이 '천인'인 '구인후'를 뜻했다. 즉, 구인후를 비롯한 인조반정 공신들을 죽이지 않으면 박엽 자신이 구인후를 비롯한 인조반정 공신들에 의해 죽으리라는 뜻이었다. 과연 인조반정 이후 공신들이

---

43 이강옥, 「야담의 보은담 유형과 계층 관계」, 『어문학』 97, 한국어문학회, 2007, 347~386면.

박엽을 죽이려 했는데, 아무도 나서는 사람이 없어 결국 구인후가 박엽을 죽여야 했다. 그런 점에서 점괘는 맞았다. 다만 박엽의 입장에서 보면 철저한 아이러니다. 박엽은 자기가 살기 위해 '천인'을 죽이려 했지만, 그 행위는 완전 빗나간 것이어서 오히려 그렇게 잔인하게 군 것이 자기를 죽게 했다. 박엽이 스스로 살기 위해 한 행동은 스스로를 죽이는 행동이었다. 그래서 행위의 아이러니가 만들어졌다.

박엽이 죽은 후 구인후가 그 시신만은 보호해 주려 했지만 박엽과 원수 진 사람들이 달려와 관을 부수고 시신을 마디마디 잘라 보복했다. 박엽은 '천인'인 구인후에 의해 살해되었고, 또 천인에 가까운 많은 사람들에 의해 다시 죽은 것이다. 그런 점에서 박엽은 점괘를 잘 이해했기도 하고 잘못 이해했기도 하다. 점괘의 후반, 즉 '천인이 너를 죽이리라'는 부분은 절반이 적중한 셈이다. 어떤 아이러니이건 귀결점은 박엽의 죽음이다. 그런 점에서 비관적 아이러니다. 이렇게 정치적 격변기는 수많은 사람들을 생사의 기로에 서게 했고 그런 경험의 축적이 박진감 나는 행동의 아이러니를 만들어 냈다.

「치산업허중자성부」治産業許仲子成富(청구 하 177)[44]는 가난이 양반 가정에 가져온 아이러니한 상황을 잘 보여준다. 주인공 허공은 부모가 돌아간 뒤 과거 공부하는 두 형을 돕고 가난한 집안을 일으키기 위해 스스로는 공부를 중단하고 아내와 함께 산업 경영에 나선다. 결국 형들도 소과에 급제하고 삼형제가 평생 넉넉하게 살 수 있는 터전을 마련한다. 이때 허공은 첫 번째 마음이 상한다. 집안이 살 만하게 되었지만 정작 자기는 일개 무식꾼이 되어 버린 것이다. 이것이 첫 번째 비관적 아이러니다. 유업

44 「여주지고유허성유생」驪州地古有許姓儒生(계서야담 242); 「사인치산락훈지」士人治産樂壎篪(동야 상 776); 「여주허공치산업보형제」驪州許珙治産業保兄弟(동패락송 270)

은 다시 익히기 어려우니 붓을 버리고 무예를 익혀 수년 후 무과에 합격해 안악 군수를 제수 받는다. 막 부임하려 하는데 고생한 그 아내가 죽었다. 허공은 이 상황에서 이렇게 말한다.

> 내가 이미 어버이를 여의어 나라의 녹으로 봉양하는 기쁨을 드릴 수 없거늘, 그래도 부임하려고 했던 것은 평생 동안 늙은 처가 고생했던 고로, 한번 영화를 맛보게 하려던 것이다. 이제 처가 살아 있지 않은데, 내가 무엇 하러 부임하겠는가?[45]

이것은 두 번째 비관적 아이러니다. 유생으로서 문과 과거는 포기했지만 그래도 고생한 아내를 위해 무과에 급제하여 막 외직에 부임하려는 차인데 아내가 죽는다. 이 두 번째 아이러니의 실현에서 작품은 끝난다. 허공은 낙향하여 혼자 조용히 생애를 마무리한 것이다.[46]

이상 비관적 아이러니들의 원천은 조선 후기의 새로운 현실에서 사람들이 겪을 수밖에 없는 장애와 실패의 경험이었다고 할 수 있다. 비관적 아이러니는 현실 경험을 담기 위해 대체로 낙관적으로 귀결되었던 기존 아이러니를 변환했다고 하겠다.

---

45 吾旣永感之下, 祿不逮養, 猶欲赴外任者, 爲老妻之一生艱苦, 欲使一番榮貴矣, 今焉妻又沒矣, 我何赴任爲哉?(청구 하 185)

46 「소분귀로에 봉일기남자」掃墳歸路에逢一奇男子(청야담수 612)도 같은 맥락에서 해석된다. 박탁은 북벌을 주도하기 위해 효종이 발탁한 인물이다. 그는 그것을 은혜로 받아들여 모든 것을 바치려 다짐했다. 그러나 바로 그 무렵에 효종이 승하한다. 그래서 피눈물을 흘리고 고향의 깊은 골짜기로 돌아가 종적을 감춘다.

(4) 거듭된 절망의 경험과 낙관적 반전

아이러니는 어떤 생각에 골똘히 빠져 있거나 경험에 집착해 있을 때는 성립되기 어렵다.[47] 특히 경험의 와중에 있지 않고 경험 자체나 그 기억으로부터 다소 거리를 유지해야 한다는 아이러니의 조건은 의미심장하다. 이를 거꾸로 생각하면 아이러니의 본격적 생산을 위해서는 치열한 경험의 과정을 거치는 것이 중요하다고도 해석할 수 있다. 경험의 소용돌이에는 갇히지 않되 경험의 기억을 강렬히 간직하는 것이 역동적 아이러니의 조건이 된다고 할 수 있다. 그리고 야담 아이러니는 이 부분에서 절정을 보였다.

주인공이 강렬한 현실적 욕망을 가지고 자기 의지에 따라 온갖 시도를 다하지만 뜻대로 되지 않는 상황을 거듭하여 극단적으로 몰고 가면서 야담 아이러니는 최고의 서사 미학을 구축했다. 먼저「과금강급난고의」過錦江急難高義(청구 하 323)에서 주인공은 가장 절망적 상황에서 병조판서 집의 담을 뛰어넘어 들어간다. 주인공의 이 행위에는 병조판서와의 만남을 통해 말단 벼슬이라도 하나 얻으려는 주인공의 의지와 계산이 개입되었다. 그러나 그가 담을 뛰어서 내려간 곳이 바로 병조판서 아버지 동지공의 처소라는 것은 지극한 우연이다. 또 동지공이 밤잠을 이룰 수 없어 힘들어하던 때라 도둑처럼 찾아온 주인공을 오히려 반긴다는 설정 역시 지나친 우연에 의지한 아이러니다. 나아가 동지공이 이야기를 좋아했고 또 혼자 있는 것을 싫어했다는 것도 그 아이러니의 효과를 극대화한다.

---

47 "순수한 의장意匠에 몰두해 있었을 때만큼이나, 우리들이 경험에 사로잡혀 있을 때에는 아이러니로부터 멀리 떨어져 있게 되는 것이다."(D.C.Muecke,『아이러니』Irony, 문상득 역, 서울대학교 출판부, 1980, 15면.)

그 뒤 무변의 이야기에 의해 무변이 동지공 며느리에게 베푼 은혜가 드러나고 병조판서의 보은이 이루어진다.

이와 같이 주인공의 절박한 상황에서 아이러니가 만들어진다는 점에서 재주를 민담적으로 과시하거나 풍자를 지향했던 앞의 야담 아이러니 사례와는 구분된다. 그러나 「과금강급난고의」는 우연 자체를 그대로 인정하기보다는 윤리나 이념 요인과 연결시키고 있다. 그런 점에서 이 아이러니는 아직 '세상은 착하고 옳고 정당한 것에 의해 꾸려진다'는 신념을 완전히 내려 두지 않았다.

여기서 한 단계 더 나아가 완전한 우연과 아이러니만을 추구한 것이 「감재상궁변거흉」憾宰相窮弁據胸(청구 상 491),[48] 「노온려환납소실」老媼慮患納小室(청구 상 24), 「이절도궁도우가인」李節度窮途遇佳人(청구 상 271)[49] 등이다.

「감재상궁변거흉」에서 무변은 벼슬을 위해 한 재상 댁을 출입하면서 여러 해 동안 정성을 다해 봉사했다. 그 사이 재상은 문과 벼슬 추천을 주관하는 이조판서와 무과 벼슬을 주관하는 병조판서를 지냈지만 무변에게 벼슬을 줄 생각조차 하지 않았다. 또 알맞은 벼슬자리가 생겨도 세력 있고 신분 좋은 사람들의 청탁에 눌려 기회를 얻지 못했다. 그러다가 재상이 갑자기 풍증風證을 앓게 되어 스스로 운신을 못하게 되었다. 무변은 그럴수록 그 병수발에만 전념하고 조금도 흐트러지지 않는다. 재상의 아들들보다 더 능숙하고 편하게 수발을 잘해 주니 재상은 무변이 잠시도 자기 곁에서 떨어져 있지 못하게 한다. 무변은 밤에도 옷을 입은 채 잠시 눈을 붙일 따름이었다.

재상의 병증은 점점 더 심해져서 말을 더듬거리고 소리도 잘 내지 못

48 「겁병재궁변무사」劫病宰窮弁憮仕(동야 하 126)
49 「인조조해서봉산」仁祖朝海西鳳山(학산한언 414)

해 옆 사람이 알아듣기가 어렵게 된다. 이 지경은 무변에게 심각한 사태였다. 10여 년 간 모든 것을 다 바쳐 재상을 뒷바라지한 것은 오직 벼슬자리 하나 얻기 위한 것인데 그런 일을 해 줄 수 있는 재상이 말을 못하게 되었고 소리도 내지 못하게 되었으니 무변을 위해 어떤 조치도 해 주는 것이 불가능하게 된 것이다. 병세가 더해져 재상이 곧 생명을 잃게 될 것 같다. 벼슬에 대한 일말의 희망조차 사라져 가자 무변에게 한스럽고 원통한 마음이 일어난다. 밤이 깊어 고요해지고 생각이 더 골똘해지자 그런 마음은 절정에 이르렀다. 무변은 갑자기 몇 마디 고함을 지르고는 재상의 가슴에 걸터앉는다. 억울한 심정이 폭발한 것이다. 차고 있던 칼을 뽑아 재상의 목을 겨눈다.

직전까지 그렇게 지극정성으로 재상을 모시던 무변이 표변하여 재상을 죽이려 한 것이다. 그 순간 무변에게 재상은 자기 인생을 망친 원수였다. 이런 무변의 행동에서 아이러니가 만들어졌다. 먼저 간절히 벼슬 하나를 얻으려 한 무변의 행위가 아무 성과를 초래하지 못한 것은 원인과 결과 사이의 아이러니가 되고, 재상의 가슴에 걸터앉기 직전까지와 직후의 행위가 시차적 대조의 아이러니가 된다. 마침내 무변이 재상의 가슴에 걸터앉아 칼을 꺼내 찌르려고 하는 행위 자체가 아이러니다. 행위 주체의 본질과 예상되는 행위의 결과가 완전히 어긋나기 때문이다. 그런데 행위의 주체인 무변이 그 행위의 결과를 예상 못하는 것은 아니다. 알면서도 그런 행동을 할 수밖에 없다. 그런 점에서 자기 행위가 초래하는 바를 모르거나 반대로 알고 행동하는 오이디푸스의 아이러니와는 다르다. 오이디푸스의 아이러니가 자기 운명의 귀결을 몰라서 생기는 아이러니라면 무변의 아이러니는 현실의 귀결을 철저히 알면서도 그에 반하는 행동을 하는 것이다. 현실의 충격과 좌절이 그런 아이러니한 행위를 어쩔 수 없이 하게 만들었다. 그런 점에서 무변의 아이러니는 절실한 공감을 불러일으킨다.

　이 지경은 잔인한 파국만을 예상케 한다. 현실을 그대로 수용하는 서사의 맥락이라면 잔혹한 파국으로 끝날 개연성이 크다. 아무리 말문이 막혀도 생명이 붙어있는 재상이 자기가 당한 봉욕을 자식들에게 전달할 길이 완전히 차단될 수는 없기 때문이다. 재상이 운신하기가 어렵다손 치더라도 손을 움직이는 것이 전혀 불가능하지 않을 진대 글을 써서 도발적 행동을 한 무변을 철저히 응징하게 할 수 있다.

　그러나 서술자는 재상의 생각이나 마음이 자식들에게 전달될 통로를 철저히 차단한다. 그리고 그 전제에서 새로운 아이러니 상황들을 만들어 간다. 무변은 격앙된 감정이 다소 가라앉자 재상의 가슴에서 내려와 방구석으로 물러간다. 반면 재상은 모멸감에 분통이 터질 것 같다. 아침에 자식들이 문안 인사를 오자 분노가 치밀어 올라 숨을 헐떡거린다. 자식들이 뭔가 안 좋은 일이 있었는가 묻자 무변은 "특별히 실섭한 건 없습니다. 아까 소변을 누시고 난 뒤 잠이 드신 듯했는데 갑자기 기침을 몇 번 하고 깨어나셨지요. 그 뒤로 숨쉬기가 이렇게 되었습죠"[50]라고 거짓말을 한다. 생판 거짓말을 들은 재상은 더욱 분기를 이기지 못한다. 그러나 말을 할 수 없으니 손짓 몸짓을 한다. 한 손으로 자기 가슴을 가리키고 다른 손으로 무변을 가리키며 자못 할 말이 있다는 시늉을 한다. 그것은 무변이 자가 가슴에 걸터앉아 자기를 찔러 죽이려 했다는 어젯밤 불상사를 알리는 것이었지만 재상의 아들들은 '저 무변의 쌓인 노고를 잠시도 잊을 수 없으니 뒤에 잘 선처해 주라'고 아버지가 자기들에게 부탁하는 줄 알고 모두들, "친히 가르치지 않으시더라도 이 무변의 은덕을 갚기 위해서라면 몸

50　別無失攝, 俄者放小便一次後, 似有入睡之意, 忽咳嗽數聲而覺, 覺後氣息如是矣.(청구 상 493~494)

을 베어 주고 살을 도려내어 준들 어찌 아깝겠습니까? 마땅히 온 힘을 다하여 도와주어 성취하는 바가 있도록 해 주겠습니다"라고 대답했다. 이 말을 들은 재상은 연이어 손을 휘젓고는 다시 자기 가슴과 무변을 가리켰다. 그렇게 수없이 반복했다. 재상의 손짓과 시늉이 조금씩 달라져도 아들들은 아버지가 병중에 헛손질을 한다고만 알 따름이었다. 결국 재상은 죽었다. 몸의 병이 심해졌기 때문이기도 하지만 무변과 자기의 관계가 아들들에게 엉뚱하게 이해되는 것이 너무나 억울했기 때문이기도 하다. 재상의 세 아들들은 아버지의 장례를 치른 뒤 무변을 칭찬해 주고 추켜세워 주어 다른 사람을 만날 때마다 벼슬을 청탁해 주었으니 무변은 그해 겨울 선전관을 제수 받았고 승진을 계속하여 절도사節度使에 이르렀다.

　이상에서 한 손으로 자기 가슴을 가리키고 다른 손으로 무변을 가리키는 재상의 시늉은 아들들에 의해 재상의 뜻과 정반대로 해석되었다. 재상의 행위는 그 의도와 정반대로 이해되었고 그래서 궁극적인 결과도 재상의 뜻과는 정반대로 되었다. 아들들은 아버지의 생애 마지막 뜻을 받들려고 최선을 다했지만 결국 그것이 아버지를 죽이는 결과를 초래했다. 행위와 소통, 행위와 행위의 결과 사이에서 아이러니가 만들어진 것이다. 이 부분은 말에 의한 소통이 가능하지 않을 때 파국 상황이 초래된다는 것을 보여줌으로써 말에 의한 의사소통이 얼마나 중요한 것인지를 역설적으로 드러내고 있다고 분석되었다.[51] 나아가 등장인물들이 삶의 어떤 단계에서 봉착하게 되는 '막장'의 상황과 그 '막장'에서 해방되는 양상을 보여주는 아이러니로 이해하는 것이 더 포괄적 해석이라 할 수 있다. 재상도 억울한 면이 있다고 인정할 수 있으며, 그래서 재상을 그렇게 만든 무변을 얄밉게 볼 수도 있지만, 무변이 그런 돌출적 행동을 할 수밖에 없

51　이강옥, 『한국 야담 연구』, 돌베개, 2006, 242~245면.

었던 사연을 고려하면 무변을 더 동정할 수밖에 없다. 절망의 나락에 떨어진 무변의 예기치 못한 행동은 재상에게 견디기 어려운 충격을 가했다. 재상은 그 억울함을 시늉으로 나타냈다. 말에 의한 소통이 불가능한 상황에서 재상의 시늉은 아들에 의해 자기 뜻과 반대로 이해되어 엉뚱한 조치가 내려진다. 그래서 귀결된 지점은 무변이 벼슬을 얻고 재상이 죽는 것이다.

이렇게 아이러니가 연쇄적이면서 중층으로 만들어졌다. 이런 아이러니 상황들은 무변이 '벼슬 얻기'라는 삶의 목표를 내려 두고 '자포자기' 한데서 비롯했다. 무변은 벼슬을 얻기 위해 자신의 모든 것을 받쳐 재상을 정성껏 뒷바라지했다. 그러나 재상이 자신에게 벼슬을 주선할 길이 완전히 사라졌다고 판단하게 되자 그때까지 재상에게 했던 행동과 정반대의 행동을 하기 시작한 것이다. 전과는 완전히 반대되는 무변의 행동이야말로 자기 삶에서 맛보아야 한 가혹한 절망에서 비롯한 것이다. 삶의 바닥을 치자 자포자기의 행동이 돌출했고 그것이 결정적 반전을 초래했다. 자포자기와 내려두기가 형성한 아이러니, 그것이 생의 결정적 반전을 가져왔다.

「노온려환납소실」에서는 두 개의 서사 단위가 이어지며 대조된다. 비록 그 분량에 있어서 전반부는 후반부에 비해 많이 짧지만 서사적 비중은 후반부와 대등하다. 전반부에서 여종의 가련한 삶이 그려진다. 열일고여덟 되는 여종은 재상의 집에서 어떤 욕심도 부리지 않고 종으로서 충실한 삶을 살아가니 부인의 총애를 받는다. 문제는 재상이 틈만 생기면 여종을 범하려 하는 것이다. 여종은 자기를 아껴 주는 부인을 생각해서 재상의 요구를 따를 수가 없다. 다음의 말에 여종의 곤혹이 압축되어 있다.

소인은 죽고만 싶습니다. 대감이 자꾸 소인을 원하니, 명을 안 따르

면 필경 대감의 형장 아래에서 죽게 될 것이고, 명을 따른다면 저를
자식으로 길러 주신 마님의 은혜를 입은 소인이 어찌 마님의 눈엣
가시가 되겠습니까? 죽는 것 이외는 다른 길이 없으니, 강물에 몸을
던져 죽겠습니다.[52]

여종은 죽는 것 이외에는 자기 삶의 곤혹을 해소할 길이 없다고 판
단했다. 자포자기이다. 이 지점에서 부인의 배려가 빛을 낸다. 부인은 백
은과 청동 비녀, 귀걸이 등속을 옷가지에 싸 주며 여종을 떠나가게 하며
새로운 삶을 꾸리라고 했다. 부인은 새벽종이 울리자 문을 몰래 열어 주
었다.

여종은 그동안 재상의 집안에서만 지냈기에 문밖 길을 알지 못했다.
보자기를 안고 망설이다 곧바로 남문 밖으로 나가니 나루가 점점 가까워
졌다. 여종은 여전히 죽을 요량만 하고 있었다. 그때 뒤에서 말 요령 소리
가 들려오고 한 장부가 다가와서는 이른 새벽에 처녀가 어딜 가느냐고 물
었다. 꼭 그 장부가 이 시각에 처녀에게 다가갈 이유가 없으니 장부의 등
장은 우연이다. 이 작품은 그 장면을 이렇게 간명하게 서술한다.

"이리 이른 새벽에 처녀는 혼자 어딜 가시오?"
"슬프고 원통한 일이 있어 강에 빠져 죽으러 갑니다."
"헛되이 죽기보다는 나와 함께 사는 것이 어떠오? 내 아직 장가를
들지 않았다오."
여종은 그냥 그러기로 했다. 장부는 여종을 말에 태우고 가던 길을

---

52 小人將死矣. 大監屢欲以小人薦枕, 若不從命, 則畢竟死於大監刑杖之下, 若從命, 則小人蒙夫
人子育之恩, 何忍爲眼中釘乎? 一死之外, 更無他道, 將欲往投江水而死.(청구 상 24~25)

계속 갔다.[53]

　여종은 거침없이 자기가 강에 빠져 죽으러 가고 있다고 대답한다. 죽으러 간다는 말에 강렬한 의지가 깃든 것은 아니다. 말의 담담함은 모든 것을 포기한 사람이 보여줄 수 있는 것이다. 장부는 다짜고짜 자기와 함께 살자고 청혼한다. 이 말에도 조금의 머뭇거림이나 타산이 개입되지 않았다. 그 청혼에 대해 여종도 '그냥 그러기로' 한다. 여종은 죽으러 가는 길에 혼인 상대자를 만났고, 상대가 타고 온 말을 타고 길을 계속 간다. 죽음의 길이 한순간 삶의 길로 바뀌었다. 죽으려고 한 행위가 새 삶을 시작하게 했다는 점에서 아이러니가 만들어졌고 이 아이러니는 크나큰 반전을 이뤄 낸다. 이 아이러니와 반전의 서사적 원천은 우연이다. 사실, 모든 것을 포기한 사람에게 필연은 존재할 수 없다. 여종은 자기 삶에서 필연을 가져올 여유를 갖지 못했고 그럴 준비도 없이 길을 나섰기 때문이다. 이 지점에 우연을 개입시킨 것은 적실하다 할 수 있다.

　그러고는 금방 시간이 흐른다. 그사이 재상 가문이 몰락하고 여종은 넉넉한 가정을 일으키는 바, 그 부분은 서사적으로 실현되지 않았다. 서사는 재상 내외가 죽고 그 아들도 죽어 장성한 손자가 생계조차 꾸릴 수 없는 시점에서 다시 시작한다. 재상의 손자는 추노推奴를 해 와서 생계를 꾸릴 작정을 하고 길을 떠난다. 재상 손자의 길 떠남은 여종의 길 떠남과 대응된다. 둘 다 막막한 심정에서 길을 떠나지만 여종이 모든 것을 내려 두고 떠난 반면 재상 손자는 추노하여 옛 종들로부터 재물을 받을 계산을 하고 있다는 점에서 다르다. 모든 것을 내려 둔 여종이 장래를 함께할 남

53　近前而問曰: "汝是何處女兒, 如此早晨, 獨往何處?" 厥女曰: "我有悲寃之事, 將欲投江而死." 其人曰: "與其浪死, 吾未娶妻, 與吾居生何如?" 厥女許之, 遂駄之馬上而去.(청구 상 25~26)

편감을 만난 것에 대응되는 것을 재상 손자가 얻을지 궁금증을 자아내도록 서사가 진행된다.

재상 손자는 횡재는커녕 옛 종들에게 살해될 위기에 처한다. 그래서 밤중에 탈출한다. 종들이 칼과 망치 등을 들고 추격해 오는 가운데 손자는 쉴 새 없이 달린다. 손자의 명이 경각에 달렸다. 그때 호랑이 한 마리가 나타나 손자를 태우고 질주한다. 이것 역시 절체절명의 위기 상황에서 개입한 우연이다. 다만 그 우연이 기이하게 설정되었다. 호랑이가 갑자기 나타날 수는 있다손 치더라도 그 호랑이가 재상 손자를 등에 태우고 달려간다는 설정은 민담적 환상 혹은 기이에 가깝다. 호랑이는 하룻밤 내내 달려가 어느 큰 마을 여염집 문 앞에 손자를 내려 준다. 그 집은 할머니가 된 여종의 집이었다. 여종은 한눈에 재상 손자를 알아본다. 그러고는 자식들과 며느리들을 불러내어 종으로서 상전에게 인사를 올리게 한다. 여종의 도움으로 재상 손자는 재물과 첩을 얻어 한양으로 잘 돌아갔고 그 뒤로 여종은 죽을 때까지 주인을 섬기는 도리를 다했다는 결말이다.

이 작품의 후반부는 전반부와 달리 우연에 가깝지만 기이함이 개입했고 주인의 배려에 대한 종의 보은이라는 윤리가 개입했다는 점에서 특별하다. 전반부가 우연과 아이러니를 보여주는 반면 후반부는 기이와 보은이라는 윤리의 실현을 보여주었다. 전반부의 아이러니가 세상의 모든 것을 내려 둔 사람이 보이는 삶의 태도를 근간으로 한다면 후반부의 기이와 윤리 실현은 궁지에 몰려 안절부절 못하는 사람의 바람을 근간으로 한다고 하겠다. 후반부에서 다소의 억지가 보인다면 전반부는 그냥 담담하기만 하다.

아이러니에 우연이 아닌 필연이나 이념이 결합하는 것은 「획중보혜비택부」獲重寶慧婢擇夫(청구 상 296)[54]에서도 마찬가지로 나타난다. 여기서 주인공은 여종 아내가 쓰라고 준 돈을 남에게 주어 버리는 데 익숙해졌다. 그래서 만져서 뭐든 남에게 다 주어 버린다. 아내는 10만 전 중 마지막 남은 1만 전을 주인공에게 주면서 이번에는 떨어진 옷을 사서 함경도로 가서 인삼과 가죽으로 바꿔 오라 했다. 그리고 이번에는 전처럼 낭비하지 말라고 신신당부했다. 주인공도 꼭 그렇게 하리라 스스로 다짐했지만 바꾼 옷들을 모두 헐벗은 사람들에게 다 주어 버려 결국 1만 전을 낭비했다. 그래서 "내 돈 10만 전을 축냈구나. 가득 채워 왔다가 빈손이 되었으니 무슨 얼굴로 집사람을 다시 본단 말인가? 차라리 호랑이 뱃속에 장사를 지내는 게 낫지!"[55] 하며 밤중에 산중으로 들어갔다. 절벽을 오르고 비탈길을 타며 깊은 골에 이르러 호랑이가 나타날 절대적 조건이 되었다. 그러나 그 순간 수풀 빽빽한 곳에서 반짝이는 등불이 보였다. 자기도 모르게 그 집으로 나아가서 재워 주기를 청했다. 주인공은 그 집에서 일상적으로 먹는 채소가 인삼임을 발견하고 드넓은 인삼밭으로 가서 가져올 만큼 인삼을 가져오게 되었다. 주인공은 절망적 상황에서 죽기를 시도했는데 그 순간 살길을 찾은 것이다. 그런데 이에 대해 그 아내는, "당신이 적선을 많이 해서 하느님이 보물을 주신 거랍니다. 당신이 오늘 돌아오신 것도 역시 우연이 아닙니다"[56]라며 선행을 쌓은 것이 이런 결과를 가져왔다고 했다. 우연이 아니라 선행이 반전을 가져왔다고 보았다.

야담 아이러니의 최고 수준을 보여주는 작품이 「이절도궁도우가인」이다. 이 작품은 주인공 이무변이 벼슬을 얻으려고 조상 전래 전답을 다 팔아 돈을 마련하여 상경했다가 병조판서 수노首奴로 자처하는 사기꾼에게 돈을 다 탕진하는 과정을 아주 세밀하고도 박진감 있게 서술했다. 사

---

54 「채삼전수기기화」採蔘田售其奇貨 (동야 하 34)
55 吾費人十萬錢財, 實往虛還, 何面目復見家人乎? 寧葬於虎豹之腹! (청구 상 300~301)
56 子之積善多, 故天以寶物與之. 今日還家, 亦不偶然 (청구 상 302)

기꾼이 300냥의 돈을 야금야금 갉아 먹는 과정이 구체적으로 실감나게 가끔은 과장되게 서술되었다. 사람의 심리도 섬세하게 포착되었다. 결국 모든 돈을 빼앗겨 진퇴양난의 상황에 빠진 이무변은 죽기로 결심한다. 그런데 그 직전에 초기 단계의 아이러니가 형성되었다. 이무변과 여관 주인은 서로가 사기꾼 수노를 잘 안다고 착각하게 된 사연이다. 수노가 돈을 다 갈취하고 더 이상 찾아오지 않자 이무변은 주인에게 수노가 왜 요즘 안 오느냐고 묻는다. 그러자 주인은 자기가 수노를 잘 모르며 오히려 이무변이 잘 알지 않느냐 반문한다. 주인은 이무변이 먼저 그 사기꾼을 병판 댁 수노라고 지칭하고 자기에게 소개했다고 말한다. 주인의 말이 맞다. 이무변은 자칭 병판 수노가 여관에 먼저 머물고 있었기에 당연히 주인을 잘 안다고 지레짐작했을 뿐이었다. 이렇게 병판 수노를 알고 모르고를 두고 이무변과 여관 주인은 사실과 반대로 생각했다. 진실은 어느 쪽도 수노를 모른다는 것이다. 수노의 집을 알고 모르고를 두고 생긴 오해도 그러하다. 답답해진 이무변이 여관 주인에게 수노의 집만은 알 것이라 물으니 여관 주인은 이무변이 오히려 자칭 수노와 친숙했으니 그 집을 알 것 아니냐고 반문했다.[57]

이 이중삼중의 아이러니는 살려고 한 단계의 마지막 시점에서 이무변으로 하여금 죽을 수밖에 없게 만들었다. 아이러니 상황들은 이무변으로 하여금 기가 막히게 하고 더 이상 사는 것에 기대하지 않게 했다. 아이러니는 삶에 대한 이무변의 마지막 기대조차 어이없이 무너지게 하는 결정적 역할을 하도록 배치된 셈이다. 그래서 죽으려는 시도가 시작된다.

---

57 招主人曰: "兵判宅首奴, 近日不來何也? 汝旣情熟, 何不招來?" 主人曰: "此本素昧之人也. 其爲兵判家首奴, 進賜明知之耶? 小人實不知之. 第以渠自稱兵判家奴子, 而進賜又謂兵判之奴也, 小人以此信其爲兵判家奴子, 實則吾安知之?" 李曰: "汝旣親熟知其家乎?" 曰: "不知也. 進賜旣與親熟, 豈未嘗知其家耶?"(청구 상 277~278)

죽으려는 시도에서 형성된 아이러니는 최소한 다섯 개다. 먼저 한강에 빠져 죽으려고 한다. 의관을 벗고 크게 고함을 지른 뒤 물속으로 뛰어든다. 그러나 물밑의 경사는 완만했다. 강 안쪽으로 나아갔지만 온몸이 금방 물밑으로 빠지지 않았다. 배와 등까지만 물에 잠기고는 더 잠기지 않은 것이다. 배와 등이 차가운 강물에 잠긴 상태에서 시간이 흐르니 몸이 오그라져 본능적으로 뒷걸음을 쳤다. 마음은 죽으려고 하는데 몸이 살고자 했다. 마음과 몸 사이의 이반은 객관적 모습에서 아이러니를 만든다. 마침내 마음은 몸의 요구에 따라 일단 스스로 죽는 것을 포기했다. 그래서 남으로부터 맞아 죽는 법을 찾는다.

여기서 죽으려는 시도에서의 두 번째 아이러니가 만들어진다. 이무변은 술을 한껏 마시고 취해서 장차 무관 벼슬을 얻으면 입으려고 했던 관복을 다시 입는다. 비단옷, 검은 가죽신, 금 버클과 혁대가 화려하고 찬란하다. 거기다 이무변은 8척 장신이다. 헌걸차게 성큼성큼 곧바로 종로로 간다. 죽으러 가는 사람의 풍모가 이렇게 거대하고 찬란하다는 것 자체부터 아이러니다. 사람들이 모두 신인이 등장했다며 놀라기까지 한다. 이무변은 수많은 사람들 중 가장 장대하면서도 흉악하게 생겼고 용력도 있을 것 같은 자를 발견했다. 곧바로 다가가 주먹질을 하고 거세게 발길질을 했다. 그러자 그 자는 외마디 소리를 지르고 나자빠졌다가는 재빨리 일어나 줄행랑을 놓았다. 이무변은 그 자를 뒤쫓아 갔지만 미칠 수가 없었다. 가장 확실하게 맞아 죽으려고 사람을 고른다는 것 자체가 우습다. 가장 거칠고 힘센 자를 골라 가장 위협적으로 먼저 공격하여 가장 격심한 역공을 받아 맞아 죽으려는 것이 이무변의 '죽기 전략'이었다. 겉으로 그렇게 해 줄 것 같은 상대를 잘 고른 듯했는데 결과는 완전히 반대였다. 겉으로 본 그런 요소들이 오히려 철저하게 이무변의 의도를 빗나가게 하는 역할을 한 것이다. 8척 장신이고 찬란한 관복을 입은 이무변은 어떤 타인에게도 위협적으로 보이는 존재가 되었다. 그런 그가 남은 힘을 다해 상대를 가격했으니 상대에게는 엄청난 충격을 주었다. 더욱이 상대는 외모로 보면 너무나 흉악스럽고 거친 인상을 가져 아마 한 번도 타인으로부터 그런 공격을 당한 경험이 없었을 것이다. 이무변의 단 한 번 가격으로 나뒹군 그 자는 순식간에 이런 제반 사항들을 점검하고 오히려 자기가 살아남기 위해 도주를 결행한 것이다. 역공을 기대한 이무변은 역공을 얻지 못하고 오히려 치명적 공격자가 되었다. 상대의 분노와 보복을 기대했지만 공포와 도주만을 초래했다. 의도와 결과가 철저히 이반된 완벽한 아이러니가 만들어졌다.

이런 엉뚱한 상황은 더 진척된다. 이무변이 또다시 자기를 죽여 줄 자가 없을까 두리번거리기 시작했다. 자기를 이길 만한 자가 발견되면 또다시 돌진하려는 참이었다. 눈을 부릅뜨고 우두커니 서서 두리번거리니 그 모습은 완전히 미친 남자의 모습이었다. 그래서 이무변이 눈이 가는 족족 사람들이 모두 달아나니 네거리가 텅 비어 버렸다.

이런 아이러니 상황을 서술자가 주도면밀하게 설정했다는 것은 "이무변이 남에게 맞아 죽으려 했지만, 남들이 오히려 이무변에게 맞아 죽을까 두려워했으니, 어찌 가히 죽을 수가 있을까?"[58]라는 말에서 분명히 드러난다.

세 번째 죽으려는 시도에서 세 번째 아이러니가 만들어진다. 이무변이 남의 집 내실에 있는 처첩을 희롱하여 그 남자에게 맞아 죽는 계획을 세웠다. 이무변은 이번 시도가 적중할 가능성이 크다고 생각하고 "남의 처첩을 희롱하면 반드시 맞아 죽을 것이다"[59]라고 혼잣말을 한다. 새로 지

---

58 李雖欲爲人所打死, 而人方畏爲李所打死, 死可得乎?(청구 상 279)
59 狎戲其妻妾, 則打死必矣.(청구 상 279)

은 화려한 집이 눈에 들어왔다. 중문이 열려 있었고 가로막는 자도 없었다. 안에는 스무 살쯤 된 화용월태의 여인이 앉아 있었다. 이번에도 맞아 죽기에 최적일 대상을 잘 고른 것 같았다. 기대감이 절정에 이른 이무변은 곧바로 내당 마루 위로 올라가 여인을 포옹하고 입을 맞추며 마음껏 희롱했다. 여기까지만 보면 이무변의 의도는 완벽하게 이루어지는 것 같다. 젊고 아름다운 처첩이 이렇게 희롱 당하는데 가만히 있을 남편은 없을 것이기 때문이다. 이무변은 그 남편 무리에 의해 처참하게 맞아 죽을 것을 기대하고 있었는데 여인이 거세게 저항하지 않는 것이 이상했다. 그리고 달려드는 남정네들도 없었다. 여인의 지아비가 부재했다. 맞아 죽기에 최상의 조건을 갖추었지만 이번에도 뜻대로 되지 않는다. 이것 역시 의도와 결과가 이반된 아이러니다.

그런데 이것이 최종 결과는 아니다. 이 시점에서 근본적 반전이 일어난다.

정말 미치셨군요. 세상에 어찌 이처럼 죽으려고 하는 사람이 있을까요? 공께서는 무반으로 청환淸宦 벼슬을 하시고 이만한 풍채까지 가지셨는데 그런 분이 어찌 헛되이 죽으려고만 하시나요? 저도 역시 부득이한 사정이 있어 다른 곳으로 시집가려 하고 있었는데 홀연 공을 만나게 되었으니 이게 하늘의 뜻이 아니겠어요?[60]

이렇게 죽으러 간 길에 살길을 만났다. 이무변을 죽게 할 결정적 매개 역할을 할 것으로 기대한 여인이 오히려 결정적으로 살길을 마련해 주

---

60 信乎狂矣! 世豈有求死如此者乎? 公果武班淸宦, 則以此風骨, 豈虛死耶? 我亦有情事, 不得已者 欲圖他適, 而忽與公遇, 豈非天耶?(청구 상 280~281)

었다. 여인은 이무변이 죽으러 간 길을 살길로 만든 반전의 주역이요, 의도적 죽음이 결과적 삶이 되게 한 아이러니스트가 되었다. 비록 마지막에 '하늘의 뜻'을 이끌어 왔지만 여인이 하늘의 뜻에 따르고자 한 증거가 될 수 없다. 그보다는 이 우연하게 맞이한 기회를 놓치지 말자는 권유를 강하게 하기 위한 수사법으로 이해해야 할 것이다.

이렇게 하여 이제 살길이 생겼다. 두 사람은 짝이 되어 함께 산다. 그리고 이무변은 '그 살고 죽는 것은 하느님에 맡겨 버렸다.'[61] 죽고 사는 것이 마음대로 되지 않는다는 것을 깨달은 이무변이 자연스럽게 보인 태도다. 그리고 이런 태도는 이무변과 비슷한 절망을 거듭 경험한 사람에게 일반적으로 나타날 수 있는 것이다.

수척해졌던 이무변의 얼굴이 번드레해지고 살도 붙었다. 이무변은 낮이 되면 나가 놀았고 밤이 되면 돌아와 여인과 함께 잠을 잤다. 그러면서 한 달이 지나니 죽고자 했던 생각이 점차 줄어들고 사는 즐거움이 도리어 지극해졌다.[62] 그런데 바로 이 시점에 또 하나의 반전의 조짐이 생긴다. 중국으로 갔던 여인의 기둥서방 역관이 돌아온 것이다. 죽고자 했다가 살게 되는 반전을 겪고 나서 사는 즐거움이 지극해진 시점에 생겨난 새로운 반전의 조짐이다.

다시 죽으려 하는 단계가 시작되었다. 역관은 첩이 다른 남자와 살고 있다는 소문을 듣고 엄청나게 분노한다. 사실 그런 분노는 이무변이 기대했던 것인데 이렇게 뒤늦게 찾아왔다. 이 시간적 격차는 이미 아이러니를 만들었다. 격분한 역관은 말을 타고 달려가며 칼을 꺼내들었다. 자기 첩과 사는 놈을 찔러 죽일 작정이었다. 여인의 집에 도착한 역관은 곧바로

---

61 其生其死, 一任天公.(청구 상 283)
62 李以李弁瘦顏, 日漸豊麗, 夜則來宿, 晝則出遊, 奄過一月, 死念漸消, 生樂轉甚.(청구 상 283)

대문을 걸어차고 들어가 큰소리를 질렀다.

"어떤 도적놈이 우리 집에 들어와 내 여자를 훔친단 말이냐? 속히
나와서 내 칼을 받으렷다!"
갑자기 방문을 열어젖히고 나오는 사람이 있었다. 관복이 찬란하고
용모는 신선과 같았다. 그는 옷깃을 풀어 젖히고 가슴을 내밀며 껄
껄 웃으며 말했다.
"내 오늘에야 마침내 진짜 죽을 곳을 얻었구나. 당신 내 가슴을 찔러
주시오!"
무변은 의기가 편안하고 여유가 있어 조금도 동요하는 빛이 없었다.
역관이 얼굴을 들어 그 모습을 보고는 자기도 모르게 몸을 떨었다.
그리고 두려워졌다. ……다만 탄식하는 소리를 몇 번 내고는 칼을
내던지며 말했다.
"집과 계집과 재산 모두 당신 마음대로 하시오!"[63]

격분한 역관이 칼을 들고 제 첩을 훔친 자를 나오라고 외친 순간, 드
디어 이무변이 죽을 수 있는 가능성이 가장 커졌다. 이무변도 그것을 직
감했다. 그러니 그 마음은 매우 빠른 속도로 살려는 단계에서 죽으려는
단계로 나아갔다. 그래서 당당하게 미련 없이 칼을 든 역관 앞으로 나가
서 옷깃을 풀어 젖히고 가슴을 내밀 수 있었다. 찬란한 관복을 입은 신선
같은 용모의 이무변이 이렇게 옷깃을 풀어 젖혀 가슴을 내미는 모습이 매

---

63 "何物賊漢入我室, 儵我妻? 速出喫劒!" 忽有一人, 推窓當戶, 官服輝煥, 貌若神仙, 披開衣襟,
露示其胸, 嬉怡而笑曰: "吾今日眞得死所矣. 汝刺我胸!" 意氣安閑, 略不動容, 譯官纔擧顔, 不覺懍
然, 震慴若侯景之見梁武, 氣縮口呿, 郤立癡呆, 不能出一語, 但嗟咄數聲, 忽擲劒謂李曰: "家宅妻
財, 任君自爲."(청구 상 284)

우 우스꽝스럽다. 겉모습 자체가 우스꽝스러울 뿐 아니라 그런 겉모습의 인상과 실상의 차이가 아이러니를 만든다. 나아가 죽음을 앞둔 이무변의 태도가 너무나 편안하고 태연하다. 조금도 동요의 기운을 보이지 않는다. 곧 죽게 될 자가 이렇게 편안하고 태연하다는 것 역시 아이러니다.

어떻든 위기 상황에서 이무변이 보여주는 행동은 다름 아닌 기꺼이 죽으려는 것이다. 그런데 그것이 역관을 주눅 들게 했다. 죽음 앞에서 이렇게 태연하고 적극적일 수 있는 사람. 그것도 풍채가 좋고 의관이 화려하다. 역관은 거기서 어떤 위대함이나 두려움까지 느껴 몸을 떤다. 그리고 칼을 던져 버리고 여인과 재산을 다 포기해 버린다. 이로써 죽고자 한 이무변의 의도는 실패로 돌아갔다. 또 죽고자 했는데 살아났다. 여인과 재산까지 얻었으니 앞의 어떤 살아남보다 더 대단한 것이다.

서사의 귀결은 이러하다.

무변은 그 밑천으로 팔았던 땅을 모두 사들이고 또 돈을 잘 굴려 몇 년 안에 부자가 되었다. 다시 상경하여 벼슬을 구했는데 전날의 실수를 깊이 교훈으로 삼아 아주 주도면밀하게 잘했다. 출육出六(칠품 이하의 낮은 벼슬을 하다가 육품 품계로 오르는 것)을 하고 차차 승진하여 여러 차례 웅진雄鎭을 거쳐 절도사節度使에 이르렀다. 그 여인과 함께 살며 많은 복록을 누렸다 한다.[64]

정작 잘되어 벼슬 얻는 것과 그래서 어떻게 되는지에 대해서는 이렇게 몇 문장으로 간략히 처리해 버렸다. 지금까지 벼슬을 얻으려고 조상

---

64 其資, 盡復所賣之土, 且轉運居, 積數年成富室. 復上京求仕, 深懲前日, 務極周詳, 甄復出六, 次次序陞, 累陞雄鎭, 至節度使. 厥女與之同居, 俱享福祿甚盛.(청구 상 285)

전래 전답을 다 팔아 돈을 마련하고 병조판서 수노로 자처하는 사기꾼에게 돈을 다 탕진하는 과정을 아주 세밀하게 서술했고 또 죽고자 하면 살고 살고자 하면 죽게 되며 마침내 죽으려 했는데 살아나는 과정을 아이러니의 중첩으로 서술하는 것과 비교하면 이런 결말은 너무 간략하고 시시하다. 이런 서술법은 작자가 초점을 맞춘 것이 '어찌어찌해서 잘살게 되었다'는 부분을 지적하는 것은 아니었다는 뜻이다. 작자는 그 전까지의 파란만장에 초점을 맞춰서 뭔가를 보여주려 한 것이다. 다시 말해 이 작품은 삶의 아이러니 형성과 아이러니의 모습 자체를 부각하고자 한 의도가 훨씬 강했던 것이다.

이렇게 된 데에는 먼저 실패하여 절망한 사람들에 대해 위무를 해 주고자 한 작자의 의도가 강하게 작용했다고 본다. 아울러 아무리 발버둥쳐 보아도 뜻대로 되지 않는 게 우리네 삶이어서 차라리 자기를 세상에 내던지는 게 더 낫다는 권유를 은근히 하고 있다. 그런 점에서 어떤 이념이나 도덕률조차 내려 두도록 권장한다. 후자는 기존 도덕률로부터의 해방이라는 매우 적극적 지향을 갖고 있다고 하겠다.

4. 야담 아이러니의 현실적 의미

조선 후기 야담의 아이러니는 민담적 전통에 기대어 작위적으로 만들어진 것에서 현실의 모순적 상태나 그 속 사람들의 경험과 연계되면서 좀 더 복잡하면서도 서사적 울림이 깊은 것으로 발전되어 갔다고 하겠다. 그런 점에서 야담 아이러니의 현실적 의미는 주인공 차원, 서술자·이야기꾼·작자의 차원과 청자·독자의 차원 등 다층적으로 읽어야 할 것이다.

먼저 주인공은 의식적으로 아이러니 상황을 만들기보다는 어떤 뜻을 품고 그에 따라 자기 삶을 꾸려 갈 따름이다. 그런 주인공이기에 자기 삶의 상황을 아이러니의 시선으로 바라볼 수는 없다. 아이러니 형성의 기본 전제인 거리를 설정하기 어렵기 때문이다. 또 주인공이 서사의 서두에 의도한 바에 따라 행동해 간다면 거리를 두고 보더라도 아이러니가 형성되지는 않는다. 야담 서사가 이념이나 의지, 운명 등을 강하게 내세우는 경향이 있는지라, 그런 경우에는 거리를 두고 보더라도 아이러니가 형성되지 않는 것이다.

그러다가 주인공을 둘러싼 상황이 예상했던 것과 다르게 전개된다. 주인공이 뜻하는 바를 이룰 수 있는 상황과 이루지 못하는 상황이 함께 생성된다. 상반된 상황이 동시적 혹은 시차적으로 공존한다. 또 하나의 사태에 대해 상반된 의미가 부여될 때도 있다. 이는 분열과 모순을 그 자체로 보여준다는 의의를 가진다. 가령 「선기편활서농치쉬」善欺騙猾胥弄痴倅(청구 하 53)에서 아전은 두 명의 원을 시차적으로 모시는데, 아전이 각각 선임 원, 후임 원과 맺는 관계는 대조된다. 선임 원과 아전은 뜻을 같이하는 행위자가 되었지만 후임 원과 아전은 생사를 달리할 수 있을 정도로 적대적인 행위자가 된다. 이런 대조를 만든 것은 후임 원에게 아전을 죽이도록 요청한 선임 원이었다. 어떻든 아전은 심각한 위기에 봉착한다. 그러나 두 개의 아이러니가 연결되면서 금방 위기를 벗어난다. 아래 신분인 아전과 상관인 원 사이의 갈등이 「축관장지인타협」逐官長知印打頰(청구 상 487)에서도 심각하게 나타나는 것을 보면 아이러니가 현실의 신분 갈등을 잘 포착하는 서사 기제임을 알 수 있다. 그러나 상반된 두 국면을 동시에 제시하는 아이러니는 기존 질서나 도덕률과 그에 배치되는 것을 함께 제시함으로써 갈등을 쉽게 해소시키는 역할도 했다. 서술자나 이야기꾼, 혹은 작자는 바로 아이러니의 이런 면을 감지하고 서사 기제로 잘 활용했다고 볼 수 있다. 가령 「득거산제주백양병」得巨産濟州伯佯病(청구 하

248)에서 양 극단이 시차적으로 존재하지만 갈등 상황이 전혀 만들어지지 않은 것이다.

주인공의 현실 경험이 더 부각되면서 실패와 재기의 상황, 절망과 희망의 상황이 아이러니 서사 기제 속에 공존하게 되었다. 세상살이에서 양극단이 공존하는 것은 자연스럽지만 개인에게 그것이 공존한다는 것은 심각한 문제가 된다. 먼저 개인이 양극단을 그대로 포용할 때 자기모순이 생겨나 정체성에 심대한 타격을 입는다. 그런 정체성 타격을 회피하기 위해서는 양자택일을 해야 한다. 아니 세상이 주인공에게 양자택일을 강요한다고 보는 것이 더 정확하다. 이 양자택일이 사람을 힘들게 만들고 고통스럽게 만든다.

양자택일의 과정은 주인공을 고통스럽게 만들겠지만 양자택일을 단행함으로써 주인공은 자기 정체성을 지속시킬 수 있다. 「남원유양생자」南原有梁生者(어우야담 83)나 「경성무사」京城武士(어우야담 73)에서 주인공들은 그런 양자택일의 아이러니 상황에서 한쪽을 선택함으로써 정체성을 지켜 갔다. 주인공이 양자택일을 할 수 있다는 것은 그래도 아직 주체적 의지가 남아 있다는 증거다.

그런 의지나 힘조차 상실했을 때 주인공은 세상에 공존하는 양극단을 선택하기보다는 그 양극단에 자신을 내맡겨 버리게 되는 것이다. 주인공이 주체적으로 선택하거나 결단을 내릴 수 있는 경계를 넘어서 버린 상황이 도래한 것이다. 「노온려환납소실」老媼慮患納小室(청구 상 24)에서 여종의 경우를 생각해 보자. 그녀는 재상의 끝없는 치근거림과 주인마님에 대한 의리 사이에서 아무 결단도 내릴 수 없다. 죽는 방안을 떠올려 보았지만 죽음도 스스로 결행하기 불가능한 일이다. 주인마님의 선의로 새벽 문을 나서지만 그때까지 한 번도 주인집 문밖을 나와 본 적 없는 여종은 그냥 세상의 흐름에 자기를 던질 수밖에 없는 것이다. 어떤 선택도 할 수 없는 기로에서 여종은 자신을 우연에 내맡겼다. 「이절도궁도우가인」李節度窮途遇佳人(청구 상 271)의 이무변 역시 처음에는 살고자 했지만 그 살고자 하는 뜻을 도저히 이룰 수 없는 상황에서 죽고 사는 것을 그냥 우연과 운명에 내맡겨 버렸다.

야담 아이러니는 이렇게 주인공이 이른 삶의 막다른 골목에서 경이롭게 작동하는 서사 기제였다. 이 단계에서 서술자 혹은 작가의 시선과 역할이 부각되고 이들이 주된 아이러니스트의 역할을 한다. 서술자나 작가는 모든 것을 내려놓은 주인공에게 한 가닥 희망의 불씨를 되살려 주는 것이다. 그런 점에서 조선 후기 야담 아이러니는 관념적 성격보다는 실제적 성격이 더 강하다. 실패와 절망의 시점에 '사건의 아이러니'를 작동시켜 재기와 희망을 일으켰다. 이때 아이러니의 '희생자'는 아이러니스트가 된 서술자에 의해 조롱되거나 비웃음의 대상이 되기도 하지만 뒤로 갈수록 연민과 동정의 대상이 되었다. 이 후자의 특징이야말로 야담 아이러니가 서구 아이러니와 결정적으로 다른 점이다. 야담에서 아이러니스트나 서술자는 아이러니의 희생자에 대해 조롱이나 풍자를 보내기도 했지만 주인공이 극단적 궁지에 몰리는 상황을 설정하면서부터는 연민을 보내어 따뜻한 반전을 마련해 준다. 야담의 아이러니에서 아이러니스트와 아이러니의 희생자는 같은 편에 서서 삶의 가능성과 희망을 기다리는 것이다. 이 아이러니스트와 희생자의 따뜻한 공존은 독자나 청자에게 위로와 치유의 기능을 할 수 있다.

야담 아이러니가 정점의 감동을 주는 것은, 자기 의지와 뜻을 가지고 치열하게 현실적 삶을 꾸려 가던 주인공이 절망적 상황이나 거듭된 비관적 상황에서 자포자기로 나아간 단계에서 시작한다. 서술자나 작가는 주인공의 그런 상태를 정확하게 포착하여 다음 단계로 나아갔으니 그것을 아이러니를 통한 희망 만들기라고 명명할 수 있겠다.

절망 앞에서 자포자기하는 주인공을 연민과 동정의 시선으로 바라보는 서술자나 작자는 뚜렷하게 아이러니스트가 되었다. 아이러니스트가 된 서술자나 작자는 조롱과 풍자의 시선을 거두고 연민과 공감, 그리고 동정의 시선을 주인공에게 보낸다. 작자나 서술자로 대변된 이 아이러니스트의 시선은 조선 후기 뜻한 바를 이루지 못하게 된 사람들의 절망감에 대한 공감의 분위기를 기반으로 한 것이다. 야담의 아이러니스트는 현실에 존재할 법한 아이러닉한 상황을 가능한 한 집대성하여 가련하고 안타까운 주인공의 처지에 대입시켰다고 할 수 있다.

이렇게 최고의 경지에 이른 야담의 아이러니에서는 더 이상 이념이나 윤리, 의지나 선악 분별의 요소가 들어설 자리가 없다. 우연과 모순만이 공존한다. 특히 「감재상궁변거흉」, 「노온려환납소실」과 「이절도궁도우가인」 등에서는 정절, 충성, 이념 등이 완전히 내팽개쳐졌다. 그래서 해당 작품에서 규범을 찾거나 주인공의 타락을 문제 삼는 것은 난센스에 가깝게 된다. 심지어 계급적 편협성도 논의할 영역은 아니다. 매관매직도 풍자의 대상이 못 된다. 이 마지막 단계의 아이러니는 야담이 그간 구축해 놓은 그 고유한 서술 유형인 '욕망의 실현', '문제의 해결', '이념의 구현', '이상향의 실현' 등을 스스로 해체시킨 것이다. 야담 작품 속의 이런 해체는 야담 서사 밖 조선 후기 현실 영역에서 유가적 이념이나 상식적 관습으로부터 해방된 지점이 생겨나기 시작한 것과 대응된다고 하겠다.

현실적 욕망을 강렬하게 가졌던 사람이 자포자기에 이른 것은 심각한 절망의 경험을 거쳤기 때문이다. 이런 자포자기 상태에서 주로 떠올려진 것은 환상이나 초월이었다. 가령 「흥부전」의 '박의 기적'과 같은 것이다. 민담의 전통을 계승하는 서사물에서 그런 경향을 발견할 수 있으며 야담에도 그런 이야기가 적지 않다.[65] 이 경우들은 현실의 맥락을 벗어났다. 그런데 야담은 끝까지 현실의 맥락을 고수하려 했다. 주인공이 자포자기에 이르렀을 때도 그러하다. 자포자기에 빠진 주인공은 그래도 현실의 차원을 벗어나지 않으려고 발버둥을 친다. 그런 점에서 '자포자기에서 비롯한 아이러니'와 그것에 의해 완성되는 반전의 결말은 작품 밖 현실에서 뜻을 이루지 못해 절망하고 있으면서도 허황한 반전을 꿈꾸지 않는 인간 군상에 대한 위로와 보상의 서사 기제인 셈이다.

　　야담 아이러니의 서술자 혹은 작가는 현실적 절망에 대해 이런 연민과 위로의 시선을 보냈다. 또 이념이나 양자택일의 이분법에 대한 집착으로부터의 해방을 권유했다. 그 집착에 연연하여 여전히 규범과 선입견을 강요하는 집단에 대해 경계하고 조롱했다. 그런 점에서 야담 아이러니에는 조롱, 비판, 공감, 연민의 시선이 두루 작동하고 있으며 대체로 전자에서 후자로 이동해 갔다고 하겠다.

5. 결론

지금까지 야담 연구에서 도외시되어 온 아이러니 관련 야담 작품의 성격을 해명했다. 야담 아이러니를 적절하게 분석할 수 있는 분석 틀을 만들었으며, 그에 입각해 야담 아이러니의 형성과 분화, 그리고 그 의미를 설명했다. 그럼으로써 서구 아이러니와 다른 조선 후기 야담 아이러니의 고유한 특질을 밝혀내고자 했다.

　　야담 아이러니는 주인공이 적극적 행동을 시도한 결과로서의 '사건의 아이러니'가 많았다. 그 아이러니는 주인공의 재주를 민담식으로 과시하고, 망가진 현실을 포착한 뒤 풍자했으며, 주인공의 현실 경험을 보여

65　「원주삼상」原州蔘商 (계서야담 26), 「수로조천시」(학산한언) 등.

준 뒤 비관적인 쪽으로 반전을 만들었다. 그리고 주인공이 거듭된 절망으로 자포자기 상태에 빠지자 낙관적인 쪽으로 반전을 이루어 내기도 했다.

조선 후기 야담의 아이러니는 민담적 전통에 기대어 작위적으로 만들어지다가 현실의 모순적 상태나 그 속 사람들의 경험과 연계되면서 좀 더 복잡하고 중첩된 것으로 만들어졌다고 하겠다.

주인공의 현실 경험이 더 부각되면서 실패와 재기의 상황, 절망과 희망의 상황이 아이러니 서사 기제 속에 공존하게 되었다. 주인공은 자기 정체성을 지키기 위해 양자택일을 해야 했고 그 과정에서 큰 고통을 겪었다. 나아가 그렇게 할 의지나 힘조차 상실했을 때 주인공은 스스로 양 극단을 선택하기보다는 거기에 자신을 내맡겨 버리게 되는 것이다. 특히 실패하여 절망적 지경에 이른 주인공은 양 극단에 자신을 내맡기는 것만이 유일한 돌파구가 되었다. 여기서 전형적인 야담 아이러니가 만들어졌다.

조선 후기 야담은 관념적 성격보다는 실제적 성격이 더 강하다. 실패와 절망의 시점에 재기와 희망이 이어져 '사건의 아이러니'가 만들어진 것이다. 이때 아이러니의 '희생자'는 비웃음이나 조롱의 대상이 되기보다는 연민과 동정의 대상이 된다. 이 후자의 특징이야말로 야담 아이러니가 서구 아이러니와 결정적으로 다른 점이다. 야담에서 아이러니스트나 서술자는 아이러니의 희생자에 대해 연민을 보내어 따뜻한 구제를 지향한다. 야담의 아이러니에서 아이러니스트와 아이러니의 희생자는 같은 편에 서서 삶의 가능성과 희망을 추구하는 것이다. 이 아이러니스트와 희생자의 따뜻한 공존은 독자나 청자에게 위로와 치유의 기능을 할 수 있다.

아울러 야담 아이러니에서 이념이나 운명에 대한 집착으로부터 해방을 지향하며 그런 것들에 대한 집착을 경계하고 조롱하는 작가의 시선을 놓쳐서는 안 될 것이다. 야담 아이러니에는 비판, 조롱, 공감, 연민의 시선이 두루 작동되고 있다고 보인다.

IV

야담의 변이와 가치

야담의 전개와 경화세족

1. 머리말

경화세족京華世族은 서울 지역에 대대로 살면서 권력과 재력을 누린 가문이다. 그들 중 일부는 세련된 문화 감각을 갖고 문화의 창조와 향유에서 차별성을 보이기도 했는데, 가령 서화고동書畵古董에 대한 남다른 감식안을 갖고 그 영역 문화를 이끌어 가기도 했다. 경화세족을 '서울을 주 생활공간으로 하여 서울에 세거世居한 가문'과 '청요직淸要職의 획득 가능성이 높고 실제로 그렇게 공인된 가문'이라는 두 가지 요인으로써 규정한다면, 18, 19세기에 2대 이상 고위 벼슬을 취득한 가문의 대부분은 여기에 해당할 것이다. 그러나 문화적 차별성에 초점을 맞추면 경화세족은 권력이나 재력보다는 문화적 취향이나 지향에 의해 자기 동일성을 구축하는 집단이 된다. 이 경우는 '경화세족'이란 개념보다는 '경화 노론계 문인'이란 개념이 더 적절하다. 경화세족과 조선 후기 문화에 대한 담론에서는 이처럼 경화세족을 포괄적으로 규정하는가 아니면 문화적 개념으로 좁혀

---

1 강명관, 「조선 후기 경화세족과 古董書畵 취미」, 『동양한문학연구』 제12집, 동양한문학회, 1998, 6~7면.

서 정의하는가가 중요한 전제 조건이 될 것이다.

경화세족 혹은 경화 노론계 문인들이 야담의 형성 및 전개와 긴밀한 관련이 있다는 사실은 어느 정도 알려졌다. 먼저 야담집 편저자의 상당수가 경화 노론계 문인이란 점이 밝혀지고 있다.[2] 이들에 의해 산출된 야담들은 그 가문 이야기판에서 구연되고 그들의 인척 친척이 제보한 것이며 또 야담집 간 전재轉載에 의해 형성된 경우가 많기에 경화세족의 세계관, 삶의 방식, 취향 등과 관련이 있다. 그런 점에서 야담의 형성과 전개를 해명하는 데는 경화세족과의 관련성을 따지는 일이 중요하다.

노론계는 19세기에 이르러 다른 당파들을 제거하고 벌열閥閱의 성격을 갖추게 되었다. 지역적으로는 호남·영남·기호 등 비서울권 양반층을 권력에서 배제함으로써 경화세족으로 불릴 정도가 되었다.[3] 그들에게 서울은 권력과 일상생활의 중심지가 되었다. 야담에서도 그 흔적을 찾을 수 있다. 「기노」奇奴(잡기고담 635)에서 종은 주인이 죽자 주인의 부인과 딸을 위해 모든 일을 도맡아 한다. 종은 주인 딸의 혼처를 구하는 데까지 관여하면서 이런 발언을 한다.

어렸던 낭자께서 어느덧 장성하였으니 마땅히 좋은 신랑감을 구해 짝을 지어 만년 의탁처로 삼아야겠지요. 그러나 이 궁벽한 시골에 있어 이목이 넓어지지 않고 향곡소가를 전전하니 어디 쓸 만한 사람이 있겠습니까? 서울로 이사를 가서 널리 구하는 게 마땅합니다.[4]

---

2 김영진, 「조선 후기 사대부의 야담 창작과 향유의 일양상」, 『어문논집』 37, 안암어문학회, 1998 ; 김영진, 「유만주의 '한문단편'에 대한 일고찰」, 『대동한문학』 13집, 대동한문학회, 2000, 59면.
3 강명관, 앞의 논문, 6면.
4 但小娘子, 已長成, 當求佳郎作配, 以爲主晩年依賴之地, 而在此窮鄕, 耳目不敷, 汎鄕曲小家, 豈有可見? 宜摯家西笑, 以圖廣求.(잡기고담 635 ; 『잡기고담』의 원문 인용은 박용식·소재영 편, 『한국야담사화집성』 3, 태동, 1989)

낭자의 배필을 구하기 위해 상경해야 한다는 이런 주장은 이어진 다른 일화에서도 똑같이 나타난다.[5] 서울로 이사 간다는 뜻을 나타내기 위해 '서소'西笑란 말을 썼는데, 이는 한漢나라 환담桓譚의 『신론』新論에 나오는 "장안의 즐거움에 대해 듣고 문을 나서서 서쪽을 향해 웃고, 고기 맛의 달콤함에 푸줏간을 보고 입맛을 다신다"[6]에서 비롯된 말로, 서울을 간절히 그리워하는 마음을 담았다. 든든한 배필감을 구하기 위해서는 상경해야 한다는 주장은 얼핏 당연한 말인 듯하지만, 다른 많은 야담 작품들에서는 주로 벼슬을 얻기 위해 상경한다는 점을 고려할 때 특별하다. 벼슬을 얻기 위해서 서울로 가는 것은 당연한 일이다. 반면 결혼 상대자는 어디서나 구할 수 있다. 그리고 가까운 곳에서 짝을 찾는 게 상식에 가깝다. 상식에 어긋나는 상경 상황에서 강렬한 '서울 지향'을 찾을 수 있다. 그러면서 종은 또 다른 공간을 구축해 놓는다. 인조반정이 예견되는 상황에서 만일을 대비하여 바다 가운데 한 섬을 도피처로 마련해 둔 것이다. 이는 공간 면에서 서울 지향과 반대가 된다 하겠지만, 인조반정에서 주인공 쪽의 시도가 성공하기에, 바다 가운데 섬은 권력 투쟁에서 성공한 서울 벼슬아치들의 서울 생활을 안정되게 만들어 주는 보완 공간이다. 비슷한 이야기가 『잡기고담』의 편찬자 임매의 주위에서 거듭 회자되었음을 알려주는 대목이 있어,[7] 이런 공간 설정이 서울을 중심으로 한 그들의 생

---

5 奴言於內主曰: "今則家計已足, 士大夫家, 不可久於落郷, 況少娘子年已長成, 當求嘉耦, 以爲主晚年依賴之地, 而窮郷僻村顧安得可意處, 宜復還京城, 以廣求婚之地."(잡기고담 639)

6 人聞長安樂, 則出門西向而笑, 肉味美, 對屠門而嚼.(『漢語大詞典』4, 漢語大詞典出版社, 上海, 1995, 51면)

7 余嘗聞此說於數人而傳之, 各異, 其所謂癸亥功臣某公者, 或云, 延陽李公, 或云, 原平元公, 未知定爲何公.(잡기고담 637); 謂其夫曰: "士夫不可埋頭郷曲, 須入京買屋以居, 而聞京某坊金同知壅解官閑居, 人是長者可堪作隣云."(동패별본 264; 『동패락송』의 원문 인용은 『동패락송』외 5종. 아세아문화사, 1990); 「기노」의 두 번째 이야기, 「천계시」天啓時(잡기고담 638)

활공간 관념과 연관되어 있음을 알 수 있다.

조선 후기 경화세족은 권력과 부를 독점하면서 서울에서만 살고자 하는 성향을 더 강하게 보였지만, 다른 한편 탈속脫俗의 경지를 추구하기도 했다. 야담은 이런 경화세족의 의식 지향과 관련되면서도 일정하게 구분되는 면을 보인다. 기록된 야담이 민중들의 생활상이나 생활 이념을 그대로 담지 않는다 하더라도 그것을 전제로 한 것임은 분명하다. 다만 구연 야담이 기록되는 과정에서 경화세족의 취향이나 생활 관념이 다양하게 개입했다. 야담과 경화세족의 관계를 잘 설명하기 위해서는 이 양면을 섬세하게 포착해야 할 것이다.

2. 야담집 편저자와 경화세족

야담은 이야기판에서의 구연 및 구연 전승과 문헌의 독서 및 기록 전승이란 두 맥을 따라 전개되었다. 어느 쪽이든 야담은 18세기 전후에 그 갈래의 틀을 완성한 것으로 파악된다. 초기 야담집으로 편찬자가 알려진 경우로는 『천예록』, 『잡기고담』, 『동패락송』, 『학산한언』, 『삽교만록』, 『박소촌화』樸素村話 등이 있다. 그중 경화세족과 관련되는 편저자는 『천예록』의 임방任埅(1640~1724), 『동패락송』의 노명흠盧命欽(1713~1775), 『잡기고담』의 임매任邁(1711~1779), 그리고 야담집은 아니지만 『흠영』欽英의 유만주兪晚柱(1755~1788) 등이다. 19세기 야담집 중 편저자가 알려진 경우는 『기리총화』綺里叢話, 『계서잡록』, 『청구야담』, 『동야휘집』, 『금계필담』, 『차산필담』 등인데, 그중 『기리총화』의 이현기李玄綺(1796~1846), 『계서잡록』의 이희평, 『동야휘집』의 이원명, 『금계필담』의 서유영 등이 경화세족과 관련된다.

『천예록』은 기이한 내용이 많기는 하지만 야담의 기틀을 갖춘 초기 야담집의 한 전형이라 할 수 있다. 편저자 임방은 공조판서까지 역임했다. 임방의 부친 임의백任義伯(1605~1667)은 송시열宋時烈과 송준길宋浚吉의 문인으로서 평안도 관찰사를 역임했다. 임방의 아들이며 임매의 부친인 임행원任行元(1693~1762)은 의금부도사, 순흥 부사 등을 역임했다. 임매는 현령과 정랑에 머물러 현달했다고 보기는 어렵다. 그렇지만 풍천豊川 임문任門은 김장생과 송시열 등 노론 계열 학통을 계승하고 노론 핵심 가문과 혼인 관계를 이어감으로써 가세를 유지했다. 나아가 임방과 임매는 노론 벌열인 홍봉한洪鳳漢과 연결된다. 임방이 홍봉한의 외할아버지이기 때문이다.

한편 『동패락송』의 편찬자 노명흠(1713~1775)의 집안은 현달하지는 못했다. 고조 노문한盧文漢은 문과에 급제했고 증조 노서盧序는 진사를 했으나 벼슬에 뜻을 두지 않았다. 조부 노치당盧致唐과 부친 노성규盧聖圭(1686~1749)는 소과小科도 하지 않았다. 특히 부친은 과업을 일찍 버리고 종신토록 경학經學에만 종사했다고 한다.[8] 증조 이래 가세가 기운 노명흠의 집안은 줄곧 청주에 세거世居했다. 청주에서 가난한 생을 꾸려 가던 노명흠은 서울로 올라가 홍봉한 집안의 숙사塾師가 된다. 노명흠은 그로부터 죽기까지 30여 년간 홍봉한의 집에 머물며 가족처럼 지낸다.[9] 홍봉한의 동생 홍용한洪龍漢은 노명흠의 전傳인 「노졸옹전」盧拙翁傳을 지었다.[10] 이 글은 노명흠이 홍봉한 가문의 숙사이면서 이야기꾼이었음을 알려준다. 『동패락송』은 홍봉한 가문의 이야기판과 긴밀한 관련을 가진다는 것

8 김영진, 「조선 후기 사대부의 야담 창작과 향유의 일양상」, 『어문논집』 37, 안암어문학회, 1998, 30면.
9 위의 논문, 34면 참조.
10 홍용한, 「노졸옹전」盧拙翁傳, 『장주집』長洲集 권25.

도 확인할 수 있다.

유만주는 명문거족인 기계杞溪 유씨兪氏 집안이다. 고조 유명뢰兪命賚가 송시열의 문하생으로 평생 은거했고 증조 유광기兪廣基는 현감을 지냈으며 조부 유언일兪彦鎰은 벼슬하지 않았다. 부친 유한준兪漢雋(1732~1811)만은 형조참의를 역임하고 문장으로 명성을 떨쳤다. 유만주는 직접 야담집을 편찬하지는 않았지만 『학산한언』, 『천예록』, 『잡기고담』, 『어면순』, 『고금소총』, 『어우야담』 등을 두루 읽었고 또 직접 들은 야담의 일부를 『흠영』에 기록했다.[11]

『계서잡록』의 편저자 이희평李羲平(1772~1839)은 한산 이씨로 성대본 『계서잡록』 권1 소재 작품들은 이 가문의 현달함을 보여준다. 이희평의 고조부 이집李潗(1670~1727)은 홍봉한의 장인이다.[12] 홍봉한의 손자인 홍취영洪就榮은 「동패락송서」를 썼고 또 이희평에게 시를 주기도 했다.[13] 이렇게 이희평 역시 홍봉한 가와 긴밀한 관계에 있었으니, 홍봉한 가에 보관되어 있던 『천예록』과 『동패락송』을 읽었음에 틀림이 없다. 그 점은 실제 『계서잡록』의 많은 단편들이 이 두 책의 단편들과 상통한다는 사실에서 확인된다. 또 이희평은 금산 부사金山府使 재임 시(1822~1826)에 선산 부사善山府使로 있던 이형회李亨會(1770~1827)와 절친하게 지냈는데, 이형회는 이현기의 부친이다.

『기리총화』의 저자 이현기는 벼슬을 하지 않고 포의布衣로 일생을 마쳤지만, 집안은 대대로 서울에 거주했고 가문 구성원들 대부분이 벼슬을

---

11 유만주와 『흠영』의 야담에 대해서는 김영진, 「유만주의 '한문단편'에 대한 일고찰」, 『대동한문학』 13집, 대동한문학회, 2000 참조.

12 洪翼靖鳳漢, 卽高王第二壻也.(「홍익정공봉한」洪翼靖公鳳漢, 계서 218)

13 戚姪洪川倅李準汝羲平, 卽中表近屬, 兩家情誼, 絶異尋常.(『녹은집』鹿隱集 권19) 김영진, 앞의 논문, 41면 참조.

이어갔다. 부친 이형회는 통천 현감과 선산 부사를 역임했고 형 이현위李玄緯(1793~1884)는 연산 현감을 역임했다. 백부 이문회李文會(1758~1884)는 문과에 장원급제하여 이조참판까지 올랐고 이문회의 아들 이현서李玄緖(1791~1862)와 손자 이근필李根弼(1816~1882)은 모두 문과에 급제하고 판서 벼슬을 지냈다. 이렇듯 이현기의 가문은 경화 지역의 소론 명문가로서 같은 소론 명문가인 청송 심씨, 동래 정씨, 창녕 조씨, 풍산 홍씨, 달성 서씨, 풍양 조씨, 파평 윤씨 등과 인척을 맺었다.[14]

『동야휘집』 편찬자 이원명李源命(1807~1887)은 이숭우李崇祐, 이재학李在學, 이규현李奎鉉, 이참현李參鉉, 이원명, 이돈상李敦相 등으로 이어진 이른바 용인 이씨 '육판서집' 가문 출신이다. 부친 이규현은 형조판서를 역임했고, 모친은 경화세족 중 한 가문인 반남潘南 박씨이다. 이원명도 형조판서와 이조판서를 역임했다. 이 가문도 서울에 세거했다.[15]

한편 『금계필담』의 편찬자 서유영徐有英(1801~1874)은 일찍이 스스로 과거를 포기하고 문학 활동만을 했고, 그 선대에도 현달한 사례가 없다. 다만 서유영은 풍산豐山 홍문洪門의 한 줄기인 홍상한洪象漢(1701~1769) 가의 홍한주洪翰周(1798~1868)와 평생지기로서 1832년 낙산시사駱山詩社를 결성하고 시사를 주도하면서 교유를 이어갔다[16]는 점에서 풍산 홍문의 세계관이나 문화적 성향과 일정하게 관련된다. 서유영은 홍한주 외에도, 홍길주洪吉周, 홍현주洪顯周, 홍우건洪祐健, 홍우길洪祐吉

14 이상 이현기의 집안에 대해서는 이승현, 「『기리총화』 연구」, 성균관대학교 석사학위논문, 2009, 11~19면; 김영진, 「『기리총화』에 대한 일고찰—편찬자 확정과 후대 야담집과의 관련 양상을 중심으로」, 『한국한문학연구』, 한국한문학회, 2001, 321~324면; 『한국계행보』(天), 보고사, 1992, 304~305면 참조.
15 「선부군가장」先府君家狀 및 「연보」年譜, 『관백헌유고』觀白軒遺稿, 『사대유고집』四代遺稿集, 602~618면 및 681~690면.
16 진재교, 「『지수염필』 연구의 一端—작가 홍한주의 가문과 그의 삶」, 『한문학보』 12집, 342~343면.

등 홍상한 가문의 여러 인사들과 교유했다. 저자는 이들이 구성하고 공유한 세계관을 '낭만적 신비주의'[17]라 규정한 바 있다.

이와 같은 점에서, 18, 19세기 주요 야담집들의 편저자들이 인척 관계나 교유 관계로 서로 긴밀하게 이어진다고 하겠으며, 경화세족은 그런 긴밀한 연결의 큰 테두리 혹은 배경을 만들어 주었다고 하겠다.[18] 특히 홍봉한 가의 가문 이야기판은『천예록』,『잡기고담』,『동패락송』,『계서잡록』등 초기 야담집의 형성이나 향유에 중요한 역할을 했으며, 홍상한 가의 여러 인물들은 19세기 독서 경향을 주도하고 서유영과의 교유를 지속했다는 점에서『금계필담』,『동야휘집』,『기리총화』등에서 확인하는 야담의 전개와 긴밀하게 연관된다.

3. 이념의 공유와 형식 과잉

『천예록』,『잡기고담』에 실려 있는 야담들에는 제보자가 밝혀져 있는 경우가 많다. 이런 현상은 조선 초중기 잡록집부터 나타난 것으로, 이야기에 권위와 신뢰성을 부여하려는 의도의 소산일 것이다. 제보자의 경험을 가능한 한 그대로 담으려 했기 때문에, 이야기 속에 현실 상황이 함축되게 마련이다. 그런 점에서 의의를 부여할 수 있다. 그런데 18세기 야담

---

17 이강옥,『한국 야담 연구』, 돌베개, 2006, 476~480면.
18 김영진 교수는 야담의 창작·향유와 관련 있는 18, 19세기 경화 노론계 인물로 임방任埅, 임매任邁, 신돈복辛敦復, 안석경安錫儆, 노명흠盧命欽, 이안중李安中, 유만주兪晩柱, 심윤지沈允之, 심능숙沈能淑, 홍취영洪就榮, 김상휴金相休, 이희평李羲平, 김경진金敬鎭, 서유영徐有英 등을 거론했다. 특히 이안중(1752~1791)의『단하색은』丹霞索隱, 심윤지(1748~1821)의『총화』叢話 등을 야담집으로 추정했는데, 아직 실체가 알려지지 않았다.(김영진,「유만주의 한문단편과 기사문에 대한 일고찰」,『대동한문학』13집, 대동한문학회, 2000, 56~58면)

집에서는 제보자와 편저자의 관계가 훨씬 가까워졌다. 가령 「김수재모졸절옥」金秀才謀拙折玉(천예록)은 편저자 임방이 친구들로부터 들은 것이고, 「의무」醫巫(잡기고담)는 편찬자 임매가 외조부로부터 들은 것이다. 제보자들과 편찬자가 유착되었다. 그런 이유로 작품 속에는 편찬자가 속한 가문이나 집단의 성향이 적극 투영되어 있다.

「교무」驕武(잡기고담 691)는 그런 성향이 더 강하다. 노론의 영수인 송시열을 교만한 수령과 대조함으로써 송시열의 너그러운 인품을 과시하고 소식素食을 엄격하게 실행하는 그의 행동을 보여준다. 이는 노론의 이념과 삶의 방식이 두루 정당하다는 주장을 깔고 있는 것으로서 노론 계열의 세계관과 곧바로 이어진다. 본 서사가 끝난 지점에 퇴어退漁 김진상金鎭商 (1684~1755)의 일화를 덧붙이는데 이로써 노론에 대한 정당화를 더 또렷이 한다. 임매는 노론 과격론자인 김진상이 인현왕후의 생신일에 소식素食하는 광경을 목격했고 또 김진상이 후생들과 소식素食에 관해 나눈 대화를 듣고 감동하여 자기도 따라 한다.[19] 또 50, 60년 전 궐내 벼슬아치들이 국기일에는 모두 소식을 했지만, 요즘은 그러하지 않다는 점을 근거로 하여 윤의倫義에 어두워져 가는 현실을 통탄하기도 한다. 노론계 인사들의 떳떳함과 당대인의 부당함을 대조하는 방식으로 노론계의 주장을 이끌어갔다.[20]

이렇듯 18세기 야담집의 편저자와 제보자는 동질 집단이어서 이념지향을 공유했다. 그들이 형성한 야담 중에는 정치성이 짙은 경우가 많다. 또 동일한 이념 지향을 가진 두 개 이상의 일화들을 병치함으로써 독

19 余聞而有動于心, 自是亦效而爲之.(잡기고담 692)
20 「박탁」朴鐸(동패락송 123), 「북벌」(동패락송 126), 「청첩」淸諜(동패락송 128) 등도 자기 집단의 정당화를 지향한다는 점에서 비슷하다.

자들을 특정 이념의 방향으로 이끈다. 관련 일화들을 병치시키는 경향은 「한강초공」漢江梢工(동패락송 141), 「기노」奇奴(잡기고담 632), 「청원」淸寃(잡기고담 679) 등에서 더욱 뚜렷하다. 『동패락송』의 「한강초공」은 「우병사투부할염」禹兵使妬婦割髥(천예록 446)을 수용하면서도 더 많은 일화들을 연결함으로써, 우병사 관련된 일화들을 망라했다는 인상을 준다. 「기노」는 이야기 자체의 고증에 매달린다. 이렇게 되면 작중 인물이 어떤 실존 인물인가를 고증하고, 전승되는 이야기들 중 어느 것이 신빙성이 큰가를 따지기만 해, 정작 야담이 함유하고 있는 메시지를 놓치는 경향을 보인다. 『동야휘집』은 해당 인물과 관련되는 모든 일화들을 나열하고 병치한다는 서술 태도를 거의 대부분 작품에 관철시킨다.

제보와 관련된 사항을 간략하게 제시한 것은 독자에게 신뢰감을 제공하려는 소박한 동기에서 비롯되었다 할 수 있다. 이에 비해 『천예록』·『잡기고담』·『동패락송』·『동야휘집』 등은 어떤 이야기의 취득 과정을 이리저리 제시할 뿐 아니라, 해당 이야기와 관련되거나 대조되는 다른 이야기도 이끌어 와 나란히 제시한다. 이는 이야기 자체가 담고 있는 현실 경험을 환기시킨다거나 사실을 재미나게 감동적으로 독자에게 전달하려는 동기 이상의 어떤 다른 것을 염두에 둔 것이다. 먼저 이야기를 현실 경험을 담는 것으로 보는 데 머물지 않는다. 이야기 자체는 현실 경험을 담은 것이지만, 현실로부터 독립해 그 자체의 세계를 가진 것으로 인식한 것이다. 하나의 작품은 그것이 현실의 경험을 얼마나 잘 담고 있는가에 의해 평가되기보다는 그와 관계가 있는 다른 이야기들과의 비교를 통해 상대적으로 그 존재 의의가 평가되게 되었다. 가령 어느 작품이 역사적 사실이나 인물을 더 정확하게 전달하는가? 이야기의 서술 형식은 적절한가? 등으로 관심이 이동하는 것이다. 이런 점은 홍직영洪稷英의 「동패락송발」東稗洛誦跋에도 다음처럼 지적되어 있다.

이 책에는 남녀의 정욕, 선석仙釋의 기이함, 기예技藝의 기묘함, 귀물鬼物의 변화 등에 대한 것이 실려 있어, 놀랄 만하고 즐거워할 만하며, 좋아할 만하고 증오할 만하며, 말하면 마음을 놀라게 하고, 들으면 배를 움켜쥐게 한다. (그중 내가) 어려서 들은 것이 거의 10분의 7, 8인데, 비리鄙俚한 것이 신기神奇한 것으로 바뀌고 허황했던 것은 전실典實한 것으로 바뀌어 대부분 어느 때 어느 사람의 일이라고 분명히 지적했고, 어느 곳 어느 땅에서의 일이라고 고증했으니, 정말 신빙성이 있어 속임이 없으니,[21]

노명흠은 이미 자기가 구연했던 이야기를 기록 야담으로 만들어 『동패락송』에 실었는데, 그러면서 고증의 면을 보완했다. 물론 구연 야담을 기록하는 과정에서 좀 더 믿을 만한 근거를 제시하는 것은 당연하다 할 수 있다. 그런데 홍직영에게도 그 점이 인상적으로 포착될 정도로 『동패락송』편찬 과정에서 고증 면이 강화되었다. 심지어 한 작품을 서술해 가다가 나머지는 다른 작품을 참고하라면서 끝맺어 버리기도 한다.[22] 이런 경향을 다른 각도에서 보면 이야기가 현실 경험의 감동으로부터 멀어지고 그 형식이 부각되는 것이라 할 수 있다.

이야기 형식의 독자성을 인식하고 인정하는 이런 변화가 야담 발전을 촉진한 것은 분명하다.[23] 그러나 다른 한편 야담이 '경험자의 자기 경험 진술'에서 비롯한 것이라 한다면, 야담의 형식은 태생 상 경험의 형식으

---

21 홍직영, 「동패락송발」, 『소주집』小洲集 권49.
22 以後事, 一如前篇之說話云.(「걸객」乞客, 동패락송 108)
23 특히 『천예록』의 경우가 그러하다고 할 수 있다. 저자는 『천예록』에서 '현실로부터 이야기의 독립' 현상을 포착하여 그 야담사적 의의를 설명했다. 이강옥, 앞의 책, 358~365면.

로부터 자유로울 수 없다. 야담의 각 편들은 구연이나 독서의 순간 소통과 감동을 창출하게 마련이다. 소통과 감동은 경험에서 우러난다. 그런데 야담의 편찬 과정에서 구연 야담의 각 편들을 이리저리 비교하기만 한다는 것은 야담이 구연 단계에서 현실 경험의 감동을 공유한다는 상황과는 상당히 괴리되는 측면이 있다. 더욱이 비교 대상이 감동과 관련되는 전반적 면이 아니라 세부적 표현이나 주인공의 이름 등과 관련된 것임에는 더욱 그러하다. 야담의 형식과 부분으로의 이런 관심의 이동이 역동적 일상으로부터 거리를 유지하려는 경화세족의 세계관과 어떤 식으로는 관련이 있다고 보는데, 이의 검증을 위하여 다른 관점을 적용해 보도록 한다.

4. 패트론 경화세족의 적덕積德 예찬

『천예록』, 『잡기고담』, 『동패락송』, 『계서잡록』은 홍봉한 가를 매개로 하여 긴밀하게 연결된다. 홍봉한 가는 홍봉한의 외조인 임방과 임방의 손자 임매가 지은 『천예록』과 『잡기고담』을 서가의 중요한 책으로 받아들였다. 홍씨 가문 구성원들은 이 책들을 통해 야담을 경험했다. 그리고 그 야담들은 다시 홍씨 가문 이야기판에 올려져 변용되었다. 다음으로 홍봉한의 모친에 의해 풍천 임문의 이야기들이 풍산 홍문 이야기판에 옮겨졌을 것이다. 두 가문 모두 노론가이다.

노명흠은 풍산 홍문의 숙사로 들어가 홍문 자손들을 가르치면서 다른 여러 일들도 했다. 특히 노명흠을 이야기꾼으로 볼 수 있는 근거들이 많다. 먼저 홍직영은 「동패락송발」에서 『동패락송』 소재 야담이 자기가 어려서 들은 것의 10분의 7, 8은 된다고 했다.[24]

익재공翼齋公(홍봉한)은 장상將相의 위位를 겸하게 되어 빈객賓客과 이 교리校들이 집안에 가득하게 되었다. 옹(노명흠)은 스스로 마음가짐을 더욱 겸손하게 하여 걸어갈 때는 반드시 신발을 보고 앉아 있을 때는 반드시 벽만 마주하여 눈을 굴리거나 고개를 돌리는 때가 없었다. 그 모습은 늘 무언가 생각을 하지만 얻지는 못한 듯하였다. …… 능히 널리 알고 관통하여 뱃속에 담아 두니 보통 때의 아름다운 말들이 다 거기서 나온 것이다. 비록 패설잡기일지라도 다 근거가 있어 즐길 만했다.[25]

이는 모두 증거가 있은 것으로서, 세족고가世族故家에서 서로 전하는 내용이니, 심심풀이와 잠을 물리치기 위해 일시에 지어낸 지괴수신志怪搜神과는 다른 것이다.[26]

졸옹 노명흠은…… 여러 서적을 널리 보고, 그윽하고 오묘한 것을 오득悟得하여 이미 뱃속에 모두 넣어 두었다. 더욱이 우리나라의 고실故實을 논하는 것을 좋아하여 상하 수백 년간, 조야의 멀고 가까운 일문佚聞, 이사異事들을 채집하지 않음이 없었다.[27]

이로 보면 홍봉한 가에 이야기판이 일상적으로 만들어졌으며,[28] 노명

24 홍직영,「동패락송발」,『소주집』권49.
25 홍용한,「노졸옹전」盧拙翁傳,『장주집』.
26 홍낙수洪樂受,「동패락송서」東稗洛誦序,『두계집』杜溪集 권6.
27 홍취영,「동패락송서」,『녹은집』鹿隱集.
28 홍직영의 다음과 같은 진술도 그 증거가 된다. "나는 어릴 때 세속에 전하는 패설 듣는 것을 좋아했다. 객이 오면 반드시 그에게 이야기해 주기를 졸라 여러 번 시작을 바꾸어 가진 이야기를 다해달라했다. 객은 피곤하여 자고 싶어 했지만 그래도 그치지 못하게 하였다."(余兒時, 喜聽世俗所傳誦稗說,

흠은 홍봉한 가 가문 구성원과 내방객 앞에서 이야기를 구연하는 이야기 꾼이었다고 할 수 있다. 『동패락송』은 그 이야기판 구연의 결과물이면서도 이야기 대본이었던 셈이다. 노명흠의 이야기의 원천이면서『동패락송』의 바탕이 된 것은 무엇일까? 우선 노명흠이 홍봉한 가에 들어오기 전에 직접 견문한 바가 활용되었을 것이다. 다음으로 홍봉한 가에 있던 서적 중『천예록』,『잡기고담』등의 내용도 참조되었을 것이다. 홍봉한 가 인물들과 교유했던 인물들의 전문傳聞도 포함되었을 수 있다. 무엇보다 홍봉한 가 이야기판에 올려진 이야기가 중요한 비중을 차지했을 것이다. 이때 이야기란 이야기판에 동참한 풍산 홍문 구성원은 물론 노명흠처럼 외부에서 들어온 인사들에 의해서도 만들어지고 검열되고 변형된 결과라고 보아도 좋다. 이야기판 동참자의 취향에 맞는 이야기가 선별되었을 것이고, 그들의 반응에 따라 이야기가 수정 보완되었을 것이며, 더 적극적으로는 그들의 처지에 부합하는 이야기들이 만들어졌다고 할 수 있다.

가문 이야기판을 바탕으로 한『동패락송』은 비교적 구연의 분위기를 많이 살렸다는 인상을 준다. 그 점은『동패락송』의 가장 중요한 참고 서적 중 하나였을『천예록』과 비교할 때 더 분명해진다.『천예록』이 사대부 글쓰기의 성격이 강한 반면,『동패락송』은 구연의 환경을 어느 정도 살리고 있다.『동패락송』은 기록 한문의 번다함을 생략하고, 스토리 흐름을 흩뜨리지 않으려고 서사를 초점화했다.

「소설인규옥소선」掃雪因窺玉簫仙(천예록 419)과 「소설」掃雪(동패락송 19)을 비교해 보자. 두 작품은 같은 스토리지만 길이에서「소설인규옥소선」이 두 배 이상 길고, 장면 묘사나 인물의 대화도 훨씬 상세하게 제시했다.

客來, 必使之誦之, 屢見更端, 罄其所有, 客倦而思睡, 猶不欲其止.) 洪稷榮, 「東稗洛誦跋」,『小洲集』권49.

「소설인규옥소선」에는 구연하기 어려운 부분도 많다. 그런 점에서 『천예록』은 문헌 전재를 통해 서사를 발전시킨 것이거나 아니면 구연되던 내용에다 글쓰기의 국면을 훨씬 더 강화시킨 경우라 하겠다. 반면 『동패락송』의 「소설」은 평이한 서사적 흐름을 보여준다. 분명 두 작품 사이의 관계가 없진 않지만, 후자가 전자를 베낀 것은 아니다.

> **「소설인규옥소선」**: 如是者三年, 生文才素高, 詞華驟長, 騈儷藻思, 輪困滿腹, 下筆成長, 瞻麗絶倫, 科第可以摘髭矣. 適聞國有謁聖大科, 鸞遂具糧辦裝, 令生赴擧, 生徒步上京, 入泮宮試場, 御駕親臨, 出表題矣.(천예록 424)

> **「소설」**: 少年科文大進曾, 未四五年, 女出市聞朝家設科, 勸郞往赴, 少年曰: "吾獨留汝於四顧無親寂寞之地, 何忍作千里別乎?" 女曰: "丈夫營大事, 不可拘於區區之情矣." 買馬匹備路錢, 卜日送行, 少年入城, 寄托旅客之家, 入場盡意, 製表納卷.(동패락송 22)

위의 비교에서 드러나듯, 문인의 문식文飾이 뚜렷한 『천예록』에 비해 『동패락송』의 문면에서는 구기口氣가 강하게 느껴진다. 「소설」은 노명흠이 홍봉한 가 이야기판에서 스스로 구연한 바를 바탕으로 하여 기록한 것이라 짐작하게 하는 것이다.

『동패락송』의 사례를 통하여 야담이 경화세족과 구체적 관계를 맺는 장이 가문 이야기판임을 알 수 있다. 나아가 『동패락송』은 패트론이 되어준 가문에 대한 헌사의 서술법을 구사한다. 경화세족 가문의 적덕積德을 드러내는 것이다.

「완승」頑僧(동패락송 28)은 풍산 홍씨 선조인 홍수洪修가 완악한 중에게 봉변을 당하는 부인을 구해 주는 내용이다. 홍수는 과거 길임에도 중의 만행을 방관하지 않고 응징하려 한다. 주위에서 위태로운 일이라며 말리자, "차라리 죽을지언정 어찌 이를 보고만 있단 말인가!"라며 자기 목숨을 걸고 불의와의 싸움을 시작한다. 결국 중을 살해하고 부인을 구한다. 풍산 홍문이, 자손이 번창하고 재상이 거듭 배출되는 큰 가문이 된 것은 이 적덕에서 비롯되었다고 마무리하고 있다.[29] 이 이야기는 풍산 홍문 가문 이야기판에서 전승되던 것이었을 텐데, 그것을 노명흠이 포착하여 홍봉한 가의 덕을 현창하는 레퍼토리로 활용했다고 짐작된다.

「청풍김씨제사」清風金氏祭祀(동패락송 27)는 경화세족 청풍 김씨의 정성을 다루었다. 가난한 살림에 제물이 풍족하지는 못했지만 지극정성으로 제사를 모시는 김인백金仁伯의 효성을 '제기祭器로 쓴 강목綱目' 모티프를 통해 인상적으로 제시한다. 이웃에 살던 낙정樂靜 조석윤趙錫胤이 김인백의 선행을 천거하여 발복하는데, '큰 가문의 경복慶福은 그 근본이 있다'는 일반론을 환기하며 청풍 김씨 가문이 마침내 큰 가문이 되었다는 말로 마무리했다.[30]

그 외 가문 선조의 적덕과 가문 현달을 연결하는 작품으로는 다음과 같은 것들이 있다.

한산 이씨: 「이좌랑경류」李佐郎慶流(동패락송 65)
"李公之孫, 世世貴顯, 而子孫有慶, 則輒夢以告之云"(66면)
안동 김씨, 풍양 조씨: 「염희도」廉喜道(동패락송 92)

---

29 洪之子卽慕堂(洪履祥), 而百子千孫宰相輩出, 儼成國中大家, 人以爲殺頑僧救婦人之餘慶云.(동패락송 28)
30 以學行薦拜縣監, 自其孫監司澄, 始發福, 至曾玄大昌三世五公, 世所罕有, 大家福慶, 盖有其本矣. 簪纓相繼, 遂成大家.(동패락송 27)

"安東金進士, 敍此事爲傳, 以示趙豊原顯命窮覓, 希道之子孫, 則帶掌苑署書員而爲其後孫云"(95면)

순천 박씨:「낙동강변박성촌」洛東江邊朴姓村(동패락송 48)

"墨井申君商權, 是朴門外孫, 故傳其事甚詳"(49면)

초계 정씨:「아환비」丫鬟婢(동패락송 55)

"生子, 皆俊秀云"(57면)

이들 야담에서 '가문 선조의 적선積善→가문의 번창'이란 서술 구조가 패턴화되었다.[31] 물론 이런 서사 구조는 이야기판 좌상객의 가문들을 추켜 주어 이야기꾼으로서의 예의를 표시하려는 동기에서 비롯되었다 하겠지만 그 자체에서 일정한 세계관적 경향을 찾을 수 있다. 행복한 결말이 초래되는 과정에 가문 선조가 결정적 계기를 마련한다는 점에서 사람의 의지를 중시한 것이라고 할 수 있다. 그러나 선조가 행복한 결말을 직접 가져오는 것은 아니다. 선조의 행위는 행복한 결말과는 다른 동기에서 다른 대상에게 베풀어졌다. 그것이 적선積善이다. '적선지가積善之家 필유여경必有餘慶'이란 말 속에 그 서사의 본질이 다 들어 있다. 선조가 적선하는 것과 그 가문에 경복이 내리는 것 사이의 간극이 크다. 양자의 간극이 현실적으로 명쾌하게 설명이 되지 않기에, 초월적 존재나 힘이 개입했다는 것을 인정하는 것이다. 그런 점에서 적덕의 강조는 운명론과 조화를 이루며 공존한다. 「해풍군정효준」海豊君鄭孝俊(동패락송 129)에서 구체적 양상을 발견할 수 있다. 주인공 정효준은『동패락송』의 편찬자 노명흠의 증조모曾祖母의 외조外祖이다.[32] 해주 정씨는 선조 정미수鄭眉壽부터 정

---

31 이런 구조를 다른 야담집에서도 찾을 수 있는데 가장 두드러진 사례는『기리총화』의「산신저희」山神沮戲(전의 이씨),「풍원동학」豊原同學(안동 김씨, 풍양 조씨) 등이다.

승휴鄭承休, 정원희鄭元禧, 정흠鄭欽, 그리고 정효준鄭孝俊에 이르기까지 단종과, 문종의 비이며 단종의 어머니인 현덕왕후 권씨, 단종의 비인 정순왕후定順王后의 제사를 받들었다. 영양위 정종鄭悰이 문종의 사위였으니 해주 정씨는 대대로 외손봉사의 정성을 다했다는 점에서 큰 적덕을 했다. 그러나 정효준에 이르러 아들을 얻지 못한 상태에서 계속 상처를 한다. 이때 단종이 이진경 부부에게 현몽하여 그 어린 딸을 정효준에게 시집보내도록 강요한다. 이는 해주 정씨 가문의 적덕에 대한 노골적인 보상이면서 자기 제사가 그치지 않도록 하려는 조치이기도 하다. 그런데 「해풍군정효준」은 여기에다 술사의 예언과 정효준의 꿈을 개입시켜 정효준의 혼인이 이미 예정되어 있었던 것으로 설명한다. 바로 이 지점에서 적덕과 운명이 뚜렷하게 연결되고 공존한다.

5. 운명론의 강화

『동패락송』을 비롯한 이 시기 야담집에는 사람의 의지에 의해 행복한 결말을 가져오는 작품 못지않게 사람의 의지나 통찰의 범위를 벗어나는 사건을 보여주는 작품이 많다.

　「경중김성궁생」京中金姓窮生(동패락송 37)은 전형적인 치부담이다. 부잣집 출신 여성이 뛰어난 통찰력과 이재술을 발휘하여 가난한 시가를 일으켜 세운다. 매우 합리적인 방식으로 재물을 불리는 그녀에 의해 전형적인 치부담이 만들어진다. 결말은 세속적 욕망의 성취이다. 여성이 주역이 되는 치부담인 것이다.[33] 「광작」廣作(동패락송 44)도 양반이 철저한 계산과

32　海豊君鄭孝俊氏, 卽余曾王母之外祖考也.(동패락송 129)

근면으로 거부가 되는 이야기다. 그러나 이런 경우들은 『동패락송』에서 예외에 가깝다.

『동패락송』, 『잡기고담』, 『금계필담』에는 운명론을 바탕으로 하는 야담이 더 많다. 「순흥만석군」順興萬石君(동패락송 41)에서 황씨 부옹富翁은 만석꾼을 목표로 하여 치부에 안간힘을 다 썼지만 뜻대로 되지 않는다. 그게 조물주의 뜻임을 느낀 황씨 부옹은 재물을 나눠주기로 작정한다. 많이 쌓기만 하고 나누지 않는 것은 부당하니 하늘이 재물을 내린 것도 때로는 모이고 때로는 흩어지게 하여 재물의 주인도 바뀌도록 하기 위함이다. 여기까지 따라가면 재물의 사회적 공유에 대한 생각을 피력한 것이라 할 수 있다. 그러나 황씨 부옹은 어떤 이유에서인지 자기의 장래를 비관적으로 떠올리는데 과연 그는 완전히 망한다. 속히 이루어진 것은 속히 패한다는 것이 이치라는 논리를[34] 제시하기는 하지만, 어색하기만 하다. 서사는 황씨 부옹으로부터 물질적 은혜를 입은 최씨의 사위가 황씨 부옹의 자식들을 도와주는 쪽으로 나아가지만, 재물이 모이고 흩어지게 하는 힘의 정체는 알 수 없다. 그 힘을 대변하는 서술자는 시종 재물로부터 거리를 유지하며 재물의 운명적 흐름을 관찰하는 형국이다.

「영남유일거벽」嶺南有一巨擘(동패락송 31)에는 점쟁이가 등장하여 선비의 비관적 장래를 예언하고 해결책도 제공한다. 해결책이란 소복 입은 여인을 겁간하는 것이다. 선비는 점쟁이의 조언에 따라 소복 입은 여인을 찾아내어 겁간을 하려 한다. 그 순간 그 여인도 지난밤 꿈을 환기한다. 동구 밖 개울에 황룡이 떠올라 사람으로 변했는데 그때 옆에 있던 사람이 그가 장차 여인의 남편이 될 것이며 마침내 귀하게 될 것이라고 알려주

---

33 家入此以處, 壽福多男, 盖厥田是好基址而金妻之眼, 已能識破云矣.(동패락송 41)

34 速成速敗, 理固然矣.(동패락송 43)

었다는 것이다.[35] 그러면서 자기들의 만남이 '하늘의 뜻'이니 어길 수 없다고 단정했다. 과연 이들은 '하늘의 뜻'에 따라 결혼을 하고 부귀를 누린다. 열심히 공부했지만 계속 회시에는 급제하지 못했던 선비가 여인을 만나 과거에 급제하여 '부귀쌍전'富貴雙全할 수 있었던 것은 그게 하늘의 뜻이었기 때문이다.

『잡기고담』에도 유사한 사례가 적지 않다. 「담명」談命(잡기고담 692)에서 서울의 맹인 점쟁이 김생려는 재상 아들의 운명을 점쳐 주는데 그 점괘대로 이야기가 전개된다. "무릇 술수術數의 이치는 미묘하다"는 서술자의 말로 마무리가 되는데, 재상 아들이 타고난 짧은 수명이 사건의 계기 역할을 한다. 「추수」推數(잡기고담 667)는 정희량의 추수推數가 정확했음을 입증해 간다. 이전 잡록집의 일화들에 등장하는 조선 초중기 도인들의 예언은 주로 정치적 격변과 관련되었다. 정희량이 등장하는 경우도 그랬다. 사대부들의 관심이 그쪽으로 기울어 있었기 때문이다. 「추수」에는 매우 짤막한 앞 일화와 훨씬 더 긴 뒤 일화가 이어져 있다. 그중 앞 일화는 조선 초중기 도인 일화의 연장선에 있다고 할 수 있다. 정희량의 예견력이 갑자사화에서 유생이 살아나는 쪽으로 귀결되었기 때문이다. 그에 비해 두 번째 일화는 정치와 무관한 사공의 일생을 다룬다. 정희량은 사공의 일생을 오언시五言詩로 예언해 주는데, 사공이 풍랑을 만나 살아나는 것, 사공이 처의 정부情夫의 공격으로부터 살아나는 것, 치정 살인의 오해를 벗어나는 것 등이다. 여기서 정치색이 엷어지는 양상을 발견한다.

이런 경향을 「천연」天緣(잡기고담 655)과 「해풍군정효준」海豊君鄭孝俊

---

35 "我非牽情慾而入來也, 切有可憐情事, 願主人勿高聲而細聽始末也." 女曰: "第言之." 儒生仍具道其所以然, 女聽罷, 卽曰: "此天也豈違天乎? 吾以某鄉富民(…)昨夜夢, 前川有黃龍自西浮來化爲人, 傍有一人, 指以吾曰: '彼人卽汝夫, 貴且吉'云云."(동패락송 33~34)

(동패락송 129)이 가장 뚜렷하게 보여준다. 두 작품은 실제 사실이 구연되는 과정에서 다소 분화된 모습을 보여주고[36] 그래서 서사 전개의 주체를 달리 설정하기는 하지만, 둘 다 운명이나 '전정'前定을 확인하는 쪽으로 귀결된다는 점에서 차이가 없다. 「천연」에서는 무관武官 이씨의 묘령의 딸과 두 번째 부인을 잃은 50대 정생鄭生이 결혼을 하게 되는데, 그 계기는 꿈의 계시다. 이씨의 딸은 정생의 신부가 되어 정생으로부터 용자龍子 다섯을 치마로 받는 꿈을 세 번이나 꾼다. 그 뒤 이씨도 정생을 사위로 맞이하는 꿈을 꾼다. 그러고는 깨어나 '천연天緣이 이미 정해진 것이니 어찌 인력으로 어길 수 있겠는가!'[37]라 생각하며 정생과 자기 딸의 혼인을 서두르게 된다. 혼인 날 밤 신방으로 들어가던 신부는 달빛 아래 살구꽃이 피어 있는 마당의 모습이 전날 꿈속의 광경과 완벽하게 똑같은 것을 목격하고는 스스로 생각하기를, '나의 명수命數가 이미 정해져 있었던 것이 과연 이와 같구나!'[38]라고 감탄한다. 이렇게 현실적으로 전혀 짝이 되기 어려운 두 사람이 부부가 되는 데에는 꿈의 계시 이외에 어떤 요소도 개입하지 않았다. 사랑의 마음은 물론 이해타산조차 개입하지 않았다. 오직 '전정'前定 혹은 '천연'天緣을 따를 따름이다. 「해풍군정효준」에서는 전반부와 후반부가 나뉜다. 전반부에서 현몽한 단종 임금이 혼인을 강요한다면, 후반부에서는 두 사람의 혼인이 오래 전부터 예정되어 있었다는 점을 알린다. 전반부에서는 꿈을 통해 현실의 어떤 국면(정효준의 혼인)을 새롭게 만들어 간다면, 후반부에서는 현실에서 이미 일어난 일을 과거의 예

---

36 「천연」이 작중 사건의 상대 인물인 이진경李眞卿 집안의 구연의 결과라면, 「해풍군정효준」은 정효준 집안의 정서가 반영된 구연의 결과라 분석되었다. 임완혁, 『구연 전통과 서사』, 태학사, 2008, 25~45면.

37 果是天緣已定, 何可以人力違也?(잡기고담 657)

38 自想: '我之命數前定, 果如此也.'(잡기고담 659)

언이나 징조로써 추인하고 부각시킨다. 전반부에서 후반부로 가면서 서술 시각이 전환되었다 하겠는데, 운명에 대한 종속이 심화되어 간 것이다. 서술자가 이 작품을 "뒤에 일어난 일들은 하나같이 술사의 말과 같았다"[39]라든가 "전정이 하나도 어긋나지 않았으니 진정 기이하도다"[40]로 마무리하는 것에서 그 점을 뚜렷이 확인한다.

『금계필담』에서는 이런 경향이 더 강해졌다. 「이토정지함」李土亭之菡, 「우복당정공경세」愚伏堂鄭公經世, 「광해시」光海時, 「인조조」仁祖朝, 「박진구」朴震龜, 「효종조」孝宗朝, 「이참판이장」李參判彛章, 「숙종조일명사」肅宗朝一名士, 「이판서정보」李判書鼎輔, 「영종조일재유독자」英宗朝一宰有獨子, 「여재의령시」余宰宜寧時, 「명종조일재」明宗朝一宰 등이다. 예언 능력이 있는 사람이 다른 사람의 앞날을 예언하는데 그것이 그대로 실현된다. 사람의 운명은 이미 정해져 있어 그걸 결코 피할 수 없다는 운명론을 강조하기도 하고, 예언하는 사람의 탁월한 능력을 강조하기도 한다. 또 사람의 앞날이 예정되어 있기는 하지만 예견력을 갖춘 사람과 당사자의 노력에 의해 정해진 운명을 다소 수정하고 예견된 불행도 모면하는 것이 가능함을 보여주기도 한다. 이는 운명을 관장하는 초월적 존재에게 간청하거나 초월적 존재의 눈을 피하는 방식을 사용한다는 점에서 사람의 주체성을 전적으로 신뢰하는 것은 아니다.[41]

예견력을 갖춘 인물의 등장은 신비하고 기이한 분위기를 일으킨다. 가령 「이토정지함」(금계필담 155)은 한 가난한 교생이 태백산에 들어갔다 만난 흑인黑人을 소개한다. 흑인은 잡아온 여인과 함께 산속에서 살고 있

---

39 後來事, 一如術士之言云.(동패락송 134)
40 前定不爽, 誠異矣.(같은 면)
41 이강옥, 앞의 책, 490면.

는데 온몸에 털이 나 있어 사람인 듯 아닌 듯했다. 흑인은 교생을 다시 데려다주고 사라지면서 다음 해 모화관에서 만나자는 약속을 한다. 다음 해 교생이 모화관으로 나가 보니 흑인 대신 이지함이 나타났다. 이지함은 흑인의 존재를 이렇게 설명해 준다.

그것은 을眈이라는 것으로 바다 건너 넓고 넓은 물가에 사는데 수컷만 있고 암컷은 없지. 남녀가 교합할 때 뚫어질듯 바라보고 그 정기를 모아 잉태하고 알을 낳아 길러 제 자식으로 삼아. 이것은 나나니벌이 나방의 유충을 길러서 (새끼를 만드는 것과 같은 것이야.) 이것이 나타나는 나라는 반드시 전쟁의 환란을 겪으니 우리나라도 10년 후 반드시 전쟁의 고통에 시달릴 것이야.[42]

흑인은 그 사는 곳이 아득하고 알을 낳게 하는 방식이 기이하다. 이렇게 온통 신비스럽기만 한 존재들에 의해 임진왜란이 예언되고 그대로 실현되었다. 운명의 실현과 신비주의가 단단하게 결합된 셈이다.[43]

「여재의령시」余宰宜寧時(금계필담 201), 「조신선자」曹神仙者(금계필담 182), 「상원오생중눌」祥原吳生仲訥(금계필담 204) 등에서도 사람과 세계는 신비의 베일로 덮여 있다. 「여재의령시」에서 정체불명의 서생이 곧 배가 뒤집어질 것을 예견하는데, 과연 그렇게 되었다. 서술자는 세상에 신선이 있다는 것을 강조한다.[44] 「상원오생중눌」에서는 거지 차림의 이인異人이

---

42 此名眈, 處於海外曠漠之濱, 雄居無雌, 必於男女交合之際, 注目視之, 凝精成胎, 産下一卵, 育爲己子, 猶螺蠃之於螟蛉也. 盖此物所見之國, 必有兵革之患, 我國當十年後, 且苦兵矣.(금계필담 156) 『금계필담』의 원문 인용은 김종권 교주, 『금계필담』, 명문당, 1985.
43 『기리총화』의 「필위병상」驆爲兵象은 세부적인 묘사나 인물 형상에서 차이가 있기는 하지만 그 골격에서는 이 작품과 대응한다. 교생:영남의 부아富兒/을眈:필驆/이지함:이황.
44 世無神仙云者, 眞虛言也.(금계필담 183)

환술을 써서 중국의 소상강과 악양루의 환상적 풍경을 유생들과 기생들에게 구경시켜 준다. 초라한 현실에다 펼쳐 주는 환상의 세계는 누구나가 꼭 한 번은 가 보고 싶어 하던 곳이다. 그 세계는 변변찮은 현실에서 살아가던 초라한 사람들에게 잠시나마 환희를 경험하게 한다. 그러나 거지가 사라지자마자 혼란과 공포가 만들어진다. 사람들이 정체불명의 거지가 만들어 준 환상에 잠깐이나마 몰입한 결과는 환멸과 무질서다. 『금계필담』의 신비주의는 현실에다 질서나 행복보다는 환멸과 무질서를 초래한 것이다.[45] 그다음 단계는 다시 부질없는 현실로부터 멀어지는 것이다. 이런 세계관은 서유영을 중심으로 한 낙산시사 동인들 혹은 홍길주, 홍한주를 중심으로 한 문예 취향이 강한 경화세족의 '낭만적 신비주의'나 '희기 취향'喜奇趣向과 관련이 있다고 본다. 어떤 것이 신비하고 기이하다고 느끼는 것은 그 어떤 것이 익숙한 현실과는 다르다는 점을 자각하는 데서 비롯한다. 신비함과 기이함을 추구한다는 것은 엄연한 현실로부터 일정하게 멀어지는 것을 뜻한다.

6. 경화세족의 속기 배제와 19세기 야담

문예 취향이 강한 경화세족들은 경제적·정치적 현실로부터 일정한 거리를 두는 데서 시작해 상상의 세계를 구성하는 데로 나아갔다. 그 상상의 세계는 때로는 환상적이기까지 하여 일상적 현실로부터 아득히 멀어진 것이었다.

---

45 『동야휘집』이 『해탁』으로부터 가져온 「백년광음혜고군」百年光陰蟪蛄郡(동야 하 862), 「일생부귀호접향」一生富貴胡蝶鄉(동야 하 868)도 이와 동일한 세계관을 함축하고 있다.

서유영과 함께 낙산시사를 이끌던 홍길주는 경화세족들이 추구하던 상상의 세계를 구성해 냈다.[46] 『숙수념』執邃念에서 "매 편에 념念이란 제목을 붙인 것은 내가 마음속으로 상상했을 뿐 실제가 아님을 보이기 위해서이다"라 하고는 평생 그려 온 이상적 주거 공간을 상상하고 재구성했다.[47] 또 서유구徐有榘도 다채로운 생활 공간을 다음과 같이 모색했다.

이 건물에는 서늘한 바람을 받아들이는 헌軒과 따뜻한 내실, 그리고 자그마한 책상과 긴 탁자를 골고루 갖추어 놓는다. 벽에는 속기俗氣를 씻어 내겠다는 다짐의 글을 새긴 판을 걸어 둔다. 또 귀를 맑게 하는 경쇠를 매달아 걸고 손님을 맞이하고 접대한다. 하지만 도사와 더불어 도교에 관한 책을 보거나, 고매한 스님과 더불어 이야기를 나눈다거나, 또는 원림園林에 사는 노인네나 시냇가에 사는 친우와 더불어 날씨가 어떠한지를 주고받는 정도의 만남도 있다.[48]

손님을 접대하는 이 이상적 공간에서 가장 중시한 것은 '속기俗氣의 배제'이다. 주에다 강남江南 이건훈李建勳의 사례를 소개하기도 했는데, 이건훈은 옥으로 만든 경쇠를 가지고 있다가 찾아온 손님이 외설스럽고 비속한 이야기를 하면 그 경쇠를 치고는 "잠시 귀를 씻었습니다"라고 말하며 그 속기를 배제했다는 것이다. 유경종柳慶種도 『의원지』意園志에서 "조정이나 저잣거리의 일일랑 말도 꺼내지 않고, 재물을 묻지 않으며, 사

---

46 이에 대해서는 최식, 「홍길주의 卜居와 『執邃念』」, 『동방한문학』 28, 동방한문학회, 2004; 안대회, 「18·19세기의 주거문화와 상상의 정원 - 조선 후기 산문가의 記文을 중심으로」, 『진단학보』, 진단학회, 2004, 126~129면에서 자세하게 분석했다.
47 더 정확하게는 『숙수념』은 실재하는 세계(현실)와 실재하지 않는 세계(신유神遊)가 교직交織·착종錯綜되어 있다고 한다. 최식, 「沆瀣 홍길주 산문 연구」, 성균관대학교 박사학위논문, 2005, 58면.
48 서유구, 「이운지」怡雲志, 『임원경제지』林園經濟志(보경문화사 영인본 제5책)

람들의 옳고 그름과 잘나고 못남을 언급하지 않는다"라고 했다. 이러한 속기의 배제 혹은 결벽증은 서유구뿐만 아니라 심상규나 남공철, 김정희 등 경화세족의 주거 공간에 대한 의식에도 나타난다고 한다.[49]

19세기 경화 문인들은 이런 이상적 공간을 꿈꾸는 데 머물지 않고 실제로 그 꿈을 실현하기도 했다. 서울과 그 인근에 거대한 저택을 짓고 책과 서화, 고동을 진열하여 멋을 즐겼으며, 아름다운 꽃과 나무를 국내외에서 널리 구하여 운치를 더했다. 그래서 '문자향'文字香과 '서권기'書卷氣의 아취가 이루어진 것이다.[50]

이를 정치적 맥락에서 해석하자면, '권력투쟁의 와중에서 살아남은 집단의 영화와 분잡으로 가득찬 현실'은 '고동서화의 세계로 들어오는 순간 완전히 차단'된다. 즉 예술과 현실의 단절은 현실 속에서 현실을 떠나고자 하는 경화세족의 세계관을 표현한 것이라 할 수 있다.[51] 혹은 정치현실을 혐오하게 된 이들이 일종의 피난처에서 안식과 여유를 즐기려는 욕망의 반영이기도 하다.[52]

그런데 경화세족의 세계관과 야담의 관계는 정치나 문화의 맥락 못지않게 경제의 맥락에서 설명하는 것이 사실에 더 다가갈 수 있다. 야담은 조선 후기에 이르러 고조된 재물과 색에 대한 욕망을 바탕으로 하여 시작된 갈래이기 때문이다. 그런 점에서 경화세족이 이런 욕망에 대해 어떤 태도를 지녔나를 살피는 것이 중요하다. 경화세족들이 속기를 배제하고 문예 취향으로 이상적 공간을 상상했다는 것은 일단 현재의 상황에서

---

49 안대회, 「18·19세기의 주거문화와 상상의 정원 ─조선 후기 산문가의 記文을 중심으로」, 『진단학보』, 진단학회, 2004, 131면.
50 이종묵, 「조선 후기 경화세족의 주거문화와 四宜堂」, 『한문학보』 제19집, 590면.
51 강명관, 「조선 후기 경화세족과 古董書畵 취미」, 『동양한문학연구』 제12집, 36면.
52 안대회, 「18·19세기의 주거문화와 상상의 정원 ─조선 후기 산문가의 記文을 중심으로」, 『진단학보』, 진단학회, 2004, 134면.

욕망의 대상을 창출하려는 의지와는 반대의 방향을 보인 셈이다. 경화세족들은 시간의 전개 과정에서 사람 사이 관계를 애써 새롭게 만들거나 새로운 욕망을 덧붙여 창출하려 하지 않는다. 그들은 경제적으로나 정치적으로 이미 상승한 계급이기에 현재의 상태를 은근히 혹은 명시적으로 지속시키려는 경향을 보인다. 물론 경화세족 모두가 이런 상태는 아니다. 경제적 여유가 있기에 재물에 개의치 않고 살아가는 개인이 있는가 하면 서유영이나 홍한주처럼 경제적 여유는 없지만 재물로부터 초연한 태도로 살아가려는 부류도 있었다. 재물을 확보한 단계여도 재물을 문화 활동의 수단으로 보았지, 재물을 밑천 삼아 재물을 더 불리려는 경제적 사고를 지향하지 않았다. 경화세족의 재물에 대한 이런 태도는 재물 획득을 절실히 추구하는 야담의 태도와는 상반된다.

이들의 탈속은 세 가지 의미를 가진다. 먼저 민중의 경제적 현실 국면으로부터 멀어졌다는 의미다. 그 결과 치부보다는 운명, 예언, 풍수 쪽으로 관심을 더 가졌다. 다음으로 사대부의 정치적 영역으로부터 멀어졌다는 의미다. 그 결과 서사적 긴장이 많이 느슨해졌다. 마지막으로 당대 지배 체제의 문제점에 대한 비판의 의미다. 가령 서유영은 자신이 세상으로부터 멀어지는 것은 "우리나라 인재 등용법은 문벌 지위만 고려하지 사람의 능력을 묻지 않"[53]기 때문이라 밝혔다. 홍길주도 서울이 학술과 문예의 중심이 된 형편을 문제 삼고 서울 중심의 인재 등용을 비판했다.[54] 이현기李玄綺도 문벌 중심의 인재 등용을 문제 삼았다.[55]

18, 19세기 야담집 편찬자의 대부분이 소속된 경화세족의 삶의 모습

---

53 我國用人之法, 徒取門地, 不問人才, 此吾所以不强出於世也.(금계필담 17)
54 최식, 앞의 논문, 111면.
55 「택지론」擇地論(기리총화)

이나 생활 의식과 긴밀하게 관련되지만, 그렇다고 해서 재물과 색에 대한 욕망, 계급 해방의 소망 등을 외면한 것은 아니다. 『동패락송』이나 『잡기고담』, 『기리총화』 등에는 이런 상반된 영역이 공존하며 긴장 관계를 만든다. 가령 『동패락송』에는 경화세족 명문이 적덕積德을 통해 현달하는 과정을 보여주는 야담 계열이 있는가 하면, 「경중김성궁생」京中金姓窮生(동패락송 37)처럼 주인공이 혈혈단신, 오직 자기의 기지와 노력으로써 경제적 욕망을 성취하는 야담들도 있다. 두 가지 이야기군이 공존한다는 사실이야말로 『동패락송』의 가장 큰 특징이다. 그것은 노명흠이 자신의 후원가 그룹의 기대를 저버리지 않으면서도 당대에 만들어진 가장 진보적이고 민중적인 경험 세계를 마다하지 않았다는 증거가 된다. 『기리총화』도 「채생기우」蔡生奇遇 등에서 호사스런 서울 생활을 보여주기도 하지만, 경화세족의 서울 중심의 공간 관념으로부터 분명한 거리를 설정했다. 「택지론」擇地論에서 서울 사대부 중심의 생활공간 관념을 배제하고 '지리' 地利와 '생리'生利의 관점에서 온 나라의 가거지可居地를 지적한다. 그래서 전답田畓 못지않게 수전水田을 중시하고, 경치 못지않게 피병避兵 요소를 소중하게 생각한다. 마침내 「낙지반론」樂地反論에서는 "즐겁고 즐겁지 않은 것은 사람에게 달려 있지 장소에 달려 있는 것은 아니다"[56]라며 '외물' 外物에 마음이 이끌리는 사람들을 비꼰다. 이현기에게는 '지리'와 '생리', '피병'의 요건을 갖추는 곳이라면 전국 어느 곳도 다 '세전지지'世傳之地가 될 수 있다.

소위 3대 야담집이 19세기에 나온 것으로 미루어 보면 18세기보다는 19세기에 야담이 더 성행했다고 할 수 있다. 야담은 서술 시각의 유형화를 완성하고 단단한 자기 세계를 구성해 냈다. 그래서 많은 유사 야

---

56 盖樂與不樂, 在其人, 不在其境.(기리총화)

담집들이 편찬되고 유통되어 읽혔다. 그러나 다른 각도에서 보면 19세기 야담은 18세기 야담의 탄력을 얻어 활기를 띠었다고 볼 수도 있다. 야담이 생기 있게 구연 현장에서 생산되고 한문으로 그것이 기록되면서 재창조되던 때가 18세기라면, 야담집에 이미 실려 있는 야담들이 재발견되고 전재되면서 더욱 활발한 모습을 보인 시기가 19세기다. 그런 점에서 19세기 야담은 절정이면서 위축의 단계였다.

경화세족은 야담집 편찬을 주도함으로써 야담이 급속도로 재창조되게 했지만, 다른 한편 구연 야담이 근본적으로 추구하는 바와 반대의 생활 의식을 갖게 되면서 야담의 자연스런 전개를 어렵게 만들었다. 19세기 야담의 이중적 성격의 일부가 여기에 뿌리를 두고 있다고 하겠다.

7. 경화세족의 독서 경험에 의한 야담집의 양산과 서사의 해체

조선 초에 잡기패설의 독서와 산출에 대한 논란에서 사장파와 사림파는 다른 입장을 보였다. 사장파 쪽이 상대적으로 자유로운 독서를 인정하고 스스로도 다양한 잡기패설들을 산출해 낸 것은 권력을 누리는 집단의 여유나 원칙 이탈로 설명될 수 있다. 이런 잡기패설에 대한 논란은 그 뒤에도 계속되었다. 조선 후기 잡기패설에 대한 태도에 있어서 경화세족은 조선 초 사장파의 그것을 연상시킨다. 경화세족들은 자기 문화권에서 공유하던 야담집들을 두루 읽으면서 또 다른 야담집을 만들어 냈다. 이들의 저술은 18, 19세기 야담이 번창하는 핵심 동력이 되었다.

경화세족들은 국내 잡기패설들이나 야담집을 읽었을 뿐만 아니라 중국의 소설이나 잡기패설들도 두루 읽었다. 오히려 중국 서책을 더 선호하는 경향도 있었다. 가령 홍길주는 이런 견해를 냈다.

근세에 중국 사람이 지은 소설 가운데 『요재지이』나 『신제해』新齊 譜·『초당필기』草堂筆記와 같은 것들은 실로 그 조목이 번다한데, 죄다 괴이한 이야기나 믿을 수 없는 말이어서 나무라고 경계할 만하다. 어떤 이가 말했다. "근래 중국에는 어찌 이다지 신기하고 괴상한 일이 많단 말인가? 아마도 책을 저술하는 자들이 일부러 이렇듯이 망령되고 허탄한 짓을 하는 것일 터이다." 내가 바로 말했다. "우리나라가 작고 풍속이 또한 일상의 습속을 따르는 까닭에 감히 무리를 놀라게 할 만한 말을 하지 못하는 것일세. 그러나 나 한 사람이 보고 들은 것만 가지고 옮겨 적어 엮는다 해도 기이하고 허황된 자취가 몇 권의 책을 이룰 수 있을 터인데, 하물며 중국처럼 큰 나라겠는가?" 일찍이 친구 몇 사람과 약속하여 각각 보고 들은 것을 적어 이를 모아 중복되는 것은 빼 버리고 합쳐서 한 권의 책으로 만들어 중국과 더불어 기이함을 다투고자 했다. 그러나 그것이 바른 길이 아니고 유익함이 없다 하여 결실을 보지는 못했다.[57]

여기서 '어떤 이'는 중국 소설이나 패설에 실려 있는 기괴한 이야기들이 실체가 없는 것이고 다만 작가들이 꾸며 낸 것이리라 생각하는 입장이다. 이에 반해 홍길주는 기괴한 것도 견문이 넓으면 인정하게 된다는 입장을 보였다. 이런 태도는 조선 초기 잡록 편찬자들의 태도와 큰 차이가 없다. 패설에 대한 열린 태도가 조선 후기 야담의 기록과 독서에 긍정적으로 작용했을 것이다. 홍길주는 '하늘의 날씨, 시사적인 일, 듣고 본 이야기, 책 속에서 공부한 것, 먼 곳으로 가서 유람한 것'에서 시작하여 '집안의 사소한 일'이 다 책의 내용이 될 수 있다고 했다. 나아가 '벗과 만

---

57 홍길주, 『수여방필』; 정민 외 옮김, 『19세기 조선 지식인의 생각 창고』, 돌베개, 2006, 456면.

나 이야기하다 얻은 새로운 소식', '고요히 앉아 사색하다 깨달은 것', '패사나 야승', '집안의 자취나 연보와 어록', '직접 지은 시문' 등도 책의 내용에 포함했다. 그렇게 만든 책이 '전서'全書라는 것이다.[58] 크게 말하면 이 전서 속에는 들은 것과 읽은 것이 두루 포함되는데, 실제로 그가 남긴 『숙수념』孰遂念, 『수여방필』睡餘放筆, 『수여연필』睡餘演筆, 『수여난필』睡餘瀾筆, 『수여난필속』睡餘瀾筆續 등은 일정한 기준 없이 기록할 만한 모든 것을 다 담았다는 인상을 준다. 홍한주의 『지수염필』智水拈筆도 이와 비슷하다.

이 시기 일군의 경화세족은 서책에 대해 강한 집착을 보이고 독서를 가장 중요한 일상사로 삼았다. 특히 중국 서적이 대량으로 수입되고 장서가도 출현함에 따라 '박학博學의 추구'[59]라는 새로운 학문 경향이 생겼다. 이런 박학은 다양한 서책들을 두루 읽고서 빠른 속도로 자기화하는 것을 근간으로 한다. 그리고 서책간 전재나 이동을 비교적 자연스런 저술로 인정하게 된다. 가령 『지수염필』, 『숙수념』, 『임원십육지』林園十六志 사이의 유통과 재배치 현상은 이미 지적된 바 있다.[60] 중국 서적의 내용을 옮겨오는 경향은 더했다. 그래서인지 홍길주는 심지어 우리나라 사람들이 거리에서 주고받는 상말이나 우스개 이야기들도 대부분 중국 사람이 편찬한 패서稗書에 다 실려 있다고 하고는 그 실례를 장황하게 들었다. 그리고 그런 느낌은 자기만의 것이 아니라 주위 문인들이 두루 공감하는 바라고 했다.[61] 특히 청나라 서책에 열중했던 경화세족은 전기, 백화소설, 전

58 위의 책, 461면.
59 강명관, 『조선 시대 문학 예술의 생성 공간』, 소명, 1999, 271면.
60 진재교, 「19세기 京華世族의 讀書文化 — 홍석주 가문을 중심으로」, 『한문학보』 16집, 157~163면.
61 "우리나라 사람이 거리에서 주고받는 상말이나, 어린아이나 부녀자들이 전하는 어면순㗗眠楯 (…) 은 어느 것 하나 중국 사람이 편찬한 패서稗書 가운데 실리지 않은 것이 없다. 예컨대 머리에 이가 많은 것을 금소, 빗질을 금한다고 하거나, 콧물이 흐르는 것을 금식, 즉 닦기를 금한다고 하며, 눈

기소설 등이 야담 속으로 거리낌 없이 들어올 수 있는 분위기를 마련했다고 할 수 있다.

『동야휘집』이나 『기리총화』에 「요로원야화기」나 장한철의 『표해록』이 거의 그대로 실리거나, 수십 편의 작품들이 한 야담집에서 다른 야담집으로 전재되는 현상은 경화세족들의 서책 저술 과정에 나타난 현상과 큰 차이가 없다. 특히 『기리총화』, 『동야휘집』 등은 다양한 서적들을 참고하고 그 일부를 전재한 점에서 두드러진다. 『기리총화』는 명明 유원경劉元卿(1544~1609)이 지은 『응해록』應諧錄으로부터 「전가옹」田家翁, 「물아막변」物我莫辨을, 원명元明 시기의 도종의陶宗儀가 지은 『설부』說郛에서는 「돈견」豚犬, 「빈모자웅」牝牡雌雄, 「무충양」無虫恙 등을 옮겨 왔다. 그밖에 『표속수독』漂粟手牘, 『박물지』博物志, 『동재기사』東齋記事, 『열선전』列仙傳, 『한무고사』漢武古事 등을 인용했다. 이원명은 『동야휘집』을 편찬하면서 서책들을 두루 읽고 그 내용을 비교하며 가장 적절한 버전을 만들려 했다. 이원명은 자기 이름을 내걸고서 기존 문헌 속 야담 단편들을 두루 옮겨 와 『동야휘집』을 저술한 것이다. 특기할 사항은 『동야휘집』이 중국 필기소설집인 『태평광기』와 『해탁』의 일부를 수용했다는 점이다. 이원명은 『동야휘집』 서문에서, "내가 여름내 병을 조리하다가 우연히 『어우야담』

곱이 긴 것을 금축, 즉 떼기를 금한다고 하는 것 같은 이야기, 그리고 파리가 서로 주장을 펴는 이야기나 사슴뿔과 활 등의 이야기는 내가 어린 시절에 계집종들에게 들었던 것이었다. 그런데 나중에 『소림광기』 속에서 이것을 보았다. 또 큰 도적 중에 일지매라 하는 자를 두고 어떤 이는 정익공 이완이 포도대장으로 있을 때 사람이라 하기도 하고, 어떤 이는 장붕익이 포도대장 노릇 할 때 사람이라고 말하기도 한다. 그런데 나중에 『환희원가』라는 책 속에서 이를 보았다. 이밖에도 '80에 사내아이를 낳으니 내 아들이 아니라는 이야기나 '한 말 쌀에 세 홉' 같은 여러 이야기는 모두 중국 책 속에 실려 있는데 약간의 차이만 있다. 무릇 우리나라의 우스개 이야기는 모두 백사 이항복에게로 돌아가고 재판 잘한 이야기는 전부 나주 이지광에게 돌아가는데, 어느 것 하나 중국 책에 실려 있지 않은 것이 없다. 아우 해거는 늘 분통을 터트리며 이렇게 말하곤 했다. '우리나라를 통틀어 한 가지도 재미난 이야기가 없다.'"(홍길주, 『수여방필』; 정민 외 옮김, 『19세기 조선 지식인의 생각 창고』, 돌베개, 129~130면)

과 『기문총화』를 보았는데 자못 눈길을 끄는 곳이 많다. (…) 널리 다른 책에도 미쳐서 아는 데 도움이 될 만한 것을 어울려 고치고 윤색하여 실어 기록하였"다고 하면서도 『태평광기』나 『해탁』에 대한 명시적 언급은 하지 않았다. 이들 책이 '다른 책'의 범주에 들어갈지는 모르지만, 사실 『어우야담』이나 『기문총화』를 언급하는 마당이라면 『태평광기』나 『해탁』도 함께 혹은 더 먼저 언급해야 마땅하다. 그럼에도 불구하고 그러하지 않았다는 것은 중국의 서책들을 조선의 야담집과 다를 바 없이 인식했음을 뜻한다.

이원명이 『태평광기』의 「이와전」과 『해탁』 소재 18편의 작품들을 조선 야담 작품 속으로 끌어넣을 수 있었던 것은 조선 시대 사대부들이 중국 서적들을 조선 한문 서적과 다를 바 없이 자유롭게 읽고 받아들인 분위기와도 관련이 된다.[62]

이 같은 『동야휘집』의 사례는 표절에 가까운 것이라 할 수 있다. 그런데 여기에는 이 시기 야담에 대한 이원명 나름의 문제의식도 개입했다고 본다. 『동야휘집』의 「반고처환혼지가」返故妻換魂持家(동야 하 699)는 『해탁』의 「귀부지가」鬼婦持家[63]를 베낀 것임에도 불구하고 평결에서 "姜(주인공 강모姜某의 후손)道此事, 甚悉"이라며 이원명 자신이 직접 들은 것인 양 기술하고 있는 것이다. 그것은 이원명이 『해탁』 소재 작품들을 조선의 야담으로 보이게 하려고 단단히 작정했음을 암시한다.

조선 야담이 현실 경험이나 역사적 사실을 담고 그것을 바탕으로 하여 허구성을 덧붙여 갔다는 것은 서사로서의 큰 생동력을 획득했음을 뜻

62　이강옥, 「『동야휘집』의 중국 필기소설 전유와 그 의미」, 『한국문학논총』 48집, 한국문학회, 2008, 27면.
63　『해탁』 권7. 『해탁』은 『필기소설대관』筆記小說大觀 3(新興書局 有限公司, 民國 67年)에 실린 것이다.

한다. 경험에 바탕을 둔 허구는 사실주의 서사의 기본이면서 가장 가치 있는 미덕이라 할 수 있다. 그런데 야담이 경험이나 역사에 뿌리를 둔다는 것은 현실과 사실에 충실할 수 있는 훌륭한 조건을 마련한 것이지만, 어느 정도 거기에 익숙해지면 그것은 자유로운 상상력을 억제하는 역할을 하기도 한다. 또 함축할 수 있는 의미가 얕아질 수 있다. 서사 세계 밖에 존재하는 사실과 역사는 고정되어 있다. 그것과 긴밀한 관계에 있는 서사 세계는 서사 세계 밖의 사실과 역사를 지시하는 것이 일차적 목표여서 그 이상의 의미를 생성하는 데 한계를 보일 수밖에 없다. 조선 야담에는 서사적 메타포가 원천적으로 불가능했던 것이다. 이것은 사실주의적 야담이 새롭게 봉착한, 심각하게 우려되는 국면이었다. 이원명이 조선 야담집을 읽으면서 느낀 소회 중 하나도 그와 관련된 것일 가능성이 크다.

이와 관련하여 야담집 중 우언성이나 풍자성을 어느 정도 확보한 경우를 『기리총화』에서 찾을 수 있다. 「흑백지론」黑白之論, 「강호문답」江湖問答, 「노주문답」奴主問答, 「간교」簡交, 「물아막변」物我莫辨 등이다. 「흑백지론」이 타락한 선비의 가식과 위선을 풍자한다면,[64] 「간교」는 진정성이 없는 가식적 우정을 풍자한다. 이런 면은 야담사에서 특별한 부분이다. 이원명이 중국 필기소설을 전유한 것도 이런 쪽으로의 모색의 일환이라 볼 수 있다. 특히 『해탁』의 작품 전체가 『동야휘집』의 한 작품으로 수용된 경우는 대체로 우언인 경우이다. 이원명은 '가볍고' '유쾌한' 야담에다 무거운 관념을 부여하려 했다. 이원명이 인식한 조선 야담은 사실주의 원리에 의한 직서의 수사를 지향한 것이다. 그러나 야담 듣기나 읽기가 계속되면서 사실주의에 의한 직서의 수사는 향유자를 식상하게 만들 여지가 있었다. 비슷한 유형의 이야기가 반복되기 때문이다. 그리고 경험의 과시

---

64 이승현, 「『기리총화』 연구」, 성균관대학교 석사학위논문, 2009, 62~66면.

가 때로는 윤리나 교훈에 위배되는 경우를 종종 발견하게 된다. 사대부 의식이 강한 이원명이 그런 야담을 쇄신하려 했다고 볼 수 있다. 그것은 야담을 사대부적 글쓰기의 일환으로 생각하면서 더욱 그러할 수밖에 없었을 것이다.

그러나 중국 서사의 수용은 또 다른 문제를 야기한다. 먼저 홍길주가 개탄했듯,[65] 조선의 고유성을 잃게 된다는 것이다. 다음으로 설사 식상한 수준의 것이라 하더라도 야담을 야담 되게 만든 현실 경험을 외면하게 된다는 것이다. 야담이 현실 경험의 세계로부터 멀어진다는 것은 갈래의 전제를 상실하는 것을 의미하기에 결코 바람직한 현상이 아니다. 그 현상과 동전의 양면에 해당하는 것이 구연 환경의 상실이다. 직접적이든 간접적이든 이야기판에서의 구연 요소를 배제하는 것 역시 야담 갈래의 생동력을 약화시킨다.

『동야휘집』이 조선과 중국의 서책으로부터 서사적 단편들을 따와서 새로운 작품을 시도했다는 것은 적어도 서사 구조의 유지라는 점에서는 안전장치를 확보한 셈이다. 그러나 경화세족의 독서 경향에 이미 나타난 박학과 교술적 지식 지향은 야담의 전제와는 궁극적으로 조화를 이루기 어려운 것이다. 야담은 아무리 잡다한 경험을 담는다 하더라도 '시작—중간—끝'으로 구축되는 독자적 구조를 갖춘 것이다. 시작에서 사건이 일어날 문제 상황이 제시된다면 중간은 사건이 흥미롭게 발전되는 단계고 마침내 유의미한 상황을 도출하는 것으로 마무리되는 것이다. 그러기 위해서 서사의 기본 요건인 인물, 시간, 사건을 갖춘다. 그러나 박학과 지식을 추구하고, 그 과정에서 획득한 어떤 내용이라도 저술의 대상이 된다는 생각이 강해지면, 서사는 제 구조를 지켜 내기가 어렵게 된다. 사

---

65 각주 61 참조.

실, 조선 초중기 잡록집에서도 서사와 교술이 공존했다. 그러던 것이 시화, 소화, 일화 혹은 시화, 패설, 필기 등으로 분화되어 갔다. 조선 후기의 야담은 그 분화의 과정을 겪으면서 서사로서의 제 영역을 뚜렷하게 확보한 상태였다. 이런 야담이 박학과 교술적 지식을 지향하는 경화세족과 긴밀한 관련을 맺게 되면서, 그 고유의 서사 구조를 보장받기 어렵게 된 것이라 할 수 있다. 그리고 이런 형식적 위기는 현실 경험과 멀어지는 야담의 내용적 위기와 맞물리게 된다.

8. 결론

야담의 전개와 경화세족의 관계를 해명하기 위해서는 경화세족의 정의와 범주를 더 정교하게 규정해야 할 것이다. 그러나 이에 대한 연구가 충분하게 이루어지지 않았고 그 정치적·경제적·문화적 위상도 밝혀지지 않았으니, 야담과 '경화세족'의 관계를 해명하는 것은 한계가 있다.

경화세족으로 규정될 수 있는 사대부 문인들이라 하더라도 그 처지나 의식 지향은 다양하다. 야담 편찬자와 경화세족을 따질 때, 먼저 야담 편저자가 경화세족인가 아닌가를 살피고, 다음으로 경화세족으로서의 삶과 인식에 대해 어떤 태도를 가졌는가를 따져야 할 것이다. 야담 편저자 중 경화세족에 속하는 인물은 임방, 임매, 이희평, 이원명, 이현기 등이고, 경화세족에 포함되지 않으면서 경화세족과 긴밀한 관계를 맺은 인물은 노명흠, 서유영 등이다. 전자의 경우, 임방, 임매, 이희평, 이원명 등이 자기 계급의 생활 테두리 안에서 자기 계급의 문화적 경험을 담았다면, 이현기 등은 자기 계급의 주변부나 혹은 밖에서 비판적인 입장을 보였다고 하겠다. 후자의 경우, 노명흠이 홍봉한 가 가문 이야기판의 분위기와 지향에 충실했다면, 서유영은 홍상한 가 문예 취향이 강한 인물들의 세계관을 두루 보여주었다고 하겠다. 어느 쪽이든 18, 19세기 야담의 주 담당층은 경화세족과 직접적·간접적 관계를 맺은 층이라 할 수 있다.

18, 19세기 야담집의 독특한 현상들이 경화세족과 긴밀한 관계가 있다는 점을 간접적으로 확인하기 위해, 같은 시기 야담집 편찬자 중 경화세족이 아닌 경우와 비교할 수 있다. 『삽교만록』의 안석경과 『박소촌화』의 이동윤李東允(1727~1809)이 그 비교 대상이 될 수 있다. 안석경은 노론 명문가 순흥 안씨로, 노론계 '처사군'處士群으로 분류된다. 그는 청년기 이후 처사적 생활을 시작했다. 다만 순흥 안씨는 다른 노론 명문가와 인척 관계를 맺어 갔다. 안석경도 김창협의 외손녀인 반남 박씨와 혼인을 했다. 이동윤은 전의全義 이씨로 집안이 매우 가난하여 처자를 거느릴 형편도 못 되었다. 생계는 아내 풍천 임씨가 도맡았다. 이동윤은 1762년 이래로 충청도 덕산현德山縣 박소촌樸素村에 거주하면서 스스로 견문한 바를 『박소촌화』로 저술했다.[66]

이들은 강원과 충청 등 지방에 은거하면서도 노론 학풍을 이어 갔다. 이들에 의해 저술된 야담집에서 공통적으로 나타나는 현상은 이념적 원칙을 강하게 내세운다는 점이다. 특히 정치적 격변의 과정에서 인물들이 이념을 지키기 위해 기꺼이 보이는 진지한 행동들을 소개한다. 이들은 당대 현실이 유가적 원칙이나 이념에 부합하지 않는 점을 좌시하지 않으며 서울로부터 멀어지려는 은거를 시도했다. 그리고 다양한 글쓰기로써 지배 질서의 문란과 타락을 문제 삼았다. 『삽교만록』과 『박소촌화』는 그런 문제의식을 서사의 형식을 통해 실현한 것이라 할 수 있다. 이런 점은

66　이병직, 「이동윤의 사상과 『박소촌화』의 저작 동기」, 『문창어문논집』, 문창어문학회, 2002, 47~60면.

『동패락송』이나『잡기고담』등이 보여주는 세계나 인식 태도와는 상당히 다르다.

같은 노론계 안에 나타나는 이런 차이는 개인의 처지나 인식의 차이에서 비롯된 것이면서 야담의 저변에 대한 입장의 차이에서도 비롯되었다 할 것이다. 야담은 현실 세계에서 사람이 갖게 되는 욕망을 인정하고 욕망을 실현하기 위한 의지적 노력을 소중하게 여기는 데서 출발한 갈래다. 이런 지향은 이야기판 단계에서 가장 강력하게 포착되고 또 발전되었다. 경화세족이나 노론계에 의해 이야기판의 야담이 기록되는 과정에서 세계관이나 취향에 따른 선별과 변형이 이루어졌다. 운명에 의해 지배되는 세상이 부각되고 이념성이 강조되었다. 경화세족의 적덕도 부각되었다. 그럼에도 불구하고 구연 단계에서는 여전히 욕망이 창출되고 있고 욕망을 실현하는 야담들이 만들어지고 있었다. 경화세족과 관련되는 야담집들이 이런 구연 야담을 발판으로 하고 있는 것은 분명하다. 그렇다면 그들 야담집에서는 욕망과 운명, 사람과 초월자, 세속과 탈속이라는 상반된 지향이 공존하고 엇갈리며 갈등하고 있다고 하겠다. 갈등하며 공존하는 형편을 좀 더 체계적으로 설명하는 틀이 필요하다. 더 근본적으로는 지식과 박학에 의해 교술이 극단적으로 확장되면서 서사가 그 구조적 경계를 잃게 되는 단계가 경화세족의 문화적 자세와 관련된다는 점이다.

이런 태도는 심지어 야사를 기술하는 김려金鑢의 태도에서도 발견할 수 있다. 김려는 야사 총서를 편찬하면서 야담이나 소화를 배제하려는 의도를 드러내고 당대의 정치적 사례와 지식을 중심으로 잡록을 선별했다.[67] 또 서사적 패설 혹은 일화들을 '황괴비속'荒怪鄙俗한 '불경지담'不經之

---

67 안대회, 「『稗林』과 조선 후기 野史叢書의 발달」, 『남명학연구』 제20집, 경상대학교 남명학연구소, 2005, 320면.

談으로 폄하했다.[68] 물론 이런 변화를 부정적으로만 볼 수는 없다. 변화된 시대 달라진 현실 감각이 자유로운 교술의 형식을 통해 한껏 발산되었기 때문이다. 그러나 서사에 국한하여 야담을 규정하는 입장에서 본다면 그 것은 야담이 자기 동일성을 지탱할 수 있는 한계를 넘어서게 된 지경이라고도 할 수 있다. 19세기 후반 야담이 창조적으로 산출되지 않은 현상을 이와 관련시켜 설명할 여지는 충분히 있다.

---

[68] 稗官小說, 多荒怪鄙俗, 不經之談, 而所謂外史家亦然.(김려, 「제사재척언권후」題思齋摭言卷後, 『담정유고』, 계명문화사 영인, 1984, 584면)

이경류 이야기의 전개와 그 의미

1. 머리말

이경류李慶流(1564~1592)[1]는 임진왜란 때 병조좌랑으로 출전하여 상주에서 전사했다.[2] 역사 기록은 이경류의 죽음을 간략히 기록했지만, 문반인 그가 29살이란 젊은 나이에 생을 마감했기 때문인지[3] 출전 과정, 전사의 순간, 제향 등에서 기이한 행적을 보이는 존재로 회자되었다. 민간의 구연과 그에 바탕을 두고 이루어진 역사 기록과 야사 등은 갖가지 관점에서

---

1 본관이 한산韓山으로 아버지는 증曾이며, 어머니는 이몽원李夢黿의 딸이다. 1591년(선조 24) 식년문과에 을과로 급제, 전적을 거쳐 예조좌랑이 되었다.

2 이경류의 전사에 대해 『조선왕조실록』은, "적이 마침내 크게 집결하여 포환砲丸을 일제히 쏘아 대며 좌우에서 에워싸니 군인들이 겁에 질려 활을 쏘면서도 시위를 한껏 당기지도 못했다. 군대가 크게 어지러워지자 이일李鎰은 곧바로 말을 달려 도망하였으며 군사들은 모두 섬멸되었다. 종사관從事官인 홍문관 교리 박호朴箎, 윤섬尹暹, 방어사 종사관인 병조좌랑 이경류李慶流, 판관 권길權吉이 모두 죽었다. 이일은 군관 한 명, 노자奴子 한 명과 함께 맨몸으로 도망해 문경에 이르러 장계를 올려 대죄待罪하고, 다시 조령을 넘어 신립의 군진으로 향하였다."('왜적이 상주에 침입하자 이일의 군대가 패주하다' — 선조 수정 26권, 25년[1592 임진] 4월 14일[계묘] 8번째 기사)라고 간략히 기록하였다.

3 문관文官 종사관從事官은 직접 전투에 참여하는 직임이 아닌데도 불구하고 문관 종사관인 이경류·윤섬·박호朴箎(朴麃라고도 표기)가 직접 전투에 참여하여 목숨까지 잃었기 때문에 모두들 불쌍히 여기고 또 그런 이유로 더욱 확실하게 포숭褒崇해야 한다는 주장이 『조선왕조실록』에 기록되어 있다.('비변사에서 윤섬 등의 포증에 대해 아뢰다' — 선조 135권, 34년[1601 신축] 3월 11일[기유] 4번째 기사)

다양한 모티프들을 덧붙이고 변용하여 여러 이야기들을 만들어 낸 것이다. 이경류 이야기에는 충, 효, 자慈 등의 유가적 이념항뿐만 아니라 부부 간 사랑이나 환생과 같은 새로운 흥미소가 개입한다. 관련 기록과 구연은 이런 다양한 이념항들과 흥미소들을 선별하여 엮었다. 야담은 이러한 선별과 조합을 특히 역동적으로 보여준다.

이경류 이야기들에 두루 나타나는 주요 흥미 단락을 제시하면 다음과 같다.

① 형님 자리에 자기 이름이 들어간 이경류가 형님 대신 참전하다.
② 말리는 종을 따돌리고 출전하여 전사하다.
③ 죽은 다음 날부터 이경류의 혼이 밤마다 부인을 찾아오다 대상 이후에는 발길을 끊다.
④ 형님을 찾아와 집안 대소사를 의논하다.
⑤ 어머니가 병에 걸려 귤을 먹고 싶어 하자 동정호 귤을 가져다주다.
⑥ 아들이 급제하자 신은 때 공중에서 소리를 내다.

이경류는 목숨을 잃을 가능성이 큰 전장으로 형 대신 가서 출전을 말리는 종을 따돌리고 전사한다. 여기서 형을 위하는 우애와 사대부로서의 절의와 충이라는 이념 덕목을 찾을 수 있다. ①과 ②가 여기에 해당한다. 또 이경류는 죽었음에도 불구하고 부인을 잊지 못하여 밤마다 혼으로 부인을 찾아온다. 부인에 대한 사랑이 실현되었다고 할 수 있다. ③이 여기에 해당한다. 자식의 장래를 걱정하여 자식을 돕고 자식이 잘되었을 때 그 기쁨을 함께하려 한다. ⑥이 여기에 해당한다. 소갈병에 걸려 귤을 먹고자 하는 어머니를 위해 동정호까지 날아가 동정귤을 가져다준다. 효라는 이념항을 찾을 수 있다. ⑤가 여기에 해당한다. 야담과 야사는 이와 같이 이경류와 관련된 인상적 모티프들을 선택하여 강조하기도 하고 배제하거나 숨기기도 하면서 다양한 이경류 이야기의 각 편들을 만들어 냈다.

이경류 이야기에 대해서는 하은하가 '귀신 이야기'의 관점에서 정리한 바 있다. 그는 이경류 이야기가 11개의 서사 단락으로 구성되는데, 사실 그것은 7개 서사 단락으로 된 역사적 사건으로부터 형성되었다고 보고, 그 형성 과정에 어떤 심리들이 개입했나를 따졌다. 구연층의 심리적 개입 양상을 찾기 위해서라면 이런 대비가 일정하게 의의를 가진다. 그런데 이경류에 대한 역사 기록조차도 그에 대한 이야기나 풍문을 바탕으로 하고 있다는 점을 고려할 필요가 있을 것이다.[4]

이 장은 야담과 야담집의 전개라는 차원에 초점을 맞추어, 야담과 야담집이 이경류 이야기들을 선별하고 조합하는 양상을 정리해 본 뒤 그런 양상이 어떤 야담사적 의미를 가지는지를 살펴보고자 한다. 이 작업은 이경류라는 한 인물에 대한 형상화가 변전한 양상을 해명하는 단계에 머물지 않는다. 사실, 야담이 성행한 조선 후기는 현실적 욕망이 부각되면서 충, 효, 열 등의 이념항이 외면되는 경향이 있기도 했지만, 그와 반대로 오히려 충, 효, 열 등의 이념항을 극도로 강조하고 신비화하는 경향도 있었다. 이경류를 둘러싸고 일어나는 이념과 욕망의 길항 작용은 조선 후기 정신사적 분위기에서 야담이 지향하는 바를 짐작하게 하는 중요한 현상이라고 보는 것이다. 이 장은 그런 정신사의 전개와 19세기 야담집의 흐름을 연관시켜 설명하고자 한다.

4　하은하, 「귀신鬼神 이야기의 형성 과정과 문학치료적 의의」, 서울여자대학교 박사학위논문, 2002, 107~123면.

2. 이경류 이야기의 전개 양상

(1) 우애와 효행 — 유몽인의 『어우야담』

유몽인柳夢寅(1559~1623)은 이경류와 동시대 사람이다. 그는 임진왜란을 직접 겪었고 그래서 임진왜란을 겪으면서 생긴 갖가지 이야기들을 『어우야담』에 실었다. 이경류에 대한 이야기도 그 범주에 속한다.

『어우야담』은 이경류와 형[5] 이경준의 관계에 초점을 맞추었다. 전사한 이경류의 혼은 평양의 무장武將으로 있는 형을 간절히 만나고 싶어서 방문했지만 병사들의 경계가 삼엄하여 어쩌지 못하고 있다가 형이 혼자 있을 때 비로소 뜻을 이룬다. 이경류의 혼은 목소리를 내지만 형체를 보여주지 못한다. 그것은 이경류의 죽음이 특이했기 때문으로 보인다. 이경류 혼이 왜구의 칼에 찔린 순간 몸에서 빠져나왔기에 시신을 돌아볼 겨를이 없어 시신 있는 곳을 모른다는 것이다.[6] 혼 스스로가 자기 육신을 놓쳐버렸기에 형체를 보여줄 수 없다.

이경류는 그 뒤로 계속 형체를 보여주지 않는데 이에는 또 다른 요인이 개입했다.

> (이경준이) 말하기를, "너는 우리 형제 사이에는 왕래해도 부모님 처소에는 가지 말거라. 부모님 마음을 더욱 아프게 할까 걱정이 되어서다." (경류가) 대답하였다. "그러겠습니다. 저 역시 차마 부모님

---

5 이경류 형제들을 연령 순으로 나열하면 다음과 같다. 이경홍李慶洪 — 경함慶涵 — 경준慶濬 — 경류慶流 — 경황慶滉. 이경류는 형 경함을 대신하여 출전했다.

6 兵敗之日, 僅抽身亂兵中, 埋伏草莽, 翌日步上山寺, 於路遇賊而死, 方其被刃, 魂精驚散, 不知形體所居.(어우야담 115)

이 보시도록 할 수가 없지요." 이로부터 형의 집을 왕래하면서 집안일을 빠짐없이 다 상의하였으니 평일과 같이 정성스러웠다.[7]

동생이 죽은 뒤에도 형을 찾아와 동기간의 정을 나누고 평소와 다를 바 없이 집안일에 대해 상의한다는 것은 우애가 지극한 모습이다. 이경류는 그 뒤로부터 형의 집을 왕래하며 집안일에 대해 빠짐없이 상의한다. 그와 동시에 이경류의 끔찍한 시신을 부모께 보여드리지 않기 위해 노심초사했다. 이것은 효심의 발로다. 그런 점에서 『어우야담』 이경류 이야기에서는 우애와 효행이 조화를 이루면서 실현된다고 할 수 있다.

(2) 충효의 실현 — 이재의 「종사이공묘갈」[8]

이재李縡(1680~1746)[9]는 이경류 사후 약 88년 뒤에 출생한 인물이다. 그는 이경류 집안과 동향에 살면서 이경류 관련 이야기들을 익히 들어 왔다고 했다.[10] 이재가 쓴 「종사이공묘갈」從事李公墓碣의 전반부는 이경류의 사적을 비교적 자세하게 객관적으로 기록했다. 그 내용은 다음과 같다.

① 이경류의 전사 사실이 조정에 알려지지 않았는데, 아들 제禘가 장성하여 상소를 올리고 나서야 정려문이 내려지다.
② 이경류의 세계世系를 제시하다.(목은牧隱→종선種善→계전季甸→우

---

7 曰: "爾可往來于吾兄弟間, 願勿往父母之所, 恐其益疚其懷也." 曰: "然, 吾亦不忍使父母知之也." 自此, 往來于兄弟之家, 家中事無不言之, 諄諄如平日.(어우야담 115)
8 이재, 『도암선생집』陶菴先生集 권31
9 조선 후기의 문신. 본관은 우봉牛峰. 자는 희경熙卿, 호는 도암陶菴 · 한천寒泉. 진사 이만창李晩昌의 아들이다. 김창협의 문인으로, 노론의 중심 인물이다.
10 余以同閈後生, 亦耳熟矣.(『도암선생집』 권31)

隅…→증增→경류慶流)

③ 이경류의 출세 과정을 설명하다.

④ 이경류가 형 이경함 대신 출전하게 된 사정을 밝히다.

⑤ 이경류가 전사하다.

⑥ 죽기 직전 어느 아전에게 조의와 혁대, 편지 등을 남기면서 양친을 편히 봉양하고 아들을 잘 돌봐 달라 부탁하다.[11]

⑦ 종을 따돌리고 출전하다.

⑧ 아버지 판서공이 이경류의 의금衣衾을 광주廣州 낙생樂生의 선영에다 묻으며 장례를 치르다.

이재는 전사한 이경류의 사례가 국가 차원에서 표창되고 널리 알려져야 할 터인데도 그러하지 못한 것을 안타까워하는 입장에서 묘갈명을 기술했다. 이경류의 아들 이제李穧가 상소를 올려 정려문을 내리게 하고 아버지의 이름을 빛나게 했다는 점을 맨 먼저 언급한 것은 이재의 이런 문제의식에서 비롯되었다고 할 수 있다. 시간적으로 마지막에 일어난 일을 가장 먼저 기술한 것은 그것을 부각시키고자 하는 서술자의 서술 동기가 강하게 개입한 결과이다. 그다음의 기술 내용은 이경류 관련 서사에서 일반적으로 두루 나타나는 내용을 정리한 것이다. 그중 이경류가 형 대신 출전하게 된 사연이나 종을 따돌리는 사연 등이 두드러진 흥미소이다.

이어서 구사맹具思孟(1531~1604)이 「삼종사가」三從事歌를 지어 그들의 죽음을 애도했다는 사실을 지적했다.[12] 이는 사대부 사회에서 널리 회

---

11 事機已急, 吾命在天, 只望安奉兩親, 善護兒子.

12 구사맹은 윤섬·박호·이경류를 '삼종사'로 지칭하며 애도사를 지었다. 구사맹은 전쟁이 전도창창한 선비들을 죽게 한 것을 안타까워한다. 특히 삼종사가 나라의 부름을 받고 급히 출격하면서 처자를 돌보지 못한 점과 노부모가 계신 점을 지적했다(訣別焉能顧妻子, 堂上各有白髮親). 부부 서사, 자녀

자된 글이다. 바로 그 뒤부터 '오호'嗚呼라는 감탄구를 내세우면서 서술자의 생각을 강하게 드러낸다.

아아, 공은 한 작은 백면서생으로 급제한 지 채 1년도 안 되었으니 군사일은 배운 바가 아니었다. 그러나 조정이 위급해지니 사지로 기꺼이 뛰어들었지. 저 나라를 지키는 병사들은 두터운 은혜를 입었으면서도 기세를 보고 도망치고 숨어든 자가 줄을 이었는데 유독 공만이 목숨을 던지고 명백하고도 침착하게 의로움을 따랐다. 비록 그 재목을 다 쓰지 못했지만 그 풍문과 의열은 족히 사람의 기강이 되기에 충분했다네. 나라가 선비 기르기를 수백 년, 진정 오늘의 힘을 얻기 위함이었으니 공의 한번 죽음이 어찌 작다고 하겠는가?[13]

이렇게 이재는 이경류의 의열義烈을 격정적으로 표창한다. 이어서 한산 이씨들과 동향에서 살면서 그들로부터 익히 들어 온 기이한 이야기들을 옮긴다. 그것은 이경류의 혼을 중심으로 하여 일어난 사건들이다. 이경류는 사후 40여 년이 되어도 정백精魄이 흩어지지 않고 집안에 근심스런 일이나 경사스런 일이 있을 때 형체를 보이거나 목소리를 내었다고 하였다.[14]

서사, 부모 서사는 앞으로 이경류 이야기를 구성할 핵심 요소라 하겠는데, 구사맹의 이 시에서 문제된 부부 서사와 자녀 서사는 사랑이나 자애를 염두에 둔 것이 아니라 결별의 의식 차원에서 언급되었다는 점에서 뒤의 이경류 이야기와 다르다.

13 嗚呼! 公以眇然一白面, 釋褐纔一年, 軍旅非其所學, 而一朝有急, 走死地如鶩, 彼擁彊兵受厚恩而望風逃遁者相隨屬也, 而獨能捨命趨義, 明白從容, 雖用不盡材, 而其風聲義烈, 足以扶樹人紀, 國家養士數百年, 正爲今日得力, 公之一死, 又曷可少哉?(『도암선생집』 권31)

14 公歿後四十餘年, 精魄不泯, 凡有憂慶, 家人往往如見如聞, 余以同閈後生, 亦耳熟矣. 豈非朱子所謂養得氣剛大, 凝結不散者耶? 嗚呼異哉!(『도암선생집』 권31)

분명 이재가 들은 이경류 혼백에 대한 이야기는 다채로웠을 터인데도 철저히 '충효'의 범주에 넣을 수 있는 것만을 선별하여 수록했다고 하겠다. 이처럼 혼백 관련 이야기에 대한 검열은 주자朱子가 말한 바 "養得氣剛大, 凝結不散"에 의한 것이다. 이재는 이경류 혼과 관련하여 일어난 일체의 기이한 이야기들조차 주자의 기론氣論으로 갈무리함으로써 이야기 자체를 세세하게 제시하지 않으려는 태도를 취했다. 마침내 이재는 이 두 항목을 포괄하여, 이경류의 행적을 '충효'忠孝로 갈무리하여 표창한다.[15]

(3) 부부애의 포착 — 노명흠의 『동패락송』

노명흠盧命欽(1713~1775)이 편찬한 『동패락송』 소재 「이좌랑경류」李佐郎慶流는 매우 간략한 문장으로 구성되어 있다. 그만큼 서술에 박진감이 일어난다. 여기에는 종이 등장하지 않는다. 그래서 전사 사실을 종이 전하는 게 아니라 이경류의 혼이 전한다. 혼은 먼저 부인을 찾아가 자기가 죽었다는 사실을 알린다.

> 좌랑 이경류는 한산인이다. 일찍 등제하여 병랑이 되었다. 임진왜란 때 이일의 종사관이 되어 상주 진영으로 갔다가 패하여 전사했다.
> 전사하던 날 백주에 그 부인 눈앞에 나타나 말했다.
> "조금 전 내가 전사했다오. 시신을 찾으려 해도 찾기 어렵고 또 길지에 있기에 그냥 두어도 좋을 것이오. 옷과 신으로만 장례를 치러도 좋소."

---

15 鍾玆忠孝, 慶長發兮.(『도암선생집』 권31)

며칠 뒤 패전했다는 소식이 왔다.[16]

이처럼 이경류에 대한 간략한 인정 기술을 하고 전사 사실을 언급한 뒤 곧바로 혼이 부인의 눈앞에 나타나 자기 죽음을 알리는 장면을 묘사한다.[17] 이경류의 혼이 자기가 죽었다는 안타까운 소식을 누구보다 먼저 부인에게 알렸음을 강조하는 이 장면이 전반부의 귀결점이다. 그리고 그다음의 서사도 이 연장선에 있다고 할 수 있다. 그다음의 서사 단락을 정리하면 이러하다.

① 성복成服 후 매일 밤이 되면 이경류의 혼이 완연히 살아 있는 사람처럼 부인의 방으로 와서 동침하고 집안일들에 대해 이야기를 나누다가는 닭이 울면 떠나갔다.
② 제사 지낼 때 술을 따르자마자 마시니 매번 빈 잔이 되었다.
③ 부인 방을 오갈 따름이지 모친과 백씨가 거처하는 곳에는 감히 가까이 가지 않았다.
④ 대상 밤이 되자 부인에게 작별 인사를 했다. 17년 후에 다시 오겠

16 李佐郞慶流, 卽韓山人也. 早登第爲兵郞, 壬辰以李鎰從事官, 赴尙州陣敗沒. 戰亡之日, 白晝現於其夫人眼曰: "吾俄者戰亡矣. 雖欲覓尸, 難以覓得, 且屍塡吉地, 仍置爲好, 只葬衣履可也." 數日後, 敗報至.(동패락송 65)
17 노명흠과 동시대인인 신돈복辛敦復(1692~1779)이 편찬한 『학산한언』에는 비록 송나라 때 『계신잡지』癸辛雜識에 실린 이야기를 전재한 것이지만 유사한 이야기가 실려 있다는 점이 흥미롭다. "자를 명지라고 한 양오가 젊고 예쁘게 생긴 강씨에게 장가들어 해마다 아들을 낳았다. 양오가 객사한 이튿날, 크기가 손바닥만 한 나비가 강씨 곁에서 이리저리 날아다니다가 해가 저물자 사라졌다. 곧이어 양오가 죽었다는 부고가 이르고, 가족들이 모여 곡을 하자 그 나비가 다시 날아와 강씨의 주변을 돌며 한시도 떠나지 않았다." 이에 대해 신돈복은 이런 평을 덧붙였다. "이는 대개 양오가 젊고 예쁜 아내와 어린 자식에 대한 그리움을 끊을 수 없어서 나비가 되어 돌아온 것이다." 신돈복은 이어 이탁李鐸과 양 아무개도 죽어서 나비가 되어 집안을 맴돈 것을 거론하며 양오의 이야기가 거짓이 아님을 믿게 되었다고 해석했다.(신돈복 지음, 김동욱 옮김, 『국역 학산한언』 2, 보고사, 2007, 113~114면)

다고 약속했다.

⑤ 유복자가 있었으니 이린李獜이다. 이경류 사후 17년 만에 진사가 되어 집에 도착하는 날, 후원 공중에서 신은新恩을 부르는 소리가 또렷했다. 부인은 죽은 남편의 소리인 걸 알고 울면서 아들을 데리고 후원으로 갔다. 공중으로부터 나아가고 물러가라는 소리가 이어져 사람마다 다 들을 수 있었다.

⑥ 어머니가 겨울날 병환이 심각해졌는데 귤을 먹고 싶어 했으나 때가 아니라 얻어 올 데가 없었다. 혼이 백씨의 옷에 귤을 떨어뜨려 주어 백씨가 그걸 병든 어머니께 드렸다. 이 일은 이도암李陶菴의 비명碑銘에 실려 있다.

⑦ 이경류 공의 자손들은 대대로 현달했는데, 자손에게 경사가 있을 때마다 현몽하여 알려주었다 한다.

이처럼 서두를 이어서 이경류의 혼이 살아있을 때와 똑같이 부인 방으로 와서 동침을 하고 집안일을 상의한 것을 부각시켰다. ②는 따른 술잔이 금방 비었다는 사실을 거론함으로써 혼이 실재했음을 독자들에게 강조하려 했다고 볼 수 있다. ③은 이경류의 혼이 부인 방에만 출입했지 어머니나 백씨의 방에는 다가가지 않았다는 점을 지적하여 이경류 혼이 그 누구보다 부인에 대하여 강한 애착을 가졌음을 강조했다. 그럼에도 불구하고 다른 가족 구성원을 배제하는 것은 아니다. 부모 방을 들르지 않은 것은 부모에게 아들의 비참한 죽음을 환기시키지 않음으로써 새삼 심려를 끼치지 않기 위한 배려라고 해석할 수 있다. ⑤에서 유복자 아들에 대한 애착을 보여주는데 ⑦은 그 연장선에 있다고 할 수 있다. ⑥에서는 병든 모친에 대한 효행을 보여준다. 모친이 먹고 싶어 하는 때 아닌 황귤을 기꺼이 가져다준다는 기이한 내용은 효행을 강조하는 데 적절하다. 다만 황당하다는 인상을 누르기 위하여 이재의 「종사이공묘갈」從事李公墓碣을 근거로 끌어오기도 했다.

요컨대 『동패락송』은 현존 자료 중에서 이경류의 혼과 부인과의 사랑 관계를 집중적으로 보여주는 가장 이른 사례에 해당한다. 이경류 혼이 아들과 어머니에 대해 보여준 정성도 이런 부인에 대한 사랑을 전제로 하여 이루어진 것이다. 그런 점에서 부부애가 중심에 있고 자애와 효도가 그를 따라가는 형국이다.

(4) 이념적 검열의 파기와 환생의 기록 ― 이규상의 『병세재언록』

『병세재언록』并世才彦錄은 이규상李奎象(1727~1799)이 1797년 전후에 지은 것이니[18] 이희평(1772~1839)이 편찬한 『계서잡록』보다 수십 년 전의 것이고, 1869년 전후로 지어진 『동야휘집』에 비하면 약 70년 전의 것이다.

『병세재언록』에 실린 이경류 이야기는 매우 특별한 양상을 보인다. 우선 이경류 이야기가 건륭제乾隆帝 칙사勅使의 부사副使 오달성吳達聖 이야기 속에 들어가 있다. 그렇게 된 까닭은, '오 부사가 이경류의 후신이기' 때문이다.[19]

전사한 이경류의 혼은 자기 집으로 돌아와 보통 때처럼 말은 하지만 모습은 드러내지 않는다. 그래서 부인 방에다 영좌靈座를 설치해 준다. 『동패락송』의 이경류 이야기에서 비로소 부부의 사랑에 초점을 맞추었다면, 여기서는 그 사랑을 집안사람들이 함께 추인함 셈이 된다. 그와 아울러 어머니에 대한 효행도 소홀히 하지 않았다. 이경류가 아침저녁으

---

18 임형택, 「이규상과 『병세재언록』」, 『18세기 조선인물지 병세재언록』, 창작과비평사, 1997, 377면.
19 吳副使是李先祖, 壬辰殉節人, 李公慶流之後身也.(병세재언록 306)

로 어머니 방으로 가서 문안 인사를 드리게 하기 때문이다. 이는 『어우야담』 계통에서 형 경준이 이경류의 혼에게 부모님 앞에는 나타나지 말라고 충고하는 것과 반대이다. 오히려 어머니가 이경류 혼에게 전사한 당시 모습을 보여달라고 간청한 것으로 설정했다. 이경류 혼이 칼에 맞은 형상을 보여주니 어머니가 혼절한다. 이렇게 관계가 반대로 나타나지만, 속마음은 동일한 것이라 할 수 있다. 어느 쪽이든 아들에 대한 부모의 애착이 얼마나 간절한 것인가를 전제하기 때문이다. 자식을 먼저 떠나보내는 참척慘慽은 부모에게 가장 고통스런 경험이라는 것, 부모는 죽은 자식의 시신을 차마 볼 수 없다는 것, 그럼에도 불구하고 부모는 자식의 마지막 모습을 보아야 한다는 것, 그러나 죽은 자식의 시신을 보는 것은 부모가 견디기 어려운 가장 고통스런 경험이라는 것 등을 두 계통의 이야기들이 함께 전제하기 때문이다. 이런 차이는 서사의 발전 과정과 관련해서도 설명할 수 있다. 『어우야담』은 사실 제명에 '야담'이 붙어 있기는 하지만, 거기 실려 있는 단편들 대부분은 서사가 충분히 발현되지 못했기 때문에 '야담'이라 일컫기 어렵다. 이 경우에도 아들들의 효심은 서사의 발전을 가로막은 형국이다. 이에 반해 『병세재언록』은 서사적 호기심이 발현되도록 인물의 성격을 재조정했다. 특히 이경류 어머니는 스스로 견디기 어려울 것을 예상했음에도 불구하고 아들에게 죽은 모습을 보여달라 간청한다. 이런 어머니의 태도는 약간 생뚱맞은 느낌을 주기도 한다. 어머니는 아들에 대한 그리움보다는 아들 시신을 보고자 하는 호기심을 더 강하게 가졌다는 인상을 주는 것이다.

　『병세재언록』의 서술자는 이경류 어머니의 형상을 이렇게 변개시킨 다음 이경류 아들을 서사의 중심으로 이끌어 왔다. 먼저 이경류 혼은 외동아들 이제에게 글을 가르친다. 아버지의 혼이 아들을 공부시킨다는 모티프는 매우 색다른 것이다. 아들은 그 가르침에 힘입어 급제한다. 아버지와 아들의 관계는 여기서 끝나지 않는다. 아들이 마마에 걸려 증세가 심하자 의원이 동정호의 귤을 약재로 써야 한다고 말한다. 혼은 잠시 뒤 귤 10여 개를 따 오는데 그로써 병세가 나아진다. 이경류 혼이 동정호 귤을 가져다준다는 모티프는 다른 이경류 이야기에도 두루 나오지만, 병에 걸린 사람은 어머니였다. 즉, 다른 이경류 이야기는 어머니에 대한 효심을 드러내기 위하여 혼에게 동정호 귤을 가져오게 했다면,『병세재언록』의 이 작품은 자식에 대한 아버지의 자애를 부각시키는 데 동일 모티프를 활용했다.

이전의 이경류 이야기들은 비록 혼의 귀환을 다루긴 했지만, 대상大祥 이전까지를 주로 다루었고, 대상 날에 작별을 고하게 했다. 그 뒤의 기이한 일들은 기제사 날 혼이 잠시 온다거나, 아들의 급제 날 공중에서 목소리를 들려주는 것 등이었다. 이들은 모두 주자가 말한 "養得氣剛大, 凝結不散"이란 이념의 범주 속에 들어가 있는 것이다. 그와 비교할 때『병세재언록』은 주자를 필두로 한 사대부의 혼에 대한 공인된 생각의 테두리를 벗어나서 환생을 인정하고 환생의 결과까지 서사의 폭 속으로 받아들였다.

이경류의 혼은 어느 날 집안사람들에게 작별을 고하면서 '나는 장차 다른 곳으로 가서 화신化身할 것이다. 뒤에 고국을 찾아와 풍물을 한번 구경할까 하노라'고 했고, 과연 그대로 환생했다. 영조 임신년(1752)에 건륭제 칙사로 오달성吳達聖이 조선을 방문했는데, 그 시기가 혼이 예언한 시기와 부합했다. 오달성은 언제나 조선을 도와준다.

이와 같은 환생 단락은 다른 야담집에서 찾아볼 수 없다. 그 이유를 알아보기 위해『병세재언록』의 액자 부분을 살펴보자.

영조 임신년에 온 건륭제의 칙사인 부사 오달성은 곧 한인인데, 배

와坏窩 김상숙金相肅이 자기 맏사위 마전麻田 현감 이구영李耇永에게
서 오달성에 대한 이야기를 듣고 나에게 전해준 것이다. ……김상숙
은 근엄한 선비인데 자기 사위의 말을 전해 준 것이 이와 같았다. 그
혼이 집에서 했던 일과 자식에게 글을 가르치고 귤을 구해다 병을
낫게 한 일이나 제사지낼 때 영험을 보인 일 등은, 나의 당숙 정랑공
正郎公 이사정李思正도 또한 병조좌랑 이경류의 후손인 참판 이해중李
海重에게서 직접 들었다고 한다.[20]

이를 통해 볼 때, 이 작품에는 두 개의 제보자 계열이 있다. 첫째, '이
구영→김상숙→이규상'의 계열이고, 둘째, '이해중→이사정→이규상'
의 계열이다.

첫째 계열의 원 제보자인 이구영은 이경류가 중국인 오달성으로 환
생하는 이야기를 구연했다. 둘째 계열의 원 제보자인 이해중은 한산 이씨
후손으로 한산 이씨 가문에 전승되던 이야기를 구연했다. 첫째 계열 이야
기는 『병세재언록』에만 있는 것이고, 둘째 계열 이야기는 『계서잡록』 등
에서 발견되는 것이지만 다른 점도 많다.

먼저 둘째 계열 이야기가 다른 야담집과 다른 점은 이경류의 혼이 아
들을 직접 가르쳐 과거에 급제시킨다는 점과 동정호 귤을 따가지고 와서
어머니가 아닌 아들의 병을 낫게 해 준다는 점이다. 즉 아들에 대한 애착
이 최대치로 형상화되었다. 물론 부인에 대한 애착도 그에 못지않다.

그러고는 첫째 계열 이야기가 그것을 감싼다.

하루는 혼이 집안 사람들에게 작별을 고하면서 "나는 장차 다른 곳

으로 가서 화신化身할 것이다. 또 아무 해 재생할 것인데, 응당 중원 강남 땅에 태어날 것이다. 뒤에 고국을 찾아와 풍물을 한번 구경할까 하노라"고 하였다.[21]

이경류의 자손들은 영조 임신년 건륭제 칙사로 온 오달성이 선조 이경류의 후신이라고 여겼다. 햇수와 출생지를 따져 본 것이다. 후손들은 오달성을 만나러 가고자 했지만 '국법에 금하는 일'이고, '황탄한 일에 가깝다'고 적극 말렸기에 그만두었다.

이처럼 『병세재언록』 이야기에서는 이경류의 환생을 인정한다. 이경류 혼은 어머니보다는 아들의 장래와 병에 대해 더 간절한 관심을 보인다. 『병세재언록』은 서사적 호기심을 극대화하면서 이념적 검열을 최소화시켰다고 할 수 있다.

(5) 가문 전승담의 집대성과 가족 질서의 재구성 — 이희평의 『계서잡록』

이희평李羲平(1772~1839)이 편찬한 『계서잡록』에 실린 이경류 이야기는 이희평이 생존하던 시기까지 한산 이씨 가문 이야기판에서 전승된 이경류 관련 이야기들을 선택적으로 집대성한 것이다. 주로 한산 이씨 선조들의 일화들을 싣고 있는 『계서잡록』은 「칠대조고좌랑공」七代祖考佐郎公이란 제목으로 이경류 이야기를 서술했다. 이희평에게 이경류는 7대조가 되기 때문이다. 서사 단락 별로 정리하면 다음과 같다.

---

21 병세재언록 220

① 조방장助防將 변기邊璣가 출전할 때 조정에서는 이경류의 중씨仲氏 이경함을 종사관으로 명하고자 하지만 '이경류'라고 이름을 잘못 썼다. 중씨의 만류에도 불구하고 이경류가 출전했다.

② 사태가 위태롭게 된 것을 간파한 종이 돌아가기를 간청했지만 이경류는 구차하게 살지 않겠다며 종을 따돌리고 출전하여 전사했다. 윤섬, 박호도 전사했다

③ 종이 말을 끌고 돌아가 이경류의 전사 소식을 전하고 편지를 전하니, 본가에서는 편지를 쓴 날을 기일로 삼았다.

④ 종은 자결했고 말 역시 먹지 않고 죽었다.

⑤ 남긴 옷과 의관을 염하여 관에 넣고 광주廣州 돌마면突馬面 선영에 장사지냈고 그 아래에다 종과 말을 묻었다.

⑥ 상주尙州 사람들이 제단을 배설하고 제사를 지내 주었다. 정조가 친필로 '충신의사단'忠臣義士壇을 써 주고 전각을 지어 주었는데, 이경류는 거기 삼종사三從事의 한 사람으로 배향되었다.

⑦ 이경류는 죽은 뒤 밤마다 집으로 찾아왔는데 목소리나 웃는 모습이 평시와 같았고 부인 조씨에 대한 수작도 생전과 다르지 않았다.

⑧ 음식을 바치면 생시처럼 마시고 먹었지만 뒤에 확인하면 음식은 그대로 있었다.

⑨ 부인이 이경류에게 유해 있는 곳을 알려 주면 옮겨 반장返葬하겠다 하니 백골 더미에 있기에 분간하기가 어렵고 또 그곳도 괜찮다며 알려 주지 않았다.

⑩ 소상 뒤에는 격일로 오더니 대상 때 와서는 이후로 오지 않겠다 하였다. 아들이 그때 4살이었는데 그를 어루만지면서 "이 아이는 필히 등제할 것이오. 하지만 불행을 겪게 될 것인데, 그때 내가 다시 오겠소" 하였다. 문을 나서자 형체와 그림자가 사라졌다.

⑪ 20여 년 후인 광해조 때 아들이 급제했다. 사당을 배알할 때 공중에서 '급제자는 나아오고 물러가라'는 소리가 났으니 사람들이 모두 기이하게 여겼다.

⑫ 어머니가 소갈증이 들었다. 이경류 혼이 동정호로 가서 귤 3개를 구해 와서 형에게 던져 주고 사라졌다. 어머니는 귤을 먹고 즉시 나았다.

⑬ 매년 기제사 때 문을 닫으면 수저 소리가 들렸다. 이희평의 서증대부庶曾大父 이병현李秉鉉이 말해 주기를, 어릴 때부터 제사에 참례하여 그때마다 그 소리를 들었는데 근래에는 듣지 못한다고 했다.

⑭ 제사 떡에 사람 털이 들어가면 반드시 떡 찐 여종을 불러와 꾸중하고 회초리 때리게 했는데, 그로부터 집안 사람들이 제사 준비에 소홀하지 못했다.

⑮ 삼종사의 부조지전不祧之典과 관련하여 윤행임尹行恁과 갈등했다.

이처럼 편찬자는 선조 이경류 관련 이야기들을 집대성했다. 유해의 소재를 묻는 사람이 형이나 어머니가 아니라 부인이라는 점이 특이하다. 부인이 유해 있는 곳을 묻는 것은 부부애보다는 남편의 유해를 '반장'해야 한다는 아내로서의 책임감[22]과 더 관련이 있다. 이 점은 이경류의 죽음을 알리는 장면에서도 확인할 수 있다. 이 장면에서 부부 사이의 애틋한 사랑을 부각시킨 야담집은 『동패락송』이었다. 『동패락송』에서는 이경류 혼이 직접 부인에게 와서 자신의 죽음을 알린다. 자신이 죽게 되어 부인과 사랑을 나눌 수 없는 게 너무나 애석하다고 고백하는 듯하다. 이와 비교할 때, 『계서잡록』은 종을 등장시켜 종이 이경류의 전사 소식을 집으

---

22 夫人問: "公之遺骸在於何處? 若知之則將返葬矣."(계서잡록 성대본)

로 전하게 한다. 종은 그 사명을 다한 뒤 자결하고 심지어 이경류가 탔던 말까지도 아무 것도 먹지 않고 죽었다고 하였다.[23] 이런 차이에서 『계서잡록』의 의도를 분명하게 읽을 수 있다. 『계서잡록』은 부부간 사랑 대신 주인에 대한 종의 충성을 강조하려 한 것이다. 주인이 타던 말까지도 먹지 않고 굶어 죽는다는 것은 『계서잡록』 이전의 다른 어떤 야담집에서 찾기 어려운 점인데, 종과 말의 죽음이 만들어 내는 비장감은 주인에 대한 종과 말의 충성을 극단적으로 부각시킨다. 한산 이씨 가문은 이경류 이야기를 통해 부부간 사랑보다는 종의 충성을 비장하게 부각함으로써 가정 안의 신분 질서를 강화하려 했다고도 볼 수 있다.

또 이경류 혼은 대상 이후 떠나면서 "이후로는 내가 오지 않겠다"며 떠나려 하다가 네 살 난 아들 이제를 어루만지며 탄식하기를 "이 아이는 반드시 급제하겠지만 불행해질 것이다. 불행을 당했을 때 내가 다시 오겠다"라는 말을 덧붙이고 떠났다. 여기서 두 가지 중요한 사항을 지적할 수 있다. 먼저 혼이 오고 가는 것만 언급했지 환생에 대해서는 언급하지 않는다는 점이다. 환생을 인정하지 않은 것이다. 다음으로 아들 이제의 불행을 예언하고 그가 불행할 때 오겠다 하고서는 정작 돌아온 때는 이경류의 어머니가 병환을 앓을 때였다. 아들에게 애틋하게 집착하는 듯했는데 어느덧 그 대상을 어머니로 바꾸었다. 혼의 언행에서 모순을 만들면서까지도 이경류의 어머니에 대한 효행을 부각시키려 한 것이다. 후손의 입장에서 선조 이경류가 아들에 연연하는 것보다는 그 어머니의 병환을 고치기 위해 동정호까지 가서 귤을 가져오는 모습을 보여주는 것이 더 떳떳하다 판단했을 것이라 본다.

---

23 其奴自剄而死, 馬亦不食而斃, 以所遺衣冠, 斂而入棺, 葬于廣州突馬面先塋之左麓, 而其下又葬奴與馬.(계서잡록 성대본)

3. 19세기 야담집들의 이경류 이야기 선택과 의미 지향

(1) 19세기 야사집의 선택

앞에서 검토한 『어우야담』, 『동패락송』, 『계서잡록』 소재 이경류 이야기들과 「종사이공묘갈」從事李公墓碣은 후대의 야사집이나 야담집의 선택 대상이 되었다. 먼저 야사집으로서 『조야집요』朝野輯要, 『소화귀감』小華龜鑑, 『국조인물지』國朝人物志, 『야승』野乘, 『대동기문』大東奇聞 등은 차례대로 동일 각 편을 전재하고 있다. 그 대표적 사례로 1835년 전후에 박손경朴遜經이 편찬한 『소화귀감』을 검토해 본다. 『소화귀감』은 조선 태조부터 정조 2년(1778)까지 조선의 정치·사화·당쟁 및 그에 관련된 인물의 사적을 모아 놓았는데, 그 제13권은 「임진정유순절제신」壬辰丁酉殉節諸臣이란 제목으로 임진왜란과 정유재란 중 활약하다 전사한 신하들 중 두드러진 사례에 대해 기록했다. 이경류 이야기는 그중에서 가장 돋보인다. 서술이 자세할 뿐 아니라 비현실적이고 기이하기까지 한 내용을 담은 거의 유일한 경우이기도 하다. 그 서사 단락은 이러하다.

①이경류가 종에게 자기 옷과 신발을 주며 부모에게 보내고 전사했다.
②이 날 이경류의 혼이 부모에게로 가서 자기가 상주에서 전사했다는 소식을 알렸다. 부모는 믿지 않았는데 며칠 뒤 종이 옷과 신발을 가져왔다.
③그 뒤로 왕래하며 공중으로부터 말을 했다. 음식을 차려 주면 없어지지는 않았지만 그릇 소리는 들렸다.
④어느 날 자기 모습을 보여주려고 했는데 부모가 차마 볼 수 없다 하자 그만두었다.

⑤ 그 뒤 이경류의 혼은 자기가 비명횡사했기에 정백이 왕래했다 하고 이제 수가 다하여 올라간다 했다.

⑥ 이경류의 혼은 200년 뒤 중국 사신이 되어 돌아올 것인데 그때 자손도 있을 것이라 말했다. 이 일이 매우 허탄하지만 그 자손의 말도 역시 이와 같았다.

⑦ 일설에, 이경류의 혼이 순안의 원으로 있는 형 이경준을 찾아갔는데, 그 뒤로 계속 왕래하며 자기의 유해 문제와 집안일에 대해 상의했다 한다. 2년이 지나자 오지 않았다.

이 각 편은 1784년경 편찬된 『조야집요』로부터, 『국조인물지』, 『야승』, 『대동기문』 등에 두루 실려 있는 내용이다. ①~⑤ 부분은 문헌들에서 산견되는 것들을 모은 것이다. ⑦은 『어우야담』의 것을 옮긴 것이다. 『어우야담』과 비교하면 시신을 부모에게 보여주는 부분에서 출입이 있다. 『어우야담』은 부모가 충격을 받을까봐 시신의 모습을 보지 말도록 자식으로서 배려해야 한다는 쪽으로 기술한 반면, 위 야사집들은 오히려 이경류 혼이 자기 모습을 보여주려 하자 부모가 차마 볼 수 없다 하는 쪽으로 기술하고 있다. 또 이들 야사집들이 환생에 대해서 간략하게나마 언급하고 있다는 점도 『어우야담』과는 다르다. 물론 '허탄하다'는 말로 그것을 부정하기는 하지만 적어도 중국 사람으로 환생하여 200년 뒤 조선으로 들어오겠다는 이경류 혼의 말을 소개하고 있다는 점에서 환생 문제를 완전히 외면하지는 않았다. 이 점은 야사적 문제의식에서 비롯된 것이라고 볼 수 있다. 환생의 문제가 중국 사신과 관련되기 때문이다. 또 이경류 혼이 부모에게 자기 시신의 모습을 보여줄까 한 것도 부모에 대한 배려심이 부족해서라고 보기는 어렵다. 오히려 부모가 보고 싶으면 보여드릴 수 있다는 태도였다. 그래서 부모가 차마 못 보겠다 하니 그 뜻에 따라 현신하지 않은 것이다. 무엇보다 이 야사집에 선택된 이경류 이야기에는 부인에 대한 언급이 전혀 없다는 점이 특이하다. 야사 편찬자들이 가졌던 역사 서술자로서의 자의식이 은밀한 남녀 관계에 대한 언급을 자제하게 했다고 본다.

(2) 19세기 야담집의 선택

이상 19세기 야사집의 이경류 이야기 선택과 비교할 때, 19세기 야담집은 뚜렷하게 변별된다. 이경류 이야기는 19세기 주요 야담집들을 중심으로 하여 서사적 완성 형태를 보였다고 할 수 있다. 현전 야담집에서 확인할 때 이경류 이야기는 『어우야담』 계통과 『계서잡록』 계통으로 나뉜다. 전자는 아예 출전을 『어우야담』이라 밝혀 놓기도 한다.[24] 다음 표와 같이 요약할 수 있다.

　이를 통해 볼 때 『어우야담』 계통은 19세기 야담집에서 곁들여졌을 따름이다. 『어우야담』 계통 이경류 이야기를 싣고 있는 『기문총화』는 『계서잡록』 계열 이경류 이야기도 싣고 있는 것이다. 그 외 『청구야담』, 『동야휘집』 등 19세기 주요 야담집들은 모두 『계서잡록』 이경류 이야기를 전재하고 있다.

　『기문총화』와 『청구야담』, 그리고 『선언편』, 『동국쇄담』, 『쇄어』 등은 『계서잡록』의 「칠대조고좌랑공」七代祖考佐郎公을 거의 그대로 옮기되 다만 인물 호칭만 바꾸었다. 『계서잡록』이 후손의 입장에서 등장인물들을 친족 호칭어로 지칭했기에 그것을 객관화했을 따름이다. 또 『청구야담』은 이희평의 서증대부庶曾大父인 이병현李秉鉉의 증언 부분[25]을 생략했다.

24　『기문총화』 1권, 『한국야담자료집성』 6-1권, 30면.

	『어우야담』 계통	『계서잡록』 계통
『기문총화』	「임진지란」壬辰之亂 (곤坤권, 『한국야담자료집성』 6권, 277)	
『기문총화』	「임진지란」(1권, 『한국야담자료집성』 6-1권, 30)	
『아동기문』 我東奇聞	「임진지란」(『한국야담자료집성』 6권, 417)	
『기문총화』		「이공경류」李公慶流 (곤坤권, 『한국야담자료집성』 6권, 197)
『기문총화』		「이공경류」(3권, 『한국야담자료집성』 6-1권, 223)
『기문총화』		「이공경류」(정명기 소장, 『한국야담자료집성』 6-1권, 520)
『청구야담』		「투삼귤공중현령」投三橘空中現靈
『동야휘집』		「전충사효투금귤」轉忠思孝投金橘 (동야 상 238)
『선언편』 選諺篇		「이공경류」(『한국문헌설화전집』 5 438)
『동국쇄담』 東國瑣談		「이공경류」(건乾권, 『한국야담자료집성』 7권, 631)
『총화』叢話		「이공경류」(천리대도서관 소장, 『한국야담자료집성』 6-1권, 698)
『쇄어』瑣語		「이공경류」(『한국야담자료집성』 7권, 2)
『청야담수』 靑野談藪[26]		「전충사효투금귤」(『한국야담자료집성』 4권, 34)

이 부분은 이경류의 혼이 제사 때마다 수저 소리를 냈다는 앞 단락의 진술을 뒷받침하는 증거에 해당한다. 원래『계서잡록』이 이 서사 단락을 곁들인 것은 전설이 증거물을 활용하듯이 작품 밖 실존 인물의 진술을 끌어와 진술의 신빙성을 확보하려 한 것이다. 그 부분을『청구야담』이 생략했다는 것은『청구야담』이 서사 세계의 독자성을 인정하고 오직 서사 세계 자체를 통해서만 설득력을 확보하려는 서술 동기에서 비롯된 것으로 해석된다.

반면『동야휘집』을 비롯한 다른 야담집들은 그 부분조차도 그대로 옮겼다. 이것은『동야휘집』등이 서사 세계의 독자성을 인정하려 한 방침과 모순된다. 적어도 이 작품을 기술할 때는 편찬자 이원명이 사대부적 글쓰기를 더 크게 의식했다는 추증이 가능하다.『천예록』에서도 확인되었듯이[27] 사대부적 글쓰기를 의식할 때 그 진술의 권위를 확보하기 위해 다른 책 구절이나 실존 인물의 발언을 인용하려 한다.[28]『동야휘집』은 이병현의 증언 부분이 서사 세계의 독립성을 저해할 수는 있었지만 진술 내용의 권위를 확보하는 데 더 유리하다 판단했기에『청구야담』과는 달리 그 부분을 살렸다고 판단된다.

『동야휘집』은『계서잡록』의 이야기를 「전충사효투금귤」(동야 상 238)이란 제목으로 만들었다.[29] 이 이야기의 출발이 된『계서잡록』, 그리고 이

---

25 庶曾大父秉鉉, 向我言, 自家少時祭祀, 每聞此聲矣. 近日以來, 未嘗聞云矣.(계서잡록 성대본)
26 『청야담수』는 20세기 초에 편찬되었지만, 여기에 포함시켜 논의한다.
27 이강옥,「이중 언어 현상으로 본 18, 19세기 야담의 구연, 기록, 번역」,『고전문학연구』32집, 한국고전문학회, 2007, 341면.
28 이에 대해서는 이강옥,「일상의 경험을 통한 일화의 형성과 그 활용―정재륜鄭載崙의『공사견문록』公私見聞錄을 중심으로」,『국문학연구』15집, 국문학회, 2007, 7~52면
29 임완혁은『동야휘집』의 이경류 이야기가『계서잡록』(성대본)→『기문총화』→『동야휘집』의 순으로 수용되었다고 보았다.(임완혁,「문헌전승에 의한 야담의 변모 양상」, 성균관대학교 박사학위논문, 1997, 150면)

원명이 읽고 크게 참조했다고 언명한『기문총화』에는 제목이 붙어 있지 않다. 그리고『동야휘집』은『계서잡록』이나『기문총화』의 본문을 조금씩 수정했다.

『동야휘집』이 변개한 양상은 다음과 같다.

① "李佐郞慶流韓山人也"로 시작한다.

② 이경류가 죽은 뒤 그 노비가 따라죽는 대목에서 "其奴自剄而死"(『계서잡록』)를 "奴卽病死"(『동야휘집』)로 바꾸었다.

③ 부인이 이경류에게 시신 묻힌 곳을 물을 때 "若知之則將返葬矣"라고 목적을 말하는데,『동야휘집』만이 그 말을 생략했다.

④ 小祥後間日降臨矣 → 小祥後間日而來

⑤ 公之母親 常有病患 時則五六月間也 喉喝思橘 若得喫則病可解矣 無有得橘 數日後 空中有呼兄聲 → 母夫人 嘗有病 喉渴思橘 而時則六月也 一日空中有呼兄聲

⑥ 평결을 붙였다.

①과 ⑥은『동야휘집』이 전傳의 형식을 차용하려 한 데서 비롯되었다고 볼 수 있다. 이 점은 이미 선행연구에서 지적된 바 있다. ②에서는 완곡하게 표현하려 한 흔적을 찾을 수 있다. 종이 주인의 뒤를 따라 스스로 목을 베어 죽었다고 하기보다는 병이 들어 죽었다고 하는 것이 좀 더 부담이 없는 설정이라고 보았을 듯하다. ④는 '강림'이란 말을 '왔다'로 대체했다. 강림은 신령의 존재를 실체로 강조한다는 느낌을 주는데, 그걸 피했다고 볼 수 있다. ③과 ⑤는 번다한 부분을 생략하여 간명하게 기술하기 위한 것이다. 다만 그러면서 ⑤에서처럼 작중 인물의 솔직한 생각을 담은 말을 제거하게 되었다.『동야휘집』이 비록 가장 후대의 야담집이

지만 작중 인물의 대화를 통해 생각을 확장하는 데는 인색했다. 『동야휘집』이 말하기보다는 쓰기에 더 밀착되어 있음을 암시한다.

(3) 19세기 야담집의 선택의 의미

19세기 야담집은 작은 부분에서 변개를 하기는 했지만, 그때까지 전해지던 이경류 이야기를 새롭게 만들거나 창조적으로 변개하지 않았다. 주지하듯, 야담집은 구전되던 이야기를 채록하는 방법과 다른 문헌의 기록을 전재하는 방법을 병행하며 성립되었는데, 초기 야담집에서는 전자가, 후기 야담집에서는 후자가 더 큰 비중을 차지한다.[30] 19세기 후반 야담집들은 후기 야담집의 성격을 다분히 가지기 때문에 선행 문헌 소재 작품들을 전재하는 것은 어쩔 수 없었다. 이경류 이야기의 경우도 예외는 아니다. 이럴 때 관건은 기존 문헌에 이미 존재하는 것 중에서 어떤 것을 선택하는가이다. 19세기 이후의 주류 야담집들이 『계서잡록』 계통의 이경류 이야기를 주로 수용했다는 점은 조선 후기 야담집의 귀추와 관련하여 의미심장한 암시를 준다. 그것은 부부간 사랑을 중시한 『동패락송』이나 이념적 검열을 거부하고 호기심 어린 환생을 보여준 『병세재언록』 등의 지향을 19세기 야담집이 수용하지 않았음을 뜻한다. 나아가 「이생규장전」에서 비롯한 전기소설의 지향으로부터 19세기 야담집이 더 분명한 선을 그은 것을 의미한다. 『병세재언록』이 강조한 환생이 이념적 차원에서 부담을 준 것도 분명하다.

    이렇게 하여 『계서잡록』 계통이 19세기 야담의 주류를 이루게 되었다. 이경류는 자기 죽음이 예견되는 상황에서 기꺼이 출전하여 목숨을 바

---

30 이강옥, 『한국 야담 연구』, 돌베개, 2006, 330면.

침으로써 국가 수호의 영웅으로 좌정했다. 주인의 죽음을 목도한 종은 그 소식을 본가에 전함으로써 자기 소임을 다하고는 자결했다. 이경류가 탔던 말도 굶어죽었다. 주인과 종은 충이란 이념항을 실현하여 국가 질서와 가족 질서를 재구성하는 주체가 되었다고 하겠다.

『동패락송』이나 『병세재언록』 등에서 뚜렷해진 혼의 귀환과 환생은 부인과 자식에 대한 애착에서 비롯한 것이다. 그 시대 야담은 그것을 비교적 정확하게 포착하고 발전시켰다. 『계서잡록』은 그것을 가문의 일과 부모에 대한 것으로 바꿨다. 그것은 이경류 혼이 떠나가면서 분명 '아들'이 불행하게 될 때 돌아올 것이라 언명했음에도 불구하고[31] 결국 아들이 아닌 어머니가 병환에 걸렸을 때 돌아오게 한 데서 가장 뚜렷이 나타난다. 혼의 언행에서 모순을 만들면서까지도 어머니에 대한 이경류의 효행을 부각시키려 했다. 이와 관련해서는 『계서잡록』과 19세기 야담집이 다소 다른 함의를 가진다. 『계서잡록』의 경우 서술의 주체가 이경류의 후손이다. 후손의 입장에서 볼 때, 선조가 아들에 연연하는 것보다는 그 어머니에게 더 충실한 것이 가문의 자랑이었을 수 있다. 혼이 그 어머니의 병환을 고쳐 드리기 위해 동정호까지 가서 귤을 가져오는 모습이야말로 가문사에서 가장 빛나는 광경일 수 있었을 것이다. 그에 반해 19세기 다른 야담집의 경우라면 이 장면은 그냥 아들에 대한 아버지의 사랑이 어머니에 대한 자식의 효행으로 치환된 것 이상이 아니다.

19세기 야담집들은 『계서잡록』 소재 이경류 이야기를 계승함으로써 가족 질서와 계급 질서의 확인, 효행의 실천 등의 지향성을 이었다. 조선 후기 정신사의 굵은 흐름이 '이념의 구현'과는 반대쪽으로 나아갔음은 분명하다. 그런데 야담의 경우, 야담집 편찬자 개인의 성향에 따라 이념의

---

31 歎曰: "此兒必登科而不幸, 當不幸, 然而伊時, 吾當更來."

구현이 극단적으로 강조되기도 했다.[32] 나아가 야담은 달라진 현실에 대한 일종의 대안으로서 이념성을 강조하기도 했다. 더 이상 이념이 관철되지 않는 현실을 목도하던 야담 수용자들은 이념이 더욱 강조되는 야담을 선택하여 읽기를 원했을 수도 있다. 『계서잡록』 소재 이경류 이야기는 후자의 관점에서 19세기 야담집으로 들어왔다. 그리고 굳어져 더 이상 변개되지 않았다. 이는 19세기 후반 야담집이 창조력을 잃고 다만 서로를 모방하거나 전재하는 단계로 접어들었음을 뜻한다. 다른 한편 야담집들이 전기소설이나 야사집 등 다른 성격의 장르 및 책들을 타자화하면서 야담집 자체의 고유한 속성을 명확하게 인지하고 더 단단하게 서로 결속되었음을 의미한다. 이경류 이야기의 전개 과정이 그런 사정을 가장 명료하게 보여준다고 하겠다.

요컨대 19세기 이전까지의 야담은 집안일에 대한 미련, 부인과 아들에 대한 애착 때문에 죽어서도 혼이 되어 되돌아온 이경류를 형상화했다면, 19세기 야담은 그런 이경류 형상을 바탕으로 하면서 국가와 가문의 질서를 재구축하는 열사로, 효행 실천의 화신으로 이경류를 재형상화했다고 하겠다.

4. 결론

본고는 야담과 야담집의 전개라는 차원에 초점을 맞추어, 야담과 야담집

---

32 이와 관련하여 『박소촌화』樸素村話를 편찬한 이동윤은 송시열→권상하→한원진으로 이어지는 노론의 학통을 계승했으며, 그래서 『박소촌화』를 통하여 절의와 정절, 충절을 극단적으로 강조했다는 점이 밝혀졌다. 이병직, 「이동윤의 사상과 『박소촌화』의 저작 동인」, 『문창어문논집』 39, 문창어문학회, 2002, 67~73면 및 이강옥, 앞의 책, 135~136면 참조.

이 이경류 이야기들을 선별하고 조합하는 양상을 정리한 뒤 그런 양상이 어떤 야담사적 의미를 가지는지를 살펴보았다. 유몽인의 『어우야담』은 우애와 효가 조화를 이루게 했다. 이재의 「종사이공묘갈」은 이경류의 행적을 '충효'로 갈무리하고 표창했다. 노명흠의 『동패락송』은 현존 자료 중에서 이경류의 혼과 부인과의 사랑 관계를 집중적으로 보여주는 가장 이른 사례에 해당한다. 부부애가 중심에 있고 자애와 효도가 그를 따라가는 형국이다. 이규상의 『병세재언록』은 환생을 보여주었으며 그런 점에서 서사적 호기심을 극대화하면서 이념적 검열을 최소화시켰다고 할 수 있다. 이희평의 『계서잡록』은 이희평이 생존하던 시기까지 한산 이씨 가문 이야기판에서 전승된 이경류 관련 이야기들은 선택적으로 집대성한 것으로서 가족 질서와 신분 질서를 재구성하고 효행을 부각시키는 쪽으로 나아갔다.

이런 분석을 바탕으로 하여 19세기 야담집에서 이경류 이야기가 어떻게 나타나며 그런 특징이 어떤 의미를 지향하는지를 살폈다. 먼저 19세기 야사집의 선택에 대해 살폈다. 이들은 1784년경 편찬된 『조야집요』 소재 이경류 이야기를 근간으로 하였는데, 문헌들에서 산견되는 것들을 모으고 뒷부분은 『어우야담』의 것을 옮겼다. 환생을 간략히 언급한 것은 그것이 중국 사신과 관련되었기 때문이고 부부애를 무시한 것 역시 야사 편찬자들이 가진 역사 서술자로서의 자의식이 작동했기 때문으로 해석했다.

19세기 야담집은 19세기 야사집의 선택과 뚜렷하게 변별된다. 이경류 이야기는 19세기 주요 야담집들에 이르러 서사적 완성의 단계를 보였다고 할 수 있다. 19세기 주요 야담집들은 모두 『계서잡록』 이경류 이야기를 전재하고 있다. 여기에는 새로운 모티프의 추가나 창조적 변개는 없다. 19세기 야담집은 부부간 사랑을 중시한 『동패락송』이나 이념적 검열을 거부하고 호기심 어린 환생을 보여준 『병세재언록』 등의 지향을 수용하지 않았다.

　조선 후기 정신사의 굵은 흐름은 '이념의 구현'과는 반대쪽으로 나아갔다. 그런데 야담의 경우, 야담집 편찬자 개인의 성향에 따라 이념의 구현이 극단적으로 강조되기도 했다. 나아가 야담은 달라진 현실에 대한 일종의 대안으로서 이념적 삶을 강조하기도 했다. 더 이상 이념이 관철되지 않는 현실을 목도하던 야담 수용자들이 이념이 더욱 강조되는 야담을 선택하여 읽기를 원했을 수도 있다. 『계서잡록』 소재 이경류 이야기는 후자의 관점에서 19세기 야담집으로 들어와서 굳어졌다. 이는 19세기 후반 야담집이 창조력을 잃고 다만 서로를 모방하거나 전재하는 단계로 접어들었음을 뜻하면서 다른 한편, 야담집들이 전기소설이나 야사집 등 다른 성격의 장르 및 책들을 타자화하면서 야담집 자체의 고유한 속성을 명확하게 인지하고 더 단단하게 서로 결속되었음을 의미한다. 이경류 이야기의 전개과정이 그런 사정을 가장 명료하게 보여준다.

　19세기 이전까지의 야담은 이경류를 형상화하되, 집안일에 대한 미련과 부인과 아들에 대한 애착 때문에 죽어서도 혼이 되어 되돌아온 부분을 강조했다. 그에 비해 19세기 야담은 그런 이경류 형상을 바탕으로 하면서도 국가와 가문의 질서를 재구축하는 열사로, 효행 실천의 화신으로 이경류를 재형상화했다고 하겠다.

야담에 나타나는 여성 정욕의 실현과 서술 방식

1. 머리말

야담에 등장하는 적지 않은 여성 인물들은 자기 정욕을 표현하고 그 실현을 위해 적극적으로 행동한다. 여성 인물들이 자기 몸에서 일어나는 정욕을 추상적 관념을 구성해 내는 수단으로 생각하지 않고, 자기 행복을 보장하는 중요한 요소로 보기 시작한 것이 주목된다. 인식의 변화를 의미한다.

우선 여성 인물들이 정욕을 실현하는 방식이 주목된다. 여성이 정욕을 실현하는 과정에 남성의 존재가 개입하기에, 다양한 문화적·이념적 기제들이 작용한다. 특히 정절 의식, 신분 의식, 본말관 등 사대부 남성들이 중시하는 이념적 기제들이 작동하는데, 그것들은 야담의 구연과 기록 과정에 남성 사대부가 적극 개입한 결과라 할 수 있다.

남성 사대부가 야담을 기록하기는 했지만 야담에서 남성의 목소리가 서술을 완전히 장악하는 것은 아니다. 서술자가 남성의 목소리를 낸다 하더라도 다양한 계급의 여성 인물이 또 다른 서술자가 되어 적극적으로 자기 경험을 표현하기도 한다.[1] 여성 정욕 관련 야담에는 성적·계급적 헤게

---

[1] 작중 인물이 서술자가 되어 자기 경험을 진술하는 양상에 대해서는 이강옥, 『한국 야담 연구』, 돌베

모니 요인이 작용한다 하겠다.

이 장에서는 은폐되고 억압되었던 여성의 정욕이 야담 작품에서 실현되는 양상에 초점을 맞춘다. 여성 정욕은 야담 작품에서 그 자체로 추구되기도 하지만, 여성의 다른 욕망 영역이나 남성의 정욕과 엮이면서 탈바꿈을 하기도 한다. 여성 정욕이 탈바꿈을 한다는 점이 이 글의 착목점이다.

여성의 정욕은 먼저 남성에 의해 작품 밖에서 포착되었다. 남성 사대부가 자신에 대한 성찰의 일환으로 여성 정욕 문제를 건드린 것이다. 다음으로 여성 정욕이 그 자체로 발현되고 실현되는 양상을 보여준다. 여성 정욕의 실현 모티프들과 서사 구조는 그 자체로 존재하다가 다른 영역과 관련을 맺으며 탈바꿈했다. 그 탈바꿈에 의해 발현된 서사적 특징은 여성 정욕에 대한 인식의 변화나 견제 작용과 긴밀하게 관련된 것이다. 여성 정욕 실현의 탈바꿈은 여성과 남성 주체에 따라 다르게 나타나는데, 이 양상을 밝히고 그것이 야담 서술 방식과 연결되는 맥락을 설명해 내는 것이 이 장의 궁극 목표다.

이런 과제와 관련해서는 최기숙이 몇 편의 논문을 발표한 바 있다.[2] 최기숙의 논지는 거대 담론의 일환으로 꾸려진 것으로서 여성 정욕과 관련된 몇 가지 중요한 시사를 던지고 있다. 그 분석은 남성 가부장제의 억압적 성격을 드러낸다는 의도에서 야담 작품을 읽음으로써 거대 담론을 생성하는 데는 일정하게 성과를 거두었지만, 개별 야담 작품들이 가진 고유한 미덕과 유의미한 차이들을 세밀하게 포착하는 쪽으로 나아가지는

개, 2006, 201~249면 참조.
2 최기숙, 「'성적' 인간의 발견과 '욕망'의 수사학」, 『국제어문학』 26집, 국제어문학회, 2002; 최기숙, 「"관계성"으로서의 섹슈얼리티: 성, 사랑, 권력 —18, 19세기 야담집 소재 "강간"과 "간통" 담론을 중심으로」, 『여성문학연구』, 한국여성문학학회, 2003.

않았다. 야담 작품은 그 속에 다양한, 심지어 모순적인 요소들까지 포괄하는 간단찮은 성격을 함유하고 있다. 야담을 고정된 균질 단위로 보고 이념적 판단을 한다면 야담의 본 모습이 정확하게 포착되지 않는다. 야담은 남성 이데올로기를 변명하고 미화하는 담론과 문체, 인물 등을 함유하고 있지만 동시에 그런 인식적 굴레를 벗어나고자 한 노력과 서술 전략을 함축하고 있다. 이런 점을 명심하며 야담이 여성 정욕의 발현과 그에 대한 서술에서 다채로운 요소들을 어떻게 담아 역동적으로 달라졌는가를 분석하고, 그와 관련된 서술 미학을 해명하고자 한다.

2. 정욕의 적극적 표현과 여성의 좌절

여성이 정욕을 가장 적극적으로 표현하는 경우는 '담을 넘어가 선비에게 사랑을 고백하는 여성 이야기' 유형이다. 잘생기고 목소리 좋은 이웃 선비에게 반한 여성이 깊은 밤에 선비를 찾아가 사랑을 고백하지만 선비가 거절한다는 대목까지는 대부분 각 편이 비슷하다. 그 뒤 그 여성이 죽는가 사는가, 그래서 선비가 잘되는가 못 되는가로 분기된다. 여성이 원한을 품고 죽어 선비가 못 되는 경우와, 여성이 회개하여 선비가 잘되는 경우다.

『청구야담』에는 이와 관련하여 흥미 있는 일화가 들어 있다. 「동선관부개봉귀」洞仙舘副价逢鬼(청구 하 272) 초입의 이야기다. 주인공 이병상李秉常은 모두들 신선의 풍모가 있다 할 정도로 잘생겼다. 하루는 불을 끄고 누웠는데 음습한 바람이 불어오더니 자기 옆에 뭔가가 누웠다. 불을 켜고 자세히 보니 염을 한 할미의 시체였다. 다음 날 알아보니 3일 전에 죽은 떡 팔던 할미였다. 할미는 이병상이 지나갈 때마다 그 모습을 보고 흠모했는데 몸이 죽어도 그에 대한 일념은 흩어지지 않아 이런 일이 일어났다고 서술자는 해석했다. 할미까지 총각을 흠모했다는 것은 여인들이 남자의 몸에 강렬하게 끌린 사정을 말해 준다. 그러나 할미는 생전에 그 마음을 표현하지 못했다. 그 마음은 너무나 강렬하여 죽어서도 흩어지지 않았다. 정욕은 강렬한데 표현하지 못한 것, 그 점에서 정욕을 표현했다 좌절한 이야기 유형의 전 형태라 할 수 있다.

(1) 여성이 죽고 선비가 못 되는 이야기

인물	출전
조광조趙光祖	『홍인우치재집』洪仁祐恥齋集 ; 『정암선생문집부록 권지일』靜菴先生文集附錄卷之一 ; 『삽교집』하, 9
권석주權石洲	『삽교집』하, 9
김문곡金文谷	『삽교집』하, 9
이자의李諮議	『삽교집』하, 9
정인지鄭麟趾	『어우야담』, 271
심수경沈守慶	『어우야담』, 271 ; 『기문총화』, 26
이생李生	『계서야담』, 21 ; 『청야담수』, 427

이들 이야기에서 여성을 죽게 하는 남성은 대부분 유명 인물이다. 그중 조광조와 권필은 실제로도 비극적으로 죽었지만 정인지나 심수경은 그렇지 않았다. 이 유형의 이야기가 특히 조광조와 거듭 관련된 것은 조광조의 실제 경력 때문일 것이다. 조광조는 탁월한 능력과 올곧은 정신의 소유자였지만 과격한 원칙주의 때문에 개혁의 기회를 살리지 못하고 죽음을 당했다. 잘생기고 목소리 좋은 작품 속 조광조의 이미지는 이념적

정당성을 가졌던 역사적 조광조에 대응될 수 있다. 여성을 내치는 행동은 역사적 조광조의 엄격한 원칙주의를 연상케 한다. 그러나 조광조는 물론 다른 남성들도 작품 이미지와 실제 이미지가 정확히 대응되지는 않는다.

담장이 남녀 관계에 대한 사회적 규제를 상징한다면 담장을 넘어간 여인은 과감하게 그 규제를 벗어나 자기 몸의 요구[3]나 감정에 충실했다. 반면 남성들은 하나같이 그런 여인에 대해 엄중한 배척의 태도를 보인다. 순정이 철저하게 외면당하고 또 자신의 행위가 사회적 도덕률을 어긴 것을 인정할 수밖에 없게 된 여인은 자살하거나 병들어 죽어 원혼이 된다. 남성이 능력을 펴지 못하고 비참하게 죽게 되는 것도 그 원혼 때문이다.

이 이야기는 두 가지 주장을 담고 있다. 첫째, 여자는 정욕을 적극적으로 표현하지 말아야 한다. 둘째, 남자는 상대방이 설사 잘못을 범했다 하더라도 단호하게 응징하기보다는 부드럽게 배려하고 이해해 주어야 한다. 둘째보다는 첫째가 더 강조되었기에, 이 이야기는 여인의 사랑 표현이 적극화되기 시작한 현실을 반영했지만 그런 행위를 전적으로 정당화해 줄 수 없었던 단계를 보여준다고 하겠다.

심수경, 정인지의 이야기에서는 여인이 죽기는 하지만 남자 주인공이 비극을 맞이하지는 않는다. 실제 두 사람의 일생이 비극적이지 않았다는 점과도 관련이 있겠다. 특히 심수경은 기묘사화를 일으켜 조광조 등을 죽게 했던 심정沈貞의 손자로 선대의 허물을 알고 늘 마음가짐과 몸가짐을 삼갔기 때문에 청현직을 두루 지내며 원만하게 일생을 보냈다. 「심수경」(어우야담)에서 궁녀는 거문고를 타는 심수경에게 반해 한 곡조 듣기를 청하는데, 심수경은 그녀를 위해 두 곡조를 타 주었다. 그러고는 다시 그 가까이에 가지 않는다. 궁녀는 일방적으로 상사병에 걸려 죽었으므로 심

---

3 권필의 상대 여성은 성관계를 요구했다.

수경에게 직접적 책임은 없다. 심수경은 나름대로 최선을 다했다. 「정인지」(어우야담)에서 정인지는 밤에 담장을 넘어와 사랑을 고백하는 이웃 고관 집 딸에게 무례하게 서두르지 말라 타이른 뒤, 부모님께 알려 혼사를 진행하자며 거짓말을 한다(어우야담 668~669). 다음 날 정인지는 이사를 가 버렸고 이에 마음의 상처를 입은 여인은 죽게 되었다. 그러나 정인지는 어떤 해코지를 입지 않는다. 여인 스스로에게 책임이 있다고 판단했기 때문일 것이다. 심수경과 정인지는 비록 여인들이 예의에 어긋난 고백을 했지만, 일단 어느 정도나마 그 간절한 요구를 들어주었다는 점에서 공통된다. 그래서 앙갚음을 받지 않았다.

『삽교만록』의 「상어손곡지심심당」嘗於蓀谷之深深堂(삽교집 하 9)은 문문산文山, 조정암趙靜庵, 김하서金河西, 권석주權石洲, 민노봉閔老峯, 김문곡金文谷, 이자의李諮議 등에 대한 이야기다. 그중 조광조 이야기는 위에서 소개한 것과 대동소이하지만, 여인의 부친과 조광조의 부친 사이의 교섭 과정이 들어가 있다. 평결에서는 남자를 엿본 여자의 실행失行을 비판했다. 또 조광조의 두 가지 실수를 지적했다. 첫째 아버지의 명이 의롭지 못한 것이 아닌데도 따르지 않은 것, 둘째 어린 여자에게 가혹한 질책을 했을 뿐 긍서矜恕를 베풀지 않은 것이다.

이들 이야기들은 다소 차이는 있지만 여성의 강렬한 정욕 표현을 담았다는 점에서 의의가 있다. 여인은 위험한 사랑 표현을 했고, 선비는 타자에 대한 아량이 모자랐다는 이유에서 비극적 삶을 살게 된다. 결과적으로 보면 여인의 정욕을 담기는 했으되, 여인의 정욕을 인정하기는커녕 그것이 비극을 초래하는 위험한 것임을 주창한 셈이다. 달려든 여인에 대해 비교적 유연하게 대처한 심수경과 정인지가 비극을 맞이하지 않았다는 점을 중시하면, 이 유형은 여인의 태도와 함께 여인에 대한 사대부의 태도도 문제 삼은 것이라고 하겠다.

그런데 자기 정욕을 적극적으로 표현하는 여인을 형상화한 점과 여인의 간절한 마음을 무시하는 남자를 죽게 한 점에 초점을 맞춰 이 이야기들을 읽을 수 있다. 여인에게도 정욕은 존재하며 그것이 남성 못지않게 강렬하고 간절하다는 주장에 착목한 것이다. 남성 작중 인물이 이런 관점을 갖는 경우도 발견된다. 「자위기정ᄒᆞ고 손인원명」自謂其貞ᄒᆞ고損人寃命 (청야담수 427, 계서야담 21)에서 환관의 처는 나이가 서른 가까이가 되어도 남녀 사이의 일을 경험하지 못했다. 그녀는 과거 공부를 하던 이웃집 이생에게 언문 편지를 써서 보낸다. 자기가 남자를 경험할 수 있도록 담장을 넘어와 달라는 내용이었다. 그러자 이생은 노하여 환관에게 집안을 잘 다스리지 못한 것을 꾸짖었고 그날 저녁 환관의 처는 목을 매어 자살한다. 이생은 그해 가을 늦장마에 무너진 담에 깔려 죽는다. 이때 친구인 홍원섭이란 인물이 주목된다. 홍원섭은, "자네가 기왕 가고 싶지 않았으면 그만이지, 어째서 환관을 찾아가 편지를 주어 일이 이 지경에 이르게 하는가? 틀림없이 자네한테서 행운이 달아났을 게야"라고 예언을 한다(청야담수 427~428). 편지의 형식으로 자기 몸의 요구를 상세하게 표현하는 환관의 처, 여성의 정욕 표현을 지나치게 억압한 친구의 앞날을 우려하는 홍원섭 등의 인물은 이 유형의 이야기가 서술자의 주장을 내세우는 데서 더 나아가 인물의 구체적 언행을 통해 여성 정욕을 거론하기에 이르렀음을 암시한다.

(2) 여성이 죽지 않고 선비가 잘되는 이야기

「모재 김안국」(『남계선생박문순공문정집』)에서 김안국은 달밤을 틈타 들어온 처녀를 윤기倫紀를 어겼다며 회초리질을 하고는 돌려보낸다. 처녀는 뒤에 유명 사대부의 처가 되는데 늙은 뒤에 그 사실을 자식에게 말하고

인물	출전
김안국金安國	『남계선생박문순공문정집』南溪先生朴文純公文正集
조광조	『동패락송』, 344 ; 『청야담수』, 273
정인지	『기문총화』, 481
이지함李之函	『토정선생유사』土亭先生遺事
이지함	『청야담수』, 276
이지함	『양은천미』揚隱闡微, 190
상진尙震	『양은천미』, 145

김안국의 현명함을 극력 찬양한다. 처녀는 달라졌지만 김안국은 전혀 달라지지 않았다. 김안국은 물론 처녀조차도 여성 정욕을 중요한 것이라고 집하지 않는다. 그렇기 때문에 갈등이나 원한이 생기지 않은 것이다.

「정암조광조ㅣ달처자ᄒ고 득면기묘화」靜菴趙光祖ㅣ撻處子ᄒ고得免己卯禍(청야담수 273)가 이 유형의 다른 작품들에 비해 결말이 더 행복한 것은 여인이 큰 폭으로 빨리 달라졌기 때문이다. 여인은 자기의 사랑 표현이 잘못되었다는 조광조의 충고를 금방 받아들였다. 여인은 자기의 특별한 경험을 근거로 하여 조광조를 군자로 추앙함으로써 조광조를 모함하려는 무리에 들어갔던 자기 남편까지 달라지게 만들었다. 여성으로 하여금 정욕에 대한 집착을 버리고 남자의 가르침을 일방적으로 받아들이게 함으로써 기존 질서에 쉽게 타협했다는 인상을 준다. 남자에게 길들여진 여성이 이념적 남자의 대변인 역할을 하니, 애초 정욕을 향한 의미 지향이 크게 위축되었다.

이 유형의 작품 중에서 남자 쪽으로 중심이 더욱 이동된 경우가 「이지함」(『토정선생유사』), 「토정이각불압화담지비」土亭이却不狎花潭之婢(청야담

수 276), 「이토정거색면액」李土亭拒色免厄(양은천미 190) 등이다.[4] 세 이야기는 대동소이하다. 이지함이 서경덕에게 가서 학문을 배울 때 종의 집에서 기거했다. 종의 아낙이 이지함의 생김새에 반해서, 남편이 없는 틈에 이지함의 방으로 들어가 정을 통하려 한다. 이지함이 꾸중을 하고 회초리질을 한 뒤 쫓아낸다. 그 모습을 몰래 보고 감탄한 여인의 남편은 서경덕에게 달려가 사실을 알린다. 서경덕은 이지함의 학문이 완성되어 더 이상 자기가 스승 노릇을 할 수 없다며 이지함의 앞날을 축원한다. 종의 아낙이 보이는 이지함에 대한 정욕은 매우 강렬한 것이다. 그렇지만 서술의 초점은 이지함의 인격적 완성을 발견하고 그 앞날을 축원하는 데로 옮겨 갔다.

이지함에 대한 세 이야기는 이 점에서 같지만, 「토정이각불압화담지비」와 「이토정거색면액」이 여인의 정욕 집착을 더 강렬하게 보여준다. 여성의 정욕을 인정하고 더 강렬하게 부각시키는 쪽으로 나아갔지만, 출발 단계에서 이야기가 내장한 남성 중심 관점을 전복시킬 수는 없었다고 하겠다.

「조부인감의해기원」趙夫人感義解奇冤(양은천미 145)은 가장 후대의 작품으로, 이 계열의 지향을 수용하면서 흥미로운 서사적 성취를 보인다. 상진의 이웃 처녀 조씨가 상진의 글 읽는 소리에 흥분해서 담을 넘어가기까지 감정의 변화를 서술자의 목소리나 조씨 자신의 목소리로 곡진하게 제시한다. 조씨의 종아리를 때리는 상진의 생각 역시 그 어떤 남자 주인공보다 분명하고 체계적이다. 그런데 그 뒤 상진의 처지 변화와 관련하여 새로운 서사 단락들이 덧붙여져 이야기를 박진감 있게 만들고 개연성을 북돋운다. 음행에 대해 그렇게도 엄격했던 상진이 음행을 범했다는 이

4 「토정각불압화담지비」土亭却不狎花潭之婢(동패락송 346)도 같은 이야기다.

유로 피소된 것이다. 게다가 '치소청주'治疏請誅의 책임을 진 사람을 조씨의 두 아들로 설정했다. 조씨는 두 아들이 나누는 이야기를 우연히 듣고 상진이 위기에 처했음을 알게 된다. 조씨는 상진이 그럴 사람이 아님을 입증하기 위하여 자기 경험담을 들려준다. 그 이야기를 전해 들은 임금이 진상을 다시 조사하게 한다.

　　서술자는 "대저 상공은 무엇으로 인해 이 망측한 욕을 당했던가?"[5]라며 소급 서사를 시작한다. 상진은 아들 하나를 두었지만 아들이 요절하여 부득이 며느리와 단둘이 살아가게 되었다. 항상 문단속을 철저히 하던 차, 어느 날 밤 며느리의 방문이 잠기지 않았고 벌거벗은 몸을 드러내고 있는 것을 발견했다. 상진은 헛기침을 하고는 "이불을 덮고 자거라"라며 몸단속을 환기했다. 놀라 일어난 며느리는 '늙으신 시아버지가 패륜의 짓을 저질렀구나! 나는 이제 구차히 살 수가 없지' 하며 목매어 자살했다. 며느리가 시아버지를 오해하여 자살하고 상진이 패륜범으로 몰린 것이다. 서술자는 또다시 "공의 며느리는 무슨 이유로 늙은 시아버지에게 악명을 끼치고 스스로 목숨을 버렸는가? 여기에는 곡절이 있다"[6]며 한 단계를 더 소급하여 서술한다. 며느리는 전날 밤 잠을 자다가 잠입한 도둑에게 겁탈을 당했다. 혼몽 중에 당한지라 자기를 겁탈한 사람의 얼굴조차 보지 못했다. 그자를 잡기 위해 다시 전처럼 벌거벗은 몸을 드러내고 잠든 척 누워 있었다. 바로 그때 시아버지가 나타났던 것이다. 며느리는 성급하게 범인이 시아버지라 단정하고 악언을 내뱉고 자살함으로써 상진의 누명을 초래했다.

　　『양은천미』의 이 작품에서는 '상진―조씨'의 사연과 '상진―며느리'

5　大抵尙公, 緣何遭此罔測之辱?(양은천미 151)
6　尙公之子婦, 緣何貽惡名于其老舅, 而遽自捐生乎? 此必有曲折.(양은천미 152)

의 사연이 공존하지만, 전자는 오히려 후자의 전개를 위해 덧붙여졌다는 인상을 준다. 그럼으로써 여성의 정욕 표현보다는 여성의 정절 수호와 진중한 생각의 소중함을 강조했다. 이 작품은 서사적으로는 이 계열의 정점을 보여주지만 여성 정욕 문제를 비껴가서 정절 이념을 강조했다.

3. 관음증 구도의 창출과 '음탕한' 여성 응징

스스로 정욕을 표출하거나 성관계를 주도하려는 여성을 철저히 응징하는 것은 그런 여성의 행위가 가부장제의 근간을 흔들기 때문일 것이다. 조선 성종대의 음녀 어우동에게 벌을 내리는 것과 관련하여 상층 사대부들이 조정에서 한 발언을 통해 그 점을 확인할 수 있다. 성종 11년 기록[7]에는 어우동에게 극형을 내릴 것인가 아니면 율律에 따라 장배杖配에 처할 것인가를 두고 의견이 양분되고 있다. 그중 심회沈澮, 윤필상尹弼商, 현석규玄碩圭, 그리고 임금 성종 등이 어우동에게 극형을 내려야 한다고 주장한다. 어우동의 음행을 강상의 문제로 보아, 율에 해당하는 형벌보다 훨씬 더 무거운 극형을 내림으로써 풍속을 순화시켜야 함을 강조한 것이다. 극형을 주장하지 않는 사대부들도 음행을 자행한 것으로 널리 알려져 있던 여인들의 이름을 거론하며 어우동에게 엄한 벌을 내려야 한다고 말했다. 사실 어우동은 그때까지 알려진 음녀들과는 비교되지 않을 정도로 충격적인 음행을 했다고 하겠는데, 사대부들은 그런 어우동의 사례를 놓치지 않고 흐트러진 강상을 바로잡는 좋은 기회로 삼은 것이다.

반면 어우동과 관계를 맺는 남성들에 대한 심판은 관대하고 일회적

---

7 『조선왕조실록』, 국사편찬위원회, Korea A₂Z, 성종 121 11/09/02(기묘)

이다. 어우동과 간통했다는 혐의를 받은 홍찬에 대해서는 임금이 감싸 준다는 인상을 준다. 임금은 홍찬의 능력과 재주를 묻고서 어우동의 말에 믿음성이 가지 않는다는 등의 이유를 들어 홍찬을 파직시키지 않는다.[8] 성종 11년 「어을우동을 교형에 처하다. 그의 간통 행적」에서는 어우동의 간통 과정과 방식을 장황하게 상세히 묘사하는데 시종 어우동이 얼마나 음탕하고 사악한가를 노골적으로 나타내 보인다.[9] 이로써 어우동은 온갖 계층의 남성들을 유혹하여 강상을 흔들었으니 극형을 받아야 마땅한 여자가 되었다.

여성에 대한 과잉 응징은 일탈한 남성에 대한 관용과 표리 관계를 이루는데, 남성의 일탈에 대한 관용은 사대부의 일상을 다룬 사대부 일화에 거듭 나타난다.

좌상左相 김명원金命元(1534~1602)은 소년 시절 때를 만나지 못해 화류花柳에서 놀았다. 일찍이 한 창기娼妓를 좋아했는데, 그 창기가 종실 모씨의 첩이 되었다. 공이 매양 담을 넘어가서 서로 즐기다가 하루는 종실에게 잡혀서 사정이 매우 급하게 되었다. 공의 형 경원慶元이 장령掌令으로 있었는데 공이 화를 당한 것을 알고 달려갔으나 문이 닫혀 들어갈 수가 없었다. 장령이 크게 소리치며 문을 밀치고 들어가서는 "나는 김경원이오. 나의 아우가 호기豪氣스럽기만 하고 품행이 방정하지 못하여 존좌尊坐께 죄를 지었으니 죽어 마땅합니다. 하지만 식년초시式年初試에 합격했고, 그 학문이 매우 정순精純하니

8 『조선왕조실록』, 국사편찬위원회, Korea A2Z, 성종 159 14/10/10일(기사) 「어을우동과의 간통 혐의를 받은 홍찬의 처리를 논의하다」
9 『조선왕조실록』, 국사편찬위원회, Korea A2Z, 성종 122 11/10/18일(갑자) 「어을우동을 교형에 처하다. 그의 간통 행적」

대과大科에도 반드시 합격할 것입니다. 어르신께서는 의기義氣로 온 나라에 알려져 있는데 어찌 차마 한 여자 때문에 한 사람의 재주 있는 청년을 죽이려 하십니까?" 하였다. 종실은 본래 호걸스럽고 의기를 좋아했으므로 곧 뜰에 내려가서 맞이하며 "수재秀才에게 이런 일이 있는 줄은 알지 못했소이다" 하였다. 곧 묶은 것을 풀어 주도록 하여 술자리를 벌이고 한참 마시다가 이르기를 "그대가 만약 이번 과거에 오르면 내가 이 첩으로 하여금……."[10]

김명원은 심각한 강간 범죄를 저질렀음에도 불구하고 용서받았다. 재주가 있어 장차 크게 될 사람이라는 그 형의 변호 덕이었다. 종실은 자기 첩을 강간한 김명원을 용서해 줄 뿐만 아니라 앞날을 북돋워 주기까지 한다. 이 용서는 사대부 사이의 이해와 상호 연대를 바탕으로 한 것이다. 사대부 남성들은 남성과 여성이 함께 애정 행각을 했음에도 불구하고 둘에 대한 태도가 매우 상반되었다. 남성의 경우도 신분이 낮으면 예외 없이 가혹한 응징을 했다.[11] 그런 점에서 외간 남자와 간통한 여성이나, 여성과 간통한 낮은 신분의 남성을 철저히 응징하는 이야기들이 성적·계급적 차별 의식에 바탕을 두고 있다 할 수 있다.

이런 차별 의식을 근간으로 하여 간통하는 남녀를 응징하는 이야기 군이 만들어졌다.[12]

---

10 김시양金時讓, 『만록집』漫錄集, 『한국여성관계자료집』 근세편 문집, 167~168면. 이 단편은 『자해필담』紫海筆談, 『기문총화』에도 전재되었다.
11 천민 남자와 양인 여자가 성관계를 맺을 경우 가장 무거운 처벌을 받았다(최기숙, 「"관계성"으로서의 섹슈얼리티: 성, 사랑, 권력—18, 19세기 야담집 소재 "강간"과 "간통" 담론을 중심으로」, 『여성문학연구』, 한국여성문학학회, 2003, 267~268면; 정성희, 『조선의 성풍속』, 가람기획, 1998, 146~147면).
12 여기에 간통하는 여성을 응징하는 이야기를 적잖이 싣고 있는 『청야담수』가 위 김명원의 일화를

제목	출전
「영변교생곽태허」寧邊校生郭太虛	『어우야담』 111
「일유생」一儒生	『계서야담』, 340; 『동야휘집』 하, 647; 『기문총화』, 112
「홍상서수정면인」洪尙書受挺免刃	『청구야담』 상, 37
「남명독서성대유」南冥讀書成大儒	『청야담수』, 270
「살일음녀ᄒ고 활일불고」殺一淫女ᄒ고活一不辜	『청야담수』, 401

　　이들의 줄거리는 이렇게 압축된다. 여색을 몹시 밝히는 사대부가 있었다. 그가 어떤 여자를 우연히 발견하고 겁탈하기 위해 뒤따라간다. 집으로 들어간 여자는 신분이 낮은 다른 남자와 성행위를 했다. 밖에서 몰래 살피고 있던 사대부는 두 사람(혹은 남자)을 잔인하게 응징한다.

　　여기서 여인이 살해되는 것은 스스로 지은 죄에 대한 마땅한 대가라는 해석이 가능하다. 그럴 가능성이 큰 순서로 살펴보자. 「영변교생곽태허」(『어우야담』)[13]에서 곽태허는 영변의 교생校生이었는데 아는 중들이 많았다. 그 중 한 명과 그 처가 눈이 맞았다. 외출 나갔던 곽태허가 돌아오니 처와 중이 성관계를 하고 있었다. 곽태허와 중은 결투를 시작한다. 중이 곽태허의 처에게 칼을 가져오라 하니 처는 중에게 칼을 가져다준다. 곽태허의 처는 정부와 계속 놀아나기 위하여 남편을 살해하려는 패륜적 범죄에 가담한 셈이 된다. 그때 곽태허가 개를 부른다. 개는 칼을 물어 바깥에다 버리고 중의 목을 물어뜯어 죽인다. 곽태허는 실상을 처가에 알리

「풍류남자위인소박 호협종실치주상하」風流男子爲人所縛豪俠宗室置酒相賀(청야담수 564)라는 제목으로 그대로 싣고 있는 점이 좋은 근거가 된다.
13　이 단편은 『동야휘집』의 「의구구인차복수」義狗救人且復讎(동야 하 753)의 전반부로도 수용되었다.

고 떠난다. 곽태허의 처는 친정 사람들에게 맞아 죽는다.

남편이 있는 여자로서 중과 놀아나고 또 남편을 죽이려고까지 한 곽태허의 처가 동정을 받기는 어렵다. 그녀는 외간 남자와 사통하고 남편을 죽이려 한 범죄자이다. 그녀에 대한 응징은 그런 점에서 정당하다. 그런데 여자의 행동이 과장되었다. 남편의 응징이 정당하게 보이도록 과장했다는 느낌을 준다.

'치정 살인' 미수에 해당하는 이 이야기가 서사적으로 좀 더 진척된 것이 「일유생」(『기문총화』)이다. 이 작품이 『계서야담』, 『동야휘집』, 『청야담수』 등 대표적 야담집에 거듭 전재된 것을 보면 야담 향수자들의 관심을 강하게 끌었음을 짐작할 수 있다. 이 작품은 두 서사 단락을 근간으로 하고 있다.

① 선비가 여인에게 이끌려 집안까지 들어가 겁간할 기회를 노리다가 간통 장면을 목격한다.
② 산사에서 공부하는 남편의 아내가 욕정을 이기지 못해 절 주지와 간통을 한다. 남편을 죽인 뒤 간통을 계속한다.

선비가 목격자가 되면서 두 서사 단락이 연결되었다. 선비는 간통 장면을 보고 여인과 주지를 응징한다. 선비, 주지, 여인은 모두 욕정에 이끌렸다는 점에서 같다. 소복 입은 여인을 발견하고 뒤따라가며 강간할 기회를 노렸던 선비의 욕정은 주지의 그것과 다를 바 없다. 남편의 상중에 있는 여인을 간통하고자 한 선비의 마음가짐은 남편이 살아 있는 여인을 간통하는 것 못지않게 당대의 도덕률에 어긋난 것이다. 선비가 주지와 다른 점은 치정 살인을 하지 않았다는 것이다. 그럼에도 불구하고 선비는 언제든지 여건만 되면 남의 여인을 겁탈할 인물이다.

남녀의 간통 장면을 몰래 보고 있는 선비의 시선에 서술자의 시선이 겹쳐진다. 여기에 분명 관음증이 존재한다.[14] 여인이나 주지가 그랬던 것과 똑같이 욕정에 이끌린 선비는 그들의 간통 모습을 보고 더 흥분하여 그와 유사한 다른 행동을 해야 자연스럽다. 그럼에도 불구하고 이 국면에서 선비는 갑자기 달라져 도덕적 사유를 하는 것으로 서술되었다.[15]

조금 전까지 유부녀를 겁탈하려 했던 선비는 여인과 동침하는 주지 못지않게 위험한 존재였다. 그럼에도 불구하고 선비는 분개해서 주지를 살해한다. 선비를 표변하게 만든 데에서 서술자의 이데올로기를 읽어 낼 수 있다. 서술자는 성적 타자인 여인의 정욕과 유교 사회 밖 인물인 주지의 정욕을 인정하지 않고, 유교 사회의 주체인 선비의 정욕만 용인한 셈이다.

정욕을 마음껏 충족하는데도 신분과 성 차별 논리가 작용했다. 양반 남자는 때로 탈선하여 남의 여인을 겁탈해도 잠시의 풍류나 실수라고 용인될 수 있지만, 여자는 한 순간의 탈선도 용납될 수 없으며 중과 같은 천한 신분의 남자는 감히 양반의 탐닉을 흉내 내서는 안 된다. 주지를 잔인하고 파렴치한 살인자로 서술한 것도 비사대부 계급의 탈선 불용납이란 관점[16]에서 비롯되었을 것이다.

---

14 其和尚摟抱其女子, 淫戲無所不至. 已而其女因起, 向于卓上, 拿下酒壺饌盒, 滿酌而勸之, 和尚
一吸而盡, 問曰: "今日墓行, 果有悲懷否?" 女子含笑曰: "惟汝在吾, 何悲懷? 且是虛葬之地, 亦有何
悲懷之可言乎?" 又與僧一場淫戲而裸體同入衾中, 相抱而臥.(기문총화 113～114)

15 此時, 儒生初來欲奸之心, 雲消霧散, 而憤慨之心, 倍激矣.(기문총화 114)

16 민간 여성을 강간했다 응징당하는 승려의 이야기는 야담에 거듭 나온다. 대표적 사례는 「황판서
인검」黃判書仁儉(『계서잡록』, 『한국야담자료집성』 5, 고문헌연구회, 558면; 기문총화 341; 금계필담
306), 「희납우발간치법」戲衲友發奸置法(동야 하 653) 등이다. 후자는 전자를 포함하고 앞에 다른 일
화를 덧붙이고 있다. 앞의 일화는 유부녀를 겁탈하여 죽게 한 승려를 절벽에서 밀어 죽이는 강성사인
姜姓士人에 대한 이야기다. 뒤의 일화도 비슷한 내용이지만 승려를 죽이는 방법이 다르다. 승려는 죽
은 남편의 무덤을 지키고 있던 청상 여인을 강간하여 자결하게 하고는, 그 죄책감으로 출가하여 승려

절에서 공부하는 남편에 의해 성적으로 소외된 아내는, 성적으로 소외되었다는 점에서는 다를 바 없는 주지와 육체관계를 맺었다. 이것은 가부장제 사회에 대한 노골적 도전으로 해석된다. 또 사대부 사회에서 천한 존재로 배제되는 중이 사대부의 아내를 범했다는 것은 사대부 계급에 대한 또 다른 도전으로 읽힌다. 선비가 주지를 살해하고 그 사실을 여인의 친정에 알림으로써 죽은 남편의 원한을 풀어준 것은 사대부 계급의 연대에 의한 사대부 사회의 질서 회복이라 볼 수 있다. 죽은 남편의 혼의 도움으로 선비가 과거에 급제하게 된 것도 그 연장이다. 요컨대 이 치정 살인 이야기는 사대부 계급에 대한 성적 계급적 도전을 사대부 계급의 연대에 의해 방어하는 과정이다.[17] 서술자도 그 연대에 가담했다.

「남명독서성대유」南冥讀書成大儒(청야담수 270)[18]는 다른 차원에서 변형된 작품이다. 남명은 빨래하는 여인을 유혹하기 위해 따라갔다가 다른 미

가 되었다. 그 뒤 승려는 자기 절에서 공부하던 황인검黃仁儉을 극진히 뒷받침해 준다. 영남 관찰사가 된 황인검은 우연히 그 승려를 다시 만나 옛 은혜를 보답하기 위해 환속하라 권유한다. 승려는 자기가 환속할 수 없는 이유를 설명하는 과정에서 자기가 청상 여성을 강간한 것을 고백한다. 황인검은 법을 어길 수는 없어 승려를 의법 처단한다. 이렇듯 야담에는 민간 여성을 강간하여 죽게 한 승려를 사대부가 응징하는 이야기가 독립적으로도 존재한다. 사대부는 음탕한 여성을 응징하는 것처럼 여성을 겁탈한 승려를 철저히 끝까지 응징하는 것이다. 특히 『동야휘집』은 음녀와 음탕한 승려를 응징하는 「도사부보구화은」導射夫報仇話恩(동야 하 647)과 이 「희납우발간치법」을 나란히 배치하고 '기의'氣義라는 타이틀을 붙였다. 사대부가 음녀를 응징하는 것과 음탕한 승려를 응징하는 것을 동일시한 것이다.

17 이에 대해 최기숙은 "'아내'나 '정부'가 남성들 간의 이해관계에 의해 교환물로 처리되는 과정을 보여준다. 여기서 '여성'의 육체를 매개로 한 남성들의 계약 관계는 '의리'로 변용되어 설득되며, '여성'의 육체가 주체로부터 소외된 채 교환되는 과정에 대한 반성은 제기되지 않는다"(최기숙, 위의 논문, 270면)고 해석했다. 관음자와 여인 남편 간의 관계에 초점을 맞출 때 유용한 해석법이 될 수 있다. 그러나 응징당하는 여성과 남성, 그리고 그들을 바라보는 관음자 사이의 전반적 관계를 고려하면 남성들 간의 계약 관계에만 초점을 맞추기는 어려운 면이 있다. 특히 이런 이야기에는 정욕과 관련한 여성 쪽의 강력한 자기 표현이 담겼으며, 그 점을 전제로 하여 남성 그룹이 그것을 가부장제에 대한 도전으로 인식하고, 마침내 남성 그룹이 그에 대해 대응을 했다는 차례로 논지를 전개하는 것이 옳을 것이다.

18 『동패락송』의 「남명소시호기」南溟少時豪氣(동패락송 343)가 근간이 되었다.

녀를 집 안에서 발견한다. 그 미녀는 승려를 끌어들여 음란한 짓을 자행하고 있었다. 남명은 남녀의 머리를 베어 살해한다. 그때 처음 만났던 여인이 나타난다. 여인은 살해된 미녀의 여종으로 그간의 사연을 알려 준다. 살해된 미녀는 경화 사족의 며느리였다. 남편이 과거 공부를 하느라 집을 비운 사이 승려와 놀아났다. 그들은 남편을 죽이고 말을 듣지 않는 종들조차 죽였다. 여종은 주인의 복수를 위해 일부러 말을 잘 듣는 척하며 기회를 노리던 중 남명을 만나 뜻을 이루었다고 했다. 이에 남명은 "내가 외물外物에 이끌려 평생을 그르칠 뻔했구나"[19] 하고는 여색에 집착하던 자세를 버리고 큰 유학자가 되었다.

남명의 응징 행위는 「일유생」의 선비의 행동과 비교할 때 더 정당하다 보기 어렵다. 남명은 여종이 두 사람의 머리를 쟁반에 담아 와서 그간의 사정을 이야기해 주고 나서야 비로소 그들의 치정 살인에 대해 알게된다. 이 이야기는 두 가지 점에서 큰 변화를 보인다. 첫째, 여종이 주인을 위해 복수를 꾀하는 복수담 모티프가 중요 역할을 한다. 이것은 충의실현이면서도 여성에 의한 여성 정욕의 부정이다. 둘째, 사대부의 태도변화가 귀결점이 되었다. 여성의 정욕 실현은 한 남성 유학자의 자기반성의 계기로만 자리 잡게 된 것이다.

「홍상서수정면인」洪尙書受挺免刃(청구 상 37)은 전반부와 후반부로 나뉘는데, 정욕에 대해 상반된 태도를 보이는 두 여인이 등장한다. 전반부에서 주인공 홍상서가 어느 민가에 묵으며 주인집 며느리를 유혹하자, 며느리는 홍상서에게 남녀유별이라는 유가 이념을 환기시키고 홍상서의 종아리를 때린다. 이에 비해 늙은 시아버지는 젊은 양반의 정욕에 대해 관대하면서도 며느리의 정절심을 신뢰한다. 양반의 유부녀 유혹은 관점에

---

19 自責曰: "吾爲外物所誘ᄒᆞ야幾誤平生이로다."(청야담수 272)

따라 심각한 일일 수 있음에도 시아버지가 문제 삼지 않았다. 그것은 그가 그렇게 할 수 있는 신분이 아니기 때문이다. 이에 대해 서술자는 약간의 거리를 유지했다. 젊은 홍상서의 행위를 정당하지 못한 것으로 일단 보고서 스스로 개선할 기회를 제공한 것이다.[20] 홍상서는 그 충격 경험에 힘입어 무분별한 여색 탐닉 태도를 고치게 되었다. 그런 점에서 서술자는 여전히 양반 편이다. 양반에게는 개과천선의 기회를 줄 뿐만 아니라 개과천선을 비교적 품위 있게 스스로 할 수 있는 기회도 주었다. 두 번째 일화가 그 점을 더 뚜렷이 보여준다. 홍상서는 다음 날 또 민가에서 하룻밤을 지내게 되었는데 이번에는 그 집 안주인이 그를 적극 유혹한다.[21] 안주인은 정욕을 그대로 나타내고 내키는 대로 충족하려 한다.[22] 그녀는 남녀가 한방에서 자면 정욕이 생기며 불구가 아닌 한 서로 즐길 수 있어야 한다고 강변한다. 그녀의 말과 행동은 과장된 감이 있긴 하지만 여성의 성욕에 대한 억압적 상황을 거부하는 뜻을 분명히 담고 있다. 무엇보다 그녀가 다른 남자의 외모를 보고 성욕을 느낀다는 점이[23] 새롭다. 그러나 서술자는 그런 여자의 자유분방함을 용납하지 않는다. 먼저 앞 일화의 며느리와 대조하는 방식으로 여인의 음탕함을 질타한다. 다음으로 간통 현장에서 그 남편으로 하여금 그녀를 응징하게 한다. 그녀는 여자의 정욕도 부정되어서는 안 된다는 주장을 행동으로 보여주지만, 서술자는 결국 여자가 정욕을 함부로 발산하려 해서는 안 된다는 생각을 강조하는 데 그녀의

---

20 최기숙은 여성의 경우는 달랐음을 지적했다. 즉, 여성에게는 '반성 부재'가 아니라 '반성 기회의 부재' 현상이 나타난다 했다(최기숙, 앞의 논문, 271면).

21 厥女轉輾下至於門閾, 百般誘說, 終欲推門而不得, 乃大怒讒罵曰: "年少男兒, 與女子同房而無一點情慾, 無乃宦者乎? 何其沒風味若是乎?" 狼藉醜辱, 喃喃不已曰: "雖非客主, 豈無他人?" 遂擧足推踢前窓而出去, 携何許總角而來, 爛漫行淫, 仍卽相抱而熟睡.(청구 상 41)

22 厥女不勝情慾, 乃招隣居總角與之同宿.(청구 상 42)

23 昨見行次, 儀表之出常, 厥女有歆慕之意.(청구 상 42)

행동을 이용한 셈이다.[24]

요컨대 이들 작품들은 여성의 정욕을 전면에 내세웠다는 점에서 새롭지만 그런 생각을 실천하는 여성의 행동을 부정적인 쪽으로 과장하여 묘사하고 결국 여자가 응징당하게 만듦으로써, 여성이 정욕을 느끼고 그것을 실현하는 행위가 부당하게만 보이도록 했다. 「홍상서수정면인」을 제외한 세 작품은 정욕을 추구하는 여성들이 치정 살인과 관련되었기에 여성에 대한 응징이 당연하게 보이도록 만들었다. 「홍상서수정면인」에서도 외간 남자를 끌어들여 간통을 일삼는 여인을 살해하는 남자가 그 남편이라는 점에서 잔인하기는 하지만 정당하게 보이도록 하였다.

반면 「살일음녀ᄒ고 활일불고」(청야담수 401)는 남성의 극단적 성 편견을 드러낸다. 용산의 차부는 오줌을 누다가 여인에게 유혹되어 그 집으로 들어간다. 여인의 남편은 별감 벼슬을 하고 있었는데 그날 숙직을 하러 입궁했다고 한다. 두 사람은 곧 잠자리를 같이한다. 여인의 음란한 행동은 형언하기 어려웠다. 그 무렵 남편이 돌아온다. 차부가 다락에 숨는다. 차부는 다락에서 부부의 대화 장면을 훔쳐본다. 몰래 훔쳐보기 형식은 같지만 장면은 반대다. 앞의 작품들에서는 목격자가 남녀의 음란한 행위를 몰래 보고 분노하여 남녀를 살해하는데, 여기서는 목격자가 부부의 일상적 행위를 몰래 본다.[25] 작중 인물의 관음증은 전자들에만 형성되고

---

24 「과거 길에 만난 여자덕에 알성급제한 선비」(『한국구비문학대계』 7집 12책, 474 ~477면), 「과부와 싯귀를 주고받아 과거한 선비」(『한국구비문학대계』 7집 17책, 523~528면), 「구랑곡어황천」舊郎哭於黃泉(『한국구비문학대계』 8집 10책, 584~595면) 등 구비설화에서도 비슷한 작품들을 여럿 찾을 수 있다. 야담과 구비설화에서 첫째 부인은 다 과부다. 둘째 부인의 경우, 야담에서는 유부녀지만 구비설화에서는 과부다. 그 결과 야담은 음탕한 유부녀를 응징하는 것으로 귀결되었고, 구비설화는 과부가 수절하도록 해 줌으로써 남자 주인공이 행운을 얻는 데로 귀결되었다. 이런 비교를 통해도, 야담이 여성의 정욕을 부정하고 음탕한 여인을 응징하는 쪽에 기울어진 경향이 강함을 알 수 있다.

25 여인은 남편의 동침 요구를 거부한다. 다락에 있는 차부가 관음증의 시선을 갖지 못하게 하려는 작가의 의도가 여기에 엿보인다. "本夫曰今旣出來ᄒ니何可空還이리오仍欲戱謔ᄒ딕女ㅣ百端周遄ᄒ

후자에는 형성되지 않는다. 후자의 경우는 작자나 독자가 관음증을 가졌을 개연성이 크다. 관음증을 충족시킬 기회를 갖지 못한 작중 남자는 여인에 대해 쉽게 식상해하게 되고 마침내 여인의 행동에 대해 분노한다. 그 부분은 이렇다.

> 본남편이 나보다도 백 배는 낫더구만. 게다가 나는 지나가는 사람인데 무단히 불러들여 이렇게 음란한 짓을 하니 이는 오로지 음욕淫慾에서 비롯된 것일 테지. 아까 남편이 백 번 요구해도 들어주지 않은 것은 내가 다락에 있었기 때문이겠지. 저의 부모가 부부 인연을 맺어 주었는데도 더러운 행실이 이와 같으니 혈기가 있는 사람이 그 일을 목격하고도 어찌 그대로 내버려 둘 수 있겠나.[26]

여인이 음욕을 가진 만큼 차부 자신도 음욕을 가졌고, 여인이 부부 인연을 더럽혔다면 차부 자신이 계기가 되었다. 그럼에도 불구하고 차부는 책임을 여인에게만 돌렸다. 응징의 자격이 없는 사람이 '혈기 있음'을 이유로 자격 있는 사람으로 둔갑하여 여인을 죽인다. 관음이 아닌 직접 경험이 여인에 대한 성적 편견을 훨씬 더 강하게 만든 것이다.

그런데 이 이야기에서는 의미심장한 서사적 확장이 이루어졌다. 본남편이 여인 살해 혐의로 체포된 것이다. 심약한 본남편은 '요사한 첩에 현혹되어' 자기가 아내를 죽였다고 거짓 자백했다. 이 자백 내용은 판관이 통념을 본남편에게 강요한 결과일 테고 그 통념은 당대 사대부

고終不聽順ᄒ니本夫ㅣ且怒且笑ᄒ더無可奈何ㅣ요"(청야담수 403)

[26] 本夫ㅣ百勝於我ᄒ고 且吾ᄂᆫ 乃行人而無端招入ᄒ야 作此大淫ᄒ니 此ᄂᆫ 專由於淫慾 而俄者本夫의 百計不聽者ᄂᆫ 吾在樓上故也요 且渠之父母ㅣ 定給夫婦 而醜行이 若此ᄒ니 人有血氣ᄒ고 況復目擊ᄒ니 寧可置之리오.(청야담수 403~404)

남성이 일반적으로 가진 것이라 할 수 있다. '남자가 요사한 첩의 사주를 받아 본처를 죽인다'는 구도는 '아내가 정부와 짜고 본남편을 죽인다'는 구도와 정반대다. 후자가 가부장 체제에 가하는 충격이 크다면, 전자는 그 충격을 완화시켜 준다. 사대부 가부장제를 대변하는 판관이 전자의 서사를 강요한 것은 당연하다.

다음 국면에서 극적인 장면이 연출되었다. 용산 차부는 극형을 받을 죄수들을 실어 나르는 일을 했는데, 여인의 본남편을 실어 가게 된 것이다. 차부는 본남편의 얼굴을 기억한다. 다락 안에서 차부가 본 것은 본남편의 몸이 아니라 얼굴이었던 것이다.[27] 차부는 죄 없는 사람을 죽게 내버려 둘 수는 없다 생각하고는 관가에 자수하고 그간 내력을 자술한다. 그리하여 은밀한 음부 살인 내력은 공론장의 담론으로 나아갔다. 이에 판관은 "殺一淫女ᄒᆞ고 活一不辜ᄒᆞ니 是ᄂᆞᆫ 義人也ㅣ라"(청야담수 405)는 판결을 내린다. 국가 권력의 힘을 빌려 다시 여인을 음녀로 규정하고 음행을 응징한 것이며, 차부의 행위는 의로운 것으로 공인되었다. 차부는 애초 여인을 응징할 자격이 없는 존재였지만, 국가 권력은 그의 여성 정욕 응징을 추인하고 찬양한 셈이다. 이로써 독자들도 그런 쪽으로 읽어 갈 수밖에 없게 되었다.

이런 경향은 남성과 여성의 정욕을 차별적으로 인식했기에 조장되었다고 볼 수 있다. 남성의 성적 욕망은 특히 젊었을 적에 왕성하므로 '여색을 조심하라'는 충고가 성립한다. 남성에게는 정욕과 관련된 시행착오와 실수가 용인된다. 남성의 몸은 생리적, 도덕적, 사회적 차원에서 적극적으로 배려된다. 반면 여성의 몸은 선택과 거부의 대상일 뿐 스스로의 권리를 가진 것으로 인식되지 않았다.[28] 그래서 여성이 자기 정욕을 과다하

---

27 車夫ㅣ 詳視ᄒᆞ니 乃在樓時灯下所見者也라.(청야담수 404)

게 드러냈을 때 가부장제 국가권력과 남성은 정욕 과다 여성을 당당하고도 철저하게 응징한 것이다.

나아가 가부장제는 남성으로 하여금 여자의 몸을 실험하고 강간하는 명분과 기회까지 제공했다. 「시문방구우논회」柴門訪舊友論懷(동야 상 739)에 등장하는 환관의 처는 '환관의 처와 통정을 하면 반드시 급제한다'는 속설의 실험 대상이 된다. 조현명이 방문하자 환관의 처는 기꺼이 맞이해 준다. 그것은 그녀가 평소 성적 만족을 느끼지 못했음을 암시하지만 이 작품은 그런 그녀의 일상을 문제 삼지 않는다.

과부 여성들의 정욕은 물화되기도 한다. 「득음분궁환복연」得陰粉窮鰥福緣(청구 상 386)의 청상 살 긴 과부들의 음부에 붙어 있다는 '음분산'陰粉散은 '남편을 죽인' 여성의 표시이면서 여성의 강력한 성적 능력이 물화된 것이다. 여성의 성적 능력을 사갈시하면서 엽기적 경험과 연결시킴으로써 결국 성적 능력에서도 남성이 주도하는 단계로 나아가게 하였다. 여성은 음분산으로 남편을 죽이지만 그 음분산을 안전하게 몸 밖으로 끌어낼 수 있는 존재는 정력이 강한 남성이기 때문이다.

이렇게 정욕 과잉인 여성은 남성에 의해 응징당하거나 희생양이 된다. 반대로 정욕 과소 여성이 안전한 것도 아니다. 소위 열녀도 이런 각도에서 보면 정욕 과소로 희생된 여성을 미화한 결과라 볼 수 있다. 또 열녀로 공인받지 못한 정욕 과소 여성은 더 많다. 「방명복원옥득신」訪名卜寃獄得伸(청구 상 47)에서 과부는 목이 잘리는 참혹한 죽음을 당한다. 이웃집 남자가 과부를 누차 유혹했지만 응해 주지 않다가 당했다. 그런데도 이야기는 정욕 과소나 절제 때문에 참혹하게 죽는 과부의 처지에 초점을 맞추지 않고 이웃집 남자의 누명 벗기기에 초점을 맞춘다.

---

28 이숙인, 「유가의 몸 담론과 여성」, 『여성의 몸에 관한 철학적 성찰』, 철학과 현실사, 2000, 130면.

요컨대 야담에서 여성은 정욕이 과대해도 희생당하고 과소해도 희생당한다. 과대하건 과소하건 여성이 성적 주도권을 갖거나 여성이 적극적인 상황을 만들려고 한 탓이다. 사대부 남성은 여성이 성적 관계를 주도하는 것을 용인하지 않는다. 여성의 성적 도전을 가부장제에 대한 심각한 도전으로 인식했기 때문이다. 이런 인식을 근간으로 하여 여성 응징의 서사가 창출된 것이다.

4. 여성 살아남기와 여성 정욕의 우회적 실현

야담은 여성의 정욕을 구체적으로 담아 준다는 점에서 이 시기 다른 갈래보다 일단 앞서 있다. 그러나 여성 정욕은 남성의 시각을 거치기에 굴절된 모습이다. 정욕 과다 여성이 응징당하거나 풍자되는가 하면, 정욕 과소 여성조차 억울하게 희생되기도 한다.

일군의 여성 정욕 관련 야담은 남성 중심적 시선이 지배하는 엄연한 현실에서 살아남으려는 여성의 움직임을 포착했다. 이런 야담의 서술자는 여성 인물들로 하여금 어우동처럼 정욕을 노골적으로 추구하다 파멸 지경에 빠지기보다는, 정욕을 은폐하고 재물이나 신분과 같은 것에 대한 욕망으로 전환함으로써 결국 정욕까지도 실현하도록 만들어 준다.

「반동도당고초중」班童倒撞藁草中(청구 상 478)에서 가난한 양반집 청년은 정욕을 이기지 못해 처녀가 혼자 있는 틈을 이용하여 그 집으로 가 처녀를 끌어안는다. 처녀는 자기도 평민의 처가 되기보다는 양반의 처가 되는 게 더 좋다 하며 일단 자기 마음을 허락했으니 정식 예를 갖추어 혼인을 하자고 타이른다. 그래서 둘은 잘되었다. 조광조 이야기에서는 여자가 정욕을 적극적으로 표현하고 남자가 그에 대해 제동을 걸고 훈계를 했다면, 여기서는 남자가 적극적으로 정욕을 표현하는데 여자가 타이르고 훈계한다. 이 대조에서, 여자가 적극적으로 정욕을 표현하면 비극적 결말이 초래되는 경우가 많은 반면, 남자가 그러하면 해피엔딩이 되는 구도를 읽을 수 있다. 남자의 정욕은 상황을 호전시키고 생산과 출세를 가능하게도 해 주기에 적절히 권장된다면,[29] 여자의 정욕은 삶을 불안정하게 만들기에 가능한 한 억제되어야 한다는 것이다. 『청구야담』의 처녀는 남녀 정욕에 대한 사회적 시선을 간파하고 내면화했던 것이다.

사대부 사회가 여성 통제를 위해 설정한 칠거지악 속에 여성의 정욕 추구가 포함된 것도 이와 관련된다. 그것은 칠거지악인 시부모에게 순종하지 않는 것, 자식을 낳지 못하는 것, 음행, 질투 등과 나란히 놓였다. 이 네 가지는 가부장제의 지속을 위태롭게 만들 요소들이다. 야담 서사에서 여성 정욕을 부정적으로 묘사하고 정욕을 실현하는 여성을 응징한 것도 이런 칠거지악 이데올로기의 연장선상에 있는 것이다.

여성 정욕에 대한 사대부 사회의 이데올로기적 통제를 경험하게 된 여성은 스스로 자기 정욕을 은폐하고 통제하게 된다. 그것은 여성 자신의 살아남기 전략이기도 하다. 「구산상인이 강핍성혼ᄒᆞ고 분곡신부가 인치수표ᄒᆞ다」求山喪人이强逼成婚ᄒᆞ고奔哭新婦가忍恥受標ᄒᆞ다(청야담수 626)에서 부모상을 당한 남편이 정욕을 참지 못하고 동침을 요구하자 아내는 그 행위

---

29 「김공생취자수공업」金貢生聚子授工業(청구 상 152)에서는 남자가 가지는 성욕과 재물에 대한 소유욕이 기발하게 연결된다. 주인공 김 모는 동침할 때마다 자식이 생기는데 자식들은 성관계의 결실이면서 농작물 생산과 재물 축적을 위한 발판이 되었다. 김 모는 하룻밤 동침으로 자식이 생겨날 때마다 관가에 신고하여 자기 소생임을 확실히 한다. 자식을 생산수단으로 활용하기 위한 포석이다. 83명의 자식을 확보한 김 모는 자식들을 이렇게 활용한다. 첫째, 83명의 자식들이 갖춘 재주다. 자식들은 방석을 짜는 기술, 신을 만드는 기술, 도자기를 만드는 기술 등 일상생활에 필요한 어떤 물건도 만들어 내는 재주를 가졌다. 둘째, 그들의 노동력이다. 김 모는 자식들의 재주와 노동력을 모아 어영청 둔전을 개간하고 거기다 곡물들을 심는다. 3년 뒤 갑부가 된다. 남자의 정욕이 재물에 대한 욕망을 함께 충족되도록 한 것이다. 그만큼 남자의 정욕은 생산적이다.

가 앞으로 자신에게 어떤 곤경을 초래할지 예견한다. 그래서 남편으로부터 동침했다는 증표를 받는다. 이 증표는 정욕의 발원이 여성 쪽이 아님을 증명하는 것이다. 남편은 봉분을 만들고 돌아온 지 며칠 만에 병에 걸려 죽고, 아내는 아이를 낳는다. 과연 친척들과 이웃 사람들이 아내를 의심한다. 아내의 생명이 위태롭게 되었다. 이때 아내는 증표를 보여주어 아이의 발원이 자기 정욕이 아니라 남편의 정욕이었음을 입증했다. 정욕 부재 증명으로써 여성이 살아났다. 서술자는 가부장제 사회에서 여성이 살아남기 위해서는 성관계를 가질 때조차 남성적 타자와 사회를 의식해야 했던 실상을 보여주려 한 것이다.

여성이 자기 정욕을 은폐하려는 가장 두드러진 전략은 '남편 고르기'에서 나타난다. 남편 고르기 과정에는 정욕이 매개되어야 함에도 불구하고 야담에는 그런 경우보다 그렇지 않은 경우가 더 많다. 「택부서혜비식인」擇夫婿慧婢識人(청구 상 609)이나 「점명혈동비혜식」占名穴童婢慧識(청구 하 66), 「양반집 상녀孀女가 고추장으로 남편을 출세시키다」(양은천미 22) 등에서 여성들은 남편 고르기의 주역이 되지만 자신의 정욕은 철저히 숨기거나 억제한다. 이들은 상대 남자를 고르면서 정욕이 아닌 다른 것을 내세운 것이다. 「점명혈동비혜식」에서 처녀는 부친의 묘를 명당으로 이장한 뒤, 남자를 선택한다. 「양반집 상녀가 고추장으로 남편을 출세시키다」에서는 간밤의 꿈을 환기하며 남자와 동침한다. 정욕은 현실에서 여자와 남자의 만남을 성사시키는 결정적 요소가 됨에도 불구하고 이런 작품들에서는 나타나지 않는다. 이때 여성들이 자기 주체성을 완전 포기한 것은 아니다. 여성들은 가부장 체제가 타기시한 정욕을 일단 은폐하지만, 결혼을 한 뒤에는 남편으로 하여금 기존 체제로부터 인정받으면서도 체제를 비판하는 인물이 되게 만들기 때문이다.

「신쇄은도점사로」贐碎銀圖占仕路(청야담수 72)에서 시골 평민인 주씨는 한양 사대부의 짝이 될 기회를 포착하고 놓치지 않는다. 시작은 사대부의 장난기였지만, 주씨는 그것을 진실로 받아들였다. 그녀는 철저히 자기 정욕을 억제하고 사대부 집안의 일꾼으로 삶을 꾸려 간다. 그리고 남편이 죽자 집안일을 며느리에게 맡기고 따라 죽는다. 그녀의 죽음에서 충격과 감동을 받은 적실 자식들은 그녀를 서모가 아닌 적모의 예로 장사를 지내 주고 사당을 세워 제사까지 지내 주었다. 남자와의 만남의 과정에서 주씨가 보여준 정욕 억제 자세는 자기의 모든 욕망을 가문의 번영을 위해 희생하는 행위의 출발이다. 마침내 주씨는 신분 상승을 하고 완전한 가문의 구성원으로 인정을 받는다. 주씨는 자기 정욕과 관련하여 남성의 시선을 의식하면서도 가문의 시선을 의식했다고 할 수 있다. 더 지속적 권위를 갖춘 가문의 시선을 의식해야 했기에 정욕은 숨겼다.

이렇게 은폐된 여성의 정욕은 특별한 남성에 의해 발견되기도 하는데, 그것이 남성의 몰래보기를 통해 이루어진다는 점이 흥미롭다. 이때 남성의 몰래보기는 관음증적 시선과는 다르다. 「인상녀재상촉궁변」憐孀女宰相囑窮弁(청구 하 152), 「척경대곡이라가 갱봉양인」擲鏡大哭이라가更逢良人(청야담수 539)에 등장하는 재상의 시선에 주목한다. 재상의 딸은 출가한 지 1년도 못 되어 청상과부가 되었는데, 재상은 딸이 방 안에서 화장을 하고 거울을 비춰 보다가 통곡하는 모습을 몰래 바라보게 된다. 딸의 정욕을 발견한 것이다. 재상은 정절 의식보다는 그로부터 해방된 정욕 자체를 인정한다.[30] 그래서 자기 딸이 자결했다고 알리고는 재가시킨다. 열녀 이미지를 역이용한 것이다. 여기서 남성 시선의 변화를 감지할 수 있다. 여성의 모습을 음탕한 눈으로 훔쳐보던 남성 관음자의 형상이, 여성의 은

30　有一宰相之女, 出嫁未朞而喪夫, 孀居于父母之側矣. 一日宰相自外而入內, 見其女在於下房而凝粧盛飾對鏡自照, 而已擲鏡而掩面大哭, 宰相見其狀, 心甚惻然.(청구 하 152~153)

밀한 정욕의 세계를 동정 어린 시선으로 바라보고 적극적 조치를 취해 주는 동조자의 형상으로 바뀌었다.

5. 여성 정욕의 주체적 실현과 회상

야담은 남성적 시선의 틈바구니에서도 자기 정욕을 고수하고 실현하려한 여성을 포착하려고도 했다. 그러기 위해서 새롭고 특별한 서술 전략을 시도했다. 「매장원시ㅎ고 추살수적」埋葬冤屍ㅎ고椎殺讎賊(청야담수 348)의 주인공은 서울의 이름 있는 기생이다. 기생은 어느 날 일을 마치고 돌아오다가 옥 같은 얼굴의 남자를 만난다. 곧 사모하는 마음을 이기지 못해 다가가 자기 집으로 초대한다.

> 하루는 귀한 집 잔치에 갔다가 돌아오다 술기운이 좀 남아 있고 초승달도 거울 같아 흥을 못 이겨 산보를 하였지요. 그때 길 앞에 한 소년이 초립을 쓰고 지나갔는데 그 용모가 옥과 같았죠. 흠모함을 이기지 못하여 앞으로 가 말했지요. "저는 기생인데, 집이 이 길가에 있지요. 잠시 저희 집에 들어가 담배 한 대 피우고 차라도 한잔 하시겠어요?" 소년이 쾌히 응낙하므로 즉시 방안으로 손을 끌고 들어가 등불을 켜고 마주 앉으니, 그 기쁨이 손으로 움켜쥘 수 있을 듯했답니다. 좋은 술을 받아다가 저녁밥 대신으로 마셨어요. 제가 한 곡조 부르니 그 소년도 화답하는데, 그 소리가 낭랑했답니다. 제가 거문고를 연주하니, 그 소년도 연주하여 화답하는 것이었어요. 미처 어느 집 아들인지 묻기도 전에 다만 재주와 용모에 반해서 산더미 같은 정욕에 휩싸이게 되었답니다. 촛불을 끄고 운우의 정을 나눈 뒤

서로 끌어안고 잠자리에 들었어요.[31]

　이 대목은 기생의 회상이다. 기생이 진술자라면 그녀를 따라갔던 남자는 수화자이다. 기생의 회상에 의해 재구성된 이야기 속에는 또 다른 시선이 존재한다. 기생과 젊은이의 동침 장면을 훔쳐보는 사나이의 시선이다. 사나이는 평소 기생에게 치근대던 자였는데, 기생과 젊은이가 잠들자 젊은이의 배를 찔러 죽인다. 이 광경은 이미 거듭 언급한 치정 살인에 해당하지만, 서술자의 시각이 상반된다. 앞에서 언급한 다른 작품들에서는 서술자가 주로 관음자의 자리에서 관음자의 시선으로 남녀의 성관계 장면을 보고 묘사했다. 서술자는 남녀에게 다가가서 남녀가 어떤 사연으로 얼마나 사랑하기에 사랑을 나누는지를 묘사해 주지 않았다. 반면 이 작품에서 서술자는 성관계를 나눈 기생 자신이다. 기생의 시선과 감각을 통하여 그때 장면이 재구성된 것이다. 회상이라는 서술법은 이런 근본적 변화를 가능하게 해 주었다. 회상의 서술법은 시간적 거리를 확보하면서 공간적이고 정서적인 거리는 좁게 만든다. 서술자는 살인자의 자리에서 남녀를 응징하는 것에 대해 박수를 보내는 것이 아니라, 살해된 남녀의 자리에서 죽음에 대한 애석함을 표현한다. 이로써 기생이 주도하는 정욕의 발현과 실현 과정이 전면에 부각될 수 있었다. 비록 상대 남자가 살해되기는 했지만 정욕을 주도한 기생은 죽지 않고 그에 대한 사랑을 간직하게 된 것이다.

31　一日은 赴貴家宴ᄒ고 夕歸할시 餘醺이 在面ᄒ고 新月이 如鏡이라 乘興散步則前街에 有少年男子ㅣ 着草笠步遇ᄒ니 其貌ㅣ 如玉이라 已不勝悅慕ᄒ야 進前以告曰 妾是娼而家在此街內ᄒ니 可能暫入ᄒ야 吸烟茶否아 少年이 快允이어날 卽携入室中ᄒ야 張灯對坐ᄒ니 其喜可掬이라 卽沽進美酒ᄒ야 以代夕炊ᄒ고 妾歌一曲ᄒ니 少年이 和之ᄒ야 其聲이 嘹喨이요 又彈琴ᄒ니 琴亦如是ᄒ야 不及問誰家子요 只愛才貌에 情慾이 如山이라 滅燭ᄒ고 經雲雨ᄒ고 兩相連抱就寢矣러니(청야담수 349)

「기미동아선세문집방간」己未冬我先世文集方刊(학산한언 440)도 은퇴한 늙은 기생 분영의 목소리를 빌어 그녀와 권정읍 간의 유명을 초월한 사랑을 서술한다. 기생 분영의 정욕 경험이 당당하게 진술되었다. 지나간 사랑 이야기이기에 가능한 일이다. 「인조조해서봉산지」仁祖朝海西鳳山地(학산한언 414, 청구 상 271)에서 여성은 자기를 겁탈하러 온 무변에게 그간 자기가 살아온 내력과 현재의 처지를 구술한다. 그것은 상대 남성의 자기 진술에 대한 응답이면서 자기 정욕에 대한 진실한 고백이다.[32] 여인의 목소리로 표현되는 여인 자신의 몸의 체험은 절실하다. 여인은 정절이나 예의에 연연하지 않고 잠시 동안인 자기 인생과 그 인생을 지탱하는 몸의 요구에 충실하려 했다. 그녀의 고독 고백은 자기를 알아주는 사람을 만나지 못해 죽을 수밖에 없는 무변의 처지와 다를 바 없다.

편찬자 신돈복의 평[33]은 '지아비를 바꾸어 따르는 것은 여자의 더러운 행실'이라며 정절을 강조한다. 여인이 무변을 만나 잘되는 것을 '심덕' 덕으로 돌렸다. 편찬자는 이 이야기를 전재하기는 했지만 여인의 정욕을 인정한 것은 아니었다. 조선 후기 여성 자신의 정욕관과 여성 정욕에 대한 사대부의 인식 사이에는 거리가 컸음을 짐작할 수 있는 대목이다. 여성 정욕에 대한 여성 자신의 적극적인 표현은 사대부의 이런 편견을 뚫고 언표된 것이라는 점에서 더 큰 의미를 부여할 수 있다.

「기유미망이인」妓有未忘二人(청야담수 436)[34]의 전반부는 관기와 선비의 사랑 이야기다. 관기는 지나가는 한 젊은이의 풍모를 보고는 반해 그가 묵고 있는 여관으로 가서 유혹한다. 젊은이가 꿈쩍도 하지 않자 기생은

---

32 학산한언 421~423
33 학산한언 425
34 「평양유일기」平壤有一妓(계서야담 42), 「평양기연추양불망」平壤妓妍醜兩不忘(청구 하 192), 「옥향위설양미망」玉香爲說兩未忘(동야 하 432)도 같은 작품이다.

자기가 기생임을 밝혔다. 그러자 젊은이의 태도가 돌변한다. 이런 태도는 조광조로 대변되는 조선 초기 사대부와 비슷하면서도 다르다. 조광조는 신분을 막론하고 여색 자체를 거부했다. 이 작품에서 젊은이는 단정한 사대부임에도 기생의 육체적 유혹은 기꺼이 받아들였다. 한편 기생은 여성으로서 남자의 풍모를 보고 정욕을 느꼈다. 그리고 그런 마음을 숨기지 않고 상대에게 표현했다. 이런 정욕 표현이 상대 남자에게 수용되어 마침내 남자를 달라지게 하고 정욕 실현에 이르렀다. 하룻밤의 애틋한 관계가 낭만적 시로 결실을 맺고, 그 뒤 기생은 늙을 때까지 그 사람과 그 순간을 잊지 못했다는 것이다.

여기서 서사적 변이를 읽을 수 있다. 여성의 정욕에 대해 남자의 태도가 바뀐 것도 변화이지만, 여성의 변화는 더 크다. 설사 여성 주인공이 기생이라 하더라도 상대 남자에게 정욕을 느끼고 적극적 표현과 행동으로 나아갔다는 것은 큰 서사적 변화다. 무엇보다 그 결과가 비극적이지 않다. 여성은 자기 정욕을 실현한 뒤, 그 경험을 아름답게 간직한다. 이런 결말이 가능했던 것은 여성의 신분을 기생으로 설정하고 그녀로 하여금 자기 사랑의 경험을 회상하도록 만든 덕이다. 여성 신분을 기생으로 설정하고 그녀로 하여금 회상을 하도록 한 것은 여성 정욕을 실현시키고 그 귀결을 긍정적으로 만들기 위한 서술 전략이라 하겠다. 이로써 여성 정욕은 응징되어야 할 것이 아니라 아름답게 실현되고 기억되어야 할 것이 되었다.

여성 정욕에 대한 가장 적극적 표현과 실현은 「환처」宦妻(잡기고담 651)에서 찾을 수 있다.[35] 환관의 처가 된 여인은 정욕을 참지 못하고 가

---

35 진재교는 「환처」의 서사 방식과 여성상에 대해 자세히 분석했다. 특히 주인공 여성이 전 시기에 쉽사리 찾을 수 없는 적극성과 대담성, 건강한 여성상을 보여준다고 보았다.(진재교, 「『잡기고담』 소

출한다. 여인은 처음 만난 젊은 중을 남편감으로 점찍고는 끝까지 따라가 강제로 성관계를 맺고 부부가 되었음을 일방적으로 선언한다. 여인은 중을 환속시키고 중의 본가로 함께 가서 가져온 돈으로 전장을 구입하여 잘 살게 되었다. 여인은 당시 사회가 강요한 정절 이데올로기로 자기 몸을 억압하지 않았으며 자기 몸의 요구를 존중했다. 그리고 몸의 정욕을 당당하게 실현했다.

여인의 출발은 환관의 처로서 겪어야 했던 왜곡되고 억압된 성이다. 이 작품은 환관의 성생활을 매우 핍진하게 묘사하면서 그 상황 속에서 아내의 고충과 불만, 서러움을 그대로 전달한다. 그러고는 이렇게 외로운 심정을 묘사한다.

> 그 뒤 정액의 구멍이 점차 열려 점점 싫고 고달픈 걸 느끼게 되고 오래될수록 더 심해지니 함께 동침할 때가 되면 원통함과 울분이 가슴을 가득 채워 혹 눈물을 흘리기도 했지요. 봄볕이 화창하여 벌 나비가 한가하게 날고 꾀꼬리 제비가 교성을 지를 때면 베개에 의지하여 하품하고 기지개 펴며 정사情思가 더욱 깊어지고 잡생각이 구비 구비 일어났지요. 금수이불과 옥반조차 그런 나에게는 아무 소용없는 것이었습니다. 오두막집이라도 진짜 남자와 함께 반폭 베 이불을 덮고 한 줄기 나물뿌리를 씹는 것이 인생의 참다운 즐거움이라. 나의 몸은 아직도 처녀이니 다른 집에 시집가도 실절한 것은 아닐 테니 마침내 도망치고자 하는 생각이 일어났지요.[36]

재「환처」의 서사와 여성상」,『고소설연구』13, 한국고소설학회, 2002, 225~267면)
36 其後情竇漸開, 而漸覺厭苦, 久而轉甚, 時値欲與同寢, 則寃憤塡胸, 或至涕泣, 每當春陽和暢, 蜂蝶悠揚, 鸎鷰流聲, 欹枕欠伸, 情思蕩深, 默想重重, 錦繡玉飯, 於我何關？ 蔀屋之下, 與眞箇丈夫, 共圍半幅布衾, 共咬一莖菜根, 實人生至樂也, 我身尙處子也, 奔于他家, 無爲失節, 仍發逃走之

정상적 성행위를 할 수 없는 여성의 고민이 꾸밈없이 표현되었다. 그
것은 여성 자신이 회상의 방식으로 자기 목소리를 낼 수 있기에 가능했
다. 이때 여인이 자기를 변명하는 논리가 새롭다. 이미 결혼한 처지임에
도 자기의 '몸'은 처녀이기에 재가할 수 있다는 것이다. 이런 사유 방식은
'신랑이 결혼하기 위해 신부 집 문을 들어오다 죽더라도 (신부는) 딴 사
람에게 몸을 허락해서는 안 된다'[37]는 개가 금지 통념과 근본적으로 다르
다. 여인은 몸의 요구를 근거로 행동했을 뿐만 아니라 몸을 기준으로 하
여 정절을 판단했다.

　이렇듯 여성 정욕은 야담 서사의 중심 자리에 들어오게 되었다. 그런
변화를 가능하게 한 것이 회상이란 서술 방식이다. 여성은 정욕 실현의 주
체로서 자기 경험을 진술하게 되었다. 그 진술 속에서 남성의 시선도 달라
졌다. 일군의 남성이 다른 남자와 사랑을 나누는 여성을 응징한 반면, 또
다른 일군의 남성은 여성의 정욕 실현 장면에 공감을 보내게 된 것이다.

6. 여성 정욕 서술 방식의 변이와 의미

야담 정욕담에는 여성의 정욕보다는 남성의 정욕이 더 자주 주도적으로
개입한다. 사대부 남성의 정욕은 사대부로서의 일생에서 겪어야 할 유익
한 경험을 제공한다. '혈기가 아직 완성되지 않았을 때는 여색을 경계해
야 한다'는 식의 교훈을 생성해 주는 것이다. 또 남성의 정욕은 사회적 재
화의 창출로 귀결될 만큼 생산적인 것으로 인식되기도 했다. 가령 「김공

順.(잡기고담 652)
37 조식曺植, 『남명집』南冥集, 한길사, 2001, 344면.

생취자수공업」金貢生聚子授工業(청구 상 152)에서 남성의 정욕과 생식력은 많은 아들들을 낳게 하고 그들이 노동력을 제공하여 거부를 가져온다. 이같은 남성 정욕의 실현 과정에서는 사건의 시간과 서술의 시간이 일치한다. 사대부 남성의 정욕은 감시되거나 검열당하지 않기 때문에 걸림 없는 서술이 가능했다. 또 거침없는 정욕의 실현은 대부분 낙관적 결말을 가져온다.

이에 반해 여성의 정욕은 여성의 신분과 관계없이 대체로 타자인 남성이 자기반성을 하는 계기 역할만 하는 사례가 많았다. 정욕을 노골적으로 표현하고 실현하는 여성의 모습을 본 남성은 여성의 행동을 대상화하고 자기를 반성한다. 나아가 남성은 여성의 정욕 표현이나 실현을 방해하고 그런 여성을 꾸중하거나 응징한다.

여성이 이야기판에 적극 참여했기에 구연 야담 단계에서는 여성의 목소리가 두드러졌다.[38] 남성 사이의 구연 과정이나 남성 사대부의 한문 기록 과정에서 남성의 시선이 압도하게 되었고 그 결과 여성 정욕을 바라보는 남성의 관음증이 나타난 것이다. 남성은 몰래 좁은 구멍을 통하여 한 여자가 다른 남자와 은밀한 성행위를 하는 장면을 엿본다. 그러고는 '윤리적 응징'을 가한다. 이때 응징당하는 남자는 낮은 신분일 경우가 대부분이니 이 응징에 성적·계급적 차별 의식이 개입했다 할 수 있다.

관음자로서의 남성 형상이 부각된 상황에서 현실의 여성이나 작중 여성은 남성의 시선을 의식하지 않을 수 없었다. 여성이 남성의 시선으로부터 자유로워지는 것은 어려운 일이었다. 오늘날 여성조차 자기 안에 관찰자로서의 남성을 담고 있다. 남성에게 보여지는 여성인 것이다. 여성은 스스로를 하나의 시각(version)의 대상, 즉 하나의 광경(sight)으로 바꾸어

---

38 구비문학의 경우를 통하여 짐작할 수 있다. 각주 24를 참조할 것.

버린다.[39] 어느덧 자기 시선도 남성의 시선으로 옮겨 간다. 이리하여 여성 정욕은 어느 쪽에서든 남성의 눈으로 목격되고 남성의 목소리로 표현되게 되었다. 정욕과 관련된 여성의 실상이 왜곡되고, 여성 인물이 남성적 편견과 이데올로기에 의해 조롱되었다. 이런 상황은 여성 정욕 서사에 관여한 여성의 주체성의 위기를 초래했다.

여성들은 자기 정욕을 그대로 표현하는 것을 머뭇거리게 되었다. 여성은 자기 정욕을 위장하거나 은폐했다. 이런 제반 상황이 고려되면서 또다른 여성 정욕 야담이 만들어졌다. 야담의 서술자는 여성이 지인지감이나 현몽, 계시에 따라 남편감을 골라 사회 경제적 상승을 꾀하도록 유도했다.

한편 야담은 자기 정욕을 좀 더 또렷하고도 당당하게 표현하고 실현하려는 현실 여성의 움직임도 포착하고 그것을 작품에 담았다. 먼저 남성의 관음증 기제를 변형하여 여성적 주체성을 실현하는 데 활용하기 시작했다. 남성의 시선이 정욕의 주체인 여성에게 더 다가가서 여성의 형편을 좀 더 섬세하게 살펴 주는 형국이다. 그러나 이것은 엉거주춤한 공존이다. 여성이 떳떳하고도 확실하게 자기 정욕을 추구하는 모습을 기술하기 위해서는 여성 자신이 서술자의 시선과 목소리를 확보해야 했다. 그렇지만 엄존하는 남성의 시선과 맞서는 것이 여성들에게는 부담스러웠다. 이런 여건에서 창안한 서술 방식이 '회상'이었다. 회상에서는 사건의 방향과 서술의 방향이 반대이거나 어긋난다. 경험의 시점과 서술의 시점 사이 간극이 크다. 늙은 여인의 회상 속에 젊은 여인의 몸 경험이 담긴다. 여성 서술자는 남성 집단의 비난이나 조롱, 의심의 눈초리로부터 약간은 자유

---

39 존 버거, 『영상커뮤니케이션과 현대 사회』, 79~80면; 김주현, 「여자들의 몸과 눈」, 『여성의 몸에 관한 철학적 성찰』, 철학과현실사, 2000, 198면.

로운 여건에서 정욕과 관련된 자기의 경험을 이야기할 수 있게 되었다.

회상의 서술 방식을 발판 삼아 새로운 정욕담이 구성되었다. 여성 정욕담의 조선 후기적 귀결이라고도 할 이 단계에서는 먼저 여성이 자기의 정욕 경험을 상대 남성에게 진술한다. 그 정욕의 경험은 두 가지다. 하나는 여성 자신의 몸에서 자연스럽게 솟아난 정욕이다. 여성은 자기 몸의 요구를 묵살하지 않고 소중하게 따르고자 한다. 다음으로 상대 남성으로부터 촉발된 정욕이다. 특히 상대 남성의 외모가 여성으로 하여금 정욕을 느끼게 한다는 점에서 역시 몸에 초점이 맞춰졌다.[40] 어느 쪽이든 여성의 정욕 경험에 대한 진술이 상대 남성을 움직이거나 변화시킨다. 이런 경험의 공유를 활력으로 삼아 진정한 성적 관계를 맺는 것이다.

그러나 여성 서술자의 혁신은 구태를 완전 청산한 것이 아니다. 여성 정욕담의 가장 높은 수준에 놓일 「환처」에조차 그런 흔적이 분명하다. 「환처」는 늙은 할미가 된 여성 주인공이 자기 집에 들른 한양 선비에게 자기의 경험을 들려주는 형식이다. 그녀는 늙었지만 아직 얼굴과 피부에 윤기가 있었다. 우스개 이야기를 특히 잘했던 그녀는 영감을 바라보고 묘한 웃음을 지으며, "이 늙은 몸이 젊었을 적에 산승과 화간和奸을 했는데, 그때 그 중의 꼴이 참 우스웠다오"[41]라며 말문을 연다. 그러자 영감은 눈을 흘기고 화를 내며 "망령 들린 할망구가 또 망측한 이야기를 꺼내려나"[42] 하며 껄끄러워한다. 은근히 앞으로 있을 할미의 진술 내용을 희화화하는 분위기다. 그렇지만 할미의 진술 내용은 앞서 분석했듯 환관 처의 절실한 고백과 인생 역정의 이야기다.

---

40 이것은 '담을 넘어가 선비에게 사랑을 고백하는 이야기'의 여성이 선비의 글 읽는 소리에 반했던 것과는 큰 차이가 있다.

41 姬忽眠翁微笑曰: "老身少也, 曾與山僧和奸, 僧之態甚可笑也." (잡기고담 651)

42 翁仄目而嗔曰: "妄老姬又欲發怪駭話!" (같은 면)

이 이야기에 덧붙여진 액자가 특별하다. "내 일찍이 여러 객들과 이 이야기로써 웃음거리로 삼았다"[43]로 시작하여 세 사람의 감상을 덧붙인다. 첫 번째 사람은 환관의 비정상적 성행위를 부연 설명하고 환관의 음분淫奔을 이해해 주어야 한다 하였다. 두 번째 사람은 국초國初에는 내시에게 취첩을 금지했는데 중엽 이후 내시들이 그걸 지키지 않고 희첩까지 두는 사례가 생긴 점을 환기했다. 그리고 국가가 진상을 조사하여 내시의 처첩을 승려에게 줌으로써, 남녀도 각각 그 소원을 이루고 국가도 장정을 늘이는 이득을 볼 수 있다는 의견을 냈다. 세 번째 사람은 탁문군의 경우와 비교하여, 환관의 처가 탁문군보다 한 수 위라고 했다. 사분私奔이기는 하지만 실절失節이 아니고 다소 일탈된 면은 있지만 여인이 따라갈 사람을 실제로 선택했다는 근거에서다.

이 같은 편찬자 주위 남자들의 생각은 환관 처의 정욕과 고통을 이해하려는 의도를 어느 정도 함축하고 있기는 하다. 그러나 첫 번째 남자의 말은 여전히 관음증의 혐의가 짙다. 두 번째 남자의 발언 중 내시의 여자들과 승려들을 결혼시켜 장정을 확보한다는 부분은 성적·계급적 희화화의 혐의가 있다. 무엇보다 이런 말들의 진정성을 의심하게 하는 것은 이런 평의 귀결이 '사좌봉복'四座捧腹이라는 점이다.[44] 편찬자 주위의 남자들은 환관 처 이야기를 우스개로 수용한 것이다. 이런 태도는 서두의 분위

---

43 余嘗與數客, 共談此說, 以資笑噱.(잡기고담 655)
44 客曰: "男女情慾之感, 固人之形氣之私所不能無者. 至於閹宦之妻, 尤有難焉. 盖罔閹者之耽, 倍於恒人, 枕席之間, 狂蕩特甚, 慾火熾發而無以散泄, 則摟抱宛轉, 幾至噬嚙肌膚, 當此之時, 雖古貞女以禮自持者, 安能曰, 妾心古井水也? 其逃出從人, 有難苛責以淫奔也." 一人曰: "國初曾有內侍聚妻之禁而降自中葉, 不復閽制, 今則無不娶妻, 又加以姬妾者, 間有之矣. 觀此, 姬之所自敍, 則其怨曠之恨, 迷鬱之氣, 足以感傷天和者, 國家宜申明舊禁, 而悉發其所家畜者, 給配於年少僧徒, 則男女各適其願, 而國家亦有添丁之益矣." 又一人曰: "昔卓文君, 以寡婦, 私奔馬卿, 至今爲風流話本, 今此姬跡, 雖私奔, 元非失節, 事極放佚, 實擇所從, 較之卓女, 固爲勝之, 四座捧腹."(같은 면)

기와 함께 젊은 환관 처의 절실한 정욕 경험을 그 자체로 인정하고 받아들이기보다는, 거리를 두고서 때로는 관음증의 시선으로, 때로는 성적·계급적 편견으로 바라보았음을 의미한다. 그렇지만 이런 남성적 시선에 아랑곳하지 않고 할미가 자기의 절실한 경험 이야기를 진술하여 수화자의 감동을 일으켰다는 점은 분명하다.

7. 결론

이상 야담에서 여성이 자기 정욕을 표현하거나 실현하는 양상과 그것을 서술하는 방식을 분석했다. 야담은 그와 관련하여 역동적 변주를 보였음을 확인했다.

비교적 이른 시기에는 자기 정욕을 과감하게 나타냈다가 좌절하는 여성의 이야기가 두드러졌다. '담을 넘어가 선비에게 사랑을 고백하는 여성 이야기' 군이 형성되었는데, 여성이 죽고 선비가 못 되는 이야기와 여성이 죽지 않고 선비가 잘되는 이야기로 분화되었다. 여성 정욕을 의식하게 되었지만 그것을 인정할 수 없었던 남성 사대부의 입장이 더 강하게 반영된 경우라 하겠다. 남성 사대부는 여성 정욕담을 통하여 오히려 이상적 사대부상을 추인하려 했다.

여성이 정욕을 과감하게 실현하는 상황이 창출되자 야담의 서술자는 그것을 목격하는 남성 인물을 설정하였다. 정욕을 적극적으로 실현하는 여성의 행위는 가부장제의 근간을 흔들 수 있었다. 이에 목격자를 응징자가 되게 했다. 그런데 응징자는 애초 여성을 겁탈하려 했던 인물이다. 응징자는 몰래 좁은 구멍으로 조금 전까지 자기가 겁탈하려 했던 여성이 다른 남자와 성행위를 하는 장면을 바라본다. 관음증이 나타난 것이다. 그리고 '윤리적 응징'을 가한다. 이때 응징당하는 남자는 낮은 신분일 경우가 대부분이니 여기에 성적·계급적 차별 의식이 개입했다.

관음자로서의 남성 형상이 부각된 상황에서 여성은 남성의 시선을 의식하지 않을 수 없었다. 여성 자신조차 남성적 시선으로 자기를 보게되었다. 여성 정욕 실현 장면이 남성의 눈으로 목격되고 남성의 목소리로 표현되게 된 것이다. 이런 상황은 여성 정욕 서사에 관여한 여성들의 주체성의 위기를 불러왔다.

여성은 가부장제 사회에서 살아남기 위하여 정욕을 위장하거나 은폐했다. 이런 여건에서 여성이 지인지감이나 현몽, 계시에 따라 남편감을 골라 사회 경제적 상승을 꾀하는 야담이 많이 산출되었다.

남성의 관음증 기제를 변형하여 여성 주체성을 실현하는 사례도 있었지만, 여성이 떳떳하고도 확실하게 자기 정욕을 추구하는 모습을 기술하기 위해서는 여성 자신이 서술자의 시선과 목소리를 확보해야 했다. 자기 경험에 대한 서술자가 된 여성이 활용한 서술 방식은 '회상'이었다. 늙은 여성이 젊은 날 자기 몸의 정욕 경험을 회상하는 방식이다. 그럼으로써 남성의 비난이나 조롱, 의심의 눈초리로부터 자유로운 서술 공간을 확보했다.

이 장의 논지를 따라갈 때 여성 정욕담은 다음과 같은 서술 패턴으로 귀결된다. 나이 든 여성이 젊은 날의 정욕 경험을 상대 남성에게 이야기한다. 그 정욕의 경험은 두 가지다. 하나는 여성 자신의 몸에서 자연스럽게 솟아난 정욕이다. 여성은 자기 몸의 요구를 묵살하지 않고 소중하게 따르고자 한다. 다른 하나는 상대 남성으로부터 촉발된 정욕이다. 상대 남성의 외모가 여성으로 하여금 정욕을 느끼게 한다는 점에서 역시 몸에 초점이 맞춰졌다. 어느 쪽이든 여성의 정욕 경험에 대한 진술이 상대 남성으로 하여금 흥미를 갖게 하거나 감동하거나 변화하게 한다. 이것은 남녀가 정욕 경험을 공유하는 것인데, 이런 경험의 공유를 활력으로 삼아 새롭고 진정한 인간관계를 모색하기에 이르는 것이다.

야담은 여성 정욕담을 서술하면서 인물 형상이나 서술 방식 면에서 역동적 변주 양상을 보였다. 야담이 발견하여 서술한 여성의 정욕 실현은 당대 다른 장르는 물론 다음 시대 서사에 요긴하게 연결되었다고 하겠다.

아버지 찾기 야담의 서사 전통 계승과 변용

1. 머리말

아들이 멀리 있는 아버지를 찾아 나서서 만나는 과정을 보여주는 '아버지 찾기 이야기'는 '심부담'尋父談, '부친탐색담' 등으로 명명되면서 우리 서사문학의 중요한 모티프 혹은 서사 구조의 하나로 인식되어 왔다. 「이공본풀이」, 「배포도업침」, 「초공본풀이」 등 무속 신화를 비롯해 「유리왕신화」와 「작제건신화」 등 건국 신화, 고소설, 야담, 심지어 근대소설인 「메밀꽃 필 무렵」, 그리고 한국전쟁을 소재로 한 여러 소설에 이르기까지 면면한 서사적 전통이 되어 오고 있다.

이에 대해서는 지금까지 여러 선행 연구들이 제출되었다. 이수자는 열두 거리 큰굿 중 앞부분의 제의에서 불렸던 「배포도업침」, 「초공본풀이」, 「이공본풀이」 등에 심부담이 들어 있고 후일 제의의 현장을 떠나 이야기로 회자되면서 전설, 민담에 영향을 주었으며 「유리왕신화」 등 건국 신화의 심부담도 무속 신화의 내용을 계승한 것일 수 있다고 보았다. 아들이 아버지를 찾는 것은 고통스럽고 어려운 시험을 받고 아버지 집단의 일원으로 받아들여져야만 자신의 신통이나 왕통, 혹은 혈통을 알 수 있기에 꼭 필요하다고 보았다. 아들의 입장에서 보면 아들이 신이나 왕이 되고, 또는 성씨를 알 수 있는 한 집안의 후손이 되기 위해 치러야 할 통과 의례라는 것이다.[1] 정하영은 신화의 주인공들이 아버지로부터 버림받은 존재, 또는 잊힌 존재로 태어나지만 아버지를 찾는 노력은 기울이지 않는다고 보았다. 그러다가 역사시대에 이르러 가부장제가 확립된 후에는 아버지의 역할이 강화되면서 아버지의 존재와 신원을 확인하는 작업이 활발하게 이루어진다. 주몽, 혁거세, 탈해, 김수로 같은 신화의 주인공들은 아버지의 도움 없이도 위업을 이루었지만, 그들의 아들 세대는 아버지의 혈통을 이어받아야 그 자리에 오를 수 있었기 때문이다. 유교적 가부장제가 공고화된 조선 사회에서 아버지의 존재와 위상은 아들에게 절대적이어서 아버지의 존재를 확인하고 찾는 일은 모든 사람의 관심사가 될 수밖에 없었으니, 그런 점에서 '아버지 찾기'는 개인적 행복의 바탕이 되고 사회 질서의 근간이 되었으며 나라의 존망을 결정하는 요인이 되었다고 보았다.[2] 노영근도 무속 신화와 건국 신화, 고소설, '민담'의 부친탐색담을 두루 검토하였다. 먼저 유리왕의 경우에서 두드러지는 건국 신화에서는 찾아간 아들이 자신의 능력을 아버지로부터 인정받는 게 더 중요했지만, 무속 신화에서는 능력보다는 혈통이 더 중시되었다는 점을 지적하고, 건국 신화에서는 아버지와 아들이 경쟁 관계에 있었지만, 무속 신화에는 그렇지 않고 아들이 혈통의 신통을 인정받고 신직을 부여받는다고 보았다. 그리고 '민담'의 경우로는 구전되는 28편과 『청구야담』의 「청취우약상득자」聽驟雨藥商得子를 분석했다.[3]

---

1 이수자, 「심부담의 시원적 양상과 형성 의미」, 『나주대학 논문집』 3집, 나주대학교, 1997, 226~235면; 이수자, 「구비문학에 나타난 부친탐색 원형」, 『구비문학연구』 28집, 한국구비문학회, 2009, 205~240면.
2 정하영, 「尋父談의 淵源과 文學的 形象化」, 『한국고전연구』 21집, 한국고전연구학회, 2010, 11~13면.
3 노영근, 『가족탐색 서사연구』, 박이정, 2006, 147~208면.

이처럼 선행 연구들은 '아버지 찾기' 서사가 갈래의 경계를 넘어 두루 관철되면서 일정하게 변주된다고 보았으며, 야담 갈래에서도 예외가 아닌 것으로 이해했다. 아버지를 찾는 이야기는 아버지를 죽이거나 아버지의 부재를 전제하는 이야기와는 반대의 지향을 가진 것이다. 후자들이 '아버지─아들'의 관계를 부정하거나 약화시키려는 지향을 갖고 있다면 전자는 '아버지─아들'의 관계를 강조하려는 지향을 갖고 있다고 볼 수 있기 때문이다.

아버지 찾기 서사에서는 부재하던 아버지를 만남으로써 아들이 획득하게 되는 어떤 지위나 자리가 강조된다. 그런데 야담에 들어오면서 이런 아버지 찾기 서사의 성격이 계승되면서도 전환되고 혁신되었다. 이 장은 야담의 아버지 찾기 이야기를 분석하되, 무속 신화나 건국 신화로부터 비롯된 서사 전통을 고려하면서도 조선 후기 야담집 맥락 속의 의미와 기능에 초점을 맞추어 새롭게 그 성격을 조명해 보고자 한다. 그럴진대 지금까지 아버지 찾기 서사에 대한 선행 연구들이 아버지를 찾는 아들을 중심으로 논의를 전개한 것과는 달리, 이 장은 아들로 하여금 자신을 찾아오게 하는 아버지, 아들을 만난 아버지를 중심으로 논의를 전개할 것이다. 아버지를 찾는 아들의 처지나 의식이 중요하지 않은 것은 아니지만, 야담에서는 그보다는 아들로 하여금 자신을 찾아오게 만드는 아버지의 처지나 의식이 더 중요하기 때문이다.

야담의 아버지 찾기 이야기는 유구한 서사 전통 속에 들어 있는 것이지만, 그와 아울러 야담집이란 거대 텍스트 속에 존재하면서 다른 작품들과 관계망을 구축하며 일정한 기능을 했다고 보아야 할 것이다. 야담집 소재 작품들이 상호간에 그리 탄탄한 결속력을 가진 것은 아니지만, 하나의 제목 아래 편찬되어 거듭 전사되고 『동야휘집』처럼 일정하게 분류되며 『청구야담』처럼 두 작품이 짝을 이루도록 배치되는 것을 보면, 야담집 소재 개별 작품들이 다른 작품들과의 관계 하에 놓이고 야담집 전체에서 일정한 역할을 한다는 점을 인정하게 된다. 그리고 야담 작품들이 전대로부터 전승되는 제반 모티프들이나 주제, 서사 구조들을 계승하면서도 당대의 분위기나 문제의식을 반영하여 혁신과 전환을 꾀한 것도 분명하다. 그런 점에서 야담 작품에 대한 논의가 모티프나 주제, 서사 구조의 계보학 차원에서 이루어져야 할 필요가 있다.

아버지 찾기 야담에서는 아버지의 부재 상태에서 아들이 탄생한다는 것이 서사의 전제가 되고 아버지와 아들이 뒤늦게 상봉하는 국면이 서사의 정점이 되며 상봉 이후 아버지의 처지가 변화된다는 것이 마무리가 되는 바, 이 국면들은 과거와 현재, 미래에 각각 대응된다. 아버지가 이 세 시점 중 어디를 지향하는가는 작품의 시간 의식을 결정하는 관건이 된다. 그리고 아버지와 아들이 상이한 공간에서 생활하다가 상봉하여 어느 한쪽으로 이동하는 바, 이 양상을 살피는 것은 작품의 공간 지향을 해명하는 관건이 된다. 이런 시간 의식과 공간 지향을 아버지 찾기 야담의 본질을 해명하는 또 다른 작업 틀로 삼고자 한다.

2. 아버지 찾기 야담의 야담집 속 맥락

야담집에는 아버지 찾기 야담과 긴밀하게 연결되어 있으면서 아버지 찾기 야담의 본질을 분석하고 이해하는 데 단서를 제공해 줄 작품군들이 존재한다. 이들 작품군들이 함축하는 특징들은 아버지 찾기 야담을 감싸는 맥락이 되기에 아버지 찾기 야담의 본질을 해명할 때 요긴하게 고려해야 할 사례들이다.

(1) 가부장제 위기의 단서

아버지 찾기 야담은 아버지와 아들의 관계를 중시하고 아버지가 부재했을 때 아들의 간절한 노력으로 부자 관계를 복구하려 한다는 점에서 가부장제를 강조하고 지속시키려는 의지에 바탕을 둔다. 그런데 야담집에는 이와 반대로 가부장제 위기의 조짐을 보여주는 작품군이 있다. 「유무부박명현자」有武夫朴命賢者(어우야담 306), 「무인가망요화자」武人家蟒妖化子(천예록 472), 「정북창망기소재액」鄭北窓望氣消災厄(청구 상 150) 등이다. 세 작품은 긴밀히 연결되면서 심각한 변이를 보인다.

「유무부박명현자」에서 무인 박명현朴命賢은 연못 속 큰 가물치를 잡으려고 활촉 깎는 칼로 가물치를 찔렀다. 가물치는 칼을 부러뜨리고 죽었다. 17년이 지난 어느 날 박명현이 그 연못 가를 지나는데 큰 뱀 한 마리가 두 귀를 펼치고 머리를 쳐들고 달려들었다. 박명현이 채찍질을 하며 피하는 사이 종들이 돌멩이로 쳐서 뱀을 죽였다. 뱀의 머리 아래에 혹처럼 튀어나온 것이 있었는데, 그것은 17년 전 가물치를 찔렀을 때 가물치 머리에 꽂혔던 칼의 조각이었다. 쉽게 받아들이기 어려운 속신을 바탕으로 한 이야기지만 가물치가 뱀으로 환생해서까지 자기를 죽인 사람에게 복수하려 했다는 설정이 기이하게 느껴진다. 「정북창망기소재액」, 「무인가망요화자」에서는 사람에게 살해된 뱀이 자기를 죽인 사람에게 복수하기 위해 그 사람의 아들로 환생한다. 뱀의 복수담이라고 넘어갈 수도 있지만 뱀이 아버지의 아들로 환생한다는 상황이 너무나 충격적이다. 아버지와 아들이 원수지간이 된 것이다. 아들이 아버지를 원수로 생각하고 언젠가 아버지를 죽이려 한다는 것은 가부장제에서 있을 수 없는 상황이다. 그중에서도 「정북창망기소재액」에서는 아들이 제3자인 정렴에 의해 살해되지만, 「무인가망요화자」에서는 아들이 아버지를 죽이려 하다가 도리어 아버지에게 살해된다. '사람을 죽이려 한 뱀'이 '아버지를 죽이려 한 아들' 이야기로 나아간 이 과정에 조선 사회에서 감지된 가부장제 위기 상황이 투영되었다고 해석할 수 있을 것이다.[4]

(2) 궁지에서의 백일몽

「진사유성인처」進士柳姓人妻(동패락송 325)나 「유상사선빈후부」柳上舍先貧後富(청구 하 120) 등은 벼슬을 얻지 못하여 궁핍하게 살아가던 남자 주인공이 어느 날 낯선 여인이 자기 아내를 찾아온 뒤부터 부귀호사를 누리게 되는 내용이다. 자기 아내를 비롯한 세 명의 여인들은 같은 해 같은 달 같은 날에 한 마을에서 태어나 일찍부터 서로 함께 살기 위해 한 남자를 같이 섬기기로 맹세했다. 현실에서 쉽게 일어나기 어려운 이러한 기이한 뜻밖의 행운은 경제적 궁지에 몰린 남자들이 상상해 낸 백일몽의 서사화로 보인다. 절망적 상황에 빠진 남자들은 자신을 재력과 권력으로 다가가게 해 줄 존재가 자기를 방문하는 백일몽을 꿈으로써 그 궁지로부터 벗어나려는 소망을 피력한 것이다. 이것은 주체가 타자와의 관계에서 도움을 받

---

4 구비설화에서도 유사한 작품을 찾을 수 있다. 「원수 갚으려는 구렁이 새끼」(『한국구비문학대계』 6-5, 131면), 「아들로 환생한 거미의 복수」(『한국구비문학대계』 7-14, 773면) 등이다. 전자는 ①한 사냥꾼이 봄철 사냥 가는 길에 뱀을 발견하고 쏘아죽임 ②곧이어 쌍둥이 아들을 낳았고 아들을 지극히 사랑함 ③어느 날, 숲속에서 변을 보던 중에 서당에서 귀가하는 아들들의 대화를 우연히 엿들음(어리석은 사냥꾼이 자기들의 정체를 모르고 너무 좋아한다는 내용) ④집에 돌아온 후 아내에게 몰래 귓속말로 알린 뒤, 집 밖에 나가 있게 하고는 밥 먹고 있는 아들을 쏨 ⑤두 마리의 뱀이 되어 죽어 있었음. 후자는 ①어느 부부가 자식 낳기를 간절히 바람 ②하루는 남자가 거미줄에 걸린 꿩을 발견하고 거미를 죽이고 꿩을 풀어 줌 ③얼마 후 옥동자를 낳았는데 9살이 되어도 젖만 빨아대니 어미가 견딜 수 없게 됨 ④어떤 노승이 아들의 비밀을 말하나 차마 못 죽이자 그러면 어떤 날 길손이 오면 주라고 부탁을 하고 감 ⑤과연 예언한 날 어떤 사람이 와서, 아이를 맡아 공부시켜 주겠으니 달라고 하니 부모가 맡김 ⑥그날 밤 부인의 꿈에 아들이 나타나, '내가 너를 빨아서 죽이려고 했는데 미리 알고 나를 처치했으니 할 수 없다' 하고는 거미가 되어서 눈물을 흘리며 감.

을 수 있는 마지막 카드인 셈이다.

(3) 몸의 생식력에 대한 마지막 기대

남자가 자신의 성적 능력으로 팔자를 고치는 「득음분궁환복연」得陰粉窮鰥福緣(청구 상 386), 「김공생취자수공업」金貢生聚子授工業(청구 상 152) 등은 또 다른 작품군을 이룬다. 「득음분궁환복연」에는 성기의 강력한 흡입력을 가진 세 명의 여자들이 등장한다. 여자들은 그 때문에 혼인을 해도 첫날밤에 신랑이 죽어 나가기만 하니 그냥 셋이서 살기로 작정했다. 그러다가 주인공을 비롯한 세 명의 남자들을 오랜만에 만나게 되어 동침한다. 과연 두 친구는 동침 후 죽고 주인공만 살아남는다. 주인공은 그만큼 성기의 강력한 힘을 갖추고 있는 덕이었다. 그는 성기에 묻어 나온 육선肉線을 음분산陰粉散으로 만들어 팔아 엄청난 재산을 얻는다. 성기의 힘은 주인공으로 하여금 죽을 처지에서 살아나게 하였고 부를 얻게 해 주었다. 「김공생취자수공업」의 주인공은 상인으로 젊고 풍류가 있어 여성의 몸을 탐했는데, 성관계를 할 때마다 아들을 잉태시켰다. 주인공은 그렇게 낳은 아들들을 관가에 소생 자식으로 신고하여 관계를 지속시켰다. 소생 아들들의 노동력을 활용하기 위함이었다. 여기서 아들은 아버지를 그리워하고 아버지를 상봉함으로써 대를 잇는 존재가 아니라, 아버지가 활용할 노동력 자체였다.

두 작품을 통해서 야담집 속 아버지들은 스스로 궁지에 몰렸을 때 마지막으로 자신의 성적 능력이나 성기의 힘을 떠올렸다는 점을 짐작할 수 있다. 이들은 「유상사선빈후부」와 비교해 볼 때도 덜 의존적이며 스스로 갖춘 능력으로 난관을 타개하려고 했다. 그러나 자신의 성적 능력을 지나치게 과장하고 성행위의 결과도 과대 포장하고 있는 점에서 현실적 개연성을 확보하지 못하고 있다. 현실적 개연성이 약화된 모습은 결국 현실적 상황에서 구체적 활로를 찾을 수 없었던 절망적 남자들이 자기 몸에 마지막으로 남은 가능성으로서의 성적 능력을 과장적 상상으로 활용한 결과라고 해석된다.[5]

(4) 여성 정욕의 표출과 간통 및 강간의 서사

아버지 찾기 야담 작품들과 두루 관련이 있는 것은 남녀의 정욕을 담거나 남성의 강간과 여성의 유혹을 보여주는 작품들이다. 「영변교생곽태허」寧邊校生郭太虛(어우야담 111), 「일유생」一儒生(계서야담 340), 「홍상서수정면인」洪尙書受挺免刃(청구 상 37), 「살일음녀하고 활일불고」(청야담수 401) 등이 남성의 관음증 구도 속에서 '음탕한' 여성을 응징하는 것을 보여준다면, 「반동도당고초중」班童倒撞藁草中(청구 상 478)에서는 강간하려는 남성을 타이르고 살아남는 여성의 지혜를 보여준다. 「고유일사인」古有一士人(계서야담 297)에서는 친상을 당한 남편이 욕정을 못 참고 동침을 요구하자 자신에게 닥칠 곤경을 예견하고 남편으로부터 동침했다는 증표를 받

5　두 작품에서 주인공이 팔자를 고치는 것이 백일몽에 가깝다는 것은, 실제 현실에서 절망적 상황을 극복하는 것이 얼마나 심각한 희생을 요구하는가를 통해 확인할 수 있다. 가령 「향선달체인송명」鄕先達替人送命(청구 상 460)에서 가난한 무변은 날마다 갑술환국의 주역 중 한 사람인 신여철의 집에서 지내고 있었다. 시골에서 올라온 그의 집안은 더욱 가난해져 온 식구들이 굶주려 얼굴이 부옇게 떠 있었다. 무변이 밤낮 마론하고 신여철의 집을 찾아온 까닭은 신여철이 술과 밥을 주고 간혹 양식과 반찬도 챙겨 주었기 때문이다. 그러나 그게 무변이 가난을 해결하는 궁극의 대책은 될 수 없었다. 결국 무변은 남인들이 신여철을 공격할 때 신여철 복장으로 나아가 화살받이가 되다가 죽는다. 신여철은 무변의 희생으로 화를 모면하고, 권력을 쥘 수 있게 되었다. 신여철은 무변의 장례를 후하게 지내 주고, 그 삼년상이 끝나자 무변의 아들에게 벼슬을 주선해 줌으로써 무변 가족이 일생을 잘 보내게 해 주었다. 이렇듯 현실에서 가난한 사람들이 신세를 고치는 것은 스스로의 목숨을 바쳐야 할 정도로 지난한 일이었다.

고 살아나는 아내의 지혜를 보여준다. 그런가 하면 「기미동아선세문집방간」己未冬我先世文集方刊(학산 440), 「기유미망이인」妓有未忘二人(청야담수 436), 「환처」宦妻(잡기고담 651)에서는 정욕을 적극적으로 충족시키려는 주체적 여성을 보여주기도 한다.[6]

이는 조선 후기에 이르러 규범의 굴레를 벗어나 몸의 요구를 인정하고 따르려는 시대적 분위기를 반영한 것이면서 '간통'에 대한 국가의 응징이 가혹해지고 마침내 사형私刑이 허용된 상황[7]과도 관련된다. 야담이 이런 현실의 실정을 반영하되 다소 남성 중심적 시각에서 기술된 것임은 이미 지적된 바 있다.[8] 특히 사대부 남성과 여종의 간통은 매우 가벼운 처벌을 받거나 불문에 부친 반면, 사대부가 여성의 간통은 상대의 신분을 불문하고 가혹한 처벌을 받았는데, 그것은 가부장으로서의 사대부 남성의 권위에 대한 도전으로 간주되었기 때문이다.[9] 강간이나 간통 관련 야담 작품은 이처럼 남성들에 의해 기술되어 남성 중심적 시각에 의한 것이라는 비판적 해석이 가능하지만, 남성 중심적 시각이 다만 가부장제를 지키려는 의식이나 여성에 대한 우월적 남성 의식으로만 해명하기 어려운 요소가 있는 바, 이 점이 아버지 찾기 야담 작품을 해석하는 데 고려되어야 할 것이다.

아버지 찾기 야담은 이상에서 살펴본 몇 가지 작품군과 긴밀한 관계 속에 존재한다. 야담집에는 조선 후기 가부장제의 위기의식이 반영되어 있다. 가부장제에서 가장 중요한 근간이 되는 아버지와 아들의 관계가 원

6 이강옥, 「야담에 나타나는 여성 정욕의 실현과 서술 방식」, 『한국고전여성문학연구』 16집, 한국고전여성문학회, 2008, 186~211면: 이 책의 앞 장 참조.
7 장병인, 「조선 중후기 간통에 대한 규제의 강화」, 『한국사연구』 121, 104~106면.
8 최기숙, 「"관계성"으로서의 섹슈얼리티: 성, 사랑, 권력-18, 19세기 야담집 소재 "강간"과 "간통" 담론을 중심으로」, 『여성문학연구』, 한국여성문학회, 2003,
9 위의 논문, 267~271면 참조.

만하게 정립되지 못하는 형편이 그대로 혹은 변형되어 반영되었다. 이런 작품군은 아버지 찾기 야담 중 '양반 혈통을 신비화'하는 작품과 긴밀하게 연결된다. 또 야담집에는 경제적으로 절망적 상황에 봉착한 남자들의 백일몽적 탈출 계기들이 마련되어 있다. 그것은 타인과 뜻밖의 관계를 맺는 것으로 이루어지기도 하고 스스로가 가진 마지막 자산인 성적 능력에 의해 이루어지기도 한다. 이런 작품군은 아버지 찾기 야담 중 '민중의 몸과 일상의 욕망'을 보여주는 작품들과 긴밀하게 연결된다. 무엇보다 규범적 부부 관계의 질서에서 벗어나는 간통과 강간의 사례를 반영한 작품군이야말로 아버지 찾기 야담 작품들이 형성되는 근간이 되었다고 할 수 있다.

3. 아버지 찾기 야담의 전개 양상

아버지 찾기 야담에는 무속 신화나 건국 신화 등의 경우와는 달리 남녀가 성관계를 맺는 과정이 구체적으로 서술된다. 「한락궁이」이나 「주몽신화」, 「안락국전」 등에서 아버지들은 혼인 절차를 통해 아버지로 인정된 존재들이다. 반면 「당금아기」에서 아버지는 혼인의 절차 없이 처녀인 당금아기와 관계를 맺는다는 점에서 아버지 찾기 야담 작품의 일부와 상통하지만 성관계가 암시되거나 성적 충동이 개입하지 않는다는 점에서 다르다. 무속 신화나 건국 신화에서 아버지는 신에 가까운 존재이기에 인간적 욕정을 갖지 않는다. 무속 신화나 건국 신화에서의 성관계는 위대한 자리에 오를 아들을 태어나게 하는 기능을 할 뿐이다. 반면 아버지 찾기 야담에서의 아버지는 성적 욕망을 충족하는 데 몰두하지 그로 인해 아들이 태어날 수 있다는 점에 대해 관심을 갖지는 않는다. 성관계는 충동적이어서 남녀 어느 쪽도 서로의 이름이나 거주지를 알고자 하지 않으며 표적이나 신표를 만들지도 않는다.

그러나 이 일회적 성관계로 뜻하지 않게 임신을 하고 대체로 아들을 낳는다.[10] 그 아들은 자라나서 아버지가 없다는 사실을 자각하거나 그 때문에 타인으로부터 모욕적인 대접을 받는다. 아들은 자기 아버지에 대해 강력한 관심을 가지며, 어머니로부터 아버지에 대한 정보를 획득한다. 이로부터 아들의 아버지 찾기가 시작된다.

(1) 양반 혈통의 신비화 ─「과동교백납인부」

「과동교백납인부」過東郊白衲認父(청구 상 154, 해동야서 540)는 술가術家가 서울 근교 한 서생의 평생 운수를 보아 주는 것에서 시작한다. 자식 운에 대해서, "동문에 날이 지는데 산승이 뒤를 따르네"(日暮東門 山僧隨後)라는 글귀가 나왔는데, 서생도 술가도 그 뜻을 알 수 없었다. 그러던 것이 결말은 이렇게 끝난다.

> 이로 보건대 술가의 설을 믿지 않을 수 없다 하겠다. 생은 자식이 없다가 자식을 얻었고 사미승은 아버지가 없다가 아버지를 찾았는데 그것은 이미 하늘이 정해 놓은 운명이었던 것이다.[11]

이렇게 보면, 이 작품은 술가가 서두에서 예언한 주인공의 운수가 그대로 실현되는 것을 보여준다. 운명론을 개진한 셈이다. 그러나 중간에

---

10 「전서봉천리방부친」傳書封千里訪父親(청구 하 288)에서는 양반과 기생 사이에 태어난 딸이 아버지를 찾는 구도란 점에서 특이하다. 이 작품의 의미에 대해서는 4절에서 다시 검토할 것이다.
11 由是觀之, 術家之說, 亦不可信, 生之無子而有子, 僧之無父而得父, 已有天定於其間矣.(청구 상 157)

전개된 사건은 운명론에 따르기만 했다고는 보기 어려운데, 이것이 이 작품의 특징이면서 묘미라 할 수 있다.

주인공 서생이 젊었을 적에 어느 날 교외로 나갔다가 돌아오는데 동대문에 못 미쳐 소낙비가 갑자기 퍼부었다. 비는 계속 내리는데 날이 저물었다. 어느 집 앞에 서 있는데 안으로부터 들어오라는 여인의 목소리가 들려왔다. 여인은 자기 집에 남자가 없다며 하룻밤 자고 가도 무방하다 하였다. 서생은 자기 형편이 절박하기도 하여 안으로 들어갔다. 젊은 여인이 혼자 있었다. 두 사람은 화간和姦을 했다. 여인의 남편은 훈련도감 포수였는데, 그날 숙직을 하러 대궐로 들어가 돌아오지 않았다.

그런데 이 작품은 운명론 이외에 또 다른 주장을 펴기 위해 아주 묘한 장면을 설정했다. 서생은 아침에 일어나 칼로 손톱을 깎다가 베여 피를 본다. 서생이 피 닦을 것을 달라 하니 여인은 자기가 신던 버선 한 짝을 주었다. 서생은 그 버선에다 손가락의 피를 닦아서는 처마 사이에 꽂아 두었다.

여기까지 서술한 뒤, 15년의 시간을 건너뛰었다. 아버지와 아들의 상봉 시점이다. 서생은 친구들과 꽃버들 구경을 하기 위해 동대문 밖으로 나갔다가 돌아오는 길에 15년 전 여인과 하룻밤을 보냈던 그 집을 지나친다. 서생이 그 집을 가리키며 여인과의 정사에 대해 이야기해 주니 모두들 떠들썩하게 웃었다. 그 순간 뒤따라가던 한 사미승이 쫓아와 절을 올리고는 서생의 옷자락을 끌고서 그 집으로 들어갔다. 여인이 마루에서 내려와 맞이해 주었는데 자세히 보니 하룻밤을 함께한 바로 그 사람이었다. 그녀가 서생을 마루 위로 모시고는 이렇게 말하였다.

이 양반을 이렇게 만난 것이 어찌 하늘의 도움이 아니겠어요? 성의에 감동하여 마침내 천륜天倫을 잇게 하셨네요![12]

'천륜'이란 부자·형제 사이에 마땅히 지켜야 할 떳떳한 도리인 바, 여기서는 여인과 서생 사이에서 태어난 사미승이 포수를 아버지로 인정하지 않고 서생을 아버지로 인정하여 도리를 다하는 것을 뜻한다. 사미승이 자기 생부가 서생이라는 사실을 알고 서생을 찾아 나서게 된 결정적 계기는 여인의 한마디 말이었다. 아들이 열 살이 되었을 때다. 여인은 아이의 머리를 빗기면서 자기도 모르게 그 이마를 문지르며 말했다.

"양반의 물은 역시 다르단 말이야!"[13]

이 말을 들은 아이는 "제가 우리 아버지의 아들이 아니고 양반의 아들이란 말입니까? 제발 나를 낳아 주신 아버지를 가르쳐 주세요"[14]라며 사연을 말해 주기까지 먹지도 않고 울기만 한다. 결국 사연을 알게 된 아이는 스님이 되어 생부를 찾아 길을 떠난 것이다.

15년 만에 서생을 다시 만난 여인은 옛날 버선에다 손가락 피를 닦아 처마 사이에다 꽂아 둔 사실을 환기시켰다. 서생도 그것을 기억하고 있었다. 과연 버선은 그때까지도 처마 사이에 꽂혀 있었다. 양반 혈통에 대한 확인을 가장 노골적으로 드러낸 대목이다.

이렇게 볼 때 이 작품의 겉 액자는 술가가 점친 운수가 그대로 실현되는 것을 보여준다. '운명의 실현'이 주된 서술 시각이다. 작품의 시작과 끝부분이 똑같이 하늘이 정해 놓은 운명은 피할 수 없음을 강조하고 있다. 그러나 천정天定은 사람이 가만히 있어도 실현되는 게 아니다. 이 작품에는 운명의 실현을 돕는 혹은 운명의 실현 속에 숨어 있는 세 가지 요인이 깃들어 있다.

---

12 遇此兩班, 豈非天哉? 誠意所感, 竟得天倫也!(청구 상 157)
13 兩班之水, 與他自別.(청구 상 156)
14 吾非吾父之子而爲兩班之子乎? 願指所生之父焉!(같은 면)

① 여인의 유혹

② 아들의 아버지 찾기 노력

③ 천륜을 피할 수 없다는 이념

①, ② 모두에 우연성이 개입한다고 할 수 있다. ①에 개입한 우연성은 소나기이고, ②에 개입한 우연성은 주인공이 자기 경험을 이야기할 때 사미승이 그 이야기를 들을 수 있을 정도로 가까운 거리에 있었다는 것이다. 이렇게 세 가지 이상의 다른 지향이 개입하기는 하지만, 작품 전체를 꿰뚫는 지향이 운명의 실현임은 부인할 수 없다.

그런데 '동쪽 교외를 지나던 스님이 아버지를 알아보다'(過東郊白衲認父)라는 제목은 운명보다는 천륜을 강조한다. 그런 점에서 천륜을 강조하기 위해 운명을 이끌어 왔다는 인상을 준다. 여기에다 "양반의 물은 다르다"는 신분적 차별 의식을 개입시켰다. 사미승은 자기를 길러 준 포수를 외면하고, 자기에게 씨를 준 양반 아버지를 찾아 나섰다.[15] 그리고 마침내 아버지와 자식의 관계를 회복한다.

천륜이라는 이념과 천정이라는 운명은 이 작품 안에서 교직한다. 천정이 겉이라면 천륜은 속이다. 겉으로는 천정이 강조되고 천정이 실현되어 가는 과정을 보여주려는 듯하지만, 속은 천륜을 강조한다. '낳아 주신 아버지'와 아들의 관계는 어떤 난관이 있어도 이어져야 한다는 생각이 강하게 작용하고 있다. 그것을 지원한 것은 '양반의 물은 다른 물(낮은 신분의 혈통)과 다르다'는 생각이다.

그런데 여인은 남편이 숙직을 위해 집을 비운 틈에 서생을 끌어들여

---

15 이런 태도는 「노학구차태생남」老學究借胎生男에서 세 아들이 생부는 아니지만 자기들을 길러 준 늙은 학구의 삼년상을 지극히 치러준 사례와 대비된다.

동침을 했는데, 유부녀가 외간 남자를 유혹한 이유가 분명하게 설명되고 있지 않다. 그것은 서술자가 그런 점들은 그리 중요하다고 판단하지 않았다는 증거다. 서술의 중심축은 양반인 서생의 씨가 여인의 몸에 뿌려져 아들을 만들어 내고, 마침내 피가 확인되는 과정에 놓였다. 그로써 천정보다 천륜이 더 중시된다. 천정은 부자관계 혹은 남자 양반의 피를 신비화하는 역할을 했을 따름이다. 그렇기에 아버지 찾기 야담에 일반적으로 나타나는 아버지의 처지 향상에 대한 언급이 이 작품에서는 없다. 여기서 주인공은 오직 '아들을 얻'었을 따름이다. 아들을 얻은 것은 다른 어떤 재물을 얻은 것보다 소중하다. 왜냐하면 그렇게 얻은 아들을 통해 천륜이 지켜질 수 있었기 때문이다.

공간의 이동을 따져 보면, 주인공이나 아들이 서울에 거주하니 공간 거리가 크지 않지만 이동 방향이 다른 경우와는 반대이다. 아버지가 아들 집으로 옮겨 가지 않고 아들이 아버지의 집으로 이동한다.[16] 또 주인공은 경제적 궁핍 상태에 있지도 않다. 그래서 재물이 상대적으로 많은 어느 한쪽으로의 이동이 불필요하다. 시간 지향에 있어서도 어느 한쪽으로 치우치지 않으면서도 강렬하게 나타나지는 않는다. 그냥 과거에 내려준 피가 현재로 이어져 미래로 나아가는 것이다.

(2) 민중의 몸과 일상의 욕망 ―「청취우약상득자」

「청취우약상득자」聽驟雨藥商得子(청구 상 157)에서 주인공은 약 거간꾼이다. 그는 지방에서 약재를 구입하여 서울로 보급하기 위해 전국을 떠돈

---

16 '마침내 돌아갔다'(遂偕歸)는 마지막 구절은 이들이 만난 곳이 아들과 모친이 살던 집이기에 아버지의 집으로 돌아갔다는 뜻이 분명하다.

다. 처녀와의 만남도 약재를 구하려고 조령鳥嶺을 넘어갈 무렵 이루어졌다. 고개를 넘어가는데 갑자기 소낙비가 쏟아져 비 피할 곳을 찾던 중 산기슭의 초막을 발견하고 달려가 보니 노처녀가 있었다. 우선 옷을 벗어 짰는데, 노처녀가 피하지 않고 옆에 그대로 있으니 욕정이 발동하여 성관계를 맺었다. 처녀는 그에 대해 난색도 표하지 않았다. 비가 그치자 서로 이름이나 거주지도 묻지 않고 헤어졌다.

이 작품의 서술은 이 사건이 일어나고 세월이 많이 흐른 뒤의 시점에서 시작된다. 어느새 늙은 주인공은 여전히 홀아비로 산다. 자식도 없고 집도 없어 약방을 전전하며 숙식을 해결하고 있었다. 영조가 육상궁에 행차하던 4월 어느 날, 소낙비가 퍼부어 임금 행차를 구경하러 나온 사람들이 소낙비를 피해 약방의 방 안과 처마 밑으로 들어가 있었다. 그때 주인공은 문득 이렇게 말했다.

"오늘 비가 내 소싯적 조령을 넘던 때의 비 같구려!"[17]

이 한마디 말이 주위 사람들의 호기심을 강하게 불러일으킨다. 사람들은 "비에 어찌 고금古今이 있단 말이요?"라며 사연을 들려주기를 청했다. 주인공은 이 요청을 마다할 수 없어 조령에서 있었던 로맨스를 이야기해 주었다. 이는 '자기 경험의 이야기하기'로서, 처음 듣는 사람들에게는 감동을 주었다. 그런데 청중 속에는 그 이야기를 익히 알고 있는 사람이 끼어 있었다. 조령 처녀가 낳은 아들이다. 부자 확인의 증거가 빈약했던 세 사람에게 이야기가 결정적 단서를 제공한 셈이다. '자기 경험의 이야기하기'가 계기가 되어 아버지와 아들이 1차적으로 상봉한다. 그리고 아들은 더욱 결정적인 증거물을 확인하려 한다. 자기 아버지의 왼쪽 볼기에 검은 사마귀가 있다는 말을 어머니로부터 들었던 것이다.

---

17 今日之雨, 若吾少時踰鳥嶺時雨也!(청구 상 158)

서로의 몸에 대한 욕정을 억누르지 않고 거리낌 없이 관계를 맺었기에 다시 만날 것은 전혀 생각하지 않았다. 그래서 서로의 이름을 묻지 않았고 처녀는 남자의 거주지도 알려고 하지 않았다. 그들의 행위에는 어떤 계산이나 윤리 이념도 개입되지 않았다. 대낮 깊은 산골 남녀 사이에서 자연스레 일어난 순간적 욕정을 거리낌 없이 실현했을 따름이다.

두 사람은 한 순간의 성경험 자체에 충실했기에 그 뒤로도 그 경험을 소중하게 간직했다. 그 경험을 간직하고 기억하는 방법이 이야기하기인 것이다. 먼저 주인공은 기회가 주어졌을 때, 특히 그날처럼 비가 내리는 날이면 그 이야기를 다른 사람들에게 거듭 해 주었다. 한 순간의 경험에 대한 몰입은 처녀가 더했던 것 같다. 그녀는 그 짧은 시간 동안에도 상대 몸의 결정적 특징인 볼기의 까만 사마귀를 포착했다. 그것은 그녀가 상대의 몸에 얼마나 충실했는가를 암시한다. 그리고 그녀는 아들에게 그 사연을 이야기해 주었다. 이야기는 아들로 하여금 '아버지 찾기'에 대한 기대와 열망을 갖게 했고 집을 나와 승려의 행색으로 무려 6년이나 전국을 돌아다니게 했다. 아버지와 아들의 만남은 '이야기하기'에 의해 이루어졌고, 볼기의 사마귀에 의해 확인된 셈이다.

그런데 '남녀의 만남→아들 탄생→아들의 아버지 찾기→아들과 아버지의 만남'이라는 일련의 과정이 궁극적으로 지향한 바는 무엇일까? 찾아간 아버지로부터 신격이나 왕위를 받았던 무속 신화나 건국 신화의 아들과는 달리 이 작품에서 아들은 아버지로부터 특별한 것을 얻지 못한다. 아들이 아버지를 만나면서 아들에게 달라진 것은 아버지를 아버지라고 부를 수 있게 된 것뿐이다. 반면 분리되어 살던 가족 구성원들이 하나의 가정을 이루면서 어머니는 남편을 얻고, 아버지는 아내와 아들을 얻었다.

약 거간꾼은 비가 개자 여러 사람과 작별을 고하고 아들과 함께 떠나갔다. 그는 집도 생기고 처도 생기고 아들도 얻고 먹을 것도 걱정하지 않게 되어 유유자적하게 일생을 보냈다고 한다.[18]

위 인용문은 이 작품의 마지막 부분인데, 이 작품의 귀결점이 무엇인지 분명하게 보여준다. 주인공은 늙도록 집이 없고 가족도 없어 약방을 전전하며 숙식을 해결했다. 그런 그가 뜻밖에 아들을 만나면서 모든 것을 얻어 여생을 여유 있게 보낼 수 있게 된 것이다. 그런 점에서 이 작품은 철저히 무기력해진 남성의 현실적 결핍과 충족에 대한 소망을 반영하고 있다는 해석이 가능하다.

이 작품에는 운명이나 이념이 개입하지 않으며 서술이 우연성에 기대는 바도 크지 않다. 주인공이 옛날 자기 이야기를 하는 그 자리에 아들이 참석하도록 설정한 것이 우연적이라는 인상을 주겠지만, 아들이 6년 동안 약방 골목을 전전했다는 사실을 고려하면 우연이라고만은 할 수도 없다. 이 작품은 있는 그대로의 삶과 상황에 충실하다. 주인공은 약 거간꾼으로 해야 할 일에 충실하였다. 왜황련이 떨어져 그걸 구하려 급히 동래로 내려가던 중에 소낙비를 만난다는 일도 지극히 일상적이다. 그 비를 피하기 위해 산속 오두막으로 뛰어 들어간 것도 자연스럽다. 남자가 처녀 앞에서 옷을 벗은 상황에서 둘 다 욕정을 느낀다는 것은 어색하지가 않다.

요컨대 이 작품은 운명론이나 이념, 우연성 등으로부터 자유롭다. 남녀 간 꾸밈없는 욕망이 서사의 원동력이 되었다는 점, 자기 경험에 대한 솔직한 이야기하기가 시종 서술을 주도하고 있다는 점 등이 이런 서사적 특징과 긴밀한 관련이 있다고 본다.

공간의 이동으로 보면, 지방에 살던 아들은 아버지를 찾기 위해 지방

---

18 雨晴後, 仍別諸人, 而與其子同行, 有家有妻, 有子有食, 優遊以終身云.(청구 상 160~161)

에서 서울로 올라갔다. 서울에서 집도 가족도 갖지 못했던 주인공은 서울을 떠나 지방으로 내려간다. 지방은 주인공에게 모든 것을 보장해 주는 충족의 공간인 셈이다. 시간 지향 면에서는 거침없이 성관계를 맺었고 그래서 아들을 낳게 만든 과거의 한순간으로 향하고 있다.

(3) 혈통과 욕망의 계층 간 교체와 통합 —「노학구차태생남」[19]

「노학구차태생남」老學究借胎生男(청구 상 453)은 주인공 사인士人이 자식이 없는 늙은 학구學究의 집에 하룻밤을 투숙하는 데서 시작한다. 늙은 학구는 평민[20]으로 물질적 풍요를 누리지만 자식이 없어 희망을 잃은, 가부장제에 철저히 얽매인 인물이다. 그에 비할 때 사인은 '무슨 일'로 영남으로 갔다가 돌아오는 중이라 했는데, '무슨 일'이 벼슬과 관련되는 것 같지가 않다. 『동패락송』과 『동야휘집』에는 "추노推奴를 위해 먼 지방을 다녀왔다"[21]고 하였다. 사인은 양반이로되 현실적 처지나 삶의 방식에서 양반이 아니라 오히려 일반 민중의 특징을 다분히 보여준다.

> 제가 아직 서른이 안 되었는데도 자식은 열 명에 가깝지요. 잠자리를 한 번만 해도 곧 자식이 생겼습니다. 집은 가난한데 자식만 가득하니 도리어 우환이지요.[22]

---

19 「경중궁생」京中窮生(동패락송 86)·「인차태오노삼가」因借胎娛老三家(동야 하 823) 등도 거의 유사한 작품이어서 이에 준하여 해석할 수 있다.
20 『동패락송』에는 늙은 학구가 '부옹상한'富翁常漢(동패락송 86)이라고 했다.
21 爲推奴, 向遐方.(동패락송 86); 爲推奴, 往嶺南, 過太白山下.(동야 하 824)
22 年未三十, 而子則殆近十, 盖一經房事, 則輒生子矣. 家素淸貧, 而子姓滿室, 還爲憂患矣.(청구 상 453)

늙은 학구가 자식에 대해 묻자 사인이 대답한 말이다. 이 말에는 몸으로 생계를 꾸려 가던 민중의 성향이 다분하다. 사인은, 자유분방한 상인으로 가는 곳마다 여자들과 동침하고 그때마다 아들을 낳게 하는「김공생취자수공업」金貢生聚子授工業의 김생을 연상케 한다. 다만, 김생이 다른 여자들과 동침하여 아이를 낳게 하는 반면, 사인은 자기 부인과의 관계만을 고집한다는 점에서 다르다. 거기에는 양반으로서의 자기 검열이 개입했을 것이다. 하지만 위 인용문에서 사인은 어떤 규범이나 도덕률을 연상시키지는 않는다. 그는 왕성한 성적 생산력을 갖고 있었지만, 그것이 오히려 가난한 삶을 더 주눅 들게 만들었다. 자식을 많이 생산하는 것은 늙은 학구에게는 물론 경제적 능력이 있는 사람에게는 큰 축복일 터인데, 사인은 그것을 재앙으로 보는 것이다. 젊은 사인과 늙은 학구는 생산력에서 철저히 대조되어 탈춤 노장과장의 취발이와 노승의 대비를 연상시킬 정도다. 그러나 탈춤과는 달리 늙은 학구가 젊은 사인의 생산력을 빌리려 한다는 점에서 야담적 전형성을 확인할 수 있다. 대조되는 양쪽을 투쟁하게 하여 승리하는 한쪽을 부각시키려 하지 않고 다른 쪽이 가진 긍정적 역량을 한쪽이 도입하게 하여 양쪽 다 처지의 개선을 지향하는 것이다.

늙은 학구는 죽기 전에 아버지 소리를 한 번이라도 듣는 것이 소원이라며 사인의 자식 생산력을 빌리고자 하였다. 이는 '부생지은'父生之恩이란 관념에 근거한 '아버지→아들'로 이어지는 천륜에 위배되는 것이다. 그래서 사인이 다음처럼 당혹감을 나타내는 것은 당연하다.

이게 무슨 말씀이십니까? 남녀유별의 예법은 지극히 엄중합니다. 지아비가 있는 여자의 간통에 대한 법은 매우 엄격하지요. 비록 일생 동안 알지도 못하는 사이라도 감히 그런 마음을 품어서는 안 되는데 하물며 며칠 동안 주인과 손님의 사이로 있었는데 어찌 차마 그런 말씀을 하십니까? 여관 상민의 부인도 불가한 일이거늘 하물며 사대부[23]의 별실이 그럴 수가 있겠습니까?[24]

이 말에서 비로소 사인이 가진 유가적 도덕률이 나타난다. 사인은 남녀유별과 주객의 예법을 내세웠고 사대부 신분의 처신을 지적했다. 사인은 몰락한 처지였어도 사대부 의식으로부터 완전히 자유롭지는 않은 것이다. 그에 비해 늙은 학구는 그런 도덕률에 전혀 얽매이지 않는다.

첩들은 천한 것들이고 내가 말을 먼저 꺼냈으니 조금도 혐의할 게 없소이다. 또 밤이 깊어 아무도 없으니 뒤에 자식을 낳은들 누가 이 사실을 알겠소? 이 말은 내 속마음 깊은 곳에서 나온 것이니 털끝만큼도 꾸밈이나 속임이 없소이다.[25]

늙은 학구의 이 말에서 규범적인 것을 찾기는 어렵다. 늙은 학구의 아들에 대한 집착이 그 어떤 규범도 넘어서게 만들었다고 할 수 있다. 늙은 학구가 이렇게 변명을 해 주자 비로소 사인도 자기에게 욕정이 있다는 점을 인정하고 생각을 바꾸어 학구의 요청에 따른다. 사인은 늙은 학구의 세 첩들과 차례로 동침을 하여 모두가 잉태되도록 해 주는데, 첩들도 아

---

23 『청구야담』의 원문은 '士夫'이지만, 평민인 늙은 학구의 신분을 예의상 높여 준 것으로 이해해야 할 것이다. 과연 『동패락송』에는 "逆旅常漢之婦, 猶不可, 况士夫之別室乎"에 해당하는 구절은 없다.
24 是何言歟? 男女之別, 禮法至重, 有夫通奸, 法意莫嚴, 雖一生素昧之間, 不敢萌心, 况數日主客之誼, 何忍發口? 逆旅常漢之婦, 猶不可, 况士夫之別室乎?(청구 상 455); 『동야휘집』은 더욱 단호하다. 此何敎也? 男女之別, 禮防旣嚴, 主客之誼, 與他尤異, 似此狗彘之行, 吾豈忍爲?(동야 하 825)
25 渠雖賤物, 且自我發說, 則少無可嫌. 夜深人靜, 日後生子, 誰得知之? 言由心腹, 毫無飾詐.(청구 상 455)

들을 낳을 것이라 기대하고 사인의 성명과 거주지를 물어 정확하게 기억했다. 이는 다른 아버지 찾기 야담에서 남녀가 성관계를 맺고 난 뒤에도 서로의 인적 사항에 대해 묻지 않던 것과는 다른 점이다.

서울 집으로 돌아온 사인은 그 뒤로 더 가난해졌고 많은 자식에 며느리, 손자까지 생기니 생계를 꾸려 가는 것이 더 힘들어졌다. 마침내 여러 아들들을 처가살이를 하도록 분가시키고 늙은 부부와 장남만 함께 살았다.

그로부터 스무 해가 지난 날, 과연 세 소년이 찾아와 사인의 아들임을 자처했다. 세 첩이 낳은 아들들이었다. 세 첩이 사인의 거주성명을 기억하고 있었기에 세 아들은 아버지의 집을 정확하게 찾아올 수 있었다. 다만 늦게 찾아온 것은 자기들을 키워 준 늙은 학구의 은덕을 저버릴 수 없었기 때문이다. 세 아들은 늙은 학구가 죽자 삼년상을 마치고 생부를 찾아 나설 수 있었다. 이로써 아버지 찾기가 완료되었다.

세 아들은 늙은 학구가 물려준 재산으로 부자가 되어 있었다. 그들은 사인을 아버지로 모시고 또 사인 소생 자식들까지 모두 초대하여 자기 마을로 내려가니 도합 수십여 가가 되었다. 사인은 세 첩의 집을 돌아가며 옛 인연을 이어 갔으며 노인의 제사도 그치지 않았다. 그리고 호의호식하며 여생을 보냈다.

이렇듯 이 작품은 다른 아버지 찾기 야담들과 달리 두 개의 서술 축으로 구성되었다. 늙은 학구를 중심으로 하는 서술 축과 사인을 중심으로 하는 서술 축이다. 늙은 학구를 중심으로 하는 서술 축은 평민인 아버지가 아들을 얻으려고 간절히 노력하여 마침내 얻는 과정을 서술한다. 사인의 축은 아들이 가난한 생부를 찾아 주어 생부가 호강을 누리게 되는 과정을 서술한다. 늙은 학구는 어떤 규범에도 걸리지 않고 자기를 아버지라고 불러 주는 아들을 만들고자 했다. 그가 평민이거나 평민으로서 살아가려 했기 때문에 가능한 일이었다. 그리고 그는 경제적 조건이 완전했기에 그 외다른 결핍은 없다. 이에 반해 사인은 성적 생산력 자체가 자기 삶의 걸림돌이었다. 그는 양반이었기에 규범에도 어느 정도 얽매일 수밖에 없었다. 그의 일상에는 더 이상 희망이 없었다. 남이 그렇게도 흠모하는 아들들이 오히려 자기 삶의 부담이 되었다. 학업을 계속 하지 않으니 과거에 급제할 가망이 없었고 그런 점에서 그 아들들은 더했다. 이런 절망적 상황[26]에서 첩 소생 아들들의 방문을 받는 것이다. 그동안 사인은 첩들과의 사연을 까마득히 잊고 있었다. 이 점이 다른 야담과 다른 점이기도 하다. 그런 만큼 아들들의 방문은 우연적이고 비현실적이다. 아들들의 방문으로 가난을 극복하고 호의호식의 길이 열린다는 것은 백일몽에 더 가깝다. 마지막 단계에서 상상력의 결정적 비약을 시도한 결과라고 할 수 있다.

이런 사인의 삶에서 당대 절망적 현실 상황을 살아가던 사람들의 고민과 희망을 찾을 수 있다. 처절한 가난 상황에서 그들이 기댈 수 있는 것은 자신의 몸 이외 아무 것도 없었다. 몸은 두 가지 주요 기능을 가진다. 하나는 노동이고 다른 하나는 성행위이다. 그런데 몸이 노동을 할 수 있기 위해서는 땅이나 밑천이 필요한데, 사인은 그것조차 없다. 사인이 떠올릴 수 있는 것은 성행위뿐이었다. 성행위도 생산적인 것이 있고 생산적이지 못한 것도 있다. 선비가 자기 처와 하는 성행위는 자식을 계속 낳게 하지만, 그렇게 나온 자식들은 오히려 삶의 짐만 된다는 점에서 우환 자체이다. 반면, 사인이 노인의 첩과 가진 성행위는 사인의 팔자를 고쳐 줄 자식을 탄생시킨다는 점에서 최대 가치의 창출이었던 것이다.

이 작품에는 운명과 이념은 없고 우연과 비약만 존재한다. 운명과 이

26　其士以多子之故, 調度極難, 有婦有孫, 食口恰過三十, 數間茅屋, 無以容膝, 三旬九食, 十年一冠, 亦難變通.(청구 상 456)

념이 없다는 것은 사대부적 자의식을 내려놓았다는 증거다. 그 대신 가난한 삶이 극단적인 단계까지 이른 것을 보여준다. 그러기 위하여 늙은 학구의 서술 축이 중단되고 사인의 서술 축은 더 부각된다. 그 결과 가난한 사인이 오직 자기 성적 생산력에 힘입어 가난을 해결하고 호의호식하게 하는 과정을 보여주는 것이다. 그 과정에서 양반과 평민의 신분적 차이가 개입하기는 했지만 마침내는 각 신분이 상식적으로 추구하던 바와는 반대가 되었다. 늙은 학구는 평민이지만 자기를 아버지라 부르는 아들에 대해 집착을 보인다. 반대로 사인은 양반이지만 아들을 귀찮게 여길 정도로 혈통에 대한 집착을 보이지 않고 오직 생계를 꾸려 가는 것만을 걱정하게 되었다. 세상이 분화되어 아버지 찾기 야담에서 정립되었던 평민과 양반의 전형성도 뒤바꾸고 뒤섞여 통합된 것이다.

이 작품은 공간 이동에서도 통합적 속성을 보인다. 세 아들의 재산이 있는 지방으로 잠시 이동했다가는 다시 사인의 거주지로 돌아간다. 시간 지향에서는 성관계를 맺은 과거의 시점과 그때의 일이 중요하게 작용하지만 주인공 사인은 그 시점을 망각하고 있었다는 점에서 과거 지향성은 잠재되었다고 하겠다.

4. 아버지 찾기 야담의 서사 전통 수용과 변용

아버지 찾기 야담은 우리 서사에서 도도히 이어져 내려오던 아버지 찾기의 서사 전통을 계승한 것이면서도 조선 후기 사람들의 현실적인 처지와 경험을 담아 구조적 변형을 가져왔다.

먼저 아버지 찾기 야담은 혈통의 계승을 보여주는 방식으로 아버지 찾기의 서사 전통을 계승했다. 아버지와 아들 사이에 양반 혈통의 계승을 확인하는 것이다. 그러기 위해 잠정적 아버지를 등장시키니 「과동교백납인부」의 훈련도감 포수, 「노학구차태생남」·「경중궁생」京中窮生(동패락송 86)·「인차태오노삼가」因借胎娛老三家의 늙은 학구가 그에 해당한다. 이들은 양반이 아니다. 아들은 한동안 잠정적 아버지를 생부로 알고 자라나지만 어떤 계기에 의해 그가 생부가 아님을 알게 되어 진짜 생부를 찾으러 길을 떠난다. 잠정적 아버지가 양반이 아닌 데 반해 진짜 생부는 양반이다. 아들이 이런 신분적 대비에서 양반 아버지의 피를 받았고 그런 이유로 양반 아버지를 찾아 나선다는 점에서 철저히 양반 혈통을 지향한다고 할 수 있다. 「과동교백납인부」에서 여인이 아들의 머리를 빗겨 주면서 "양반의 물은 역시 다른 물과는 다르단 말이야!"라고 말하는 대목에서 양반 혈통 지향이 노골화되었다. 무속 신화에서 찾아온 아들에게 아버지가 신격을 부여하고, 건국 신화에서 찾아온 아들에게 아버지가 왕위를 물려준 것을 환기할 때, 이 계통의 야담 작품은 찾아온 아들에게 양반 혈통과 신분을 인정해 준 셈이다. 그것은 양반 중심으로 꾸려지는 가부장제 사회의 질서를 더 굳건히 하려는 지향과 관련이 있다고 본다. 「무인가망요화자」武人家蟒妖化子(천예록 472), 「정북창망기소재액」鄭北窓望氣消災厄(청구상 150) 등이 가부장제의 위기 국면을 보여주었다면, 이 작품은 그런 위기 국면의 극복에 대한 기대를 담은 것이라 하겠다.

이와는 달리, 「청취우약상득자」는 아버지 찾기의 서사 전통을 근본적으로 변용했다. 전통적 서사에서는 부자 상봉의 국면에서 창출된 가치가 아버지→아들로 나아갔지만, 여기서는 반대로 아들→아버지로 나아가게 함으로써 그 변혁을 이룬 것이다. 이 작품에서 아버지는 아들이 자기를 찾아오기 직전까지 경제적으로 절망적 상태에 있었다. 아버지는 현재 자기 현실에서 스스로 뭔가를 개척하고 모색할 능력을 완전히 상실했다. 현재가 그런 만큼 아버지가 자신의 미래에 대해서도 기대할 것이 없다. 세상은 아버지에게 어떤 자격이나 권능도 허용해 주지 않는 것이다. 이런 상황에서 그래도 그가 내세울 수 있는 것은 몸이지만 그 몸도 늙거나 쇠약해져 거의 힘을 구사할 수 없다. 아버지가 과거를 회상하곤 하는 것은 젊은 시절의 몸이 왕성한 힘을 갖고 있었기 때문이다. 과거 그의 몸은 성적 힘과 매력을 마음껏 발휘할 수 있었고 그 몸의 힘으로 그럭저럭 살아갈 수도 있었다. 생동적인 과거의 몸과 초라하고 절망적인 현재의 처지는 상상 속에서야 행복하게 결합될 수 있었던 바, 아버지 찾기 야담은 그런 행복한 결합을 위하여 전통적 서사의 아버지 찾기 서사를 근본적으로 변용했다고 할 수 있겠다.

이 작품을 절망적 궁지에서 벗어나려는 아버지의 간절한 소망의 서사로 해석할 수 있게 하는 또 다른 맥락의 작품이 「전서봉천리방부친」傳書封千里訪父親(청구 하 288)이다. 대흥大興 두련리斗蓮里 선비 차덕봉車德鳳은 동향의 문관을 따라 그의 임소인 북청北靑으로 갔다. 거기서 관기인 초안과 관계를 맺어 아이를 잉태하게 하는데 몇 달 뒤 문관이 파직되어 돌아가게 되었다. 떠날 때 부채를 이별의 증표로 주며 아들을 낳으면 대흥大興, 딸을 낳으면 두련斗蓮이라 이름 붙이라고 했다. 아버지 고향의 지명으로 소생 자식의 이름을 짓게 함으로써 아버지를 기억하게 만들려는 의도에서였다. 돌아온 뒤로 소식이 끊긴 지 여러 해가 지나 덕봉은 더 고달파졌고 몸은 학질에 걸려 사경을 헤매게 되었다. 이때 차덕봉에게 딸 두련이가 보낸 의복과 인삼, 녹용이 배달되었다. 덕봉은 딸이 보내 준 약을 복용하면서 점점 나아갔다. 두련은 북청 원에게서 휴가를 얻어 아버지를 찾아와 상봉한다. 그녀는 그 뒤에도 몇 번이나 아버지를 만나 부녀지간의 정을 나누었으며 아버지의 임종까지 했다.

이처럼 아버지가 절대 고독한 처지에서 치명적 상황에 봉착했을 때 딸이 아버지를 찾아 주고 병을 낫게 해 주었다. 궁지에 몰린 아버지로서 아들이나 딸을 구분할 처지가 못 되었다. 아버지가 자기 혈통을 잇는 자식을 찾는 것보다는 스스로 구원되는 것이 더 절박한 상황에서는, 아버지를 찾는 자식이 아들인가 딸인가는 구분하지 않게 된 것이다.

　과거를 지향하고 과거의 결실로서의 아들 혹은 딸에게서 고달픈 현실 극복의 계기를 찾으려 한 이와 같은 야담 계열은 「김공생취자수공업」의 시간 지향과 상반된다. 「김공생취자수공업」의 주인공은 과거 자기 몸의 활력을 기억하고 스스로 활용할 줄 알았다. 그는 소생 아들들의 노동력을 현재화하며 그 결과 현재가 번성한다. 70여 명의 아들들이 모여 경작을 하고 10여 년 뒤까지도 아들과 손자가 태어나니 인구가 점차 늘어나 수백 호나 되는 대촌을 이루었다. 그래서 미래도 "앞으로 얼마나 번창할지 헤아릴 수가 없다."[27] 주인공의 활력은 과거에서 시작되어 현재에까지 이어지며 그래서 더욱 번성한 미래를 예견하게 하는 것이다. 이것이 가능했던 것은 이 작품이 아들이 아버지를 찾는 것이 아니라 아버지가 아들을 찾는 구도였기 때문이다. 아들이 아버지를 찾아 아버지를 구제하는 데 머무른다면 결국 과거 지향이 될 수밖에 없다. 반면 아버지가 아들을 찾아서 그 아들을 통해 뭔가의 일을 기획한다면 다가올 시간에 대해 적극적일 수밖에 없어 미래 지향적이게 되는 것이다. 이 작품은 아버지가 아들을 찾는다는 점에서 무속 신화나 건국 신화와 가장 동떨어져 있지만, 미래를 향하는 시간 지향 면에서는 그것들에 가장 다가가 있다.

　「청취우약상득자」가 또 다른 이유로 변형된 것이 「서고청공주인가노야」徐孤靑公州人家奴也(별본동패 354)이다. 고청孤靑 서기徐起(1523~1591)의 모친은 종의 신분이었고 그를 겁탈한 사나이도 평민 이하의 신분이다. 서기의 모친은 목화를 따다가 소나기가 내리자 바위굴로 들어가 비를 피하

27　人口漸盛, 其金村爲數百戶大村, 來頭之繁, 又不知其幾許云.(청구 상 154)

고 있었다. 그때 짐을 지고 가던 사나이도 역시 비를 피해 들어왔다가 그녀를 발견하고 강간한다. 화간이 아니라 강간이라는 점에서 「청취우약상득자」의 변형이다. 서기의 모친은 외간 남자와의 성행위를 전혀 원치 않았지만, 일단 임신을 하게 되자 아이를 낳았고 또 정체불명의 그 남자를 위해 수절했다. 이렇게 태어난 서기의 행동도 「청취우약상득자」의 아들이 한 행동과는 다르다. 서기가 아버지를 찾으려고 하는 것은 자기에게 아버지가 없다는 사실을 스스로 인지해서이지 남으로부터 어떤 모욕을 받았다거나 남과 자기를 비교했기 때문이 아니다.[28] 서기는 여덟 살 때 아버지의 부재를 자각하고 모친으로부터 사연을 듣는다. 스님의 행색으로 집을 나가 아버지를 찾는 다른 야담의 아들들과는 달리 서기는 부모가 성관계를 맺은 바로 그 바위굴로 매일 올라가서 글공부를 하는데 마침내 거기서 아버지를 만난다. 물론 두 사람이 부자 관계를 확인할 수 있었던 것도 사연에 대한 이야기하기였다. 이 작품의 귀결은 그냥 '함께 사는' 것이다.

서기라는 '명유'名儒[29]의 탄생담이기에 명유가 된 서기의 인품을 높여주는 쪽으로 변개가 이루어졌다 하겠다. 먼저 서기의 모친으로 하여금 성욕을 충동적으로 느껴 외간 남자와 성관계를 맺는 것이 아니라 불가항력으로 겁탈 당한 것으로 변모시켰다. 다음으로 서기로 하여금 아버지를 찾는 데 집착하는 것처럼 보이지 않게 했다. 서기는 그냥 집에 머물면서 낮에만 바위굴로 올라가 글공부를 하는 것이다. 그런 점에서 서기가 아버지를 찾기 위해 시도한 행위는 물론 아버지를 찾게 했지만, 아울러 그곳으로 언젠가 아버지가 오리라는 예견력을 서기가 가졌음을 부각시켰다. 그리고 바위굴에서 글공부를 한 것은 서기가 명유로 성장하는 바탕이 되었

---

28 孤靑至八歲, 間曰: "人皆有父, 我何獨無?"(별본동패 354)
29 其主大驚, 因以放良, 曰: "汝終不爲人家奴也, 特贖汝身." 孤靑, 讀書, 爲名儒(별본동패 354)

다. 세 사람이 만나 한 가정을 이루게 된 뒤에도 그 아버지가 어떻게 되었다는 언급은 없다. 이 작품의 귀결점은 아들 서기로 하여금 명유로 성장하게 하는 것이라 할 수 있다. 아버지의 처지 개선보다는 아들의 성장과 성취에 초점을 맞추는 쪽으로의 변개는 「청취우약상득자」로부터 멀어져 다시 무속 신화나 건국 신화의 전통에 더 다가갔다고 할 수 있겠다. 하지만, 서기의 성취가 아버지로부터 추인되는 것이 아니라 스스로 일궈 낸 결실이라는 점에서 더 멀어져 갔다고 할 수 있다. 공간의 이동 차원에서 보면, 서기는 아버지를 찾기 위해 이동하지 않으며, 반대로 아버지가 전국을 떠돌다 옛 만남의 자리로 와서 아들을 만난다. 둘 다 지방에서 그대로 머물러 있는 형국이니, 이 점에서도 독보적인 면을 만들었다. 시간 지향에서도 과거나 현재에 걸리지 않고 당당하게 미래를 만들어 갔다.

이렇듯 야담에서의 아버지 찾기는 양반 혈통의 확인을 통한 가부장제 위기 극복의 실현과, 뜻밖으로 찾아온 아들을 통한 아버지의 곤궁의 해결이라는 두 갈래로 분화되었는가 하면,[30] 양자가 통합되어 작품의 서

---

30 야담의 이런 점과 구전설화의 사례는 의미심장하게 차이가 있다. 「성만 알고 아버지 찾은 아들」(한국구비문학대계 2집 8책: 강원도 영월읍, 880~886면)은 오십 평생 아들이 없는 서울 만석꾼이 그 때문에 걱정하다가 하루는 시골 마름 집으로 내려가는데 우물가의 한 과부를 보고 음욕이 발동하여 겁탈을 하여 잉태시킨다. 시어른들은 과부를 외딴 곳으로 가서 살게 했다. 자라난 아들은 아버지 없는 자식이라 놀림을 받고는 아버지에 대한 정보를 얻는다. 점쟁이로부터 점을 치고 지략을 얻어 마침내 서울 아버지를 찾아가 만난다. 만석꾼 아버지는 찾아온 아들과 생모를 서울로 다시 데려와 살면서 호강을 시켜 주었다는 줄거리이다. 여기서도 혈육에 대한 강한 집착을 확인할 수 있다. 그래서 아들을 얻는 아버지에게 서술의 초점이 맞춰졌다. 그리고 아버지가 부자이기에 아들과 그 생모가 그 돈으로 호강한다. 야담과 결정적으로 다른 점은, 야담에서는 찾아온 아들에 의해 아버지가 가난에서 벗어나는 데 반해, 「성만 알고 아버지 찾은 아들」에서는 찾아온 아들을 아버지가 호강시켜 준다는 것이다. 그런 점에서 구전설화 작품이 무속 신화나 건국 신화의 구도를 더 충실하게 받아들였다고 하겠다. 다만 신직이나 왕위 대신 돈을 주고 대학 공부를 하게 해 주었다 하여 오늘날 식으로 바꾸었다. 「아버지 찾은 아이」(한국구비문학대계 8집 8책: 경상남도 산내면, 581~584면)도 「청취우약상득자」와 내용이 비슷하기는 하지만, 아버지가 궁핍하게 산다는 언급이 없고, 또 "그래 그리 찾아 가지고 그기 큰 사람이 되더래요"로 이야기가 끝나 아들이 어떻게 되었다는 것으로 귀결되었다.

사적 편폭이 비약적으로 확장되기도 했다. 「노학구차태생남」, 「경중궁생」(동패락송 86), 「인차태오노삼가」(동야 하 823) 등에서 그런 통합과 확장의 초기 모습을 확인한다. 이들 작품에 등장하는 잠정적 아버지와 진짜 생부는 서사 과정에서 비슷한 비중을 차지하며 두 서술 축을 형성했다. 신분적으로도 평민과 양반으로 달리 나타났다. 그 결과 중간 중간에 신분에 걸맞은 사유와 행동이 나타나지만, 중반 이후로 갈수록 신분적 전형성을 벗어나서 그 관계가 역전되거나 뒤섞인다. 혹은 찾아온 아들은 여전히 혈통에 충실하려 하지만, 아버지는 이미 그런 혈통주의를 고집할 처지가 아니고 아예 그런 데서 한참 벗어난 자리에서 새로운 삶을 꾸려갈 수밖에 없다. 조선 후기 계층 질서의 동요와 사람 일생의 다기로운 분화는 아버지 찾기 야담의 서사 구조까지 바꾸어 놓았다 하겠다.

5. 결론

아버지 찾기 야담은 무속 신화나 건국 신화에 나타난 아버지 찾기 모티프와 서사 구조를 계승하면서도 변용하고 혁신했다.

아버지 찾기 야담은 아들이 아버지를 찾는 과정에서 양반 혈통을 강조하고 신비화했다. 이 점에서 무속 신화나 건국 신화의 아버지 찾기 서사 전통을 적극 계승하면서도 변용했다고 할 수 있다. 아버지 찾기 야담은 양반 혈통을 확인하면서 아버지와 아들 사이의 천륜을 강조함으로써 당대 사회가 명시적으로 암시적으로 직면했던 가부장제 위기를 극복하려는 의지를 담았다. 다음으로 아버지 찾기 야담은 절망적 상황에 처해 있던 아버지를 찾아온 아들이 구제해 주는 쪽으로 귀결되기도 했다. 이는 민중의 과거 몸의 경험에 대한 기억과 일상적 곤궁 극복 소망이 행복하게 결합하도록 설정된 것으로써, 곤궁에 처한 몰락 남성들의 현실적 소망을 반영한 것으로 볼 수 있다. 이것은 아버지 찾기 서사 전통의 혁신이다.

그리고 이런 두 지향을 통합하기도 했다. 그러기 위해 두 사람의 아버지를 등장시켰다. 즉, 잠정적 아버지와 진짜 생부는 서사 과정에서 비슷한 비중을 차지하며 두 서술 축을 형성했다. 신분적으로도 평민과 양반으로 달리 나타났다. 그 결과 중간 중간에 신분에 걸맞은 사유와 행동이 나타나지만, 중반 이후로 갈수록 신분적 전형성을 벗어나서 그 관계가 역전되거나 뒤섞인다. 혹은 찾아온 아들은 여전히 혈통에 충실하려 하지만, 아버지는 이미 그런 혈통주의를 고집할 처지가 아니고 아예 그런 데서 한참 벗어난 자리에서 새로운 삶을 꾸려갈 수밖에 없다. 조선 후기 계층 질서의 동요와 사람 일생의 다기로운 분화는 아버지 찾기 야담의 서사 구조까지 바꾸어 놓았다 하겠다.

이러한 계승과 변용, 통합과 혁신이 소설적 비약을 이루어 내기도 했다. 다음 장에서 이런 점들을 살펴본다.

아버지 찾기 야담과「감여기응」의 소설적 성취

1. 머리말

「감여기응」堪輿奇應은 『죽창한화』竹窓閑話(동양문고본)와 『죽창한화』竹窓開話(국립중앙도서관본)에 실려 있는 야담계 소설이다. 이 작품은 다소 후대에 편찬되었을 것으로 추정되는 『리야기책』利野耆册에도 약간 변개된 상태로 수록되어 있다. 「감여기응」은 독특한 모티프들을 갖추고 있어 그 자체로도 흥미롭게 읽을 수 있지만 '아버지 찾기 야담'의 범주 속에 넣어서 읽을 때 그 특징과 의의를 더 잘 해명할 수 있으리라 판단한다. 「감여기응」은 보완과 변용을 통해 '아버지 찾기 야담'을 더 길고 더 복잡하게 만든 것이라고 보는 관점이 적절하고 유용하다.

저자는 무속 신화나 건국 신화에 관철된 '아버지 찾기' 전통과 이어지면서도 그와는 다른 야담의 아버지 찾기 서사 구조를 찾아내고 그 문학사적 자리와 세계관을 해명한 바 있다.[1] 그 과정에서 「감여기응」이 야담사에서 특별한 자리를 차지하고 있는 점을 알게 되었다. 「감여기응」에 대해

---

1 이강옥, 「아버지 찾기 야담의 서사 전통 계승과 변용」, 『국어국문학』 167, 국어국문학회, 2014. 6. 30, 103~134면.

서는 부분적인 언급은 있었으나 아직 본격적 작품론이 제출된 적은 없다. 이 작품에 대해 집중적 분석이 미흡했던 것은 야담에서 아버지 찾기 모티프가 얼마나 중요하게 관철되는가를 인식하지 못했기 때문이라 판단한다. 이 작품을 아버지 찾기 전개 과정으로 이해할 때, 지금까지 살피지 못한 작품 고유의 특징과 그 성취를 좀 더 분명하게 포착할 수 있을 것이다.

이 장은 먼저 「감여기응」이 야담집이 아닌 『죽창한화』와 『리야기책』에 실린 현상을 문헌학적으로 살펴볼 것이다. 야담에서 아버지 찾기 서사 구조가 관철되는 작품들[2]은 18세기 후반~19세기 중후반에 편찬된 『동패락송』, 『청구야담』, 『동야휘집』 등에 실려 있다. 그런데 『죽창한화』의 편찬자 죽천竹泉 이덕형李德泂(1566~1645)은 16세기~17세기 중반 인물이기에 『죽창한화』는 17세기 초중반에 편찬되었을 것으로 추정된다. 그렇다면 『청구야담』이나 『계서야담』 등 야담집 속 아버지 찾기 야담 작품들보다 「감여기응」이 먼저 나온 셈이 된다. 그러나 작품의 실상은 반대이다. 「감여기응」은 아버지 찾기 야담의 기본 골격을 바탕으로 하면서 여러 부분에서 보완하고 부연하고 변형시킨 것이기에 다른 야담집 속 '아버지 찾기 야담'보다 앞선 시기에 형성되었다고 보기 어렵다. 작품의 실상과 편찬 시기 사이의 괴리는 복잡한 문제를 던지고 있다. 이 장은 이 문제를 해결하기 위해 먼저 『죽창한화』와 『리야기책』에 대한 문헌학적 고찰을 하고, 그 고찰의 결과를 「감여기응」의 작품 특징과 연관시켜 보고자 한다. 이 작업은 『죽창한화』나 『리야기책』에 대한 문헌학적 고증을 보완하는 것을 목표로 하면서도 「감여기응」의 야담사적 성격과 그 성취를 해

---

2 「과동교백납인부」過東郊白衲認父(청구 상 154, 해동야서 540), 「청취우약상득자」聽驟雨藥商得子(청구 상 157), 「노학구차태생남」老學究借胎生男(청구 상 453), 「경중궁생」京中窮生(동패락송 86), 「인차태오노삼가」因借胎娛老三家(동야 하 823) 등이다.(이강옥, 「아버지 찾기 야담의 서사 전통 계승과 변용」, 국어국문학 167, 국어국문학회, 2014, 103~134면 및 앞 장 참조)

명하는 것도 목표로 한다. 이로써 「감여기응」이 야담계 소설로서 보여주는 특징이 분명하게 해명되고 야담계 소설사에서 차지하는 위치도 뚜렷하게 드러나기를 기대한다.

2. 『죽창한화』 및 『리야기책』의 편찬 시기와 「감여기응」의 형성 시기

이덕형은 잡록집 『죽창한화』와 『송도기이』松都記異를 지었다. 『죽창한화』는 이덕형의 가문인 한산韓山 이씨 가문 이야기판에서 구연된 사대부 일화들을 주로 실었다. 이들 이야기의 주 제보자는 이덕형의 가까운 선조들이다. 반면 『송도기이』 소재 대부분의 이야기들은 송도松都 관련 인물이나 사건에 대한 것이다. 그것들은 송도에서 일생의 대부분을 보낸 방외인 안사내安四耐와 서리 진주옹陳主翁이 편찬자 이덕형에게 들려준 것들이다.[3] 이렇듯 『죽창한화』와 『송도기이』는 성격이 다른 이야기판을 바탕으로 하고 있기에 소재 단편들의 성격이나 서술 의식이 매우 다르다.

　『죽창한화』竹窓閑話는 '죽창한화'竹窓閑話, '죽천만록'竹泉漫錄, '죽천한화'竹泉閑話, '죽창잡화'竹窓雜話, '죽천일기'竹泉日記 등 다양한 제목으로 존재한다. 『죽창한화』는 크게 두 계열로 나뉘는데, 『죽천일기』竹泉日記(아주잡록鵝洲雜錄, 장서각본), 『죽천한화』竹泉閑話(아주잡록, 국회도서관본), 그리고 『죽창한화』竹窓閑話(조선고서간행회본) 등이 한 계열을 이룬다면, 『죽창한화』竹窓閑話(동양문고본)와 『죽창한화』竹窓閒話(국립중앙도서관본)는 다른 계열을 만든다고 볼 수 있다. 『죽천일기』(장서각본), 『죽천한화』(국회도서관본), 『죽창한화』(조선고서간행회본)가 순수하게 '죽천한화' 혹은 '죽창한화'

3　이강옥, 『일화의 형성 원리와 서술 미학』, 보고사, 2014, 361~362면 참조.

만을 포함한다면, 『죽창한화』(동양문고본)와 『죽창한화』(국립중앙도서관본)는 '죽창한화'뿐 아니라 '송도기이'도 포함한다. 후자는 상기한 바와 같이 성격이 다른 두 잡록집을 뒤섞어 수록하고 있다는 점에서 문제적이다.[4]

『죽천일기』(장서각본)와 『죽천한화』(국회도서관본), 『죽창한화』(조선고서간행회본) 등은 동일 계열이어서 수록 단편들의 수나 수록 순서가 거의 같기에 원본으로부터 이탈하지 않은 이본이라 짐작할 수 있다. 이들 사이에 나타나는 차이점이란, 『죽천일기』(장서각본)와 『죽천한화』(국회도서관본)가 시작 부분에다 『송도기이』의 단편 2개를 옮겨 놓았으며, 끝 부분에도 『죽천일기』(장서각본)가 『송도기이』 소재 단편 1개를, 『죽천한화』(국회도서관본)가 『송도기이』 소재 단편 2개를 옮겨 놓고 있다는 점 정도이다.

이들 이본과는 달리 『죽창한화』竹窓閑話(동양문고본)와 『죽창한화』竹窓閒話(국립중앙도서관본)는 '죽창한화'와 '송도기이' 소재 단편들을 두루 포함할 뿐만 아니라 둘 중 어디에도 포함되지 않은 전傳이나 야담, 일화들도 싣고 있다. 둘을 비교하면 국립중앙도서관본이 좀 더 정돈되어 있다고 할 수 있다. 국립중앙도서관본은 동양문고본에 비해 화소수가 훨씬 많고 작품들도 다채롭다. 특히 앞부분에 '거가요람'居家要覽, '상제변례'喪制變禮, '잡록'雜錄 등의 제목을 붙여 일상생활에 필요한 상례나 제사의 규범과 법도, 문장 작법, 학문 방법 등을 계시하는 구절들을 수록하고 있다. 이것들은 기존의 『죽창한화』가 아닌 다른 문헌들에서 전재된 것이 명백하다. 그다음에 '송도기이'라는 제목을 붙여 『송도기이』 소재 단편들을 수록했고, 이어 제목 없이 선행 『죽창한화』 이본으로부터 단편들을 옮겼다.

동양문고본 『죽창한화』는 단편들의 수록 순서와 내용에서는 국립중앙도서관본과 거의 차이가 없다. 그러나 동양문고본은 국립중앙도서관본

---

4 이강옥, 「죽창한화 해제」, 『고려대학교 민족문화연구원 해외한국학자료 해제집』, 2014.

의 수록 단편 수에 비해 50여 편이 모자란다. 이에 대해서는 두 가지 해석이 가능하다. 먼저 동양문고본이 국립중앙도서관본『죽창한화』수록 단편들을 선별 발췌한 것이라는 해석이다. 반대로 국립중앙도서관본이 동양문고본『죽창한화』를 바탕으로 하여 부연·보완한 것이라는 해석이다. 현 시점에서 어느 한쪽을 정설이라 확언하기는 어렵다. 다만 동양문고본은 글자체가 흘림체이며 체재도 흐트러져 있어, 다른 대본을 창출할 수 있을 만큼의 매력을 지녔다고 보기는 어렵다. 그런 점에서 국립중앙도서관본이 선행하고, 그것을 바탕으로 하여 동양문고본이 나왔다고 설명하는 것이 바람직하다.

중요한 사실은, 두 이본이 이덕형의 생존 시기에 형성된 것이 아니라는 점이다. 후대의 필사자들이 자신의 의도에 따라『죽창한화』와『송도기이』및 다른 잡록집을 두루 참조하고 그 속에 실려 있던 단편들을 선별·발췌·보완하여 새로운 '죽창한화'를 만들었다고 볼 수 있다. 그리고 그 시기는『계서야담』이나『청구야담』등이 나온 이후라고 보인다. 동양문고본과 국립중앙도서관본에 실려 있는「감여기응」이 아버지 찾기 야담의 후대적 모습을 보이는 것은 그런 점에서 야담사의 전개와 어긋난 것이 아니라고 본다.『죽창한화』의 두 이본에 동시에 실려 있는「감여기응」의 존재는『죽창한화』이본사를 재정립하게 할 뿐 아니라, 아울러 '아버지 찾기 야담'의 형성과 변전을 확인하게 한다고 하겠다.

『리야기책』은 국립중앙도서관본과 고려대본 두 종이 있다. 서문이나 발문이 붙어 있지 않아 편찬자나 편찬 연대를 정확하게 알기가 어렵다. 비교해 보면 국립중앙도서관본이 체재가 잘 정비되어 있는 반면, 고려대본은 체재가 산만하고 중간중간에 글씨체가 마구 바뀌기도 한다. 국립중앙도서관본은 소재 단편들을 야담류와 소화류로 나누고 앞쪽에 20편의 야담류를, 후반에 60개의 소화류를 배치했다. 국립중앙도서관본『리야기책』은 후대 등사자에 의해 쉽게 조작되거나 흉내 내기 어려운 원 편저자의 편집 의도가 뚜렷하게 나타난다. 체재가 흐트러져 있는 고려대본에 비해 국립중앙도서관본은 원본에 더 가까운 이본으로 판단된다.[5] 그럼에도 불구하고 『리야기책』은 편찬 당대까지 문헌 전승되는 이야기들을 발췌 수록한 것이라는 점을 부정하기 어렵다. 그런 이유로 수록 작품 속에서 발견하는 근거에 의거하여 『리야기책』 자체의 편찬 연대를 추정하는 것은 설득력이 떨어진다.

이와 관련하여 김영준은 "본서 편저자의 생존 연대는 넉넉잡아 1635년 전후에서 1705년 전후까지로 잡아볼 수 있"[6]다고 추정했다. 이 추정은 『리야기책』에 실려 있는 작품들, 가령 「신형전」申熒傳 등의 서술자를 편찬자와 동일시함으로써 이루어진 것이다. 그러나 『리야기책』 소재 개별 단편의 서술자와 이 책의 편찬자는 동일시될 수 없다. 『리야기책』은 기존 문헌 소재 야담이나 소화류 단편들을 두루 전재한 것일 따름이지 개별 단편들의 창작에 편찬자가 직접 개입한 책은 아니라는 뜻이다.

이런 점을 전제로 하여 『리야기책』(국립중앙도서관본) 제40화에 홍기섭洪起燮(1776~1831)이란 인물이 등장하는 것을 중시해야 한다. 『리야기책』의 편찬 연대를 18세기 초까지 올라가 추정한 김영준은 『리야기책』에 18세기 말~19세기 초 인물인 홍기섭 이야기가 들어 있는 현상에 대해 설득력 있는 해명을 하지 못했다.[7] 홍기섭의 존재는 『리야기책』이 아무리 빨라도 19세기 중엽 이전으로는 거슬러 올라가지 못한다는 사실을 분명하게 알려준다. 그런 점에서 『리야기책』에 실려 있는 「감여기응」의 형성

5 이에 대한 자세한 분석은 김영준 역주, 『리야기책』, 어문학사, 2013, 362면 참조.
6 위의 책, 381면.
7 위의 책, 382~385면.

연대가 17세기까지 거슬러 올라갈 수 없는 것은 분명하다. 「감여기응」이 『리야기책』에 실려 있는 작품들 중에서 가장 후대적 특징을 보여주고 있는 점을 감안하면[8] 「감여기응」의 창작 시기와 『리야기책』의 편찬 시기가 큰 차이가 없을 것으로 추정된다.

이상 『죽창한화』와 『리야기책』에 대한 문헌적 고찰은 「감여기응」이 16세기 말~17세기 초 인물인 이덕형과 직접 연결될 수 없고 또 그 형성 연대도 18세기까지 올라갈 수 없다는 사실을 이중으로 입증해 준다. 그 결과 「감여기응」은 『계서야담』이나 『청구야담』 소재 '아버지 찾기 야담' 의 선행 형태가 아니라 후대 형태라는 기본 전제를 성립하게 한다.

3. 「감여기응」의 변용과 그 의미

「감여기응」의 서사 단락은 다음과 같이 정리할 수 있다.

> ① 평민 김씨가 집을 떠나 상경하다.
> ② 양반 이생이 김씨 집에 숙박하다.
> ③ 이생이 김씨 아내를 겁탈하다.
> ④ 김씨 아내가 셋째 아들을 출산하다.
> ⑤ 풍수가가 예언을 하다.

---

8 김준형은 다소 다른 관점에서 「감여기응」과 『리야기책』의 관계를 설명했다. 즉, "고려대본에는 패설 작품을 앞부분에 모두 실은 다음, 이후 몇 장의 여백을 두고, 그 뒤에 「감여기응전」堪輿奇應傳을 비롯한 다수의 전이 수록되어 있다. 이는 곧 『리야기책』을 형성한 후 여백에 전을 포함한 다른 작품을 집어넣었음을 의미한다."(김준형, 『한국패설문학연구』, 보고사, 2004, 106면) 이런 관점 역시 「감여기응」의 후대 형성설을 지지한다.

⑥ 셋째 아들이 풍수가가 지목한 명당의 주인임을 확인하다.

⑦ 김씨 아내가 김씨에게 셋째 아들의 출생 비화를 고백하다.

⑧ 셋째 아들이 명당에 거주하기 시작하다. 셋째 아들이 번성하다.

⑨ 이생이 셋째 아들 집을 방문하다.

⑩ 이생이 정체불명의 짐승을 쏘아 죽이고 도망치다.

⑪ 늙은 스님이 방문하여 짐승의 비밀을 설명해 주다.

⑫ 셋째 아들이 생부 이생에 대한 정보를 얻게 되다.

⑬ 셋째 아들이 백발노인이 된 이생을 찾아가 상봉하다.

⑭ 셋째 아들이 이생 부부를 담양으로 모시고 와 큰 잔치를 베풀다.

⑮ 셋째 아들이 모친을 모시고 이생의 마을로 가서 살다.

⑯ 자손이 번창하고 과거 급제자들이 줄을 이어 벌열 집안이 되다.

⑰ 평결: "풍수가의 예언이 완전하게 맞았으니 감여堪輿의 기술은 대단한 것이다."

이 서사 단락을 중심으로 하여 이전 아버지 찾기 야담의 사례와 비교해 보면, 먼저 ④단락에서 두드러진 차이를 발견한다. 셋째 아들이 태어나기 전에 이미 아들 둘이 태어나 있는 셈인데, 이 점은 다른 아버지 찾기 야담에서는 전혀 없었던 것이다. ⑤⑥⑧⑰ 등은 풍수설 혹은 감여의 기술을 강조하는 바, 풍수 요소가 개입한 아버지 찾기 야담 역시 없었다. ⑩⑪ 등은 가장 독특한 첨가에 해당한다.

(1) 서사적 복선을 통한 양반 혈통의 강조

양반의 혈통을 중시하고 지속시키는 아버지 찾기 야담과 아버지의 절망적 처지를 향상시키는 아버지 찾기 야담은 우선 인물 설정에서 결정적 차이를 보인다. 전자에서는 두 명의 아버지가 등장하는 데 반해 후자에서는 한 명의 아버지가 등장한다. 전자에 두 명의 아버지가 등장하는 것은 양반인 아버지와 양반 아닌 아버지를 대비하여 혈통의 차이를 부각시키기 위함이다. 후자에서 아버지가 한 사람만 등장하는 것은 절망적 처지에 놓인 아버지의 형편을 강조하고 그 절망적 처지에서 아버지가 벗어나는 과정을 부각시키기 위함이다. 「감여기응」이 두 명의 아버지를 등장시킨 것은 전자의 서사 전통을 계승하는 부분이다.

양반 신분을 강조하려는 의도는 남녀의 만남 장면에서부터 나타난다. 김씨 아내는 자신을 겁탈하려는 이생을 바라보며 이렇게 탄식하며 말한다.

> 제가 웃음을 파는 행실을 하지 않았는데도 절개 잃은 무리로 취급받게 되었으니 어찌 억울한 마음이 없겠습니까? 하지만 일이 이 지경에 이르고 말았습니다. 혹 훗날 서로 찾을 일이 있을지 모르니 낭군님의 성명과 거주를 알아 두고자 하나이다.[9]

김씨 부인의 이런 반응은 다른 아버지 찾기 야담에서 여성들이 보이는 반응과 매우 다르다. 가령 「청취우약상득자」에서 노처녀는 비를 피해 자기 초막으로 들어와 옷을 벗어 짜는 약 거간꾼의 몸매를 보고 욕정을 일으킨다. 노처녀는 초면의 남자와 성관계를 맺는 것에 대해 난색을 표하기는커녕 오히려 그걸 즐긴다. 노처녀는 행위의 의미와 결과에는 연연하지 않는다. 그래서 성행위가 끝난 뒤에도 '서로 이름이나 거주지도 묻지

9　妾雖無獻笑之擧, 同歸於失節之比, 豈無怨尤之心哉? 然事已至此, 或有日後相尋之事, 願問郎君姓名與居住焉.(『죽창한화』, 국립중앙도서관본)

않고' 헤어진다. 물론 이렇게 무심하게 헤어져도 뜻하지 않은 증거가 남아 마침내 다시 만나게 되지만 적어도 이 국면에서 서로에 대한 정보를 교환하려고 하지 않는 것은 분명하다. 「노학구차태생남」이나 「경중궁생」에서는 여인들이 상대 남성의 거주성명을 물어 암기하지만 그것은 성관계 자체가 처음부터 노인이 아들을 얻으려는 계획 하에 이루어진 것이기에 당연한 일이라 하겠다. 그리고 여인들이 거주성명을 물어 암기했다는 사실도 스쳐 지나가듯 언급되었다.[10]

이에 비할 때 「감여기응」의 김씨 부인은 예외적인 주도면밀함을 보인 셈이다. 지금 막 자행되려 하는 이생의 행위는 명백하게 겁탈 행위이며 이생은 범법자이며 패륜아다. 그럼에도 불구하고 그의 성명과 거주지를 물어서 기억해 두려 한다. '훗날 서로 찾을 일이 있을지 모른다'는 것이 그 이유다. 조선 시대 남편이 있는 여인과 아내가 있는 남자가 훗날 찾을 이유는 없다. 오직 소생 자식과 관련되어서 찾을 일이 있을 따름이다. 그렇다면 김씨 부인은 성관계를 맺기 전부터 소생 자식을 떠올린 것이다. 그만큼 이 작품에서는 여성 쪽이 소생 자식을 뚜렷하게 의식했고 또 소생 자식과 남자의 재상봉을 부각시키려 했다. 이생 역시 그녀의 제안을 일리가 있다고 여기고 자신의 성명과 거주지를 알려 주었다.[11]

이와 관련된 또 다른 서사적 복선은 아들을 세 명으로 설정한 것이다. 더욱이 형제인데도 신분이 다르다. 두 형은 김씨 소생이어서 평민이지만, 셋째 아들은 이생 소생이어서 양반이다. 형제간 신분을 달리 설정

---

10 遂語其由於諸妾, 三夜三妾, 輪回侍寢, 其三妾, 亦意必生子, 問士人之姓名居住, 暗記于心中. 三宿之後, 仍爲告別, 主人厚有贈遺, 皆辭以卜重, 仍爲出山, 還歸京第.(청구 상 455)
11 女驚覺長歎曰: "妾雖無獻笑之擧, 同歸於失節之比, 豈無怨尤之心哉? 然事已至此, 或有日後相尋之事, 願問郎君姓名與居住焉." 生然其言而曰: "汝言亦似有理." 仍言: "吾姓名李某居在長湍某村矣."(『리야기책』 104)

한 것은, 신분이란 형제 사이라도 다른 삶을 살아가게 만들며 신분이 다르면 형이라도 양반 동생을 섬겨야 한다는 점을 생생하게 부각시키기 위한 조치였다고 해석된다.

이와 같은 형제간 상이한 신분적 설정은 길러 준 아버지 김씨의 역할 분담과 연결된다. 김씨는 셋째 아들이 양반이라는 점을 부각시키는 기능을 한다. 김씨는 자신의 출타 중에 아내가 외간 남자에게 겁탈 당해 아들을 낳았다는 사실을 확인하고서도 크게 화를 내지 않는다. 오히려 셋째 아들이 양반 혈통을 이어받았다는 사실을 귀하게 여겨 존중했다.

셋째 아들이 양반 혈통이라는 점은 다른 모티프들을 통해서도 강조되었다. 풍수가는 김씨 집 뒷산 기슭의 한 곳을 지명하면서 그게 양반의 집터임을 강조했다. 그 집터에 집을 지어 세 아들을 자게 해 보니, 두 아들은 꿈속에서 장수들의 협박으로 쫓겨 나왔지만, 셋째 아들은 오히려 장래의 주인이라 축원을 받고 술대접까지 받는다. 이에 대해 김씨는 그 집 주인이 셋째 아들임을 인정하여 거기서 살게 하고, 위의 두 아들로 하여금 동생을 상전처럼 받들도록 한 것이다.

(2) 길러 준 아버지와 낳아 준 아버지의 역할 부각

김씨는 셋째 아들에게 자기 혈통을 물려주지는 못했지만 셋째 아들이 양반으로서 제 노릇을 다하도록 도와준다. 그리고 자신의 주제에 맞지 않은 조언도 마다하지 않았다. 가령 김씨는 "나중에 부귀하게 되면 거지들을 많이 구제해 주고 지나가는 길손들을 잘 대접해서 음덕을 쌓으라"[12]는

---

12 謂末子曰: "汝居此, 後家計必裕, 須廣濟乞丐之人, 亦宜善待行客, 厚樹陰德."(『죽창한화』, 국립중앙도서관본)

조언을 셋째 아들에게 해 주는데, 이 말은 김씨가 보잘것없는 평민이 아니라 서사 전체에서 가장 높은 자리에 있으면서 서사의 귀추를 꿰뚫어 보는 정신적 지도자라고 보게 만든다. 김씨의 이 말은 아들이 음덕 쌓기로써 최고 갑부 가문의 기초를 만드는 지혜를 제공한 것일 뿐 아니라 생부를 만나기 위한 조건을 조성하는 지침이기도 하다. 그런 점에서 김씨가 셋째 아들의 삶에 큰 기여를 하고 정신적 지도자의 풍모를 지니게 했다 하겠지만 결국 서술자는 이생과 셋째 아들의 만남으로 스토리를 끌어가려는 의지가 훨씬 강했다고 할 수 있다. 과연 김씨는 셋째 아들이 명당에 터전을 잡고 부자가 되자 특별한 사건도 없이 죽는다.[13] 김씨는 셋째 아들에게 자신의 흔적을 남기지 않으며 셋째 아들 역시 죽은 김씨를 그리워하지도 않고 어떤 추모의 행동도 하지 않는다.

김씨가 죽었다는 구절 바로 뒤에 "그 사이 장단 이생은 늙었다"라는 구절이 나온다.[14] 이는 김생의 죽음이 이생을 본격적으로 등장시키기 위한 조치였음을 분명히 알려준다. 김씨를 죽게 하여 서술의 대상에서 사라지게 함으로써 이제 늙은 이생을 서술의 중심에 들어오도록 한 것이다. 다른 아버지 찾기 야담은 이 국면에서 곧바로 부자 상봉으로 나아간다. 「감여기옹」은 이 점에서도 특별하다. 이생은 소생 자식과의 결정적 부자 상봉이 있기 전, 셋째 아들의 집을 방문한다. 여기에 서술자의 의도가 드러난다. 이생으로 하여금 부자상봉 이전 뚜렷한 포석을 놓게 한 것이다. 이생은 자식이 자기를 찾아오기를 그냥 기다리고만 있는 것이 아니라 그 아들을 위해 결정적으로 중요한 도움을 준다.

---

13 父母亦移家, 居其處, 未幾父身死.(『죽창한화』, 국립중앙도서관본)
14 未幾, 父身死, 唯其母在於末子家矣. 其間, 長湍李生, 年已老矣.(『죽창한화』, 국립중앙도서관본)

이생은 자신의 아들을 알아보지 못하고 오히려 도둑이라고 짐작했지만 셋째 아들의 집안을 위태롭게 할 짐승을 쏘아 죽임으로써 셋째 아들 집안의 지속과 번성에 결정적 기여를 했다. 셋째 아들에게 짐승의 정체에 대해 설명해 주던 스님이 "자네 부친이 아니면 이 짐승을 죽여서 자네의 해로움을 제거할 수 없다네"[15]라고 한 말은 아들의 삶에서 이생의 역할을 극단적으로 강조하는 것이다. 이생은 아들에 의해 일방적 구원을 받는 존재가 아니라 오히려 아들의 삶에서 가장 중요한 원조를 준 존재가 되었다. 그 원조는 이생이 셋째 아들에게 준 혈통의 중요함에 비견된다. 이생이 아들의 삶에 결정적 기여를 하게 한 것은 이생과 아들 사이에 계승된 양반 혈통을 당당하고 떳떳하게 만드는 것이기도 하다.

(3) 아들에 대한 은밀한 집착

서두에서 김씨 부인이 이생의 성명과 사는 곳을 묻는 데서 아들에 대한 집착을 짐작할 수 있는데 결말 부분에서 그 점은 다시 확인된다. 이생과 셋째 아들이 상봉하는 대목은 이러하다.

이생은 아들이 없었다. 즉시 손을 잡고 등을 어루만지며 말했다.
"네가 정말 내 아들이로구나."
아들을 이끌고 안으로 들어가 아내에게 자세히 설명하니 아내도 기뻐하고 다행스러워하며 말했다.
"우리 부부가 평생 아이를 낳지 못하고 늙어 버려 아버지 부르는 소리 듣지 못하는 걸 언제나 원통해했는데 이렇게 운 좋게도 아들 없

---

15 非君父, 則不能射此獸而除君害矣. (『죽창한화』, 국립중앙도서관본)

던 우리에게 아들이 생겼다네!"[16]

　이생 부부가 기뻐하는 모습을 이렇게 묘사했다. 이 장면은 가난한 이생 부부에게 노년의 가장 큰 고민은 가난이 아니라 아들이 없다는 사실이었음을 먼저 알려준다. 아버지 찾기 야담 작품 중 아들에 대한 집착이 노골화된 작품으로는 「노학구차태생남」이 유일하다. 이 작품에서 늙은 학구學究는 평민으로 물질적 풍요를 누리지만 자식이 없어 희망을 잃고 있던 중 왕성한 자식 생산력을 가진 가난한 사인士人을 만났다. 늙은 학구는 죽기 전에 아버지 소리를 한 번이라도 듣는 것이 소원이라며 사인의 '아들 생산력'을 빌리고자 한다. 그래서 자기의 세 첩을 차례대로 사인과 동침하게 한다. 결국 늙은 학구는 아들을 얻어 아버지 소리를 들었다. 그러나 그 아들은 자기 혈통이 아니었다. 그리고 아들을 얻은 지 얼마 되지 않아 늙은 학구는 죽는다. 가난한 사인은 여러 명의 아들이 있었기에 아들에 대해 집착하기는커녕 아들이 삶을 가난하게 만드는 짐이라고 생각하고 있었다. 이와 비교할 때 「감여기응」은 양반 혈통을 이어 줄 아들에 대한 집착을 은밀하고도 집요하게 이어 가다가 마지막 대목에서 집착을 드러내 보였다고 하겠다. 이를 위해 풍수가와 술사가 두 번이나 등장했다. 처음 등장한 풍수가는 양반이 살아야 그 효력을 발휘하는 명당을 점지해 준다. 그가 왜 하필 그 집을 찾아오며, 그리고 명당을 점지해 주는지 이유가 뚜렷하게 제시되지 않는다. 두 번째 찾아온 승려는 짐승의 정체와 그것을 사살한 사람에 대해 설명해 준다. 그러나 그는 셋째 아들의 질문에

16　李生無子者也, 卽握手拊背曰: "眞吾子也!" 卽携入于內, 細說于內子, 內子亦喜幸曰: "吾夫妻, 平生無子女, 年已老矣, 每以不得聞呼爺之聲, 爲至痛矣. 何幸今日無子而有子!"(『죽창한화』, 국립중앙도서관본)

대해 더 이상 답변을 하지도 않고서 사라져 버린다. 풍수가와 승려는 불투명한 상황을 해명해 주면서도 아리송한 점을 더 만들어 낸다.

(4) 기이한 모티프에 의한 현실 관계의 신비화

「감여기응」에 등장하는 기이한 모티프 중에서 가장 돋보이는 것은 집안의 업業으로 해석된 괴상한 짐승이다.

> 달밤이 깊어지자 어떤 물체가 숲속에서 뛰쳐나오는데, 몸집은 돼지만 하고 호랑이처럼 섬광을 번쩍이며 입으로는 모든 것을 태워 버릴 듯 화기火氣를 내뿜는 것이었다. 생은 화살 하나를 가득 당겼다가 쏘아 그걸 죽여 버렸다. ……이튿날 이른 아침 주인이 나가 보니 거대한 짐승 하나가 화살에 맞아 피를 흘리며 죽어 있었다. 그 형체는 매우 괴상하여 머리도 꼬리도 없는 고깃덩어리였다. 이목구비와 사지가 없으니 인간 세상의 물건이 아닌 것 같았다. ……집안 종을 불러 그 짐승을 끌어다 길가에다 두고 그게 무슨 물건인가를 아는 사람을 기다리며 수풀 사이에 숨어 몰래 살펴보았다. 다소의 행인들이 다들 놀라며 빙 둘러 보았지만 그게 무슨 짐승인지는 알지 못했다.[17]

이에 대해 국립중앙도서관본과 동양문고본에서는 이생 스스로가 그

---

17 明月夜半, 有物自園林下來, 厖厖然, 如豕, 閃閃然, 如虎, 向簷楹, 口噓火氣如焚. 生彎弓射之一發而殪之. ……翌日早朝, 主人出見, 則鉅獸帶箭, 流血而斃. 其形甚怪, 無頭無尾, 直一肉塊, 微有耳目口鼻與四軆, 殊非人世間所有之物. ……率家僮, 曳置其獸於路傍, 以竢萬一曉其爲某物者, 潛隱林藪間以觀, 則多少行人, 莫不駭異圜視, 而終不知其爲某獸也.(『죽창한화』, 국립중앙도서관본)

짐승이 주인 집의 업業이라고 생각하지만[18] 『리야기책』 본은 어떤 추정도 하지 못한다. 그리고 많은 행인들이 둘러싸고 살펴보지만 그 누구도 짐승의 실체를 밝혀 주지 못했다. 다만 3일 뒤에 찾아온 스님이 해명해 준다. 즉, ①짐승은 주인집의 업인데, ②주인집의 운이 다하여, ③그 짐승이 화기를 뿜어 주인집을 송두리째 태워서 모든 것을 재로 만들려 했지만, ④주인의 아버지가 그 짐승을 쏘아 죽였기에 재앙이 일어나지 않았다는 것이다.

　업은 사람이 몸이나 입, 생각으로 짓는 일체의 인위적 작용을 뜻하기도 하고, 한 집안의 살림을 보살펴 주는 존재를 지칭하기도 한다. 「감여기응」에서 말하는 업은 일단 후자에 더 가깝다고 할 수 있다. 우리 민속에서 후자의 업은 구렁이로 형상화된다. 구렁이로 형상화된 업은 재물을 지켜 준다. 그런데 위 인용에서 형상화한 짐승의 모습은 구렁이와는 거리가 멀다. 그리고 구렁이는 화기와도 무관하다. 구태여 업이 화기와 관련된 경우를 찾는다면 업경대業鏡臺의 모양에서다.[19] 업경대는 생전에 쌓은 업(선업과 악업)을 비춰 보는 거울을 받드는 대臺인데, 대체로 해태라는 동물이 떠받치고 있는 모양이다. 해태는 사자와 비슷하나 상상의 동물로서 이마에 뿔 하나가 나 있다. 화기火氣를 누르고 인간의 선악을 판별하는 능력이 있다고 한다. 업을 비추는 거울을 지탱한다는 점에서 해태는 업과 관련된 짐승이라고 할 수 있다. 물론 이때의 업은 불교적 의미이다. 그러면서 화기를 누른다는 점에서 화기와 반대 속성을 가진다. 「감여기응」의 짐승은 '업'이라고 해명되었기에 그 '업'을 중의적으로 받아들인다면 해태와 부분적으로 연결될 수 있다. '업인 짐승'과 '업경대를 받쳐 주

18　此必主人所謂業也.(『죽창한화』, 국립중앙도서관본)
19　김태식, 「미술품에서 만난 상상과 길상의 동물」, 연합뉴스, 2006. 11. 1.

는 해태'를 동일시하는 것이다. 그러나 「감여기응」의 짐승은 화기를 머금고 있다가 불을 뿜으려 했다는 점에서 화기를 억눌러 주는 해태와 반대의 속성을 보인다. 그 점은 주인집의 운이 다했다는 지적과 관련시켜 해석할 수 있겠다. 업경대를 받쳐 주던 해태는 화기를 억누르는 역할을 했지만, 운이 다하자 화기를 누르는 힘을 상실했을 뿐 아니라 스스로 화기가 되어 모든 것을 태우려 했다고 이해할 수 있는 것이다.

이렇게 신비하고 상상적인 모티프를 끌어들인 것은, 셋째 아들을 매우 심각한 위기에 봉착하게 하고, 그 위기 상황을 극복하는 데 생부인 이생이 결정적으로 기여했다는 인상을 주기 위한 것으로 해석된다. 정체불명의 짐승이 곧 온 집안 물건과 사람들을 태워 없애려 한다는 분위기가 위기 상황을 극대화하고 있는데, 바로 그 시점에서 주인의 아버지임에 틀림없는 이생이 단 한 방 화살로 그 짐승을 죽인 것이다. 이런 극적 문제 상황의 발생과 충격적 해결은 셋째 아들의 삶에서 아버지 이생이 얼마나 중요한 역할을 하는가를 극명하게 드러낸다. 이생이 그간 아들을 위해 아무 일도 해 주지 않고 자기 아들이라는 사실조차 모르고 있었지만, 이 단 한 번의 행위로써 이생은 가장 소중하고 떳떳한 아버지로 거듭날 수 있었다. 극적 전환을 가능하게 한 것은 업이라는 짐승의 신비로운 설정과 개입이라고 할 수 있으며, 이런 점은 다른 아버지 찾기 야담에서 찾을 수 없었던 것이다.

신비로운 모티프의 적용이란 점에서 이와 유사하면서도 서사적으로 더 근본적인 역할을 하는 것이 '풍수' 혹은 '감여'堪輿이다. 「감여기응」에 나타난 풍수적 요소는 다음과 같이 정리될 수 있다.

① 풍수가가 김씨 집 뒷산 명당 터에 집을 지어 양반이 살면 10년 안에 부자가 되고 자손도 번창할 것이라 예언하다.

② 셋째 아들이 그 집에 들어가서 자니 꿈에 도포 입은 벼슬아치가 나타나 땅이 제 임자를 만났으니 복록福祿이 무궁할 것이라 예언하다.

③ 괴상한 짐승이 죽은 지 3일 만에 찾아온 스님이 그 집의 복력福力이 끝이 없다고 중얼거리다.

④ 평결: "그날 지사地師의 말이 좌계左契가 들어맞듯 부합했으니 감여堪輿의 술術이란 과연 이처럼 신통한 것인가.[20] 내가 이 사연을 듣고 기이하게 여겨 마침내 그 전말을 기록하고 '감여기응'堪輿奇應이라 제목을 붙이노라."

이상 네 가지 서사 요소에 초점을 맞추고 또 '감여기응'이란 제목을 고려하면, 이 작품의 중심 서사 축은 명당 효험에 대한 예언과 그 실현이라 할 수 있다. 예언은 세 번 거듭되었는데, 그 원천이 풍수설이다. 명당이 그곳에 사는 인연 있는 사람에게 긍정적 영향을 주어 마침내 그 사람이 크게 잘되는 것이다.

명당이 그곳에 사는 사람에게 미치는 영향은 사람의 지식이나 의지를 넘어서는 것으로서 신비주의적인 성격이 다분하다. 그런 점에서 괴상한 짐승을 등장시켜 업業과 운運을 언급한 것과 상통한다.

20　當日地師之言, 若合左契, 堪輿之術, 果若神應耶.(『죽창한화』, 국립중앙도서관본)

4. 「감여기옹」의 야담사적 위치와 의의

(1) 서사 전통의 변용과 비약

이상의 분석에 의하면 「감여기옹」은 아버지 찾기 야담의 전통을 계승하되, 근본적인 변용을 이루었다고 할 수 있다. 먼저 풍수설에 입각한 예언과 그 실현이 서사를 주도한다는 점에서 그러하다. 아버지 찾기 야담 작품 중에서 「과동교백납인부」過東郊白衲認父도 예언 요소를 담고 있지만, 서두 부분에서 난해한 시구詩句를 제시한 뒤 결말 부분에서 그대로 실현된 것을 해명해 주는 형식이어서, 서사의 전개 과정에서 예언이 단계적으로 뚜렷하게 관철된 것은 아니다. 더욱이 아버지 찾기 야담 작품 중에서 풍수설의 요소가 깃든 경우는 없었다. 그 점을 염두에 둘 때, 풍수 요소와 예언 실현 과정이 핵심 자리에 있는 「감여기옹」의 변용은 매우 특별하고 근본적인 것이라 할 수 있다. 서술자는 작품의 마지막 부분에서, 풍수가의 예언은 정확하게 맞고 감여의 술법은 신령스럽기까지 하다고 진술했다. 서술자의 이 마지막 말은 풍수가의 예언 능력과 감여의 술법 자체를 신비화하는 데 머물지 않고 그 예언의 대상이 되는 것들까지 신비화하기에 이르렀다.

풍수 관련 야담은 대체로 이인담이나 보은담에 해당한다. 즉 탁월한 풍수안을 가진 이인이 보통 사람은 하잘것없는 것으로 여기는 공간에서 명당을 찾아내는 이야기이거나 은혜를 입은 사람이 좋은 명당자리를 은혜를 베푼 사람에게 제공함으로써 은혜를 갚는 이야기가 대부분인 것이다. 혹은 치부담에서 치부를 위해 명당의 힘을 이용하는 경우도 있다. 그러나 「감여기옹」처럼 명당을 양반의 혈통과 연결시킨 사례를 찾기는 어렵다.

「감여기웅」은 야담적 전통에서 벗어나 명당의 효력이 발현되는 가장 중요한 조건으로서 양반의 혈통을 내세웠다. 평민인 김씨 집안에 양반 혈통이 깃드는 유일한 길은 김씨 부인이 다른 양반 남자의 씨를 받는 것이다. 그런 점에서 양반인 이생이 평민인 김씨 부인을 겁탈하는 행위는 서사 전개에 필수 요소로 작용하면서 정당화된다. 이런 정당화는 남편이 출타하고 없는 틈을 타 그 유부녀를 겁탈한 강간범으로 이생을 묘사한 서두 부분과 상충된다.

명당은 양반 혈통을 받은 셋째 아들이 거기에 집을 지어 살자 긍정적 효력을 나타내기 시작했다. 그러나 어느새 명운이 다한 명당은 집안의 번영을 보장하기는커녕 파국을 앞두고 있었다. 업이라는 짐승이 화기를 억누르지 못하고 오히려 화기를 머금었다가 내뿜어 집안 물건과 사람을 잿더미로 만들 수도 있는 위기 상황이 조성되고 있었던 것이다. 이 상황에서 이생은 뜻하잖게 그 짐승을 쏘아 죽이게 된다. 셋째 아들이 그 짐승의 정체가 무엇이며 그 짐승을 누가 죽였는지 알지 못해 안절부절 못할 무렵에 노승이 나타난다. 노승은 그 짐승을 제거할 수 있는 사람은 오직 명당 주인의 아버지라고 확언한다.[21] 이로써 이생은 명당의 구원자로 인정되는 동시에 셋째 아들의 당당한 생부로 추인받는 것이다.

이상과 같은 서사적 변용을 통하여 「감여기웅」은 아버지 찾기 야담의 전통을 계승하면서도 몇 단계 비약을 이루었다고 인정할 수 있다. 일반적으로 아버지 찾기 야담에서 씨를 주는 아버지는 한 번 동침하고 떠난 뒤에는 소생 아들을 위해 어떤 일도 하지 않는다. 아들이 태어난 줄도 모

---

21 "非別人所可除之物, 射殺者, 必君之父也." 其人曰: "吾父, 下世已久, 安有殺此獸之理乎?" 僧又云: "非君父則不能殺此獸而除君害矣."(『죽창한화』, 국립중앙도서관본); "幸賴君之大人, 射殺此也." 主人曰: "吾家大人, 下世已久, 安有是理?" 僧曰: "非君父則誰能除君害耶?"(『리야기책』, 126면)

르고 늙어 가고 가난하게 살아간다. 「감여기응」의 이생도 가난해지기는 마찬가지이다. 그러나 그는 두 번 이상 아들의 삶이 번성하는 데 결정적 기여를 했다. 그것은 양반 혈통의 계승을 당당하게 만들어 신비롭게 착색되도록 했으며, 가난한 양반 아버지가 아들로부터 당당하고 떳떳하게 원조를 받도록 했다.

(2) 서술 과정에서 돋보이는 작가의 존재

상술한 바와 같은 서사적 변용은 작품 전체에 걸쳐지며 아주 정교하게 관철되고 있다는 점이 두드러진다. 그런 정교함은 서사적 기법에서는 물론 인물이나 사건, 심지어 문체 면에서도 나타난다. 우선 서사 과정에서 암시와 복선이 나타나고 그 뒤의 서술은 그와 긴밀하게 조응된다. 특히 길러 준 아버지인 김씨와 씨를 준 아버지인 이생 사이의 자리바꿈이 정교하다. 한 여인을 두고 둘은 마치 바통을 주고받듯 서로에게 자리를 비워 준다. 특히 김씨가 그런 역할을 더 적극적으로 한다. 아들 둘을 낳게 한 김씨는 번番을 서기 위해 상경함으로써 이생이 자기 부인을 겁탈할 기회를 마련해 준 셈이다. 그리하여 이생이 김씨를 이어 아들을 낳을 수 있게 되었다. 그 뒤로 김씨는 더 이상 자기 혈통을 잇는 아이를 낳게 하지 않는다. 그 대신 작가는 김씨의 의무를 달리 설정해 주었다. 이생에 의해 태어난 셋째 아들의 성장을 돕고 셋째 아들과 이생의 만남을 주선하는 것이다. 이미 풍수가가 집 뒤 명당 터를 지명해 주었는데, 김씨는 그 터가 첫째와 둘째 아들과는 상관없고 오직 셋째 아들만의 공간임을 확인했다. 김씨는 그 점에서 셋째 아들이 특별하다는 점도 알았다. 그리고 "첫째와 둘째는 날 닮았는데 막내는 의표儀表가 양반과 같다"[22]는 사실을 스스로 환기하며 셋째 아들의 출생의 비밀을 캐내고자 한다. 김씨는 부인을 추궁하는데 부인이 셋째 아들이 양반 이생의 아들이라는 비밀을 털어놓자, 김씨는 "왜 일찍 말해 주지 않았소? 나는 사족이 아니니 무슨 상처가 되겠소?"[23]라며 금방 화를 푼다. 그리고 좋은 날을 받아 셋째 아들에게 그 명당 터의 집으로 들어가 살도록 한다. 두 아들에게는 막내를 상전처럼 모시게 한다. 무엇보다 셋째 아들에게는 "나중에 부귀해지면 거지들을 많이 구제해 주고 지나가는 길손들을 잘 대접해서 음덕을 쌓으라"[24]고 충고한다. 이 충고는 셋째 아들로 하여금 생부 이생을 만나는 기회를 만들어 주기 위함으로 해석될 수 있다. 필시 생부가 언젠가는 이곳을 지나갈 터인데 그를 새 집으로 이끌어 오기 위해서는 그 전부터 그 댁이 과객들을 잘 대접한다는 소문을 내어 두는 게 좋기 때문이다. 이렇게 하여 김씨가 할 일은 다 끝났다. 작가는 이 시점에서 김씨를 죽게 한다. 이처럼 작가는 서사의 각 단계를 정교하게 계산하여 김씨의 일생을 먼저 서술했다.

그다음부터 서술되는 이생의 활약 국면도 마찬가지다. 김씨가 죽자 곧바로 이생을 전면에 나서게 한다. 늙은 이생이 볼일이 생겨 남쪽으로 내려왔다가 담양을 지나면서 홀연 옛일을 떠올리게 하는 것이다. 다른 아버지 찾기 야담 작품들에서는, 이 국면에서 생부가 옛날이야기를 하고 그것을 우연히 엿들은 아들이 뛰쳐나와 부자 상봉을 하는 데 반하여, 「감여기옹」에서는 생부인 이생이 옛 집을 직접 찾아간다. 그런 점에서 고청 孤靑 서기徐起(1523~1591)가 아버지를 찾는 야담인 「서고청공주인가노야」徐孤靑公州人家奴也(별본동패 354)를 닮았다. 서기의 모친은 목화를 따다가 내리는 소나기를 피해 바위굴로 들어갔다. 때마침 짐을 지고 가던 사

---

22 伯仲二子, 皃類我, 末子則儀表如兩班.(『죽창한화』, 국립중앙도서관본)
23 何不曾言耶? 我非士族, 何傷之有?(『죽창한화』, 국립중앙도서관본)
24 謂末子曰: "汝居此, 後家計必裕, 須廣濟乞丐之人, 亦宜善待行客, 厚樹陰德."(『죽창한화』, 국립중앙도서관본)

나이도 역시 비를 피해 바위굴로 들어왔다가 그녀를 발견하고 강간한다. 이렇게 태어난 아들 서기는 부모가 성관계를 맺은 바로 그 바위굴로 매일 올라가서는 글공부를 하는데 결국 그곳을 다시 방문한 아버지를 만나는 것이다. 그러나 「감여기응」은 「서고청공주인가노야」와는 달리 거기서 부자가 곧바로 상봉하게 하지 않는다는 점에서 큰 변전을 이루었다. 이생은 소생 아들을 만나기 위한 한 기반만 닦아 놓고는 도망친다. 이런 '지연 서술'은 야담을 일화의 수준에서 소설로 나아가게 하는 매우 중요한 서술 방식임이 입증된 바 있다.[25] 결국 이생은 그 집의 주인을 자기 아들로 알아보기는커녕 생전 초면인 자신에게 지극하게 대접해 주는 것을 이상하게 여긴다. 필시 술과 음식을 후하게 대접하여 안심하고 잠들게 하고는 그 틈에 자기를 죽여서 의복과 말을 탈취해 갈 도둑일 것이라 판단한다. 그래서 도망쳐도 죽을 것이고 그대로 머물러도 죽을 것이니 차라리 도적을 먼저 죽이고 난 뒤에 죽겠다 다짐한다. 활과 화살을 단단히 쥐고는 밤이 깊도록 숨죽이며 기다린다. 그 무렵 문제의 짐승이 나타나 달려왔는데 활을 쏠 준비를 단단히 하고 있던 이생은 정확하게 활을 발사하여 짐승을 즉사시킨다. 그런 지경에 이르렀는데도 주인이 나타나지 않는 것을 보고는 주인이 도둑은 아닐 것이라 이생은 생각한다. 그러나 짐승 죽인 것을 문제 삼을 것 같아 도망친다.

이상과 같은 김씨와 이생의 단계적 행동을 설정하고 서술하는 대목에서 작가의 존재를 느낄 수 있다. 구연 전승 이야기를 수동적으로 기록하는 것이 아니고 또 일화적 압축 진술을 지향하는 것도 아니다. 작가는 끊임없이 각 대목에 개입해 사건을 더 흥미진진하게 전개하고 주제를 알차게 구성하기 위해 노력한 흔적을 보인 것이다.

---

25 이강옥, 『한국 야담 연구』, 돌베개, 2006, 344~354면.

그다음에는 그 집안의 업이라 추정된 짐승의 형체와 그 짐승의 정체를 알아 가는 과정을 아주 구체적으로 묘사한다. 그 묘사의 기법이 탁월하고 박진감과 실감을 일으킨다. 아울러 이 부분 역시 이생과 셋째 아들의 상봉의 순간을 늦추는 지연 서술 방식이 구사되고 있다 하겠다.

또 셋째 아들이 어머니에게 자기 출생의 비밀을 캐어 내는 과정이나, 셋째 아들이 이생을 찾아 나서는 과정, 이생과 셋째 아들이 만나는 장면 등 역시 다른 아버지 찾기 야담 작품과 비교할 때 훨씬 구체적으로 서술되어 실감을 유발함으로써 지연 서술의 묘미를 맛보게 한다. 특히 셋째 아들이 자기 출생의 비밀과 생부에 대한 정보를 어머니로부터 캐내는 국면에서는 기존 아버지 찾기 야담이 패러디된다.

(셋째 아들이) 두 형들에게 말했다.
"우리 삼형제가 지금까지 홀어머니를 받들어 모셔 왔지만 한 번도 생신 잔치를 열어 드린 적이 없으니 그게 큰 흠입니다. 올해는 술을 빚고 소를 잡아 환갑잔치를 열어 드리는 게 어떨까요?"
형들이 좋다고 했다. 셋째 아들은 즉시 술 수십 말을 빚고 비단을 사와 비단 꽃을 만들어 큰 잔치를 준비하려 했다. 형들은 각각 아무 곳으로 가서 온갖 물건들을 사 와서 잔치 음식을 장만하게 하고 자신은 돈을 마련하여 전체를 지휘했다. 두 형들이 그 말에 따라 떠나가자 마루 가운데 자리를 펴고 사면을 비단 꽃으로 둘러싸고는 어머니를 청해 와서 그 안에 앉게 했다. 어머니가 그 말대로 하니 즉시 그 앞에 꿇어앉아서는 말했다.
"소자 지금 출가하여 중이 되고자 합니다! 여기서 어머니를 하직하겠습니다."
어머니는 깜짝 놀라며 물었다.

"이게 무슨 말이냐? 이게 도대체 무슨 말이란 말이냐? 너는 부자가 되어 나를 잘 봉양해 왔잖느냐? 더욱이 지금 한창 환갑잔치를 준비하고 있는데 출가하겠다는 말이 어디서 나온단 말이냐? 네가 실성한 게 아니냐?"

"실성한 것도 아니고 어머님 봉양을 망각한 것도 아닙니다. 다만 살고 싶지 않은 일이 있을 뿐입니다."

"네가 하고 싶은 말이 있으면 해 보거라. 어찌 살고 싶지 않은 일이 있단 말이냐?"[26]

다른 아버지 찾기 야담에서는 어머니에게 낳아 준 아버지에 대한 정보를 얻은 아들이 아버지를 찾기 위해 스님의 행색으로 집을 나선다. 반면 「감여기응」의 위 인용문에서 셋째 아들은 어머니를 협박하는 말 속에 출가의 의지를 담았을 뿐이다. 그런 점에서 기존 아버지 찾기 야담의 아들 출가 모티프가 패러디되었다 할 수 있다. 또 아버지의 정보를 얻은 셋째 아들은 아버지를 찾기 위해 원대한 기획을 주도하는 것으로 서술되었다. 성대한 환갑잔치가 그것이다. 환갑잔치를 빙자하여 두 형들을 따돌리고 어머니로부터 아버지에 대한 정보를 얻는다. 형들이 돌아오자 셋째 아들은 환갑잔치에 꼭 필요한 물건들을 더 구입해야 한다는 핑계를 대고는 이생이 사는 장단으로 향한다. 셋째 아들이 장단의 이생을 만나 부자간임

---

26 謂兩兄曰: "吾弟兄三人, 奉侍偏母, 不曾設宴上壽, 甚可欠也. 今將釀酒宰牛, 而壽筵可乎?" 兩兄曰: "諾" 其人卽釀數斛酒, 多貿剪綵花, 特設大宴, 使其兩兄, 分往某某處, 貿來, 某某物以爲宴需, 而渠則主辦指揮而已. 兩兄皆從其言而去, 遂鋪陳重席於中堂, 繞揷綵花於四面, 請其母坐於其中, 母如其言, 卽跪於母前曰: "辱子今方出家爲僧! 天只慈顔, 從此別矣!" 母大驚曰: "是何言耶? 是何言耶? 汝以富人善養我, 況今將營壽宴, 何出家之說耶? 汝得無失性耶?" 曰: "旣非失性, 亦非忘母, 有不欲生之事故乃爾." 母曰: "汝若有所道, 則言之, 有何不欲生之事乎?"(『죽창한화』, 국립중앙도서관본)

을 확인하고 함께 돌아오면서 환갑잔치는 시작된다. 그렇다면 환갑잔치는 생부와 어머니의 재회를 축하하는 자리이면서 두 사람을 부부로 추인하는 때늦은 혼례식이기도 한 것이다. 셋째 아들은 이 일련의 과정과 귀결을 꿰뚫어 알고 있는 듯이 행동한다. 이 국면에서 셋째 아들은 전지적 작가를 대행하는 존재가 된다.

셋째 아들이 생부에 대한 정보를 얻기 위해 어머니와 두 형들에 대해 하는 말하기 방식은, 작가가 기존 아버지 찾기 야담을 대상화했다는 점을 명백히 알려준다. 기존 야담 모티프를 패러디하여 '살고 싶지 않은 일이 있어 출가하겠다'라고 셋째 아들이 말하게 한 것이나, 셋째 아들이 일련의 잔치를 기획하고 마침내 이생과 김씨부인의 상봉을 성대한 잔치를 배경으로 하여 마무리하는 것 등도 작가의 적극적 개입 없이는 가능했을 성싶지 않다.

작가의 존재는 김씨나 이생의 성격을 묘사하되 그 내면의 갈등과 고민, 의심과 설렘 등을 섬세하게 포착하는 데서도 드러난다. 이는 전체 서사의 정교해진 서술 기법과도 대응되는 것으로, 통틀어 작가의 출현을 전제하는 것이다. 아버지 찾기 야담 작품 중에서도 「과동교백납인부」, 「노학구차태생남」 등에서는 작가의 개입 흔적을 다소 느낄 수 있으나 뚜렷하지는 않았다. 그 외 아버지 찾기 야담 작품들은 일화의 수준에 머물고 있다. 그것은 이들 작품들이 구연 이야기나 다른 문헌 소재 단편들을 수동적으로 옮겨 온 결과라 하겠다. 그러하기에 인물의 성격은 일반적인 수준으로만 묘사했고 인물의 내면은 거의 포착해 주지 못했다. 오직 어떻게 하여 남녀가 동침을 하게 되어 아들을 낳으며, 그 아들과 생부가 어떤 계기로 만나서 결국 어떻게 되었는가 하는 과정을 압축적으로 제시할 따름이었다. 그와 달리 「감여기옹」은 인물의 내면적 갈등과 의심, 설렘 들을 묘사하고 사건 전개 과정에서 부연과 지연이 이루어지도록 만들었다. 이것은 소설 형성에 핵심적 요건이 되는 '의미 전환'을 가능하게 한 셈이다. 야담에서 소설적 의미 전환이 창출되는 계기들은 다음처럼 요약된다.

① 삶의 단면들 간의 관계를 인지한 2차 구연자들의 의미 지향의 전환
② 계층 분화로 형성된 특정 집단의 세계관적 개입에 의한 의미 지향의 전환
③ 이야기꾼이 다양한 의미 지향을 적극 수용하여 이끌어 낸 의미 지향의 전환
④ 적극적인 편찬자가 개입하여 구연 단계의 서술 시각을 변형시킴으로써 이끌어 낸 의미 지향의 전환[27]

이 중 「감여기응」의 의미 전환은 ④의 계기에 의해 창출되었다고 본다. 다만 「감여기응」이 야담집에 실려 있지 않은 독립된 작품이라는 점에서 '편찬자'를 '작가'로 교체해야 할 것이다.

이 시기 아버지 찾기 야담은 모티프나 줄거리에서 비슷한 양상으로 반복되는 일종의 매너리즘 현상을 보였다. 이 점을 감지한 작가는 아버지 찾기 야담의 상투성을 벗어 던지고 서사적으로 한 단계 더 나아가게 하기 위하여 인물 성격, 모티프, 서사 기법 등에서 다양한 변용을 시도한 것이다. 그 결과 「감여기응」은 아버지 찾기 야담의 전통을 계승한 성숙한 야담계소설로서의 모습을 보여주게 되었다. 지금까지 '야담계 일화'→'야담계 소설'로의 발전은 막연하게 혹은 가설적으로 설명되고 있었던 바, '아버지 찾기 야담'에서 「감여기응」으로 나아가는 양상은 그 발전 과정을 구

---

27 이강옥, 앞의 책, 63~64면. 이 책은 여기에다 '⑤ 세계관의 기반이 다른 작품들의 조합으로 이끌어 낸 의미 지향의 전환'을 덧붙이고 있지만 「감여기응」의 사례와 직접 관련이 없기에 생략했다.

체적으로 보여준다. 그 과정에서 야담계 소설 작가가 탄생했는데, 비록 그 실명을 밝혀 낼 수는 없지만 명백한 작가 의식을 가진 작가의 존재를 여기서 확인할 수 있다고 본다.

다만 작가의 개입으로 인한 변개 방향이 다소 시대적 정향과 어긋나는 면이 있음을 부인하기는 어렵다. 민중의 성적 자유와 처지 개선에 대한 희망을 근간으로 한 아버지 찾기 야담을 양반 의식을 강조하고 신비화하는 쪽으로 나아가게 했다는 점은 주제 면에서 후퇴이다. 또 풍수설과 예언론을 서사의 중요 원리로 수용함으로써 현실을 타개하는 주체의 의지를 약화시킨 면도 있다. 그리고 작가의 지나친 개입 탓인지 서술 과정에서 작위성이 노출되는 한계도 보인다. 그렇지만 「감여기옹」이 아버지 찾기 야담 작품들의 온축을 기반으로 한 탁월한 소설적 성취라는 점을 부정할 수는 없다고 본다.

5. 결론

「감여기옹」이 야담집이 아닌 『죽창한화』와 『리야기책』에 실린 현상을 문헌학적으로 살펴보았다. 그 결과 「감여기옹」을 수록한 『죽창한화』와 『리야기책』이 편찬된 시기가 18세기까지 올라갈 수 없음을 밝혔다. 「감여기옹」은 『계서야담』이나 『청구야담』 소재 아버지 찾기 야담 작품들의 선행 형태가 아니라 후대 형태라는 전제를 확보했다.

다음으로 「감여기옹」의 변용 양상을 살폈다. 「감여기옹」은 서사적 복선을 철저히 활용하여 양반 혈통을 강조했다. 세 명의 형제를 설정하여 셋째 아들이 양반 혈통을 계승해 다른 형들로 하여금 상전처럼 섬기게 했고 풍수가를 등장시켜 명당과 양반의 긴밀한 관련을 강조했다. 길러 준 아버지와 낳아 준 아버지의 역할을 부각시켰다. 길러 준 김씨는 셋째 아들과 양반 이생이 만날 기반을 마련해 주게 했다. 이생은 위기에 처한 셋째 아들의 삶을 정상적으로 만들어 주는 데 결정적 기여를 했다. 아들에 대한 집착을 은밀하게 드러내다가 이생과 셋째 아들이 상봉하는 대목에서 노골적으로 드러냈다. 「감여기응」은 아버지 찾기 야담 작품 중에서 아들에 대한 집착이 가장 노골적으로 드러난다고 할 수 있다. 기이한 모티프에 의하여 현실 관계를 신비화했다. 집안의 업으로 해석된 괴상한 짐승의 등장은 가장 기이한 사례라 할 수 있다.

「감여기응」의 야담사적 자리와 의의를 검토했다. 「감여기응」이 아버지 찾기 야담의 서사 전통을 변용하고 그 결과 서사적 비약을 이루어 냈다는 점을 밝혔다. 「감여기응」의 이생은 셋째 아들의 삶이 번성하는 데 거듭 기여를 했다. 그것은 양반 혈통의 계승을 당당하게 만들어 신비롭게 착색되도록 했으며, 가난한 양반 아버지가 아들로부터 당당하고 떳떳하게 원조를 받도록 했다.

서술 과정에서 작가의 존재가 돋보인다는 점을 밝혔다. 전승되던 서사 전통을 변용하는 과정이 아주 정교하게 이루어진 점을 중시했다. 서사적 기법에서는 물론 인물이나 사건, 문체 면에서도 그런 정교함이 나타났다. 서사 과정에서 암시와 복선이 나타나고 그 뒤의 서술은 그와 긴밀하게 조응되었다. 길러 준 아버지인 김씨와 씨를 준 아버지인 이생 사이의 자리바꿈이 정교하게 서술되었다. 이생과 셋째 아들이 상봉하기까지 '지연 서술'이 이루어졌다. 이것은 아버지 찾기 야담이 일화 수준에서 소설로 나아가는 결정적 원리가 되었다.

김씨와 이생의 단계적 행동을 설정하고 서술하는 대목에서 작가 존재를 뚜렷이 느낄 수 있다. 작가는 거듭 각 대목에 개입하여 사건을 더 흥미진진하게 전개하고 주제를 알차게 구성하기 위해 노력한 흔적을 보였다. 기이한 짐승의 형체와 그 짐승의 정체를 알아 가는 과정을 아주 구체적으로 묘사했다. 묘사의 기법이 탁월하고 박진감과 실감을 일으킨다.

셋째 아들이 어머니에게 자기 출생의 비밀을 캐내는 과정이나, 셋째 아들이 이생을 찾아 나서는 과정, 이생과 셋째 아들이 만나는 장면 등 역시 다른 아버지 찾기 야담 작품과 비교할 때 훨씬 구체적으로 서술되어 실감을 유발함으로써 지연 서술의 묘미를 맛보게 한다. 특히 셋째 아들이 자기 출생의 비밀과 생부에 대한 정보를 어머니로부터 캐내는 국면에서는 기존 아버지 찾기 야담의 그 부분을 패러디했다.

아버지의 정보를 얻게 된 셋째 아들은 아버지를 찾기 위해 원대한 기획을 주도했다. 그는 이 일련의 과정과 귀결을 꿰뚫어 알고 있는 듯이 행동한다는 점에서 전지적 작가를 대행했다.

작가의 존재는 김씨나 이생의 성격을 묘사하되 그 내면의 갈등과 고민, 의심과 설렘 등을 섬세하게 포착하여 기술한 데서도 드러난다. 이는 전체 서사의 정교해진 서술 기법과도 대응되는 것으로, 통틀어 작가의 출현을 전제하는 것이다. 「감여기응」은 사건 전개 과정에서 부연과 지연이 이루어지도록 만들었다. 이것은 소설 형성에 핵심적 요건이 되는 '의미 전환'을 가능하게 했다.

이 시기 아버지 찾기 야담은 모티프나 줄거리에서 비슷한 양상으로 반복되는 일종의 매너리즘 현상을 보였다. 이 점을 감지한 작가는 아버지 찾기 야담의 상투성을 벗어던지고 서사적으로 한 단계 더 나아가게 하기 위하여 인물의 성격, 모티프, 서사 기법 등에서 다양한 변용을 시도한 것이다. 그 결과 「감여기응」은 아버지 찾기 야담의 전통을 계승한 성숙한 야담계 소설로서의 모습을 보여주기에 이르렀다. 지금까지 '야담계 일화'→'야담계 소설'로의 발전은 막연하게 혹은 가설적으로 설명되고 있었던 바, '아버지 찾기 야담'에서 「감여기응」으로 나아가는 양상은 그 발전 과정을 구체적으로 보여준다.

「감여기응」은 아버지 찾기 야담 작품들의 온축을 기반으로 한 소설적 성취라 할 수 있다.

근대 재담과 로컬리티의 문제

1. 머리말

이 장은 근대 초기 재담에 등장하는 인물들의 관계 양상을 통해 근대가 로컬을 어떻게 재구성했으며 그 과정과 의미는 무엇인가를 살핀다.

'재담'이라는 갈래 개념은 아직 정립되지 않았다. 선행 연구들은 동일 대상을 '소화'(김정연, 사에구사 도시카츠三枝壽勝), '패설'(김준형), '재담'(서대석, 조동일, 정명기, 이홍우) 등의 용어로 지칭했다. 이 시기 단행본의 제명에는 '소화'(『걸작소화집』), '재담'(『십삼도재담집』, 『재담기담꽃동산』, 『팔도재담집』), '기담'(『고금기담집』, 『재담기담꽃동산』, 『강도기담』講道奇談, 『만고기담』萬古奇談) 등이 쓰였다. 이 장에서는 전대의 소화와 변별하는 데 주안점을 두어 일단 '재담'이란 개념을 받아들인다.

이 장의 대상이 되는 작품들은 대체로 1910년(「요지경」)부터 1952년

---

1 이홍우, 「일제강점기 재담집 연구」, 서울대학교 석사학위논문, 2006, 10~22면; 정명기, 『한국재담자료집성』, 보고사, 2009. 한편 김준형은 소화와 재담 갈래가 1930년대에 들어서서 분명하게 구분되었다고 보았다. 즉, 1930년대에 들어서서 소화와 재담의 구분이 분명해져, 소화가 우스갯소리에 초점을 맞춰 유머로 정착되고, 재담은 말재주에 초점을 맞춰 위트로 정착되어 갔다는 의견을 제출했다.(김준형, 「근대전환기 패설의 변환과 지향」, 『구비문학과 근대(1) 근대전환기 구비문학의 양상』, 한국구비문학회 2011년 동계학술대회 발표논문집, 서울대학교 신양학술정보관, 2012.2, 25면, 37면)

(「쌀쌀우슴주머니」)에 걸쳐서 채록되거나 전재된 것이다. 그 상당수는 『대한매일신보』, 『경향신문』 등에 연재된 것들이다.[2] 이처럼 신문에 연재되거나 또 그것이 활자본으로 간행되어 읽혔다는 점에서 그 작품들은 당시 지식인은 물론 대중의 처지나 상황과 연관된다고 하겠다. 그 속에는 독자들에게 전하려는 작자층의 메시지가 들어 있고 또 알게 모르게 당대 상황의 어떤 요소들이 깃들어 있다.

근대 초기 재담은 다양한 원천을 갖고 있다. 조선 초중기 소화를 그대로 혹은 변형하여 옮긴 경우가 있는가 하면, 당대에 구연되던 재담들을 옮겨 놓기도 하였다.[3] 또 이솝 우화 등 서구 단형 서사들을 수용하기도 했다. 이 선택과 변형의 과정에 작자층이 당대 사회에 대해 가졌던 생각이 개입했던 것으로 판단된다.[4]

재담은 등장인물의 재치나 실수, 부적절하거나 모자라는 행동을 보여주어 웃음과 비웃음, 조롱, 빈정댐 등을 이끌어 낸다. 이는 조선 시대 소화로부터 이어지는 전통이다. 가령, 『태평한화골계전』에서 편찬자 서거정은 조선 초기 문풍을 이끌어 가는 자리에서 자기 시대 다양한 사람들이 만드는 우스운 상황을 포착하여 제시했다. 『태평한화골계전』에 등장하는 사대부는 지식이나 교양이 부족한 다른 신분의 인물을 비웃는다. 특히 문인의 입장에서 무인의 비교양을 조롱한다.[5] 승려도 조롱한다.[6] 승려

---

2 정명기, 「일제치하 재담집에 대한 재검토」, 『한국재담자료집성』, 보고사, 2009, 16~23면; 조동일, 『한국문학통사』 4, 지식산업사, 2008, 84면.
3 이홍우, 앞의 논문, 66~122면.
4 특히 계몽성이 짙은 「앙천대소」仰天大笑, 「요절초풍 익살주머니」, 「죠션팔도 익살과 재담」, 「십삼도재담집」 등이 이에 해당한다.(이홍우, 앞의 글, 57~64면; 김준형, 『한국패설문학연구』, 보고사, 2004, 242~256면 참조)
5 「유일노추성이자」有一老樞姓李者(『태평한화골계전』 1, 309~310면), 「유성최정이인」有姓崔鄭二人(『태평한화골계전』 1, 418면), 「유무사득양마」有武士得良馬(서거정 저, 박경신 역, 『태평한화골계전』 2, 국학자료원, 1998, 138~140면) 등이 대표적이다.

는 사대부의 이념적 타자이기에 지적으로 사대부와 큰 차이가 없음에도 불구하고 지나치게 열등하고 문제적인 인성의 소유자로 형상화된다. 이처럼 『태평한화골계전』은 무인이나 불승을 조롱하지만, 균형을 잃었다고 하기는 어렵다. 편찬자 자신의 계급인 사대부의 우둔함과 탐욕, 탈선도 조롱했기 때문이다. 자기를 조롱하는 시선과 무인 및 불승 등 타자를 조롱하는 시선이 공존하며 균형을 이룬다.

그에 비할 때, 서울 사람의 입장에서 시골 사람을 조롱하는 사례는 드물다. 오히려 서울 사람의 탐욕을 조롱하는 시골 사람을 더 쉽게 만날 수 있다. 시골 사람은 서울 사람의 잘잘못을 판단하고 비판하는 안목을 갖췄다.[7] 그 결과 서울 사람을 반성하게 한다. 1864년에 필사되었다는 점에서[8] 근대 재담집에 훨씬 다가갔다고 할 수 있는 『파수추』에서도 서울 사람이 시골 사람을 노골적으로 조롱한 사례를 찾기는 어렵다. 가령 「일언일미언」一言一未言(『역주 파수추』, 29면)에서 서울 종로에서 똥이 마려워 측간을 찾는 사람은 분명 시골 사람일 터인데, '한 사람'으로 지칭하기만 한다. 더욱이 구비설화에서는 '서울내기를 골린 시골뜨기 유형'[9]이 설정될 정도로 시골 사람이 서울 사람을 조롱하고 놀리는 이야기가 적지 않다.

이 구도는 우리 서사문학에서 면면히 이어진 전복의 구도이다. 즉,

6 「유일노승」有一老僧(『태평한화골계전』 2. 113~114면), 「산승의관」山僧義寬(『태평한화골계전』 2. 143~144면), 「유산승」有山僧(『태평한화골계전』 2. 277~279면), 「청량사상좌설우」淸凉寺上佐雪牛(『태평한화골계전』 2. 285~289면), 「고려전성시」高麗全盛時(『태평한화골계전』 2. 368~371면), 「와서간사승설위」瓦署幹事僧雪緯(『태평한화골계전』 2. 396~402면), 「유촌부」有村婦(『태평한화골계전』 2. 416~417면)
7 「유일조관」有一朝官(『태평한화골계전』 1. 487면)
8 임형택, 「파수추해제」, 『서벽외사해외수일본』 26, 아세아문화사, 1990. 17~18면; 이원걸 번역해설, 『역주 파수추』, 이회, 2004. 275면.
9 김대숙, 「설화에 나타난 계층의식 연구(1)」, 『이화어문논집』 8, 이화여자대학교 이화어문학회, 1986. 403~426면.

상하나 우열에서 상식적 관계를 전복시킨다. 신분이 높은 자를 신분이 낮은 자가, 힘이 강한 자를 힘이 약한 자가, 아는 것이 많은 자를 아는 것이 적은 자가, 남자를 여자가 패배시키거나 비난하고 조롱하거나 빈정대는 구도이다. 이런 전복의 구도가 가장 이른 시기에 뚜렷이 나타난 경우를 『삼국유사』 불교 설화에서 찾을 수 있다. 원효元曉—사복蛇福, 원효—혜공惠空, 주인—욱면비郁面婢 등의 관계에서 비천하고 약한 후자가 실제로는 숭고하고 강한 전자들을 압도하거나 가르친다는 설정은 아상我相을 버려야 한다는 불교적 가르침을 바탕으로 하고 있지만 그것이 후대 서사문학의 전복 구도에 끼친 영향은 크다고 할 수 있다. 물론 근대 초기 재담에도 이 전복 구도는 뚜렷하다.

서울 사람과 시골 사람의 관계도 이 전복 구도를 따르는 면이 없지 않다. 상식적으로 서울 사람이 시골 사람보다 우위에 있기에 시골 사람이 서울 사람을 조롱하고 빈정대는 것이 오히려 일반적이다. 근대 초기 재담에서도 서울 사람을 골려 주는 시골 사람의 사례가 적잖이 나타난다. 그러나 근대 초기 재담에서는 서울 사람의 자리에서 시골 사람의 어떤 성향이나 행동을 조롱하거나 빈정대는 경우가 훨씬 두드러진다는 점이 특이하다.

근대 초기 재담에 나타난 서울 사람과 시골 사람의 이런 특별한 관계를 해명하기 위해 '로컬'과 '로컬리티'의 개념을 활용할 필요가 있다고 본다. 로컬local은 '특정 장소' 혹은 '국부'를 지칭하기도 하고 어떤 삶의 공간인 '장소'에서 살아가는 사람을 뜻하기도 한다. 로컬리티를 로컬local과 정체성identity의 결합으로 본다면, 로컬리티는 전체와 로컬, 로컬과 로컬의 정치경제적 그리고 문화적 관계를 지칭한다.[10] 이런 로컬리티의 개념

---

10 배윤기, 「전지구화 시대 로컬의 탄생과 로컬 시선의 모색」, 『탈근대·탈중심의 로컬리티』, 부산대

은 근대적 세계 인식의 소산이다. 그러므로 재담에서 로컬리티를 문제 삼는다는 것은 서울과 시골의 관계를 근대의 문제와 연결시켜 살핀다는 뜻이다.

재담의 이런 특징에 대해서 최원오가 서울 공간의 성격이란 각도에서 살핀 바 있다. 즉, 시골 사람에게 서울 공간은 '미지의 신문물로 가득 찬 공간'이고, 그것을 아느냐 모르느냐에 따라 유·무식이 결정된다. 시골 사람은 기존의 지식이나 주관적 견해를 신문물에 적용하여 해석함으로써 웃지 못할 해프닝을 만들어 내기에 고지식하고 진부하고 시대에 뒤떨어진 부류로 규정된다." 이 장은 이런 견해를 수용하면서 시골 사람이 근대 문물의 수용 과정에서 왜 그런 존재로 비하되었고 거기에 서울 사람의 어떤 경험 내용과 태도가 개입했는가를 따져 보겠다. 더 근본적으로는 이런 양상들이 근대화가 동반한 인식적 편견이나 오류와 연결되는 지점을 탐색하고자 한다. 그로써 근대 초기 재담의 한 특징이 부각될 것이라 기대한다.

2. 비웃음 및 조롱의 방향과 로컬리티

재담에서도 간략하나마 대립하는 두 인물이 등장하여 갈등하거나 대조된다. 남성과 여성, 남편과 아내, 선생과 학생, 상관과 하관, 어른과 아이, 유식한 사람과 무식한 사람 등의 짝이다. 대부분의 짝에서 약하거나

학교 한국민족문화연구소편, 혜안, 2010, 205~206면.

11 최원오, 「한성, 경성, 서울의 역사적 변천에 따른 공간 인식과 '서울 사람'에 대한 인식 변화-야담, 재담, 구술 자료 등을 중심으로-」, 『기호학연구』 제26집, 한국기호학회, 2009, 392~393면.

모자란 쪽인 여성, 아내, 학생, 하관, 아이, 무식한 사람이 그 반대쪽보다
우위를 차지함으로써 전통적 서사의 전복 구도를 따른다. 그에 비해 서
울 사람과 시골 사람의 짝은 다소 다른 양상을 보인다. 서울 사람과 시골
사람의 관계에서는 비웃음의 방향이 '서울 사람→시골 사람', '시골 사
람→서울 사람'으로 공존한다. 이때 서술자는 두 편 중 어느 한 쪽의 자
리에서 상대 쪽을 바라본다. 그런 점에서 인물 상호간이나 서술자가 그들
을 바라보는 시선은 대략 여섯 가지 정도 나타난다.

① 시골 사람을 깔보거나 조롱하는 서울 사람과 서술자의 시선[12]

---

[12] 「두메싱원님」(「요지경」, 『한국재담자료집성』 1, 59면), 「정신업는」(「팔도재담집」, 『한국재담자료
집성』 1, 505면), 「무식한 자의 남대문 현판 평」(「요절초풍 익살주머니」, 『한국재담자료집성』 1, 528
면), 「여보 멋칠이면 가겟소」(「요절초풍 익살주머니」, 『한국재담자료집성』 1, 537면), 「쑥갓은 갓 아
인가」(「요절초풍 익살주머니」, 『한국재담자료집성』 1, 563면), 「돈이 업스니 삼등 타겟다」(「요절초
풍 익살주머니」, 『한국재담자료집성』 1, 567면), 「아지 못하는 말 말게」(「요절초풍 익살주머니」, 『한
국재담자료집성』 1, 573면), 「거울 첩」(「요절초풍 익살주머니」, 『한국재담자료집성』 1, 576면), 「달갓
흔 것만 추자」(「고금기담집」, 『한국재담자료집성』 1, 637면), 「바람이 부러 쩌것다」(「요절초풍 익살주
머니」, 『한국재담자료집성』 1, 579면), 「정신업는 하향 사람」(「십삼도재담집」, 『한국재담자료집성』 2,
51면), 「시골 양반」(「걸작소화집」, 『한국재담자료집성』 2, 119면), 「선풍기」(「걸작소화집」, 『한국재담
자료집성』 2, 151면), 「기생이 웃어」(「재담기담꽃동산」, 『한국재담자료집성』 2, 214면), 「기싱이 노를
보고 우셔」(「쌀쌀우슴」, 『한국재담자료집성』 1, 334면), 「싀골 늙은이가」(「일되장관 소재 주미잇는 이
약이」, 『한국재담자료집성』 2, 294면), 「인력거 삼등」人力車 三等(「앙천대소」, 『한국재담자료집성』
1, 281면), 「돈이업스니 삼등 타겟다」(「요절초풍익살주머니」, 『한국재담자료집성』 1, 567면), 「불반차
표」不返車票(「소천소지」, 『한국재담자료집성』 1, 347면), 「전선송혜」電線送鞋(「소천소지」, 『한국재
담자료집성』 3, 288면), 「목욕할 쩨는 발 먼져 씻는다」(「요절초풍익살주머니」, 『한국재담자료집성』 1,
567면), 「이일육. 확실한증거」(「걸작소화집」, 『한국재담자료집성』 2, 157면), 「무식한 사람이」(「깔깔
우슴주머니」, 『한국재담자료집성』 2, 266면), 「싀골 늙은이가」(「일되장관 소재 주미잇는 이약이」, 『한
국재담자료집성』 2, 294면), 「넷날에 싀골 사름이」(「요지경」, 『한국재담자료집성』 1, 47면), 「신식 소
포법」(「요절초풍 익살주머니」, 『한국재담자료집성』 1, 528면), 「한 사람이 아달을」(「십삼도재담집」,
『한국재담자료집성』 2, 85면), 「고무사람」(「걸작소화집」, 『한국재담자료집성』 2, 183면), 「아지못하
는말말게」(「요절초풍익살주머니」, 『한국재담자료집성』 3, 398면), 「거울첩」(「요절초풍익살주머니」,
『한국재담자료집성』 3, 400면) 「무식한 자의 남대문 현판 평」(「요절초풍익살주머니」, 『한국재담자료
집성』 1, 528면), 「벽장壁藏 까지 도적히」(「앙천대소」, 『한국재담자료집성』 1, 286면), 「하필원적」何

② 서울 사람처럼 되고자 하는 시골 사람의 시선[13]

③ 서울 사람을 깔보거나 골려 주는 시골 사람과 서술자의 시선[14]

④ 시골 사람을 깔보거나 조롱하는 서울 사람을 풍자하는 서술자의 시선[15]

⑤ 서울 사람처럼 되고자 하는 시골 사람을 풍자하는 서술자의 시선[16]

⑥ 서울 사람을 깔보거나 골려 주는 시골 사람을 풍자하는 서술자의 시선[17]

必愁賊(「절도백화」,『한국재담자료집성』3, 143면), 「전간부물」電杆付物(「절도백화」,『한국재담자료집성』3, 137면), 「인력거하등」(「절도백화」,『한국재담자료집성』3, 137면), 「우송영경」郵送英京(「절도백화」,『한국재담자료집성』3, 146면), 「여보 멋칠이면 가겟소」(「요절초풍익살주머니」,『한국재담자료집성』1, 537면), 「ㅎ향 ㅅ름이」(「팔도재담집」,『한국재담자료집성』1, 463면), 「하향 사람이」(「십삼도재담집」,『한국재담자료집성』2, 41면), 「시고을셔는 길 찾기가」(「팔도재담집」,『한국재담자료집성』1, 482면), 「시고을셔는 길 찾기가」(「십삼도재담집」,『한국재담자료집성』2, 77면), 「벙어리가 말를 히」(「고금기담집」,『한국재담자료집성』1, 614면), 「아조몹시 쉬엇서요」(「요절초풍익살주머니」,『한국재담자료집성』3, 401면), 「촌쯕이가」(「요지경」,『한국재담자료집성』3, 36면), 「싀골 촌쯕이가」(「십삼도재담집」,『한국재담자료집성』2, 89면;『한국재담자료집성』3, 75면), 「그것참신통ㅎ게만다럿네」(「쌀쌀우슴」,『한국재담자료집성』3, 265면)

13 「셔울 사름이」(「요지경」,『한국재담자료집성』3, 34면), 「셔울 ㅅ름이」(「팔도재담집」,『한국재담자료집성』1, 498면), 「셔울 사람이」(「십삼도재담집」,『한국재담자료집성』2, 87면), 「갓 벗고 인사해」(「요절초풍 익살주머니」,『한국재담자료집성』3, 399면)

14 「셔울 사는 량반」(「요지경」,『한국재담자료집성』1, 46면), 「셔울 사름이」(「요지경」37,『한국재담자료집성』1, 63면), 「서울 손님을 시골 ㅇ희ㄱ 박 소겻네」(「쌀쌀우슴」,『한국재담자료집성』3, 270면), 「죽은 닭고기 먹네」(「죠선팔도 익살과 재담」,『한국재담자료집성』1, 691면), 「엇던 사름이」(「요지경」,『한국재담자료집성』1, 88면), 「지이고법」知而故犯(개권희회,『한국재담자료집성』1, 240면), 「98.물풀이 요통에 명양이야」(「앙천대소」,『한국재담자료집성』1, 307면), 「111.내종병에 제일이다」(「요절초풍익살주머니」,『한국재담자료집성』1, 577면)

15 「변호사가 속아」(「고금기담집」,『한국재담자료집성』1, 625면)

16 「쇼문보다 달나」(『한국재담자료집성』1, 628면), 「쇼문보다 달나」(「고금기담집」,『한국재담자료집성』1, 629면), 「시골 양반」(「걸작소화집」,『한국재담자료집성』2, 119면), 「시골서 서울 구경」(「깔깔우슴주머니」,『한국재담자료집성』2, 273면), 「승옥승경」乘屋乘鏡(「소천소지」,『한국재담자료집성』1, 346면), 「갓벗고 인사해」(「요절초풍익살주머니」,『한국재담자료집성』1, 575면), 「두메사름이」(「요지경」,『한국재담자료집성』1, 72면), 「경어」京語(「걸작소화집」,『한국재담자료집성』2, 146면), 「싀골어리석은ㅅ름이」(「일딕장관」, 대한매일신보 1912,『한국재담자료집성』3, 655면), 「서울 사람이」(「십삼도재담집」,『한국재담자료집성』3, 511면)

위 경우 중 ①, ②, ③에서는 서술자가 어느 한 인물의 시선을 자기화한다면 ④, ⑤, ⑥에서는 서술자가 어느 한 인물로부터 거리를 두고 그 인물을 오히려 풍자한다.

①과 ④에서 시골 사람은 아주 다양한 이유와 방식으로 조롱된다. 그 뒤에는 서울 사람의 시선이 존재한다. 시골 사람은 무식하거나 음탕하거나 우둔하다. 경솔하고 때로는 교활하거나 영악하다.

두메싱원 흔분이 셔울에 와셔 안동상젼을 지나다가 목화 흔 켈네 걸닌 거슬 보고 뎌것이 무엇이냐 무르니 실업슨 사름 흐나이 잇다가 말흐듸 졔스 지낼 젹에 쓰고 지내는 미부리통텬관이라 흐고 요강을 무엇시냐고 쏘 뭇길늬 졔긔라 흐엿더니 싱원님이 목화와 요강을 삼빅냥에 사가지고 집으로 느려가셔 졔스날을 당흐여 형과 아오가 식젼브터 목화 흔짝식 코쑹싯지 눌너 쓰고 요강을 졍흐게 닥가셔 진메를 푸라흐는듸 믹참 셔울사는 일가가 느려왓다가 하— 긔가 막혀셔 뎌것이 무엇이냐 흔즉 싱원이 증을 닉여왈 셔울 살면셔도 통텬미부리관을 모로는 그런 불학무식흔 후례ᄌ식이 엇지 힝셰를 흔단 말이냐 흐니 벽창호로다[18]

두메산골 생원은 나막신과 요강이 뭔 줄 몰랐다. 그걸 본 적이 없으니 모르는 것은 당연하다. 나막신을 통천관이라고, 요강을 제기라고 가르쳐 준 서울 사람은 '실없은' 사람이다. 두메산골 생원은 그 거짓말을 소중

---

17 「싀골 사는 형이」(「요지경」, 『한국재담자료집성』 1, 127면), 「셔울 샤룸은 참 가련흐다」(「쌀쌀우슴」, 『한국재담자료집성』 1, 336면), 「이향련경」以鄕憐京(「소천소지」, 『한국재담자료집성』 1, 396면)
18 「두메싱원님」(『한국재담자료집성』 3, 16면)

한 정보로 받아들였다. 생원은 나막신을 쓰고 또 요강에 젯밥을 담고자 하였다.

서술자는 이런 두메산골 생원을 '벽창호'라 빈정대지만, 두메산골 생원은 자신이 얻은 정보를 근거로 하여 조금도 흔들림 없이 자기의 일상을 꾸려 가며 오히려 서울 사람들을 압도해 간다. 그런 당당함은 「쇠고을 션싱ᄒᆞ나히」(『한국재담자료집성』3, 19면)에서 시골 선생과 학동들이 서울로 올라갔다가 내려오는 길에 계교를 꾸며 당면한 문제를 해결하는 기백과 다를 바 없다.

「두메사름이」(「요지경」, 『한국재담자료집성』3, 23면)의 두메 사람은 확신이 좀 약하다. 목기전 평량자를 노랑갓이라 본 두메 사람은 그걸 아들 관례 때 씌워 보고는 "그것 춤 이상야릇ᄒᆞ다 노랑갓도 싀골 셔울을 갈히나 보다"[19]라고 의심을 하기 시작한다. 두메 사람의 이 마지막 말은 그가 시골 사람으로서 차별을 많이 경험했으며, 그로 인해 서울에 대한 열등감을 갖고 있다는 것을 보여준다.

나막신, 요강, 노랑갓 등은 전통 사회에서 통용되던 것이다. 시골 사람이 그것을 보고 용도를 몰랐던 것은 그가 공간적으로 격리되어 있었기 때문이다. 시골 사람이 실수를 한 것은 서울 사람이 틀린 정보를 제공했기 때문이다. 그런 점에서 시골 사람이 부끄러워할 이유가 없다.

두메무지렁이가 개를 잡아서 솟테 안쳐살마노코 방에 드러가서 저 아바지 안진 자리 밋헤 손을 넛코 ᄒᆞ는 말이 개를 안쳤더니 방이 뜻뜻ᄒᆞ가 ᄒᆞ거늘 그 아바니가 ᄒᆞ는 말이 이 ᄌᆞ식아 네 아비를 안치고 개를 안쳣다 ᄒᆞ니 너는 개ᄌᆞ식이야 ᄒᆞ더라니 아모리 두메에서 살기

---

19 『한국재담자료집성』3, 24면.

로 그러케 무식흔지[20]

이는 언어와 실재 사이의 공교로운 일치로 일어난 어이없는 사건을 다룬다. 그러나 서술자는 그 우연성을 두메 산골 사람의 '무식함'으로 끌어간다. 서술자가 가진 두메산골 사람에 대한 선입견이 과도하게 개입한 형국이다.

②와 ⑤에서 시골 사람은 무턱대고 서울 사람이 되고 싶어 하며 서울 사람을 따라서 행동한다. 이 과정에서 시골 사람의 우둔함과 융통성 없음이 드러난다. 시골 사람은 변화된 상황에 적응하고 대처하는 능력이 부족하다. 이는 시골 사람이 근대적 급변 상황에서 심각한 곤경에 빠질 것을 예견케 한다.

③과 ⑥의 시골 사람은 ①, ④나 ②, ⑤와 다르다. 여기서 시골 사람은 서울 사람보다 더 재치 있고 계산에 빠르다. 이 부류는 앞에서 언급한 전통 서사의 '전복 구도'를 계승한 것이다.

엇던 사름이 종로로 지나다가, 둙젼에 드러가셔 숫둙을 ᄀᆞ른쳐 왈 "이샹ᄒᆞ다! 이게 무슴 식요?" ᄒᆞ거늘, 둙 쟝ᄉᆞ가 본즉 싀골쓱이라. 어림업는 줄노 알고, 한번 속여보리라 ᄒᆞ여셔 '봉이라.' ᄒᆞ니, 그 사름의 말이 '나는 싀골 사는듸, ᄆᆞᄎᆞᆷ 듸에 봉이 여러 마리가 잇슨즉, 흔 마리만 싸게 파시오.' ᄒᆞ고, 돈 빅량을 내여준즉, 둙 쟝ᄉᆞ가 욕심이 나셔 돈 빅량을 밧고 숫둙 흔 마리를 주니, 그 사름의 말이 '여보시오! 돈 밧은 령슈증에ᄂᆞᆫ 오빅 량이라고 써 주시면, 나는 우리 쥬인 량반씌 가셔 밧아먹겟쇼.' 둙쟝사가 그 말대로 령슈증을 써 쥬엇

20 「요지경」, 『한국재담자료집성』 3, 27면.

더라. 그 사름이 둙과 령수증을 갓다가 변호사의게 부탁ㅎ여 법사에 숑사ㅎ엿더니, 법스에서 그 둙 쟝스를 잡아다가 오백 량을 감쪽ㄱ치 밧아 주엇스니, 백 량을 쇽여 먹고, 스백 량을 무러내인 사름과 싀골 사름의 엉큼흔 ᄆᆞ음이 엇더ㅎ오? 살판일셰[21]

여기 등장하는 서울 사람 역시 시골 사람을 '시골뜨기'라 하며 깔보고 놀려먹고자 한다. 그러나 그 앞에 나타난 시골 사람은 '시골뜨기'가 아니다. 시골 사람은 서울 사람을 골려 주고 돈까지 갈취한다. 시골 사람은 서울 사람이 시골 사람에 대해 가진 선입견까지 이용한 것이다.

이 재담은 구비전승되던 정만서 이야기와 뿌리가 같다.[22] 구비설화에서 정만서는 철저한 계산에 따라 닭전 주인의 돈 27냥을 갈취하는 데 성공한다. 정만서를 속여 닭값을 조금 더 받으려 했던 서울 사람은 정만서에게 오히려 돈을 갈취당했으니 제 꾀에 제가 넘어간 것이다.

---

21 「엇던 사름이」(「요지경」, 『한국재담자료집성』 3, 32면)
22 정만서 이야기를 요약하면 이렇다.
① 정만서가 서울 닭전으로 갔다.
② 정만서는 어리석고 무식한 촌놈 행세하며 흰 닭을 가리키며 그게 무엇이냐 물었다.
③ 주인은 학이라고 속였다.
④ 주인은 닭 한 마리 값보다 조금 비싼 3냥을 받고 정만서에게 닭을 팔았다.
⑤ 정만서가 이웃 닭전으로 가서 자기가 안고 있는 게 무어냐 물으니 그 주인은 닭이라 대답해 주었다. 정만서는 놀라는 체하며 자기가 속았다고 했다.
⑥ 정만서가 처음의 닭전으로 가서 주인이 자기를 속였다며 따졌다. 정만서가 주인에게 닭을 돌려줄 테니 30냥을 되돌려 달라고 요구했다.
⑦ 주인과 정만서 사이의 실랑이가 시작되었다. 주인이 3냥밖에 안 받았다 하면 정만서는 도대체 3냥짜리 학이 어디 있느냐며 자기는 30냥을 주었다고 우겼다.
⑧ 싸움이 났다고 포졸이 쫓아왔다. 포졸은 주인을 꾸중하며 시골 사람에게 닭을 학이라 속였으니 분명 30냥을 받았을 것이라며 주인이 정만서에게 30냥을 돌려주도록 명했다.
⑨ 주인은 자기 돈 27냥을 보태 30냥을 만들어 정만서에게 주었다.
⑩ 포졸이 정만서에게 서울 사람을 조심하라고 타일렀다.
⑪ 정만서는 말 한 번 잘하면 27냥을 챙길 수 있는 서울이 좋기는 좋다며 사라졌다.

이런 정만서 이야기와 비교할 때, 위 작품은 그 서사적 골격에서 차이가 없다. 다만 인물과 제도가 대체되었을 뿐이다. 포졸 대신 변호사가 등장했고 포졸의 윽박지름 대신 근대적 상거래에 쓰였던 영수증을 증거로 한 재판이 이루어졌다. 그런 점에서 시골 사람은 상거래와 재판이라는 근대적 제도를 정확하게 이해하고 그것을 활용했다고 할 수도 있다. 그러나 이런 상황이 당대 현실 상황을 반영한 것이라 보기는 어렵다. 그보다는 전통 소화의 재치담 혹은 사기담의 상황을 계승한 것이라고 보는 것이 타당하다. 그래서 시골 사람은 근대적 제도 속의 존재가 아니라, 근대적 제도를 장식적 배경으로 하여 관습적으로 행동하는 과거의 시골 사람인 것이다.

「지이고범」知而故犯(「개권희희」, 『한국재담자료집성』 3, 197면)에서 시골 사람은 서울로 올라가 풀을 보고 상인에게 그게 무엇인가를 묻는다. 상인은 '물떡'이라 속인다. 시골 사람이 즉시 한 개를 사서 먹었다. 지나가던 서울 사람이 그걸 보고 "이 바보야! 뭐하려고 풀을 먹는단 말이냐"하고 조롱한다. 시골 사람은 "서울 사람이 어찌 알리오? 풀은 요통에 제일 좋은 약이다"라고 속인다. 마침 서울 사람이 요통을 앓고 있었던지라 풀이 약이 된다는 말을 듣고 시골 사람 옆에 앉아서 풀을 먹었다. 그러자 시골 사람은 박장대소하며 "이 진짜 바보야! 모르고 먹는 것은 가하지만, 알고도 먹는 것은 무어냐?"고 조롱하는 것이다.

시골 사람은 풀이 어떤 것인 줄 모른다는 점에서 시골 사람의 전형적 무지를 보여준다. 물건에 대한 경험이 없다는 게 시골 사람의 결정적 한계다. 서울 사람인 상인이 그걸 이용하여 풀을 떡이라 속여 팔았다. 시골 사람은 풀을 생애 처음으로 경험한다. 그리고 그게 떡이 아님을 알아차렸다. 시골 사람은 스스로 맛을 보고 그게 떡이 아님을 알았을 뿐 아니라 서울 사람이 풀이라고 말해 주었기에 자기가 먹고 있는 것이 풀임을 확인한다. 시골 사람은 순식간에 인식적 전환을 이룬 셈이다. 서울 사람은 시골 사람의 이 인식적 전환을 간파하지 못하고 시골 사람이 다만 풀을 먹고만 있다고 조롱한다. 서울 사람은 곧바로 시골 사람에 의해 조롱당한다. 시골 사람이 한 단계 더 나아간 것이다. 시골 사람은 서울 사람에게 역공을 가하여 완전히 승리한다.

서울 사람을 조롱하는 시골 사람의 존재는 서울 사람의 신분이 높아 갈 수록 더 강해진다. 가령, 「끽전무우」喫錢無憂(「앙천대소」, 『한국재담자료집 성』 3, 215면), 「아모 걱정마라」(「고금기담집」, 『한국재담자료집성』 3, 421면)는 엽전이나 흙을 삼킨 아이의 어머니를 위로하기를, "남의 돈 수만 냥數萬兩을 삼키고도 아모 일이 업"거나 "남의 쌍 슈빅 셕 추슈ᄒᆞ는 것도 집어 삼켜"도 아무 일 없는 서울 양반의 사례를 들어 아무 걱정할 것 없다고 말하는 것이다. 이것도 구비설화의 '전복 구도'를 계승한 것이라 볼 수 있다.

시골 사람이 서울 사람을 골려주는 이상의 이야기들은 대체로 근대 문물의 수용과는 무관하다. 그것은 이런 작품들이 전통 소화에 바탕을 두고 있다는 점과도 관련이 있다. 시골 사람은 전근대적 문물이나 상황과 관련하여 서울 사람과 대립하여 관계를 맺는데, 알음알이나 기지에서 우위에 있는 것이다.

이와 관련하여 1918년에 간행된 『소천소지』笑天笑地에서 의미심장한 사례를 발견한다. 『소천소지』는 한문현토체이기에 전통 소화와 긴밀한 관계에 있는 재담집이다. 그래서 먼저 전통 소화의 틀을 확인하게 한다. 가령 「맥주상경」麥酒相驚(「소천소지」, 『한국재담자료집성』 3, 299면)에서 시골 사람과 서울 사람은 대조된다. 탁주와 청주의 대조를 통해 문화의 차이를 보여줄 뿐이지 우열 관계가 성립되지는 않는다. 그런가 하면 「가기이 방」可欺以方(「소천소지」, 『한국재담자료집성』 3, 297면)에서 서울 대관은 기억력이 형편없는 노쇠한 사람이지만, 시골 사람은 말을 요리조리 꾸려 가는 재치를 보여준다. 시골 사람이 우위에 있다.

　이에 반해 근대 문물의 적용 문제가 개입하면 시골 사람과 서울 사람의 관계가 전도된다. 「인차묘술」引車妙術(「소천소지」, 『한국재담자료집성』 1, 89면)은 전차를 본 시골 사람의 견해를 제시했다. "경성에서 돌아왔다"는 표현은 주체가 시골 사람임을 암시하기는 하지만, 시골 사람이라 노골적으로 지칭하지 않고 '갑'甲으로만 지칭했다. 그러다 「전간부물」電杆付物(「소천소지」, 『한국재담자료집성』 3, 300면)과 「전선송혜」電線送鞋(「소천소지」, 『한국재담자료집성』 3, 288면)를 함께 실었다. 둘 다 옷과 신을 서울로 부치기 위해 전봇줄에 매단다는 점에서 유사하다. 그런데 그런 어이없는 행동을 하는 주체가 「전간부물」에서는 노비로 되어 있는 반면 「전선송혜」에서는 서울에 있는 자식을 둔 시골 사람 갑甲이다. 「전간부물」이 근대 문명의 수용과 관련하여 시골 사람보다는 하층 계급을 조롱한다면, 「전선송혜」는 은근히 시골 사람을 빈정댄 셈이다. 『소천소지』에서 발견되는 이둘의 공존 현상은 중요한 점을 암시한다. 전통 소화에서 두루 존재했던 하층 계급 특히 우둔한 종에 대한 조롱이 근대 재담에서 시골 사람에 대한 조롱으로 전환되었을 가능성을 생각하게 한다는 점에서다. 주인에 대한 종의 열등함이 서울 사람에 대한 시골 사람의 열등함으로 대체된 형국이 되는 것이다.

　「인력거하등」人力車下等(「소천소지」, 『한국재담자료집성』 1, 389면), 「하필원적」何必怨賊(「소천소지」, 『한국재담자료집성』 3, 303면) 등은 근대 문명과 관련하여 시골 사람의 우스꽝스런 행동을 보여준다. 「인력거하등」에서 시골 사람은 먼저 기차를 탄다. 하등표下等票를 사서는 상등 칸에 갔다가 차장에 의해 쫓겨난다. 서울에 도착하여 인력거를 타면서 인력거에도 두 층이 있음을 발견하고 발 올려놓는 아래층에 앉았다. 인력거꾼이 왜 바로 앉지 않느냐고 물으니 "나는 돈이 적기로 하등 칸에 앉는다"고 답한다.

기차를 처음 타서 상등 칸과 하등 칸을 구분 못했다가 봉욕을 당한 시골 사람은 그 충격으로 그 뒤 모든 공간을 상층과 하층으로 구분하여 행동하게 된 것이다. 그러나 그런 그의 행동은 기차와 인력거의 공간적 차이를 이해하지 못한 해프닝이었다. 「하필원적」에서 시골 사람은 서울에 와서 남의 집에 투숙을 하게 되는데, 문단속을 잘하라는 주인의 말을 듣고 의관을 벗어 싸서 '벽장'에 꼭꼭 넣어 두었다. 이튿날 아침 의관이 사라진 것을 발견하고는, "서울 도둑이 벽 장롱을 뜯어갔다"고 소리친다. 즉 시골 사람은 근대적 건물의 구조를 잘못 이해하여 의관을 창밖으로 던져 버렸음에도 불구하고 도둑이 벽 장롱을 뜯어 갔다고 오해하고 있다.

이처럼 한문현토체로서 조선 시대 소화의 전통에 긴박되어 있는 『소천소지』笑天笑地에는 시골 사람과 서울 사람 관련 재담이 다양한 시각으로 전개되어 있다. 특히 시골 사람을 빈정대는 재담이 전통 소화의 틀 속에서 새롭게 만들어지는 과정을 추정할 수 있게 한다. 시골 사람은 근대 문물 수용과 관련되면서 심각하게 조롱되는 것이다.

그런데 서울 사람과 시골 사람 사이의 조롱과 빈정댐을 보여주는 이상과 같은 재담과 비교할 때 구조는 비슷하면서도 인물 설정이 다른 이야기군이 있다. 서양 사람과 동양 사람 혹은 조선 사람의 대립을 보여주는 이야기군이다. 「하이칼나 자동차」(「요절초풍 익살주머니」, 『한국재담자료집성』 3, 370면)를 이와 관련하여 읽을 수 있다. 「하이칼나 자동차」는 두 인물의 대화를 중심으로 서사가 진행되다가 자동차 사고라는 사건으로 귀결된다. 그런데 두 인물의 대화를 제시하기 전에 서술자의 생각이 진술된다.

요사이 흔히 '하이칼나, 하이칼나' 하나, 무엇을 가라쳐 '하이칼나'라고 하는지 나는 도모지 알 수 업습니다. 우리 됴션으로 말하자면 한 류칠십 년 전에는 셔양 사람을 맛나면 소위 양이攘夷한다고 개장 개

잡듯 하엿습니다. 그러나 만국이 통상하는 오날날은 그째 그네들의
자손들이 외국의 유람이니 유학이니 하고 도라오면 단박에 양첨지
가 되어 바리고, 아조 됴선은 말할 것도 업다고 합니다. 그러나 그릿
타고 살쩐 놈 싸라 붓듯시 됴선 정신을 이저바리고 보면, 우리의 전
정은 참 말할 것 업소. 그런딕 똥골 사는 웃던 청년은 영국 논든을
다녀온 후 쎡 하이칼나가 되였다. 문픠는 멋잇게 가로 붓치고, 대문
중문 짝은 다 씌여 바릿다.[23]

서술자는 6, 70년 전 서양 사람과 서양 문화를 배척하던 때를 환기한
다. 그리고 오늘날은 '만국이 통상'하는 시대로 규정한다. 만국이 통상하
는 상황에 대해서 서술자가 어떤 태도를 가지는지는 분명하지 않다. 다만
그런 시대에 서양 문화에 경도되는 사람에 대해서는 명백하게 비판적이
다. "됴선 정신을 이저바리고 보면 우리의 전정前程은 참 말할 것 업소"[24]
라는 대목에 유의하면, 서술자는 조선의 정신을 간직하는 것을 소중하게
생각한 것 같다. '조선 정신'의 의미가 분명하지는 않지만, '잊어버리지'
말라는 조건을 붙인 걸 보면, 조선 정신이란 '개국' 이전까지 전승되던 것
이지, 새로운 상황에 적극적으로 대처하는 주체적 정신 표상은 아닌 것으
로 보인다.

서술자는 이런 태도를 바탕에 깔고 그 뒤로 '하이칼나 청년'과 대화
를 이끌어 간다. 대화 상대자는 서술자일 수도 있고, 서술자의 의도를 완
벽하게 재현하는 등장인물일 수도 있다.

그 뒤는 다시 크게 두 부분으로 나눠진다. 앞부분은 잡다한 서구 문

---

23 「요절초풍 익살주머니」(『한국재담자료집성』 3, 370면)
24 위의 책, 같은 면.

물, 관습, 언어 등과 관련된 두 사람의 의견 대립을 보여준다면 뒷부분은 자동차와 관련된 의견 대립과 사건을 보여준다.

'하이칼나 청년'은 시종 철저하게 서양 문물에 익숙하지 않은 조선 동포를 깔본다. 물론 그와 함께 '하이칼나 청년'처럼 되고자 하는 수많은 대중들이 존재한다. 서술자는 그런 '하이칼나 청년'을 풍자한다.

재담에서 서양 사람과 조선 사람(동양 사람), 그리고 서술자의 시선이 관철되는 양상은 대략 다음과 같다. ①, ②, ③에서는 서술자가 어느 한 인물의 시선을 자기화한다면 ④, ⑤, ⑥에서는 서술자가 어느 한 인물로부터 거리를 두고 그 인물을 오히려 풍자한다.

① 조선 사람(동양 사람)을 깔보거나 조롱하는 서양 사람의 시선
② 서양 사람처럼 되고자 하는 조선 사람(동양 사람)의 시선
③ 서양 사람을 깔보거나 골려주는 조선 사람(동양 사람)의 시선[25]
④ 조선 사람을 깔보거나 조롱하는 서양 사람을 풍자하는 서술자의 시선
⑤ 서양 사람처럼 되고자 하는 조선 사람(동양 사람)을 풍자하는 서술자의 시선[26]
⑥ 서양 사람을 깔보거나 골려주는 조선 사람(동양 사람)을 풍자하는 서술자의 시선

「하이칼나 자동차」에는 이렇게 다양한 시선이 공존한다. 주인공 '하

---

25 「셔양 사람은 야만이다」(「요절초풍 익살주머니」,『한국재담자료집성』 3, 395면), 「차표 사는 법」(「걸작소화집」,『한국재담자료집성』 2, 188면)
26 「엇던 동양 양반이 처음으로」(「깔깔우슴주머니」,『한국재담자료집성』 2, 262~263면), 「우송영경」郵送英京(「절도백화」,『한국재담자료집성』 3, 146면)

이칼라 청년'은 ①, ③에서는 서양 사람의 범주에 들어가고 ②, ④, ⑤에서는 조선 사람의 범주에 들어간다. 이렇게 서양 사람과 조선 사람의 자리를 오가는 '하이칼나 청년'은 그 정체성에서 심각한 동요를 보인다. 서양의 중심인 런던으로 가 살면서 자기가 서양 사람이 되었다고 착각한 하이칼나 청년이 서울로 돌아온다. 서울로 돌아온 청년은 조선에서 근대 문물을 가장 먼저 적극적으로 받아들이고 내면화한 서울 사람이 된다.

재담에서 시골 사람을 깔보고 조롱하는 서울 사람은 이렇게 근대 서양 문물을 앞서 내면화했다고 생각한 '하이칼나 청년'과 유사한 존재이다. 그런 점에서 재담에 나타나는 '시골 사람—서울 사람'의 관계는 근대 초기 조선에서 존재한 민족 구성원의 의식 지향을 반영한 것이면서, '전통적 조선—근대적 서양'의 관계의 제유提喩로서 존재하는 것이기도 하다. 이것이 시골 사람을 조롱하는 서울 사람의 시선에서 근대 식민주의의 시선을 읽어 내는 근거이다.

서양의 눈으로 조선을 바라보는 시선이, 서울의 눈으로 시골을 바라보는 시선으로 탈바꿈하여 나타나는 것이야말로 근대에 들어와 문제가 된 로컬리티의 핵심이라 본다. 근대적 관념에 의해 '로컬'로 지칭된 장소는 그 이전부터 그냥 즉자적으로 존재해 왔다. 스스로는 물론 바깥 존재들의 적극적 관심 대상이 아니었다. 그러다가 그들의 '생활 터전이 근대적 주체의 매개적 사유로 인해 객관화되었을 때 비로소 세상의 무대 위'[27]로 등장했다. 스스로 근대를 이끌어 간다거나 근대에 먼저 익숙해졌다고 생각하게 된 주체들은 그렇지 않은 장소나 사람들에 대해 관심을 갖기 시작했다. 그 결과 '공상 속의 장소, 혹은 지도상의 점에 지나지 않는 장소가 구체적인 어떤 실행을 목표로 '상상된' 공간 기획에 적합한 장소로 변

---

27 배윤기, 앞의 논문, 213면.

모한다.'[28] 이 근대적 시선은 제국주의의 시선으로 변질되고는 했는데, 그런 경우 제국주의적 근대의 시선은, 피식민지 사람, 특히 로컬의 사람들의 의식을 조작하여 표상했다.

이처럼 '일정한 목적을 갖고 던져지는 시선'에 포착된 장소(사람)의 재현 혹은 가시화가 바로 '근대적 로컬(혹은 로컬인)의 재생산' 혹은 '로컬의 탄생'이다.[29] 시골 사람을 조롱하는 재담에서 이렇게 재생산된 로컬을 발견한다. 다음 장에서 그 점을 천착해 본다.

3. 근대 문물의 수용에서 조롱받는 시골 사람

근대 문물의 수용과 관련된 재담에서 서울 사람은 시골 사람을 지나치게 조롱한다. 또 조롱의 주체가 뚜렷하게 나타나지 않기도 하지만 시골 사람이 조롱당한다는 사실은 분명하다.

> 촌쭉이가 셔울 왓다가 느려갈 쌔, 즈긔의 사진을 박혀 집에 가서 구경할 초로, 사진관에 가셔 관 쓰고 도포 닙고 교의에 걸어안져서, 사진을 박혀 가지고 집에 느려가셔, 사진을 쓰내여 부인을 주며 왈 "이런 신통흔 것 보왓소? 구경흐오. 누구 갓소?" 부인이 밧아 본즉, 즈긔의 남편이라. 하하– 우셔 왈 "에이그! 그거시야 신통도 흐지. 엇지 이러케 믄드럿노? 이졔는 령감이 둘이 되엿네." 흐고, 쏘 아들을 주며 왈 "어서 보아라." 아들이 밧아 들고, 흐는 말이 "참! 신통흐게

28 위의 논문, 213면.
29 위의 논문, 214면.

만달엇습니다. 이것을 누가 만달엇습닛가?" "양인이 만달엇단다." "아-! 고놈. 잘도 만달엇고!" 손ᄌ가 쏘 보더니 "이것을 양인이 만달 엇서요? ᄎᆞᆷ 긔특ᄒᆞ다마는 한아바님을 세번이나 불너도 ᄃᆡ답이 업스 니, 그 양인이 웨 벙어리 한아바지를 ᄆᆞᆫ들엇슬까?" 그 량반이 참다 못ᄒᆞ여 왈 "에-! 무식ᄒᆞᆫ ᄌᆞ식들이로고!"[30]

이 재담은 당시로는 새로웠을 인물 사진을 두고 일어날 법한 사건을 다루었다. 물론 전통 소화 중 거울을 두고 일어난 작품을 패러디한 것이 기도 하다. 우리나라에 사진이 들어온 것은 그리 오래되지 않는다.[31] 『요지 경』이 편찬된 1910년경에도 사진이 대중들에게 익숙해지지는 않았을 것 으로 추정된다. 그러니 시골에서 올라온 사람에게는 더욱 그랬을 것이다.

여기에 네 사람이 등장한다. 서울을 다녀온 시골 양반, 그 부인, 양반 의 아들, 양반의 손자 등이다. 먼저 시골 양반은 사진이 자기와 닮았다고 보기는 했지만 자기와 동일한 존재라고 착각하지는 않는다. 반면 시골 양 반의 부인은 사진을 사람이라고 본다. 그래서 영감이 둘이 되었다고 착각 했다. 이와는 달리 아들과 손자는 사진을 만든 사람과 사진 기술에 대해 서만 관심을 가졌다. 아들은 서양인이 사진을 만들었다는 것을 알고 '잘 도 만들었다'고 감탄하기만 한다. 반면 손자는 서양인의 기술을 인정하기 는 하지만 소리를 듣지 못하고 소리를 내지 못하는 것을 못마땅하게 여겼 다. 손자에게 사진은 귀머거리이고 벙어리인 인간이었다.

30 「촌쯕이가」(「요지경」, 『한국재담자료집성』 3, 36면), 「싀골 촌쯕이가」(「십삼도재담집」, 『한국재 담자료집성』 3, 511면), 「그것참신통ᄒᆞ게만다럿네」(「쌀쌀우슴」, 『한국재담자료집성』 3, 265면)
31 1884년경 지운영池雲永이 묘동사진관을 열었고, 1895년에는 서화가 김규진이 서울 소공동에 천 연당사진관을 개업했다 한다. 1915년에는 오경상, 김시련 등이 서울 인사동에 옥영사진관을 개업했 고, 1921년에는 최창근이 YMCA에 사진과를 개설했다.

요컨대 시골 양반은 사진의 본질을 정확하게 간파했지만, 부인과 아들, 손자는 사진의 실상과 본질에 대해 정확하게 이해하지 못했다고 할 수 있다. 시골 양반은 그런 그들을 '무식한 자'로 규정한다. 물론 시골 양반의 이런 시각과 발언은 서술자의 그것과 일치한다.

시골 양반의 이런 우월감은 어디서 나왔을까? 시골 양반은 서울을 다녀왔고, 다른 세 사람은 서울 구경을 하지 못했다. 서울은 근대 문물의 수용에서 앞장을 선 공간이고 시골 양반이 그런 서울을 먼저 가서 근대 문물의 하나를 경험했다.

이는 시골 내부에도 근대 문물 수용의 차례나 정도에서 차별화가 이루어졌음을 보여준다. 조금이라도 더 빨리 그리고 더 깊이 서울 공간을 경험한 사람이 우위에 있게 되며, 그렇지 못한 시골 사람 사이에도 관점의 차이가 존재한다는 것이다. 근대 문물의 수용에서 근대적 공간을 먼저 경험한 사람이 선편을 쥐며, 그가 로컬을 주도하고 그에 의해 로컬은 분화된다는 원리가 재담의 인물 관계로 전환된 것이다. 이것은 서울 사람에 무시당하고 조롱받은 시골 사람이 자기와 동질적인 시골 사람에게 그 무시와 조롱을 재생산하는 셈이니 또 다른 로컬리티의 재현이다.

사진을 두고 일어난 이 이야기는 거울을 두고 일어난 재담과 비교가 된다. 가령 「일가경중인」一家鏡中人(「소천소지」, 『한국재담자료집성』 3, 305면)에서 시골 남편은 서울로 가서 거울을 사 가지고 와서 감춰 두고 본다. 부인이 그 거울을 꺼내 보고 첩을 얻어 왔다고 착각하여 시어머니에게 고한다. 시어머니는 거울 속 백발 할머니를 발견하고 며느리의 질투심을 탓한다. 시아버지도 거울의 본질을 알지 못하는 것은 마찬가지다.[32] 또 이 연장선에서 「옛날에 싀골스룸이」(「팔도재담집」, 『한국재담자료집성』 3, 323면),

---

32 「거울첩」(「요절초풍 익살주머니」, 『한국재담자료집성』 1, 576면)

「달갓흔 것만 츠자」(「고금기담집」, 『한국재담자료집성』 3, 439면), 「달갓튼 것 사 오시요」(「죠션팔도 익살과 재담」, 『한국재담자료집성』 3, 444면)[33] 등도 읽을 수 있다. 서울 구경 가는 시골 사람에게 그 아내가 달과 같이 생긴 빗을 사오라고 부탁한다. 떠날 때가 초승이니, 남편이 서울에 도착하여 일을 끝낼 무렵이면 달이 반달 모양이 될 것으로 예상했기 때문이었다. 그러나 남편이 서울에서 본 달은 보름달이었고, 그래서 반달 모양의 빗이 아니라 둥근 모양의 거울을 사갔다. 이로부터 부인, 시어머니, 시아버지 등의 오해가 연속되고 마침내 고을 원의 오해로 이어져, 고을 원은 '가관장' 축출의 명을 내린다.

거울을 소재로 한 이러한 재담들은 전통 소화를 거의 그대로 수용한 것이다.[34] 다만 「옛날에 싀골스름이」 계열은 남편이 거울을 사 오게 된 사연을 설명하는 삽화를 덧붙였다는 점에서 변형이 이루어졌다. 더 중요한 것은 서술자가 시골 사람들을 "이런 쏭항으리 보앗ᄂ"라고 싸잡아 빈정댄 사실이다.

특히 「달갓튼 것 사 오시요」를 싣고 있는 『죠션팔도 익살과 재담』(덕흥서림, 1927)은 맨 앞에 「위생열가지」(「죠션팔도 익살과 재담」, 『한국재담자료집성』 3, 443면)란 제목으로 사람이 살아가는 데 명심해야 할 '위생' 열 가지를 명시했다. 청결한 공기, 운동, 청결한 피부, 적절한 의복, 알맞은 거주지, 전염병 예방, 규율을 정한 직업, 알맞은 일상생활, 무심한 취침, 필요하고 당연한 사업 등이다. 이는 재담을 읽는 사람들이 영위하는 일상생활의 조건을 제시한 것으로서, 근대 이전의 경우와 크게 다르다. 재담 독자들은 일상생활을 잘하기 위해서 체조를 배워야 하고 목욕탕도 가야 한

---

33 그 외 「소천소지」, 「익살주머니」 등에도 같은 작품이 실려 있다.
34 「부처송경」(「명엽지해」, 『고금소총』, 한국문화사, 1998, 401면)

다. 가옥과 변소를 개조해야 하며, 침대 생활을 해야 할지도 모른다. 제 8조에서는, "일요일이면 교회당에 가 셜교를 듯고, 또 유익한 담화함도 가족과 갓치 마음을 수양하며 졍신을 고상케 함에 쥬의하나니라"라 하여 정신 개조까지도 시도하라고 요구한다. 재담의 세계에서 근대 문물의 수용은 서양식 생활 여건 확보로 구체화된 셈이다. 재담이 근대기 우리 일상의 변혁이라는 소용돌이와 긴밀하게 연결된 것임을 보여준다.[35] 「죠선 팔도 익살과 재담」은 이와같이 새롭고 높은 수준의 근대적 제도와 생활 덕목을 권장하면서 「달갓튼 것 사 오시요」를 통하여 거울의 본질조차 알지 못하는 '시골 사람'들을 빈정대며 '쏭항으리'로 매도한 것이다. 그것은 시골 사람은 이런 근대적 생활을 누릴 능력이 없고 준비가 안 되어 있다는 것을 빈정대는 의미를 갖는다.

시골 사람에 대한 이런 빈정댐은 본말이 전도된 것이다. 가령 1926년 의사 1인당 인구의 수가, 조선 도시 지역은 1,870명이었는 데 반해 농촌 지역에서는 24,408명이었다.[36] 이런 열악한 상황을 고려하지 않고 시

---

35 또 「심부십이종류」(『한국재담자료집성』 3, 447면)에서는 '이상적 신부'로서 "문벌됴혼 규슈로셔 고등녀학교나 혹은 녀자대학교를 졸업하고 재봉 음악 어학 문학 작문 습자 톄조 산술 기예 회화 료리 조화 자슈 등을 물논하고 세계 일등미인이요"라 하여 근대 고등 교육을 받은 여성을 지적했다.

36 마츠모토 다케노리, 「조선의 '식민지 근대'에 관한 최근의 논의에 대해서」, 『동방학지』 147, 연세대학교 국학연구원, 2009, 116면. "1920년대 행정 문서에 의하면, 군郡 지역에서는 법정 전염병인 장티푸스 환자 중 과반수가 지방 행정 관리 혹은 경찰관이 실시한 조사를 통해서 발견되고 있었다. 이에 대해서 부府 지역에서는 대다수가 의사의 진료에 의해 발견되었다고 보고되고 있다. 일본의 경우에는 시·군 모두 대부분이 의사에 의해 발견되고 있다. 식민지 조선의 농촌 지역에는 의사가 적어, 그 역할의 일부를 경찰과 지방 행정 기관이 대체하고 있었던 것이다. 법정 전염병 대책으로 실시된 의무적인 호구 조사와 환자의 격리 정책은, 종종 조선인으로 하여금 도망과 은폐라는 소극적 저항을 하게 했다. 한편으로 총독부의 위생 의료 정책은 농촌 지역 조선인들에게 질병(특히 급성 전염병)의 치료나 예방 가능성을 현장에서 실증해 보이는 것이 되었다. 그렇게 해서, 서양에서 유래된 위생과 의료라는 개념을 주지시키는 역할을 하게 된 것이다. 그와 동시에 총독부는 농촌 지역에서 '계몽'을 위한 강연 프로그램과 영화·환등 상영을 많이 실시했다. 근대적인 위생·의료를 직접적으로 경험할 수 있는 도시의 일부 조선인뿐만 아니라, 농촌에 살면서 직접적인 경험을 하지 못한 대다수의 조선인들도 급성 전염

골 사람의 낮은 위생 관념만을 탓하며 별종의 인간으로 낙인 찍으려 한 것은 공평하지 못한 태도이다.

사진을 둘러싼 재담은 거울을 소재로 한 이 같은 전통적 소화의 구도를 수용하면서 몇 단계의 변형을 거친 것으로 보인다. 거울을 소재로 한 전통 소화가 이 시기에 다시 읽힐 때, 거울 자체가 근대적 문물이 아니라는 점에서 시골 사람이 그 본질조차 모른다는 설정은 매우 과장된 것이다. 웃음을 유발하기 위해 인물 형상을 과장한 것이다. 그것은 현실의 맥락에서 크게 이탈된 민담에 가깝다. 이에 반해 사진을 둘러싼 재담에서는, 근대적 문물의 도입과 그에 대한 적응이란 문제가 걸리게 된다. 그리고 작품 안에서 근대적 문물을 이해하고 거기에 적응한 인물과 그렇지 못한 인물의 분화가 나타나며, 근대적 문물을 이해하고 거기에 적응한 인물이 노골적으로 그렇지 못한 인물들을 매도하는 양상을 찾을 수 있다. 이것은 민담이 아니라 현실에 존재하는 의식 지향의 한 단면을 담은 것이라 할 수 있겠다. 근대적 문물을 수용함에 시간적으로 앞섰다는 것, 공간적으로 서울을 경험했다는 것. 이 두 가지가 지적 우열의 관건이 되었다.

「싀골 사롬들이」(「요지경」, 『한국재담자료집성』 3, 39면)[37]와 「흔사롬이」(「요지경」, 『한국재담자료집성』 3, 39면)에는 가장 근대적인 것으로 충격을 주었을 전차와 전보가 등장한다.

먼저 「싀골 사롬들이」는 전차를 처음 본 시골 사람의 애교 있는 감상을 제시한다. 여기서 시골 사람은 제국주의 세력에 의한 전차의 건설[38]을

병의 치료나 예방 측면에서 근대 위생 의료 기술의 우월성을 인식하게 되었다고 할 수 있다."(같은책, 118면)

37 「싀고을 스롬들이」(「팔도재담집」, 『한국재담자료집성』 1, 502면), 「공중空中에다 줄을 믹고 수레를 쓸어」(「양천대소」, 『한국재담자료집성』 1, 280면)

38 전차는 1898년 우리나라 서울에 처음으로 등장했으니 이 작품이 처음 실린 『요지경』이 편찬되기 10여 년 전이다. 미국인 콜브란Collbran과 보스트윅Bostwick이 우리 정부로부터 서울 시내에서

"외국 사름들은 춤 의견 잇는 일도 잘ᄒᆞ네"라고 평가했다. 이는 전차와 전선을 건설한 주체가 외국인이라는 사실을 시골 사람이 확인한 것이다. 다음으로 시골 사람은 '줄을 전기차 위'에 맨 공법에 대해 호기심을 가진다. 그리고 그것은 행인이 오가는 데 방해가 되지 않게 하기 위한 것이라는 나름대로의 해석을 가한다. 이에 대해 서술자는 시골 사람이 '아는 체' 했다고 했고, 궁극적으로 '식자우환'이라고도 했다. 서술자가 '아는 문제'로 이끌어 간 것이다. 시골 사람은 불완전한 지식을 가졌다는 점에서 근대 문물에 잘 적응하지 못한 셈이다. 그러나 이 이야기는 시골 사람을 크게 빈정대지는 않았다. 시골 사람이 엉뚱한 논리로 아는 체하는 것이 우습기는 하지만, 시골 사람이 결정적 실수나 오해를 한 것은 아니기 때문이다.

반면 근대 우편 제도[39]와 관련된 「ᄒᆞᆫ사름이」[40]는 훨씬 더 냉소적이다. 시골 사람은 서울에 있는 아들에게 신발을 보내기 위해 전신줄을 이용한

의 전기사업 경영권을 얻어 우선 전차를 도입한 것이다. 두 미국인은 서울 시내의 전차는 물론 전등과 전화 사업 등에 대한 독점권을 얻었다. 특히 이들은 편리한 근대 문명의 이기를 하루속히 받아들이는 것이 유리함을 강조하여 고종의 지지를 받았고 고종으로 하여금 출자까지 하게 만들었다. 일본 제국주의는 이들에게 압력을 행사하여 1909년 한미전기회사를 인수하여 일한日韓가스회사를 설립했고, 1915년 그것을 경성전기주식회사로 개칭했다. 이처럼 전차의 도입과 주관 회사의 설립의 과정은 서양과 일본 제국주의가 한반도에로 들어와 힘을 행사해 간 양상을 그대로 보여준다. 제국주의 세력은 한반도에 들어와 에너지와 에너지를 활용하는 산업과 공공 교통을 독점해 갔는데 전차가 그 중심에 있었다고 할 수 있다.

39 우리나라의 근대적 우편 제도는 홍영식洪英植이 1884년 우정총국을 창설하여 인천에 분국을 둔 것에서 비롯된다. 1884년 갑신정변으로 홍영식이 숙청된 후 우정총국이 폐지되고 우편 제도도 중지되었지만, 1895년 우편 제도가 부활되었다. 서울을 비롯한 각 지방에 우체사가 설치되었으며, 중앙은 통신원이 생겼다. 1900년에 이르러서는 만국우편연합에 정식 가입하고 외국 우편도 시작하게 되었지만 1905년 일본의 침략과 그들의 강압에 의하여 한·일통신협정이 체결됨으로써 우리의 우편 기관은 일본의 손에 넘겨졌다. 이때에 일본에 넘겨진 통신기관은 420개였다고 한다.

40 「ᄒᆞᆫ 사름이」(「요지경」, 『한국재담자료집성』 3, 39면); 「신식소포법」(「요절초풍 익살주머니」, 『한국재담자료집성』 3, 369면), 「5.신식 소포법」(「요절초풍익살주머니」, 『한국재담자료집성』 3, 369면); 「한사람이 아달을」(「십삼도재담」, 『한국재담자료집성』 3, 26면); 「전선송혜」電線送鞋(「소천소지」, 『한국재담자료집성』 3, 288면)

다. 시골 사람은 전보가 전신줄을 따라 아주 빠르게 간다는 소문을 어디선가 들었지만 그 속성을 정확하게 이해하지는 못하였고 또 전보를 직접 이용해 본 경험도 없다. 서울로 신발을 급히 보내 달라는 아들의 편지를 받자, '전보가 빠르다'는 부분만 기억해 낸다. 그가 전신줄에 신발을 거는 행위는 모스부호에 의해 전달되는 전보의 원리[41]와 물건을 직접 배달하는 소포의 원리를 혼동한 데서 비롯한 것이다. 그것은 환유를 실재와 구분하지 못하는 유아적 의식의 소산이다. 이로써 시골 사람은 극단적으로 희화화되고 조롱되었다. 시골 사람은 엄연한 현실 인물이면서 근대인의 기준에서 보면 바보이거나 정신 이상자에 가깝다.

여기에 해당하는 작품들은 거의 비슷한 구성을 갖추고 있지만, 그 귀결은 크게 둘로 갈라진다.

① 전보줄에 걸어 둔 신발이 없어진 걸 보고 신발이 서울 아들에게 전해졌다고 여겼는데 신발을 받지 못했다는 아들의 편지를 다시 받고는,

"뎐보줄이 먹엇나 뎐보국에셔 먹엇나 ᄒᆞ니 그 안희가 말ᄒᆞᄃᆡ 그거시 민 요슐노 놈의 눈을 얼이ᄂᆞᆫ 거시오 ᄒᆞ더라니 미련ᄒᆞ면 이리-"(『요지경』)

"뎐보줄이 먹엇나 뎐보국에서 먹엇나 하니 그 안해가 말하되 그것이 모다 요술로 남을 속이여 쌔아서 먹는고로 눈에 어리는 것이요 하드

---

41 1838년 원형原型이 구상되고 1843년에 실용되었다. 짧은 발신전류(점)와 비교적 긴 발신전류(선)를 배합하여 알파벳과 숫자를 표시한 것으로 기본적인 구조는 세계적으로 공통된다. 이 모스부호가 전신연락용으로 사용된 것은 1844년 발명자인 모스에 의해서 워싱턴과 볼티모어 사이의 전신 연락에 사용된 것이 최초이다. 우리나라에서는 1885년 9월 28일 서로전선西路電線이 개통되어 한성漢城과 인천 사이의 전신 업무가 개시될 때 일본과 청나라를 통하여 도입된 전신 부호를 받아들였다.

람니다."(『십삼도재담집』)

② 전보줄에 헌 구두가 걸려 있는 것을 보고

"이에 참 뎐보라는 것은 쌔르구나 나는 그 동안에 셔울이나 갓슬가 하얏더니 발셔 헌 구두까지 내려왓단메 흥 기 막힌 세상이로군 이것이 모다 학문이 고상한 이들이 뇌를 썩인 결과로구나."(『요절초풍 익살주머니』)

①에서 시골 사람 부부는 '전보국'으로 대변된 근대 문물을 주관하는 존재들에 대한 전면적 불신을 나타낸다. 근대적 장치를 이해하는 서울 사람들과 그것을 꾸려 가는 발 빠른 사람들의 눈에 시골 사람은 어이없는 바보로 보이지만, 시골 사람에게 근대는 요술처럼 사람을 속여서 물건을 빼앗아 가는 존재로 느껴진다.[42] 서술자는 이런 시골 사람을 '미련'하다며 최종적인 낙인을 찍는다.

②에서 시골 사람은 더 우둔하다. 자기가 전봇줄에 걸어 둔 새 신발 대신 헌 신발이 걸려 있는 것을 보고 새 신발을 잃어버렸다고 생각하지 못하고 오히려 새 신발이 아들에게 잘 전해졌으며 전봇줄에 걸려 있는 헌 신발은 아들이 보낸 것이라고 믿기 때문이다. 그런 바보이기에 전보 제도를 '학문이 고상한 이들'의 희생의 결과로 찬양한다. 여기서 서술자는 시골 사람을 비하하는 진술을 하는 대신 시골 사람을 더욱더 깊은 착각에 빠져들게 하였다. 시골 사람에 대한 조롱과 비하가 극치에 이르렀다고 하

---

42 이는 웃음 발생 요인이란 각도에서 해석하면, '확장적인 웃음'이라 할 수 있다.("새로운 물건의 작용 원리를 이해하지 못한 결과 어리석은 행동이나 말에 이르게 되는 것이 '기본적인 웃음 발생 요인'이라면, 거기서 한 걸음 나아가 자신의 어리석음을 깨닫지 못한 채 새로운 물건에 대하여 자기 식으로 해석한 결과 엉뚱한 결론을 내리는 것은 '확장적인 웃음 발생 요인'이라 할 수 있다."―이흥우, 앞의 논문, 111면)

겠다.

나아가 「우송영경」郵送英京(「절도백화」, 『한국재담자료집성』 3, 146면)[43]에서 시골 사람은 근대의 표상 공간으로서 서울이 아니라 근대 제국의 중심지인 런던을 떠올렸다가 철저히 조롱된다. '시골—서울'과 '조선—서양'이라는 두 짝에서 '서울'과 '조선'을 괄호 속으로 넣어 두 짝을 하나로 통합한 형국이다. 런던을 구경하려고 이마에 3전짜리 우표를 붙이고 궤짝에 들어갔다 내동댕이쳐지는 시골 사람은, 영국에서 들여온 고물 자동차를 몰다가 연못으로 고꾸라지는 '하이칼나 청년'[44]을 연상시킨다. 둘 다 서양 근대 문물을 지향하다 봉변을 당하고 조롱된 것이다. "영국 서울도 별게 아니군"이라고 말하는 시골 사람이 정신이상자에 가깝다면, 거드름 부리며 고물 서양 자동차를 몰고 가다 개천에 빠지자 오히려 개천이 그 자리에 있는 것을 탓하며 "이런 곳에 내〔川〕를 내엿서. 그러기 째문에 나는 죠션을 시려 하오"[45]라 투정하는 '하이칼나 청년' 역시 정상이 아니다. '하이칼나 청년'은 재담의 세계에서 시종 시골 사람을 깔보고 빈정대던 서울 사람인데, 그런 그도 근대 앞에서는 시골 사람과 다름없는 정신이상자에 가깝다. '하이칼나 청년'은 근대 문물의 수용 과정에서 선편을 쥐기는 하였지만 시골 사람 못지않은 굴욕을 겪었다. '하이칼나 청년'에 의해 대변되는 서울 사람은 스스로가 서양 근대 문물의 수용 과정에서 겪은 굴욕 체험을 시골 사람에게서 발견했다. 서울 사람이 그 굴욕과 열등감을 잊고 거기서 빠져나오는 방법은 그런 시골 사람을 과도하게 조롱하는 것

---

43 "鄕客, 聞英京繁華ᄒ고 欲一遊覽이나 奈無行費라 又聞郵國이 可以送物ᄒ고 乃買三錢郵票一張ᄒ야 付額上ᄒ고 往郵國ᄒ야 請日送于英京 郵吏, 戱納于大櫃ᄒ야 搖之良久에 放于大路 鄕客, 出櫃ᄒ야 大笑道ᄒ되 英京도 也非別境"(「절도백화」, 『한국재담자료집성』 3, 146면)
44 「하이칼나 자동차」(「요절초풍 익살주머니」, 『한국재담자료집성』 3, 370면)
45 「요절초풍 익살주머니」, 『한국재담자료집성』 3, 374면.

이었다. 이것이야말로 식민화된 인간은 "자신의 골수에 깊이 감춰진 공격성을 자신의 동포에게 터뜨리"[46]는 경우에 해당된다고 본다.

4. 시골 사람 빈정대기 재담의 의식적 근원과 의미

재담의 시골 사람은 서울 공간을 중심으로 펼쳐지던 근대와 근대 문물을 지향하다가 서울 사람들로부터 심각한 조롱을 받는다. 이런 시골 사람들은 자신의 생활공간인 향토에 대해서도 지각적 혼란을 경험한다.[47] 「싀고을 션싱」(「요지경」, 『한국재담자료집성』 1, 65면)은 '정신없는 하향 사람 개불아버지'를 내세워 공간 인식의 핵심 요소인 방향 감각을 상실하여 우스꽝스런 실수를 하게 한다. 방향 감각의 상실은 서울로 가려 하던 그로 하여금 시골로 되돌아오게 만들었다. 문제는 시골로 돌아온 그가 그곳을 서울이라 착각한다는 것이다. 이렇듯 '로컬' 사람들은 근대로 진입하는 과정에 자기 자신과 자신의 생활 공간에 대하여 심각한 인식적 도착을 경험하게 된다.

  기든스Anthony Giddens는 전근대사회에서 시골 사람들은 공간과 장소의 조화를 누리는 반면, 근대사회에서 시골 사람들은 위치상 멀리 떨어진 '부재하는' 타자들과 관계를 맺을 수밖에 없게 되면서, 로컬의 장소로부터 공간을 강탈당했다고 하였다. 따라서 로컬은 '자기들로부터 아주 먼 사회적 영향력들에 의해 완전히 침략당하고 그들의 관점에 따라 형성되

---

46 프란츠 파농 저, 『대지의 저주받은 사람들』, 남경태 역, 도서출판 그린비, 2004, 73면.
47 서울 길을 찾지 못하고 헤매는 것은 물론이다. 「하향사람이」(「십삼도재담집」, 『한국재담자료집성』 3, 489면)

었다'고 해석했다.[48] 근대가 이런 과정을 지속시키기 위해 로컬 사람들의 '무지'와 '망각'과 '침묵'을 강요하는 억압 사회를 초래했다는 것이 프레이리의 설명이기도 하다.[49] 프레이리는 근대 제국주의가 그런 목표를 이루기 위한 수단 중 하나로 문화 침략을 시도했다고 보았다. 근대 제국주의는 피억압자들의 열등성을 전제하고, 열등한 자들이 우월한 자들에게로 동화되는 것이 자신들의 생존의 무기라고 내면화하도록 했다는 것이다.

이런 입장에 선다면, 로컬은 보편임을 자임하는 근대 중심부의 집단이나 국가에 의해 식민지에 재구성된 것이다. 근대 중심부 집단은 로컬의 '본질적 열등성'을 각인시키기 위해 갖가지 조작을 했다.[50] 우등과 열등의 이분법적 개념화를 통하여 로컬은 열등한 이미지와 다각도로 연결되는 것이다.

실제 피억압자의 내적인 능력이나 그들 능력의 발현을 가로막는 존재 조건과도 별도로 하나의 실체를 만들어 낸다. 피억압자를 묘사하는 억압자의 언어는 어떤 관념들과 개념들을 표현할 뿐만 아니라, '실제로 그들을 형성해 내는' 힘을 발휘한다. 사회적으로 교육된 하나의 형상으로 현존하는 이 실체는 다양한 매체들을 통하여 꾸준하고 반복적인 전달로 억압자는 물론 피억압자조차 긍정하는 효력을 발생시킨다. 대중적 문학작품이나 다양한 매체들을 통해 "하나의 상

---

48 배윤기, 앞의 논문, 225면.
49 프레이리 저, 『페다고지』, 남경태 역, 그린비, 2009.
50 거기다 식민지 조선의 경우, 일본 제국이 세계 자본주의 체제의 중심부에서 식민지 조선으로 근대를 전달하는 경로를 거의 독점하고 있었다. 그것은, 조선인이 근대를 향수하려고 시도할 때마다 자신의 의사에 반하여 자신을 차별적으로 취급하는 식민지 권력이나 자본에 무리하게 접근해야 한다는 것을 의미했다.(마츠모토 다케노리, 앞의 논문, 119면)

징으로 인식적 과정에 배어들고, 스테레오타입의 형성으로 인도"한
다.[51]

　　근대 제국주의의 문화적 조작은 식민지에서 직접적으로 이루어지기
도 하고 식민지 특권층에 의해 간접적으로 이루어지기도 한다. 후자와 관
련하여 파농은 "식민화된 인간은 자신의 골수에 깊이 감춰진 이 공격성
을 자신의 동포에게 터뜨린다"[52]고 단언했다. 재담에서 이런 냉소적 공격
성은 '서울 사람→시골 사람'의 방향으로 관철되었다. 서울 사람은 비록
그 과정이 제시되지는 않았지만 모든 근대적 문물을 경험하고 그 본질을
완벽하게 이해한 뒤 향수하고 있다는 것을 전제로 한다. 그러고는 근대적
문물의 본질을 이해하지 못하고 그 활용에서 안절부절못하고 실수를 하
는 시골 사람을 향하여 공격적 조롱을 보내는 것이다.

　　그렇다면 근대를 먼저 경험하고 생활 패턴을 일신하며 살아가고 있
는 서울 사람들에 대해 시골 사람은 어떻게 생각했을까? 재담은 시골 사
람들이 이런 부분에 대한 의견을 표현할 기회를 주지 않았다. 가령 근대
문물의 수용에서 서툴다고 서울 사람들이 자기들을 조롱하고 빈정댈 때,
시골 사람들은 서울 사람에게 그에 버금가는 충격을 줄 반격을 가할 수도
있었다. 서울 사람들은 시골 사람들이 여전히 간직하고 있는 전통을 저버
렸기에 시골 사람들은 그 점을 두고 서울 사람들을 공격하고 조롱할 수도
있었다. 그럼에도 불구하고 재담은 시골 사람들로 하여금 전통의 배반이
란 차원에서 서울 사람을 공격하게 하지 않는다.[53] 그것은 근대 재담의 세

51　배윤기, 앞의 논문, 237면.
52　프란츠 파농, 앞의 책, 73면.
53　「하이칼나 자동차」(「요절초풍 익살주머니」, 『한국재담자료집성』 1, 530면)에서 '하이칼나 청년'
을 공격하는 상대 인물이나 서술자는 시골 사람이 아니다.

계가 반전통의 자리에 서 있음을 암시하는 것이다.

전통 사회의 사람들이 근대적 문물이나 제도를 수용하고 거기에 대해 적응하는 것은 쉽지 않다. 그에 대한 이해가 불완전하고 그 적응 과정에서 때로 실수를 하게 마련이다. 근대적 장치나 미디어들에 뒤늦게 노출될 수밖에 없었던 시골 사람들은 더욱 그랬을 것이다.

더욱이 우리나라의 근대화는 식민 통치와 맞물려 있었다. 철도, 전차, 전기, 전보 등 근대를 이끌 기간 장치들은 19세기 후반부터 한반도로 들어왔지만, 일본 제국주의가 불평등조약과 합병을 이끌었던 20세기 초부터 본격적으로 일상의 영역까지 깊이 들어오게 되었다. 그런 근대적 장치나 미디어들은 지역별 계층별 성별로 일정한 편차를 보이며 우리나라 사람들에게 다가갔다.

의학·위생 제도·병원·군대·감옥·초등학교와 같은 근대 규율 권력 장치나 매스미디어 등의 도입은 세계 자본주의 중심과 식민지 조선 사이에 큰 시간적 격차가 없었다고 한다.[54] 전기나 전차, 전보 등의 개별적 경우를 살펴보더라도 그것들이 발명된 시점과 조선으로 들어온 시점 사이의 격차는 그리 크지 않다. 더욱이 일본 제국주의는 한반도 강점과 식민을 가속화하기 위해서 일본 자본의 한반도 진출을 조장했다. 미국인 콜브란과 보스트윅에 의해 설립된 한미전기회사를 폭압적으로 인수하고 1909년 일한日韓가스회사를 설립한 데서 그 점이 한층 뚜렷하게 나타난다.

그런데 당시 조선인 중에는 중산층 도시(특히 서울) 거주자, 그것도 남성만이 학교나 병원, 자본주의적 소비문화, 그리고 대중 미디어와 같은 근대 장치를 향수할 수 있었다. 그 외 조선인들은 거주지나 경제적 조건

---

54 마츠모토 다케노리, 앞의 논문, 119면.

혹은 가부장적 사회 권력 구조 때문에 근대적인 장치를 거의 접할 수 없었다.[55] 특히 시골 거주자의 일상생활에서는 전통적 생활방식이 지배적이었다. 이들은 근대적인 제도나 장치 및 소비재에 단편적으로 접촉할 기회[56]를 가지게 됨으로써 근대를 더욱 향수하고 싶다는 감정을 공유하게 되었다.

나아가 일본 제국주의는 한민족을 제국 본국의 '국민'과는 다른 사람으로 그 범주를 설정함으로써 민족 차별적인 통치를 행했다. 식민지 권력이 근대적인 장치나 제도를 조선 사회 속에 설치할 때도, 조선인에 대한 민족 차별의 폭력이라는 식민지 지배의 본질이 작동하고 있었다고 할 수 있다.[57] 식민지 권력은 식민지 지배를 정당화하기 위해, 조선인들을 어딘가 결핍된 존재로 반복 정의함으로써 '계몽'의 대상으로 하여 계속 규정할 필요가 있었다.[58] 일제강점기에 조성된 문학 속 로컬리티의 핵심은 결국 '타인종과 민족을 타자화하면서 열등화하는 방식으로 타자를 구성한'[59] 식민 의식이다.

근대적 장치와 문물을 접하며 적응하려 한 일군의 시골 사람들은 그 과정에서 심각한 오류를 범하고 실수를 한다. 재담 작품들은 그 사실만을

---

55 마츠모토 다케노리, 앞의 논문, 115면.

56 1930년 후반까지도 농촌 재래시장에서는, 전통적인 상품뿐만 아니라 바나나·연필·만년필·맥주·탄산수·레모네이드 등 근대적인 소비재가 거래되고 있었다. 또 재래시장에서는 영화·서커스·환등幻燈과 같은 구경거리도 공연되고 있었다. 시골 사람들은 구매력 부족 탓에 이러한 소비재나 서비스를 직접적으로 소비할 수 없었다. 실제로 시골 사람들은 서울 등의 대도시에 갈 기회가 거의 없었고, 비교적 가까운 재래시장이라는 일상적인 장소에서 근대적인 소비재나 장치와 접촉하고, 그 단편을 경험할 기회를 가질 수 있었다.(위의 논문, 117면)

57 마츠모토 다케노리, 앞의 논문, 같은 면.

58 마츠모토 다케노리, 앞의 논문, 같은 면.

59 이창남, 「글로벌 시대의 로컬리티 인문학」, 『로컬리티 인문학』 창간호, 부산대학교 한국민족문화연구소 로컬리티의인문학연구단, 2009, 93면.

강조한다. 그 수위는 과장을 넘어 희화화, 조롱에 가깝다. 이 시기 재담은 시골 사람들이 사고나 지각 능력에서 심각한 결함을 갖고 있다는 이미지를 조작해 내기에 이른 것이다. 시골은 중앙에 의해 미몽과 결함, 장애의 표상으로 재구성되었다. 그 결과 시골 사람은 근대적 문물을 향유할 자격도 능력도 없는 존재가 되었다.

근대 문물 수용 과정에서 시골 사람이 실수하는 이야기가 존재한다면, 그 전에 서울 사람이 저질렀을 법한 시행착오의 이야기가 존재했다고 보는 것이 자연스럽다. 가령 1952년에 간행된 『쌀쌀우슴주머니』에서는 오해와 실수를 하는 주체가 일반인으로 설정되어 있는데[60] 그 일반인 속에는 서울 사람이 포함된다. 「하이칼나 자동차」에서 그 굴욕 체험이 두드러진다. 그러나 근대 재담에서 서울 사람의 실수담은 가능한 한 억제되고 은폐되었다. 서울 사람들은 근대 문물에 전혀 적응하지 못하는 타자로서의 시골 사람의 이미지를 과장함으로써 자신의 근대 적응 실패 경험을 숨길 수 있었다. 이로써 서울 사람은 어떤 시행착오나 오류도 없이 근대를 완전히 마스터한 근대인의 이미지를 누릴 수 있게 된 것이다.

재담은 시골 사람이 근대 문물의 수용 과정에서 심각한 착란이나 전도망상을 보이도록 재구성하였다. 그것은 서울 사람들이 서구와 일본으로부터 들어온 근대 문물을 먼저 경험하는 과정에서 겪었던 착오와 충격

60　「기차간에셔」(「쌀쌀우슴주머니」, 『한국재담자료집성』 2, 260면), 「엇던 어린아이가」(「쌀쌀우슴주머니」, 『한국재담자료집성』 2, 267면), 「무식한 사람이」(「쌀쌀우슴주머니」, 『한국재담자료집성』 2, 266면), 「두사람이 활동사진 구경을 갓다가」(「쌀쌀우슴주머니」, 『한국재담자료집성』 2, 271면), 「엇던 동양 양반이」(「쌀쌀우슴주머니」, 『한국재담자료집성』 2, 262면)에서는 서양 사람 앞에서 실수하는 동양 사람의 행동을 보여주기도 한다. 유일한 예외가 「엇던 시골 궐자가」(「쌀쌀우슴주머니」, 『한국재담자료집성』 2, 266면)이다. 여기서 시골 궐자는 편지를 우체통에다 넣고 "여보 여보" 하고 우체통을 부른다. 지나가던 사람이 그 이유를 물으니, "며칠이면 편지가 우리집에 가겠나 물어보"고 있다고 대답한다. 이때 시골 궐자는 우체통이 직접 편지를 배달한다고 착각했다. 시골 궐자의 착오가 과장되어 있는데, 다른 재담집에서는 보기 어려운 것이다.

을 시골 사람에게 전가시킨 것이다. 근대 초기 재담에 나타나는 서울 사람의 지나친 시골 사람 조롱은 근대 제국주의가 식민지를 지배하기 위해 활용한 문화적 타자화 방식을 단순하면서도 선명하게 관철시킨 것이라 볼 수 있다.

무엇보다 재담은 매우 짧은 형식이고 웃음 유발이라는 아주 분명한 서술 목표를 가진 것이다. 또 재담은 깊은 사유보다는 즉발적 반응을 요구한다. 재담 갈래가 가진 이런 특징은 서울 사람과 근대 제국주의의 시선이 쉽게 비집고 들어가 작품 속에 똬리를 틀 수 있도록 도왔다고 본다.

5. 결론

근대 초기 재담에 등장하는 인물들의 관계 양상을 통해 근대가 로컬을 어떻게 재구성하였으며 그 과정과 의미는 무엇인가를 살펴보았다. 그러기 위해 시골 사람과 서울 사람의 관계를 다루는 작품들을 선정하여 그중 시골 사람을 도가 지나치게 빈정대고 조롱하는 작품에 초점을 맞추었다. 그런 작품의 형성과 향유의 의미를 근대 로컬리티 개념으로 재해석했다.

근대 문물을 접하고 수용하려는 시골 사람들이 그 과정에서 인식적 행동적 오류를 범하거나 실수를 하는 것은 당연하다. 재담 작품들은 그 점을 과장하고는 실수를 한 시골 사람들을 희화화하고 조롱하였다. 사고나 지각 능력에서 심각한 결함을 갖고 있는 시골 사람의 표상을 조작해 낸 것이다. 그리하여 시골 사람은 미몽과 결함, 장애의 아이콘으로 재구성되었다.

근대 문물 수용 과정에서 서울 사람 역시 그 전에 저질렀을 법한 시행착오나 실수의 이야기가 존재하는 것이 자연스럽다. 이는 서울 사람이 대변하는 조선과 근대 서양과의 관계에서 그러하다. 그러나 근대 재담에서 서울 사람의 실수나 굴욕을 다루는 작품을 찾기는 어렵다. 서울 사람은 근대 문물에 전혀 적응하지 못하는 타자로서의 시골 사람의 이미지를 만들어 냄으로써 근대와의 만남 과정에서 겪은 실수나 굴욕의 기억을 숨길 수 있었다고 해석된다. 시골 사람을 근대의 타자로 형상화함으로써 서울 사람은 근대인의 완전한 표상으로 거듭나게 되었다.

근대 초기 재담에 나타나는 서울 사람의 지나친 시골 사람 조롱은 근대 제국주의가 식민지를 지배하기 위해 활용한 문화적 타자화 방식을 단순하면서도 선명하게 관철시킨 것이라 볼 수 있다.

재담은 매우 짧은 형식이고 웃음 유발이라는 아주 분명한 서술 목표를 가진 것이다. 또 재담은 깊은 사유보다는 즉발적 반응을 요구한다. 재담 갈래가 가진 이런 특징은 서울 사람과 근대 제국주의의 시선이 쉽게 비집고 들어가 작품 속에 똬리를 틀 수 있도록 도왔다고 보았다.

야담의 욕망과 대안적 근대

1. 머리말

조선 후기 문학에 대한 성격 규명은 그 이전 문학과의 비교에서 출발한다. 조선 후기에 이르러 근본적인 변화가 이루어졌다고 보는 쪽이 있는가 하면, 지속의 성격이 더 강하다고 보는 쪽'도 있다. 전자의 경우, 그 변화의 본질을 두고 의견이 다시 나뉜다. 조선 후기 야담의 근대성에 대한 논의는 조선 후기 문학 전반에 대한 이와 같은 시각 차이를 전제한다.

조선 후기 야담을 발생시킨 가장 든든한 원동력은 현실 반영과 구연口演에서 나왔다고 볼 수 있다. 조선 후기에 들어와 현실의 제반 형식과 내용이 급격하게 달라져 가자 야담은 그 부분을 재빨리 반영했는데, 그것을 가능하게 한 것이 '경험자의 자기 경험 구연'인 것이다. 세상이 달라지면서 유별난 경험을 한 사람들이 많이 나타났다. 그들은 독특한 경험 내용을 다른 사람에게 알리고자 하였다. 이와 같은 '경험자의 자기 경험 구연'을 1차 구연이라 한다면 2차 3차 구연이 이어졌고, 이야기를 구성지고 재미나게 구연하는 이야기꾼이 그 구연의 성과를 총괄하여 서사적 질을

---

1 강명관, 『국문학과 민족 그리고 근대』, 소명출판, 2007, 157~159면.

드높였다. 마침내 기록자가 그것을 한문으로 기록하면서 작품으로서 완성된 단계에 이르렀다. 이와 같은 야담 형성 과정은 야담으로 하여금 현실 경험을 바탕으로 하여 허구적 부연과 비약을 이룰 수 있도록 하였다.

야담은 현실 경험을 근간으로 하기에 조선 후기 현실의 성격이 야담 갈래의 성격과 긴밀하게 연결된다. 조선 후기의 자본제적 생산양식에 대한 논란은 간단하게 정리되기 어렵지만 조선 후기 현실이 자본제적 맹아를 산출하기 시작했다는 입장에 선다면, 야담은 그 부분을 그 어느 갈래보다 더 적극적으로 재빨리 반영했다고 본다.

그러나 야담의 근대성에 대한 본격적 논의는 뜻밖에도 찾기가 어렵다. 아마도 지금까지 대부분 야담론이 야담의 근대지향성을 전제하고 있었기 때문일 듯하다. 문제는 암묵적으로 전제한 그 '근대지향성'이 어떤 함의를 가진 것인가가 분명하게 확인되지 않았다는 것이다. 서구에서 말하고 있고 또 서구가 걸어간 근대가 우리나라에 그대로 적용되기는 어렵다. 중세의 극복으로서의 우리 근대는 서구적 근대일 수 있지만 또 다른 '근대'일 수도 있다. 후자를 '대안적 근대'[2]라 한다면, 우선 검토해야 할 사항은 중세의 극복 결과로서의 '차이'일 것이다.

이 장에서는 야담의 근대적 성격을 논의하는 것을 목표로 삼지만, 일단 야담적 주체의 경제적 욕망에 초점을 맞춘다. 욕망에 대한 새로운 시각이 나타나는 야담은 욕망을 대하는 중세적 시각과 근본적 차이를 보인다. 이 차이를 먼저 드러내고 그 차이가 과연 '근대성'의 범주에 들어갈 수 있을지에 대해 살펴보겠다.

---

2 '근대 기획=근대 구성'(박희병, 『운화와 근대: 최한기 사상에 대한 음미』, 돌베개, 2003, 24면): '존재했으나 가지 않은 길'(조세형, 「조선 후기 시가문학에 나타난 근대와 그 의미」, 『한국시가연구』 24집, 한국시가학회, 2008, 136면).

2. 주체의 욕망과 근대성

욕망에 대한 주체의 태도는 근대성을 판단하는 중요한 잣대 중 하나다. 중세 조선이 욕망보다는 이념이나 도덕률을 우위에 놓아 욕망을 억압하고 숨기는 경향이 있었다면, 조선 후기에 들어와 욕망에 대한 다른 시선과 태도가 형성되어 새로운 세계관을 창출하였다. 철학적 담론에서 그런 변화가 포착된다. 철학적 담론의 출발은 달라진 현실이다. 현실에서 미미하게 엿보이는 변화를 감지하여 체계적으로 발전시킨 것이 철학적 담론인 것이다. 북학파 그룹으로 지칭되는 지식인들에게서 욕망을 인정하는 인식 전환을 두루 찾을 수 있다. 나아가 정약용, 최한기, 심대윤 등에서 구체적 전개를 발견한다.

먼저 정약용은 성性을 기호嗜好로 해석함으로써 도덕적 존재로서의 인간과 욕망 지향적 존재로서의 인간을 함께 포용하는 철학적 기초를 마련했다.[3] 인간의 양면성을 인정하는 것이다. 그 선악의 갈등에서 자율적 선택의 주체로서 인간을 인정한다는 점에서 서구의 근대적 인간관과 닮아 갔다고도 평가된다.[4] 이와 관련하여 임형택도, "인간 앞에는 선과 악의 두 갈래로 길이 개방되어 있는데 거기서 갈 길은 각자에게 맡겨진 자유 선택의 과정이다. 그는 여기에 '자주지권'自主之權이란 개념을 부여해서 비상히 주목한 것이다"[5]라고 주장하였다. 도덕적 존재와 욕망 지향적 존재, 선을 지향하는 자아와 악을 지향하는 자아 사이에서 갈등하는 주체의 형상은 서사적 주체의 내면 갈등을 설명하는 데 매우 유용한 틀이 된다.

3 오문환, 「다산 정약용의 근대성 비판: 인간관 분석을 중심으로」, 『정치사상연구』 7집, 2002년 가을, 16면.
4 위의 논문, 같은 면.
5 임형택, 「19세기 서학에 대한 경학의 대응」, 『실사구시의 한국학』, 창작과 비평사, 2000, 207면.

정약용의 이런 새로운 주체관이 서학의 영향에서 출발했든, 원시 유교 경전에 대한 비주자적 해석에서 비롯되었든, 그 시기는 야담이 욕망에 대한 새로운 시선을 담아 다채로운 사건을 전개했던 시기와 겹친다는 점이 흥미롭다.

최한기(1803~1877)는 주자학이 강조하는 천리天理를 욕망과 대립시키지 않았다는 점에서 특출하다. 욕망을 긍정하고 인정하되 어느 정도의 욕망이 자연적으로 정당화될 수 있는가를 숙고했다. 욕망 자체는 어디까지나 '운화중물'運化中物(운화 속에 있는 것)로서, 자연에 부합하는 것이라고 보았다. 다만 문제는 그것이 부당한 방식으로 추구되거나, 과도하게 추구되는 데 있을 뿐이다. 욕망이 지나치면 일신一身은 물론 사회에도 해를 끼칠 수 있다. 욕망은 통민운화統民運化에 의해 사회적으로 조절되어야 하는 것이다. 그리하여 운화에 합치되기만 한다면, 욕망은 '인의지리'仁義之利가 될 수 있다고 보았다.[6]

심대윤(1806~1872)의 생각도 이와 관련하여 이해할 수 있다. 그는 인간의 욕망과 이익 추구를 긍정해야 한다고 하여 주자학과는 완전히 다른 입장을 보였다. 특히 복리福利는 심대윤 경학 사상의 핵심 개념으로, 행복과 이익을 인간이 추구하는 정당한 가치로 인정하는 개념이다.[7] 그는 '욕欲이란 천명天命의 성'이라 하고 '사람으로 되어 욕이 없으면 목석과 다름이 없다'고 했다. 그리고 나에게 이로우면 남에게 해롭지 않은가 하는 질문에 대해 '남과 나의 이해를 저울질해서 한편에 치우치지 않는 이것이 동리지공同利至公의 도다'라 하여, 남과 더불어 이로움을 추구하는 '여인동리'與人同利가 '지공의 도'요 최고의 도덕적 가치라고 주장하였다.[8]

6 박희병, 앞의 책, 86~87면.
7 임형택, 앞의 논문, 215면.

서사에서 욕망은 재물에 대한 것과 이성에 대한 것으로 나뉘지만, 어느 쪽이든 그 욕망을 대하는 주체의 자세와 욕망을 성취하기 위해 주체가 선택하는 방식이 서사의 성격을 결정한다. 서사의 근대성을 따질 때도 결국 이 점을 유념하지 않을 수 없다. 욕망을 추구하고 그 대상을 누리려 하는 것은 사람의 가장 보편적 성향이므로 서사는 그런 욕망을 수용하면서 본격적으로 시작되었다 해도 과언이 아니다. 서사의 역사에서 어떤 욕망을 어떻게 성취하는가는 다양하다.

　　먼저 주인공이 자기 욕망을 성취하기 위해 세밀하게 계획을 짜지도 않고, 집요한 노력도 하지 않음에도 불구하고 욕망을 성취하는 경우가 있다. 주체에게 잠재된 욕망이 우연하고도 비현실적으로 성취되는 것이다. 이런 구도는 민담에서 전형적으로 나타난다.

　　세상이 복잡해지고 사람의 경험도 복잡해지면서, 욕망을 추구하여 성취하는 것이 간단한 일이 아님을 절감하게 된다. 욕망은 끝없이 팽창해 가는데 그 대상은 한정되어 있다. 여기서 갖가지 갈등이 발생한다. 갈등에서 승리를 거둬 욕망을 충족시키기 위해서는 주체가 욕망의 대상에 강력히 몰입하여 욕망 성취에 유익한 전략을 개발해야 한다. 다음으로 좀 더 시야가 넓어지고 사유가 깊어지면서 욕망 추구와 삶의 다른 요소 간의 관계를 성찰하기에 이른다. 어느 쪽이든 갈등에서 유리한 자리를 차지하기 위해 욕망 추구의 방법을 구체적으로 마련할 것이고, 욕망 추구와 상치되는 세계관과의 교섭 및 조정 작업도 수행할 것이다.

　　이와 대응되는 야담의 서사적 특징은 서사 구조나 서술 방식이 복잡해지고 서사적 주체도 선택과 조정 사이에서 내면적 갈등을 겪는 것이다. 마침내 욕망에 대한 새로운 경험이 새로운 이념을 창출했다. 그 이념은

8　위의 논문, 215~217면.

욕망을 억압하던 중세적 이념과는 다른, 새 시대를 조화롭게 이끌어 갈수 있는 이념이다. 이 이념의 창출 과정을 야담에서 찾아가는 것은 야담의 중세 극복 혹은 '대안적 근대'를 따져 보는 일이기도 하다.

3. 욕망의 길 닦기

주체의 욕망에 대한 의지와 욕망 충족을 위한 전략이 나타나지 않으면서 다만 욕망이 우연하게 충족되는 야담 작품은 민담에 뿌리를 내리고 있는 것이다.[9] 이들은 조선 후기 현실에서의 구체적 경험 내용을 반영한 것이라 보기 어렵다. 조선 후기 경험을 어느 정도 바탕으로 하고 있다 하더라도 반영의 방식이 간접적이고 암시적인 경우가 있다.[10] 이런 작품들에서는 생활 경험에서 우러난 당당한 활력을 찾아보기는 어려우며, 작중인물이 자기 운명을 개척해 가려는 의지도 강하지 않다. 계교나 사기술 등이 욕망을 성취하는 데 활용된 주된 방식이다. 무엇보다 이들 작품들은 어떤 처지에 놓인 집단의 경험을 바탕으로 하지 못하고 있다. 어떤 집단의 존재 양식이나 세계관을 반영한 것이 아니라 주인공 자신이 갖게 된 특이한 의식과 행동을 반영한 것이다. 집단의 기반을 갖지 못했다는 점에서 민담과 상통한다.

「영산업부부이방」營産業夫婦異房(청구 하 340), 「김공생취자수공업」金貢生聚子授工業(청구 상 152), 「염」鹽(동패 37), 「이기축참록운대」李起築參錄雲

---

9 「낙소도포장획화」落小島砲匠獲貨(동야 하 544), 「토충매병겸획재」吐虫賣病兼獲財(동야 하 741), 「원주삼상」原州蔘商(계서야담 9), 「득음분수리천금」得陰粉售利千金(동야 하 828) 등.
10 「지쉬령계권도화」智倅逞計權島貨(동야 하 115), 「득거산제주백양병」得巨産濟州伯佯病(청구 하 248) 등.

臺(동야 상 624) 등은 조선 후기 야담이 추구하는 경제적 욕망의 속성과 주체의 의지, 욕망을 성취하는 전략 등을 뚜렷하게 보여준다.

「영산업부부이방」에서 주인공 김생과 그 아내는 머슴살이를 하는 천민이다. 이들은 재물 이외 그 어떤 것도 자기들을 행복하게 해 주지 못한다는 것을 절감한다. 자신이 천민이라는 악조건에 절망하지 않고 재물을 창출하려는 강렬한 의욕을 불태운다. 뚜렷한 목표를 세우고 구체적인 치부 전략을 마련한다. 단 하나의 목표를 간절하고도 치열하게 추구하는 그들에게는 어떤 장애도 그 단호한 욕망의 길을 막을 수 없다. 그들은 '10년 안에 갑부 되기'를 추구하여 마침내 목표를 달성한다. 그 사이 나이가 들어 자녀를 낳을 수 없게 되었지만 전혀 실망하지 않고 양자를 얻어 편안한 여생을 보낸다. 욕망 성취에 대한 열망에 비하면 그 어떤 변수도 부수적인 것이었다. 양자를 얻었다는 점에서 그들이 가부장제적 의식으로부터 완전히 해방되었다고 보기는 어렵지만, 자기 혈육을 재생산할 수 없게 된 사실에 대해 전혀 동요하지 않는 것은 중세 가부장제에 연연하는 집단의 태도와는 다른 것이다.

「김공생취자수공업」에서는 주인공의 성욕과 재물욕이 묘하게 결합되었다. 주인공은 이역吏役을 그만두고 행상을 시작한다. 재물의 축적이 주인공의 목표이며 서술의 지향이지만, 주인공은 재물 모으는 데 집중하지 않고 여자들과 동침하기만 한다. 자식들은 성관계의 결실이면서 농업 생산과 재물 축적을 위한 발판이 된다. 높은 '노동생산성'에 대한 조선 후기의 열망이 이렇게 나타났다고도 볼 수 있을 것이다. 주인공은 자신의 왕성한 성욕을 바탕으로 하여 83명의 자식을 낳아서는 두 가지 방식으로 활용한다. 첫째, 83명의 자식들이 갖춘 재주이다. 자식들은 방석을 짜는 기술, 신을 만드는 기술, 도자기를 만드는 기술 등 일상생활에 필요한 어떤 물건도 만들어 내는 재주를 가졌다. 둘째, 그들의 노동력이다. 주인공은 자식들의 재주와 노동력을 모아 어영청 둔전을 개간하고 거기다 해마다 다양한 곡물들을 심어 부자가 되었다. 이것이 귀결점이다. 아주 짧은 분량이지만 그 서술 과정에 박진감이 넘친다. 흉년이 찾아오고 나이가 든다는 점이 주인공에게 닥쳐온 시련이라고 하겠지만, 오히려 그 시련을 욕망 충족의 호기로 삼았다. 주인공은 흉년의 배고픔과 노쇠의 허무감만을 이겨내야 한다고 소극적으로 생각하지 않고, 오히려 그때를 부자가 되고 생기를 회복하는 기회로 삼아 일도매진하는 것이다. 이런 적극성 덕에 여자에 대한 욕망과 재물에 대한 욕망을 함께 충족시킨 것이다.

한편 「환처」宦妻(잡기고담 651)는 내시의 아내가 된 여인이 정욕을 참지 못하고 가출하여 소망을 이루는 이야기다. 여인은 가출하여 처음 만난 젊은 중을 남편감으로 점찍고는 끝까지 따라가 억지로 성관계를 맺고 부부가 되었다고 일방적으로 선언한다. 그러고는 중의 본가로 함께 가서 내시의 집에서 나올 때 가져온 돈으로 전장을 크게 경영하여 부자로 잘살게 되었다. 여기서 여인은 당시 비인간적 사회가 여인에게 강요했던 정절 이데올로기로 자신의 정욕을 억압하지 않았다. 여인은 자기 몸의 요구를 소중하게 여기고, 그 욕망을 성취하기 위해 용감하고 당당하게 모든 수단을 다 구사했다. 결국 성과 돈에 대한 욕망을 성취하였고, 행복한 가정을 건설했다.

야담이 개척한 욕망의 길에서 이와 같은 내용과 형식이 나타나게 된 배경은 무엇일까? 조선 후기에 이르러 지배 질서는 근본적으로 흔들렸고, 사회 전 영역에 걸쳐 새로운 모습과 현상들이 나타났다. 그것 중 일부는 자본제적 맹아로 지칭되었다. 그것들은 전에는 쉽게 접할 수 없었던 것으로 큰 호기심과 집착을 불러일으켰다. 자본제적 맹아는 사람의 근원적 욕망 중 특히 재물욕과 가장 긴밀한 관계를 가지는 것이다. 중세 사회에서 억압되거나 은폐되어 온 그것은 중세 사회의 질서가 흔들리며 틈을 보이자, 사회 전 영역으로 떠올라 새로운 분위기를 만들어 내었다. 야담은 동시대 다른 갈래보다 앞서 그 분위기를 담았다.

새로운 상황과 경험에 대해 사람들은 강한 호기심을 가졌다. 만족스럽지 못한 여건에서 살아가던 사람들은 자기 하기에 따라 열악한 처지가 향상될 수 있다는 희망을 가지게 되었다. 욕망 성취의 필요성을 절감하고 그 가능성을 확신할 수 있는 집단이 생겨났고 또 이미 욕망을 성취한 집단들이 형성되기도 하였다. 전자 집단은 상상의 차원에서 이야기 내용과 강력한 관계를 가진다면, 후자 집단은 실제로 이야기 내용과 긴밀한 관계를 가진다. 어느 쪽이든 서사의 주체들은 이야기 내용과 절실하고 긴밀한 관계를 가졌는데, 그런 특징이 빠른 서술 속도로 나타났다. 서술자는 거두절미하고 지향하는 바나 경험한 바를 박진감 있게 서술하는 것이다. 욕망을 성취했다는 결과를 시급하게 말하려는 충동이 강렬하기에 주변적인 것에 대해 관심을 가지고 서술할 여유가 없기 때문이다. 욕망이 성취되는 과정은 서두부터 결말까지 긴장을 유지하며, 서술 과정은 정황의 급속한 상승 과정이며 지향한 욕망이 완전 성취되는 순간이 결말이 된다.

욕망의 길을 보여주는 이런 야담들은 '신흥 상승층'[11]의 낙관적 세계관과 대응될 수 있다. 신흥 상승층은 양반 자작농이나 소작농, 평민 부자인 요호부민饒戶富民, 상인 등으로 구성되는데, 이들은 사람의 생애에서 욕망이야말로 가장 중요한 것이라고 생각하는 분위기를 만들었다. 야담은 그들의 욕망의 길을 포착하여 작품 세계로 반영하였다. 조선 후기 신흥 상승층은 계급으로서 사회적 뿌리를 온전하게 내린 단계에 이르지는

---

11 신흥 상승층에 대한 개괄적 이해는 김영호, 「실학사상의 발흥」, 『한국사 14』, 국사편찬위원회, 1975, 159면 참조. 특히 이 시기에 가장 적극적으로 농업 경영에 종사하여 부를 축적할 수 있었던 집단은 양반 자작농, 양반 소작농, 그리고 소위 요호부민이라 불리던 농민층이었다.(「한국 중세사회의 계급과 신분」, 『한국사 24』, 한길사, 264~265면 참조)

못한 다소 유동적 집단이었지만, 사회·경제적으로 상승하려는 민중들의 호기심과 선망의 대상이 될 수 있었다. 야담의 욕망의 길은 신흥 상승층과 그들을 흠모하는 민중의 바람을 반영한 것이다.

4. 욕망 갈등과 성찰, 새 이념

(1) 욕망의 길에서 해결되는 문제

욕망의 성취란 없던 것을 소유하는 것이며 적은 것을 더 많이 소유하는 것이다. '욕망의 성취'는 안분자족安分自足의 허구성을 절감한 집단이 기존 상황보다 더 나은 여건을 만들려는 열망을 바탕으로 한 의미 지향이다. 반면 '문제의 해결'은 바람직했던 기존 상황을 되찾으려는 회복 의지를 바탕으로 한 의미 지향이라 할 수 있다. 기득권을 누린 경험의 여부에서 차이가 나는 것이다. 두 의미 지향은 현실에서 주저앉지 않고 더 나은 상황을 선취하려는 집단이나 개인들에 의해 가장 전형적으로 추구되던 것이라 할 수 있다. 그러나 둘은 모순적이다. 그 모순적 의미 지향을 한편의 야담 작품이 담기도 한다는 데에서 새 시대에 호응하는 야담의 역동성을 간파할 수 있겠다.[12]

　두 의미 지향이 두 인물을 통해 실현되는 대표적인 경우가 「연산조사화」燕山朝士禍(계서야담 213)이다. 유배된 이장곤李長坤이 연산군의 억압을 견뎌내고 마침내 복권되는 '문제의 해결'과 이장곤의 정실이 됨으로써 신분 상승을 하는 고리 백정 딸의 '욕망의 성취'는 같은 사건이 전개되는 과

12　야담의 의미 지향에 대해서는 이강옥, 『한국 야담 연구』, 돌베개, 2006, 69~192면 참조.

정에서 동시에 실현된다. 사대부 사회라는 폐쇄적 공간을 열어 하층민 사회와 연결시킴으로써 작중 공간을 확장하였기에 가능한 공존이었다.

「여주지고유허성유생」驪州地古有許姓儒生(계서야담 242)에서는 한 인물에 의해 두 서술 시각이 계기적으로 실현되었다. 양반 허홍許弘은 부친이 죽은 뒤 끼니조차 잇기 어렵게 되자 두 형들에게는 과거 공부를 계속하게 하고 자신은 치산에 나선다. '형제가 의지하여 생계를 꾸려 갈 정도의 재산'을 모으는 것이 목표였다. 문제의 해결을 지향한 셈이다. 그렇지만 허홍과 그 부인은 철저히 근면하게 살아 최고의 부자가 된다. 이는 기존 정황으로의 단순한 회복이 아니라 기존 정황의 초월이므로 욕망의 성취에 가깝다. 허홍은 양반식 문제 해결을 지양하고, 부를 획득하기 위해 스스로 철저하게 노력한 점에서 신흥 상승층의 자세를 획득 실현했다. 그러나 일단 목표를 이룬 시점에서 허홍은 양반으로서 학업을 포기한 것을 한탄한다. 양반인 허홍은 과업을 닦아 사대부 관료로서 살아가야 했지만 경제 여건은 그가 정상적인 사대부로 살아가는 것을 어렵게 만든 것이다. 허홍이 겪은 내면 갈등은 양반의 삶에 개입한 복잡한 현실 여건과 그에서 비롯된 양반의 자의식 사이에서 이뤄졌다.

두 의미 지향이 두 인물을 통하여 공존하거나 한 인물의 내면에서 갈등을 일으키는가 하면, 욕망에 대한 강력한 집착이 다른 의미 지향을 압도하는 경우가 많다. 세상의 다양한 관점이 작품 속으로 들어왔지만 강력한 욕망 앞에서 그 목소리가 묻혀 버렸다.

가령 「영호기인상략전」逞豪氣因商掠錢(동야 하 45)에는 명분보다 실리를 챙기며 남을 속이는 시장의 분위기가 생생하다. 상인 손량식孫亮軾은 남초 흉년이 들자 시세 차이를 이용하여 큰돈을 벌고자 가산을 모두 처분하여 남초를 구입해 상경하지만 도착하자마자 사기꾼을 만난다. 그는 사기꾼에게 남초를 강탈당하고는 오도 가도 못하는 처지가 된다. 그런 손량식 앞에 한 사나이가 나타난다. 사나이는 잃은 남초를 찾아 주면 남초 가격의 반을 달라는 조건을 내세운 뒤 사기꾼의 집을 찾아내고 남초를 도로 찾는다. 거기다 남초 더미 안에 돈 300냥이 들어 있었다고 우겨서 300냥까지 덤으로 벌게 된다. 그는 사기꾼에게 도리어 사기를 친 것이다.

이런 줄거리를 따라갈 때 중간에서 손량식의 문제가 해결되는 양상이 흥미를 끌기는 하지만, 손량식이 재물을 많이 얻게 되는 결말이 더 부각된다. 중간의 문제 해결 과정조차도 사나이가 300냥이라는 거금을 얻게 되는 기회로 활용되었다. 조선 후기 시장 공간에서 일상을 꾸려 가던 인간 군상들의 욕망 충족에 대한 강렬한 관심이 개입했기에 욕망은 다른 시선을 압도하였다.

(2) 운명에 걸터앉아 욕망 추구하기

욕망은 인간의 의지를 부추기지만 운명은 인간의 의지나 힘이 무력함을 입증한다. 그런 점에서 욕망과 운명은 공존하기 어렵다. 그렇지만 야담 작품에서 양자가 자주 결합하는 것을 발견할 수 있다. 역시 단순하지 않게 세상을 본 결과일 것이다.

「가절마전화매영」假竊馬轉禍媒榮(동야 하 475)에서 남원 유생은 연이어 과거에 낙방하자 이만갑이란 점쟁이를 찾아가 점을 친다. 과거 급제는 고사하고 큰 액을 당할 것이라는 점괘가 나왔다. 이만갑은 청상과부와 동침하면 액을 피할 수 있다 했다. 남원 유생은 운명 극복법을 확보했으니, 운명에 순응하기만 하는 인물과는 다른 것이다. 남원 유생이 어느 청상과부를 찾아갔는데, 그녀는 자기가 간밤에 꾼 꿈에 대해 이야기해 준다. 황룡이 말 탄 나그네로 변했는데, 어떤 사람이 그 나그네가 과부의 새 남편이 될 것이라고 말해 주었다는 것이다. 과부는 자기 꿈의 계시가 점의 내용과 같다며 모든 게 하늘의 뜻이라고 감탄한다. 남원 유생은 과부가 가르쳐 주는 대로 과거문을 써서 급제하며 마침내 둘은 부부가 되어 '부귀쌍전'富貴雙全하게 된다. 주인공은 욕망을 현실적으로 성취할 능력이 부족한 존재였지만 욕망에 대한 집착은 엄청나게 강했다. 강력한 집착은 욕망을 성취하는 데 도움이 되는 어떤 방법이라도 다 떠올리게 하였다. 이 작품에 개입한 운명은 그 방법 중 하나다. 여기서 운명은 주인공의 미래를 윽박질러 운신의 폭을 줄이는 요소가 아니라, 주인공이 뜻한 바를 이루기 위해 안간힘을 다 써 떠올린 비약이나 환상과 같은 것이다.

욕망의 길에서 운명이 좀 더 현실적 성격을 지니는 경우가 「부옹달리신과유」富翁達理贐科儒(동야 상 654)이다. 고아인 황일청은 겨우 연명을 하다가 관상 보는 사람으로부터 "느지막이 부자가 되겠고 현명한 부인을 얻어 치산을 하여 곡식이 산더미처럼 쌓일 것"이라는 예언을 듣는다. 그 뒤 안동 땅을 지나다가 유복한 관상을 가진 여인을 만나 결혼한다. 둘은 열심히 일하고 검소하게 살아 부자가 된다. 그러나 아무리 노력해도 만석꾼은 되지 못했다. 마침내 재물을 비롯한 세상 만물이 가득 차고 비는 진리를 깨닫게 되고 자신의 재물도 곧 사라질 것을 예견한다. 욕망이 운명의 위력을 압도하지 못했다. 주체가 욕망에 사로잡혔다가 욕망의 대상으로부터 일정한 거리를 두게 되었기 때문이다. 이 변화 과정에 운명이 이리저리 개입했다. 운명은 먼저 욕망 성취의 든든한 후원자 노릇을 했지만, 뒤에 운명은 주체로 하여금 욕망과 욕망의 대상을 찬찬히 살펴보게 만들었다.

황일청에게 과거 비용을 빌리러 온 최생과 황일청 사이에 이런 대화가 이뤄진다.

최생이 말하기를, "공께서는 두터운 덕을 베푸셨거늘 어찌 무단히 패가할 리가 있겠습니까?" 주인이 말했다. "성공하고 실패하는 것은 순환의 이치로부터 말미암는 것이요. 이미 천정天定이 있으니 어찌 피할 수 있겠소?"[13]

최생은 황일청이 베푼 덕이 두텁다는 사실을 환기하였고, 황일청 스스로도 '인을 베풀고 의리를 실천한다'(行仁施義)는 것을 분명하게 의식했다. 최생은 그런 후덕이 황일청의 부정적인 운명을 극복해 줄 것을 기대했지만, 황일청 스스로는 그러리라 믿지 않았다. 인간의 주체적 노력은 하늘이 정해 준 운명이나 만물의 운행 원리를 벗어나기가 어렵다는 비극적 세계관이다. 여기서 욕망에 집착하여 일도매진하던 주체와는 너무나 다른 모습을 발견한다. 이제 황일청은 운명론자로 보일 정도로 사람의 힘과 의지에 대해 나약한 태도를 보인다. 과연 황일청 일가가 몰락하니 운명의 힘은 결정적이었다. 그런 점에서 작품의 전반을 주도하는 것은 관상·운명·천정 등이다. 그러나 이 작품이 운명의 힘만을 보여주는 것은 아니다. 오히려 운명은 또 다른 지향을 유발한다. 황일청은 이런 생각을 하기에 이른다.

만이란 만물 중에서 가장 큰 수라오. 달이 차면 이지러지고 그릇도 가득 차면 넘치니, 사물의 이치가 다 그러하오. 조물주께서 만석의 수를 다 채우지 못하게 하신 것은 그 이지러지고 넘칠 것을 걱정했기 때문이 아니겠소? …… 지금부터 대문을 열어 재물을 써서 인을 행하고 의를 베풉시다.[14]

13　崔生曰: "以公厚德, 豈有無端敗家之理乎?" 主人曰: "有成有敗, 自是循環之理, 已有天定, 何可違也?"(동야 상 657~658)

이와 같이 황일청은 부자가 되고 난 뒤 만물의 흥망성쇠의 진리를 깨닫고 재물에 집착하던 생각을 바꾸게 된다. 가지지 못한 자가 가지게 되자 재물의 본질과 재물의 사용 방식에 대해 성찰하고, 그 성찰을 바탕으로 새로운 윤리를 모색한 것이다.

(3) 욕망에서 새 이념으로

욕망의 충족에 몰입하던 주체가 욕망의 대상을 한 발 물러서서 살펴보고 타자를 배려하게 된 것은 큰 변화다. 단 그 계기에서는 차이가 있다. 황일청은 재물과 관련된 운명적 곡절을 포착하고 재물을 영원히 소유하는 것이 불가능함을 감지하고는 '베풂'을 떠올렸다. 재물에 작용하는 초월적 힘을 무시하지 못한 것이다. 이는 도덕 수양을 위해 재물을 멀리하는 중세적 사유의 탈바꿈이다. 겉은 다소 달라졌지만, 재물욕에 대한 거리감은 여전한 것이다.

한편 「순흥구유만석군」順興舊有萬石君(동패락송 41)은 황일청 이야기와 유사하지만 운명 대신 철저한 삶의 감각을 앞세워 재물 모은 자의 삶의 태도를 성찰하기에 이른다. 순흥 만석꾼이 베풂의 명분으로 내세운 것은, '흥하면 망하고, 모이면 흩어진다'는 재물 자체의 존재 원리이다. 이것은 유가적 주체가 보여준 시혜施惠나 제민濟民과는 다르다. 유가들이 머릿속 이념에 따라 베풂을 실천하려 했다면, 순흥 만석꾼은 먼저 재물에 대한 욕망을 당당하게 드러내고 그 욕망을 성취하고 향유하는 과정에서 재물의 존재 원리를 터득한 뒤 다음 행동으로 나아간 것이다. 재물이 사람

---

14 萬者物之大數, 月滿則虧器盈則溢, 物理猶然, 造物之不欲使我充萬石之數者, 無乃慮其或虧或溢耶…… 自今爲始開門爛用行仁施義.(동야 상 656~657)

을 행복하게 만든다는 것은 실감했지만, 재물이 개인의 욕망 대상이기만
해서는 안 된다는 깨달음에 이르렀고, 그 깨달음을 바탕으로 하여 사회적
분배와 베풂의 생활 이념을 이끌어내었다.

「변사행왈평양성중유전장복」邊士行曰平壤城中有田長福(삽교집 하 344)에
는 그런 사회 윤리가 더 뚜렷한 형태로 나타난다. 주인공 전장복은 갑부
가 되었지만 자신이 한때 빈털터리였다는 사실을 항상 떠올리며 가난한
사람들에게 그냥 돈을 빌려준다. 그가 이런 선심을 베풀게 된 것은 재물
에 대한 생각을 정립했기 때문이다.

> 하늘이 먼저 나에게 재물을 맡겨 주셨으니, 내가 만약 나의 재물이
> 라 하여 재물을 내 멋대로 한다면 반드시 하늘이 재앙을 내릴 것이
> 니 나의 일신에도 크게 이롭지 못할 것이다.[15]

재물은 하늘이 사람에게 내려 준 것이라는 생각은 욕망 대상에 대한
전횡을 부정한다. '하늘의 재앙'을 지적하며 더 엄중한 재물 사용 윤리를
추구한다. 나아가 남에게 재물을 베푸는 것과 나의 이익 사이의 관계를
성찰했다. 중세적 시혜 의식은 나의 것을 남에게 양보한다는 식이어서,
남에게 베풀기 위해 나의 욕망을 억제했다. 이념과 욕망은 공존하기 어렵
다 보고, 이념을 위해 욕망을 억눌렀던 것이다. 그에 반해 여기서는 양자
가 행복하게 공존할 수 있음을 보인다. 재물을 남에게 베푼 것이 오히려
자기의 이익을 가져온 것이다.[16]

---

15 天旣以貨財寄積於我, 我若認爲吾財而擅有之, 必有天殃而大不利於吾身.(삽교집 하 344~
345)
16 借貸不償還者, 十不能二三, 而償還與兼歸利息者, 十居六七. 故長福之貨日以益殖.(삽교집 하
345); 長福兩家之富, 皆傳之子孫, 子孫亦蕃盛興隆.(삽교집 하 346)

이와 관련하여 야담에 두루 나타나는 '주는 것과 되받는 것의 관계' 이야기에 주목한다.[17] 남을 돕는 것은 결국 나의 손실을 초래하는 것이 아닐까? 남을 도우면서도 나의 이익을 도모하는 경우는 불가능할까? 이런 성찰이 이런 야담 작품들을 만들어 냈다고 짐작한다.

먼저 「택부서혜비식인」擇夫婿慧婢識人(청구 상 609)과 「채삼전수기기화」採蔘田售其奇貨(동야 하 34)를 비교해 보자.

두 작품에는 '스스로 남편감을 고르는' 여종이 등장한다. 종이지만 주인에게 당당하며, 볼품없는 남자의 잠재력을 간파하고 남편감으로 선택하는 여성이다. 자기 미래를 경영하는 주체적 인간을 대변한다고 볼 수 있다. 두 작품에서는 남에게 먼저 베풀고 뒤에 재물을 획득한다. 남에게 베풀었기 때문에 부자가 되는 형국이다. 그렇다면 주체가 남에게 무언가를 베푼 동기는 무엇이었을까? 자기에게 돌아올 엄청난 재물을 염두에 두고서 베풀었을까? 아니면 그런 계산 없이 그냥 베풀었는데, 그에 대한 보답을 받아 부자가 되었을까?

「택부서혜비식인」에서는 여종이 스스로 거지 남편을 골라 주인에게 인사를 시킨다. 주인이 거지 남편에게 무슨 일을 하느냐 물으니 "소인은 약간의 전화錢貨를 가지고 사람을 부려 팔로八路에 장사를 하는데 귀천貴賤을 이용해 이利를 취하나이다"[18]라고 소개한다. 여종이 그렇게 대답하라고 시켰다. 거지 남편을 활용한 여종의 미래 경영 전략은 '상인으로서의 이익 추구'이다. 그러나 여종의 뜻대로 남편이 행동하지는 않는다. 거지 남편은 주인에게 빌린 은전으로 헌옷을 사서 옷 없는 거지들에게 다 나누

17 이를 '보은담'의 범주로 보고 자세한 분석을 시도한 것이 이강옥, 「야담의 보은담 유형과 계층 관계」, 『어문학』 97, 한국어문학회, 2007이다.
18 小的將些錢貨, 使人殖貨八路, 變幻貴賤, 相時射利.(청구 상 611)

어 준다. 여기서 그 이유나 목표가 분명하지 않다. 거지로 살아온 그가 옷 없는 사람들의 고충을 알기에 그들에게 그냥 옷을 나눠 주고 싶었을 것 같기도 하다. 그는 먼저 옛날 함께 동냥을 하던 거지들을 찾아가 옷을 나눠 주고는 마침내 팔도의 거지들을 다 찾아가 옷을 준다. 그리고 다리 아래에서 빨래를 하던 늙은 부부가 옷도 입지 못하고 있는 모습을 보고는 마지막 남은 옷가지를 준다. 감격한 늙은 부부는 보답의 뜻으로 하룻밤 묵고 가도록 간청하며 표주박 베개를 준다. 거지 남편은 그 베개를 베고 잠들었다가 꿈속에서 그것이 은을 증식하는 화수분임을 알게 되는 것이다.

여기서 천민들 간의 동류애와 상호부조를 발견한다. 화수분을 얻어 은을 한없이 확보하게 된 거지 남편이 주인집뿐만 아니라 그 종들에게까지도 은자를 나눠 주는 데서도 그런 동류애와 베풂의 미덕을 찾을 수 있다. 물론 화수분을 우연하게 얻게 된 것이 상황을 호전시키는 결정적 계기라는 점에서 민담적 환상에 가까운 면이 없지 않다. 그러나 그 환상의 밑바탕을 이루면서 서술을 주도하는 것은 현실적 관심과 문제의식임이 분명하다.

「채삼전수기기화」는 비슷한 줄거리를 더욱 현실적으로 만든 작품이다. 여종의 적극적 인생 경영과 남편 오석량의 시의施義가 서술을 지탱하고 이끌어 가는 두 바퀴가 된다.

우선 여종이 남편을 얻는 과정이 상세해졌다. 남편 오석량은 키가 크고 기의氣義가 있지만 신을 만들어 팔아 생계를 꾸려 가는 변변찮은 천민이었다. 그를 놀려먹기 위해 동네 조무래기들이 서울로 가면 신 값을 높이 받을 수 있을 것이라 부추겼는데 오석량은 그 말을 믿고 상경하여 그대로 신 값을 부른다. 높은 신 값을 불러 화제가 된 오석량을 여종이 한 번 보고는 자기의 남편감이라 확신하고 혼인을 맺는다. 이 과정에서 여종은 당당하다. 남편을 주인 재상에게 인사시킬 때 '향족'鄕族으로 자처하고

대등하게 절을 하지 하배下拜하지 말라 시킨다. 그러고는 "돈을 써 보면 안목이 넓어지고 가슴도 열릴 것"[19]이라며 남편에게 100전을 주고는 마음대로 쓰고 오라 한다. 그러나 남편은 하루 종일 1문文의 돈도 쓰지 못한다. 그러자 여종은, "길에 떠도는 거지들이 있잖아요?"[20]라며 돈 쓸 곳을 넌지시 알려 준다. 남편은 거지들을 위해 돈을 쓰기 시작했고, 그 결과 성중에서 배고픈 거지들이 없어졌다. 여종이 남편에게 돈을 쓰고 오게 한 것은 일단 돈의 가치나 위력을 알게 한 뒤 본격적인 장사를 하게 만들기 위해서였다. 오석량은 여종이 이끄는 경영 수업을 충실히 받으며 돈을 벌기 시작했지만, 가난한 사람들을 발견하고 차마 그냥 지나치지 못한다. 헌옷들을 구입하여 북관 땅으로 가서 인삼이나 가죽으로 바꿔 오라고 보냈지만, 옷을 못 입어 추위에 떨고 있는 그곳 사람들에게 가져간 옷들을 그냥 다 준다. 또 하룻밤을 묵게 된 집의 늙은 부부에게도 옷을 주니 그들은 찬탄을 금치 못한다.[21] 그런데 늙은 부부가 '길경'이라고 알고 반찬으로 먹고 있던 것은 산삼이었다. 오석량은 산삼을 가득 싣고 돌아와 부자가 되고, 그 산삼을 재상에게 바쳐 환심을 얻어 벼슬까지 받는다. 오석량이 부자가 되고 벼슬을 얻게 된 것은 다른 사람들에게 베푼 은혜 덕인 듯하지만, 그것조차 여종의 계산에 포함되어 있던 것 같다. 그러나 여종의 뜻대로 되지 않은 부분도 있다. 그것은 오석량이 가난하고 헐벗은 사람들에게 베푼 혜택의 빈번함과 정도이다. 여종도 "당신이 의義로운 일을 많이 행했던 고로 하늘이 크나큰 보물을 주셨지요. 그게 어찌 우연이겠어요?"[22]라며 남편의 행위를 의행義行으로 인정했다.

19 用錢則眼孔自寬, 胸次必開.(동야 하 36)
20 女曰: "路上豈無流丐之可與者乎?"(같은 면)
21 謂其子曰: "此客與我裳袴, 得以掩身, 誠恩人也."(동야 하 39)
22 君多行義, 故天子洪寶, 豈偶然哉?(같은 면).

「택부서혜비식인」과 「채삼전수기기화」는 현실성에서 다소 차이가 있지만, 천민들이 재물을 모으는 과정과 방식에서 비슷하다. 곧바로 재물 모으는 일에 돌입하는 것이 아니라 에두르는 길을 거친다는 것이다. 그것이 같은 신분의 가난한 사람들에게 아낌없이 베푸는 일이다. 물론 뒤에는 도와준 천민들을 이용하여 장사를 하지만 그 전에 먼저 그들에게 옷가지 등 많은 것을 베풀었다는 점이 중요하다. 비슷한 처지에 있는 사람들을 조건 없이 도왔지만 결국 그것이 주체의 막대한 이익을 가져온다. 여기서 '먼저 베풀기'가 과연 '뒤의 이익 챙기기'를 겨냥한 것이었는가? 아니면 '뒤의 이익'이 '먼저 베풀기'에 대한 보상인가를 따질 수 있겠다. 어느 쪽인가 분간하기 어려울 정도로 양쪽은 아슬아슬한 긴장을 유지하고 있는 듯하다. 여기서 이기적 사회 실정에 대한 비판과 대안 제시로 이 작품들을 읽을 수 있다. 아울러 사회적 상승을 이끌어 낸 집단들이 그 상승 경험을 바탕으로 하여 조금은 여유 있는 자기 경험 진술을 했다고도 해석할 수 있다. 사회적 상승을 경험한 천민들이 그 경험을 바탕으로 자기들 정서에 알맞은 새로운 이념을 모색하는 양상을 보여주고 있는 것이다. 천민이 다른 천민에게 재물을 조건 없이 베풀어주지만, 장차 자기에게 돌아오는 이득도 마다하지 않는 것인 바, 이런 점은 이데올로기화 된 인仁을 매개로 하여 처지를 향상시키는 양반의 보은담[23]과는 다르다.

이런 변화는 양반이 주역이 되는 보은담에서도 나타난다. 보통 양반이 주인공으로 등장하는 보은담은 은혜를 베풀고 갚은 과정에서 양반의 청렴함과 인仁이 부각된다. 「재자낙향부저경」才子落鄕富抵京(동야 상 783)은 그런 관습에서 크게 벗어난 사례다. 벌열가의 후예인 최생은 재상가 후예였지만 과거에 계속 낙방하여 몰락하자 체면을 의식하지 않고 장사

---

23 이강옥, 앞의 논문, 354~363면.

일에 달려든다. 최생은 지역과 시기에 따라 곡물의 가격이 다른 점을 이용하여 돈을 모아 곡물로 다시 바꾼다. 그해 큰 흉년이 들었는데 곡가가 치솟았다. 종들은 모두들 그때 곡식을 팔아 이익을 남기자고 했지만, 최생은 기근에 허덕이는 마을 사람들에게 곡식을 다 나누어준다. 마을 사람들이 죽어가는 것을 차마 보고만 있을 수 없다는 이유에서였다. 최생이 죽어 가는 마을 사람들을 구휼하고자 한 것은 자기 스스로 그런 기근의 경험을 해보았기 때문이다. 양반 최생이 추상적 윤리가 아니라 자기 경험을 바탕으로 하여 가진 자의 사회적 도리를 실천하려 한 것이다. 그런데 이런 시혜가 최생 자신의 재물 손실을 초래하기보다는 오히려 더 많은 이익을 가져다준다. 최생의 도움으로 살아난 마을 사람들이 은혜를 갚았기 때문이다.

동네 사람들은 최생을 '천하 인인仁人이요 의사義士'[24]로 규정했다. 인에다 의를 덧붙였다. 인과 의의 차이에 대한 동시대적 관점에 대해 살펴볼 때 만회晩悔 권득기權得己(1570~1622)의 견해가 주목된다. 권득기는 두 도덕 범주에 대해 독특한 관점을 펼쳤다. 먼저 그는 인을 박애博愛로 본 한유韓愈와 달리 능애能愛로 보았다. 박애를 사회윤리로서 중요시하려는 의도를 관철시킨 것이다.[25] 한편 의義를 설명하기 위해서는 이利를 끌어왔다. 이利는 무조건 거부할 대상이 아니라, 사리私利가 아닌 공리公利라면 긍정해야 한다고 보았다. 그 결과 '나'와 '남' 서로 간에 고유한 욕리지심欲利之心이 공公에 바탕하여 합리적으로 조정이 되면 널리 유익하게 될 터이니 그것이 바로 의義라고 보았다. 그런 점에서 '이利를 긍정적으로 부활시켜 의義의 내포개념으로 삼'았다고 하겠다.[26] 최생의 동네 사람들이

---

24 此天下仁人義士也.(동야 상 786)
25 임형택, 「권득기의 경학」, 『실사구시의 한국학』, 창작과 비평사, 2000, 383면.

최생을 인인仁人일 뿐만 아니라 의사義士이기도 하다고 칭송한 것은 권득기의 이 같은 인의 개념에 의할 때 그 뜻이 선명해진다. 최생은 공리公利의 차원에서 베풂을 널리 실천하고 자신도 이득을 얻게 된 사람이기 때문이다. 그런 점은 최생 스스로도 자각했다. 형편이 좋아진 동네 사람들이 이윤까지 고려하여 곡식을 되돌려 주려 하자, 최생은 다음과 같이 반응한다.

> 나는 묵적墨翟과 같이 박애를 주장하지도 않고 백이와 같이 청렴한 사람도 아니라오. 그렇지만 2만 석은 내가 준 곡식의 열 배도 넘는다오. 이것은 아주 작은 미끼를 던져서 임공任公(고대 전설 속 인물로 고기를 잘 낚음)의 자라를 낚는 꼴이라오.[27]

자기는 묵적이 아니라는 최생의 말은 오직 남만을 생각하며 자기의 처지는 고려하지 않는 관념적 존재가 아님을 분명히 강조한 것이다. 또 백이가 아니라고 한 것은 양반의 삶도 청렴함으로만 꾸려지는 것이 아니고 적절한 재물이 뒷받침되어야 한다는 생각을 분명하게 드러낸 것이다. 그것 역시 절실한 자기 경험에서 우러난 생각이다. 최생은 궁지에 몰린 농민들을 도와주기는 했지만, 그들로부터 전혀 되돌려 받지 않으려 한 것은 아니었다. 다만 지나치게 많이 되돌려 받는 것을 고사한다. 그것은 공리公利가 아니기 때문이다. 마을의 농민들은 설득력 있는 논리를 갖추어 최생이 그 곡식들을 받도록 만들었다. 그런데 최생과 마을 사람의 관계는 여기서 끝나지 않는다. 최생이 식화食貨를 아는 사람들에게 돈을 빌려주어 상업

26 위의 논문 385~386면.
27 吾固非墨翟之愛伯夷之廉, 以吾穀數較彼二萬, 則什而有餘, 是投方寸之餌, 釣任公之鱉也.(동야 상 797)

을 하게 해주는 것이다. 최생은 함께 고생한 노비들까지 부자로 만들어준다. 이처럼 최생의 달라진 생각은 시혜자와 보은자 모두가 궁지를 벗어나 경제적으로 행복해지는 상황을 만들어내었다. 그런 점에서 최생은 공동체의 경제적 향상과 윤리를 구상하고 실현한 인물이라고 하겠다.『동야휘집』의 편찬자도 최생의 이런 면모를 비교적 정확하게 지적했다.

> 최생은 능히 위급한 사람을 도와주고 두터운 보상을 받은 사람이다. 인의仁義를 따라서 부를 가져왔고 지혜에 기대어 이익을 얻은 사람이 아니겠는가?[28]

시혜자의 시혜 행위와 보은자의 보은 행위가 균형과 조화를 이루면서 어느 쪽에게도 손해를 입히지 않고 상생의 결과를 초래했다. 남에게 베푼다는 사회 윤리와 나의 이득을 확보한다는 욕망이 행복한 조화를 이루는 든든한 모범을 제시한 것이다.

5. 욕망의 가르침, 중세의 극복과 대안적 근대

자기 경험에서 우러난 삶의 방식에 대한 지혜는 '생활 이념'이라 할 수 있다. 생활 이념은 구체적 일상에서 경험을 계속하면서 터득한 삶의 지혜이다. 억눌림과 가난의 경험으로부터 생성해낸 생활 이념이란 억눌려 가난하게 살아가는 사람들이 사람답게 살 수 있도록 재물을 나누어야 한다는 것이다.

---

28 崔生能賙人之急, 而獲其厚償, 豈非附仁義而致富, 挾智而售利者歟?(동야 상 788~789).

앞에서 살펴본 몇몇 야담 작품들은 자기 욕망 추구와 타자에 대한 베풂이 공존하여 상생의 결과를 초래하는 경우들을 보여주었다. 조선 후기 현실이 과연 그랬을까? 많은 야담 작품들은 온갖 부정적인 방법으로 남을 속이고 심지어 남을 죽음으로 몰아가면서까지 자기 욕망을 충족시키는 경우들을 묘사했다. 개인 욕망에 대한 억압을 해제하고 자유롭게 욕망 충족의 길을 가고자 했을 때 나타난 현실의 모습은 후자에 더 가까웠을 것이다. 사실 조선 말기에 이르러 욕망을 충족하는 주체와 그 주체가 몸 담은 세상이 더 복잡해지고 음흉해졌다는 것은 분명하다.

이런 현실의 변화에 대해 야담은 대단히 유연하게 대처한 느낌을 준다. 가령 「흥선대원군살이재후사」興宣大院君殺李在垕事(차산필담 440)에서는 욕망을 추구하는 주체를 '흉종'凶種으로 보고 잔인하게 처단당하도록 만드는가 하면, 「퇴완죽우맹천선」退梡粥愚氓遷善(동야 하 176)에서는 찢어지는 가난 속에서도 한 치도 흔들리지 않고 재물에 초연한 선비를 미화한다. 반면 앞에서 언급한 여러 작품들은 욕망을 단도직입적으로 충족하는 주체를 아름답게 그렸고, 또 욕망 추구와 베풂의 미덕이 공존함을 보여주었다. 특히 「현부지납채교녀」賢婦智納彩轎女(동야 하 263)에서는, "사람이 부유하게만 되면 인의仁義는 따라오게 되니, 진실로 재물만 있으면 무슨 일인들 해결하지 못할까?"[29]라 하여 물질적 여유만 있으면 어떤 문제도 다 해결될 것이라는 낙관적 견해를 피력하였다.

대안적 근대와 관련하여 주목되는 경우는 후자이다. 후자의 야담 작품들이 그리는 인간상과 그를 중심으로 전개하는 사건은 살벌한 배금주의적 현실에서 어렵사리 나타난 예외적 사례일 수도 있고, 혹은 혼탁한 현실에 대한 비판적 대안일 수도 있겠다. 어느 쪽이든 야담에서 그런 성

---

29 人富而仁義附焉, 苟有財則何事不濟?(동야 하 263).

취가 가능했던 것은 현실에서 욕망을 충족한 경험이 있었기 때문이다. 욕망의 경험은 그런 점에서도 소중한 것이었다.

그런데 야담사의 말기에 좀 극단적인 이야기군을 발견한다. 「박윤묵」朴允黙(일사유사 150)에서 박윤묵은 벼슬을 하면서 받은 봉록을 형제들에게 모두 나누어 준다. 굶어 죽어 가는 백성들을 진휼한다. 또 한 친구를 도와주었는데, 친구가 죽자 그 첩이 자기 몸을 바쳐 보은하려고 하자 정색을 하며 물리친다. 보은의 길을 완전히 봉쇄한 것이다. 박윤묵의 행동에는 '경재호시'輕財好施라는 유가 이념의 흔적이 있기는 하지만, 타인을 위해 먼저 그 재물을 베푼다는 점에서 '가까운 데에서 먼 곳으로'라는 유가적 순서와 반대의 지향을 보인다.

「한순계」(『매일신보』, 1916. 6. 1)에서 한순계는 미천한 대장장이이지만, 이익을 독차지하지 않으려고 가게 문을 일찍 닫는다. 이익이 많이 생기면 친척에게 나누어 준다. 모친이 죽자 그 장사도 그만둔다. 이 작품은 궁극적으로는 효에 귀결되지만, 신의와 이익 공유라는 시장 윤리의 맹아를 보여주기도 한다.

「최순성」崔舜星(일사유사 117)은 더 적극적인 베풂의 미덕을 보여준다. 최순성은 개성의 부호로서, 부친이 죽자 재산을 모을 이유가 없어졌다며 '급인전'急人錢을 마련해 가난한 사람들을 도와준다. 부친을 위해 돈을 모으고, 부친이 죽자 돈이 더 이상 필요하지 않다고 생각하는 것 등은 일상의 가치를 부모 봉양에 종속시키는 효孝에 해당한다. 그에 비해 급인전을 마련해 어려운 이웃에게 돈을 나누어 주는 것은 다른 의식에서 비롯된 것이다. 그는 '가까이는 친척 친구로부터 다른 군의 아는 사람이나 모르는 사람이나 진실로 곤궁한 사람이 있으면 돈을 내어 베풀'[30]었다. 그는 반

---

30 近自親戚朋友로 旁及他郡의 知與不知히 苟窮困者면 出以施之호딕(일사유사 117).

응이나 보은의 길을 철저히 차단하기 위해 대체로 몰래 남을 도와주었다. 『일사유사』의 편찬자 장지연張志淵은 최순성의 이런 시혜와 함께 진사 진관鎭觀과 백사일白思日이란 사람도 소개하며, 이들 모두가 "곤궁한 사람을 살펴서 몰래 돈과 곡식을 베풀며 자기로부터 나왔다는 것을 모르게 했다"[31]고 하여 "베풀고 흩는 것을 좋아하여 재물을 잘 활용했다"[32]고 요약했다.

이와 같이 보은의 길을 완전 차단한 일방적 시혜의 이야기는 타자에 대한 베풂이 극단화된 경우다. 왜 이런 극단론을 펼쳤을까? 욕망의 경험이 계속되면서 욕망을 추구하는 주체의 내면에 대한 더 깊은 성찰이 가능해졌을 것으로 추정한다. 과연 욕망을 추구하는 주체는 타자와 행복한 상생의 관계를 지속할 수 있을까? 중세적 인간관계의 한계를 넘어서서 새로운 대안을 모색하려는 단계에서는 이런 질문이 매우 중요하고도 심각한 과제가 아닐 수 없었을 것이다. 욕망의 길을 닦기 시작한 단계에서 주체와 타자의 공존은 엉거주춤한 것이거나 잠정적인 것일 수밖에 없다. 야담이 다음 단계에서 보여준 것은 타자에 대한 베풂을 더 강조하면서 다소 극단적 상황을 제시하는 것이다. 현실 계기의 변화를 부각시켜 강조하다 보면 '상생적 균형'이 아무래도 어그러지게 마련이다. 재물에 대한 관심이 고조되고 재물이 위력을 발휘하는 시대에, 욕망 충족과 베풂이 안정되게 공존하는 것은 쉽지 않다. 이런 국면에서 야담이 내세운 마지막 대안은 '조건 없이 혹은 남모르게' 궁지에 몰린 남에게 재물을 베푸는 인간형인 셈이다.

힘겹게 얻은 재물을 가난한 사람들에게 그냥 나누어 준다거나, 가난한 사람들에게 재물을 먼저 나누어 주고 다시 더 큰 재물을 얻는다는 내용

---

31 覘其窮者而暗施錢穀ᄒ야 不使知出於己(일사유사 119).
32 好施散, 善於用財(같은 면).

은 얼핏 이념을 과장했다는 느낌을 주기는 하지만, 아주 미미하나마 경험에 뿌리를 내린 새로운 생활 이념의 싹을 보여준다고 할 수 있다. 개인의 욕망이 강조되던 시기에 모색된 상생의 지혜를 보여준다고 해석하겠다.

욕망의 세계에 대한 이 같은 야담의 대응을 동시대 철학담론과 연결시켜 이해할 수 있다. 사람의 욕망을 새롭게 인정하려 했던 최한기와 심대윤의 철학담론과 대응될만한 메시지가 야담 작품에 실현되고 있는 것이 아닌가? 욕망을 긍정하되 욕망 자체가 어떻게 정당화될 수 있는가를 고민한 최한기의 담론은 야담 주인공들의 발언을 연상시키기도 한다. 최한기는 욕망이 통민운화統民運化에 의해 사회적으로 조절되어 거기에 합치되기만 한다면, 욕망이 인의에 배치되기는커녕 '인의지리'仁義之利가 될 수 있다고 보았다. 여기서 욕망 자체를 소중하게 인정했지만 욕망이 사회적으로 조절되는 과정이 다소 신비화되었다는 느낌을 준다. 그에 비할 때, 야담 주인공들은 가난한 사람들이 생사의 기로에서 고통 받는 상황 속에서 재물의 존재 원리와 재물의 운용 태도에 대해 고민한다는 점에서 더 구체적이다. 한편 심대윤은 사람의 욕망과 이익 추구를 긍정하면서 '복리'福利라는 핵심어로써 '남과 나의 이해를 저울질해서 한편에 치우치지 않는 이것이 동리지공同利至公의 도'를 추구했다. 그가 최고의 도덕적 가치라고 본 '여인동리'與人同利는 「채삼전수기기화」이나 「재자낙향부저경」의 서술자나 주인공이 거듭 주창한 바이다.

이처럼 주자학의 한계를 넘어서 새로운 철학적 대안을 모색한 철학자들의 담론은 조선 후기 현실의 경험을 바탕으로 하여 새로운 생활 이념을 모색한 야담 작품들의 지향과 상통한다고 하겠다. 여기서 확보한 이념은 욕망 주체들의 냉혹한 대결과 경쟁으로 점철되는 '역사적 근대'의 이념과는 다른, 상생적 공존 논리라는 점에서 우리의 관심을 끌기에 충분한 '대안적 근대'의 한 이념이 될 수 있다.

조선 후기가 중세의 지속이 아니라 변혁을 이룬 시기라는 사실은 이상의 야담 작품들을 통해 어느 정도 입증될 수 있다고 판단한다. 그것을 '근대적'이라 부를 수 있느냐는 또 다른 문제다. 역사적 근대와 다른, 실현되지는 못했지만 새로운 '대안적 근대'라면 그것을 어떤 개념어로 명시하고 그 함의를 어떻게 규정할 것인가에 대해서는 좀 더 체계적인 논의가 필요하다.

6. 결론

이상 주체의 욕망 추구 양상과 욕망 대상에 대한 인식 변화에 초점을 맞춰 야담의 근대적 성격을 살폈다. 중세 조선이 도덕률을 우위에 놓아 욕망을 억압하거나 숨기는 경향이 있었다면, 조선 후기는 욕망에 대한 새로운 시각을 갖춰 새로운 이념을 추구했다. 조선 후기에 이르러 지배 질서가 흔들리자 사회 전 영역에 새로운 현상들이 나타났다. 그것 중 일부는 자본제적 맹아로 지칭되는데, 그것들은 사회 전 영역으로 떠올라 새로운 분위기를 만들어내었다. 야담은 동시대 다른 갈래보다 앞서 그 분위기를 담았다.

사람들은 자기 하기에 따라 열악한 자신의 처지가 향상될 수 있다는 희망을 가지게 되었고 실제로 그런 경험을 한 사례가 늘어났다. 독특한 경험을 그대로 묻혀둘 수 없어 자기진술의 방식으로 알렸다. 자기 경험을 알리려는 충동이 강할 때 서술은 주변 가지를 철저히 잘라내고 일도매진 경험의 핵심을 알리는 쪽으로 나아갔다. 그러다가 세상을 좀 더 다각도로 경험하게 되면서 욕망의 길이 다른 영역과 복잡하게 뒤엉켰다. 두드러진 경우가 '문제를 해결하는 것'과 '운명이 실현 되는 것'이 뒤엉키는 것이었다.

그렇지만 욕망에 대한 관심이 서술을 이끄는 상황은 달라지지 않았다.

욕망을 우선시하고 욕망을 성취하는 쪽으로 서사의 방향을 이끌어 가던 초기의 분위기가 달라지기 시작했다. 주체는 욕망의 대상에 몰입하던 자세를 바꾸어 한발 물러서서 욕망의 대상을 살펴보게 되었다. 재물이 사람을 행복하게 만든다는 것은 분명하지만, 재물이 개인의 욕망 대상으로만 존재해서는 안 된다는 깨달음에 이르렀고, 마침내 개인적 베풂과 사회적 분배를 생각하게 되었다. 이에 대응하는 야담 작품은 대체로 타인에게 재물을 먼저 베풀고 그다음에 이익을 얻어 부자가 되는 구도이다. 이익을 챙기기 위해 타인에게 재물을 베풀었는가? 아무 계산 없이 베풀었다가 보상을 받아 큰 이익을 얻게 되었는가? 어느 한쪽으로 치우친 작품이 없진 않지만 대부분의 경우 아슬아슬한 균형을 유지한다. 이 점이 이데올로기화 된 인仁을 매개로 하여 처지를 향상시키는 양반의 보은담과는 다른 것이다.

자기 경험에서 우러난 생활 이념은 구체적 일상에서 경험을 거듭하면서 터득한 삶의 지혜이다. 억눌림과 가난의 경험으로부터 생성해낸 생활 이념은 베풂을 통한 재물의 공유이다. 물론 이런 생활 이념을 제시하는 야담 작품들은 살벌한 배금주의적 현실에서 어렵사리 나타난 예외적 사례일 수도 있고, 혹은 혼탁한 현실에 대한 비판적 대안일 수도 있겠다. 어느 쪽이든 야담에서 그런 성취가 가능했던 것은 현실에서 욕망을 충족한 경험이 있었기 때문이다. 욕망의 경험은 그런 점에서도 소중한 것이었다.

야담사의 말기에 좀 극단적인 이야기군이 나타나는데, 보은의 길을 완전 차단한 일방적 시혜의 이야기다. 욕망의 길에서 주체와 타자의 공존은 엉거주춤한 것이거나 잠정적인 것이 될 가능성이 큰데, '상생적 균형'은 아무래도 현실에서 한쪽으로 기울게 된다. 재물에 대한 고조된 관심과 재물의 위력이 발현되는 시대에, 욕망과 베풂이 공존하는 것은 위태롭게 마련이다. 이런 국면에 대한 마지막 대안이 '조건 없이 혹은 남모르게' 궁지에 몰린 남에게 재물을 베푸는 인간형인 셈이다.

야담에 나타나는 욕망의 세계와 그에 대한 인식은 동시대 철학 담론이 선도적으로 제시한 내용과 상통함을 알 수 있다. 특히 사람의 욕망을 새롭게 인정하려 했던 최한기와 심대윤, 그리고 권득기의 것이 그러하다. 이들 철학자들은 주자학의 한계를 넘어서 새로운 철학적 대안을 모색하였다. 이들은 욕망을 인정하되, 욕망을 독점하기 위한 다툼을 부정하고, 재물을 매개한 베풂과 공유를 대안으로 제시하였다. 야담과 철학 담론이 함께 모색하여 구상한 새로운 생활 이념은 욕망 주체들의 냉혹한 대결과 경쟁으로 점철되는 '역사적 근대'와는 다른, 상생적 공존 논리라는 점에서 '대안적 근대'의 이념으로 볼 수 있다.

조선 후기는 중세의 지속이 아니라 변혁을 이룬 시기라는 사실은 이상의 야담 작품들을 통하여 어느 정도 입증될 수 있다 판단한다. 그것을 '어떤' 근대로 규정하느냐는 다른 문제이다. 역사적 근대와 다른, 실현되지 못한 '대안적 근대'였다고 볼 수 있다면, 그 본질을 다시 어떻게 규정하고, 그래서 다음의 역사 단계와 어떻게 연결되었는지에 대해서는 다양한 논의가 필요하다.

조선 후기의 '차이'를 재물에 대한 관점과 인식 차원에서 증명한 이상의 논지는 성적 욕망이나 서술형식의 영역에서도 보완될 수 있을 것이다.

참고문헌

1. 자료

姜渾, 「鄭眉壽 碑銘」, 『한국역대인물전집성』 4, 민창문화사, 1980.

具樹勳, 『二旬錄』, 『稗說』 9, 탐구당 영인.

金鑢, 『한고관외사』, 한국정신문화연구원, 2002.

金鑢, 「題思齋摭言卷後」, 『담정유고』, 계명문화사, 1984 영인.

金時習, 「남염부주지」, 『한문소설선』, 대제각, 1976.

김영준 역주, 『리야기책』, 어문학사, 2013.

金宗直, 「유두류록」遊頭流錄, 『선인들의 지리산 유람록』, 돌베개, 2000.

김탄허 현토번역, 『원각경』, 교림, 2011.

노명흠, 『동패락송』, 『동패락송』 외 5종, 아세아문화사, 1990 영인.

朴在馨, 『해동속소학』, 김종권 교주, 명문당, 1987.

박지원, 「치암최옹묘갈명」癡庵崔翁墓碣銘, 『국역 연암집』 1, 신호열 김명호 옮김, 민족문화추
　　　진회, 2005.

박지원, 『나의 아버지 박지원』, 박희병 역, 돌베개, 1998.

박지원, 『연암집』 상·중·하, 신호열·김명호 옮김, 민족문화추진회, 2007.

배전, 『차산필담』, 『한국야담자료집성』 8, 계명문화사, 1978 영인.

서거정 저, 박경신 역, 『태평한화골계전』 1, 2, 국학자료원, 1998.

서유구, 「怡雲志」, 『林園經濟志』, 보경문화사 영인본 제5책.

서유영, 『금계필담』, 김종권 교주, 명문당, 1985.

성 현, 『용재총화』, 『대동야승』 1, 민족문화추진회, 1985.

송시열, 『최신록』, 『宋子大全』 VIII, 『한국문집총간』 115, 민족문화추진위원회.

신돈복, 『학산한언』, 『한국문헌설화전집』 8, 태학사, 1981 영인.

심기봉, 『해탁』, 『필기소설대관』筆記小說大觀 3, 新興書局 有限公司, 民國 67年.

『계서야담』, 『한국문헌설화전집 1』, 태학사, 1981 영인.

『기리총화』, 임형택 소장본.

『동패락송』, 아세아문화사, 1990 영인.

안석경, 『雪橋集』 하, 아세아문화사, 1986 영인.

용수보살龍樹菩薩 저, 『중론』中論, 김성철 역주, 경서원, 2012.

유몽인, 『어우야담』, 신익철, 이형대, 조융희, 노영미 옮김, 돌베개, 2006.

유몽인, 『어우야담 원문』, 돌베개, 2006.

유만주, 『흠영』6, 서울대학교 규장각, 1997.

이규상, 『18세기 조선인물지 병세재언록』, 창작과 비평사, 1997.

이덕형, 『죽창한화』, 『대동야승』17, 민족문화추진회, 1976.

이덕형, 『죽천일기』竹泉日記, 『鵝洲雜錄』, 장서각본.

이덕형, 『죽천한화』竹泉閑話, 『아주잡록』, 국회도서관본.

이덕형, 『죽천한화』竹泉閑話, 규장각본.

이덕형, 『죽창한화』竹窓閑話, 『大東野乘』, 조선고서간행회본.

이덕형, 『죽창한화』竹窓閑話, 동양문고본.

이덕형, 『죽창한화』竹窓閑話, 국립중앙도서관본.

이신성·정명기 역, 『양은천미』, 보고사, 1999.

이원걸 번역해설, 『역주 파수추』, 이회, 2004.

이원명, 『原本 東野彙輯』상, 하, 寶庫社, 1992 영인.

이익, 『국역 성호사설』, 민족문화추진회, 1989.

이재, 『도암집』陶菴集, 『한국문집총간』194, 민족문화추진회, 1997.

任邁, 『雜記古談』, 『한국야담자료집성 12』, 고문헌연구회, 1987 영인.

임매 외 씀, 김세민 옮김, 『내시의 안해』, 보리, 2004.

任埅, 『교감 역주 천예록』, 정환국 역, 성균관대학교 출판부, 2005.

장지연, 『일사유사』, 회동서관, 1922.

장한철, 『표해록』, 범우사, 1979.

정명기, 『한국재담자료집성』1,2,3, 보고사, 2008.

정명기 편, 『한국야담자료집성』12, 고문헌연구회, 1986.

조식, 『남명집』, 경상대학교 남명학연구소 옮김, 한길사, 2001.

최인학 편저, 『조선조말 구전설화집』, 박이정, 1999.

칼릴 지브란, 『예언자』, 박철홍 역, 김영사, 2004.

홍길주, 『수여방필』, 정민 외 옮김, 『19세기 조선 지식인의 생각 창고』, 돌베개, 2006.

홍용한, 「盧拙翁傳」, 『長洲集』.

洪稷榮, 「동패락송발」, 『小洲集』.

『계서야담』, 유화수, 이은숙 역주, 국학자료원, 2003.

『고금소총』, 한국문화사, 1998.

『국역 청야담수』 1·2·3, 김동욱 역, 보고사, 2004.

『기문총화』, 『한국야담자료집성』 6, 고문헌연구회, 1987 영인.

『대동기문』, 민속원, 1985 영인.

『輿地圖書』 상, 국사편찬위원회, 1973.

「李娃傳」, 李昉, 『태평광기』 5, 계명문화사, 1982 영인.

조선왕조실록, 국사편찬위원회, KoreaA2Z.

『中庸說』, 『한문대계』漢文大系 1, 富山房, 1972.

『청구야담』, 규장각본.

『청구야담』, 서울대 가람문고본.

『청구야담』, 서울대 일사문고본.

『청구야담』, 동양문고본.

『청구야담』, 동경대학본.

『청구야담』, 고려대본.

『청구야담』 상, 하, 아세아문화사, 1988 영인.

김동욱·정명기 역, 『청구야담』, 교문사, 1996.

박희병 편, 『청구야담 3·4』, 서울대 규장각, 2000 영인.

이우성·임형택 편, 『서벽외사 해외수일본 청구야담』, 아세아출판사, 1985 영인.

최웅 편, 『주해 청구야담』 1·2·3, 국학자료원, 1996.

『청야담수』, 『한국야담자료집성』 4, 고문헌연구회, 1987 영인.

『학암선생문집』, 경인문화사, 1996.

『한국계행보』(天), 보고사, 1992.

『한국여성관계자료집』 근세편 문집, 梨花女子大學校 出版部, 1990.

『한국구비문학대계』, 2집 8책; 7집 12책; 7집 17책; 8집 8책; 8집 10책, 한국정신문화연구원,
　　　1990.

『해동야서』, 『한국문헌설화전집』 6, 민족문화사, 1981 영인.

「盡心章」, 『맹자』

『小學集註』, 명문당.

「淮陰侯列傳」, 『史記』

2. 연구 논저

강명관, 『국문학과 민족 그리고 근대』, 소명출판, 2007.

강명관, 「조선 후기 경화세족과 古董書畫 취미」, 『동양한문학연구』 12, 동양한문학회, 1998.

강명관, 『조선 시대 문학 예술의 생성 공간』, 소명, 1999.

강여진, 「『삽교집』 해제」, 『한국문집 총간 해제』 5, 민족문화추진회, 1991.

강혜규, 「삽교 안석경의 산문 연구」, 서울대학교 석사논문, 2006.

김대숙, 「설화에 나타난 계층의식 연구(1)」, 『이화어문논집』 8, 이화여자대학교 이화어문학회, 1986.

김동욱, 「조선 후기 야담집의 流變양상과 유형」, 『비교어문연구』 6, 비교어문학회, 1995

김동욱, 『국문학사』, 민중서관, 1972.

김명호, 『연암 문학의 심층 탐구』, 돌베개, 2013.

김명호, 『박지원 문학 연구』, 성균관대학교동아시아학술원, 2001.

김미령, 「환상공간으로서의 "꿈"의 기능」, 『인문학연구』 33, 조선대학교 인문학연구원, 2005.

김상조, 「학산한언 연구」, 『야담문학연구의 현단계』 2, 보고사, 2001.

김영진, 「유만주의 '한문단편'에 대한 일고찰」, 『대동한문학』 13집, 대동한문학회, 2000.

김영진, 「조선 후기 사대부의 야담 창작과 향유의 일양상」, 『어문논집』 37, 안암어문학회, 1998.

김영진, 「『기리총화』에 대한 일고찰-편찬자 확정과 후대 야담집과의 관련 양상을 중심으로」, 『한국한문학연구』, 한국한문학회, 2001.

김영호, 「실학사상의 발흥」, 『한국사 14』, 국사편찬위원회, 1975.

김윤수, 「辛敦復의 丹學三書와 道敎倫理」, 『道敎의 韓國的 變容』, 아세아문화사, 1996.

김윤식, 「내가 살아온 한국 근대문학」, 『한국시가연구』 24집, 한국시가학회, 2008.

김은지, 「부친 탐색담 연구」, 연세대학교 석사학위논문, 1996.

김주현, 「여자들의 몸과 눈」, 『여성의 몸에 관한 철학적 성찰』, 철학과 현실사, 2000.

김준형, 「기문총화계 야담집의 문헌학적 연구」, 고려대학교 석사학위논문, 1997.

김준형, 「천예록 원형재구와 향유양상 일고」, 『한국한문학연구』 37, 한국한문학회, 2006.

김준형, 『한국패설문학연구』, 보고사, 2004.

김태식, 「미술품에서 만난 상상과 길상의 동물」, 연합뉴스, 2006-11-01.

김홍규, 「동아시아의 시가문학과 근대의 발견: 조선 후기 시조의 '불안한 사랑' 모티프와, '연애 시대'의 전사前史」, 『한국시가연구』 24집, 한국시가학회, 2008.

노영근, 「이야기문학에 나타난 가족탐색 연구」, 국민대학교 박사학위논문, 2000.

노영근, 『가족탐색 서사연구』, 박이정, 2006.

두정님, 「동야휘집 연구, 서울대 석사학위논문, 1990.

류명옥, 「'간통한 아내 용서하기' 설화에 나타난 의로움의 이면적 의미─간통한 아내 용서하고 姦夫를 조정에서 만나다─유형을 중심으로」, 『한민족어문학』 제65집, 한민족어문학회, 2013.

류탁일, 『한국문헌학연구서설』, 세종문화사, 1986.

박지원, 『국역 연암집 1』, 신호열·김명호 옮김, 민족문화추진회, 2005.

박희병, 「이인설화와 신선전(1), 『한국학보』 vol. 14, no. 4, 일지사, 1988.

박희병 표점·교석, 『한국한문소설 교합구해』, 소명출판, 2005.

박희병, 『운화와 근대: 최한기 사상에 대한 음미』, 돌베개, 2003.

배병균, 「환몽소설幻夢小說의 한 양상 ─『료재지이』聊齋志異 중의 꿈」, 『인문학지』 36, 충북대학교 인문학연구소, 2008.

백두현, 이미향, 「필사본 한글음식조리서에 나타난 오기誤記의 유형과 발생 원인」, 『어문학』 107집, 한국어문학회, 2010.

배윤기, 「전지구화 시대 로컬의 탄생과 로컬 시선의 모색」, 『탈근대·탈중심의 로컬리티』, 부산대학교 한국민족문화연구소편, 혜안, 2010.

부산대학교 한국민족문화연구소 편, 『장소성의 형성과 재현』, 혜안, 2010.

서대석, 『한.중 소화의 비교』, 서울대학교 출판부, 2007.

서대석, 『한국구비문학에 수용된 재담연구』, 서울대학교 출판부, 2004.

서인석, 「가사와 소설의 갈래 교섭에 대한 연구」, 서울대 박사학위논문, 1995.

성기옥, 『한국시가율격의 이론』, 새문사, 1986.

신승용, 『국어음운론』, 역락, 2013.

심경호, 「동아시아 산수기행문학의 문화사적 의미」, 『한국한문학연구』 49, 한국한문학회, 2012.

안대회, 「18·19세기의 주거문화와 상상의 정원-조선 후기 산문가의 記文을 중심으로」, 『진단학보』, 진단학회, 2004.

안대회, 「『稗林』과 조선 후기 野史叢書의 발달」, 『남명학연구』 제20집, 경상대학교 남명학연구소, 2005.

오문환, 「다산 정약용의 근대성 비판: 인간관 분석을 중심으로」, 『정치사상연구』 7집, 2002.

유필선, 「어우야담 연구」, 성균관대 석사학위논문, 1988.

윤세순, 「중국소설의 국내 유입과 향유 양상」, 『묻혀진 문학사의 복원: 16세기 소설사』, 소명출판, 2007.

윤세순, 「『동야휘집』의 성격 고찰─『어우야담』의 수용양상을 통해서」, 성균관대 석사학위논문,

1991.

이강옥, 『한국 야담 연구』, 돌베개, 2006.

이강옥, 『일화의 형성 원리와 서술 미학』, 보고사, 2014.

이강옥, 「태평한화골계전연구—일화와 구분되는 소화의 특질을 드러내기 위함」, 『인문연구』 16집 1호 , 영남대학교 인문과학연구소, 1994.

이강옥, 「이중 언어 현상으로 본 18·19세기 야담의 구연·기록·번역」, 『고전문학연구』 제32집, 한국고전문학회, 2007.

이강옥, 「이중언어 현상과 고전문학의 듣기·말하기·읽기·쓰기에 대한 연구」, 『어문학』 106호, 한국어문학회, 2009.

이강옥, 「야담의 보은담 유형과 계층 관계」, 『어문학』 97, 한국어문학회, 2007.

이강옥, 「야담의 속 이야기와 등장인물의 자기 경험 진술」, 『고전문학연구』 13집, 한국고전문학회, 1998.

이강옥, 「일상의 경험을 통한 일화의 형성과 그 활용—鄭載崙의 『公私見聞錄』을 중심으로」, 『국문학연구』 15집, 국문학회, 2007.

이강옥, 「『동야휘집』의 『해탁』 수용 양상」, 『구비문학연구』, 한국구비문학회, 1995.

이강옥, 「『동야휘집』의 중국 필기소설 전유와 그 의미」, 『한국문학논총』 48집, 한국문학회, 2008.

이강옥, 「천예록의 야담사적 위치」, 『구비문학연구』 14집, 한국구비문학회, 2002.

이강옥, 「초기 야담집 학산한언의 서사지향 연구: 현실지향과 비현실지향」, 『구비문학연구』 17집, 구비문학회, 2003.

이강옥, 「야담에 나타나는 여성 정욕의 실현과 서술 방식」, 『한국고전여성문학연구』 16집, 한국고전여성문학회, 2008.

이강옥, 「죽창한화 해제」, 『고려대학교 민족문화연구원 해외한국학자료 해제집』, 고려대학교 민족문화연구원, 2014.

이강옥, 「조선 후기 야담의 욕망과 대안적 근대」, 『애산학보』 34호, 애산학회, 2008.

이강옥, 「야담의 꿈에 나타난 욕망의 실현과 반조(返照)」, 『한국문학논총』 65집, 한국문학회, 2013.

이강옥, 「꿈 수행과 문학치료 프로그램」, 문학치료연구 제27집, 한국문학치료학회, 2013.

이강옥, 「야담 연구의 대중화 방안」, 『어문학』, 한국어문학회, 2012.

이강옥, 「아버지 찾기 야담의 서사 전통 계승과 변용」, 국어국문학 167, 국어국문학회, 2014.

이경수, 「삼연 김창흡의 설악산 지역 은둔생활과 한시표현」, 『2006년 우리말글학회 전국학술발표대화 발표논문집』, 우리말글학회, 2006.

이명수,「퇴계退溪 이황李滉의 심학心學에 있어 "경"敬과 욕망의 문제」,『유교사상연구』, 한국 유교학회, 2007.

이명학,「안석경과 그의 한문단편들」,『야담문학연구의 현단계』1, 보고사, 2001.

이병직,「이동윤의 사상과『박소촌화』의 저작 동기」,『문창어문논집』, 문창어문학회, 2002.

이병찬,『동야휘집 연구』, 보고사, 2005.

이수자,「구비문학에 나타난 부친탐색 원형」,『구비문학연구』28집, 한국구비문학회, 2009.

이숙인,「유가의 몸 담론과 여성」,『여성의 몸에 관한 철학적 성찰』, 철학과 현실사, 2000.

이승현,「『기리총화』연구」, 성균관대학교 석사학위논문, 2009

이우성·임형택 편,『이조한문단편집』하, 일조각, 1980.

이종묵,「조선 후기 경화세족의 주거문화와 四宜堂」,『한문학보』제19집, 2008.

이종묵,「놀이로서의 한시- 버클리대학 소장 규방미담(閨房美談)에 대하여」,『문헌과 해석』, 2006.

이창남,「글로벌 시대의 로컬리티 인문학」,『로컬리티 인문학』창간호, 부산대학교 한국민족문 화연구소 로컬리티의인문학연구단, 2009.

이홍우,「일제강점기 재담집 연구」, 서울대학교 석사학위논문, 2006.

임완혁,「『청구야담』에 대한 문헌학적 연구」,『한국한문학연구』25집, 한국한문학회, 2000.

임완혁,『구연 전통과 서사』, 태학사, 2008.

임완혁,「문헌전승에 의한 야담의 변모양상:『동패락송』과『계서야담』,『청구야담』,『동야휘집』 의 관계를 중심으로」, 성균관대 박사학위논문, 1997.

임형택,「동패락송 연구」,『한국한문학연구』23, 한국한문학회, 1999.

임형택,「파수추해제」,『서벽외사해외수일본』26, 아세아문화사, 1990.

임형택,「19세기 서학에 대한 경학의 대응」,『실사구시의 한국학』, 창작과 비평사, 2000.

임형택,「18·9세기 〈이야기꾼〉과 소설의 발달」, 고전문학을 찾아서, 문학과 지성사, 1985.

임형택,「권득기의 경학」,『실사구시의 한국학』, 창작과 비평사, 2000.

임형택,「이규상과『병세재언록』」,『18세기 조선인물지 병세재언록』, 창작과 비평사, 1997.

장덕순,「심부담고」,『한국문학의 연원과 현장』, 집문당, 1986.

장병인,「조선 중후기 간통에 대한 규제의 강화」,『한국사연구』121, 2003.

장병한,「대진과 심대윤의 이욕관 문제」,『한문교육연구』21집, 한국한문교육학회, 2003.

정명기,「야담연구를 위한 한 제언 : 꼼꼼한 자료 읽기의 중요성」,『열상고전연구』10, 1997.

정명기,「일제치하 재담집에 대한 재검토」,『한국재담자료집성』1, 보고사, 2009.

정보라미,「『東稗』의 변이양상 연구」, 서울대학교 석사학위논문, 2010.

정솔미,「『청구야담』의 환상성 연구」, 서울대학교 석사학위논문, 2012.

정용수, 「임방의 문학론 연구」, 『부산한문학연구』 제12집, 동양한문학회, 1998.

정재민, 『한국 운명설화 연구』, 제이앤씨, 2009.

정출헌, 「고전문학에서의 근대성 논의, 그 반성의 자리와 갱신의 계기」, 『국제어문』 35집, 국제어문학회, 2005.

정하영, 「尋父談의 淵源과 文學的 形象化」, 『한국고전연구』 21집, 한국고전연구학회, 2010.

조동일, 『한국소설의 이론』, 지식산업사, 1976.

조동일, 『한국문학통사』 1, 지식산업사, 2005.

조동일, 『한국문학통사』 4, 지식산업사, 2008.

조동일, 『한국의 문학사와 철학사』, 지식산업사, 1996.

조동일, 「1910년대 재담집의 내용과 성격」, 『배달말』 9, 배달말학회, 1984.

조세형, 「조선 후기 시가문학에 나타난 근대와 그 의미」, 『한국시가연구』 24집, 한국시가학회, 2008.

조희웅, 『조선 후기 문헌설화의 연구』, 형설출판사, 1980.

진재교, 「『지수염필』 연구의 一端-작가 홍한주의 가문과 그의 삶」, 『한문학보』 제12집, 우리한문학회, 2005.

진재교, 「19세기 京華世族의 讀書文化-홍석주 가문을 중심으로」, 『한문학보』 제16집, 우리한문학회, 2007.

진재교, 「『잡기고담』 소재 〈환처〉의 서사와 여성상」, 『고소설연구』 13, 한국고소설학회, 2002.

최기숙, 「"성적" 인간의 발견과 "욕망"의 수사학-18, 19세기 야담집의 "기생 일화"를 중심으로」, 『국제어문』 26집, 국제어문학회, 2002.

최기숙, 「"관계성"으로서의 섹슈얼리티: 성, 사랑, 권력-18, 19세기 야담집 소재 "강간"과 "간통" 담론을 중심으로」, 『여성문학연구』, 한국여성문학학회, 2003.

최 식, 「홍길주의 卜居와 『孰遂念』」, 『동방한문학』 28, 동방한문학회, 2004.

최 식, 「沆瀣 홍길주 산문 연구」, 성균관대학교 박사논문, 2005.

최원오, 「한성, 경성, 서울의 역사적 변천에 따른 공간 인식과 '서울사람'에 대한 인식 변화-야담, 재담, 구술 자료 등을 중심으로-」, 『기호학연구』 제26집, 한국기호학회, 2009.

천혜숙, 「부성부재의 신화학과 성모신앙의 문제」, 『역사민속학』 15집, 한국역사민속학회, 2002.

천혜숙, 「부성부재의 신화학과 성모신앙의 문제」, 『역사민속학』 15집, 한국역사민속학회, 2002.

최경환, 「화면상의 풍경과 시적 풍경의 차이와 근거」, 『한국고전연구』 20집, 한국고전연구학회, 2009.

하은하, 「귀신(鬼神) 이야기의 형성 과정과 문학치료적 의의」, 서울여자대학교 박사학위논문, 2002.

한영우, 『조선전기사회사상연구』, 지식산업사, 1983.

허경진 외, 『윤치호의 우순소리 연구』, 보고사, 2010.

홍성남, 『동야휘집』연구—『기문총화』수용을 중심으로, 단국대 석사학위논문, 1992.

나카무라 요시오 지음, 강영조 옮김, 『풍경의 쾌락-크리에이터, 풍경을 만들다』, 효형출판, 2007.

마르쿠스 슈뢰르, 정인모·배정희 옮김, 『공간, 장소, 경계』, 에코리브르, 2010.

마츠모토 다케노리, 「조선의 '식민지 근대'에 관한 최근의 논의에 대해서」, 『동방학지』 147, 연세대학교 국학연구원, 2009.

미하일 바흐찐, 『장편소설과 민중언어』, 전승희·서경희·박유미 옮김, 창작과 비평사, 1988.

소의평, 『두붕한화』: 中國古典小說中的框架結構, 『중국어문학』, 영남중국어문학회, 1997.

지그문트 프로이트, 『꿈의 해석』, 이환 편역, 돋을 새김, 2011.

지그문트 프로이트, 『프로이트 꿈의 심리학』, 도서출판 부글북스, 2009.

프란츠 파농 저, 『대지의 저주받은 사람들』, 남경태 역, 도서출판 그린비, 2004.

프레이리 저, 『페다고지』, 남경태 역, 그린비, 2009.

Bascom, William R., The Forms of Folklore: Prose Narratives, *Journal of American Folklore* 78, 1965.

Ben-Amos, Dan, Analytical Categories and Ethnic Genres, *Folklore Genres*, Austin & London: University of Texas Press, 1976.

Braudy, Leo, *Narrative Form in History and Fiction*, Princeton Univ., 1970.

Carr, David, *Time, Narrative, and History*, Bloomington: Indiana University Press, 1986.

Chang, Shelly Hsueh-lun, *History and Legend, Ann Arbor*: The University of Michigan Press, 1990.

Daiches, David, Literature and Social mobility, *Aspect of history and class consciousness*. ed, Istvan Meszaros, London: Routledge & Kegan Paul. 1971.

Gossman, L., *History and Literature in the writing of History*, Wisconsin Univ., 1978.

Grothe, Heinz, *Anekdote*, Stuttgart: Metzler, 1984.

Holloway, John, *Narrative and structure*, New York: Cambridge University Press, 1979.

Klein, Johannes, *Geschichte der deutschen Novelle*, Wiesbaden: Franz Steiner Verlag. 1956.

Lämmert, Eberhard, *Bauformen des Erzählens*, Stuttgart:J. B. Metzlersche
Verlagbuchhandlung, 1970.

Lewenthal, Leo, *Literature and the image of man*, Boston: Beacon Press., 1957.

Mitchell, W. J. T., *On Narrative*, Chicago:The University of Chicago Press, 1980.

Nye, R. B, *History and Literature*, Ohio State Univ., 1966.

Ong, Walter J., *Orality and Literacy*, London & New York: Methuen, 1982.

Prang, Helmut, *Formgeschichte der Dichtkunst*, Stuttgart: W. Kohlhammer Verlag, 1971.

Propp, Vladimir, *Theory and History of Folklore*, trans. Ariadna Y. Martin and Richard P.
Martin, Minneapolis: University of Minnesota Press, 1984.

Weimann, Robert, *Structure and Society in Literary History*, Charlottesville: University
Press of Virginia, 1976.

Wiese, Benno von, *Novelle*. Stuttgart: J. B. Metzlersche Verlag, 1969.

찾아보기